CIXIN LIU es el autor de ciencia ficción más prolífico y popular de la República Popular China. Ha sido galardonado nueve veces con el Galaxy Award (el equivalente en su país al Premio Hugo) y el Nebula chino. Además, ha convertido su trilogía de los Tres Cuerpos (*El problema de los tres cuerpos*, *El bosque oscuro* y *El fin de la muerte*) en una obra capaz de vender más de ocho millones de ejemplares en todo el mundo, obtener numerosos premios —como el Hugo 2015 a la mejor novela, el Locus 2017 y el Kelvin 505— y ganarse prescriptores de la talla de Barack Obama y Mark Zuckerberg. Su éxito en los mercados internacionales se debe a los fans del género, pero también, y sobre todo, a millones de lectores que han conseguido convertir a un perfecto desconocido en una de las grandes sensaciones literarias de los últimos años.

Papel certificado por el Forest Stewardship Council®

MIXTO
Papel | Apoyando la silvicultura responsable
FSC® C117695

Penguin Random House Grupo Editorial

Título original: 死神永生

Primera edición con esta presentación: abril de 2023
Novena reimpresión: octubre de 2025

Printed in Spain – Impreso en España

ISBN: 978-84-1314-646-1
Depósito legal: B-2.857-2023

Impreso en Novoprint
Sant Andreu de la Barca (Barcelona)

BB 4 6 4 6 1

El fin de la muerte

CIXIN LIU

Traducción de Agustín Alepuz

ELENCO DE PERSONAJES

Ye Wenjie: Física cuya familia fue perseguida durante la Revolución Cultural. Entabló contacto con los trisolarianos y desencadenó la Crisis Trisolariana.

Yang Dong: Física. Hija de Ye Wenjie.

Ding Yi: Físico teórico. Primer ser humano en contactar con las gotas trisolarianas. Novio de Yang Dong.

Zhang Beihai: Oficial de la Flota Asiática que secuestró la nave *Selección Natural* durante la batalla del Día del Fin del Mundo, logrando así mantener un rayo de esperanza para la humanidad en su momento más aciago. Posiblemente uno de los primeros oficiales en comprender la naturaleza de las batallas oscuras.

Secretaria general Say: Secretaria general de Naciones Unidas durante la Crisis Trisolariana.

Manuel Rey Díaz: Vallado. Propuso el plan de bomba de hidrógeno gigante como defensa contra los trisolarianos.

Luo Ji: Vallado. Descubrió la teoría del bosque oscuro y creó la disuasión de bosque oscuro.

TABLA DE ERAS

Era Común	Presente – año 201X
Era de la Crisis	201X – 2208
Era de la Disuasión	2208 – 2270
Era Posdisuasión	2270 – 2272
Era de la Retransmisión	2272 – 2332
Era del Búnker	2333 – 2400
Era Galáctica	2273 – Desconocido
Era del Dominio Negro para el Sistema DX3906	2687 – 18906416
Línea temporal para el Universo 647	18906416 – ...

Fragmento del prefacio a *Un pasado ajeno al tiempo*

En principio, lo que aquí se narra debería recibir el nombre de Historia, pero quien escribe ha sido incapaz de hacer otra cosa que plasmar sus recuerdos, los cuales carecen del rigor propio de tal epígrafe.

Lo cierto es que tampoco resulta preciso llamarlo «pasado», pues nada de lo que aquí se relata sucedió en el ayer, está sucediendo en el presente ni sucederá en el mañana.

No ha sido mi intención dar cuenta de los pormenores de los acontecimientos, sino proporcionar tan solo un marco de referencia para el recuerdo y la posteridad. Los detalles que se han conservado son más que suficientes: flotan a la deriva en el espacio dentro de contenedores sellados. Ojalá alcancen un nuevo universo y allí perduren.

Así pues, solo he escrito un marco. Uno que sirva algún día para facilitar la tarea de reconstruir los hechos a partir de la información disponible. Aunque, huelga decirlo, dicha tarea no recaerá sobre ninguno de nosotros, sigo anhelando que llegue la hora de acometerla.

Por desgracia, me temo que tal ocasión ni se dio en el ayer ni se da en el presente ni se dará en el mañana.

Muevo el sol para colocarlo en el oeste. Al variar el ángulo de incidencia de la luz, las gotas de rocío sobre los brotes de los campos empiezan a brillar de repente como una multitud de ojillos abriéndose al tiempo. Luego atenúo la intensidad de la luz para acelerar la llegada del atardecer. Al ver mi silueta proyectada en el horizonte distante, la saludo con la mano. Ella hace lo propio, y yo vuelvo a sentirme joven al verla.

Qué momento tan maravilloso. Ideal para ponerse a recordar.

PRIMERA PARTE

Mayo de 1453

La muerte de la Maga

Constantino XI Paleólogo detuvo por un instante las cavilaciones en las que andaba inmerso. Hizo a un lado la montaña de planos defensivos que tenía delante, se alisó la túnica púrpura y aguardó.

Su percepción del paso del tiempo tenía una precisa rigurosidad: en el momento justo, llegó un poderoso y violento temblor que parecía provenir de las profundidades de la tierra. Los candelabros de plata vibraron con un lúgubre silbido y el polvo, que debía de llevar mil años acumulado en los techos del Gran Palacio, comenzó a caer sobre las llamas de las velas y a explotar en minúsculas chispas al entrar en contacto con ellas.

Exactamente cada tres horas, justo lo que tardaban los otomanos en volver a cargar las bombardas diseñadas por el ingeniero Orbón, gigantescos proyectiles de roca de más de media tonelada batían las murallas de Constantinopla. Eran las más resistentes del mundo de la época, ampliadas y reforzadas desde que en el siglo V Teodosio II mandara construirlas, además de ser también el principal motivo por el que hasta el momento la corte bizantina había sobrevivido a tantos y tan poderosos enemigos.

Sin embargo, las gigantescas balas de roca estaban causando estragos en las murallas, y con cada nueva embestida se desprendían más y más pedazos, como si se tratara de las mordeduras de un gigante invisible. El emperador podía imaginar la escena: con los escombros de la explosión aún flotando en el aire, una multitud de soldados y ciudadanos, cual marabunta de valientes hormigas en medio de una tormenta de arena, se arrojaba sobre la herida recién abierta para tratar de llenar el hueco con cualquier cosa que tuvieran a mano, ya fueran restos de otros edificios, sacos terreros o valiosos tapices árabes... Era incluso capaz de imaginar la nube de polvo, en la que se reflejaba la luz del ocaso, cernirse sobre Constantinopla como un manto de oro.

Desde el comienzo del asedio de la ciudad, cinco semanas atrás, aquellos temblores se sucedían siete veces al día con una cadencia tan puntual y regular que parecía que los produjera un reloj gigantesco, uno que marcase el paso de los días y las horas de otro mundo, el mundo de los herejes. En comparación, el compás del reloj de latón en forma de águila bicéfala que había en un rincón de la estancia, símbolo de la cristiandad, resultaba extraordinariamente débil.

Los temblores cesaron. Al cabo de un rato Constantino consiguió, no sin esfuerzo, volver a la realidad que tenía ante él e indicó al guarda que estaba listo para recibir a quien fuera que aguardase al otro lado de las puertas.

Frantzes, uno de los consejeros más cercanos al emperador, entró seguido de una muchacha de aspecto demacrado.

—Majestad, esta es Helena —anunció con una reverencia, para a continuación hacerse a un lado e indicar a la chica que avanzara.

El emperador la observó aproximarse. Las mujeres nobles de Constantinopla solían vestir lujosos ropajes de adornos ostentosos, mientras que las vestiduras de la plebe siempre eran blancas y holgadas, y cubrían el cuerpo hasta los tobillos. Helena, en cambio, parecía combinar ambos estilos: en lugar de llevar una túnica bordada con hilo de oro, vestía de blanco como una plebeya y al mismo tiempo se cubría con una lujosa capa que no era del púrpura reservado a la nobleza, sino ocre. Su rostro, de una sensualidad muy provocadora, evocaba la imagen de una flor dispuesta a marchitarse entre oro y riquezas antes que a medrar en el estiércol.

Una prostituta. Probablemente de las que se ganaban bien la vida. Temblaba mucho y mantenía la vista baja, pero el emperador vio en su mirada un ímpetu y un anhelo insólitos en las de su clase.

—¿Practicas la magia? —preguntó Constantino, que deseaba dar por concluida aquella audiencia lo antes posible.

Frantzes era un hombre que hacía gala de una cautela muy metódica. Solo un pequeño número de los aproximadamente ocho mil soldados que defendían Constantinopla en aquel momento pertenecía a su ejército; los acompañaban alrededor de dos mil mercenarios genoveses más algunos otros que aquel competente consejero había logrado reclutar entre los habitantes de la ciudad. A pesar de que el emperador no se sentía muy entusiasmado con su última idea, el historial de aquel hombre aconsejaba darle al menos una oportunidad.

—Sí, alteza. Puedo matar al sultán. —La débil voz de Helena temblaba como hebras de seda al viento.

Cinco días antes, Helena se había presentado ante la puerta del palacio y había exigido ver al emperador. Cuando los guardas trataron de quitársela de encima, les mostró un objeto que los dejó estupefactos. Aunque desconocían qué era, estaban seguros de que fuera lo que fuese no debía obrar en su poder. En lugar de permitirle ver al emperador, lo que hicieron fue detenerla e interrogarla para descubrir cómo había conseguido aquel objeto. Solo después de corroborar los detalles de su historia la condujeron en presencia de Frantzes.

El ministro sacó un fardo envuelto en una tela de lino, lo desenvolvió y colocó con cuidado su contenido sobre el escritorio del emperador, que se mostró tan atónito como los soldados al ver el mismo objeto cinco días antes. Sin embargo, a diferencia de ellos, Constantino sabía muy bien qué era lo que tenía ante sí.

Más de nueve siglos antes, durante el reinado de Justiniano el Grande, los más diestros artesanos habían forjado dos cálices de oro puro engarzados con piedras preciosas que irradiaban una belleza tal que llegaba al alma. Los dos cálices eran idénticos salvo en la forma y disposición de las piedras. Uno de ellos pasó por las manos de los sucesivos emperadores bizantinos, mientras que el otro quedó sepultado junto con otros tesoros dentro de una cámara secreta escondida bajo los cimientos de Santa Sofía en 537, año en que se había reconstruido la basílica.

El cáliz que el emperador conocía había perdido el lustre con el paso del tiempo, pero el que tenía delante en ese momento parecía forjado el día anterior.

Al principio nadie creyó a Helena, convencidos de que debía de habérselo robado a alguno de sus clientes ricos. A pesar de que la existencia de una cámara oculta bajo la gran basílica era un secreto a voces, pocos conocían su ubicación exacta. Además, estaba sellada por las enormes piedras de los cimientos y no contaba con puerta ni túneles de acceso, de modo que para entrar en ella era necesario un grandioso esfuerzo de ingeniería, que hubo que realizar a pesar de todo, ya que cuatro días antes el emperador había ordenado reunir todos los objetos de valor de Constantinopla por si caía la ciudad. Era una medida desesperada, pues como él bien sabía, los turcos habían bloqueado todas las salidas de la ciudad tanto por tierra como por mar y en caso de querer huir con las riquezas no iba a tener por dónde hacerlo.

Fueron necesarios treinta operarios que trabajaron durante tres días para acceder a la cámara oculta, cuyas paredes estaban formadas por piedras tan descomunales como las de la Gran Pirámide de Keops. En el centro hallaron un enorme sarcófago de piedra sellado por doce gruesos flejes de hierro entrecruzados. Hizo falta un día más para que, entre cinco operarios trabajando a destajo bajo la atenta mirada de varios guardas, se consiguieran cortar los flejes y la tapa del sarcófago.

Lo primero que sorprendió a los presentes no fue ninguno de los tesoros y reliquias que llevaban casi mil años ocultos, sino un humilde racimo de uvas todavía fresco.

Según el relato de Helena, cinco días antes había dejado en el sarcófago un racimo de uvas al que le quedaban siete granos por arrancar, justo como aquel.

Cuando los obreros cotejaron los tesoros con la lista que figuraba en la parte interior de la tapa del sarcófago, comprobaron que todo seguía allí a excepción del cáliz. De no haber sido porque se hallaba junto a Helena y por el testimonio de la mujer, todos los presentes habrían sido ejecutados en el acto aunque hubiesen jurado y perjurado que la cámara y el sarcófago habían aparecido intactos.

—¿Cómo conseguiste hacerte con él? —preguntó Constantino.

Helena tembló aún más. Era obvio que su magia no la ayudaba a sentirse segura. Miró aterrorizada al emperador y al cabo de unos instantes logró balbucir:

—Esos lugares... los veo... los veo como si... —Hizo una pausa para tratar de hallar las palabras—. Como si estuvieran abiertos...

—Demuéstralo. Saca algo de una urna sellada.

Helena negó con la cabeza, muda de miedo. En busca de ayuda, miró a Frantzes, que dijo:

—Según ella, solo puede hacer su magia en un lugar concreto que no debe revelar y al que nadie ha de seguirla. De lo contrario, perderá sus poderes para siempre.

Helena asintió con vehemencia.

El emperador hizo una mueca de desprecio.

—En Europa, te habrían quemado en la hoguera hace tiempo... —masculló.

Helena se derrumbó en el suelo y se hizo un ovillo. Su menuda figura parecía la de una niña.

—¿Sabes matar? —la interpeló el emperador.

Helena siguió temblando. Solo después de que Frantzes insistiera en varias ocasiones, asintió.

—Muy bien —dijo el emperador mientras miraba al consejero—. Pongámosla a prueba.

Frantzes condujo a Helena por un largo tramo de escaleras. Las llamas de las antorchas que marcaban el camino emitían pequeños círculos de luz. Debajo de cada antorcha había dos soldados de guardia, cuyas brillantes armaduras reflejaban la luz y proyectaban en las paredes siluetas centelleantes.

Llegaron al fin a una especie de cueva oscura. Helena se arrebujó con la capa para protegerse del frío del lugar, que era donde se almacenaban las reservas de hielo del palacio para el verano.

Ya no había hielo, sino un prisionero acuclillado en un rincón debajo de una única antorcha. A juzgar por las ropas, debía de ser un oficial anatolio. Dedicó a Frantzes y Helena una mirada lobuna y salvaje entre los barrotes de hierro.

—¿Lo ves? —dijo el consejero, señalándolo.

Helena asintió.

Frantzes le entregó un saco de piel de carnero.

—Ya puedes marcharte. Vuelve con su cabeza antes del amanecer.

Helena extrajo del saco una cimitarra que destelló a la luz de la luna creciente. Se la devolvió a Frantzes y dijo:

—No la necesito, mi señor.

Acto seguido comenzó a subir las escaleras con paso silencioso. Según pasaba bajo cada círculo de luz de las antorchas, su forma parecía cambiar: a veces era una mujer y otras, un gato. Luego desapareció.

Frantzes se volvió hacia uno de los guardias y ordenó:

—Reforzad la vigilancia. —Señaló al prisionero y añadió—: No le quitéis ojo de encima ni un instante.

Después de que el soldado se marchara, Frantzes hizo un gesto con la mano y un hombre emergió de la oscuridad. Iba ataviado con los negros hábitos de un fraile.

—No te le acerques demasiado —advirtió el consejero—. Da igual si la pierdes, lo importante es que no te descubra en ningún caso.

El fraile asintió y subió las escaleras tan silenciosamente como lo había hecho Helena.

Esa noche, Constantino XI durmió igual de mal que todas las noches desde que había comenzado el asedio de Constantinopla: cada vez que parecía conciliar el sueño, las sacudidas volvían a desvelarlo. Antes del alba acudió a su estudio, donde encontró a Frantzes esperándolo.

Ya no se acordaba de la bruja. A diferencia de su padre, Manuel II, y de su hermano mayor, Juan VIII, Constantino era un hombre pragmático y había observado que aquellos que ponían su fe en supersticiones y milagros eran más propensos a sufrir muertes prematuras.

A una señal de Frantzes, Helena entró en la estancia sin hacer ruido. Tenía el mismo aspecto asustadizo que la primera vez que el emperador la había visto. Alzó el saco de cuero con mano temblorosa. En cuanto vio el saco, Constantino pensó que todo aquello había sido una pérdida de tiempo: no abultaba ni tampoco chorreaba sangre. Era imposible que contuviese la cabeza del prisionero.

Sin embargo, Frantzes no parecía decepcionado, sino abstraído, confuso como un sonámbulo.

—No ha traído lo que le pedimos, ¿verdad? —inquirió el emperador.

—En cierto modo, sí... —respondió el consejero, y, tras tomar el saco de manos de Helena, lo colocó sobre el escritorio del emperador y lo abrió. Luego se quedó mirándolo con la expresión de quien se encuentra ante un fantasma.

El emperador miró dentro del saco. Contenía algo gris y tan viscoso como el sebo de un carnero. Frantzes acercó un candelabro y dijo:

—Es el cerebro de aquel anatolio.

—Le ha trepanado el cráneo... —se admiró Constantino al tiempo que se volvía hacia Helena, que seguía temblando, envuelta en su capa y mirando alrededor con ojos de ratón asustado.

—No, majestad —repuso Frantzes—. El cadáver del prisionero ha aparecido intacto. Puse veinte hombres a custodiarlo, cinco en cada turno de guardia, que lo observaban sin cesar desde ángulos distintos. También puse sobre aviso a los guardias de la bodega. Ni un mosquito habría pasado inadvertido... —Se detuvo, todavía afectado por la impresión que le producía el relato de los hechos.

El emperador le indicó con un gesto que continuara.

—Dos horas después de que ella se hubiese ido —prosiguió el consejero—, el prisionero cayó al suelo y empezó a sufrir convulsiones. Muchos de los presentes eran veteranos soldados curtidos en numerosas batallas, e incluso había entre ellos un experimentado médico griego, pero ninguno recuerda haber visto morir a alguien de ese modo. Al cabo de una hora, Helena volvió con este saco en la mano. Luego, cuando el médico abrió el cráneo del cadáver, lo encontró vacío.

Constantino observó con detenimiento el cerebro del saco: estaba completo y sin indicios visibles de daño alguno, lo que era indicativo de que un órgano tan frágil como aquel debía de haber sido extirpado con sumo cuidado. Posó a continuación la vista sobre los finos dedos con que Helena asía su capa. Los imaginó descendiendo sobre la hierba para coger una seta, arrancando una flor de una rama...

A continuación levantó la vista hacia la pared, como si a través de ella hubiese visto algo enorme elevándose en el horizonte. El palacio se estremeció debido a otra tremenda sacudida provocada por las bombas, pero por primera vez el emperador no sintió temblor alguno.

«Si de verdad existen los milagros, ahora es el momento de que se manifiesten.»

Constantinopla se encontraba en una situación desesperada, pero no se habían perdido todas las esperanzas. Tras cinco semanas de cruentos enfrentamientos, el enemigo también había sufrido serias bajas.

Había lugares en los que los cadáveres de los turcos se amontonaban formando pilas tan altas como las murallas, y los asaltantes estaban tan exhaustos como los defensores. Días antes, una valiente flota genovesa cargada de suministros había conseguido entrar en el Cuerno de Oro a través de la barrera del Bósforo. Todos estaban convencidos de que era la avanzadilla de los refuerzos enviados por la cristiandad.

La moral del bando otomano estaba en horas bajas. La mayoría de los comandantes quería aceptar las condiciones de la tregua ofrecida por la corte bizantina y emprender la retirada, aunque ninguno se atrevía a manifestarlo. La razón de que no se hubiesen dado por vencidos era un único hombre.

Se trataba de un hombre que hablaba latín con fluidez, buen conocedor de las artes y de las ciencias, y diestro en el arte de la guerra.

No había dudado un instante a la hora de ahogar a su propio hermano en una bañera y asegurarse así el camino al trono. Había decapitado a una bella esclava delante de sus soldados para demostrar que no existía mujer capaz de tentarlo... El sultán Mehmed II era el eje sobre el que giraban las ruedas de la máquina de guerra otomana. Y si dicho eje se rompía, la máquina se vendría abajo.

Quizá sí se había producido un milagro.

—¿Qué esperas conseguir? —inquirió el emperador sin dejar de mirar la pared.

—Quiero que me hagan santa —repuso de inmediato Helena, que había estado esperando esa pregunta.

Constantino asintió. Tenía sentido: ¿qué podían importarle el dinero o las riquezas a una mujer a la que no había candado o cerrojo que se le resistiera? Pero una ramera apreciaba el honor de ser beatificada.

—¿Eres descendiente de los cruzados?

—Sí, alteza. Mis antepasados participaron en la última cruzada —respondió, y se apresuró a puntualizar—: En la cuarta no.*

* La cuarta cruzada terminó en 1204 con la conquista y el saqueo de Constantinopla a manos de los cruzados. *(N. del A.)*

El emperador posó la mano sobre la cabeza de Helena, que se arrodilló.

—Ve con Dios, muchacha. Mata a Mehmed II y serás la salvadora de Constantinopla, honrada y recordada como una mujer santa por los siglos de los siglos.

Al anochecer, Frantzes condujo a Helena por las murallas cercanas a la puerta de San Romano. La arena del suelo próximo a las murallas se había osurecido por la sangre seca de los muertos. Había cadáveres desparramados por doquier, como si hubiesen caído del cielo. Al otro lado de los muros, el humo blanco de los gigantescos cañones enemigos se extendía sobre el campo de batalla de manera tan liviana y elegante que parecía fuera de lugar en aquel cruento escenario. Más lejos todavía, bajo el cielo gris plomizo, los campamentos otomanos se extendían hasta donde no alcanzaba la vista, y montones de estandartes con la media luna, tan abundantes como troncos en un bosque, ondeaban en la húmeda brisa marina.

En dirección opuesta, los barcos de guerra otomanos se distribuían por el Bósforo como clavos negros que fijaban la azul superficie del mar.

Helena cerró los ojos.

«Este es mi campo de batalla; esta es mi guerra», pensó.

Acudieron a su mente leyendas de su infancia e historias de sus antepasados narradas por su padre: en Provenza, al otro lado del Bósforo, había una pequeña aldea sobre la cual un día se cernió una auspiciosa nube de la que surgió un pequeño ejército de niños ataviados con brillantes armaduras con cruces rojas y encabezados por un ángel. Su antepasado, un aldeano, había respondido a su llamada y cruzado el Mediterráneo para luchar por Dios en Tierra Santa. En el transcurso de las cruzadas ascendió hasta convertirse en templario. Más tarde, en Constantinopla, conoció a una hermosa mujer, una guerrera sagrada de la cual se enamoró y con la que dio inicio una gloriosa estirpe...

Tiempo después, ya de mayor, Helena descubrió la verdad: solo los mimbres de la historia eran auténticos. Su antepasado había sido, en efecto, hijo de un cruzado que, justo después de que la plaga arrasara su pueblo, se había unido a ellos con el único objetivo de llenar el estómago. Al bajar del barco se encontró en Egipto, donde lo vendieron como esclavo junto a otros diez mil niños. Tras años de cautiverio, consiguió escapar y vagó por Constantinopla, donde sí que conoció a una guerrera santa bastante mayor que él. Sin embargo, el destino de la mujer no había sido mucho mejor que el suyo: Constantinopla había aguardado con ansia el advenimiento de poderosos guerreros cristianos para combatir a los infieles, pero en su lugar tan solo llegó un puñado de mujeres desvalidas. Indignada, la corte bizantina se negó a alimentar a las guerreras santas y todas se vieron obligadas a prostituirse.

Durante más de cuatrocientos años, la tan «gloriosa» estirpe de Helena había tenido que limitarse a sobrevivir. Para cuando su padre llegó al mundo, la pobreza de la familia era casi absoluta. Desesperada y hambrienta, Helena siguió los pasos de su ilustre bisabuela y se dedicó al mismo oficio. Cuando su padre se enteró, le propinó una terrible paliza y amenazó con matarla si volvía a sorprenderla haciéndolo... a menos que accediera a llevarse los clientes a casa para que de ese modo él pudiera negociar un mejor precio en su nombre y ayudarla a «administrar» el dinero.

Helena terminó por marcharse de casa para trabajar por su cuenta. Estuvo en Jerusalén y en Trebisonda; llegó incluso a visitar Venecia. Ya no pasaba hambre y llevaba hermosos vestidos. Sin embargo, en el fondo sabía que no era diferente de una brizna de hierba que crecía en el barro de la carretera: indistinguible del lodo cuando el viajero de turno la aplastaba.

Fue entonces cuando se produjo el milagro; o, mejor dicho, cuando ella topó con él.

Helena se consideraba muy distinta de Juana de Arco, otra mujer que también había sido elegida por Dios. A fin de cuentas, ¿qué había recibido la Dama de Orleans? Solo una espada. En cambio, a ella Dios le había concedido algo mucho mejor: un don que la iba a convertir en la mujer más venerada después de María.

—Ese es el campamento de el-Fātiḥ el Conquistador —indicó Frantzes, señalando en dirección opuesta a la puerta de San Romano.

Helena miró hacia donde señalaba y asintió.

Entonces el consejero le entregó otro saco de piel de carnero.

—Dentro encontrarás tres retratos suyos desde tres ángulos diferentes y con distintas vestiduras. También hay un machete; lo necesitarás. Queremos su cabeza entera, no solo el cerebro. Será mejor que esperes a que anochezca. De día no estará en su tienda.

—Recordad lo que os advertí, mi señor —dijo Helena, cogiendo el saco.

—Por supuesto.

—No me sigáis. Si entráis en el lugar al que debo acudir, la magia dejará de funcionar para siempre.

El espía disfrazado de fraile que la había seguido la vez anterior le había contado a Frantzes que Helena había sido muy cuidadosa y cambiado de camino de forma brusca o vuelto sobre sus pasos en múltiples ocasiones hasta alcanzar por fin el distrito de Blanquerna. El consejero se sorprendió al oírlo, dado que era la parte de la ciudad que había sufrido los peores bombardeos, y nadie salvo los soldados se aventuraba en ella.

El espía la había visto adentrarse en las ruinas de un minarete que en otro tiempo había formado parte de la mezquita local. La razón por la que esa torre había permanecido en pie a pesar de que Constantino había ordenado demoler todas las mezquitas de la ciudad era que, durante la última plaga, unos cuantos enfermos habían muerto en el interior, por lo que nadie quería acercarse demasiado. Más tarde, después de que comenzara el asedio a la ciudad, un proyectil perdido había destrozado la parte superior.

Atendiendo las advertencias de Frantzes, el espía no había entrado. Lo que sí hizo fue interrogar a dos soldados que lo habían hecho antes de que el proyectil dañase el minarete. Según le contaron, en un principio habían querido montar un puesto de vigilancia, pero desistieron al no ser lo bastante elevado. También le explicaron que no albergaba nada, a excepción de unos cuantos cuerpos descompuestos que para entonces ya debían de ser esqueletos.

Esta segunda vez Frantzes no mandó seguir a Helena. Se quedó mirándola mientras se abría paso entre las filas de soldados en lo alto de las murallas. Su capa destacaba mucho entre la mugre y la sangre incrustadas en las armaduras de los militares, que, exhaustos, no le prestaron atención. Cuando descendió al fin la muralla, sin hacer ningún esfuerzo por despistar a posibles espías que la siguiesen, fue directa hacia el distrito de Blanquerna y desapareció en la noche que ya envolvía la ciudad.

Constantino XI miraba cómo se evaporaba el agua de un pequeño charco en el suelo, metáfora de cómo se desvanecían sus esperanzas.

Acababan de partir doce espías. El lunes anterior, camuflados con los turbantes y uniformes de las fuerzas otomanas, habían conseguido burlar las filas enemigas en un pequeño bote para ir al encuentro de la flota europea que se suponía que estaba de camino para ayudar a los sitiados. Sin embargo, se encontraron un Egeo desierto y sin rastro de la famosa flota. Desengañados, los espías emprendieron el camino de regreso y, tras cruzar por segunda vez las filas enemigas, se presentaron ante el emperador con la desoladora noticia.

Constantino entendió al fin que la ayuda prometida por Europa no era más que una vana ilusión. Los reyes de la cristiandad habían decidido darle cruelmente la espalda y dejar Constantinopla en manos de los infieles, y ello después de tantos y tantos siglos durante los cuales la ciudad santa había resistido las hordas mahometanas.

Unos gritos de alarma procedentes del exterior retumbaron de pronto en sus oídos. Un guardia vino a informarle de que se había producido un eclipse lunar, lo que representaba una gran catástrofe, pues siempre se había dicho que mientras la luna brillase Constantinopla no caería.

A través de la rendija de la ventana, el emperador observó que la luna desaparecía en la sombra, como si entrase en la sepultura que era el cielo. Entonces tuvo el presentimiento de que Helena nunca regresaría y de que jamás vería la cabeza de su enemigo.

Transcurrió un día. Después una noche. Tal como esperaba, no hubo noticias de Helena.

Frantzes y sus hombres detuvieron los caballos frente al minarete del distrito de Blanquerna y se apearon. Ninguno de ellos daba crédito a sus ojos: bajo la fría y blanca luz de la recién salida luna, el minarete parecía intacto. Su afilada punta señalaba hacia el cielo estrellado.

El espía juró que la última vez que había estado allí faltaba la parte superior de la estructura. Muchos otros oficiales y soldados de la zona corroboraron su testimonio.

Frantzes miró en dirección al cielo y sintió que la ira crecía en su interior. No importaba cuántas personas sostuvieran lo contrario, el espía había mentido, y ahí estaba el minarete completo para atestiguarlo. Sin embargo, Frantzes no quiso perder el tiempo castigándolo. Ahora que la ciudad estaba a punto de sucumbir, todos iban a recibir su condena a manos de los conquistadores.

Un soldado advirtió en la mirada de Frantzes lo que el consejero imperial estaba pensando, pero no dijo nada. Sabía que la parte superior del minarete no había sido destruida por una bala de cañón. Había descubierto que le faltaba esa parte una mañana, hacía dos semanas, sin que ninguna pieza de artillería hubiese sido disparada la noche anterior y sin que hubiera quedado escombro alguno en el suelo. Los dos soldados que estuvieron con él aquella mañana y que podían corroborar su historia habían muerto en el campo de batalla, de modo que prefirió no decir nada. Nadie iba a creerle.

Frantzes y sus hombres entraron en el minarete, donde vieron los cadáveres de las víctimas de la plaga. Los perros los habían destrozado y desperdigado por las ruinas. No vieron ningún indicio de vida.

Subieron por las escaleras hasta el piso superior. Allí, iluminada por la temblorosa luz de una antorcha, vieron a Helena. Estaba acurrucada bajo una ventana y parecía dormida, pero tenía los ojos entornados y en ellos se reflejaba la luz de las antorchas. Llevaba la ropa sucia y hecha jirones y el pelo revuelto. Un par de arañazos, quizás autoinfligidos, le cruzaban la cara.

Frantzes miró alrededor. Estaban en lo alto del minarete, un espacio cónico completamente vacío. Advirtió que la gruesa capa de polvo que lo cubría todo presentaba apenas unas huellas, como si Helena, al igual que ellos, hubiera llegado hacía poco.

Entonces Helena despertó y arañó las paredes con las uñas

para incorporarse. La luz de la luna que se colaba por la ventana daba a su pelo un halo plateado.

La mujer abrió los ojos de par en par y miró. Solo después de un gran esfuerzo consiguió volver a la realidad. Sin embargo, volvió a cerrar los ojos enseguida. Era como si tratase de permanecer en el sueño.

—¿Qué haces aquí? —gritó Frantzes.

—No..., no puedo ir...

—¿Adónde?

Todavía con los ojos entornados para terminar de saborear el recuerdo como una niña que se aferrase a su juguete preferido, Helena respondió:

—Hay mucho espacio... Se está tan a gusto...

Abrió los ojos y, aterrorizada, vio dónde se encontraba.

—Pero aquí... —prosiguió—. Es como estar dentro de un ataúd, tanto dentro como fuera del minarete. ¡Tengo que volver!

—¿Y tu misión?

—¡Un momento! —Helena se santiguó—. ¡Un momento!

Frantzes señaló hacia afuera a través de la ventana.

—¿Crees acaso que podemos esperar más?

Se oyó de pronto un gran revuelo. Si se prestaba atención era posible distinguir dos sonidos diferentes. Uno procedía de extramuros: Mehmed II había decidido emprender el asalto final de Constantinopla al día siguiente. En ese mismo instante el joven sultán recorría a caballo los campamentos otomanos y prometía a sus soldados que lo único que quería para sí era la propia Constantinopla, que sus tesoros y sus mujeres les pertenecerían a ellos y que tras la caída de la ciudad dispondrían de tres días para apropiarse de cuanto quisieran. Las tropas reaccionaron con vítores ante la promesa del sultán, a los que se sumó el sonido de trompetas y tambores. Aquel estruendo de alegría, unido al humo y las chispas que se elevaban de las fogatas de los campamentos, amenazaba Constantinopla como el rugido de una enorme oleada mortal.

En cambio, el sonido procedente del interior de la ciudad era lúgubre y quedo. Todos los ciudadanos habían desfilado por el lugar para reunirse en Santa Sofía, donde asistirían a una última misa. La escena era inédita en la historia de la cristiandad y jamás se volvería a repetir: acompañados por himnos solemnes e iluminados por la tenue luz de las velas, el emperador bizantino, el patriarca de Constantinopla, cristianos ortodoxos de Oriente, católicos italianos, soldados de armadura, marineros procedentes de Venecia o Génova y una gran multitud de ciudadanos se congregaban ante Dios con el fin de prepararse para la batalla final de sus vidas.

Frantzes supo que su plan había fracasado. Quizás Helena no fuese más que una hábil embaucadora y no poseyera poderes mágicos. Esa era la opción que prefería con diferencia, pues existía otra mucho más inquietante y peligrosa: que sí los poseyera y los hubiese puesto al servicio de Mehmed II, quien le habría encargado otra misión. Al fin y al cabo, ¿qué podía ofrecerle Bizancio que fuera de su interés si se hallaba al borde de la ruina? La promesa de convertirla en santa resultaba sumamente difícil de cumplir: ni Constantinopla ni Roma estarían dispuestas a beatificar a una bruja que además era prostituta. Sí, lo más probable era que hubiese regresado con dos objetivos en mente: Constantino XI y él. ¿No había sentado suficiente precedente aquel ingeniero húngaro? Fue ante Constantino XI que Orbón se presentó en primer lugar con los planos de sus cañones gigantes. Pero como el Emperador carecía de dinero no ya para sufragar la construcción de aquellas máquinas mastodónticas, sino incluso su propio sueldo, Orbón cambió de bando y se fue con Mehmed II. Los bombardeos diarios servían de recordatorio constante de su traición.

Frantzes dirigió una mirada al espía, que desenvainó la espada en el acto y la clavó en mitad del pecho de Helena. La hoja la atravesó por completo y fue a hundirse en una rendija de la pared de piedra, a su espalda. El espía trató de recuperar el arma, pero se había atascado. Entonces Helena apoyó las manos en la empuñadura y él, temeroso de tocarlas, retrocedió.

Frantzes y sus hombres se marcharon.

Helena no emitió el más mínimo quejido durante la ejecución. La cabeza se le ladeó poco a poco, y cuando los mechones de su cabello se apartaron del rayo de luna que los iluminaba, perdieron su halo plateado y se sumieron en las tinieblas. La luna alumbró un pequeño trozo de suelo en el oscuro interior del minarete sobre el que un reguero de sangre se deslizaba como una estrecha serpiente negra.

Tanto dentro como fuera de la ciudad, los sonidos cesaron para dar paso al silencio que precede a una gran batalla. El Imperio romano de Oriente saludó su último amanecer en aquel lugar situado a caballo entre Europa y Asia, entre la tierra y el mar.

La maga murió ensartada en la pared del segundo piso del minarete. Fue quizá la única maga auténtica de toda la historia de la especie humana. Para su desgracia, diez horas antes la Era de la Magia también había tocado a su fin.

Dicha era había comenzado a las cuatro de la tarde del 3 de mayo de 1453, cuando un fragmento de alta dimensionalidad entró en contacto con la Tierra por primera vez. Finalizó a las nueve de la noche del 28 de mayo de 1453, cuando dicho fragmento dejó atrás el planeta y, después de veinticinco días y cinco horas, lo devolvió a su órbita habitual.

Constantinopla sucumbió el 29 de mayo al atardecer.

Cuando la encarnizada matanza de aquel día se acercaba a su inevitable final, Constantino XI, solo frente a las hordas otomanas que se abalanzaban sobre él, gritó: «¡¿No hay un solo cristiano aquí dispuesto a perder la cabeza?!» Se rasgó las vestiduras imperiales y desenvainó la espada para hacer frente a la turba que se aproximaba. Su armadura plateada resplandeció por un instante antes de perderse en un mar granate como una pieza de lata que se sumerge en ácido sulfúrico.

La relevancia histórica de la caída de Constantinopla no se hizo patente hasta varios años después. En un primer momento, aquello solo supuso el último estertor del Imperio romano para la mayoría de la gente. El período bizantino no había sido más que un bache en el camino que había dejado tras de sí la gran cuadriga de la antigua Roma, que pese a haber gozado de esplendor durante cierto tiempo terminó evaporándose como el agua de un charco bajo el sol. En su día, los romanos silbaban despreocupados al bañarse en sus fastuosas termas, convencidos de que su imperio, al igual que el granito con que estaban construidas las piscinas en que flotaban, duraría eternamente.

Pero ahora ya sabemos que no hay nada que dure para siempre. Que todo cuanto existe tiene un final.

Era de la Crisis, año 1
La opción «vida»

Yang Dong quería salvarse, pero sabía que tenía pocas posibilidades de conseguirlo.

De pie en el balcón del piso superior del centro de control, observó el acelerador de partículas detenido. Desde allí veía en su totalidad la circunferencia de veinte kilómetros que formaba el colisionador. Al contrario de lo habitual, el anillo no estaba soterrado, sino encapsulado en un tubo de cemento. La forma redondeada de las instalaciones parecía el círculo de un punto final al sol poniente. ¿A qué frase ponía fin? Confiaba en que solo marcase el fin de la física.

Hubo un tiempo en el que Yang Dong tenía una férrea convicción: que, si bien la vida y el mundo podían ser feos, en los límites de las escalas micro y macro todo cuanto existía era armonioso y bello; que el mundo donde vivimos es mera espuma que flota en el perfecto y profundo océano de la realidad. En cambio, ahora le parecía que el día a día era una hermosa concha que contenía microrrealidades que, al igual que las macrorrealidades que la contenían a su vez, eran mucho más feas y caóticas.

Aquello le resultaba demasiado aterrador.

Sería mejor que dejara de pensar en ello. Podía dedicarse a una nueva profesión que no tuviera nada que ver con la física, casarse, tener hijos, vivir una vida tranquila y feliz como la de tantos otros. Claro que, para ella, una vida así solamente contaría como media vida.

Pero había otra cosa que también la perturbaba, algo que tenía que ver con su madre, Ye Wenjie: había descubierto por casualidad que su ordenador había recibido una serie de mensajes encriptados, lo que despertó su curiosidad. Como pasaba con tantos otros ancianos, la madre de Yang no estaba familiarizada con los pormenores de internet ni tampoco con los de su ordenador, de modo que se había limitado a borrar los mensajes siguiendo el procedimiento habitual y dejando un rastro digital. No era consciente de que, incluso después de haber formateado el disco, los datos podían recuperarse con facilidad.

Por primera vez en toda su vida, Yang Dong hizo algo a espaldas de su madre y recuperó la información de los archivos borrados. Tardó varios días en leer todos los datos. Así fue como supo de la existencia del mundo de Trisolaris y del secreto que guardaban los extraterrestres y su madre.

La revelación dejó consternada a Yang Dong. Aquella mujer de la que había dependido la mayor parte de su vida resultó ser un tipo de persona cuya mera existencia jamás habría podido creer. No se atrevía a pedirle explicaciones. Nunca lo haría, pues en el momento en que la confrontara, el cambio de la imagen que tenía de su madre terminaría de consumarse de forma irrevocable. No, era mejor fingir que era la misma mujer que había conocido siempre y vivir como si nada hubiera ocurrido. Claro que, para ella, una vida así solamente contaría como media vida.

Vivir solo media vida tampoco era una tragedia. A juzgar por lo que había podido observar, era lo que hacía gran parte de la gente que le rodeaba. Siempre que a uno se le diera bien olvidar e ignorar, era posible vivir media vida sin apenas dificultades, incluso con cierto grado de felicidad.

Sin embargo, la suma del fin de la física con el secreto de su madre le había hecho perder una vida entera.

Yang Dong se apoyó contra la barandilla y admiró el abismo que tenía ante sí con una mezcla de terror y fascinación. Entonces sintió que la barandilla cedía a causa del peso que estaba ejerciendo sobre ella y dio un paso atrás de inmediato, como si se hubiera electrocutado. Temerosa de seguir allí más tiempo, regresó a la sala de los terminales.

Aquel era el lugar donde se encontraban los terminales del superordenador que el centro usaba para analizar los datos generados por el colisionador. Los habían apagado varios días antes, pero ahora había unos cuantos encendidos, lo que supuso cierto alivio para Yang Dong. Eso sí, era consciente de que el superordenador ya había empezado a utilizarse para otros proyectos que no tenían nada que ver con el acelerador de partículas.

En la sala había un único joven, que se levantó al verla entrar. Su aspecto llamaba mucho la atención, puesto que llevaba unas gafas gruesas de color verde. Yang le explicó que solo estaba allí para recoger sus cosas, pero en cuanto el chico de las gafas verdes supo quién era, empezó a hablarle entusiasmado sobre el programa que estaba ejecutando y que podía verse en los terminales.

Era un modelo matemático de la Tierra. A diferencia de anteriores proyectos similares, aquel simulaba la evolución pasada, presente y futura de la superficie terrestre, teniendo en cuenta un gran número de factores biológicos, geológicos, astronómicos, atmosféricos y oceánicos, entre otras variables.

Gafas Verdes encendió varios monitores grandes, en los que Yang Dong vio algo muy diferente a los gráficos de datos y las curvas anteriores. Eran imágenes brillantes y coloridas de lo que parecían ser continentes y océanos a vista de pájaro. El joven movió con destreza el ratón para ampliar varias zonas, y aparecieron en primer plano imágenes de ríos y árboles.

Yang Dong sintió cómo el aliento de la naturaleza impregnaba aquel lugar que hasta hacía poco había estado dominado por la abstracción de los números y los teoremas. Se sintió como si la hubieran liberado de una prisión.

Después de escuchar la explicación de Gafas Verdes, Yang Dong recogió sus cosas y se dispuso a marcharse tras despedirse con cortesía. Aun dándole la espalda, notó que él la seguía mirando. Estaba acostumbrada a que los hombres reaccionaran de aquel modo en su presencia. Esta vez, en lugar de molestarse, sintió consuelo, la misma cálida caricia que el sol proporciona en invierno. De pronto sintió un imperioso deseo de expresarse, de comunicarse. Se volvió.

—¿Crees en Dios? —preguntó.

Ella misma se sorprendió al formular la pregunta. Luego, cuando se percató de que tampoco resultaba una pregunta tan fuera de lugar teniendo en cuenta el modelo que se estaba ejecutando, se sintió algo aliviada.

La pregunta también había dejado estupefacto a Gafas Verdes. Al cabo de unos segundos, cuando consiguió cerrar la boca, preguntó con sumo cuidado:

—¿A... a qué dios te refieres?

—Pues a Dios. Dios a secas.

Volvió a embargarle la misma sensación de cansancio de antes. No tenía fuerzas ni paciencia para explicarse mejor.

—No, no creo en Dios —contestó Gafas Verdes al fin.

—Pero... —comenzó a decir ella mientras señalaba las imágenes de los monitores—. Los parámetros físicos que rigen la existencia de la vida son implacables. Piensa en el agua líquida, por ejemplo: solo puede existir dentro de un ajustado rango de temperaturas. Y desde el punto de vista de la cosmología, resulta todavía más evidente: a poco que los parámetros de las condiciones que propiciaron el Big Bang hubieran diferido en un margen de ni siquiera una milmillonésima parte, no tendríamos elementos pesados y, por lo tanto, no existiría la vida. ¿No es prueba suficiente de un diseño inteligente?

Gafas Verdes negó con la cabeza.

—No soy un experto en el Big Bang, pero te equivocas respecto a la Tierra. La vida nació de la Tierra, pero la vida también la cambió. El entorno actual del planeta es el resultado de su interacción con la vida.

Cogió el ratón y empezó a clicar.

—Hagamos una simulación.

Apareció un panel de configuración lleno de vertiginosos campos numéricos en una de las pantallas más grandes. Cuando deseleccionó una casilla de verificación de la parte superior, los campos quedaron vacíos.

—Vamos a deseleccionar la casilla de verificación de la opción «vida» para ver cómo habría evolucionado la Tierra sin ella. Ajustaré la simulación para que sea aproximada, y así los cálculos no llevarán demasiado tiempo.

Yang Dong miró otro terminal y vio que la supercomputadora estaba funcionando a pleno rendimiento. Una máquina como aquella consumía tanta electricidad como una ciudad pequeña, pero no le pidió a Gafas Verdes que la detuviera.

Un planeta de nueva formación apareció en la pantalla más grande. Su superficie aún era roja, tan incandescente como un ascua recién sacada del fuego. Se enfrió conforme fueron transcurriendo las distintas eras geológicas, y los colores y las formas de la superficie mutaron de manera hipnótica. Minutos más tarde, un planeta naranja apareció en la pantalla, indicativo de que la simulación había llegado a su fin.

—No es más que un cálculo aproximado; hacerlo de forma más precisa llevaría un mes.

Gafas Verdes amplió la imagen y desplazó el ratón por la superficie del planeta. Se vio pasar un ancho desierto, luego un grupo de montañas de formas extrañas que parecían enormes columnas, y a continuación un abismo sin fondo y una depresión circular parecida a un cráter de impacto.

—¿Qué es? —preguntó desconcertada Yang Dong.

—La Tierra. Sin vida, este es el aspecto que tendría la superficie hoy en día.

—Pero... ¿y los océanos?

—No hay océanos. Ni tampoco ríos. Toda la superficie está seca.

—¿Me estás diciendo que, sin vida, el agua líquida no existiría en la Tierra?

—Puede que la realidad hubiera sido aún más impactante. Recuerda que esto es una simulación muy somera. Aun así, se puede apreciar el gran impacto que ha tenido la vida en la formación de la Tierra tal y como es en la actualidad.

—Pero...

—¿Creías que la vida no es más que algo blando y frágil que se aferraba a la superficie del planeta?

—¿Acaso no lo es?

—Olvidas el poder del tiempo. Si una colonia de hormigas es capaz de transportar un grano de arroz en un día, en mil millones de años pueden arrasar el mismísimo monte Tai. Siempre y cuando disponga del tiempo necesario, la vida es más fuerte que el metal y la roca, más poderosa incluso que cualquier tifón o volcán.

—¡Pero la formación de las montañas depende de las fuerzas geológicas!

—No necesariamente. Aunque la vida no sea capaz de formar montañas, sí puede alterar la distribución de las cadenas montañosas. Pongamos por caso que hay tres montañas, dos de ellas cubiertas de vegetación. La erosión allanará mucho antes la que se encuentra pelada. Cuando digo «mucho antes» hablo en términos de millones de años, ¿eh? Eso no es nada en términos geológicos.

—¿Y cómo desaparece un océano?

—Habría que consultar el registro de la simulación, pero es muy engorroso. Aunque la intuición me dice que las plantas, los animales y las bacterias han sido muy importantes a la hora de determinar la composición de nuestra atmósfera. Sin vida sería muy diferente. Posiblemente no sería capaz de proteger la superficie terrestre de los vientos solares ni los rayos ultravioleta, de modo que los océanos se evaporarían y el efecto invernadero no tardaría en convertirla en una réplica de la atmósfera de Venus, lo que haría que el vapor de agua terminara por perderse en el espacio. Al cabo de varios miles de millones de años, la Tierra quedaría completamente seca.

Yang Dong no dijo más. Se quedó mirando aquel planeta hueco y amarillento.

—La Tierra en la que vivimos ahora es un hogar construido por la vida para sí misma. No tiene nada que ver con Dios —sentenció Gafas Verdes a la vez que extendía los brazos como queriendo abarcar el monitor y visiblemente orgulloso de su elocuencia.

Yang Dong no estaba de humor para seguir discutiendo, pero en el momento en que Gafas Verdes deseleccionó la opción «vida» del panel de configuración, algo le pasó por la cabeza. Formuló la aterradora pregunta:

—¿Y el universo, entonces?

—¿Qué pasa con el universo? —preguntó perplejo Gafas Verdes, que estaba cerrando la simulación.

—Si usáramos un modelo matemático parecido para simular el universo entero y deseleccionáramos la opción «vida» desde el principio, ¿cómo sería el universo resultante?

Gafas Verdes se quedó pensando un rato.

—Obviamente tendría el mismo aspecto que ahora, si los resultados son correctos. Cuando hablaba del efecto de la vida sobre el entorno me refería al contexto de la Tierra. En el caso del universo, la vida es tan infrecuente que su impacto en la evolución del cosmos puede soslayarse.

Yang Dong tuvo que morderse la lengua para no responder.

Se despidió una vez más y forzó una sonrisa de agradecimiento. Tras abandonar el edificio miró hacia el cielo nocturno, preñado de estrellas.

Gracias a los documentos secretos de su madre, sabía que la vida no era una rara ocurrencia del universo, sino más bien todo lo contrario: el cosmos estaba muy concurrido.

¿Cuánto había cambiado el universo a consecuencia de la vida? ¿Hasta dónde habían llegado esos cambios?

Se apoderó de ella un sentimiento de pánico.

Supo que ya era tarde para salvarse. Trató de no pensar, de sumir su mente en un oscuro vacío, pero una pregunta se empeñaba en atormentarla:

¿Era la naturaleza realmente natural?

Era de la Crisis, año 4
Yun Tianming

El doctor Zhang se dirigió a la habitación de su paciente, Yun Tianming, para hacerle la revisión diaria. Antes de marcharse, el médico le dejó sobre la cama una nota en la que le decía que después de tanto tiempo ingresado en el hospital le convenía saber lo que pasaba en el mundo. A Yun Tianming le extrañó, porque tenían televisión en el cuarto. Quizás el doctor le había querido decir algo con aquello.

Al hojear el periódico, Yun Tianming observó que, a diferencia de antes de que lo ingresaran, Trisolaris y la Organización Terrícola-trisolariana habían dejado de acaparar titulares. Había al menos un puñado de artículos sobre temas que no tenían nada que ver con la Crisis. La tendencia de la humanidad a centrarse en el aquí y el ahora volvía a quedar patente: la preocupación por hechos que iban a producirse al cabo de cuatro siglos había dado paso al interés por el presente.

No le sorprendió. Intentó recordar cómo habían sido las cosas cuatrocientos años antes: China estaba regida por la dinastía Ming, y le parecía —no estaba del todo seguro— que Nurhaci acababa de fundar el imperio que acabaría derrocándola previa matanza de millones de personas. En Occidente se habían terminado los años oscuros del medievo y aún faltaban más de cien años para que apareciera la máquina de vapor, trescientos para la electricidad. Cualquier persona de la época que hubiera perdido el sueño pensando en cómo iba a ser la vida al cabo de cuatrocientos años se habría convertido en objeto de mofa y escarnio por parte de sus contemporáneos; y del mismo modo que entonces habría resultado ridículo preocuparse, también lo era ahora.

En su caso concreto, y en vista de cómo había evolucionado la enfermedad que padecía, ni siquiera tenía sentido preocuparse por cómo serían las cosas al cabo de un año.

No obstante, una noticia le llamó la atención. Pese a no tratarse de uno de los principales titulares, era una noticia destacada en primera plana:

> El Comité Permanente de la Asamblea Popular Nacional aprueba la Ley de la Eutanasia en sesión especial

A Tianming le pareció extraño. Habían convocado aquella sesión legislativa especial para tratar la cuestión de la Crisis Trisolariana, pero dicha ley no parecía guardar ninguna relación con ella.

¿Era eso lo que el doctor Zhang quería que viera?

Un repentino ataque de tos lo obligó a dejar el periódico y tratar de dormir.

Al día siguiente, dieron varias entrevistas y reportajes por televisión sobre la Ley de la Eutanasia, pero no parecían haber despertado demasiado interés. Por la noche, Tianming tuvo dificultades para conciliar el sueño: no paraba de toser, le costaba respirar, se sentía débil y tenía náuseas debido a la quimioterapia. El paciente que ocupaba la cama contigua vino a sentarse al borde de la suya y le sostuvo el tubo de oxígeno. Se apellidaba Li, pero todos lo llamaban Lao Li, «Viejo Li».

Lao Li miró alrededor para cerciorarse de que los demás pacientes que compartían la habitación estaban dormidos y dijo:

—Tianming, al final me voy a ir antes de lo que pensaba.

—¿Le van a dar el alta?

—No, hombre. Van a hacerme la eutanasia.

Tianming se incorporó en la cama.

—Pero ¿eso por qué? Con lo devotos y cariñosos que son sus hijos...

—Es justo por ellos que me he decidido. Como esto se alargue mucho más, van a tener que hipotecarse, y todo ¿para qué? Si lo mío no tiene cura... Debo obrar con responsabilidad. Por ellos y por mis nietos.

Lao Li exhaló un hondo suspiro, golpeó con suavidad el hombro de Tianming y luego se metió en la cama.

Tianming se durmió mirando las sombras proyectadas por los árboles al otro lado de la cortina. Por primera vez desde que cayó enfermo, tuvo un sueño agradable.

Soñó que surcaba un mar en calma a bordo de un barquito de papel. El cielo era de un neblinoso gris oscuro, y caía una suave llovizna que no parecía alcanzar la superficie del agua, pues esta se mantenía tan lisa como un espejo. El agua, también gris, se confundía con el cielo en todas direcciones, de forma que no había horizonte ni tampoco orilla...

Al despertarse por la mañana, Tianming no consiguió explicarse cómo, en sueños, había estado tan seguro de que la llovizna no se detendría jamás; de que la superficie del agua se mantendría tersa del todo y de que el tono del cielo seguiría teniendo el mismo color plomizo.

El hospital estaba a punto de llevar a cabo el procedimiento solicitado por Lao Li.

Tras no pocos debates internos, los medios de comunicación habían convenido en emplear la expresión «llevar a cabo». El término «ejecutar» fue descartado desde el principio por razones obvias, «realizar» tampoco sonaba bien, y «completar» parecía sugerir que la muerte ya era un hecho, lo cual tampoco era del todo preciso.

El doctor Zhang preguntó a Yun Tianming si se sentía con fuerzas para asistir a la eutanasia de Lao Li y se apresuró a añadir que, al tratarse de la primera que se llevaba a cabo en la ciudad, era conveniente que se hallaran presentes representantes de los distintos grupos de interés, pacientes incluidos, y que por eso lo invitaba.

Sin embargo, Yun Tianming no podía quitarse de la cabeza la idea de que aquella petición escondía algún motivo. Aun así, accedió en señal de agradecimiento al amable trato que el doctor Zhang siempre le había dispensado. Más tarde tuvo la repentina sensación de que tanto la cara como el nombre del doctor le resultaban familiares, aunque era incapaz de recordar la razón por más que lo intentara. Tal vez no se había dado cuenta hasta entonces de aquella extraña familiaridad porque hasta el momento todas sus interacciones se habían centrado, como era natural, en su enfermedad y su tratamiento. La manera en la que un doctor se comportaba y hablaba en un contexto laboral era muy distinta a la que empleaba para hablar de tú a tú con otra persona.

Ninguno de los miembros de la familia de Lao Li estaban presentes en el momento de llevar a cabo el procedimiento. Les había ocultado su decisión y solicitó que fuera la Oficina de Asuntos Civiles municipal, y no el hospital, la que les diera la noticia. La nueva Ley de la Eutanasia permitía obrar de tal modo.

Se presentaron un montón de periodistas, pero a la mayoría no se le permitió entrar. La sala de eutanasia había sido antes una habitación del edificio de emergencias del hospital, y una de las paredes estaba formada por uno de esos espejos falsos detrás del cual los observadores podían ver lo que ocurría en el interior de la habitación sin que el paciente se diera cuenta.

Yun Tianming se abrió paso entre la multitud de observadores hasta que llegó frente a la mampara de cristal. En cuanto vio el interior de la sala de eutanasia sintió tal aversión que estuvo a punto de vomitar.

Fuera quien fuese el responsable de la decoración de la habitación, se había lucido: las ventanas tenían cortinas de encaje, había jarrones con flores por doquier y las paredes estaban atestadas de corazones de cartulina rosa. Por bienintencionado que fuera, aquel claro intento de humanizar la situación lograba el efecto contrario: aportaba una especie de júbilo artificioso a la ya de por sí espantosa sombra de la muerte. Era como si hubieran querido convertir un sepulcro en una alcoba nupcial.

Lao Li yacía en la cama que había en el centro de la estancia. Parecía tranquilo. A Yun Tianming se le hizo un nudo en la garganta cuando se dio cuenta de que no habían tenido ocasión de despedirse de verdad. En el interior, dos notarios se encargaban de los detalles legales del procedimiento. Salieron después de que Lao Li firmara los documentos.

Entonces entró en la sala otro hombre que comenzó a explicarle paso a paso los detalles concretos del procedimiento. A pesar de llevar bata blanca, no estaba claro que se tratase de un doctor. El hombre empezó señalándole a Lao Li el monitor situado al pie de la cama. Le preguntó si podía leer bien lo que decía en él, a lo que Lao Li asintió. Entonces el hombre le pidió que probara a usar el ratón que tenía en una mesita adyacente a la cama para hacer clic en los botones que aparecían en pantalla y añadió que si le parecía difícil, existían otros métodos de interacción. Lao Li probó el ratón e indicó que le servía.

Entonces, Yun Tianming recordó que Lao Li le había dicho una vez que nunca había usado un ordenador, y que cada vez que necesitaba dinero en efectivo tenía que hacer cola en el banco porque era incapaz de usar un cajero. Aquella debía de ser la primera vez que Lao Li usaba un ratón en su vida.

El hombre de la bata blanca explicó luego a Lao Li que aparecería en la pantalla una pregunta que le sería formulada hasta en cinco ocasiones. En cada una de ellas, vería debajo seis botones numerados del cero al cinco. Si Lao Li quería contestar afirmativamente, tendría que hacer clic con el ratón en el número especificado por las instrucciones, que cambiaría al azar cada vez que se repitiera la pregunta. En caso de desear contestar negativamente, solo debía hacer clic en el cero y el procedimiento se interrumpiría de inmediato.

No iba a haber dos botones con un simple sí y un simple no. Según aquel hombre, la razón era evitar una situación en la que el paciente presionara el mismo botón una y otra vez sin pensar.

Entonces entró una enfermera para fijar una aguja en el brazo de Lao Li. El tubo de la jeringuilla de la aguja estaba conectado a un inyector automático del tamaño de un ordenador portátil. El hombre de la bata blanca tomó luego un paquete precintado que abrió, y del que extrajo un pequeño frasco de vidrio con un líquido amarillento.

Con sumo cuidado, llenó el tubo acoplado al inyector con el contenido del frasco y se marchó con la enfermera.

Lao Li se quedó solo en la habitación.

La pantalla mostró entonces la pregunta, que al mismo tiempo fue enunciada por una amable y delicada voz femenina:

> ¿Desea poner fin a su vida? En caso afirmativo, pulse el 3. De lo contrario, pulse el 0.

Lao Li pulsó el 3.

¿Desea poner fin a su vida? En caso afirmativo, pulse el 5. De lo contrario, pulse el 0.

Lao Li pulsó el 5. El proceso se repitió dos veces más y luego apareció el siguiente mensaje:

¿Desea poner fin a su vida? Esta es la última confirmación. En caso afirmativo, pulse el 4. De lo contrario, pulse el 0.

A Yun Tianming le invadió una enorme tristeza, que casi lo hizo desmayarse. No había sufrido tanto dolor y rabia ni cuando había muerto su madre. Quería gritarle a Lao Li que pulsara el cero, romper la mampara de cristal, hacer callar a aquella voz tan agradable y ominosa.

Pero Lao Li pulsó el 4.

Sin emitir sonido alguno, el inyector pareció cobrar vida. Yun Tianming vio cómo disminuía la columna de líquido amarillento en el interior del tubo de vidrio. Lao Li no se movió. Cerró los ojos y se durmió.

Todo el mundo se dispersó. Dejaron a Yun Tianming donde estaba, con la mano contra el cristal. No miraba el cuerpo sin vida que había dentro. Tenía los ojos abiertos, pero no veía nada.

—No ha sufrido.

Era la voz del doctor Zhang. Habló con un tono tan imperceptible como el zumbido de un mosquito. Yun Tianming sintió el peso de una mano sobre el hombro izquierdo.

—Es una combinación de grandes dosis de barbitúricos, relajantes musculares y cloruro potásico. Los barbitúricos son los primeros en hacer efecto y duermen al paciente. Después, el relajante muscular interrumpe la respiración. Y luego, el cloruro potásico detiene el corazón. El proceso no dura más de veinte o treinta segundos en total.

Al cabo de unos instantes, la mano del doctor Zhang abandonó el hombro de Yun Tianming, que oyó cómo se alejaban sus pasos. Tianming no se volvió.

Recordó de pronto por qué le sonaba aquella cara.

—Doctor —le llamó con suavidad. Los pasos se detuvieron. Tianming continuó sin volverse—. Usted conoce a mi hermana, ¿no?

La respuesta no llegó hasta después de una larga pausa.

—Pues... sí... Éramos compañeros de instituto. Recuerdo haberle visto a usted de pequeño un par de veces.

Yun Tianming abandonó el edificio principal del hospital con paso mecánico. Ahora lo comprendía todo. El doctor Zhang trabajaba para su hermana, que lo quería ver muerto. No, quería... quería someterlo a un procedimiento.

A pesar de que Tianming tenía un recuerdo feliz de la infancia que había compartido con su hermana, lo cierto era que se habían distanciado a medida que fueron creciendo. No por nada en especial: ninguno de los dos le había hecho nada malo al otro. Sin embargo, habían terminado alejándose hasta ser casi desconocidos, y encima ambos intuían cierto aire de desprecio en el trato del otro.

Si bien su hermana destacaba por su mala fe, no podía decirse lo mismo de su capacidad intelectual. Además, se había casado con un hombre que era igual que ella, por lo que ninguno tenía un nivel económico especialmente elevado. Aun sin hijos, seguían sin poder permitirse comprar una casa y, dado que los padres de él no tenían espacio, la pareja terminó viviendo bajo el techo del padre de Tianming.

Tianming, por su parte, siempre fue un pobre solitario. No había logrado mucho más que su hermana, ni en lo laboral ni en lo personal. Siempre había vivido recluido en los pisos proporcionados por cada empresa en la que había trabajado y delegado completamente en su hermana la responsabilidad de cuidar a su anciano padre.

De pronto, Yun Tianming se puso en el lugar de su hermana. Su seguro no cubría los gastos de su hospitalización, y cuanto más se prolongara, más subiría el importe de la factura que estaba pagando el padre de ambos con sus ahorros, un dinero que nunca ofreció a la hermana de Tianming para ayudarla a comprarse una casa en propiedad, en una muestra de claro favoritismo por el varón. Desde el punto de vista de su hermana, el padre de ambos estaba gastando un dinero que también le pertenecía a ella. Era, además, un dinero desperdiciado en tratamientos que solamente iban a ralentizar el avance de la enfermedad, no curarla. Si Tianming escogía la eutanasia, preservaría la herencia de su hermana y él sufriría menos.

El cielo estaba cubierto de nubes grises, como en su sueño. Miró aquel gris infinito y dio un largo suspiro.

«Está bien —pensó—; si tantas ganas tienes de que me muera, me moriré.»

Le vino a la mente el relato *La condena* de Franz Kafka, y aquel padre que tras una discusión acababa condenando a muerte a su hijo. Este acataba la decisión de su progenitor con la naturalidad de quien acepta salir a tirar la basura o levantarse a cerrar la puerta, salía disparado de la casa y atravesaba la calle hasta llegar a un puente, saltar y morir. Kafka contó a su biógrafo que en el momento de escribir la escena tenía en mente «una violenta eyaculación».

Ahora era capaz de entender a aquel hombre que, portafolio en mano y bombín calado, había recorrido en silencio las sombrías calles de Praga hacía más de cien años, aquel hombre tan solitario como él.

Cuando Yun Tianming volvió a su habitación, alguien lo estaba esperando: se trataba de Hu Wen, un antiguo compañero de facultad. Era lo más parecido a un amigo que Tianming había tenido en los años de universidad. El vínculo que los unía no era exactamente amistad, y es que Hu Wen era una de esas personas que se llevan bien con todo el mundo y nunca olvidan un nombre. Pero, a pesar de ello, tenía a Yun Tianming por un conocido. No habían tenido contacto desde que se graduaron.

En lugar de llevarle flores o la típica cesta de fruta, Hu Wen se presentó con una caja de cartón llena de latas de bebida.

Después de un breve e incómodo intercambio de saludos, Wen le hizo a Tianming una pregunta que le sorprendió:

—¿Te acuerdas de aquella excursión que hicimos en tercero? La primera vez que viajó toda la promoción junta.

Por supuesto que se acordaba. Fue la primera vez que Cheng Xin se sentó a su lado y le habló.

Fue ella la que tomó la iniciativa de acercarse. De no haber sido así, Tianming estaba más que seguro de que en los cuatro años de carrera jamás habría tenido la valentía de hacerlo. Aquel día estaba sentado a solas en una explanada cerca de la presa de

Miyun, a las afueras de Pekín. Ella se sentó a su lado y empezaron a charlar.

Se dedicaron a lanzar piedras al agua mientras hablaban. Aunque la conversación no se salió de los típicos temas de dos compañeros de promoción que todavía se están conociendo, Tianming era capaz de recordar cada palabra. Más tarde, Cheng Xin y él hicieron un barquito de papel y lo hicieron flotar. Una suave brisa lo desplazó poco a poco hasta que se convirtió en un pequeño punto en la distancia...

Aquel hermoso día de su época universitaria brillaba con fuerza en su recuerdo, aunque en realidad no hizo muy buen tiempo: llovía y la superficie del agua de la presa estaba llena de ondas. Las piedrecitas que cogían estaban húmedas. Sin embargo, a partir de aquel momento Tianming se enamoró de los días en que lloviznaba de aquella manera, del aroma de la tierra mojada y de los guijarros húmedos. Incluso de vez en cuando hacía un barquito de papel y lo colocaba en su mesilla de noche.

Se preguntó de repente si ese mundo que había soñado había nacido de aquel recuerdo sepultado en la memoria.

Wen quería hablar de algo que había ocurrido más tarde el mismo día de la excursión, de unos hechos que no habían dejado ningún recuerdo especial en la mente de Tianming pero que, sin embargo, luego sí fue capaz de rememorar gracias a Wen.

Aquel día, después de que unas amigas de Cheng Xin la llamaran y ella se marchara, Wen se había sentado su lado.

«No cantes victoria tan pronto —había dicho—; es así de amable con todo el mundo...»

Tianming lo sabía.

El tema de conversación cambió cuando Wen se fijó en la botella de agua mineral que Tianming tenía en la mano.

«¿Qué coño estás bebiendo, tío?»

El agua de la botella era verdosa y flotaban en ella hojas y briznas de hierba.

«Nada, agua con unas cuantas hierbas desmenuzadas. No hay bebida más orgánica... —dijo. Su buen humor lo volvía mucho más locuaz de lo habitual. Añadió—: Debería montar una empresa para comercializarla. Seguro que tendría éxito.»

«Pues debe de saber a rayos...»

«¿Es que los cigarrillos y el alcohol saben bien? Hasta la Coca-Cola sabe raro la primera vez que se prueba. Pasa lo mismo con todo lo que es adictivo...»

—¡Esa conversación me cambió la vida! —exclamó Wen al tiempo que abría la caja de cartón para sacar una lata. Era de un tono verde oscuro con la imagen de un prado. La marca registrada era Tormenta Verde.

Wen tiró de la anilla y le entregó la lata a Tianming, que dio un sorbo: era una bebida de profundo aroma con regusto a hierbas y un tanto amarga. Al cerrar los ojos, le pareció verse de nuevo bajo aquella lluvia fina a orillas de la presa y con Cheng Xin a su lado...

—La receta de esta es especial. La normal es más dulce —explicó Wen.

—¿Y se vende bien?

—¡De puta madre! Lo único malo es el coste. Ahora me dirás que las hierbas no cuestan nada, pero la verdad es que hasta que no esté en condiciones de comprarlas a gran escala me están saliendo más caras de lo que me costaría cualquier fruta o fruto seco. Además, para que el producto sea seguro, los ingredientes tienen que esterilizarse y procesarse, lo que reduce el margen de beneficio; pero bueno, las perspectivas de futuro son cojonudas. ¡Tengo un huevo de inversores interesados! Si hasta los de Zumos Huiyuan querían comprarme la empresa... Bah, que les den morcilla.

Tianming miraba a Wen sin saber qué decir. Wen se había sacado el título de ingeniero aeroespacial, pero ahora triunfaba como magnate de las bebidas refrescantes. Era una de esas personas que llegaban a algo en la vida, que eran capaces de hacer cosas. La vida estaba hecha para ellos. Las personas como Tianming no podían hacer otra cosa que mirarlos desde lejos, abandonados en la cuneta.

—Estoy en deuda contigo —dijo Wen, entregándole a Tianming tres tarjetas de crédito y una nota. Luego miró a su alrededor y le susurró—: Son de una cuenta con tres millones de yuanes. Tienes el código en la nota.

—Pero si yo nunca solicité patente ni nada parecido —arguyó Tianming.

—Pero la idea fue tuya. Sin ti, Tormenta Verde no existiría.

Acepta y estamos en paz. Legalmente, quiero decir. Como amigo, siempre estaré en deuda contigo.

—No me debes nada. Ni en lo legal ni en lo personal.

—¡Acéptalo! Sé que no te sobra el dinero.

Tianming guardó silencio.

Aunque para él se tratara de una suma astronómica, no se sentía ilusionado: sabía que no había cantidad de dinero que pudiera salvarlo. Pese a ello, la tenaz criatura que era la esperanza terminó imponiéndose y, después de que Hu Wen se marchara, pidió una nueva consulta médica, precisando que quería que lo viera un doctor distinto. Después de mucho insistir, consiguió cita con el director adjunto del hospital, un reputado oncólogo.

—En caso de que el dinero no fuera un problema, ¿lo mío tendría cura?

El veterano doctor abrió el historial médico de Tianming en su ordenador y lo examinó. Al cabo de un rato, negó con la cabeza y dijo:

—El cáncer se ha extendido desde los pulmones al resto del cuerpo. Llegados a este punto es inútil operar y el único recurso que le queda son terapias clásicas como la quimioterapia y la radioterapia. En cuanto al dinero... Mire usted, pasa lo de aquel viejo refrán: «Buda salva solo al que tiene salvación, y el galeno cura solo lo que tiene curación.»

Extinguida la última de sus esperanzas, Tianming se sintió sereno. Aquella misma tarde rellenó los papeles de solicitud de la eutanasia. Entregó el formulario a su médico, el doctor Zhang, quien quizá sintiendo alguna clase de dilema moral en su fuero interno, evitaba la mirada de Tianming. Le aconsejó dejar las sesiones de quimioterapia alegando que ya no tenía sentido hacerle sufrir más.

Lo único que le quedaba por resolver era decidir en qué gastarse el dinero de Hu Wen. Las convenciones sociales dictaban que lo apropiado hubiera sido dejárselo en herencia a su padre, que aún vivía, para que lo distribuyera entre el resto de miembros de la familia. Sin embargo, eso era casi como poner el dinero en el bolsillo de su hermana, algo a lo que Tianming no estaba dispuesto de ninguna de las maneras. Iba a darle el gusto de morir, tal y como ella quería. Con eso ya tenía suficiente.

Se puso a pensar en si le quedaba por ver cumplido algún

sueño. No le habría desagradado dar la vuelta al mundo a bordo de algún crucero de lujo, pero su cuerpo no estaba para esos trotes y, además, por desgracia tampoco disponía de tiempo suficiente. Cuánto habría querido poder repasar su vida tumbado en la soleada cubierta de un transatlántico al tiempo que admiraba embelesado el mar; llegar a orillas de algún país remoto y desconocido en medio de la lluvia, sentarse frente a un pequeño lago y entretenerse lanzando piedrecitas en su superficie, llena de ondas...

Por enésima vez, volvió a pensar en Cheng Xin. Últimamente no se la podía sacar de la cabeza.

Aquella noche Tianming vio un reportaje en la televisión:

> La duodécima sesión del Consejo de Defensa Planetaria de las Naciones Unidas ha adoptado la resolución 479, que da inicio oficialmente al Proyecto Estrellas. Un comité integrado por miembros del Programa de Desarrollo de las Naciones Unidas, del Comité de Recursos Naturales y de la UNESCO ha recibido la autorización para poner en marcha el proyecto de forma inmediata.
>
> La versión en chino de la página web oficial del Proyecto Estrellas estará disponible esta misma tarde. Según un representante de las oficinas en Pekín del Programa de Desarrollo de Naciones Unidas, el proyecto aceptará aportaciones tanto por personas a título individual como por parte de empresas, no así de organizaciones no gubernamentales...

Tianming se puso en pie y fue a decirle a la enfermera que quería salir a dar una vuelta, pero esta no se lo permitió porque ya había pasado la hora en que se apagaban las luces. De vuelta en su oscura habitación, descorrió las cortinas y abrió la ventana. El nuevo paciente que dormía en la cama que había pertenecido a Lao Li farfulló algo.

Tianming miró hacia arriba. Aunque las luces de la ciudad proyectaban un halo sobre el cielo nocturno, era posible distinguir algunos puntos plateados. Ya sabía lo que iba a hacer con el dinero: iba a comprarle una estrella a Cheng Xin.

Fragmento de *Un pasado ajeno al tiempo* El Proyecto Estrellas: Infantilismo al inicio de la Crisis

Muchos de los acontecimientos ocurridos durante los primeros veinte años de la Era de la Crisis resultaron incomprensibles tanto para quienes estuvieron antes como para los que llegaron después. Los historiadores los engloban a todos ellos bajo la denominación de «infantilismo».

Al principio se creyó que el infantilismo había surgido como respuesta a la amenaza sin precedentes a la que se enfrentaba la totalidad de la civilización humana. Si bien pudo ser así en el caso de ciertas personas concretas, se trataba de una explicación demasiado simplista como para poder aplicarse al conjunto de la humanidad.

Los efectos que la Crisis Trisolariana tuvo sobre la sociedad fueron más profundos de lo que la gente imaginó en un primer momento. Echando mano de analogías imperfectas: en términos biológicos, equivalió al momento en el que los antepasados de los mamíferos emergieron de los océanos para caminar sobre la tierra; en términos religiosos, recordaba el momento en el que Adán y Eva fueron expulsados del jardín del Edén; en términos históricos y sociológicos... no existía analogía posible, ni siquiera una imperfecta. Nada de lo experimentado con anterioridad por la humanidad era comparable a la Crisis Trisolariana, que había sacudido los cimientos de la cultura, la política, la religión y la economía. A pesar de que sus efectos lograron alcanzar lo más profundo de la civilización, su influencia se manifestó más rápidamente en la superficie. La principal causa del infantilismo pudo ser la interacción entre dichas manifestaciones y la tremenda inercia ejercida por el inherente conservadurismo de la sociedad.

Dos ejemplos clásicos de infantilismo fueron el Proyecto Vallado y el Proyecto Estrellas, dos iniciativas internacionales promovidas en el marco de Naciones Unidas y del todo incomprensibles para cualquiera que no hubiese vivido aquella época. El Proyecto Vallado logró cambiar el curso de la historia y su influencia a partir de aquel momento permeó el curso de la civilización de una manera tan profunda que merece ser abordado en un capítulo aparte. En cambio, el Proyecto Estrellas fracasó al poco de lanzarse y nunca más se volvió a hablar de él.

Las principales motivaciones que impulsaron dicho proyecto fueron dos: por un lado, el intento de aumentar el poder de Naciones Unidas al inicio de la Crisis; y por otro, la aparición y popularización del Escapismo.

La Crisis Trisolariana fue la primera ocasión en que la humanidad entera se enfrentaba a un enemigo común y, como no podía ser de otra manera, muchos pusieron sus esperanzas en la Organización de las Naciones Unidas. Incluso los más conservadores se mostraron de acuerdo en que dicha organización debía ser reformada por completo y recibir más poder y recursos. Los más radicales e idealistas propusieron hacer de ella una federación terrestre que gobernara el mundo.

Los países medianos y pequeños se mostraron muy favorables a elevar el estatus de Naciones Unidas, pues vieron en la Crisis una oportunidad para conseguir más ayudas tecnológicas y económicas. No obstante, las grandes potencias tuvieron una respuesta mucho más tibia: lo cierto es que ya desde el estallido de la Crisis, todas venían invirtiendo ingentes cantidades de dinero en defensa espacial, en parte porque pronto se dieron cuenta de que el tamaño de su contribución a la defensa de la Tierra determinaría su estatus político y su papel en la arena política internacional, pero también porque invertir en investigaciones de tal envergadura siempre había formado parte de sus deseos. Unos deseos hasta entonces frustrados por la obligación de atender las necesidades de sus respectivas poblaciones, así como a las trabas impuestas por la comunidad internacional. En ese sentido, la Crisis Trisolariana brindó a los líderes de las grandes potencias una oportunidad similar a la que la Guerra Fría proporcionó a Kennedy; claro que la oportunidad brindada por la Crisis era mayor en varios órdenes de magnitud. Aunque todas las grandes potencias eran reticentes a aunar esfuerzos bajo el paraguas de Naciones Unidas, la creciente oleada de voces a favor de una auténtica globalización las obligó a ceder y ofrecer a dicha organización ciertos compromisos políticos simbólicos, promesas que nunca tuvieron intención de mantener. El sistema de defensa espacial común promulgado por Naciones Unidas, por ejemplo, recibió muy poco apoyo sustancial por parte de las grandes potencias.

La secretaria general Say fue una figura clave dentro de Naciones Unidas durante los primeros años de la Era de la Crisis. Convencida de que la institución debía iniciar una nueva etapa, abogó por pasar de ser un foro internacional y un mero punto de encuentro de las grandes potencias a un órgano político independiente que ostentara poder real para dirigir la construcción de la defensa del Sistema Solar.

Para conseguir ese objetivo, Naciones Unidas requería tal cantidad de recursos que, atendiendo a la realidad de las relaciones internacionales, parecía imposible de reunir. El Proyecto Estrellas fue un intento por parte de Say de conseguir dichos recursos. Aquel empeño, independientemente del resultado obtenido, es un testimonio de su inteligencia e imaginación políticas.

El proyecto se basó en la Convención del Espacio, un producto de la política previa a la Crisis. Fundamentada en los principios fijados por la Convención sobre el Derecho del Mar y el Tratado de la Antártida, la Convención del Espacio se negoció y redactó durante mucho tiempo. La Convención de la época anterior a la Crisis se limitaba al espacio dentro del cinturón de Kuiper, pero la Crisis Trisolariana forzó a las naciones del mundo a ampliar miras.

Como hasta el momento los humanos no habían sido capaces ni de pisar Marte, cualquier discusión relacionada con el espacio exterior carecía de sentido, al menos hasta que venciera el plazo de vigencia de la Convención del Espacio, que era de cincuenta años. Sin embargo, las grandes potencias vieron en el tratado una magnífica ocasión para la pantomima política y elaboraron una enmienda relacionada con los recursos ubicados más allá del Sistema Solar. En ella se estipulaba, entre otras cosas, que cualquier labor de desarrollo o actividad económica relacionada con los recursos naturales situados más allá del cinturón de Kuiper debía contar con el auspicio de Naciones Unidas. Aunque se habló largo y tendido sobre lo que se entendía por «recursos naturales», con esta cláusula se hacía referencia principalmente a cualquier recurso que no estuviera controlado por civilizaciones no humanas. La enmienda fue, asimismo, pionera en incluir una definición del término «civilización» por primera vez en toda la historia del derecho internacional. Los historiadores se referirían al documento como la «Enmienda de la Crisis».

La segunda motivación detrás del Proyecto Estrellas fue el Escapismo. En aquella época, el movimiento escapista estaba aún en pañales y sus consecuencias todavía no habían quedado de manifiesto, por lo que muchos seguían considerándolo una opción válida para que la humanidad afrontara la Crisis. En dichas circunstancias, el resto de estrellas adquirieron un gran valor, sobre todo las que tenían planetas propios.

La resolución que introdujo el Proyecto Estrellas proponía que Naciones Unidas subastara los derechos sobre ciertas estrellas y sus planetas. Podían aportar tanto Estados como empresas, oenegés y particulares, y el dinero recaudado serviría para financiar la investigación básica realizada por Naciones Unidas para crear un sistema defensivo para el Sistema Solar.

La secretaria general Say explicó que en el universo existía un abundante número de estrellas, más de trescientas mil a cien años luz del Sistema Solar y más de diez millones a mil años luz de distancia. Una estimación conservadora sugería que al menos una décima parte de esas estrellas tenía planetas. Subastar una pequeña proporción no iba a afectar demasiado el futuro del desarrollo espacial.

La insólita resolución de Naciones Unidas suscitó el interés y la atención del mundo. Los miembros permanentes del Consejo de Defensa Planetaria deliberaron acerca del tema y concluyeron que adoptarla no iba a tener consecuencias adversas, sino todo lo contrario: votar en contra implicaba pagar un alto precio en vista del clima político internacional del momento. Aun así, se celebraron numerosos debates y se alcanzaron algunos compromisos. La versión final del texto aprobado expandió la distancia límite para la venta hasta las estrellas situadas a más de cien años luz.

El proyecto se canceló nada más empezar por una simple razón: nadie quería comprar estrellas. Solo consiguieron venderse diecisiete en total, todas además por el precio mínimo de salida, de modo que Naciones Unidas apenas logró reunir una suma cercana a los cuarenta millones de dólares.

Ninguno de los compradores quiso aparecer en público. La gente se preguntaba cuáles eran las razones que movían a alguien a gastarse semejante dineral en un papel que, a pesar de tener validez legal, en la práctica no era más que una escritura inservible. Quizá se sentía un orgullo especial al saberse propietario de otro mundo, pero ¿qué sentido tenía poder verlo pero no disfrutarlo? Para colmo, algunas de las estrellas que se vendieron ni siquiera se veían a simple vista.

Say nunca pensó que el proyecto hubiera fracasado. Defendió que los resultados habían sido los esperados; que el Proyecto Estrellas era en esencia una declaración política de Naciones Unidas.

El proyecto no tardó en caer en el olvido y se convirtió en un ejemplo clásico del comportamiento errático de la sociedad humana al comienzo de la Crisis.

Los mismos elementos que condujeron a su creación sirvieron, asimismo, para concebir, de forma simultánea, el gran Proyecto Vallado.

Era de la Crisis, año 4
Yun Tianming

Yun Tianming llamó al número que encontró en la web de la oficina china del Proyecto Estrellas.

Después llamó a Hu Wen para que le ayudara a conseguir algunos datos personales sobre Cheng Xin: la dirección de contacto, el número de carnet de identidad y cosas así. Tianming estaba preparado para escuchar varios tipos de reacción por parte de Wen ante su petición: sarcasmo, pena, sorpresa... Sin embargo, tras un largo silencio todo lo que oyó fue un ligero suspiro.

—De acuerdo —dijo al fin Wen—. Pero lo más probable es que no esté en China en este momento.

—No le digas que es de mi parte, ¿eh?

—Descuida. Averiguaré su paradero sin preguntarle a ella directamente.

Al día siguiente, Tianming recibió un mensaje de texto de Wen con todos los datos que le había pedido a excepción de su ocupación actual. Wen le explicó que nadie sabía dónde había ido a parar Cheng Xin después de abandonar, justo hacía un año, la Academia de Tecnología Aeroespacial. Tianming se fijó en que había dos direcciones postales: una en Shanghái y otra en Nueva York.

Esa misma tarde, Tianming le pidió permiso al doctor Zhang para dejar el hospital, alegando que tenía que hacer unas gestiones. Aunque el doctor se ofreció a acompañarlo, insistió en ir él solo.

Tomó un taxi y se personó en las oficinas de la UNESCO en Pekín. Con el estallido de la Crisis, todas las oficinas de Naciones Unidas se habían tenido que ampliar, y la UNESCO ahora ocupaba casi la totalidad de un gran edificio de oficinas situado más allá del cuarto anillo de circunvalación de la capital china.

Al entrar en el espacioso local del Proyecto Estrellas, Tianming fue recibido por un gigantesco mapa de estrellas en el que, sobre un fondo negro, unas líneas plateadas conectaban los puntos de luz que formaban las distintas constelaciones. Tianming advirtió que el mapa, en realidad, era una gran pantalla de alta definición y que la imagen podía ampliarse además de realizar búsquedas. La sala estaba vacía a excepción de una recepcionista.

Cuando Tianming se acercó y le dijo quién era, la recepcionista, entusiasmada, corrió a meterse a toda prisa por una puerta por la que al poco regresó acompañada de una mujer rubia de rasgos occidentales.

—Esta es la directora de UNESCO Pekín —explicó la recepcionista—. También es una de las personas encargadas de la puesta en práctica del Proyecto Estrellas en la región de Asia-Pacífico.

La directora se mostró muy complacida de ver a Tianming. Después de estrecharle la mano, le hizo saber —en perfecto mandarín— que se trataba del primer ciudadano chino interesado en la compra de una estrella. Aunque ella habría querido hacer de aquella ocasión un gran evento con la mayor repercusión mediática posible, se abstuvo por respeto a los deseos de privacidad de Tianming. Parecía contrariada por el hecho de haber perdido una oportunidad tan buena de publicitar el proyecto.

«No se preocupe —pensó Tianming—; ningún otro chino será tan tonto como yo.»

Entonces apareció un hombre de mediana edad con gafas y muy bien vestido. La directora se lo presentó: era el doctor He, astrónomo del Observatorio de Pekín. Él iba a ser quien le ofreciera los detalles de su compra.

Después de que la directora se marchara, el doctor He pidió a Tianming que tomara asiento e hizo que les sirvieran té.

—¿Se encuentra bien? —preguntó He.

Tianming era consciente de que su aspecto distaba mucho de ser la viva imagen de la salud. Aun así, desde que había dejado la tortura de la quimioterapia se sentía mucho mejor, casi como si le hubieran concedido una segunda oportunidad en la vida. Hizo caso omiso de la pregunta y repitió lo mismo que había dicho antes por teléfono:

—Quiero comprar una estrella para regalarla. El título de propiedad estará a nombre de la persona receptora. No puedo proporcionarles información personal de ningún tipo porque quiero mantenerme en el anonimato.

—Ningún problema. ¿Tiene usted en mente algún tipo concreto de estrella?

—Quiero que sea lo más cercana posible. Y que tenga planetas. A ser posible, de tipo Tierra —dijo Tianming, contemplando el mapa de estrellas.

El astrónomo sacudió la cabeza.

—Teniendo en cuenta la cifra que nos ha dado, es imposible —dijo—. El precio de salida de las estrellas que cumplen con esos requisitos es mucho mayor. Solo puede permitirse una estrella sin planetas que, además, no estará cerca. En realidad, la cantidad que ofrece es demasiado baja incluso para estrellas sin planetas, pero después de su llamada de ayer, y teniendo en cuenta que es usted la primera persona de nacionalidad china en mostrar interés, hemos decidido hacer una excepción y reducir el precio de salida de una de las estrellas para que coincidiera con su cifra.

El doctor He amplió una región del mapa de estrellas con el ratón.

—Esta es. Decídase y es suya.

—¿A qué distancia se encuentra?

—A unos 286,5 años luz.

—Está demasiado lejos.

El doctor se echó a reír.

—Vaya, veo que algo de astronomía sí sabe... Pero piénselo: ¿qué más le da que esté a 286 años luz o a 286.000 millones de años luz?

Tianming lo sopesó. El astrónomo tenía razón. Daba lo mismo.

—Esta estrella cuenta con una gran ventaja —añadió el doctor He—: se puede ver a simple vista. En mi opinión, la visibilidad es lo más importante a tener en cuenta a la hora de comprar una estrella. Es preferible ser dueño de una estrella lejana que puede admirarse que de otra más cercana que nunca verá; o de una estrella solitaria que puede admirarse que de una con muchos planetas que nunca verá. A fin de cuentas, todo lo que podemos hacer con ellas es eso, admirarlas.

Tianming asintió.

«Cheng Xin podrá verla —se dijo—. Eso es bueno.»

—¿Cómo se llama? —preguntó Tianming.

—El astrónomo danés Tycho Brahe la catalogó por primera vez hace ya cientos de años, pero nunca se le asignó un nombre. Solo tiene un código.

El doctor He colocó el cursor del ratón sobre el punto brillante y apareció a su lado una serie de cifras y letras: DX3906. El astrónomo le explicó entonces el significado oculto de cada letra y cada número, amén de otros detalles como el tipo de estrella del que se trataba, sus magnitudes aparente y absoluta y su ubicación.

Las gestiones para la compra no llevaron demasiado tiempo. Dos notarios asistidos por el doctor He se encargaron de formalizarla. Entonces volvió a hacer acto de presencia la directora, acompañada esta vez de dos representantes de Naciones Unidas: uno pertenecía al Programa de Desarrollo y el otro al Comité de Recursos Naturales. La recepcionista trajo copas y una botella de champán, y todo el mundo brindó para celebrarlo.

Entonces la directora anunció con solemnidad que el título de propiedad de DX3906 pasaba a manos de Cheng Xin e hizo entrega a Tianming de un dosier de piel.

—Su estrella.

Cuando la directora y los representantes de Naciones Unidas se marcharon, el doctor He se volvió hacia Tianming para decirle:

—No tiene por qué contestarme si le parece una impertinencia, pero... algo me dice que le ha comprado la estrella a su chica, ¿no es así?

Tianming dudó por un momento. Luego asintió.

—Ah, una chica con suerte —añadió el doctor, suspirando con admiración—. Quién fuera rico...

—¡Por favor! —exclamó desdeñosa la recepcionista. Luego le sacó la lengua al doctor He—. «Quién fuera rico»... Ni aunque tuvieras treinta mil millones de yuanes en el banco ibas a regalarle una estrella a una chica. ¿Crees que no me acuerdo de lo que dijiste hace dos días?

El doctor He pareció azorado. Temía que la recepcionista revelara su verdadera opinión sobre el Proyecto Estrellas: que no era más que un burdo truco para recaudar fondos por parte de la ONU; uno que ni siquiera era nuevo, pues un buen puñado de timadores había recurrido a él hacía ya más de una década al vender parcelas en la Luna y hasta en Marte. ¡Era un milagro que alguien hubiera vuelto a picar!

Por suerte para él, la recepcionista siguió por otros derroteros:

—Lo importante no es el precio, sino lo romántico del gesto... ¡Ay, pero qué sabrás tú de todo eso!

A lo largo de todo el proceso de compra, la joven no había dejado de mirar de soslayo a Tianming con la admiración de quien tiene ante sí a un héroe. Si bien al principio su actitud había sido de curiosidad, para cuando él recibió la carpeta de piel que contenía la escritura de la estrella, la mujer ya estaba muerta de envidia.

—Remitiremos los documentos oficiales a la destinataria con la mayor brevedad posible —dijo el doctor He, intentando cambiar de tema—. Tal y como usted solicitó, no revelaremos su identidad. Bueno, lo cierto es que ni aun en el caso de querer hacerlo íbamos a poder, ¡ni siquiera me ha dicho su nombre!

Entonces se levantó para mirar por la ventana. Ya había oscurecido.

—Ahora, si lo desea, puedo llevarle a observar su estrella... quiero decir, la estrella que ha comprado —añadió.

—¿Podremos verla desde la azotea del edificio? —preguntó Tianming.

—No, dentro de la ciudad hay demasiada contaminación lumínica y hay que ir a las afueras. Pero si no se encuentra bien, podemos ir otro día.

—No, no. Vayamos ahora. Tengo muchas ganas de verla.

Condujeron durante más de dos horas hasta que dejaron atrás el mar de luces resplandecientes de Pekín. Entonces, a fin de evitar las luces de los faros de los coches, el doctor se desvió de la carretera e internó el coche en un campo. Una vez allí, apagó las luces del automóvil y salió junto a Tianming. Las estrellas de aquel cielo de finales de otoño brillaban con especial intensidad.

—¿Ve el Carro? Imagínese que una línea cruza en diagonal el cuadrilátero que forman sus cuatro estrellas inferiores y extiéndala en esa dirección. Eso es. ¿Ve esas tres estrellas que forman un triángulo plano? Trace una línea perpendicular a la base desde el vértice y siga prolongándola. ¿La ve? Ahí está. La estrella que ha comprado.

Tianming le señaló dos estrellas al astrónomo, pero ninguna de ellas era la correcta.

—Está entre esas dos —aclaró—, solo que algo más hacia el sur. Su magnitud aparente es de 5,5. En circunstancias normales, solo alcanzamos a verla quienes como yo tienen la vista educada. Sin embargo, las condiciones de visibilidad del cielo son óptimas y debería ser capaz de verla. Por qué no prueba una cosa: en lugar de buscarla directamente, desplace la mirada un poco hacia esa dirección. Nuestra visión periférica suele ser más sensible a la luz débil. Una vez dé con ella ya puede volver a mirarla directamente...

Gracias a las indicaciones del doctor He, Tianming al fin consiguió divisar DX3906. Su luz era muy débil, y a la mínima que se distraía tenía que volver a situarla. En contra de la creencia popular que dice que todas las estrellas son plateadas, al observarlas más detenidamente uno se da cuenta de que las hay de varios colores. DX3906 tenía un tono rojizo oscuro. El doctor He prometió a Tianming que le haría llegar material para ayudarle a hallar la estrella en cada estación.

—Es usted un hombre afortunado. Como lo es la destinataria de su regalo —dijo el doctor He.

—No puedo considerarme afortunado en absoluto. Me queda muy poco tiempo de vida.

El doctor He no se mostró demasiado sorprendido por la revelación. Encendió un cigarro y comenzó a fumar en silencio. Al cabo de un rato dijo:

—Aun así, me parece usted un hombre afortunado. La mayoría de la gente no se preocupa por nada más allá de este mundo hasta el día en que se muere.

Tianming miró a He por un instante. Luego volvió a observar el cielo y fue capaz de encontrar DX3906 con facilidad. La tenue luz de la estrella titiló cuando el humo del cigarrillo del astrónomo pasó flotando ante sus ojos.

Tianming pensó que para cuando Cheng Xin viera la estrella, él ya no estaría en ese mundo.

Lo cierto era que la estrella que él admiraba y que ella vería era solo una imagen a 286 años de distancia. La débil luz que emitía tardaba tres siglos en llegar a sus retinas. Iban a tener que pasar otros 286 años para que la luz que estaba emitiendo la estrella en aquel momento alcanzara la Tierra; y para entonces haría ya mucho tiempo que Cheng Xin se habría convertido en polvo.

«¿Cómo será su vida? —se preguntó—. Espero que nunca se le olvide que, en la inmensidad del mar de estrellas, hay una que le pertenece.»

Aquel iba a ser el último día de la vida de Yun Tianming.

Por más que se empecinara, fue incapaz de encontrarle nada especial. Se levantó a las siete de la mañana, como de costumbre; el habitual rayo de luz de todos los días caía sobre el espacio que solía ocupar contra la pared; el tiempo no acompañaba, pero tampoco hasta el punto de poder decir que hacía un día especialmente malo; el cielo era del mismo gris plomizo de siempre, y el roble al otro lado de la ventana estaba desnudo en lugar de conservar una única y premonitoriamente simbólica hoja; incluso le sirvieron el mismo desayuno de todos los días.

En definitiva, era un día más como cualquier otro de sus veintiocho años, once meses y seis días de vida.

Tal y como había hecho Lao Li, Tianming tampoco quiso comunicar la decisión a su familia. Sí trató de escribir una nota que le fuera entregada a su padre después de la eutanasia, pero terminó por no hacerlo porque no sabía qué decirle.

A las diez entró en la sala de eutanasia. Lo hizo por su propio pie y tan sereno como si acudiera para hacerse la revisión diaria. Era la cuarta persona en la ciudad en someterse al procedimiento, de modo que no había despertado gran interés mediático. Solo había otras cinco personas presentes en la sala: dos notarios, el director, una enfermera y un ejecutivo del hospital. El doctor Zhang no se contaba entre ellos.

Podría irse en paz.

A petición suya, no habían decorado la habitación. A su alrededor no tenía más que las habituales paredes blancas de una habitación de hospital al uso. Se sentía a gusto.

Explicó al director que estaba familiarizado con el proceso y por lo tanto no iba a precisar de su ayuda. Este, asintiendo, fue a colocarse al otro lado de la mampara de cristal. Cuando los notarios terminaron de hacer su trabajo, dejaron a solas a Tianming con la enfermera.

En esta ocasión no parecía sentir la ansiedad y el miedo a los que había tenido que sobreponerse la vez anterior. Le clavó la aguja en la vena con un único movimiento, suave pero firme. Tianming sintió un vínculo especial con ella: al fin y al cabo, sería la última persona que le haría compañía en este mundo. Deseó haber conocido a quienes habían ayudado a traerlo al mundo casi veintinueve años atrás, pues junto con esa enfermera formaban parte del reducido número de personas que lo habían ayudado de forma sincera a lo largo de su vida. Le habría gustado darles las gracias.

—Gracias.

La enfermera le sonrió. Luego se marchó de allí con paso tan silencioso como el de un gato.

¿Desea poner fin a su vida? En caso afirmativo, pulse el 5. De lo contrario, pulse el 0.

Había nacido en el seno de una familia de intelectuales. Aunque ninguno de sus progenitores había tenido el olfato político ni las conexiones sociales necesarias para alcanzar determinado estatus social en la época, se empeñaron en darle la educación propia de esa élite a la que no pertenecían: solo le daban a leer grandes obras literarias, el único género que le permitían escuchar era la música clásica, y le prohibían hacerse amigo de cualquiera que no proviniera de aquellas contadas familias que consideraban lo bastante cultas y sofisticadas. Solían quejarse ante él de la vulgaridad de todos cuantos les rodeaban, de la banalidad de las inquietudes de estos en comparación con sus propios gustos e ideales, siempre exquisitos.

Tianming consiguió hacer varios amigos en el colegio, pero

nunca los invitó a jugar a su casa, consciente de que sus padres nunca verían con buenos ojos que se relacionara con niños tan «vulgares». Ya en el instituto, la insistente presión para que se volcara en su formación lo había convertido en un muchacho introvertido. La época coincidió, además, con el divorcio de sus padres a causa de una joven vendedora de seguros. Al poco, su madre contrajo segundas nupcias con un acaudalado constructor.

Fue así como su padre y su madre terminaron precisamente con la clase de persona «vulgar» de quien tanto le habían prevenido, y perdieron la autoridad moral para seguir imponiéndole el tipo de educación que tanto habían deseado para él. Sin embargo, ya era tarde y Tianming fue incapaz de librarse de aquellas restricciones que le habían sido impuestas desde que era niño como un auténtico juego de esposas: cuanto más empeño ponía en zafarse de ellas, con más fuerza sentía que le apretaban. Conforme fueron transcurriendo los años de instituto se volvió más y más huraño, más y más susceptible, se aisló más y más de los demás.

Todos sus recuerdos de infancia y juventud eran tristes. Pulsó el 5.

¿Desea poner fin a su vida? En caso afirmativo, pulse el 2. De lo contrario, pulse el 0.

Se imaginaba la universidad como un lugar aterrador, un entorno nuevo y desconocido con un nuevo grupo de gente extraña y más cosas que debería sufrir para adaptarse; y al principio fue así en gran medida.

Entonces conoció a Cheng Xin.

A Tianming le habían gustado otras chicas antes, pero nunca de aquella manera. Sintió como si el mundo a su alrededor, que hasta el momento le había resultado frío y extraño, se iluminara con la cálida luz del sol. Al principio no entendía de dónde había podido salir tanta luz: le pasó como a quien observa el sol tras un denso manto de nubes y se le antoja plano, como un disco de luz mortecina, solo para darse cuenta de que él era justo la fuente de toda la luz diurna después de verlo ocultarse al caer la noche.

El sol de Tianming desapareció al comienzo de la semana de

vacaciones del Día Nacional, a principios de octubre, cuando Cheng Xin fue a visitar a sus padres. Tianming sintió que el mundo entero se apagaba y volvía a ser tan gris como antes.

Aunque tal vez no fuera el único en sentirse así a causa de la ausencia de Cheng Xin, su angustia era diferente a la de cualquier otro chico, pues tenía claro cuán vanas eran sus esperanzas. Consciente de que su abulia y su retraimiento no eran muy atractivos para las chicas, se resignaba a admirarla desde la distancia, bañado por la calidez de la luz que irradiaba, contemplando en silencio la belleza de la primavera.

Al principio Cheng Xin le pareció algo taciturna. Era muy poco habitual que una chica guapa fuera tan reservada, aunque no podía decirse que fuera fría. Hablaba poco, pero era porque escuchaba, y lo hacía de verdad. Cada vez que conversaba con alguien su mirada tranquila y concentrada comunicaba a su interlocutor que era importante para ella.

Cheng Xin era diferente de las chicas hermosas que habían ido al instituto con Tianming. No ignoraba su existencia. Cada vez que lo veía, sonreía y saludaba. A menudo, cuando había alguna fiesta o se montaba alguna salida a la que los organizadores —quién sabe si de manera intencionada o no— se habían olvidado de invitar a Tianming, ella se encargaba de avisarle. También fue la primera de todos sus compañeros en llamarle Tianming a secas, sin el apellido. En todas y cada una de sus interacciones, por insignificantes que fueran, la sensación que Xin imprimía en el corazón de Tianming era la de que ella era la única que comprendía sus vulnerabilidades, la de que le importaba de verdad el sufrimiento que pudiera estar padeciendo.

Pero él nunca se hizo ilusiones. Sabía bien que, como le había dicho Hu Wen, ella era así con todo el mundo.

A Tianming se le había quedado grabado en la memoria un episodio en particular. Ocurrió una vez cuando él y sus compañeros estaban de excursión por el campo. Cheng Xin se detuvo de pronto para agacharse y recogió algo de las piedras del camino. Tianming vio un horrible gusano blando y húmedo que se retorcía sobre los níveos y delicados dedos de ella. La chica que estaba al lado de Xin se puso a gritar: «¡Ay, qué asco! Pero ¿por qué lo tocas?», pero en cambio ella, con sumo cuidado, depositó el gusano sobre la hierba del margen del camino. «Alguien lo pisará», contestó.

A decir verdad, Tianming había tenido muy pocas conversaciones con Xin. En cuatro años de universidad, solo recordaba haber hablado cara a cara con ella en apenas dos o tres ocasiones.

Una tuvo lugar una fresca noche de principios de verano. Tianming había subido a la azotea de la biblioteca, su escondite favorito porque muy pocos estudiantes lo frecuentaban. Allí, acompañado tan solo de sus pensamientos, se sentía a gusto. El cielo de la noche, raso, era el típico que sigue a las tormentas estivales; incluso se podía ver el resplandor de la Vía Láctea, que solía ser invisible.

—Pues sí que parece como si hubieran derramado leche por todo el cielo...

Tianming miró en la dirección de la que había provenido aquella voz y vio a Cheng Xin sentada a su lado. Cuando la brisa le alborotó el pelo, a él le vino a la memoria su sueño. Entonces se pusieron a contemplar la galaxia.

—Cuántas estrellas, ¿eh? Parecen niebla, qué bonitas —dijo Tianming.

Xin se volvió para mirarlo y, señalando el campus y la ciudad a sus pies, dijo:

—Eso que hay abajo también es bonito. Vivimos ahí y no en una galaxia lejana...

—Pero nos preparamos para ser ingenieros aeroespaciales, ¿no? Nuestro objetivo es salir del planeta.

—Nos preparamos para encontrar el modo de mejorar las condiciones de vida en él, no para abandonarlo.

Tianming era consciente de que aquello era una forma sutil de recriminarle su misantropía, pero no tenía réplica. Nunca había estado tan cerca de ella. Puede que fueran imaginaciones suyas, pero hasta creyó poder sentir la calidez de su cuerpo. Deseó con todas sus fuerzas que la brisa cambiara de dirección para que el pelo de la chica le diera en la cara.

Los cuatro años de carrera llegaron a su fin. A diferencia de Tianming, que no lo consiguió, Xin fue admitida en la escuela de posgrado sin ninguna dificultad. Durante el verano que siguió a la graduación, ella volvió a casa de sus padres, mientras

Tianming seguía en el campus con el único objetivo de volver a verla cuando se reanudaran las clases. Como no podía quedarse allí en verano, alquiló una habitación no muy lejos del lugar e intentó encontrar trabajo. Envió multitud de curriculums y lo llamaron para numerosas entrevistas, pero en ninguna tuvo éxito. Antes de que pudiera darse cuenta, el verano había terminado.

De vuelta en el campus, Tianming no fue capaz de encontrar a Xin. Tras indagar con discreción, averiguó que habían admitido tanto a ella como a su tutor en la escuela de posgrado de la Academia de Tecnología Aeroespacial de Shanghái. Tianming se enteró el mismo día en que por fin encontró trabajo: una empresa dedicada a la tecnología aeroespacial para uso civil de nueva creación que andaba buscando ingenieros cualificados.

Así fue como el sol de Tianming le abandonó. Este, con el corazón trémulo y aterido, se incorporó al mundo laboral y comenzó a afrontar la vida adulta.

Pulsó el 2.

> ¿Desea poner fin a su vida? En caso afirmativo, pulse el 4. De lo contrario, pulse el 0.

El inicio de su vida laboral fue una época feliz. Descubrió que, a diferencia de sus competitivos compañeros de universidad, en el mundo empresarial la gente estaba mucho más relajada y le resultaba más fácil convivir con ellos. Llegó a creer que sus días de aislamiento habían terminado. Sin embargo, después de ser víctima de varias jugarretas, comprendió lo cruel que podía llegar a ser el mundo laboral y empezó a añorar su vida de universitario. Una vez más, volvió a encerrarse en sí mismo y a apartarse de todo el mundo. Las consecuencias que aquello tuvo en su carrera fueron, claro está, desastrosas. La competencia era intensa incluso en una empresa de titularidad estatal como la suya, y si uno no se relacionaba con los demás no había posibilidades de ascender. Año tras año se fue encontrando cada vez más estancado.

Durante ese tiempo, Tianming salió con un par de chicas, pero fueron relaciones pasajeras. Él aún llevaba a Cheng Xin en el corazón. Para él, ella sería siempre aquel sol escondido tras un manto de nubes. Solo quería verla, sentir su luz y su calidez, pero era incapaz de atreverse a soñar siquiera con tomar cualquier iniciativa que los acercara. Tampoco quiso indagar. Dio por sentado que una persona de su capacidad intelectual haría un doctorado, pero no tenía ganas de hacer conjeturas sobre su vida personal.

La principal barrera que lo separaba de las mujeres era su tendencia a la introversión. Trató de salir adelante en la vida, pero era demasiado difícil.

El problema de Tianming era esencialmente que no podía vivir ni en sociedad ni fuera de ella. Carecía tanto de las habilidades necesarias para integrarse en la sociedad como de los recursos económicos que le hubieran permitido hacerlo de espaldas a ella, así que lo único que le quedaba era sufrir. No tenía ni idea de adónde se dirigía su vida.

Entonces supo que el final estaba cerca.

Pulsó el 4.

> ¿Desea poner fin a su vida? En caso afirmativo, pulse el 1. De lo contrario, pulse el 0.

El cáncer ya estaba en fase terminal cuando lo descubrieron. Ni aun habiéndolo diagnosticado antes habría podido tener esperanzas de curarse, pues el de pulmón era de aquellos tumores que se extendían con más celeridad. No le quedaba mucho tiempo de vida.

Al salir del hospital el día que recibió el diagnóstico, no sintió miedo, solo desamparo. Durante todos aquellos años su ostracismo había conseguido mantener a raya una inmensa cantidad de sentimientos, como si de una presa se tratara, consiguiendo un equilibrio que había sido capaz de soportar. Sin embargo, llegado aquel punto, la presa no había podido aguantar más la presión acumulada tras años y años de soledad y terminó por desbordarse de manera abrumadora sobre él con la fuerza de un océano oscuro. Fue insoportable.

Quería ver a Cheng Xin.

Sin dudarlo un momento, compró un billete de avión y esa misma tarde voló a Shanghái. Para cuando el taxi que tomó después llegó a su destino, su ímpetu se había enfriado. Se cuestionó qué iba a conseguir molestándola ahora que él estaba a punto de morir. Que no merecía la pena ni informarle de su presencia, que debía conformarse con verla una vez más pero de lejos, como un hombre que se ahoga en el mar y da una última bocanada de aire antes de hundirse para siempre.

De pie frente a la verja de la entrada de la Academia de Tecnología Aeroespacial, se sintió mucho más tranquilo. Se dio cuenta de lo irracionales que habían sido sus actos de las últimas horas. Aun en el caso de que Xin hubiera optado por el doctorado, para entonces ya lo habría obtenido y era posible que ya no trabajara ahí. Cuando preguntó al guarda que había en la verja, se enteró de que en la academia trabajaban más de veinte mil personas, de modo que sin saber como mínimo el departamento concreto al que pertenecía era imposible encontrar a nadie. Tianming había perdido el contacto con sus compañeros de facultad y no tenía más información que proporcionarle al guarda salvo el nombre de Cheng Xin.

Le empezaron a flaquear las fuerzas y sintió que le fallaba la respiración, así que se sentó a unos metros de la verja.

Seguía siendo posible que Cheng Xin trabajase de verdad en aquel lugar. Casi era la hora de salida de los trabajadores, y si esperaba allí sentado aún tenía posibilidades de verla.

La verja del complejo era muy ancha. Los grandes y relucientes caracteres dorados sobre la pared baja y oscura daban al lugar un aire de formalidad y a la vez dejaban entrever que era probable que la hubieran ampliado hacía poco. ¿Contaría con más de un acceso? Con gran esfuerzo se incorporó para ir a preguntar al guarda. Este le confirmó que, en efecto, el recinto tenía cuatro entradas más.

Desanduvo sus pasos poco a poco, volvió adonde había estado sentado, hizo lo propio y esperó. Era todo lo que podía hacer.

Todas las probabilidades jugaban en su contra: Cheng Xin tenía que haberse quedado a trabajar en la academia después de terminar el doctorado; tenía que haber acudido a trabajar y no estar de viaje; a la salida debía, además, escoger aquella puerta para salir y no las otras cuatro que tenía a su disposición.

Aquel momento se parecía mucho a lo que había sido su vida: una tenaz espera a la más mínima señal.

Cuando la jornada laboral llegó a su fin, empezó a salir gente del complejo; unos a pie, otros en bicicleta y algunos en coche. El flujo de personas y vehículos aumentó para luego disminuir; una hora después, solo quedaban unos pocos rezagados dispersos.

Cheng Xin nunca apareció.

Convencido de haber podido reconocerla aun en el caso de que hubiera salido en coche, concluyó que lo más seguro era que ya no trabajara allí. O que quizá justo aquel día se había ausentado. O que había usado alguna de las otras entradas.

El sol poniente alargó las sombras de árboles y edificios, como una multitud de brazos misericordiosos que se extendían hacia él.

Permaneció sentado hasta que oscureció por completo. No fue capaz de recordar cómo había logrado coger el taxi que lo llevó al aeropuerto, tampoco el vuelo de regreso ni la manera en que volvió al estudio en el edificio de viviendas para trabajadores propiedad de su empresa.

Se sentía como si ya estuviera muerto. Pulsó el 1.

> ¿Desea poner fin a su vida? En caso afirmativo, pulse el 3. De lo contrario, pulse el 0.

¿Qué epitafio le gustaría que escribieran en su tumba? Ni siquiera estaba seguro de que fuera a tener lápida. Los nichos de los cementerios cercanos a Pekín eran muy caros. Aun en el caso de que su padre estuviera dispuesto a comprarle uno, era muy probable que su hermana se opusiera: para qué gastarse el dinero en los muertos, cuando ella seguía viva y sin techo propio... Lo más seguro era que lo incineraran y almacenaran sus cenizas en un cubículo del cementerio público de Babaoshan. Aun así, en caso de haber lápida, le habría gustado que dijera:

«Llegó, amó, le entregó una estrella y se marchó.»

Pulsó el 3.

Hubo una gran conmoción al otro lado de la mampara de cristal. Justo en el momento en el que Tianming hizo clic con el ratón, la puerta se abrió y varias personas irrumpieron en la sala.

El primero en alcanzarlo fue el director, que corrió a apagar el interruptor del inyector. Lo siguió el ejecutivo del hospital, que arrancó de un tirón el cable de la toma de corriente. Detrás vino la enfermera, que desacopló el tubo de la jeringuilla con tal fuerza que hizo saltar por los aires la aguja ya clavada en el brazo de Tianming.

Entonces todos se abalanzaron a inspeccionar el tubo.

—¡Ha ido de un pelo! —dijo uno de ellos—. No se le ha inyectado nada.

Luego la enfermera comenzó a vendarle el brazo izquierdo, que le sangraba. Fue en ese momento cuando Tianming advirtió la presencia de alguien más aguardando en el umbral de la puerta, una presencia que consiguió que, para él, el mundo entero se iluminara: Cheng Xin.

Tianming se notó el pecho húmedo. Las lágrimas de Cheng Xin le habían mojado la ropa.

Lo primero que pensó al verla fue que no había cambiado en nada. Luego advirtió que llevaba el pelo algo más corto y ya no le caía hasta los hombros, sino que le llegaba por el cuello y tenía unas ondulaciones preciosas. No se atrevía a extender el brazo para tocarlo, tal y como había soñado desde hacía tanto tiempo.

«No tengo remedio», pensó; aunque lo cierto es que se sentía en el séptimo cielo.

El silencio reinante le pareció también propio del paraíso, y habría querido que se prolongara el mayor tiempo posible.

«No intentes salvarme, es inútil —pensó que le decía a ella—. Te haré caso, renunciaré a la eutanasia y luego, ¿qué? Acabaré en el mismo sitio que ahora... No; lo que quiero es que cojas la estrella que te he regalado, te marches de aquí y vayas en busca de tu felicidad...»

Como si hubiera oído sus pensamientos, Cheng Xin alzó la cabeza despacio. Era la primera vez que se miraban tan de cerca, más incluso de lo que él había soñado jamás. Al verle así los ojos, que las lágrimas hacían todavía más bellos que de costumbre, se le partió el corazón.

Lo que la mujer dijo a continuación fue algo del todo inesperado para él:

—Tianming, ¿sabías que la Ley de la Eutanasia se aprobó expresamente para ti?

Era de la Crisis, años 1 a 4
Cheng Xin

El inicio de la Crisis Trisolariana coincidió con la graduación de Cheng Xin, a la que eligieron como integrante del equipo encargado de diseñar el sistema de propulsión de la siguiente generación de cohetes Larga Marcha. Para otras personas aquello parecía el trabajo perfecto: importante y con un perfil alto.

Sin embargo, Xin había perdido el entusiasmo por la profesión que había escogido. Poco a poco vio en los cohetes de propulsión química algo parecido a las chimeneas gigantes de los inicios de la Revolución Industrial. Los poetas de aquella época habían cantado a aquellos bosques de chimeneas con la creencia de que eran el símbolo de la civilización industrial. Ahora la gente ensalzaba los cohetes de la misma manera y pensaba que representaban la Era Espacial. Pero lo cierto era que si los seres humanos pasaban a depender de los cohetes de propulsión química, lo más seguro era que no llegaran nunca a entrar en la carrera espacial.

La Crisis Trisolariana no hizo más que poner de relieve esta realidad. Intentar construir un sistema de defensa del Sistema Solar, partiendo de la base de los cohetes de propulsión química, era una locura. Cheng Xin había intentado mantener abiertas sus opciones eligiendo algunas asignaturas sobre propulsión nuclear. Tras la Crisis todos los aspectos del trabajo dentro del sistema aeroespacial se aceleraron, e incluso el proyecto de aviones espaciales de primera generación, que había sido aplazado durante mucho tiempo, recibió luz verde. El equipo especial al que pertenecía también tenía la misión de diseñar el prototipo de los motores que emplearían los aviones espaciales. Desde el punto de vista profesional, Cheng Xin parecía tener un futuro prometedor: sus aptitudes habían sido reconocidas, y la mayoría de los ingenieros jefe del sistema aeroespacial chino habían comenzado sus carreras en diseño de propulsión. No obstante, como creía que la tecnología de cohetes de propulsión química estaba obsoleta, no le parecía que en última instancia fuera a llegar muy lejos. Avanzar en la dirección equivocada era peor que no hacer nada, pero su trabajo le exigía concentración y atención completas. El hecho de dedicar tantos esfuerzos en la dirección equivocada le angustiaba mucho.

Entonces se le presentó una oportunidad para dejar los cohetes de propulsión química. Naciones Unidas comenzó a abrir muchas agencias relacionadas con la defensa del planeta, que, a diferencia de las anteriores oficinas, rendían cuentas directamente al Consejo de Seguridad Planetaria y estaban compuestas por expertos de distintos países. El sistema aeroespacial chino destinó mucho personal a esas agencias. Un alto cargo ofreció a Cheng Xin un nuevo puesto: asistenta del director del Centro de Planificación Tecnológica para la Agencia de Inteligencia Estratégica del Consejo de Defensa Planetaria. La labor de recopilación de inteligencia contra los trisolarianos se había centrado hasta entonces en la Organización Terrícola-trisolariana, pero la Agencia dedicaría sus esfuerzos directamente a la flota trisolariana y al planeta Trisolaris, por lo que necesitaban gente con un bagaje sólido en tecnología aeroespacial.

Cheng Xin aceptó el trabajo sin pensárselo dos veces.

La sede de la Agencia se encontraba en un viejo edificio de seis plantas no muy lejos de la sede de la ONU. El edificio, de finales del siglo XVIII, era robusto y estaba bien construido, como un bloque macizo de granito. Cuando Cheng Xin irrumpió en él por primera vez tras cruzar el océano Pacífico, sintió un escalofrío, como si hubiera entrado en un castillo. El lugar no era, en absoluto, lo que habría esperado de una agencia de inteligencia mundial, sino que le recordaba más bien al escenario de intrigas palaciegas urdidas entre bambalinas.

El edificio estaba casi vacío. Era una de las primeras personas en incorporarse al trabajo. Conoció a su jefe, el director del Centro de Planificación Tecnológica de la Agencia, en una oficina llena de muebles sin montar y cajas de cartón sin abrir.

Mijaíl Vadímov tenía unos cuarenta años, era alto y musculoso y hablaba inglés con un fuerte acento ruso. Pasó un buen rato hasta que Cheng Xin cayó en la cuenta de que le hablaba en la lengua de Shakespeare. Sentado sobre una caja de cartón, Vadímov se lamentó ante Cheng Xin de que había trabajado en el sector aeroespacial durante más de una década y nunca había necesitado un asistente técnico. Todos los países estaban dispuestos a llenar la Agencia con su propia gente, pero no a aportar dinero contante y sonante. Luego se dio cuenta de que estaba hablando con una joven con ilusiones a la que su charla le estaba resultando cada vez más descorazonadora, por lo que intentó animarla diciendo:

—En el hipotético caso de que esta agencia logre hacer historia (muy hipotético, aunque esa historia no sea buena), ¡nos recordarán como los dos primeros en estar al pie del cañón!

A Cheng Xin le consoló el hecho de que tanto ella como su jefe hubieran trabajado en el sector aeroespacial. Le preguntó a Vadímov en qué había trabajado. Este mencionó de pasada un breve período en el transbordador *Burán*, tras el cual trabajó como diseñador jefe ejecutivo de cierta nave espacial de carga, pero después sus explicaciones se volvieron imprecisas. El ruso aseguraba haberse dedicado a la diplomacia durante varios años, y luego dijo que había entrado en «un departamento» encargado de «las cosas que hacemos ahora».

—Más vale que no indagues demasiado en los historiales profesionales de tus futuros compañeros, ¿entendido? —dijo Vadímov—. El jefe también está aquí. Su despacho se encuentra arriba. Deberías pasar a saludar, pero no le quites demasiado tiempo.

Al entrar en el espacioso despacho del director de la Agencia, Cheng Xin fue recibida por un intenso olor a humo de puro. En la pared colgaba un cuadro grande ocupado en su mayor parte por un cielo plomizo y un terreno tenue cubierto por la nieve; a lo lejos, donde las nubes se fundían con la nieve, había algunas siluetas oscuras. Al observarlas de cerca era posible apreciar que se trataba de edificios sucios, la mayoría de ellos casas de chapa mezcladas con otras de estilo europeo de dos o tres plantas. Teniendo en cuenta la forma del río en primer plano y otros indicios de la geografía, aquello parecía un retrato del Nueva York de comienzos del siglo XVIII. La impresión general que transmitía la pintura era de una frialdad que, en opinión de Xin, le quedaba como un guante a la persona sentada debajo de ella.

Junto al cuadro grande había una pintura al óleo más pequeña. El motivo principal del cuadro era una espada de aspecto antiguo con una guarda dorada y una hoja brillante, sujeta por una mano enfundada en un guantelete de bronce. Solo se veía el antebrazo. La mano levantaba la espada para coger una corona de flores rojas, blancas y amarillas que flotaban en el agua. A diferencia del cuadro más grande, esa pintura estaba llena de brillo y color, aunque también irradiaba una sensación inquietante. Cheng Xin observó que las flores blancas de la corona tenían manchas de sangre.

El jefe de la Agencia, Thomas Wade, era un estadounidense mucho más joven de lo que Cheng Xin había esperado, más que Vadímov. También era más atractivo, con rasgos muy clásicos. Terminó por llegar a la conclusión de que la apariencia clásica se debía en gran medida al rostro inexpresivo de Wade, que era como una estatua fría y sin vida sacada del gélido cuadro que estaba a sus espaldas. Wade no parecía ocupado: el escritorio que tenía frente a él estaba vacío del todo, sin rastro de un ordenador o de papeles. Wade la observó mientras entraba, para luego volver a contemplar el puro que tenía en la mano. Cheng Xin se presentó y dijo que era un placer para ella poder aprender de él. Prosiguió hasta que Wade levantó la mirada hacia ella.

A Cheng Xin le pareció ver agotamiento y apatía en aquellos ojos, pero también algo más profundo, algo penetrante que le incomodaba. En el rostro de Wade se dibujó una sonrisa que recordaba al agua que se cuela por la grieta de la superficie helada de un río, una gélida expresión que turbó a Cheng Xin.

Ella intentó corresponder con otra sonrisa, pero las primeras palabras que salieron de la boca de Wade le helaron la cara y el cuerpo:

—¿Venderías a tu madre a un burdel?

Cheng Xin negó con la cabeza, horrorizada. No intentaba responder a la pregunta; simplemente no estaba segura de haberla entendido bien. Pero Wade agitó la mano con la que sostenía el puro y dijo:

—Gracias. Ve a hacer lo que tengas que hacer.

Cuando le contó a Vadímov lo que había ocurrido, el ruso se echó a reír.

—Solo es una... frase que solía estar de moda en nuestra profesión. Al parecer, se empezó a utilizar durante la Segunda Guerra Mundial. Los veteranos la usaban como novatada. Lo que ha querido decir es que nuestra profesión es la única del mundo en la que las mentiras y la traición constituyen el corazón del trabajo. Tenemos que ser... flexibles con las normas éticas aceptadas por la sociedad. La Agencia está formada por dos grupos de personas: unos son expertos técnicos, como tú, y otros son veteranos de las distintas agencias de inteligencia del mundo. Los dos grupos tienen diferentes formas de pensar y actuar; por suerte conozco bien ambos, y te puedo ayudar a adaptarte.

—Pero nuestro enemigo es Trisolaris. Nada que ver con la inteligencia convencional.

—Hay cosas que nunca cambian.

Durante los días siguientes llegaron nuevos miembros del equipo de la Agencia, la mayoría de ellos de países miembros permanentes del Consejo de Seguridad Planetaria.

Se trataban con cortesía, pero también con mucha desconfianza. Los expertos en tecnología estaban a la defensiva y actuaban como si se estuvieran protegiendo de robos a cada minuto. Los expertos en inteligencia eran sociables y afables, pero siempre estaban al acecho para robar algo.

Fue tal y como pronosticó Vadímov. Esas personas estaban mucho más interesadas en espiarse entre ellos que en recopilar información inteligente y tecnológica sobre Trisolaris.

Dos días después de la llegada de Cheng Xin, la Agencia celebró su primera reunión plenaria, aunque aún no habían llegado todos los miembros. Aparte de Wade, había otros tres jefes asistentes: uno de China, uno de Francia y uno del Reino Unido.

El jefe asistente Yu Weiming fue el primero en hablar. Cheng Xin no tenía ni idea del tipo de trabajo que había llevado a cabo en China, y tenía la típica cara que uno es incapaz de recordar hasta transcurridos muchos encuentros. Por suerte no tenía la costumbre tan habitual entre los burócratas chinos de dar discursos largos y dispersos. Al menos fue al grano, aunque no hizo más que repetir hechos comunes sobre la misión de la Agencia.

Yu dijo ser consciente de que todos los miembros de la Agencia habían sido enviados por sus respectivos países, y que por lo tanto tenían una doble lealtad. La Agencia no pedía ni esperaba que antepusieran su fidelidad a la institución sobre sus obligaciones para con sus naciones, pero dado que la tarea de la Agencia consistía en proteger la raza humana, confiaba en que todos intentaran al menos mantener el equilibrio adecuado entre ambas lealtades. Como la Agencia iba a tener que trabajar directamente contra la amenaza trisolariana, dijo, tenían que convertirse en la más unida de todas.

Cheng Xin notó que, mientras Yu daba su discurso, Wade golpeaba con el pie las patas de la mesa y apartaba poco a poco la silla de la mesa de conferencias, como si no quisiera estar allí. Luego, cada vez que alguien le pedía pronunciar unas palabras, declinaba agitando la cabeza.

Finalmente, después de que todos lo que querían hablar lo hubieran hecho, Wade tomó la palabra. Señaló una pila de cajas y material de oficina nuevo que había en la sala de juntas y dijo:

—Me gustaría que el resto de ustedes se hicieran cargo de estos menesteres por su cuenta. —Al parecer se refería a los detalles de la puesta en funcionamiento de la Agencia—. Por favor, no malgasten más mi tiempo ni el de ellos. —Entonces señaló a Vadímov y su equipo—. Necesito hablar con todos los miembros del Centro de Planificación Tecnológica con experiencia en ingeniería aeroespacial. Los demás pueden retirarse.

Una decena de personas permaneció en la sala de conferencias, que había dejado de estar abarrotada. Cuando se cerraron las pesadas puertas de madera de roble, Wade dejó caer la bomba que tenía preparada:

—La Agencia debe lanzar una sonda espía hacia la flota trisolariana.

Los miembros del personal técnico primero se quedaron estupefactos, y luego se miraron los unos a los otros con consternación. Cheng Xin también se sorprendió mucho. Había confiado en poder empezar a dedicarse pronto a las labores técnicas de verdad, pero no se esperaba algo tan directo ni tan inmediato.

Teniendo en cuenta que la Agencia acababa de fundarse y que hasta la fecha todavía no existían ramas nacionales o regionales, parecía poco recomendable embarcarse en grandes empresas. Sin embargo, lo más impactante era la audacia de la propuesta de Wade: sus desafíos técnicos y sus otros propósitos parecían inconcebibles.

—¿Cuáles son los requisitos específicos? —preguntó Vadímov. Era el único que no se había inmutado al escuchar las palabras de Wade.

—He hablado en privado con los representantes de los miembros permanentes del Consejo, pero la idea todavía no se ha presentado formalmente. Según la información de que dispongo, los miembros del Consejo están muy interesados en una cuestión concreta, algo en lo que no transigirán: la sonda debe alcanzar el 1 % de la velocidad de la luz. Los miembros permanentes del Consejo discrepan en otros parámetros, pero estoy seguro de que podrán negociar sus diferencias durante las conversaciones formales.

Un experto de la NASA intervino:

—Es decir, teniendo en cuenta los parámetros de la misión y suponiendo que solo nos preocupemos de la aceleración sin dejar opción a que la sonda desacelere, esta necesitará entre dos y tres siglos para llegar a la nube de Oort. Allí interceptará y observará la flota trisolariana en proceso de desaceleración. Disculpe usted, pero esto parece más un proyecto que debería reservarse para el futuro.

Wade sacudió la cabeza.

—Con esos sofones revoloteando por ahí, espiándonos constantemente y bloqueando toda la investigación en física fundamental, ya no está tan claro que vayamos a conseguir avances tecnológicos importantes en el futuro. Si la humanidad está condenada a arrastrarse por el espacio a velocidad de caracol, mejor que empecemos lo antes posible.

Cheng Xin sospechó que el plan de Wade tenía al menos en parte motivaciones políticas, ya que el primer intento de la humanidad para entablar contacto activo con una civilización extraterrestre elevaría el estatus de la Agencia.

—Pero teniendo en cuenta el estado actual de la tecnología aeroespacial, harían falta al menos veinte mil o treinta mil años para alcanzar la nube de Oort. Aunque lancemos la sonda ahora mismo, para cuando la flota trisolariana llegue en cuatrocientos años no habremos conseguido alcanzar mucho más allá de la antesala de la Tierra.

—Justo por eso la sonda tiene que lograr el 1 % de la velocidad de la luz.

—¡Está usted hablando de multiplicar por cien nuestra velocidad máxima! Para eso haría falta un sistema de propulsión totalmente nuevo. No podemos lograr semejante aceleración con la tecnología actual, y no hay ningún avance técnico para esperar tal salto tecnológico en un futuro predecible. La propuesta es imposible.

Wade dio un puñetazo en la mesa.

—¡Olvida usted que tenemos recursos! Los vuelos espaciales antes eran un lujo, pero ahora son toda una necesidad. Podemos solicitar recursos que superan con creces lo imaginable. Podemos dilapidar recursos hasta alterar las leyes de la física. ¡Utilice la fuerza bruta si es necesario, pero debemos conseguir que la sonda acelere al 1 % de la velocidad de la luz!

Vadímov miró alrededor de manera instintiva. Wade le lanzó una mirada.

—No te preocupes. Aquí no hay periodistas ni desconocidos.

Vadímov rio:

—No te ofendas, pero decir que queremos tirar recursos sobre el problema hasta alterar las leyes de la física hará de la Agencia el hazmerreír del mundo entero. No lo repitas delante de los miembros del Consejo.

—Ya sé que todos os estáis riendo de mí.

Todos se mordieron la lengua. Solo querían que la reunión terminara cuanto antes. Wade miró a todos los que le rodeaban, y luego volvió la vista hacia Cheng Xin.

—No, todos no. Ella no se está riendo —dijo, señalándola—. ¿Qué piensas tú, Cheng?

Bajo la penetrante mirada de Wade, Xin sintió como si le señalara con una espada en lugar de con un dedo. Miró a su alrededor, impotente. ¿Quién era ella para decir nada?

—Necesitamos DM —dijo Wade.

Cheng Xin se sintió más desconcertada si cabe. ¿Qué quería decir eso de DM? ¿«Dios mediante»? ¿«Doctor en medicina»?

—¿Eres china y no sabes lo que es la DM?

Cheng Xin miró a los otros cinco chinos de la sala, que estaban tan desconcertados como ella.

—Durante la Guerra de Corea, los estadounidenses descubrieron que hasta los soldados rasos chinos tomados prisioneros parecían saber mucho sobre sus propias estrategias de campo. Al parecer, vuestros comandantes habían compartido con los soldados los planes de batalla para debatirlo en grupo con la esperanza de encontrar formas de mejorarlos. Si vosotros acabáis convirtiéndoos en prisioneros de guerra de los trisolarianos, no queremos que sepáis tanto, claro está.

Algunos de los presentes rieron. Cheng Xin comprendió al fin que DM quería decir «democracia militar». El resto de los asistentes apoyó con entusiasmo la propuesta de Wade. Estaba claro que aquellos expertos de élite no esperaban que una simple asistente técnica fuera a tener ideas brillantes, pero eran en su mayoría hombres y pensaron que si le daban una oportunidad para hablar tendrían una excusa perfecta para admirar sus atributos físicos. Cheng Xin siempre había intentado vestir con recato, pero ese acoso era algo con lo que tenía que lidiar constantemente.

—Tengo una idea —empezó Cheng Xin.

—¿Una idea para alterar las leyes de la física? —dijo una mujer francesa algo mayor llamada Camille, una consultora muy respetada y experimentada de la Agencia Espacial Europea. Miró a Cheng Xin con desdén, incómoda al ver que todos los hombres la miraban.

—Una idea para sortearlas. —Cheng Xin sonrió con educación a Camille—. Está claro que el recurso que tenemos más a mano es el armamento nuclear. Sin grandes avances tecnológicos, las armas atómicas son las mayores fuentes de energía que podemos lanzar al espacio. Imaginen una nave o sonda equipada con una enorme vela de radiación parecida a una vela solar: una delgada película capaz de ser propulsada por la radiación. Si detonamos bombas nucleares detrás de la vela de forma periódica...

Hubo varias risitas nerviosas. La de Camille fue la más estentórea.

—Amiga mía, acabas de describirnos la escena de un tebeo.

Tu nave espacial va cargada de bombas nucleares, y hay una vela gigante. A bordo de la nave va un héroe que se parece mucho a Arnold Schwarzenegger, y que tira las bombas detrás de la nave, donde explotan para impulsarla. ¡Cómo mola! —Camille proseguía mientras el coro de risotadas iba *in crescendo*—. Quizá deberías revisar tus apuntes del primer año de carrera y contestarme dos preguntas: la primera, con cuántas bombas nucleares tendría que cargar tu nave; y la segunda, cómo podrías lograr una aceleración con semejante relación entre el empuje y el peso.

—No ha conseguido alterar las leyes de la física, pero sí ha logrado satisfacer el otro requisito de la demanda del jefe —dijo otro experto—. Tan solo lamento que una chica tan mona haya caído bajo el hechizo de la fuerza bruta. —Las carcajadas alcanzaron su clímax.

—Las bombas no estarán dentro de la nave —replicó Cheng Xin con calma. Las risas se detuvieron de improviso, como si Xin hubiese puesto la mano sobre la superficie de un tambor en vibración—. La sonda será un diminuto núcleo equipado con sensores atados a una vela grande, pero la masa total será ligera como una pluma. Será fácil propulsarla con la radiación de las detonaciones nucleares fuera del vehículo.

La sala de conferencias enmudeció. Todos intentaban pensar dónde irían las bombas. El semblante de Wade había permanecido frío e indiferente mientras los demás se burlaban de Cheng Xin. Ahora, en cambio, aquella sonrisa que parecía agua emanando de una grieta en el hielo volvió a aparecer poco a poco en su gesto.

Cheng Xin sacó un montón de vasos de papel del dispensador de agua y los colocó sobre la mesa de conferencias en línea recta.

—Podemos usar cohetes de propulsión química convencionales para lanzar antes las bombas nucleares y distribuirlas a lo largo del primer tramo de la ruta de la sonda. —Cogió un lápiz y movió la punta sobre la línea, yendo de un vaso al siguiente—. A medida que la sonda vaya pasando de una bomba a otra, las detonamos justo detrás de la vela para que acelere cada vez más.

Los hombres dejaron de mirar a Cheng Xin. Por fin estaban dispuestos a tomarse en serio su propuesta. Solo Camille seguía mirándola como si no la conociera.

—Podríamos bautizar la técnica como «propulsión en ruta». Este tramo inicial es la etapa de aceleración, y exige tan solo una pequeña fracción del curso total. Haciendo un cálculo muy aproximado, podríamos distribuir un millar de bombas nucleares en una ruta de cinco unidades astronómicas entre la Tierra y la órbita de Júpiter; o podríamos incluso comprimirlas todavía más y distribuirlas por la órbita de Marte. Algo que sería del todo posible con la tecnología de la que disponemos en la actualidad.

Varios murmullos rompieron el silencio. Poco a poco, las voces crecieron en volumen y entusiasmo, como una llovizna que crece poco a poco hasta convertirse en tormenta.

—Esa idea no se te acaba de ocurrir ahora, ¿verdad? —preguntó Wade. Había estado escuchando la discusión con atención.

Cheng Xin sonrió.

—Está basada en una vieja idea de los círculos aeroespaciales. Stanislaw Ulam propuso algo parecido por primera vez en 1946. Se llama propulsión nuclear de pulso.

—Doctora Cheng —terció Camille—, todos conocemos la propulsión nuclear de pulso. Pero esas propuestas anteriores exigían que el combustible estuviera en la nave. La idea de distribuir el combustible a lo largo del trayecto, sin duda, es aportación suya. Al menos yo nunca la había oído antes.

El debate se encendió. Los expertos congregados despedazaron la idea como una manada de lobos hambrientos que se abalanzaran sobre un trozo de carne fresca.

Wade volvió a golpear la mesa.

—¡Basta! No nos quedemos estancados en los detalles. No estamos evaluando si la idea es factible, solo averiguando si vale la pena estudiar su viabilidad. Centrémonos en los problemas más generales.

Tras un breve silencio, Vadímov dijo:

—Lo mejor de la propuesta es que ponerla en marcha resultará fácil.

Todos comprendieron de inmediato lo que Vadímov quería decir. El primer paso del plan de Cheng Xin consistía en lanzar una gran cantidad de bombas nucleares a la órbita de la Tierra. La humanidad poseía esa tecnología, y los explosivos ya se encontraban en vehículos de lanzamiento: los misiles balísticos intercontinentales podían reprogramarse para cumplir esa función. Los *Peacekeepers* estadounidenses, los *Topols* rusos y los *Dongfengs* chinos podían dirigir sus cargas hacia las órbitas cercanas a la Tierra. Incluso los misiles balísticos de rango intermedio podían servir si se actualizaran con cohetes impulsores. Comparado con los planes de desarme nuclear posteriores a la Crisis, que exigían la destrucción de los misiles, ese proyecto sería mucho más económico.

—Excelente. Vamos por un momento a dejar de debatir la idea de la propulsión en ruta de Cheng Xin. ¿Alguna otra propuesta? —Wade recorrió la sala con la mirada.

Varias personas parecieron querer decir algo, pero al final optaron por callarse. Nadie pensó que sus ideas pudieran competir con la de Cheng Xin. Al final todas las miradas volvieron a posarse sobre ella, pero esa vez con un sentido muy distinto.

—Nos volveremos a reunir dos veces para ver si se nos ocurren otras opciones. Pero podríamos comenzar a hacer el estudio de viabilidad de la propulsión en ruta. Necesitaremos un nombre en clave.

—Dado que la velocidad de la onda subirá de nivel con cada explosión, será un poco como subir los peldaños de una escalera —dijo Vadímov—. Propongo el nombre de Proyecto Escalera. Otro parámetro a tener en cuenta, aparte del requisito de velocidad final superior al 1 % de la velocidad de la luz, es la masa de la sonda.

—Se puede fabricar una vela de radiación muy delgada y ligera. Teniendo en cuenta el actual estado de las ciencias materiales, podemos hacer una vela de unos cincuenta kilómetros cuadrados y limitar la masa a unos cincuenta kilogramos. Debería ser lo bastante grande. —Quien hablaba era un experto ruso que había dirigido un fallido experimento de vela solar hacía tiempo.

—Entonces la clave será la masa de la propia sonda.

Todas las miradas se trasladaron a otro hombre en la sala, el diseñador jefe de la sonda Cassini-Huygens.

—Si incluimos sensores básicos y tomamos en cuenta la antena y la fuente de energía radioisotópica necesarias para transmitir la información de la nube de Oort, unos dos mil o tres mil kilogramos serían suficientes.

—¡No! —Vadímov sacudió la cabeza—. Tiene que ser como dice Cheng Xin: ligera como una pluma.

—Si nos limitamos a los sensores más básicos, quizá bastarían mil kilos. No puedo garantizar que vaya a tener éxito. No me das casi nada con lo que trabajar.

—Vais a tener que hacer que funcione —dijo Wade—. La masa de la sonda no puede superar una tonelada métrica, vela incluida. Usaremos la fuerza de toda la humanidad para impulsar mil kilos. Esperemos que sea lo bastante ligero.

Durante la semana siguiente, Cheng Xin solo durmió en aviones. Como parte del equipo encabezado por Vadímov, viajó entre agencias espaciales de Estados Unidos, China, Rusia y Europa para coordinar el estudio de viabilidad del Proyecto Escalera. Esa semana, Cheng Xin tuvo la oportunidad de visitar más lugares que nunca en toda su vida, aunque el turismo que hizo se limitó a las ventanas de los coches y las salas de conferencias.

Al principio, pensaron que podrían lograr que todas las agencias espaciales hicieran un estudio de viabilidad de manera conjunta, pero resultó ser un empeño político imposible. Al final, cada agencia espacial realizó un análisis independiente. La ventaja de ese enfoque era que se podían comparar los cuatro estudios para conseguir un resultado más preciso, pero también significaba que la Agencia tenía que trabajar más. Cheng Xin dedicó más esfuerzos a ese proyecto que a ningún otro en toda su carrera profesional, pues al fin y al cabo era su criatura.

Los cuatro estudios de viabilidad llegaron rápidamente a las conclusiones preliminares, que se parecían bastante entre sí. La buena noticia era que el área de la vela de radiación podía ser reducida a veinticinco kilómetros cuadrados, y con materiales más avanzados, la masa de la vela podía reducirse a veinte kilos.

Entonces llegó la mala noticia: para alcanzar la velocidad requerida de un 1 % de la velocidad de la luz, la masa total de la sonda tenía que reducirse en un 80 %, hasta solo doscientos kilos. Restando la masa reservada para la vela, dejaba tan solo ciento ochenta kilos para los sensores y dispositivos de comunicación.

La expresión de Wade no cambió.

—No os desaniméis todavía. Tengo una noticia aún peor: en la última sesión del Consejo, la resolución del Proyecto Escalera fue rechazada por votación.

Cuatro de los siete miembros permanentes del Consejo habían votado en contra. Lo sorprendente era que tenían motivos similares para hacerlo. A diferencia de los miembros del equipo técnico de la Agencia, que tenían experiencia en vuelos espaciales, los delegados no estaban interesados en la tecnología de propulsión y protestaron porque el valor de la inteligencia de la sonda era demasiado limitado. En palabras del representante estadounidense, era «prácticamente nulo».

Aquello se debía a que la sonda propuesta no podía desacelerar. Aun teniendo en cuenta el hecho de que la flota trisolariana desaceleraría, la sonda y la flota pasarían de largo a una velocidad relativa de alrededor del 5 % de la velocidad de la luz, eso asumiendo que la sonda no fuera capturada. El margen para obtener inteligencia sería demasiado reducido. Como la pequeña masa del artefacto hacía impracticable el uso de sensores activos como un radar, la sonda estaba limitada a los sensores pasivos, principalmente señales electromagnéticas. Dado el avanzado estado de la tecnología trisolariana, era casi seguro de que el enemigo no usaría radiación electromagnética, sino medios como los neutrinos o las ondas gravitatorias, técnicas más avanzadas que el estado actual de la tecnología humana.

Además, la presencia de los sofones hacía que el plan del envío de la sonda fuera del todo cristalino y reducía a la nada la obtención exitosa de inteligencia de valor. Teniendo en cuenta la ingente inversión necesaria para poner en práctica dicho plan, los beneficios eran demasiado insignificantes. Gran parte del valor del plan era puramente simbólico, y las grandes potencias no estaban lo bastante interesadas en él. Los otros tres miembros permanentes del Consejo votaron a favor solo porque estaban interesados en la tecnología de propulsión.

—Y el Consejo tiene razón —dijo Wade.

Todos lamentaron en silencio la muerte del Proyecto Escalera. La más desengañada era Cheng Xin, que no obstante se consoló pensando que para una joven sin logros en su haber como ella, haber llegado tan lejos en su primera idea propia ya sea mucho. Sin lugar a dudas había superado sus propias expectativas.

—Señorita Cheng, parece triste —dijo Wade—. Cualquiera diría que cree usted que vamos a dar marcha atrás.

Todos miraron a Wade en silencio.

—No vamos a detenernos. —Wade se levantó y deambuló por la sala—. A partir de ahora, ya sea el Proyecto Escalera o cualquier otro plan, no paréis hasta que yo os lo diga. ¿Entendido? —Abandonó su habitual tono indiferente y empezó a gritar como un animal salvaje enloquecido—. ¡Vamos a avanzar! ¡Avanzar! ¡Avanzaremos a costa de lo que sea!

Wade se encontraba justo detrás de Cheng Xin, que sintió como si un volcán hubiera entrado en erupción a sus espaldas. Se puso tensa de inmediato y estuvo a punto de gritar del susto.

—¿Cuál es el siguiente paso? —inquirió Vadímov.

—Vamos a enviar a una persona.

La voz de Wade recuperó el tono impasible y frío. Todavía impactados por el estallido del director de la Agencia, los presentes tardaron un rato en comprender las palabras casi imperceptibles que acababa de pronunciar. No se refería a enviar a alguien al Consejo, sino fuera del Sistema Solar. Estaba proponiendo mandar a un ser humano vivo a la fría nube de Oort situada a un año luz de distancia para espiar a la flota trisolariana.

Wade propinó una patada a la mesa de conferencias y empujó la silla hacia atrás para poder sentarse detrás de todos mientras seguían las conversaciones. Pero nadie habló. Era una repetición de la reunión de la semana anterior, cuando plantearon por primera vez la idea de enviar una sonda a la flota trisolariana. Todos andaban rumiando las palabras de Wade en un intento de resolver el acertijo. Poco después se dieron cuenta de que la idea no era tan absurda como parecía en un principio.

La criogénesis era una técnica relativamente avanzada que permitía a una persona completar el viaje en animación suspendida. Si enviaban a un humano que pesara setenta kilos, quedaban ciento diez kilos para el equipo de hibernación y el casco de la sonda, que podía llegar a ser tan sencillo como un ataúd. Pero luego, ¿qué? Dos siglos más tarde, cuando la sonda se encontrara con la flota trisolariana, ¿cómo despertarían a esa persona, y qué podría hacer esta?

Los pensamientos se agolpaban en la cabeza de todos los presentes, pero nadie dijo esta boca es mía. Wade, no obstante, pareció leer la mente de todo el mundo.

—Tenemos que enviar a un ser humano al corazón del enemigo —dijo.

—Para ello, la flota trisolariana tendría que capturar la sonda —dijo Vadímov—. Y quedarse con el espía.

—Eso es muy probable —Wade alzó la vista—, ¿a que sí?

Los asistentes comprendieron que hablaba con los sofones que planeaban sobre ellos, cual espectros. A cuatro años luz de distancia, en aquel mundo lejano, otros seres invisibles también «asistían» a la reunión y escuchaban lo que decían. La presencia de los sofones era algo que la gente solía pasar por alto, pero cuando se acordaban de ellos sentían miedo y una extraña sensación de insignificancia, como si no fueran más que una colonia de hormigas bajo el microscopio de un niño travieso. Era muy difícil mantener la confianza siendo consciente de que el enemigo conocería cualquier plan mucho antes de poder trasladarlo al supervisor. La humanidad había tenido que esforzarse por adaptarse a ese tipo de guerra en la que sus movimientos eran totalmente transparentes para el adversario.

Ahora, en cambio, Wade parecía haber dado un ligero vuelco a la situación. En aquel escenario, el conocimiento del plan por parte del enemigo era una ventaja. Los trisolarianos conocerían todos y cada uno de los detalles de la trayectoria de la sonda y la interceptarían sin problema. Aunque los trisolarianos podían aprender acerca de la humanidad a través de los sofones, sin duda estarían interesados en capturar un espécimen vivo para realizar un estudio detallado.

En una guerra de inteligencia tradicional, enviar al enemigo un espía cuya identidad le era conocida suponía una acción sin ningún sentido. Sin embargo, aquella guerra era distinta. Enviar a un representante de la humanidad hacia la flota trisolariana era en sí mismo una muestra de valentía, y daba igual que los trisolarianos conocieran de antemano la identidad del individuo. La Agencia no necesitaba saber lo que el espía podía hacer al llegar allí: las posibilidades eran infinitas siempre y cuando esa persona pudiera infiltrarse con éxito en la flota. Dado que los trisolarianos tenían unos pensamientos transparentes y eran vulnerables a las artimañas, la idea de Wade resultaba más atractiva.

Enviar a un ser humano al corazón del enemigo.

Fragmento de *Un pasado ajeno al tiempo* Hibernación: El hombre viaja a través del tiempo por primera vez

Una nueva tecnología puede transformar la sociedad, pero cuando esta se encuentra en pañales son muy pocas las personas capaces de ver todo su potencial. El ordenador sirve como ejemplo, ya que cuando fue inventado era una mera herramienta que aumentaba la eficiencia, lo cual llevó a algunas personas a pensar que cinco ordenadores bastarían para el mundo entero. Ocurría igual con la hibernación artificial: Antes de ser una realidad, la gente tan solo pensaba que ofrecería una oportunidad para que los pacientes con enfermedades terminales encontraran una cura en el futuro. Al ir más allá, la gente se daría cuenta de que la técnica resultaba útil para los viajes interestelares. Pero al observarla a través del prisma de la sociología, era posible darse cuenta de que su aparición constituía un cambio radical para la civilización humana.

Todo se basaba en una única idea: «El mañana será mejor.»

Aquella creencia relativamente nueva, fruto de los siglos anteriores a la Crisis, habría resultado ridícula en el pasado: la Europa medieval era menos opulenta que la antigua Roma de mil años antes, y estaba más reprimida desde el punto de vista intelectual. En China, la gente vivía peor durante las dinastías Wei y Jin del Sur y del Norte (220-589), que durante la anterior dinastía Han (206 a.C.-220 d.C.), y las dinastías Yuan (1279-1368) y Ming (1368-1644) fueron períodos mucho peores que las dinastías Tang (618-907) y Song (960-1279). Sin embargo, con la Revolución Industrial el progreso se convirtió en un rasgo constante de la sociedad, y ganó fuerza la confianza del ser humano en el futuro.

Esa convicción alcanzó su punto álgido en el preámbulo de la Crisis Trisolariana. La Guerra Fría había terminado hacía ya algún tiempo y, si bien todavía persistían problemas como la degradación medioambiental, no eran más que cuestiones desagradables. Y es que las comodidades materiales de la vida no habían tardado en mejorar, una tendencia que pareció acelerarse. Si se le preguntara a alguien su opinión sobre el futuro, obtendría diferentes respuestas respecto a cómo serían las cosas en diez años, pero muy pocos dudaban de que en un siglo los seres humanos vivirían en el paraíso. Creer algo así era fácil: les bastaba comparar sus propias vidas con las de sus ancestros del siglo anterior.

Pudiendo hibernar, ¿quién iba a querer quedarse en el presente?

Desde el punto de vista sociológico, el descubrimiento de la clonación humana presentaba muchas menos complicaciones que la hibernación. La clonación planteaba dilemas morales, pero las personas que tenían puntos de vista morales influidos por el cristianismo fueron las que se sintieron más consternadas. En cambio, los problemas ocasionados por la hibernación eran de índole práctica y afectaban a toda la especie humana. Cuando la tecnología se comercializó con éxito, quienes se lo podían permitir aprovecharon para coger un atajo hacia el paraíso y dejaron al resto de la humanidad en un presente que resultaba deprimente comparado con lo que les esperaba a ellos. Pero lo más preocupante era lo que más les atraía del futuro: el fin de la muerte.

A medida que avanzaba la biología moderna, comenzó a extenderse la idea que el fin de la muerte podría alcanzarse en cien o doscientos años. De ser así, los que apostaban por la hibernación estaban subiendo los primeros peldaños de la escalera hacia la vida eterna. Por primera vez en la historia, la muerte dejó de ser ecuánime. Las consecuencias de algo así eran impresionantes.

La situación era parecida a las duras condiciones del Escapismo posterior a la Crisis, y más tarde los historiadores se referirían a ella como «Escapismo temprano» o «Escapismo temporal». De este modo, incluso antes de la Crisis, los gobiernos del mundo entero pusieron aún más coto a la tecnología de hibernación que a la clonación.

Sin embargo, la Crisis Trisolariana lo cambió todo. El paraíso del futuro se convirtió de la noche a la mañana en un infierno en la Tierra. El futuro ya no seducía a nadie, ni siquiera a los enfermos terminales, y es que para cuando se despertaran el mundo quizás estaría envuelto en llamas. Y también cabía la posibilidad de que no fueran capaces de encontrar siquiera una aspirina.

Es por ello que después de la Crisis se permitió el desarrollo de la hibernación sin ningún tipo de restricción. La tecnología no tardó en ser viable a nivel comercial, y la especie humana pasó a tener la primera herramienta que le permitió viajar a través de grandes períodos temporales.

Era de la Crisis, años 1 a 4
Cheng Xin

Cheng Xin fue a investigar la criogénesis a la localidad de Sanya, en la isla china de Hainan.

Se trataba de una isla tropical que parecía poco apropiada para el mayor centro de investigación dedicado a la hibernación, centro gestionado por la Academia China de Ciencias Médicas. Aunque China estaba en mitad del invierno, allí el clima era primaveral.

El centro de hibernación era un edificio blanco oculto entre una vegetación exuberante. Una decena de personas en tubos habían sido sometidas a pruebas de hibernación con el fin de viajar a través del tiempo.

Lo primero que preguntó Xin fue si era posible reducir a cien kilos el peso del equipo necesario para mantener la hibernación.

El director del centro de investigación soltó una carcajada.

—¿Cien kilos? ¡Si lograras reducirlo a cien toneladas métricas, podrías darte con un canto en los dientes!

El director exageraba, pero solo un poco. Enseñó el centro a Cheng Xin, quien se dio cuenta de que la hibernación artificial no se correspondía del todo con la imagen que tenía entre el gran público. De entrada, no implicaba el uso de temperaturas extremadamente bajas. El procedimiento sustituía la sangre del cuerpo con un líquido que protegía del frío y reducía la temperatura corporal a cincuenta grados bajo cero. Gracias a un sistema de *bypass* cardiopulmonar externo, los órganos se mantenían a un nivel de actividad biológica muy bajo. «Es como cuando un ordenador entra en modo de suspensión», le explicó el director.

Todo el conjunto, formado por el tanque de criogénesis, el sistema de soporte vital y el equipo de refrigeración, pesaba unas tres toneladas métricas.

Mientras el director hablaba sobre posibles formas de miniaturizar la instalación para la hibernación con el equipo técnico del centro, una súbita revelación turbó a Cheng Xin: si la temperatura corporal debía mantenerse a cincuenta grados bajo cero, en las gélidas condiciones del espacio exterior la cámara de hibernación iba a necesitar calentarse en lugar de refrigerarse. A su paso por el espacio transneptúnico, en concreto, la temperatura exterior rozaría el cero absoluto. En comparación, cincuenta grados bajo cero resultaban tan tórridos como el interior de una estufa. Teniendo en cuenta que el viaje iba a durar uno o dos siglos, la solución más factible era emplear calor radioisotópico, por lo que las cien toneladas que había estimado el director ya no resultaban ni mucho menos tan exageradas.

Al regresar a la sede de la Agencia, Cheng Xin presentó un informe oral en el que resumió sus hallazgos. Los ánimos de todos volvieron a derrumbarse, aunque esa vez miraron a Wade con esperanza.

—¿Por qué me miráis a mí? ¿Acaso soy Dios? —exclamó él, escudriñando a cuantos lo rodeaban en la sala de conferencias—. ¿Para qué creéis que os han enviado vuestros respectivos países, para cobrar por darme malas noticias? ¡Yo no tengo la solución, os corresponde a vosotros encontrarla!

Dicho esto, dio un puntapié a una pata de la mesa de conferencias y su silla se alejó más que nunca. Luego hizo caso omiso del cartel que prohibía fumar y se encendió un puro.

Todo el mundo dirigió su atención a los recién incorporados expertos en hibernación. Ninguno de ellos dijo nada ni parecía estar haciendo esfuerzo alguno por pensar una solución; el gesto severo de sus rostros reflejaba, sin duda, la frustración que todo profesional ha sentido al lidiar con ignorantes que insisten en pedir lo imposible.

—Quizá... —musitó Cheng Xin, mirando indecisa a su alrededor. Seguía sin acostumbrarse a la democracia militar.

—¡Avanzar! ¡Hay que avanzar a toda costa! —recalcó Wade, escupiendo humo con cada palabra.

—Quizá... no haga falta enviar a una persona viva.

El resto de miembros del equipo se quedó mirándola; luego fijaron la vista en los expertos en hibernación, que se encogieron de hombros para dar a entender que tampoco sabían a qué se refería.

Cheng Xin prosiguió:

—Podríamos ultracongelar el cuerpo de una persona a doscientos grados bajo cero y luego lanzarlo. No harían falta sistemas de soporte vital ni de calefacción, y la cápsula que alojara el cuerpo podría ser muy pequeña y ligera. La masa total del cuerpo y del equipo quedaría por debajo de los ciento diez kilos. Aunque un cuerpo así para nosotros sería, sin duda, poco más que un cadáver, puede que para los trisolarianos no.

Uno de los expertos en hibernación intervino:

—El mayor impedimento a la hora de reanimar un cuerpo ultracongelado es evitar el daño celular, producido por los cristales de hielo causados por la descongelación. Es lo que le pasa al tofu cuando se congela, que luego queda como una esponja... Perdón, ninguno de ustedes habrá comido tofu congelado... —añadió el experto, de nacionalidad china, dirigiéndose a los occidentales presentes. Al ver que, lo hubieran comido o no, tenían cara de saber a qué se refería, prosiguió—: Quizá los trisolarianos tengan alguna técnica para prevenir tales daños, como por ejemplo devolver al cuerpo a su temperatura normal en un tiempo muy corto, un milisegundo o incluso un microsegundo. Nosotros somos incapaces, al menos no sin hacer que el cuerpo acabe evaporándose durante el proceso.

Cheng Xin no prestó mucha atención a lo que decía, ya que no podía dejar de pensar en una cosa: ¿de quién iba a ser el cadáver congelado a doscientos grados bajo cero que iban a lanzar al espacio profundo? Aunque se esforzaba por tratar de avanzar a toda costa, no pudo evitar sentir un escalofrío.

—Muy bien —dijo Wade, asintiendo mientras la miraba. Era la primera vez desde que lo conocía que lo había visto elogiar a un subordinado.

La sesión en curso del Consejo de Defensa Planetaria iba a someter a votación la última versión del Proyecto Escalera. Según las conversaciones que Wade había mantenido en privado con los delegados de las distintas naciones, parecía haber motivos para el optimismo: dado que el nuevo plan, tal y como había sido modificado, iba a suponer el primer contacto directo entre la humanidad y una civilización extraterrestre, su importancia adquiría un peso mucho mayor del que hubiera tenido en caso de enviar solo una sonda. Además, mandar una persona a los trisolarianos podía suponer un hito tan grande como conseguir colocar una bomba de relojería en las entrañas del territorio enemigo. Si la persona elegida jugaba bien sus cartas y aprovechaba la superioridad aplastante de los seres humanos a la hora de urdir intrigas, era más que posible que consiguiera cambiar el curso de la guerra.

Dado que la sesión especial de la Asamblea General incluía el anuncio a escala mundial del Proyecto Vallado, el comienzo de la reunión del Consejo de Defensa Planetaria se había retrasado más de una hora. El personal de la Agencia aguardaba en el vestíbulo, a las puertas de la sala de la Asamblea General. En anteriores reuniones del Consejo, solo se les había permitido la entrada a Wade y a Vadímov, mientras el resto se quedaba esperando fuera por si requerían en algún momento de sus conocimientos en calidad de expertos. Sin embargo, esta vez Wade pidió a Cheng Xin que entrara con él y con Vadímov a la sesión del Consejo de Defensa Planetaria, algo insólito para una simple asistente técnica como ella.

Concluido el anuncio de la Asamblea General, Cheng Xin y los demás vieron cómo un hombre que salía a toda prisa rodeado por un enjambre de periodistas abandonaba el edificio por una salida auxiliar. Se trataba, sin duda, de uno de los vallados recién designados.

Todos los miembros de la Agencia andaban tan preocupados por la suerte que iba a correr el Proyecto Escalera que casi nadie mostró interés por el tema de los vallados; solo algunos tuvieron curiosidad por salir del edificio a intentar ver qué aspecto tenía el hombre que habían visto salir.

Cuando a continuación se produjo aquel infame intento de asesinato que pasaría a la historia, ningún miembro de la Agencia oyó siquiera los disparos. Solo vieron cómo, al otro lado de los ventanales, tenía lugar una enorme conmoción. Fue entonces cuando Cheng Xin y los demás salieron corriendo para tratar de averiguar qué había ocurrido. Al momento los recibió la luz cegadora de los focos de los helicópteros que sobrevolaban la zona.

—¡Eh, eh! ¡Acaban de matar a un vallado! —gritó uno de los compañeros que habían salido antes, mientras se les aproximaba corriendo—. Los que lo han visto dicen que le han disparado varias veces. ¡En la cabeza!

—¿A quiénes han elegido? —preguntó Wade sin demasiado interés.

—Pues... no estoy muy seguro, pero parece que tres de los cuatro eran candidatos que ya se barajaban. Pero este, el que acaban de matar, era paisano tuyo —dijo, señalando a Cheng Xin—. Nadie había oído hablar de él hasta hoy. Se ve que era un don nadie...

—En estos tiempos que corren nadie es un don nadie —replicó Wade—. Cualquier persona puede verse cargando con una enorme responsabilidad de la noche a la mañana; y, del mismo modo, cualquier persona, por importante que se crea, puede ser sustituida cuando haga falta —añadió, mirando primero a Cheng Xin y luego a Vadímov.

Justo entonces, un secretario del Consejo llegó para llevarse a Wade aparte para decirle algo. Vadímov susurró al oído de Cheng Xin:

—Me está amenazando. Ayer cogió otro berrinche y me soltó que tú eras perfectamente capaz de sustituirme.

—Mijaíl...

Vadímov levantó la palma de la mano para interrumpirla. La potente luz de uno de los helicópteros atravesó su mano y reveló la sangre que corría bajo su piel.

—Tiene razón. La Agencia no está obligada a seguir los procedimientos de selección y promoción de personal convencionales. Tú eres una persona tranquila, concienzuda, muy trabajadora y también creativa; demuestras siempre un sentido de la responsabilidad mucho mayor del que exige tu cargo... Es muy poco habitual encontrar todas estas cualidades reunidas en una sola persona, máxime en una tan joven. Te lo digo en serio, Xin: me alegra muchísimo verte tan cualificada para reemplazarme... Pero eso sí, hay una cosa que todavía no eres capaz de hacer. —Vadímov hizo una pausa para barrer con la mirada el caos que les rodeaba—: tú no venderías a tu madre a un burdel. Todavía eres muy joven como para cumplir ese requisito concreto de la profesión. Y si te digo la verdad, deseo con todas mis fuerzas que nunca seas capaz de hacerlo.

Camille se acercó a ellos con determinación y cargada con un montón de papeles. Cheng Xin supuso que se trataría del informe interno de viabilidad del Proyecto Escalera. Camille lo sostuvo en el aire unos segundos y luego, en lugar de entregárselo a alguno de ellos, lo estampó contra el suelo.

—¡A la mierda! —exclamó, atrayendo la mirada de varios transeúntes incluso con el ruido de fondo de los helicópteros—. Son todos un hatajo de burros ignorantes. ¡Todos! Los muy inútiles no saben ni hacer la o con un canuto.

—¿A quién te refieres? —preguntó Vadímov.

—¡A todo el mundo! ¡A toda la especie humana! Hace medio siglo caminábamos sobre la Luna, ¿y ahora? ¡Ahora nada! ¡Seguimos sin haber conseguido nada y sin poder hacer nada!

Cheng Xin se agachó a recoger el documento: se trataba, en efecto, del informe de viabilidad interno. Empezó a hojearlo con Vadímov, pero el texto estaba tan lleno de tecnicismos que a ambos les costaba extraer conclusión alguna. Wade regresó al grupo para anunciarles que la reunión tendría lugar en quince minutos.

Camille, bastante más serena en presencia del director de la Agencia, prosiguió:

—La NASA ha realizado dos pequeñas pruebas para ensayar la propulsión nuclear de pulso en el espacio. Podéis leer los resultados en el informe. Resumiendo: la nave que proponíamos aún les parece demasiado pesada para alcanzar la velocidad requerida. Calculan que la masa total de la sonda y la vela debe ser una décima parte de la que nosotros proponíamos. ¡Una décima parte! ¡Eso son diez kilos!

»Pero esperad, que aún nos tenían preparadas más buenas noticias: resulta que lo máximo que pueden reducir el peso de la vela es justo hasta los diez kilos. Como les damos pena, nos van a permitir tener una carga efectiva de medio kilogramo. Pero eso como máximo absoluto, ¿eh? El menor aumento de la carga significaría tener que sujetar la vela con cables más gruesos; cada gramo de carga adicional supondría tres gramos más de cable, así que tenemos que contentarnos con medio kilogramo, que es exactamente lo que predijo nuestro ángel: ¡Tan ligera como una pluma!

Wade sonrió.

—Tendríamos que enviar a *Moné*, la gata de mi madre —ironizó—. Incluso ella tendría que perder primero la mitad de su peso para servir.

Siempre que veía a su equipo satisfecho y entregado a su trabajo, Wade adoptaba un gesto sombrío y se mostraba taciturno. En cambio, cuando los notaba cansados y con la moral baja, se mostraba mucho más relajado, incluso socarrón. Al principio, Cheng Xin pensó que aquella particularidad formaba parte de algún método de liderazgo, pero Vadímov le dijo que no sabía calar a la gente: el comportamiento de Wade, explicó, lejos de ser una técnica de liderazgo o una estrategia para fomentar la cohesión del equipo, tenía una explicación mucho más sencilla. Wade era un sádico que obtenía placer con el sufrimiento de los demás, incluso en las situaciones que también lo afectaban a él negativamente.

A Cheng Xin le sorprendió que Vadímov, que siempre medía sus palabras y procuraba ser magnánimo a la hora de hablar de los demás, tuviera esa opinión de Wade. Sin embargo, en un momento como aquel sí que daba la impresión de que Wade disfrutaba al verlos pasarlo mal a los tres.

Cheng Xin sintió que le fallaban las fuerzas. Los días de cansancio acumulados le estaban pasando factura de golpe. Se dejó caer en el césped.

—Levanta —dijo Wade.

Por primera vez, Cheng Xin desobedeció una de sus órdenes. Permaneció sentada.

—Estoy molida —susurró.

—Tú y tú —exclamó Wade, señalando primero a Camille y luego a Cheng Xin—. No quiero volver a veros perder el control de esta manera otra vez. ¡Avanzar! ¡Hay que avanzar a toda costa!

—Pero ¿qué opción nos queda? —intervino Vadímov, mirando a Wade de frente—. Tenemos que abandonar.

—Pensáis que no hay salida porque todavía no habéis aprendido que el fin justifica los medios —dijo Wade.

—¿Qué hacemos con la reunión del Consejo? Habrá que cancelarla.

—No; procederemos como si nada hubiera pasado. No hay tiempo de redactar nuevos documentos, tendremos que presentar el nuevo plan oralmente.

—Pero ¿qué nuevo plan? ¿Enviar un gato de quinientos gramos?

—No digas tonterías...

Esa frase de Wade consiguió despertar la mirada de Vadímov y de Camille. También Cheng Xin pareció recobrar las fuerzas y se levantó del suelo.

Justo entonces, escoltada por varios vehículos militares y seguida de helicópteros, arrancaba la ambulancia que transportaba a Luo Ji, el vallado al que acababan de disparar. Frente al mar de luces de la ciudad de Nueva York, la silueta de Wade parecía la de un demonio oscuro con mirada distante y resplandeciente.

—Solo enviaremos un cerebro —dijo.

Fragmento de *Un pasado ajeno al tiempo* «El dragón de fuego surcador de las aguas», la ballesta de repetición y el Proyecto Escalera

En tiempos de la dinastía Ming existió un arma conocida como «el dragón de fuego surcador de las aguas». Se trataba de un cohete de pólvora multifase, cuyo principio era similar al de los misiles antibuque de la Era Común. El gran proyectil obtenía potencia gracias a unos cohetes aceleradores más pequeños que, tras el lanzamiento, lo propulsaban en dirección a la nave enemiga volando justo por encima de la superficie del agua. Cuando los aceleradores se apagaban, prendían una serie de cohetes flecha alojados en el interior del «dragón» que lo impulsaban con gran fuerza hacia delante y causaba enormes daños a las naves enemigas.

Durante las batallas de la antigüedad surgieron también las ballestas de repetición, predecesoras de las metralletas de la Era Común. Aparecieron tanto en Oriente como en Occidente, siendo la china la versión más antigua; se han hallado artefactos en tumbas que se remontan al siglo IV a. C.

Cada una de las dos armas mencionadas significó en su día un alarde de imaginación que recombinaba la limitada tecnología disponible para lograr una potencia que superaba con creces la del resto de armas contemporáneas.

Teniendo en cuenta lo que representó en su momento, el Proyecto Escalera que se inició a principios de la Era de la Crisis fue algo muy similar. Gracias a un uso imaginativo de la tecnología disponible en la época se consiguió propulsar una pequeña sonda y hacer que alcanzara el 1 % de la velocidad de la luz, un logro que en teoría no debería haber sido posible sin la tecnología que aún tardaría siglo y medio en llegar.

En la época del Proyecto Escalera los humanos ya habían logrado lanzar algunas naves espaciales fuera del Sistema Solar, e incluso habían hecho aterrizar sondas en satélites neptunianos. Por ello, la tecnología necesaria para distribuir bombas nucleares a lo largo del tramo de aceleración de la sonda estaba relativamente desarrollada. Pero controlar la trayectoria de vuelo de la sonda para que pasara junto a cada bomba y detonar cada una de ellas en el momento adecuado planteaba importantes retos técnicos.

Cada bomba debía explotar justo después de que la vela de radiación pasara a su lado. La distancia entre la vela y cada una de ellas en el momento de la detonación tenía que oscilar entre los tres mil y los diez mil metros en función de la mayor o menor potencia de cada una de las bombas. A medida que la velocidad de la sonda aumentara, los tiempos debían ser más precisos. Sin embargo, incluso cuando la velocidad de la vela alcanzase el 1 % de la de la luz, el margen de error seguía estando por encima del rango de los nanosegundos, algo asumible sin problema por parte de la tecnología del momento.

La sonda en sí no alojaba motor alguno. Su rumbo quedaba determinado del todo por la posición relativa a la que explotaba cada una de las bombas. Todas contaban con pequeños propulsores que permitían reposicionarlas en caso de necesidad. La distancia media a la que la sonda pasaba junto a cada bomba era de apenas unos centenares de metros; ajustarla hacía posible modificar el ángulo en que la fuerza propulsora de las explosiones incidía sobre la superficie de la vela para así controlar la trayectoria.

La vela de radiación tenía un grosor muy pequeño, por lo que solo era capaz de transportar su carga arrastrándola. El aspecto del conjunto de la vela y la sonda era muy parecido al de un gigantesco paracaídas, salvando el hecho de que los paracaídas no ascendían. A fin de proteger la carga de las explosiones, que se producían justo detrás de la vela entre los tres y los diez kilómetros recorridos, los cables que las unían tuvieron que ser muy largos y alcanzar los quinientos kilómetros de longitud. Además de eso, la cápsula estaba cubierta por una capa ablativa protectora que iría evaporándose de forma gradual a medida que explotaran las bombas, y conseguiría así el doble objetivo de reducir no solo la temperatura de la cápsula sino también la masa total.

Los cables estaban fabricados a partir de un nanomaterial llamado «daga voladora», cuyo grosor equivalía a una décima parte del que podía tener la hebra de una telaraña y hacía que no fueran apreciables a simple vista. Solo ocho gramos de aquel extraordinario material eran suficientes para que al estirarse adquiriera la forma de un finísimo cable de cien kilómetros de longitud, capaz de tirar de la cápsula durante la fase de aceleración y de resistir la ingente cantidad de radiación generada por las explosiones nucleares.

Del mismo modo que el «dragón de fuego surcador de las aguas» de la antigüedad nunca llegó a ser comparable a un cohete de dos fases —y tampoco la ballesta de repetición logró nada parecido a lo que conseguiría más tarde la metralleta—, el Proyecto Escalera fracasaría en su intento de inaugurar una nueva era espacial para la humanidad, y no pasó de ser más que un intento desesperado de aprovechar al máximo las posibilidades que brindaba la primitiva tecnología de la época.

Era de la Crisis, años 1 a 4
Cheng Xin

El lanzamiento masivo de misiles *Peacekeeper* llevaba más de media hora en marcha. Las estelas de seis misiles se unieron, y la Luna las iluminó creando un sendero plateado que alcanzaba el cielo.

Cada cinco minutos, una nueva bola abrasadora subía al cielo por aquel sendero blanquecino. Las sombras que arrojaban tanto árboles como personas barrían el suelo como las manecillas de los segundos de los relojes. El primer lanzamiento constó de treinta misiles y puso en órbita trescientas cabezas nucleares de potencias que oscilaban entre los quinientos kilotones y los dos megatones y medio.

Al mismo tiempo, en Rusia y en China ascendían al cielo misiles *Topol* y *Dongfeng*. Pese a que la escena recordaba a un escenario apocalíptico, Cheng Xin sabía que se trataba de lanzamientos orbitales y no de ataques entre continentes gracias a la curvatura de la cola de los cohetes. Aquellos dispositivos capaces de matar a miles de millones de personas nunca regresarían a la superficie de la Tierra. Unirían su enorme potencia para acelerar aquella vela liviana como una pluma hasta el 1 % de la velocidad de la luz.

Cheng Xin miró al cielo y los ojos se le llenaron de lágrimas calientes que el ascenso de cada cohete iluminaba como si fuesen piscinas resplandecientes. No dejaba de repetirse que, pasara lo que pasase, habría valido la pena llevar tan lejos el Proyecto Escalera.

Sin embargo, los dos hombres que tenía a sus espaldas, Vadímov y Wade, permanecían impasibles ante la espectacular escena que tenía lugar ante ellos. Ni siquiera se molestaban en mirar hacia arriba, sino que fumaban y conversaban en voz baja. Cheng Xin sabía con certeza de qué hablaban: de quién sería el elegido para el Proyecto Escalera.

La siguiente sesión del Consejo de Defensa Planetaria aprobó por primera vez una resolución basada en una propuesta sin redactar. Cheng Xin tuvo ocasión de presenciar las dotes oratorias de Wade, quien solía ser parco en palabras. Alegó que, suponiendo que los trisolarianos fueran capaces de reanimar un cuerpo ultracongelado, cabía esperar también que fuesen capaces de revivir un cerebro en estado similar y conversar con él por medio de una interfaz externa. Algo así resultaría, sin duda, trivial para una civilización capaz de desplegar un protón en dos dimensiones y grabar circuitos sobre la superficie resultante. En cierto modo, un cerebro no era tan distinto de una persona entera: no solo poseía sus pensamientos, personalidad y recuerdos, sino que, aún más importante, tenía también la capacidad de actuar con astucia. Si tenían éxito, el cerebro podría ser una bomba en el corazón del enemigo.

Aunque no todos los miembros del Consejo de Defensa Planetaria estaban de acuerdo con la idea de que un cerebro fuera lo mismo que una persona entera, carecían de mejores alternativas, sobre todo por el hecho de que su interés por el Proyecto Escalera se debía en gran medida a la tecnología usada para acelerar la sonda hasta un 1 % de la velocidad de la luz. Al final, la resolución quedó aprobada por cinco votos a favor y dos abstenciones.

Cuando se dio luz verde al proyecto, el problema de a quién enviar pasó a un primer plano. Cheng Xin no se atrevía siquiera a ponerse a pensar en esa persona. Aunque los trisolarianos pudiesen capturar y revivir un cerebro, la vida que le esperaría (si tal existencia podía calificarse de «vida») sería una pesadilla interminable. Cada vez que lo pensaba, sentía como si una mano congelada a doscientos grados bajo cero le estrujase el corazón.

Los demás líderes e impulsores del Proyecto Escalera no compartían esos problemas de conciencia. Si la Agencia de Inteligencia Estratégica hubiese pertenecido a un solo país, el asunto se habría despachado en un santiamén. Sin embargo, al tratarse de una iniciativa conjunta de los países miembros permanentes del Consejo de Defensa Planetaria, en cuanto se dio a conocer el Proyecto Escalera a la comunidad internacional la cuestión se volvió sumamente delicada.

El principal escollo era el siguiente: antes de lanzar a quienquiera que fuese el elegido, habría que matarlo.

Después de que remitiera el pánico causado por la Crisis, en la esfera política internacional se llegó al consenso de que era importante impedir que la Crisis fuese instrumentalizada para destruir la democracia. Los miembros de la Agencia recibieron instrucciones de sus respectivos gobiernos para extremar las precauciones durante el proceso de selección de candidatos del Proyecto Escalera y no cometer ningún error de carácter político que pusiera en evidencia a sus países.

Una vez más, Wade dio con una solución poco ortodoxa: impulsar, primero a través del Consejo de Defensa Planetaria y luego a través de la ONU, la promulgación de leyes de eutanasia en el mayor número de países posible. A diferencia de anteriores ocasiones, esta vez ni él mismo estaba seguro de que su idea fuera a funcionar.

De los siete países que eran miembros permanentes del Consejo de Defensa Planetaria, tres aprobaron leyes de eutanasia con rapidez. Todas estipulaban con mucha claridad que la eutanasia solo podía practicarse a enfermos terminales, una puntualización que complicaba las cosas al Proyecto Escalera, pero que tuvo que ser incluida para que las leyes fuesen políticamente viables.

Por lo tanto, los candidatos para formar parte del Proyecto Escalera debían ser elegidos entre miembros de la población con enfermedades terminales.

Ya no había estruendos ni fogonazos. Los lanzamientos habían concluido. Wade y otros observadores del Consejo subieron a sus vehículos y se marcharon dejando solos a Vadímov y a Cheng Xin.

—¿Por qué no vamos a echar un vistazo a tu estrella? —dijo Vadímov.

Cheng Xin había recibido la escritura de DX3906 cuatro días antes. La sorpresa que se llevó fue mayúscula. Se pasó un día entero repitiendo para sus adentros una y otra vez: «¡Me han regalado una estrella! ¡Me han regalado una estrella! ¡Soy dueña de una estrella!»

La siguiente ocasión en la que tuvo que acudir al despacho del director Wade para presentar un informe, la felicidad que irradiaba su rostro era tan evidente que este le preguntó si le pasaba algo. Ella se lo contó todo y le enseñó la escritura.

—Bah, papel mojado —replicó Wade en tono desdeñoso, devolviéndole el documento—. Si eres inteligente, bajarás el precio y tratarás de venderla cuanto antes. De lo contrario, al final te quedarás con las manos vacías.

La reacción no afectó en lo más mínimo al buen humor de Cheng Xin, que ya había imaginado que Wade iba a responder algo así. A decir verdad, sabía muy poco acerca del director, y todo tenía que ver con su historial profesional: empezó trabajando para la CIA, luego lo nombraron vicesecretario del Departamento de Seguridad Nacional, y después, finalmente, fue a parar a la Agencia. De su vida privada no sabía nada, aparte de que su madre vivía y que tenía un gato. Al resto de la gente le pasaba lo mismo. Desconocían incluso dónde vivía. Era como si Wade fuese un robot que pasara desconectado, y en algún rincón desconocido, el tiempo que no estaba trabajando.

Cheng Xin tampoco pudo evitar mencionar la estrella que le habían regalado a Vadímov, quien la felicitó efusivamente:

—¡Eres la envidia de todas las mujeres, de las que viven en el presente y de las grandes princesas de la antigüedad! No hay duda de que eres la primera en la historia que ha recibido un regalo así. ¿Qué mayor felicidad puede haber para una mujer que recibir una estrella del hombre que la ama?

—Pero quién será... —se preguntó Cheng Xin.

—No debería costarte mucho adivinarlo. Para empezar, tiene que ser alguien muy rico. Su patrimonio debe de estar como mínimo en las nueve cifras, porque acaba de gastarse una millonada en un regalo que no es más que simbólico.

Cheng Xin negó con la cabeza. Nunca le habían faltado pretendientes, desde la universidad hasta su marcha a Nueva York, pero ninguno era tan rico.

—Tiene que ser además una persona muy culta. Alguien con un intelecto por encima de la media —apuntó Vadímov para luego, con un suspiro, añadir—... y un romántico de la hostia, capaz de hacer lo que nadie ha hecho jamás en ningún libro ni en ninguna película.

Cheng Xin también suspiró. Las historias románticas con las que había soñado en sus años de adolescente resultaban ridículas para la Cheng Xin del presente. Sin embargo, aquella estrella surgida de la nada era real y superaba con creces cualquiera de sus fantasías juveniles.

No hacía falta pensarlo. Estaba segura de no conocer a ningún hombre así.

Debía de ser un admirador secreto de fuera de su entorno que, de repente, había tenido el impulso de dedicar una pequeña parte de su inmensa fortuna a darse el gusto de agasajarla sin que ella supiera quién era. Aunque así fuera, se sentía igualmente agradecida.

Esa noche, Cheng Xin subió hasta la azotea del edificio más alto de la ciudad, ansiosa por ver su nueva estrella. Había revisado con atención todo el material que acompañaba la escritura y que indicaba cómo encontrarla, pero el cielo de Nueva York estaba encapotado y no lo consiguió. Al día siguiente le pasó lo mismo y, al siguiente, más de lo mismo. Las nubes tenían la forma de una mano gigante y burlona que tapaba su regalo y se negaba a liberarlo.

Sin embargo, Xin no se desilusionó, pues era consciente de que nada ni nadie podía arrebatarle el regalo. DX3906 existía en el universo y era muy probable que durara más que la Tierra y el Sol: tarde o temprano la vería.

Desde entonces, cada noche observaba el cielo desde su balcón e imaginaba el aspecto que tendría su estrella. Aunque las luces de la ciudad proyectaban un tenue brillo amarillo sobre las nubes, imaginó que su estrella les otorgaba un brillo rosáceo.

Soñó que sobrevolaba la superficie de la estrella, una esfera de color rosado que en lugar del abrasador calor de las llamas, despedía la misma frescura que una brisa primaveral. A través de las cristalinas aguas del océano podía ver con claridad cómo se mecían las nubes de algas color rosa.

Cuando despertó, no pudo evitar reírse de sí misma: como profesional del sector aeroespacial, ni en sueños era capaz de olvidar el hecho de que DX3906 carecía de planetas.

Al cuarto día de haber recibido la estrella, Cheng Xin y algunos trabajadores más de la Agencia volaron a Cabo Cañaveral para asistir a la ceremonia de lanzamiento de la primera remesa de misiles. Dado que lograr entrar en órbita requería aprovechar la rotación terrestre, los ICBM habían sido trasladados hasta allí desde sus respectivos emplazamientos originales. Cheng Xin leía la guía de observación de su estrella junto a Vadímov mientras las estelas que habían dejado tras de sí los misiles se difuminaban en el despejado cielo nocturno. Ambos tenían cierta formación en astronomía, y no tardaron en mirar hacia la ubicación aproximada. Sin embargo, ninguno de los dos consiguió verla.

Por fortuna, Vadímov había traído dos binoculares militares gracias a los cuales les resultó sencillo localizar DX3906. Después ya fueron capaces de verla incluso sin ellos. Cheng Xin miró embelesada el tenue punto rojo mientras intentaba hacerse una idea de la inimaginable distancia que la separaba de ella, incapaz de hallar el símil que consiguiera traducirla en términos que su mente fuera capaz de entender.

—Si pusierais mi cerebro en la sonda del Proyecto Escalera y lo lanzaseis en dirección a mi estrella, tardaría treinta mil años en llegar —dijo Cheng Xin.

No oyó respuesta alguna. Al volverse en dirección a Vadímov, vio que este ya no observaba la estrella sino que estaba apoyado contra el coche con la mirada perdida. Notó su gesto de preocupación y le preguntó:

—¿Qué pasa?

Vadímov permaneció en silencio un rato más.

—Estoy evadiendo mi responsabilidad —dijo al fin.

—¿Qué responsabilidad?

—Soy el candidato perfecto para el Proyecto Escalera.

Cheng Xin se quedó asombrada. Hasta aquel momento no se había parado a pensar en ello, pero era cierto: Vadímov tenía una larga experiencia en materia de vuelos espaciales, diplomacia e inteligencia; era además una persona madura y de carácter estable... Incluso si se ampliaba el espectro de candidatos para que incluyera a personas sanas, Vadímov seguía siendo uno óptimo.

—Pero tú estás sano.

—Ya lo sé. Pero aun así, estoy evadiendo mi responsabilidad.

—¿Te está presionando alguien? —aventuró Cheng Xin, pensando en Wade.

—No, yo mismo sé que es lo que debería hacer, pero no lo he hecho. Me casé hace tres años y acabamos de celebrar el primer cumpleaños de mi hija. No le tengo miedo a la muerte, pero ellas me importan. No quiero que me vean convertirme en algo peor que un cadáver.

—No tienes por qué hacerlo. ¡Ni la Agencia ni tu gobierno te lo han pedido; y aunque quisieran obligarte, tampoco tendrían derecho a hacerlo!

—Eso ya lo sé. Tan solo digo... que soy el candidato ideal.

—Mijaíl, la humanidad no es una abstracción. Se empieza a amarla amando a personas individuales, cumpliendo con tus responsabilidades ante tus seres queridos. Es absurdo que te sientas culpable...

—Muchas gracias, Xin. Mereces de verdad tu regalo —dijo Vadímov, alzando la vista en dirección a la estrella de Cheng Xin—. Cómo me gustaría poder regalar una estrella a mi mujer y mi hija...

En el cielo apareció un punto de luz brillante, y luego otro. Sus destellos proyectaron sendas sombras sobre el terreno. Estaban haciendo pruebas de propulsión nuclear de pulso en el espacio.

El proceso de selección de candidatos para el Proyecto Escalera había comenzado, pero la iniciativa apenas afectaba a Cheng Xin. Se le asignaron algunas tareas básicas como valorar lo que sabían los candidatos acerca de los vuelos espaciales. Sin embargo, como el abanico de candidatos estaba limitado a enfermos terminales, resultaba casi imposible hallar a gente con la experiencia requerida. La Agencia redobló los esfuerzos dedicados a la búsqueda e identificación de más candidatos mediante todos los canales a su disposición.

Una amiga del instituto de Cheng Xin fue a visitarla a Nueva York. Al repasar qué había sido del resto de sus compañeros, su amiga mencionó a Yun Tianming. Según le había contado Hu Wen, Tianming estaba enfermo de cáncer de pulmón en fase terminal y no le quedaba mucho tiempo de vida. Xin fue de inmediato a hablar con el director adjunto Yu para proponer a Tianming como candidato.

Cheng Xin recordaría aquel momento en incontables ocasiones durante el resto de su vida y, cada vez, tendría que reconocer que ella no había pensado demasiado en Tianming.

Cheng Xin tuvo que volver a China. Como había sido compañera de clase de Tianming, el director adjunto Yu le pidió que fuera ella quien le hiciera la propuesta en representación de la Agencia. Sin darle mayor importancia, accedió.

Al terminar de escuchar el relato de Cheng Xin, Tianming se incorporó poco a poco en la cama. Xin le sugirió que se acostara, pero él respondió que quería quedarse a solas un rato. Ella se fue y cerró la puerta con suavidad. Tianming empezó a reír histéricamente.

«¡Cómo puedes ser tan gilipollas! ¿Qué te creías? ¿Pensabas que solo por regalarle una estrella a tu amor ella ya te iba a corresponder? ¿Que había cruzado el Pacífico para salvarte por arte de magia con sus lágrimas divinas? ¡Menudo cuento de hadas!»

No. Cheng Xin había venido para pedirle que se muriera.

Su siguiente deducción lógica le hizo reír de forma aún más desquiciada, tanto que casi se ahogó: teniendo en cuenta el momento en el que se había presentado, era evidente que Cheng Xin ignoraba que él ya había optado por la eutanasia. Dicho de otro modo: aunque Tianming aún no hubiera tomado la decisión, ella lo habría querido convencer. Quizás incluso habría insistido y presionado para que lo hiciera hasta que hubiera cedido.

La palabra «eutanasia» provenía de la palabra griega que significaba «muerte dulce» y connotaba placidez. Todo lo contrario del calvario que ella deseaba para él.

Su hermana quería que muriese para no seguir gastando dinero en vano, un razonamiento que él comprendía a la perfección. Además, estaba seguro de que le deseaba una muerte plácida. Cheng Xin, en cambio, quería para él la muerte más perversa y cruel de todas.

Tianming sentía auténtico terror por el espacio. Como todos los profesionales de la aeronáutica espacial, era mucho más consciente de su siniestra naturaleza que la gente de a pie: sabía que el infierno no estaba en la Tierra, sino en el cielo.

Cheng Xin quería que una parte de él, la parte que alojaba su alma, vagara a la deriva por aquel oscuro y frío abismo insondable durante toda la eternidad.

Pero aquella no era la peor de las posibilidades.

La verdadera pesadilla comenzaría cuando los trisolarianos capturasen su cerebro tal y como ella deseaba. Aquellos alienígenas que no compartían nada con los humanos le acoplarían sensores y procederían a experimentar con él. Era probable que la sensación que más les fascinara fuera el dolor, y que le sometieran a toda clase de torturas y privaciones: hambre, sed, latigazos, quemaduras, asfixia, electrochoques...

Entonces pasarían a escudriñar en su memoria en busca de las formas de sufrimiento que más le aterraban, y descubrirían una antigua técnica de tortura que leyó una vez en un libro de historia: primero se le daban latigazos a la víctima hasta levantarle el último centímetro de piel; luego le vendaban el cuerpo de forma muy ajustada y, cuando dejaba de sangrar, se le arrancaban todas las vendas de golpe para volver a abrirle todas las heridas... Enviarían señales a su cerebro que replicaran aquel tormento. En el libro de historia, la víctima por lo menos no duraba viva mucho tiempo, pero en su caso el cerebro no moriría. Lo máximo que podría sucederle es que colapsara a causa de alguna conmoción, pero para los trisolarianos eso sería lo mismo que cuando un ordenador se apaga, y podrían reiniciarlo sin más cada vez que quisieran hacer un experimento, satisfacer su curiosidad o, simplemente, divertirse. Él no tendría manera de escapar: despojado de cuerpo y manos, sería incapaz de suicidarse, y su cerebro sería una suerte de batería recargable del dolor.

Para toda la eternidad.

Volvió a estallar en grandes carcajadas y casi se le cortó la respiración. Entonces Cheng Xin abrió la puerta y preguntó:

—Tianming, ¿ocurre algo?

La risa se le congeló de golpe, y se quedó quieto como un cadáver.

—Yun Tianming, en nombre de la Agencia de Inteligencia Estratégica del Consejo de Defensa Planetaria de Naciones Unidas, te traslado la siguiente pregunta: ¿estás dispuesto a asumir tu responsabilidad como miembro de la especie humana y aceptar esta misión? Se trata de una elección del todo voluntaria, eres libre de negarte.

La miró a los ojos. Su gesto era solemne; su expresión, expectante. Luchaba en nombre de la humanidad, en nombre de la Tierra... ¿Qué había pues de extraño en aquella escena que los rodeaba? La luz de la puesta de sol entraba por la ventana para caer sobre un charco de sangre. Pero el solitario roble que había fuera extendía las ramas como si fuesen brazos esqueléticos que sobresalían de la tumba...

La comisura de los labios de Tianming comenzó a insinuar una leve sonrisa cansada, melancólica, que se extendió a todo el rostro.

—Está bien —dijo—. Acepto.

Era de la Crisis, años 5 a 7

El Proyecto Escalera

Mijaíl Vadímov había muerto. Al cruzar el puente Alexander Hamilton, su coche chocó contra la valla de contención y fue a parar al río Harlem. Tardaron más de un día en recuperar el vehículo. La autopsia reveló que Vadímov padecía leucemia. La causa del accidente había sido una repentina hemorragia de la retina.

Cheng Xin se sintió muy afectada por la muerte del ruso. Para ella había sido un hermano mayor que le había ayudado a adaptarse a la vida en un país extranjero. Lo que más echaba de menos era su generosidad. Cheng Xin destacaba por su inteligencia y parecía brillar más que Vadímov a pesar de no ser más que su asistente, pero él nunca había mostrado la menor muestra de envidia. Al contrario, siempre la había animado a exhibir sin miedo sus habilidades.

Dentro de la Agencia, las reacciones a la muerte de Vadímov fueron de dos tipos. La mayoría del personal técnico, como Cheng Xin, sintió de todo corazón la pérdida de su jefe. Por otra parte, los agentes de inteligencia parecieron lamentar más el hecho de que el cerebro de Vadímov, cuyo cuerpo no fue recuperado a tiempo, hubiese quedado inservible para el Proyecto Escalera.

La sospecha creció poco a poco en el corazón de Cheng Xin. Todo parecía una coincidencia demasiado grande. Sintió un escalofrío la primera vez que la idea se le pasó por la cabeza: era demasiado horrible, demasiado cruel como para poder soportarlo.

Tras consultar a varios expertos en medicina, supo que la leucemia podía ser inducida de manera intencionada. Lo único que había que hacer era colocar a la víctima en un entorno con radiación suficiente. Lo complicado era dar con el tiempo de exposición y la cantidad de radiación exactos: si no se alcanzaban, no provocaría la enfermedad a tiempo, y si se excedían, la víctima moriría a causa de un exceso de radiación.

Teniendo en cuenta el avanzado estado de la enfermedad de Vadímov, el complot debía de haber comenzado justo cuando el Consejo de Defensa Planetaria comenzó a promover la aprobación de leyes de eutanasia en el mundo. Si de verdad había sido obra de un asesino, había obrado de forma impecable y calculadora.

Cheng Xin se coló en el despacho y el apartamento de Vadímov equipada con un contador Geiger, pero no detectó niveles de radiactividad fuera de lo normal. Debajo de una almohada de la cama de matrimonio, halló una foto de familia: su mujer era una bailarina clásica once años menor que él, y la niña... Cheng Xin se secó las lágrimas.

Vadímov le había dicho una vez que, por una cuestión de superstición, nunca dejaba fotos de su familia a la vista sobre el escritorio o en la mesilla de noche. Sentía que, de haberlo hecho, habría expuesto a sus familiares al peligro. Por eso mantenía todas las fotos a buen recaudo y solo las sacaba cuando quería verlas.

Cada vez que Cheng Xin pensaba en Vadímov también le venía a la memoria Yun Tianming. Tanto él como otros seis candidatos finales habían sido trasladados a una base secreta cercana al cuartel general de la Agencia para ser sometidos a una última serie de pruebas antes de la elección final. Cheng Xin había comenzado a sentir un peso en el corazón cada vez mayor desde la última vez que había visto a Yun Tianming en China.

Recordó la primera vez que se vieron. Fue justo al inicio del primer año de universidad. Los estudiantes de ingeniería espacial de primero se estaban presentando uno a uno. Ella observó a Tianming, sentado en un rincón y, desde ese preciso instante, comprendió su amarga soledad, su vulnerabilidad. Aunque había conocido a más chicos solitarios, la sensación había sido siempre muy distinta: aquella vez, al ver a Tianming, sintió como si le viera el corazón abierto, como si hubiera descubierto todos sus secretos.

A Cheng Xin le gustaban los chicos alegres y optimistas, los que irradiaban confianza y positividad y la contagiaban a los demás con la fuerza que emana el sol. Tianming era justo todo lo contrario, pero ella siempre sintió el deseo de cuidar de él. Procuraba interactuar con él con mucho cuidado, ya que temía herirle aun de manera inintencionada. Era la primera vez que sentía aquel instinto de protección hacia un chico.

Cuando su amiga fue a hacerle una visita a Nueva York y mencionó a Tianming, Xin se sorprendió al descubrir que a pesar de haberlo sepultado en lo más hondo de su memoria, el recuerdo que albergaba de él era muy nítido.

Entonces, una noche, tuvo una pesadilla. Volvió a verse en su estrella, pero el mar de algas había ennegrecido. Luego un agujero negro engulló la estrella, uno sin luz alguna alrededor del cual orbitaba un pequeño objeto brillante. Atrapado en la gravedad del agujero negro, el objeto no podría escapar jamás: era un cerebro congelado.

Al despertar y ver el resplandor de las luces de Nueva York a través de las cortinas del dormitorio, supo que había hecho algo terrible.

Lo cierto es que ella se había limitado a trasladarle la petición de la Agencia. Él pudo haberse negado. Xin lo había recomendado porque trataba de proteger la Tierra y su civilización. Además, a él ya no le quedaba mucho de vida. De hecho, si no hubiera llegado a tiempo, Tianming ya no estaría vivo. ¡En cierto modo lo había salvado!

No había hecho nada de lo que debiera avergonzarse. Nada digno de causarle cargo de conciencia alguno. Pero ahora entendía por fin lo que querían decir con eso de vender a la propia madre a un prostíbulo.

Cheng Xin pensó entonces en la hibernación. La tecnología ya se había desarrollado lo suficiente como para que algunos, la mayoría enfermos terminales en busca de una futura cura, hubieran entrado en un largo sueño. Tianming tenía esa oportunidad: aunque su estatus social habría dificultado que fuera admitido para someterse a la hibernación, ella podía haberle ayudado. Era una posibilidad. Una posibilidad que ella le había arrebatado.

Al día siguiente, Xin fue a ver a Wade a primera hora de la mañana.

Como de costumbre, el hombre estaba en su despacho contemplando un puro encendido. Era muy raro verlo realizar alguna de las tareas administrativas habituales: hacer llamadas, leer documentos, asistir a reuniones y cosas por el estilo. De hecho, ignoraba que las hiciera. Siempre lo veía sentado en silencio, absorto en sus pensamientos.

Cheng Xin le dijo que ya no pensaba que el candidato número cinco fuera adecuado, que quería retirar la recomendación para que dejaran de tenerlo en cuenta.

—¿Por qué? Si es el que ha sacado mejor puntuación en las pruebas.

El comentario de Wade la dejó boquiabierta. Una de las primeras pruebas que llevaron a cabo consistía en someter a todos los candidatos a un tipo de anestesia general bajo la cual se perdía la sensibilidad en todas las partes del cuerpo y en los órganos sensoriales, pero no la conciencia. La experiencia pretendía simular el estado de un cerebro que no dependía del cuerpo. Luego, los examinadores valoraban la capacidad psicológica de adaptación del candidato a condiciones externas. Como era obvio, los diseñadores de la prueba carecían de conocimientos sobre las condiciones a bordo de la flota trisolariana y tuvieron que completar la simulación con suposiciones. Por lo general, la prueba era bastante dura.

—Pero si no hizo más que la carrera y ya está —apuntó Cheng Xin.

—Sí, bueno, tú tienes más títulos académicos —dijo Wade—. Pero si escogiéramos tu cerebro para la misión, sería sin duda uno de los peores a nuestra disposición.

—¡Pero si es un ermitaño! Nunca he visto a nadie más introvertido. Carece de la más mínima capacidad para relacionarse y adaptarse a su entorno.

—¡Esa es precisamente la mejor cualidad del candidato número cinco! Afirmas que no se adapta a la sociedad humana. Alguien que se sienta a gusto en ese entorno es también alguien acostumbrado a depender de él, y lo más probable es que se derrumbe nada más llegar a un entorno hostil alejado del resto de la humanidad. Tú eres un ejemplo perfecto de lo que estoy diciendo.

Cheng Xin tuvo que admitir que la lógica de Wade era aplastante. Era probable que ella se derrumbara solo con la simulación.

Xin era muy consciente de que no tenía autoridad para pedirle al director de la Agencia de Inteligencia Estratégica que descartara a un candidato al Proyecto Escalera, pero aun así no quiso desistir. Se armó de valor y se dispuso a decir lo que hiciera falta para salvar a Tianming.

—Lo más importante es que ha llevado una vida solitaria alejado de todo y de todos; carece de amor al prójimo o del menor sentido de la responsabilidad hacia la humanidad.

Al oírse a sí misma alegando ese motivo, Cheng Xin se preguntó si habría algo de verdad en ello.

—Bueno, hay algo en la Tierra a lo que sí le tiene apego, ya lo creo.

Aunque Wade mantuvo la mirada fija en el puro, Cheng Xin sintió que su atención había pasado de la punta encendida del habano a ella y transportado parte del calor que desprendía. Para su alivio, Wade no insistió en el tema.

—Otra excelente cualidad del candidato número cinco es su creatividad, lo que compensa su falta de conocimientos técnicos. ¿Sabías que una de sus ideas hizo multimillonario a otro de vuestros compañeros?

Cheng Xin acababa de verlo en la ficha de Tianming: al final resultaba que sí conocía a alguien rico. Sin embargo, no creyó ni por un momento que Hu Wen fuera el tipo de persona que regalase una estrella como muestra de afecto. La mera idea resultaba ridícula. No. Si le hubiera gustado, él le habría comprado un coche de lujo o una gargantilla de diamantes. Nunca una estrella.

—Si te digo la verdad, a mí no me gustaba ninguno. Todos se quedan pero que muy cortos, pero es lo que tenemos y alguno hay que elegir. Gracias a ti, ahora me decanto por el número cinco. Te lo agradezco.

Wade levantó al fin la vista del puro y miró a Cheng Xin con su fría sonrisa habitual. Como de costumbre, parecía disfrutar con la deseperación y el dolor de la joven.

Aun así, Xin no perdió la esperanza del todo y asistió a la ceremonia de juramento de lealtad de los candidatos al Proyecto Escalera. De acuerdo con la Convención del Espacio, enmendada después de la Crisis, cualquier persona dispuesta a llevarse recursos de la Tierra fuera del Sistema Solar —ya fuera en pos del desarrollo económico, a causa de una emigración, como parte de una investigación científica o con cualquier otra finalidad—, primero debía realizar un juramento para prometer lealtad a la humanidad. Todo el mundo había pensado que aquella estipulación no iba a cumplirse hasta un futuro muy lejano.

La ceremonia se realizó en la Sala de la Asamblea General de Naciones Unidas. A diferencia de la otra sesión celebrada meses antes, en la que se anunció al mundo el Proyecto Vallado, esta ceremonia no era pública. Además de los siete candidatos del Proyecto Escalera, el acto contó con la notable presencia de la secretaria general Say, el presidente de turno del Consejo de Defensa Planetaria y un puñado de observadores. Entre ellos, en las dos primeras filas de asientos, se encontraban Cheng Xin y algunos miembros más de la Agencia de Inteligencia Estratégica que también trabajaban en el Proyecto Escalera.

El proceso en sí era muy breve. Uno a uno, cada candidato posaba la mano sobre la bandera de Naciones Unidas que sostenía la secretaria general y recitaba el juramento: ser leal a la especie humana para siempre y no hacer nada que la perjudicara.

Cuatro candidatos hacían cola frente a Yun Tianming: dos estadounidenses, un ruso y un inglés. Detrás de él esperaban dos más: otro estadounidense y otro chino. Todos tenían aspecto enfermizo; dos de ellos iban en silla de ruedas. A pesar de todo, parecían estar de buen humor; como el destello que desprende una lámpara de aceite antes de apagarse.

Cheng Xin se fijó en Tianming. Estaba más pálido y demacrado que la última vez que lo había visto, pero su actitud era serena. Él no la miró.

Los cuatro primeros candidatos efectuaron sus respectivos juramentos sin problema. Uno de los estadounidenses, un físico de unos cincuenta años con cáncer de páncreas, se levantó con esfuerzo de la silla de ruedas y subió al podio sin ayuda de nadie. Cada vez, las voces de los candidatos, débiles pero llenas de determinación, resonaron en el espacio vacío de la sala. La única interrupción tuvo lugar cuando el candidato inglés preguntó si podía hacer su juramento sobre la Biblia, petición que le fue concedida.

Llegó el turno de Tianming. A pesar de que era atea, en aquel momento Cheng Xin sintió deseos de arrebatarle la Biblia a aquel hombre e implorar: «¡Tianming, haz el juramento, por favor! Sé que eres un hombre responsable y te mantendrás fiel a la especie humana. Es tal como me dijo Wade: aquí hay cosas a las que les tienes apego...»

Lo vio subir al podio y colocarse frente a la secretaria general Say. Entonces cerró los ojos con fuerza.

No le oyó repetir el juramento.

Tianming tomó la bandera azul de Naciones Unidas de manos de Say, la dobló con delicadeza y la dejó encima del atril.

—No efectuaré el juramento. Siempre me sentí un extraño en este mundo. Jamás he sentido una felicidad especial ni he sido objeto de un gran amor. Algo que, sin duda, no puede atribuirse más que a mis propias carencias...

Hablaba con los ojos entrecerrados y lleno de melancolía, como si rememorara su vida. Xin, sentada en la parte de atrás, comenzó a temblar como si presintiera una sentencia apocalíptica.

—... pero aun así no efectuaré el juramento —dijo Tianming en tono severo—. No admito responsabilidad alguna hacia la humanidad.

—¿Por qué accedió usted entonces a formar parte del Proyecto Escalera? —preguntó Say. Su tono era amable, como también lo eran los ojos con los que lo miraba.

—Quiero ver otro mundo. Que me mantenga fiel a la humanidad o no dependerá del tipo de civilización que vea en los trisolarianos.

Say asintió.

—El juramento es totalmente voluntario —respondió con suavidad—. Puede usted retirarse. Siguiente candidato, por favor.

Cheng Xin sintió un escalofrío; sintió como si de repente hubiera entrado en una cámara frigorífica. Se mordió el labio inferior tratando de no llorar.

Tianming había pasado con éxito la prueba final.

Desde su asiento en primera fila, Wade se volvió para mirar a Cheng Xin. Disfrutaba a lo grande viéndola sufrir de esa manera. Le dio la impresión de que le decía con la mirada:

«Ahora ya ves de lo que está hecho.»

«Pero... ¿y si dice la verdad?»

«Si nos parece convincente incluso a nosotros, seguro que es capaz de engañar al enemigo.»

Wade le dio la espalda para volver a mirar al frente, pero luego, como si se hubiera dejado algo importante en el tintero, se volvió una vez más y le lanzó otra mirada.

«Qué juego más divertido, ¿eh?»

A continuación, el curso de los acontecimientos dio otro giro imprevisto. La séptima candidata, una estadounidense de cuarenta y tres años apellidada Joyner que era ingeniera de la NASA y estaba enferma de sida, también declinó hacer el juramento.

Según explicó, no estaba allí por voluntad propia. El motivo de su presencia era el temor a ser repudiada por su familia y sus amigos en caso de negarse. No quería morir sola. Nadie supo si decía la verdad o si se había inspirado en la negativa de Tianming.

La noche siguiente, el estado de salud de Joyner empeoró de improviso. Una infección devenida en neumonía terminó por causarle una parada respiratoria y antes de que amaneciese ya había fallecido. El equipo médico no tuvo el tiempo necesario para extraerle el cerebro y ultracongelarlo, razón por la cual quedó inservible.

Tianming fue el elegido para realizar la misión del Proyecto Escalera.

Había llegado el momento. Cheng Xin acababa de enterarse de que la enfermedad de Tianming había empeorado repentinamente y era preciso extraerle el cerebro lo antes posible. El procedimiento se iba a llevar a cabo en el centro médico Westchester.

Al llegar a la puerta del hospital, Cheng Xin se sintió indecisa y ofuscada. Le daba pánico entrar, pero tampoco era capaz de dar media vuelta y lo único que podía hacer era sufrir. Wade, que había acudido con ella, caminaba varios metros por delante y llegó el primero. Entonces se detuvo, se dio la vuelta y disfrutó de su sufrimiento. Cuando se sació, asestó el golpe final:

—Por cierto, te tenía guardada otra sorpresa: fue él quien te regaló la estrella.

Cheng Xin se quedó petrificada al instante. Todo cuanto había a su alrededor comenzó a transformarse; sintió como si durante toda su vida y hasta aquel momento no hubiera visto más que sombras y ahora surgieran los auténticos colores de la vida. La emoción la embargó tanto que de pronto le pareció como si el suelo que pisaba hubiera desaparecido.

Entró a toda prisa en el hospital. Una vez allí recorrió los interminables pasillos laberínticos que conducían al área de neurocirugía, pero los dos guardas que custodiaban la entrada le impidieron seguir. Trató de forcejear para abrirse paso, pero no lo consiguió. No le quedó otro remedio que ponerse a rebuscar en el bolso hasta dar con su identificación. Entonces, después de pasársela por delante de las narices a los dos, reemprendió su desquiciada carrera hasta que por fin alcanzó a ver la sala de operaciones. La gente que había fuera, sorprendida, se apartó para abrirle paso, y ella irrumpió en el interior abriendo de par en par la puerta doble sobre la que había un piloto rojo encendido.

Pero ya era tarde.

Un grupo de hombres y mujeres vestidos con batas blancas se volvió hacia ella. Ya se había retirado el cuerpo de la sala; en el centro había un banco de trabajo sobre el que descansaba un contenedor aislante de acero inoxidable y forma cilíndrica de aproximadamente un metro de altura. Acababan de sellarlo, y la neblina blanca que había formado el helio líquido aún no se había disipado del todo. Descendía poco a poco alrededor de la superficie del contenedor, cubría el banco de trabajo y caía por los bordes en forma de pequeñas cascadas hasta llegar al suelo y disiparse al fin. En mitad de la neblina, el contenedor parecía algo venido de otro mundo.

Cheng Xin se abalanzó sobre el banco de trabajo con tal ímpetu que disipó la neblina blanca y por un momento quedó en mitad de una burbuja de aire. Sintió como si hubiera rozado con los dedos algo que había estado buscando toda su vida solo para que luego ese algo la abandonara y se marchara para siempre a otro tiempo, a otro lugar.

Cheng Xin se derrumbó en el contenedor de helio líquido y comenzó a llorar con amargura. El eco de su pena inundó la sala de operaciones y la desbordó hasta ocupar el edificio entero; luego terminó extendiéndose hasta en el último rincón de la ciudad. Del todo aturdida por aquella pena que ya pasaba de lago a océano, Cheng Xin sintió que se encontraba en lo más hondo de sus profundidades y pensó que iba a morir ahogada.

Al cabo de un tiempo que no supo calcular, notó una mano en el hombro. Quizá llevase allí mucho tiempo, no podía estar segura. Y quizás el dueño de la mano también llevaba hablándole desde hacía mucho.

—Aún queda esperanza, joven —oyó decir a la suave voz de un anciano—. Aún queda esperanza.

Cheng Xin seguía sintiéndose tan desconsolada que casi no podía respirar, pero lo que la voz le dijo a continuación logró hacerle centrar la atención y serenarse.

—Piénsalo. Si de verdad son capaces de reanimar el cerebro, ¿qué lugar crees que elegirán para contenerlo?

No eran palabras de consuelo vacías, sino un argumento sólido al que aferrarse.

Cheng Xin levantó la cabeza y, aun a través de las lágrimas, reconoció al hombre de pelo cano que le hablaba: se trataba del neurocirujano más prominente del mundo, afiliado a la Escuela de Medicina de la Universidad de Harvard. Había sido el cirujano principal de la operación.

—Sí. El cuerpo que en su día lo alojó. Cada célula de ese cerebro contiene toda la información genética necesaria para reconstruirlo. Pueden clonarlo e implantarle el cerebro para que vuelva a estar completo.

Cheng Xin miró, absorta, el contenedor de acero inoxidable. Las lágrimas aún le caían por las mejillas, pero no le importaba. Luego, como si hubiese recordado algo de repente, exclamó con gran gesto de preocupación, sorprendiendo a todos los presentes:

—¡Pero, entonces, ¿qué comerá?!

Salió corriendo de la habitación con la misma prisa con la que había entrado.

Al día siguiente, Cheng Xin volvió a presentarse en el despacho de Wade y dejó un sobre encima del escritorio. Estaba tan pálida como los voluntarios del Proyecto Escalera.

—Solicito que se incluyan estas semillas en la cápsula.

Wade abrió el sobre y vació su contenido sobre el escritorio: había más de una docena de paquetitos, que escudriñó con interés.

—Trigo, maíz, patatas, y esto... esto son verduras, ¿no? ¿Y esto, esto qué son, guindillas?

Cheng Xin asintió.

—Le encantan —añadió.

Wade volvió a introducir los paquetitos en el sobre y lo deslizó hasta el extremo opuesto del escritorio.

—No.

—Pero ¿por qué no? Si solo pesan dieciocho gramos en total.

—Debemos esforzarnos al máximo por rebajar incluso aunque fueran 0,18 gramos de exceso de masa.

—¡Hagamos como si su cerebro pesara dieciocho gramos de más!

—Pero no los pesa. Y este añadido se traducirá en una menor velocidad de crucero de la nave espacial, lo cual retrasará varios años el encuentro con la flota trisolariana. —La fría sonrisa de Wade volvió a aparecer en su rostro.

—Además, ahora ya es solo un cerebro, no una boca ni un estómago. ¿Qué sentido tendría? No te creas el cuento ese de la clonación, meterán el cerebro en una flamante incubadora y lo mantendrán vivo allí.

Cheng Xin sintió el impulso de arrancarle el puro de la mano a Wade para apagárselo en la cara, pero se contuvo.

—Conseguiré la autorización por otras vías que no tengan que pasar por ti; dirigiré mi petición a alguien por encima de la cadena de mando.

—Te la denegarán. Y entonces, ¿qué harás?

—Entonces presentaré mi dimisión.

—Y yo no la aceptaré. Sigues siendo útil para la Agencia...

Xin dejó escapar una risa desdeñosa.

—No conseguirás detenerme —dijo—. Nunca has sido mi verdadero jefe.

—Eso ya lo sé. Pero igualmente no puedes hacer nada que yo no autorice.

Xin se dio la vuelta y se dirigió a la puerta.

—El Proyecto Escalera necesita enviar al futuro a alguien que conozca bien a Yun Tianming.

Cheng Xin se paró en seco.

—Pero, claro, ese alguien tiene que ser miembro de la Agencia y estar a mis órdenes. No te interesa, ¿verdad? Pues venga, ya puedes entregarme tu dimisión.

Cheng Xin siguió caminando, pero esta vez a paso más lento. Luego se detuvo por segunda vez.

—Piénsalo bien y asegúrate de lo que eliges —oyó decir a Wade a sus espaldas.

—Acepto ir al futuro —dijo Cheng Xin, apoyándose en el marco de la puerta para sostenerse. Se fue de allí sin darse la vuelta.

La única vez que Cheng Xin tuvo ocasión de ver la nave del Proyecto Escalera fue cuando la vela de radiación se desplegó en órbita. Su gigantesca superficie, de veinticinco kilómetros cuadrados, reflejó por unos instantes la luz del sol sobre la Tierra. En aquel momento, Cheng Xin se encontraba ya en Shanghái, y fue en su cielo nocturno en el que vio aparecer un brillante punto de color anaranjado que comenzó a apagarse de inmediato. Cinco minutos más tarde ya no quedaba ni rastro de él; fue como un ojo surgido de la nada para observar la Tierra, que luego hubiera cerrado los párpados. El viaje que la nave emprendía ahora, conforme aceleraba para salir del Sistema Solar, no iba a ser perceptible a simple vista.

A Cheng Xin la reconfortaba el hecho de que, después de todo, las semillas de Tianming viajaran a bordo. No las que ella compró, sino otras rigurosamente seleccionadas por el Departamento de Agricultura Espacial.

La masa de la gigantesca vela era de 9,3 kilogramos. Cuatro cables de quinientos kilómetros de longitud la sujetaban a la cápsula espacial, cuyo diámetro era de apenas cuarenta y cinco centímetros. La recubría una capa de material ablativo que reducía la cifra de su masa al lanzamiento en ochocientos cincuenta gramos. Finalizado el tramo de aceleración, la masa de la cápsula iba a quedarse en quinientos diez gramos.

El tramo de aceleración se extendía desde la Tierra hasta la órbita de Júpiter. A lo largo de esa ruta se habían distribuido un total de mil cuatro bombas nucleares, dos tercios de las cuales eran bombas de fisión y, el resto, de fusión: una suerte de fila india con minas concatenadas que la nave accionaría conforme pasara a su lado. A lo largo de todo el trayecto se había distribuido además un gran número de sondas encargadas de monitorizar la orientación y la velocidad de la nave; también de ir realizando ajustes menores en las posiciones de las bombas que quedaban por estallar. Como si de los latidos de un corazón se tratara, sucesivas detonaciones nucleares iluminaron el espacio posterior a la vela con un brillo cegador. Tras cada una de ellas, la subsiguiente tormenta de radiación impulsaba algo más el avance de aquella pequeña y ligera pluma. Cuando la nave se aproximaba a la órbita de Júpiter y la bomba número 997 ya había explotado, las sondas de monitorización ratificaron que había alcanzado una velocidad del 1 % de la velocidad de la luz.

Entonces tuvo lugar un accidente. El análisis del espectro de frecuencia reveló que la vela había comenzado a enrollarse sobre sí misma, posiblemente a causa de la rotura de uno de los cables de remolque. Como la bomba nuclear número 998 explotó antes de que diera tiempo a realizar los ajustes pertinentes, la nave se desvió de la ruta prevista. A medida que la vela siguió enrollándose, su perfil en el radar comenzó a encoger rápidamente hasta terminar desapareciendo por completo del sistema de monitorización. Sin los parámetros concretos de la trayectoria, la humanidad jamás sería capaz de hallarla.

Conforme transcurría el tiempo, la trayectoria real de la nave se desviaba cada vez más de la proyectada en un principio y las esperanzas de que interceptara a la flota trisolariana se volvían cada vez más remotas. Basándose en su orientación final estimada, no pasaría al lado de otra estrella hasta seis mil años después, y aún tardaría cinco en abandonar la Vía Láctea.

Con todo, y a pesar de haberse visto frustrado a la mitad, el Proyecto Escalera aún se podía considerar un éxito: por primera vez un objeto fabricado por el hombre había logrado acelerar a una velocidad casi relativista.

Ya no había motivos para enviar a Cheng Xin al futuro, pero la Agencia le planteó igualmente entrar en estado de animación suspendida. En caso de aceptar, su nueva misión iba a ser la de actuar como enlace entre el Proyecto Escalera del pasado y el del futuro: la idea era que, en caso de que al cabo de doscientos años aquel esfuerzo pionero acabara teniendo algún tipo de interés o relevancia en el campo de los vuelos espaciales, haría falta la presencia de alguien que lo conociera a fondo y fuese capaz de interpretar los datos y la documentación.

Naturalmente, también era posible que la verdadera razón para enviarla al futuro fuera la vanidad, el deseo de que el Proyecto Escalera no cayera en el olvido. Muchos otros grandes proyectos de ingeniería contemporáneos escogieron entre sus miembros a quienes serían enviados para ejercer de enlace con el futuro, y siempre por motivos similares.

Si era inevitable que la gente del futuro juzgara el acierto de nuestros esfuerzos, al menos ya era posible enviar a alguien capaz de justificar sus motivaciones y tratar de aclarar posibles malentendidos surgidos a causa de la distancia temporal.

A medida que su conciencia se desvanecía en el frío de la cámara, Cheng Xin sintió un leve consuelo: al igual que Tianming, ahora ella también se disponía a internarse en un oscuro e insondable abismo.

SEGUNDA PARTE

Era de la Disuasión, año 12
Edad de Bronce

Ya se podía observar la Tierra a simple vista desde *Edad de Bronce*. Mientras la nave desaceleraba, todos los que no estaban de servicio acudieron a la zona común de la popa para admirar el planeta azul a través de las amplias escotillas.

A esa distancia, la Tierra parecía aún una simple estrella, pero ya podía advertirse en su brillo un leve tono azulado.

Había comenzado la fase final de desaceleración. Al entrar en funcionamiento la navegación estelar, todos los allí reunidos, que hasta entonces habían flotado en gravedad cero, comenzaron a descender y aterrizar sobre los gruesos cristales de la misma forma en que las hojas de los árboles caen al suelo en otoño. La gravedad artificial generada por la desaceleración aumentó de forma gradual hasta llegar a 1 g de gravedad. Al tomar contacto con aquel nuevo suelo bajo sus pies que eran las escotillas, todos tuvieron la sensación de que el peso que los atraía era el abrazo de esa misma Madre Tierra a la que se dirigían. Comenzaron a sucederse expresiones de júbilo:

—¡Volvemos a casa!

—¡Volvemos a casa, no me lo puedo creer!

—Podré volver a ver a mis hijos.

—¡Podré tener hijos!*

—Ella me prometió que me esperaría...

—¡Igual al final acabas rechazándola! ¡Piensa que ahora para

* En la época en que *Edad de Bronce* abandonó el Sistema Solar, la ley estipulaba que no podía haber ningún nacimiento a bordo de la nave hasta que alguien hubiera muerto. (*N. del A.*).

el resto de la humanidad eres todo un héroe: vas a tener a montones de chicas revoloteando a tu alrededor!

—¡Ah, la de años que llevo sin ver un pájaro volar!

—¿Verdad que es como si todo lo que hemos vivido fuese un sueño?

—¡Soñando es como me siento yo ahora!

—Qué miedo da el espacio...

—Y que lo digas. En cuanto lleguemos me jubilo, me compro una granjita y ¡a pasar el resto de mi vida sobre tierra firme!

Habían pasado catorce años desde la destrucción de la flota combinada de la Tierra. Los supervivientes de las distintas naves, una vez dirimidos los no pocos y oscuros conflictos internos que se multiplicaron a lo largo y ancho del Sistema Solar, habían acordado cesar toda comunicación con el que era su planeta de origen. Durante el año y medio siguiente, *Edad de Bronce* siguió recibiendo transmisiones de la Tierra; en su mayoría comunicaciones de radio de la superficie terrestre, pero también algunas enviadas al espacio.

Entonces, a comienzos de noviembre del año 208 de la Era de la Crisis, las transmisiones procedentes de la Tierra cesaron de repente. Todas y cada una de las frecuencias enmudecieron como si la Tierra fuera una bombilla que alguien había apagado de golpe.

Fragmento de *Un pasado ajeno al tiempo*
Nictohilofobia

A partir del mismo momento en que el ser humano supo que el universo era, en realidad, un bosque oscuro en el que todos intentaban cazarse los unos a los otros, aquel niño sentado frente a la resplandeciente hoguera del campamento —que en otro tiempo tanto se había desgañitado para establecer contacto con seres extraterrestres— corrió a apagar el fuego y se puso a temblar en medio de la oscuridad, temeroso de la más mínima pavesa.

En un primer momento incluso llegó a prohibirse el uso de teléfonos móviles y se apagaron todas las antenas que había repartidas por el mundo. Una decisión como aquella, que en otra época habría sido una garantía segura de protestas masivas en las calles, gozó, no obstante, de un apoyo generalizado entre la población del momento.

Poco a poco, a medida que volvió a imponerse la cordura, también empezaron a restablecerse las redes de comunicación móvil, aunque no sin antes imponer severas restricciones al uso de la radiación electromagnética. Toda comunicación por radio debía operar a mínima potencia, y todo el que incumpliera la norma podía ser juzgado por un delito de crímenes contra la humanidad.

Como cabía esperar, la mayoría de la gente vio claro desde el principio que aquella reacción resultaba tan drástica como desproporcionada. El pico máximo de envíos de señales electromagnéticas de la Tierra al espacio se había alcanzado durante la era de las señales analógicas, cuando las torres de las emisoras de radio y de las cadenas de televisión funcionaban a pleno rendimiento. Pero luego, conforme la comunicación digital se fue generalizando, la mayor parte de la información pasó a ser retransmitida por cables de cobre o de fibra óptica e incluso la señal digital de las emisiones de radio requirió mucha menos energía que una analógica. La cantidad de radiación electromagnética que escapaba al espacio desde la Tierra había llegado a disminuir tanto que a algunos académicos de antes de la Crisis les había preocupado que la Tierra fuera cada vez más difícil de descubrir por parte de los alienígenas supuestamente bondadosos.

Las ondas electromagnéticas eran el método de transmisión de información más primitivo y que consumía más energía de todo el universo. Las ondas de radio perdían potencia con mucha rapidez conforme se adentraban en la inmensidad del espacio, lo que implicaba que la gran mayoría de señales electromagnéticas que se escapaban de la Tierra no serían recibidas más allá de los dos años luz. Solo algo como la aciaga transmisión efectuada por Ye Wenjie, que hizo uso de la potencia del Sol a modo de antena, iba a conseguir llegar a oídos de quien acechara escondido entre las estrellas.

Con el avance de la tecnología científica humana comenzó a ser posible enviar señales de dos nuevas técnicas que además eran mucho más efectivas: los neutrinos y las ondas gravitatorias. Estas últimas serían el principal método disuasorio que iba a emplear la humanidad en contra de Trisolaris.

La teoría del bosque oscuro tuvo un efecto crucial en la civilización humana: el niño, sentado ahora frente a las cenizas de la hoguera, había pasado del optimismo a la paranoia y estaba aislado del resto del universo.

Era de la Disuasión, año 12
Edad de Bronce

La mayoría de quienes viajaban a bordo de *Edad de Bronce* atribuyeron el cese repentino de cualquier señal procedente de la Tierra a una conquista total del Sistema Solar por parte de Trisolaris. La nave aceleró y puso rumbo a una estrella con planetas parecidos a la Tierra, a veintiséis años luz de distancia.

Pero al cabo de diez días, *Edad de Bronce* recibió una transmisión de radio de parte de la Comandancia de la Flota que también se había enviado a *Espacio azul*, al otro lado del Sistema Solar. El contenido explicaba de forma sucinta lo que había sucedido en la Tierra y les informaba acerca del exitoso establecimiento de un sistema de disuasión en contra de Trisolaris. También se ordenaba a ambas naves que regresaran de forma inmediata a la Tierra. Por último, se indicaba que aquel mensaje dirigido a sus naves perdidas no se iba a enviar más veces, aduciendo el gran riesgo que corría la Tierra al hacerlo.

Al principio, todos los que se encontraban a bordo de *Edad de Bronce* pusieron en duda la autenticidad del mensaje. Bien podía tratarse de una trampa tendida por quienes hubieran conquistado el Sistema Solar. No obstante, y sin descartar nada, la nave dejó de acelerar y envió repetidos mensajes a la Tierra en busca de confirmación. No obtuvieron respuesta alguna. La Tierra permaneció sumida en el silencio.

Justo cuando *Edad de Bronce* se encontraba a punto de empezar a acelerar de nuevo en dirección opuesta, sucedió lo inimaginable: un sofón se desdobló en dimensiones inferiores, accedió al interior de la nave y estableció un canal de comunicación cuántica con la Tierra gracias al cual los tripulantes de la nave recibieron confirmación de todo lo que había ocurrido.

Se enteraron de que, como únicos supervivientes del holocausto sufrido por la flota combinada de la Tierra, la humanidad los consideraba unos grandes héroes. El mundo entero aguardaba expectante su regreso, y la Comandancia de la Flota iba a conceder a todos los miembros de la tripulación la máxima condecoración militar.

Edad de Bronce podía emprender su retorno. En aquel momento se hallaba en el espacio exterior, a unas dos mil trescientas unidades astronómicas de la Tierra, con el cinturón de Kuiper ya muy atrás, pero aún a una distancia considerable de la nube de Oort. Al avanzar casi a velocidad máxima, una desaceleración acabaría con todas las reservas del combustible de fusión, de modo que su viaje de regreso iba a tener que hacerse a baja velocidad de crucero y duraría once años.

Apareció en la distancia un pequeño punto blanco que enseguida comenzó a crecer. Se trataba de *Gravedad*, la nave de guerra enviada para recibir a *Edad de Bronce*.

Gravedad era la primera nave de guerra estelar construida tras la batalla del Día del Juicio Final. El aspecto de las naves espaciales de la Era de la Disuasión era cada vez más desigual. La mayoría de los grandes navíos estaban construidos a partir de varios módulos que podían adoptar distintas formas, pero *Gravedad* era una excepción. Consistía en un cilindro blanco tan regular que parecía irreal, como una forma básica dibujada en el espacio por un potente programa de modelado matemático, un ideal platónico más que algo real. De haber visto las antenas de ondas gravitatorias de la Tierra, la tripulación de *Edad de Bronce* habría reconocido en *Gravedad* una réplica casi perfecta. Lo cierto es que el cuerpo de la nave era una enorme antena que, al igual que las de la superficie terrestre, podía retransmitir mensajes mediante ondas gravitatorias en cualquier momento a todos los rincones del universo. Esas dos grandes antenas constituían el sistema de disuasión de bosque oscuro frente a Trisolaris.

Después de pasar un día navegando en formación, *Edad de Bronce* entró en órbita geosíncrona escoltada por *Gravedad* y se adentró en el puerto espacial orbital. Desde el interior de la nave se veían multitudes de personas concentradas en las amplias zonas del puerto espacial que tenían soporte vital, una imagen solo comparable a las aglomeraciones de acontecimientos como la ceremonia de inauguración de las Olimpiadas o la peregrinación a La Meca. La nave de guerra discurrió lentamente a través de una lluvia multicolor de ramos de flores que la gente les había lanzado. La tripulación buscó a sus seres queridos entre la multitud a ambos lados de la nave. Todas las personas que veían a lo lejos parecían tener lágrimas en los ojos y les aclamaban, impasibles.

Edad de Bronce se detuvo con un leve temblor. El capitán ofreció un informe de estado a la Comandancia de la Flota y manifestó su deseo de mantener personal a bordo, a lo que esta respondió que todos los miembros de la tripulación debían reunirse cuanto antes con sus seres queridos y que no había necesidad alguna de dejar a nadie. Otro capitán de la flota subió a la nave con una pequeña comitiva que saludó entre lágrimas a todas las personas con las que se cruzaba. No era posible saber a ciencia cierta a cuál de las tres flotas espaciales pertenecían los miembros de ese grupo únicamente a partir de sus uniformes, pero les explicaron que la nueva flota del Sistema Solar era una fuerza unificada, y que todos los que habían participado en la batalla del Día del Juicio Final, incluida la tripulación de *Edad de Bronce*, serían figuras destacadas de la nueva flota.

—¡Conquistaremos Trisolaris durante nuestra generación y crearemos un segundo Sistema Solar para la colonización humana! —dijo el capitán que había salido a recibirles.

Enseguida hubo quien replicó que el espacio era espantoso, y que preferían quedarse en tierra firme. El capitán dijo que era una postura muy comprensible, que eran héroes de la humanidad y tenían derecho a elegir su camino en la vida, pero que después de descansar cambiarían de idea. Deseaba volver a ver despegar aquella magnífica nave.

La tripulación de *Edad de Bronce* empezó a desembarcar. Todos los oficiales entraron en la zona con suministro de oxígeno tras cruzar un largo pasillo. Un amplio espacio se abrió ante ellos. A diferencia del aire a bordo de la nave, el de aquel lugar tenía una fragancia fresca y dulce como después de una tormenta. Los gritos de júbilo de la multitud inundaron el lugar y, de fondo, se veía el globo azul de la Tierra.

A petición del capitán de la flota, el capitán de la nave comenzó a pasar revista. Insistió en hacerlo dos veces para asegurarse de que toda la tripulación estuviera presente.

De repente se hizo el silencio. Aunque la multitud que les rodeaba seguía moviéndose, el sonido desapareció por completo. Se oyó la voz del capitán, en cuyo rostro aún había una efusiva sonrisa, pero que en medio de aquel extraño silencio sonaba tan incisiva como el filo de una espada:

—Por la presente se les informa de que han sido destituidos sin honor. Ya no pertenecen a la flota del Sistema Solar. ¡La deshonra que han traído a la flota nunca podrá borrarse! No pueden reunirse con sus familiares, porque ya no quieren verles. Sus padres están avergonzados de ustedes, y sus cónyuges les han abandonado. ¡Aunque sus hijos no han recibido el desprecio de la sociedad, han crecido avergonzados durante más de una década y ahora les odian! Han pasado ustedes a disposición judicial de Coalición Flota.

Al finalizar su alocución, el capitán se marchó con su equipo. Justo en ese momento desapareció la multitud y se hizo la oscuridad. Varios focos de luz iluminaron las hileras de policías militares armados hasta los dientes que rodeaban a los miembros de la tripulación de *Edad de Bronce*, a los que apuntaban con sus armas desde las plataformas que bordeaban la amplia plaza. Algunos de los miembros de la tripulación se dieron la vuelta y vieron que los ramos de flores que flotaban alrededor de *Edad de Bronce* eran reales, pero daban al buque de guerra el aspecto de un ataúd gigante listo para ser enterrado.

Las botas magnéticas que llevaban puestas dejaron de funcionar, y empezaron a flotar en el aire ingrávido como un grupo de dianas impotentes. Les habló una gélida voz que provenía de algún lugar indeterminado.

—¡Todos los miembros de la tripulación que estén armados deben entregar las armas de inmediato! Si no cooperan, no podremos garantizar su seguridad. ¡Están arrestados por asesinato en primer grado y crímenes contra la humanidad!

Era de la Disuasión, año 13

Juicio

El caso *Edad de Bronce* fue instruido por el tribunal militar de la Flota Solar. Aunque las instalaciones de Coalición Flota se encontraban cerca de la órbita de Marte, del cinturón de asteroides y de la órbita de Júpiter, el poderoso interés que despertaba el caso en Coalición Tierra llevó a celebrar el juicio en la base de la flota en la órbita geosíncrona.

Con el fin de dar cabida a los muchos observadores venidos de la Tierra, la base rotó para generar gravedad artificial. Fuera de los amplios ventanales de la sala del juicio, la Tierra azul, el resplandeciente Sol y el brillo de las estrellas de la Vía Láctea se alternaron uno tras otro, como si fuera una metáfora cósmica del combate de valores. El proceso judicial duró un mes bajo esas luces y sombras cambiantes. A continuación, se reproducen fragmentos de la transcripción del juicio:

Neil Scott, varón, 45 años, capitán, oficial de mando de *Edad de Bronce*

JUEZ: Volvamos a los hechos que llevaron a la decisión de atacar a *Cuántica*.

SCOTT: Se lo repito una vez más. El ataque fue decisión mía, y fui yo quien dio la orden. No la debatí ni la comuniqué a ningún otro oficial a bordo de *Edad de Bronce*.

JUEZ: Ha intentado de forma reiterada asumir toda la responsabilidad, pero eso no le beneficia ni a usted ni a las personas a las que intenta proteger.

FISCAL: Hemos podido corroborar que antes del ataque toda la tripulación celebró una votación.

SCOTT: Tal como he explicado, solo 59 de los 1.775 miembros de la tripulación apoyaron el ataque. La votación no fue la causa o la base de mi decisión.

JUEZ: ¿Puede aportar una lista con los nombres de esas 59 personas?

SCOTT: Fue un voto anónimo a través de la red interna de la nave. Puede examinar los registros de crucero y de combate para confirmarlo.

FISCAL: No está diciendo la verdad. Tenemos muchas pruebas que demuestran que el voto no fue anónimo. Además, el resultado no se ajusta a lo que usted ha descrito. Posteriormente falsificó los registros.

JUEZ: Necesitamos que nos entregue el registro auténtico de la votación.

SCOTT: No lo tengo. Ese es el resultado auténtico.

JUEZ: Señor Scott, le recuerdo que si sigue obstruyendo la investigación de este tribunal acabará perjudicando a los miembros inocentes de su tripulación. Algunos votaron en contra del ataque, pero sin las pruebas que solo usted puede aportar no podemos exonerarles y tendremos que declarar culpables a todos los oficiales y todos los reclutas que se encontraban a bordo de *Edad de Bronce*.

SCOTT: ¿De qué me está hablando? ¿Es usted un juez de verdad? ¿Es esto un auténtico tribunal? ¿Qué hay de la presunción de inocencia?

JUEZ: La presunción de inocencia no se aplica a los crímenes contra la humanidad. Se trata de un principio del Derecho internacional establecido a principios de la Era de la Crisis que pretende asegurar que los traidores a la humanidad no eludan el castigo.

SCOTT: ¡No somos traidores! ¿Dónde estaba usted cuando luchábamos por la Tierra?

FISCAL: ¡Son unos completos traidores! La Organización Terrícola-trisolariana de hace dos siglos solo traicionó los intereses de la humanidad, pero hoy ustedes traicionan nuestros principios morales más básicos, un crimen mucho peor.

SCOTT: [Silencio]

JUEZ: Espero que sea consciente de las consecuencias de

falsificar pruebas. Al comienzo de este juicio, leyó usted una declaración en nombre de todos los acusados en la que expresó su arrepentimiento por las muertes de las 1.847 personas a bordo de *Cuántica*. Ha llegado el momento de demostrar ese arrepentimiento.

SCOTT: [Tras un largo silencio] De acuerdo. Les daré los resultados auténticos. Pueden recuperar el recuento del voto a partir de una entrada encriptada en los registros de *Edad de Bronce*.

FISCAL: Antes de hacerlo, ¿podría darnos una cifra aproximada de las personas que apoyaron el ataque?

SCOTT: 1.670 personas, el 94 % de la tripulación.

JUEZ: ¡Orden! ¡Orden en la sala! Recuerdo a todos los presentes que deben mantener silencio durante el proceso.

SCOTT: Aunque menos del 50 % de los votos lo hubieran aprobado, habría iniciado el ataque igualmente.

FISCAL: Le recuerdo que *Edad de Bronce*, a diferencia de otras naves más sofisticadas al otro lado del Sistema Solar como *Selección Natural*, está equipada con un sistema de inteligencia artificial muy primitivo. Sin la cooperación de las personas a su mando, usted no habría sido capaz de llevar a cabo un ataque por sí solo.

Sebastian Schneider, varón, 31 años, teniente comandante, encargado de los sistemas de objetivos y patrones de ataque de *Edad de Bronce*

FISCAL: Es usted el único oficial aparte del capitán con autorización del sistema para impedir o interrumpir un ataque.

SCHNEIDER: Correcto.

JUEZ: Y no lo hizo.

SCHNEIDER: Así es.

JUEZ: ¿Cómo se sentía en aquel momento?

SCHNEIDER: En aquel momento —no en el instante del ataque, sino cuando me di cuenta de que *Edad de Bronce* jamás volvería a casa y de que toda mi vida iba a reducirse a aquella nave— cambié. No hubo un proceso. Me transformé por completo sin más. Fue como el legendario precinto mental.

JUEZ: ¿Cree que eso es una posibilidad? Me refiero a que su nave estuviera equipada con precintos mentales.

SCHNEIDER: Por supuesto que no. Era una metáfora. El espacio es un tipo de precinto mental... En aquel momento abandoné mi naturaleza individual. Mi existencia solo tendría sentido mientras la colectividad sobreviviese... No sé cómo explicarlo. No espero que me comprenda, señoría. Aunque recorriera usted veinte mil unidades astronómicas o más desde el Sistema Solar a bordo de *Edad de Bronce*, no lo entendería, porque sabría que iba a volver y su alma permanecería en la Tierra. Solo podría entender el cambio que se produjo en mí si de repente todo desapareciera detrás de la nave, si la Tierra y el Sol quedaran envueltos por la nada.

»Soy de California. El año 1967 del calendario antiguo, un profesor de instituto del lugar donde nací, Ron Jones —por favor, no me interrumpa por cambiar de tema; gracias—, hizo el siguiente experimento. Para ayudar a sus estudiantes a entender el totalitarismo y el nazismo, simuló con ellos una sociedad totalitaria. Solo le bastaron cinco días para conseguir que su clase se convirtiera en una pequeña Alemania nazi. Todos los alumnos renunciaron voluntariamente a su individualismo y a su libertad, se fundieron en la colectividad suprema y persiguieron las metas colectivas con fervor religioso. Al final, aquel experimento didáctico que empezó como un juego inofensivo estuvo a punto de salirse de madre. Los alemanes hicieron una película a partir del experimento de Jones, quien por su parte escribió un libro titulado *El totalitarismo solo necesita cinco días*. Cuando los que íbamos a bordo de *Edad de Bronce* descubrimos que estábamos condenados a vagar para siempre por el espacio, también formamos un Estado totalitario. ¿Sabe cuánto tiempo hizo falta? Cinco minutos.

»Así es. La sesión plenaria solo duró cinco minutos. Los valores fundamentales de la sociedad totalitaria recibieron el apoyo de la inmensa mayoría de la tripulación. Así pues, cuando los seres humanos están perdidos en el espacio solo hacen falta cinco minutos para alcanzar el totalitarismo.

Boris Rovinski, varón, 36 años, oficial ejecutivo de *Edad de Bronce*

JUEZ: ¿Encabezó usted el primer grupo de abordaje de *Cuántica* tras el ataque?

ROVINSKI: Así es.

JUEZ: ¿Hubo algún superviviente?

ROVINSKI: No.

JUEZ: ¿Puede describir la escena?

ROVINSKI: Los individuos a bordo murieron por las ondas infrasónicas generadas por el casco de *Cuántica* al ser golpeada por los impulsos electromagnéticos de la detonación de la bomba de hidrógeno. Los cuerpos estaban bien preservados, sin señales externas de haber sufrido daños.

JUEZ: ¿Qué hicieron con los cadáveres?

ROVINSKI: Les dedicamos un monumento, como *Espacio azul*.

JUEZ: ¿Quiere decir que dejó los cuerpos en el monumento?

ROVINSKI: No; dudo de que el monumento construido en *Espacio azul* contenga cadáveres.

JUEZ: No ha contestado a mi pregunta. Le he preguntado qué hicieron con los cadáveres.

ROVINSKI: Los usamos para rellenar las reservas de alimentos de *Edad de Bronce*.

JUEZ: ¿Todos?

ROVINSKI: Todos.

JUEZ: ¿Quién tomó la decisión de convertir los cuerpos en comida?

ROVINSKI: No... no lo recuerdo con exactitud. En aquel momento, parecía algo del todo normal. Fui responsable de la logística y del apoyo a bordo, y dirigí el almacenamiento y la distribución de los cuerpos.

JUEZ: ¿Cómo se consumieron los cadáveres?

ROVINSKI: No se hizo nada especial. Se mezclaron con la verdura y la carne del sistema de biorreciclaje y se cocinaron.

JUEZ: ¿Quién los comió?

ROVINSKI: Toda la tripulación de *Edad de Bronce*. Era la única comida de los cuatro comedores de la nave, así que todos tuvieron que comerla.

JUEZ: ¿Sabían lo que estaban comiendo?

ROVINSKI: Por supuesto.

JUEZ: ¿Cómo reaccionaron?

ROVINSKI: Estoy seguro de que algunos se sintieron incómodos, pero nadie protestó. Recuerdo que una vez estaba comiendo en el comedor de los oficiales y oí a alguien decir: «gracias, Carol Joiner».

JUEZ: ¿A qué se refería?

ROVINSKI: Carol Joiner era la oficial de comunicaciones de *Cuántica*. Se estaba comiendo una parte de ella.

JUEZ: ¿Cómo lo sabía?

ROVINSKI: A todos nos habían implantado bajo la piel del brazo izquierdo una cápsula de seguimiento e identificación del tamaño de un grano de arroz. El proceso de cocción de la carne a veces no la eliminaba. Es probable que la encontrara en su plato y usara el comunicador para leerla.

JUEZ: ¡Orden en la sala! Retiren a los que se han desmayado. Señor Rovinski, sin duda habrá comprendido usted que estaba violando las leyes más fundamentales que nos hacen humanos.

ROVINSKI: Nos limitaba otra moral que usted es incapaz de entender. Durante la batalla del Día del Juicio Final, *Edad de Bronce* tuvo que superar sus parámetros de aceleración máxima. Los sistemas de energía estaban sobrecargados y los sistemas de soporte vital habían perdido potencia durante casi dos horas, lo que generó un daño enorme en toda la nave. La reparación se realizó poco a poco. Los sistemas de hibernación también se habían visto afectados, y solo iba a haber espacio para unas quinientas personas. Dado que más de un millar de personas tenían que comer, si no hubiésemos añadido fuentes de alimento adicionales la mitad de la población habría muerto de inanición. Tal y como se habían desarrollado las cosas, y teniendo en cuenta el largo viaje que teníamos por delante, abandonar esa valiosa fuente de proteínas en medio del espacio habría sido una verdadera inmoralidad... No intento justificarme a mí ni a nadie de la tripulación. Ahora que he recuperado la forma de pensar de los humanos que viven en la Tierra, le aseguro que no me resulta nada fácil decir algo así.

Declaración final del capitán Neil Scott

No tengo mucho más que añadir salvo una advertencia: la vida realizó un salto evolutivo cuando pasó del océano a tierra firme, pero los primeros peces que pisaron la tierra dejaron de ser peces. Del mismo modo, cuando los seres humanos entran en el espacio y se liberan de la Tierra, dejan de ser humanos. Es por ello que a todos les digo: cuando pretendan adentrarse en el espacio exterior sin mirar atrás, por favor piénsenlo bien. El coste a pagar es muy superior a lo que ustedes son capaces de imaginar.

Al final, Neil Scott y otros seis oficiales de alto rango fueron condenados a cadena perpetua por asesinato y crímenes contra la humanidad. Solo 138 de los 1.768 miembros de la tripulación fueron declarados inocentes. El resto recibió penas de entre veinte y trescientos años.

La prisión de Coalición Flota se encontraba en el cinturón de asteroides entre las órbitas de Marte y Júpiter, por lo que los prisioneros tuvieron que volver a marcharse de la Tierra. Si bien *Edad de Bronce* había alcanzado la órbita geosíncrona, los presos no recorrerían jamás los últimos treinta mil kilómetros de su viaje de trescientos cincuenta mil kilómetros de vuelta a casa.

A medida que la nave que transportaba a los prisioneros aceleraba, volvieron a caer otra vez contra las escotillas de la popa, como hojas caídas condenadas a no volver nunca a su origen. Miraron hacia el exterior mientras el globo azul que había colmado sus sueños se volvía cada vez más pequeño hasta convertirse de nuevo en una estrella más.

Antes de abandonar la base de la flota, se escoltó al ex comandante Rovinski, al ex teniente comandante Schneider y a una decena de oficiales de vuelta a *Edad de Bronce* por última vez, con el fin de que ayudaran en algunos detalles del traspaso de la nave a la nueva tripulación.

Durante más de una década, la nave había sido todo su mundo. Se habían esmerado en decorar el interior con hologramas de pastos, bosques y océanos, habían cultivado jardines reales y también construido fuentes y estanques para pescar, lo que había convertido la nave en auténtico un hogar. Sin embargo, todo aquello había dejado de existir. Todo rastro de su paso por la nave había sido borrado, y *Edad de Bronce* volvía a ser solo una fría nave de guerra estelar.

Todas las personas con las que se cruzaban en los pasillos les miraban con frialdad o los ignoraban sin más. Al saludar, los transeúntes procuraban no torcer la mirada para dejar claro que el saludo era solo para el policía militar que los escoltaba.

Condujeron a Schneider a una cabina esférica para hablar sobre los detalles técnicos del sistema de objetivos de la nave con tres oficiales, que trataron al ex comandante como si fuera un ordenador. Le formularon preguntas con una voz apática y esperaron su respuesta. No había en su tono el más mínimo rastro de cortesía, y no le dirigieron una sola palabra de más.

La sesión solo duró una hora. Schneider pulsó la interfaz de control varias veces, como si cerrara ventanas por costumbre. De repente, dio una fuerte patada a la pared esférica de la cabina y el impulso le mandó al otro lado de la sala. Las paredes se transformaron y dividieron la cabina en dos mitades, en una de las cuales habían quedado atrapados los tres oficiales y la policía militar, mientras que Schneider se encontraba solo en la otra.

Schneider hizo aparecer una ventana flotante que pulsó a velocidad de vértigo. Se trataba de la interfaz de control del sistema de comunicaciones, y con ella puso en funcionamiento la antena de comunicación interestelar de largo alcance.

Se oyó un ligero disparo. Apareció un agujero en la pared de la cabina, que se llenó de un humo blanco. El cañón de la pistola del policía militar asomó por el agujero apuntando a Schneider.

—Último aviso. Deténgase de inmediato y abra la puerta.

—*Espacio azul*, aquí *Edad de Bronce.* —Schneider hablaba en voz baja. Sabía que la distancia a la que podía llegar su mensaje no dependía del volumen de su voz.

Un rayo láser atravesó el pecho de Schneider. Del agujero brotó el humo rojo de la sangre en estado gaseoso. Schneider musitó sus últimas palabras mientras lo rodeaba una niebla escarlata formada por su propia sangre:

—No volváis. ¡Este ya no es vuestro hogar!

Espacio azul siempre había contestado a los ruegos de la Tierra con más vacilaciones y sospechas que *Edad de Bronce*, así que tan solo había desacelerado poco a poco. Para cuando recibieron el aviso de *Edad de Bronce* todavía estaban saliendo del Sistema Solar.

Tras recibir la advertencia de Schneider, *Espacio azul* pasó a acelerar a toda máquina.

Cuando la Tierra recibió el informe de inteligencia de los sofones trisolarianos, ambas civilizaciones pasaron a compartir un mismo enemigo por primera vez en la historia.

Tanto a la Tierra como a Trisolaris les consolaba el hecho de que *Espacio azul* no poseyera la capacidad de llevar a cabo una disuasión de bosque oscuro contra ambos mundos. Aunque intentaran retransmitir al resto del universo las ubicaciones de los dos sistemas solares a la máxima potencia, sería casi imposible que nadie escuchara el mensaje. Harían falta tres siglos para alcanzar Barnard, la estrella más cercana que *Espacio azul* podría usar como superantena para emular la hazaña de Ye Wenjie. No obstante, no habían modificado su trayectoria hacia dicha estrella, sino que aún se dirigían hacia NH558J2, destino que no alcanzarían hasta al cabo de dos mil años.

Gravedad, en tanto que única nave del Sistema Solar capaz de realizar un vuelo interestelar, comenzó enseguida a perseguir a *Espacio azul*. Trisolaris propuso la idea de enviar una gota, nave cuya denominación oficial era «sonda espacial de interacción nuclear fuerte», para destruir *Espacio azul*. Sin embargo, la Tierra se negó categóricamente a ello, puesto que desde el punto de vista de la humanidad, *Espacio azul* era una cuestión que tenía que abordarse como un asunto interno. La batalla del Día del Juicio Final era la mayor herida de la humanidad, y el dolor no había remitido lo más mínimo más de una década después. Permitir que otro artefacto atacara a los seres humanos era del todo inaceptable desde el punto de vista político. Si bien los tripulantes de *Espacio azul* eran ya extraterrestres para la mayoría de la población, solo la humanidad podía llevarlos ante la justicia.

Dada la gran cantidad de tiempo que quedaba antes de que *Espacio azul* se convirtiera en una amenaza, los trisolarianos aceptaron, aunque hicieron hincapié en que la seguridad de *Gravedad* era una cuestión de vida o muerte para Trisolaris, dada su capacidad de realizar retransmisiones mediante ondas gravitatorias. Por lo tanto, las gotas serían enviadas como escoltas, pero también asegurarían una ventaja aplastante sobre *Espacio azul*.

Fue así como *Gravedad* zarpó flanqueada por dos gotas situadas a varios miles de metros de distancia. El contraste entre los tamaños de ambos tipos de naves no podía ser mayor. Si uno se alejaba lo suficiente como para ver la totalidad de *Gravedad*, las gotas eran imposibles de distinguir, mientras que la superficie lisa de las gotas reflejaba con nitidez la imagen de *Gravedad* si uno se acercaba lo suficiente para observarla.

Gravedad había sido construida diez años después de *Espacio azul*, y aparte de la antena de ondas gravitatorias no tenía una tecnología mucho más avanzada. Sus sistemas de propulsión, por ejemplo, solo eran un poco más potentes que los de *Espacio azul*. *Gravedad* confiaba en el éxito de su cacería por su abrumadora superioridad de reservas de combustible.

Con todo, y teniendo en cuenta las velocidades y las aceleraciones actuales de sendas naves, harían falta cincuenta años para que *Gravedad* alcanzara a *Espacio azul*.

Era de la Disuasión, año 61
El portador de la espada

Cheng Xin contempló su estrella desde lo alto de un árbol gigante. La habían despertado por ella.

Durante la corta vida del Proyecto Estrellas, un total de quince particulares habían recibido los títulos de propiedad de diecisiete estrellas. Aparte de Cheng Xin, los catorce dueños restantes habían desaparecido en el curso de la historia y no fue posible encontrar herederos legítimos. El Gran Cataclismo fue un gran tamiz que muchos no lograron superar. Ahora Cheng Xin era la única propietaria legal de una estrella.

Aunque la humanidad no había empezado aún a buscar ninguna estrella más allá del Sistema Solar, la velocidad con la que se sucedían los avances tecnológicos significaba que los astros a una distancia de trescientos años luz de la Tierra ya no tenían un mero valor simbólico. Al final resultó que DX3906, la estrella de Cheng Xin, tenía planetas después de todo. Uno de los dos planetas descubiertos hasta la fecha parecía bastante similar a la Tierra en términos de masa, órbita y análisis espectral de la atmósfera, motivo por el cual su valor alcanzó cotas estratosféricas. Para sorpresa de propios y extraños, se daba la circunstancia de que aquella estrella ya tenía dueño.

La ONU y la Flota Solar querían reclamar DX3906 para sí, pero no era posible hacerlo de forma legal a menos que su dueña aceptara ceder el título de propiedad. Esa fue la razón por la que sacaron a Cheng Xin de su letargo tras doscientos sesenta y cuatro años hibernando.

Lo primero que descubrió tras la hibernación fue que, tal como esperaba, no había noticia alguna del Proyecto Escalera.

Los trisolarianos no habían interceptado la sonda, y no habían detectado su presencia. El Proyecto Escalera había caído en el olvido, y el cerebro de Tianming se había perdido en la inmensidad del cosmos. No obstante, aquel hombre que se había fundido en la nada había dejado un mundo real y tangible para su amada, un mundo formado por una estrella y dos planetas.

Una doctora en astronomía llamada Ai AA había descubierto los planetas que giraban alrededor de DX3906. Como parte de su disertación, AA había desarrollado una nueva técnica que empleaba una estrella como lente gravitatoria mediante la cual observar a otra.

Para Cheng Xin, AA era como un vivaracho pajarito que revoloteaba sin parar a su alrededor. AA le contó que estaba habituada a las personas como ella, que habían venido del pasado y eran conocidas como «gente de la Era Común», ya que su director de tesis era un físico de dicha época. Su conocimiento de la gente de la Era Común era el motivo por el que había sido nombrada enlace entre Cheng Xin y la Agencia de Desarrollo Espacial de la ONU como primer trabajo tras doctorarse.

La petición de la ONU y la Flota Solar para venderles la estrella ponía a Cheng Xin en un compromiso. Se sentía culpable de ser propietaria de un mundo entero, pero la idea de vender un regalo que había recibido solo por amor le repugnaba. Sugirió la posibilidad de renunciar a todo derecho de propiedad sobre DX3906 y mantener la escritura como recuerdo, pero le dijeron que era inaceptable. La ley estipulaba que las autoridades no podían aceptar un activo inmobiliario tan valioso sin ofrecer antes una indemnización al propietario, así que insistieron en comprarlo. Cheng Xin se negó.

Tras pensarlo una y otra vez, Cheng Xin hizo una nueva propuesta. Vendería los dos planetas, pero manteniendo la titularidad de la estrella. Firmaría además un acuerdo con la ONU y la Flota Solar para ceder a la humanidad el derecho a utilizar la energía generada por el astro. Los expertos en derecho concluyeron que esa propuesta sí era razonable.

AA dijo a Cheng Xin que, como solo iba a vender los planetas, la ONU le ofrecería una cantidad muy inferior. Aunque aún era una cifra astronómica, eso sí, y necesitaría crear una empresa para gestionarla de forma adecuada.

—¿Quieres que te ayude a llevar la empresa? —preguntó AA.

Cheng Xin accedió, y AA llamó al instante a la Agencia de Desarrollo Espacial de la ONU para presentar su renuncia.

—Ahora trabajo para ti —dijo—, así que deja que te hable de tus intereses: ¿Te has vuelto loca? ¡De todas las opciones que tenías sobre la mesa, vas y eliges la peor! Si hubieras vendido la estrella junto con los planetas... ¡te habrías convertido en una de las personas más ricas del universo! Podrías haberte negado a venderlos y así quedarte con todo el sistema. La ley garantiza la protección total de la propiedad privada, y nadie te lo podría haber quitado. Luego podrías haber hibernado hasta que fuera posible volar hasta DX3906. ¡Y podrías haberte ido a vivir allí! ¡Piensa en todo ese espacio: los océanos, los continentes...! Puedes hacer lo que te dé la gana, claro, pero tienes que llevarme contigo...

Cheng Xin dijo que ya había tomado una decisión:

—Nos separan más de tres siglos, y no puedo esperar que nos entendamos a la primera —dijo.

—Ya, bueno —suspiró AA—. Pero deberías reconsiderar tu concepto de la conciencia y el deber. El deber te llevó a desprenderte de los planetas, y la conciencia te hizo conservar la estrella. Pero ese sentido del deber fue el que te obligó a renunciar a la producción de energía de la estrella. Eres como esas personas del pasado desgarradas por un conflicto interno, como mi director de tesis. En nuestra época, la conciencia y el deber no tienen un valor positivo absoluto: un exceso de cualquiera de ambos se considera una enfermedad mental llamada «desorden de personalidad por presión social». Deberías ir a ver a un especialista.

A pesar del resplandor de las luces de la ciudad, a Cheng Xin no le costó encontrar DX3906. El aire era mucho más limpio que en el siglo XXI. Apartó la vista del cielo nocturno y miró la realidad que había a su alrededor: ella y AA eran como dos hormigas sobre un árbol de Navidad iluminado, rodeadas de un bosque de árboles similares. De las ramas colgaban edificios llenos de luces, como si de hojas se tratara, aunque aquella ciudad gigante estaba erigida sobre la tierra y no bajo ella. Gracias a la paz que había traído la Era de la Disuasión, la segunda fase de excavación de cuevas había terminado.

Recorrieron la rama. Cada rama era una bulliciosa avenida de ventanas translúcidas flotantes llenas de información que hacían que la calle pareciera un río multicolor. De vez en cuando, varias de las ventanas abandonaban el tráfico y les seguían durante un rato, para luego volver a la corriente principal después de captar el desinterés de AA y Cheng Xin. Todos los edificios de la calle de ramas colgaban debajo de ellas. Como se encontraban en la rama más alta, el cielo estrellado estaba justo sobre ellas. De haber ido por una de las ramas inferiores, se habrían visto rodeadas por los luminosos edificios que pendían de las ramas superiores, y se habrían sentido como pequeños insectos que vuelan a través de un bosque onírico en el que cada hoja y cada fruto refulge.

Cheng Xin miró a los transeúntes que había en la calle: una mujer, dos mujeres, un grupo de mujeres, otra mujer, tres mujeres. Todas eran mujeres, todas guapas. Ataviadas con una bonita y luminosa indumentaria, parecían ninfas de un bosque mágico. Cada cierto tiempo pasaban personas de mayor edad, también mujeres, cuya belleza no había disminuido con el paso de los años. Cuando llegaron al final de la rama y escrutaron el mar de luces que tenían delante, Cheng Xin hizo la pregunta que le traía de cabeza desde hacía días.

—¿Qué ha pasado con los hombres? —En los pocos días transcurridos desde que salió de su letargo no había visto a un solo hombre.

—¿A qué te refieres? Si están por todas partes. —AA señaló a la gente que había a su alrededor—. Mira allí: ¿ves a ese hombre que se apoya en la barandilla? Allí hay otros tres. Y otros dos caminando hacia nosotras.

Cheng Xin fijó la mirada. Las personas que señalaba AA tenían caras delicadas y hermosas, melenas que les caían sobre los hombros, cuerpos esbeltos y suaves como si sus huesos fueran plátanos. Sus movimientos eran gráciles y exquisitos, y sus voces, que llegaban hasta ellas mecidas por la brisa, eran melosas y tiernas... En su época, cualquiera habría pensado que esas personas eran muy afeminadas.

Al cabo de un rato lo comprendió todo. La tendencia había sido evidente incluso antes. La década de 1980 fue probablemente la última vez que la masculinidad desde el punto de vista tradicional se consideró un ideal, pero a partir de entonces la sociedad y la moda prefirieron hombres que mostraban cualidades que antes se habían considerado femeninas. Se acordó de las estrellas pop asiáticas masculinas de su época, que a primera vista parecían niñas monas. El Gran Cataclismo interrumpió esa evolución de la sociedad humana, pero medio siglo de paz y reposo de la mano de la Era de la Disuasión habían acelerado la tendencia.

—Sí que es verdad que a la gente de la Era Común al principio le cuesta distinguir entre hombres y mujeres —dijo AA—; pero puede que a ti no te resulte tan difícil. Fíjate en cómo te miran: una belleza clásica como la tuya les atrae mucho.

Cheng Xin la miró con cierta suspicacia.

—¡No, no! —AA rio—. Soy una mujer de la cabeza a los pies, y no me gustas en ese sentido. Pero si te digo la verdad, no veo qué tienen de atractivos los hombres de tu era. Zafios, salvajes, sucios... es como si no hubieran terminado de evolucionar. Ya te acostumbrarás y aprenderás a disfrutar de esta época repleta de belleza.

Tres siglos antes, cuando se preparaba para hibernar, Cheng Xin se imaginó que el futuro le depararía todo tipo de adversidades, pero aquello le había cogido de improviso. Se imaginó cómo sería vivir el resto de su vida en ese mundo femenino... y se sintió triste. Miró al cielo en busca de su estrella.

—Otra vez pensando en él, ¿verdad? —AA la cogió por los hombros—. Aunque no hubiera ido al espacio y hubiese pasado el resto de sus días contigo, los nietos de tus nietos ya habrían muerto. Estamos en una nueva era, una nueva vida. ¡El pasado, pasado está!

Cheng Xin intentó seguir el consejo de AA y se obligó a regresar al presente. Solo llevaba allí unos días, y apenas tenía una idea general de lo ocurrido en los últimos tres siglos. El equilibrio estratégico entre los humanos y los trisolarianos como resultado de la disuasión de bosque oscuro fue lo que más le sorprendió.

Justo entonces le asaltó un pensamiento: ¿qué clase de disuasión podía ejercer un mundo femenino tan delicado como ese?

Cheng Xin y AA desanduvieron el camino. Una vez más, varias ventanas informativas las siguieron, y una de ellas atrajo la atención de Cheng Xin. Mostraba a un hombre que sin duda pertenecía al pasado: ajado, demacrado y con el pelo desaliñado, se encontraba junto a una lápida negra. El hombre y la lápida estaban en penumbra, pero en sus ojos había un resplandor brillante, como la luz de un lejano amanecer. Al pie de la pantalla, una línea de texto rezaba:

«En su época, un asesino habría sido condenado a muerte.»

Cheng Xin pensó que la cara del hombre le resultaba familiar, pero la imagen desapareció antes de que pudiera examinarla más de cerca. En su lugar apareció una mujer de mediana edad —o al menos eso pensaba Cheng Xin— que llevaba una vestimenta formal y apagada que recordaba a la de un político, y daba un discurso. El texto anterior formaba parte de los subtítulos de su alocución.

La ventana parecía haber advertido el interés de Cheng Xin. Se expandió y empezó a reproducir el sonido que acompañaba al vídeo. La voz de la política era dulce y hermosa, como si las palabras estuvieran enlazadas con hilos de azúcar. Sin embargo, el contenido del discurso era aterrador.

—¿Por qué la pena de muerte? Porque mató. Pero eso solo es una respuesta correcta.

»Otra respuesta correcta sería: porque la cantidad de personas que mató era demasiado pequeña. Matar a una persona es un asesinato, matar a unas cuantas es un asesinato mayor, y matar a miles o decenas de miles debería ser castigado matando mil veces al asesino. ¿Y cuando se trata de más personas? ¿Varios centenares de miles? La pena de muerte, ¿no? Pero los que sabéis algo de historia estáis empezando a dudar.

»¿Y si mató a millones de personas? Les aseguro que una persona así no habría sido considerada un asesino. De hecho, es posible que ni siquiera se hubiera llegado a pensar que aquella persona quebrantara la ley. ¡Si no me creen, estudien la historia! Cualquiera que haya matado a millones de personas es considerado un "gran" hombre, un héroe. Y si alguien destruye un mundo entero y acaba con toda la vida que hay en él, ¡es aclamado como un salvador!

—Hablan de Luo Ji —dijo AA—. Quieren sentarlo en el banquillo.

—¿Por qué?

—Es complicado. Pero básicamente es por aquel mundo, ese cuya localización él retransmitió al universo, lo que causó su destrucción. No sabemos si allí había vida. Es una posibilidad. Por eso le acusan de presunto mundicidio, el crimen más grave según nuestras leyes.

—¡Eh, tú debes de ser Cheng Xin!

La voz, que había surgido de la pantalla, dejó boquiabierta a Cheng Xin. La política la miró con una mezcla de alegría y sorpresa, como si se hubiera encontrado con un viejo amigo.

—¡Eres la propietaria de aquel mundo lejano! Como un rayo de esperanza, nos has traído la belleza de tu tiempo. Eres el único ser humano que ha llegado a poseer un mundo entero, y por eso también salvarás este mundo. Todos tenemos fe en ti. Ay, discúlpame, debería haberme presentado...

AA dio una patada a la pantalla y la apagó. Cheng Xin estaba muy asombrada por el nivel tecnológico de aquella época. No tenía ni idea de cómo su imagen había podido ser retransmitida a aquella persona que hablaba ni de cómo había podido distinguirla entre los miles de millones de personas que veían el discurso.

AA se adelantó a Cheng Xin y se puso a hablar con ella mientras caminaba de espaldas.

—¿Habrías destruido un mundo entero para crear esta forma de disuasión? Y lo que es más importante: si el enemigo no se hubiera sentido disuadido, ¿habrías pulsado el botón para asegurar la destrucción de ambos mundos?

—Esa pregunta no tiene ningún sentido. Jamás me pondría a mí misma en semejante posición.

AA se detuvo y cogió a Cheng Xin por los hombros. La miró a los ojos.

—¿De verdad? ¿No lo habrías hecho?

—Claro que no. Una tesitura así es el destino más terrorífico que puedo imaginar. Mucho peor que la muerte.

No entendía por qué AA escuchaba con tanto interés.

—Eso me tranquiliza... ¿Por qué no seguimos hablando mañana? Estarás agotada y deberías descansar. Hace falta una semana para recuperarse completamente de la hibernación.

A la mañana siguiente, Cheng Xin recibió una llamada de AA. La chica apareció en la pantalla con entusiasmo manifiesto.

—Voy a llevarte a un lugar muy curioso. Tengo una sorpresa para ti. Sube, hay un coche en la copa del árbol.

Cheng Xin subió y vio un coche volador con la puerta abierta. Se montó en el vehículo pero no vio a AA. La puerta se cerró sin hacer ruido, el asiento se amoldó a su cuerpo y la agarró con firmeza como si de una mano se tratara. El coche despegó con suavidad y se fundió en el flujo de tráfico de la ciudad-bosque.

Todavía era temprano, y los rayos de sol, casi paralelos al suelo, parpadeaban en el interior del coche mientras atravesaba el bosque. Los árboles gigantes se volvieron más pequeños poco a poco hasta que terminaron por desaparecer. Bajo el cielo azul, Cheng Xin solo vio hierba y bosque, un mosaico de un verde embriagador.

Con el inicio de la Era de la Disuasión, la mayoría de las industrias pesadas habían sido puestas en órbita, y la Tierra había recuperado su ecología natural. La superficie del planeta ahora se parecía más a la que existía durante la época anterior a la Revolución Industrial. Debido a un descenso demográfico y a una mayor industrialización del proceso de producción de alimentos, se permitió que gran parte de la tierra cultivable quedara en barbecho y fuera devuelta a la naturaleza. La Tierra se estaba convirtiendo en un gigantesco parque.

Aquel mundo tan hermoso se le antojaba irreal a Cheng Xin. Aunque acababa de despertar de la hibernación, se sentía como en un sueño.

Media hora después, el coche aterrizó y la puerta se abrió automáticamente. Xin salió, y el coche se elevó y se marchó. Cuando se desvaneció el ruido de los propulsores se hizo el silencio, interrumpido en ocasiones por el lejano canto de un pájaro. Cheng Xin miró a su alrededor y vio que se encontraba en medio de un grupo de edificios abandonados. Parecían edificios residenciales de la Era Común. La mitad inferior de todos ellos estaba cubierta de hiedra.

Aquella imagen del pasado cubierta de la vida verde de una nueva era daba a Cheng Xin la sensación de realidad que había echado en falta.

Llamó a AA, pero le respondió una voz masculina.

—¡Hola!

Se dio la vuelta y vio a un hombre en un balcón cubierto de hiedra, en el segundo piso de un edificio. No era como los hombres bellos y delicados de aquella época, sino que tenía un aspecto más parecido al de los del pasado. A Cheng Xin le dio la impresión de volver a estar soñando, aunque esta vez se trataba de una continuación de su pesadilla de la Era Común.

Era Thomas Wade. Vestía una chaqueta de cuero negra como en la última vez, pero parecía algo mayor. Tal vez había hibernado después de Xin, o quizá se había despertado antes que ella, o ambas cosas.

Cheng Xin tenía la mirada fija en la mano derecha de Wade. Enfundada en un guante de cuero negro, sostenía una pistola de la Era Común que apuntaba hacia ella.

—Las balas de esta pistola se diseñaron para dispararse bajo el agua —dijo Wade—. Están hechas para durar mucho tiempo, pero han pasado ya más de doscientos setenta años. ¿Quién sabe si funcionarán?

En su rostro se dibujó aquella sonrisa que ponía al deleitarse con la desesperación de los demás.

Las balas sí funcionaban. Hubo un fogonazo y una explosión. Cheng Xin sintió un duro golpe en el hombro izquierdo, y la fuerza del impacto la empujó contra la pared derruida que tenía detrás. La espesa hiedra amortiguó gran parte del sonido del disparo. Los pájaros seguían piando a lo lejos.

—No puedo usar las pistolas modernas —dijo Wade—. Ahora todos los disparos se registran automáticamente en las bases de datos de seguridad pública.

Hablaba con un tono tan sereno como cuando comentaba con ella las tareas rutinarias.

—¿Por qué? —Al pronunciar esas palabras, las primeras que le dirigía a Wade tras casi tres siglos, Cheng Xin no sintió dolor. Solo sintió que tenía el hombro izquierdo dormido, como si no le perteneciera.

—Porque quiero ser el portador de la espada. Eres mi rival y tienes las de ganar. No te guardo rencor. Me creas o no, ahora me siento fatal.

—¿Fuiste tú quien mató a Vadímov? —preguntó Cheng Xin, mientras la sangre se le derramaba por la comisura de los labios.

—Sí. El Proyecto Escalera le necesitaba. Y ahora no te necesito para mi nuevo plan. Los dos sois muy buenos, pero os interponéis en mi camino. ¡Tengo que avanzar, avanzar a toda costa!

Wade volvió a disparar. La bala atravesó el costado izquierdo del abdomen de Cheng Xin. Seguía sin sentir dolor, pero el creciente entumecimiento le impedía seguir de pie. Se arrastró por la pared y dejó tras de sí un rastro de sangre brillante en la hiedra a sus espaldas.

Wade volvió a apretar el gatillo. Finalmente, los efectos del paso de casi tres siglos se hicieron notar en la pistola, que no emitió sonido alguno. Wade abrió el cargador, retiró la bala atascada y volvió a apuntar a Cheng Xin. El brazo derecho con el que sostenía el arma explotó. En el aire había una nube de humo blanco, y el antebrazo de Wade había desaparecido. Trozos quemados de hueso y carne se desparramaron sobre las hojas verdes que tenía alrededor, pero el arma, indemne, cayó al pie del edificio. Wade no se movió. Se quedó mirando el muñón de su brazo derecho y alzó la vista. Un coche de policía se dirigía hacia él.

A medida que el coche se acercaba al suelo, varios oficiales de policía armados saltaron y aterrizaron en la espesa hierba agitada por el efecto de los propulsores. Parecían mujeres esbeltas y gráciles.

La última en salir del coche fue AA. Antes de que se le nublara la visión, Cheng Xin alcanzó a ver la cara llorosa de la chica y escuchar su voz entre sollozos:

—... se hizo pasar por mí...

Le invadió un intenso dolor y perdió la conciencia.

Cuando Cheng Xin despertó, vio que se encontraba en el interior de un coche volador. Tenía el cuerpo envuelto en una especie de película. No sentía dolor. Ni siquiera sentía la existencia de su propio cuerpo. Su conciencia empezó a desvanecerse de nuevo. Con un hilillo de voz que no podía oír nadie más que ella, preguntó: «¿Qué es el portador de la espada?»

Fragmento de *Un pasado ajeno al tiempo*
El fantasma de los vallados: El portador de la espada

No cabía duda de que la creación de la disuasión de bosque oscuro contra Trisolaris por parte de Luo Ji había sido toda una hazaña, pero el Proyecto Vallado que condujo a ella fue tildado de ridículo e infantil. La humanidad, como un niño que acababa de entrar en sociedad por primera vez, había arremetido contra un universo siniestro presa de la confusión y del terror. Cuando Luo Ji transfirió el control del sistema de disuasión a la ONU y la Flota Solar, todos pensaron que el legendario fragmento de la historia que había sido el Proyecto Vallado había tocado a su fin.

La gente trasladó su atención a la disuasión en sí misma, y nació un nuevo campo de estudio: la teoría de juegos de la disuasión.

Los elementos principales de la disuasión son los siguientes: el disuasor y el disuadido (en la disuasión de bosque oscuro, la humanidad y Trisolaris), la amenaza (retransmitir la localización de Trisolaris para asegurar la destrucción de ambos mundos), el controlador (la persona u organización con el botón de retransmisión) y el objetivo (obligar a Trisolaris a abandonar su plan de invasión y compartir su tecnología con la humanidad).

Cuando la disuasión consiste en la destrucción total tanto del disuasor como del disuadido, se considera que el sistema se encuentra en un estado de disuasión definitiva.

La disuasión definitiva se distingue de otros tipos de disuasión por el hecho de que, en caso de fracasar, cumplir con la amenaza no beneficia al disuasor.

Así pues, la clave del éxito de la disuasión definitiva consiste en la creencia por parte del disuasor de que la amenaza será llevada a la práctica con total seguridad si el disuadido frustra los objetivos del disuasor. Esta probabilidad, o grado de disuasión, es un parámetro importante en la teoría de juegos de la disuasión. El grado de disuasión debe superar el 80 % para que el disuasor logre tener éxito.

No obstante, la gente no tardó en descubrir una realidad desalentadora: cuando el poder para cumplir con la amenaza de la disuasión de bosque oscuro recaía sobre los hombros de la humanidad en su conjunto, el grado de disuasión disminuía hasta un nivel cercano a cero.

Era difícil pedir a la humanidad que tomase una decisión que podía destruir ambos mundos. Dicha acción socavaría la base misma de los principios y los valores morales de la sociedad humana, y además las condiciones particulares de la disuasión de bosque oscuro reducían aún más las probabilidades de la decisión. Si la disuasión fracasaba, la humanidad podría sobrevivir durante al menos otra generación, y en cierto sentido ninguno de los humanos vivos se verían afectados. Sin embargo, en caso de que la disuasión fracasara y se cumpliera con la amenaza, realizar la retransmisión significaría que la destrucción podía ocurrir en cualquier momento, algo mucho peor que no cumplir con la amenaza. De este modo, la reacción del conjunto de la humanidad en caso de que la disuasión no tuviera éxito podría ser anticipada con facilidad.

Sin embargo, era imposible predecir la reacción de un individuo.

El éxito de la disuasión de bosque oscuro se fundamentaba en la imprevisibilidad de Luo Ji como individuo. Si la disuasión fracasaba, sus acciones estarían guiadas por su propia personalidad y su estado psicológico. Aunque actuara de forma racional, sus propios intereses podrían no corresponderse del todo con los de la humanidad. A principios de la Era de la Disuasión, ambos mundos analizaron con esmero la personalidad de Luo Ji y construyeron unos modelos matemáticos detallados. Los expertos en teoría de juegos de la disuasión humanos y trisolarianos llegaron a conclusiones notablemente similares: el grado de disuasión de Luo Ji oscilaba entre un 91,9 % y un 98,4 % en función de su estado mental y del momento en el que fallara la disuasión. Trisolaris no se la jugaría.

Evidentemente, ese meticuloso análisis no estuvo disponible de inmediato tras la creación de la disuasión de bosque oscuro. Sin embargo, la humanidad llegó enseguida a esta conclusión de forma intuitiva, y la ONU y la Flota Solar devolvieron a Luo Ji la autoridad para activar el sistema de disuasión, como si de una patata caliente se tratara. Todo el proceso por el que Luo Ji cedió primero la autoridad para luego recuperarla duró dieciocho horas, tiempo suficiente para que las gotas trisolarianas destruyeran el anillo de bombas nucleares que rodeaba el Sol y despojaran a la humanidad de su capacidad para retransmitir su localización. El hecho de que Trisolaris no llegara a hacerlo se interpretó como su mayor error estratégico durante la guerra. La humanidad, cubierta de un sudor frío, pudo respirar aliviada.

Desde entonces, el poder para activar el sistema de disuasión de bosque oscuro había correspondido siempre a Luo Ji. En su mano estuvo primero el botón de detonación para el anillo de bombas nucleares, y luego el botón de retransmisión de ondas gravitatorias.

La disuasión de bosque oscuro pendía sobre ambos mundos como una espada de Damocles, y Luo Ji era el único pelo de crin de caballo que sostenía la espada. De este modo, pasó a ser conocido como el portador de la espada.

El Proyecto Vallado no se había perdido en la historia, al fin y al cabo. La humanidad no pudo escapar del fantasma de los vallados.

Aunque dicho proyecto fue una anomalía sin precedentes en la historia humana, tanto la disuasión de bosque oscuro como el portador de la espada tenían precedentes. La mutua destrucción asegurada llevada a cabo por la OTAN y el Pacto de Varsovia durante la Guerra Fría fue un ejemplo de disuasión definitiva. En 1974, la Unión Soviética puso en marcha el Sistema Perímetro, también conocido como «Mano Muerta», que pretendía asegurar la capacidad de realizar un contraataque viable, en la eventualidad de una ofensiva dirigida por Estados Unidos, que eliminara los centros de gobierno y comando militar soviéticos. Dependía de un sistema de monitorización que recogía evidencias de explosiones nucleares dentro de la Unión Soviética para luego retransmitirlas a un ordenador central que las interpretaba y decidía si activar el arsenal nuclear soviético.

El corazón del sistema era una sala de control secreta oculta bajo tierra. Si el sistema determinaba la necesidad de lanzar una contraofensiva, un operario en servicio la iniciaría.

En 2009, un oficial militar que había servido en aquella sala décadas antes le contó a un periodista que él por entonces era un joven teniente de veinticinco años, recién graduado por la Academia Militar de Frunze. En caso de que el sistema considerara necesario iniciar un ataque, él sería la última barrera que separaría al mundo de la destrucción total. Llegados a ese punto, toda la Unión Soviética y Europa del Este se habrían convertido en un mar de fuego, y todos sus seres queridos en la superficie habrían muerto. Si pulsaba el botón, Norteamérica también se convertiría en un infierno en la tierra en media hora y el invierno nuclear posterior condenaría a toda la humanidad. Tendría el destino de la civilización humana en sus manos.

Más tarde le hicieron la misma pregunta en muchas ocasiones: «de haber llegado el momento, ¿habrías pulsado el botón?».

El primer portador de la espada de la historia contestó: «No lo sé.»

La humanidad confiaba en que la disuasión de bosque oscuro tuviera un final feliz, como la destrucción mutuamente garantizada del siglo XX.

El tiempo transcurrió en ese frágil equilibrio. La disuasión había durado sesenta años, y Luo Ji, que ya tenía más de cien, aún conservaba el botón para iniciar la retransmisión. La imagen que la población tenía de él también había ido cambiando con el paso del tiempo.

Hawks, que quería adoptar una línea dura contra Trisolaris, no le tenía mucho aprecio. Cerca del comienzo de la Era de la Disuasión, este abogó por imponer unas condiciones más severas a los trisolarianos con el objetivo de desarmarlos por completo. Algunas de las propuestas eran absurdas, como por ejemplo la idea de un programa de «reubicación desnuda», que habría obligado a todos los trisolarianos a deshidratarse para permitir que los transportaran en naves a la nube de Oort, donde habrían sido elegidos por naves humanas y llevados al Sistema Solar, donde los almacenarían en Marte o la Luna. En lo sucesivo, los trisolarianos que reunieran ciertos requisitos podrían ser rehidratados en pequeños grupos.

Los más moderados tampoco sentían mucha simpatía por Luo Ji. Su principal objeción era que la estrella 187J3X1, cuya posición había sido retransmitida por Luo, poseía planetas que albergaban signos de vida y civilización. Ningún astrónomo de ambos mundos podía responder a la pregunta con rotundidad. Era imposible demostrar su existencia, pero no había duda de que Luo Ji era un presunto mundicida. Los moderados creían que la base para una coexistencia pacífica entre seres humanos y trisolarianos debían ser los derechos «humanos» universales, o lo que es lo mismo, el reconocimiento de que todos los seres civilizados del universo tenían derechos fundamentales e inviolables. Para hacer eso realidad era necesario llevar a Luo Ji ante la justicia.

Luo los ignoró a todos. Se quedó con el botón del sistema de retransmisión de ondas gravitatorias y permaneció en silencio en el puesto de portador de la espada durante medio siglo.

La humanidad acabó por darse cuenta de que todas las políticas relativas a los trisolarianos tenían que pasar por el portador de la espada. Sin su visto bueno, ninguna política humana podía tener efecto alguno sobre Trisolaris. De este modo, el portador de la espada se convirtió en un poderoso dictador, como habían sido los vallados.

Con el paso del tiempo, Luo Ji pasó poco a poco a ser considerado como un monstruo irracional y un déspota mundicida.

La gente se dio cuenta de que la Era de la Disuasión era una época extraña. Por un lado, la sociedad humana había alcanzado unas cotas de civilización sin precedentes, con el reinado total de los derechos humanos y la democracia, pero al mismo tiempo todo ese sistema se encontraba a la sombra de un dictador. Los expertos sostenían que, si bien la ciencia y la tecnología solían contribuir a la eliminación del totalitarismo, cuando una crisis ponía en peligro la existencia de la civilización, ambas también podían alumbrar un nuevo tipo de totalitarismo. En los Estados totalitarios tradicionales, el dictador solo podía ejercer el control a través de otras personas, lo cual se traducía en ineficacia e incertidumbre. Por ese motivo nunca existió en la historia humana una sociedad totalitaria del todo eficiente. La tecnología, no obstante, ofrecía la posibilidad de un supertotalitarismo, del que tanto los vallados como el portador de la espada eran ejemplos inquietantes. La combinación de una supertecnología y una crisis de grandes proporciones podía devolver a la humanidad a la Edad Media.

Sin embargo, también existía el consenso de que la disuasión continuaba siendo necesaria. Cuando los sofones desbloquearon el progreso tecnológico humano y los trisolarianos empezaron a transferir su conocimiento al hombre, la ciencia humana avanzó a pasos agigantados. Sin embargo, la Tierra seguía rezagada como mínimo dos o tres eras tecnológicas en comparación con Trisolaris. Solo se hablaría de poner fin a la disuasión cuando ambos mundos estuvieran más o menos a la par en términos tecnológicos.

Existía otra opción que consistía en ceder el control del sistema de disuasión a la inteligencia artificial. Dicha posibilidad se evaluó seriamente, y se destinaron grandes esfuerzos a investigar su viabilidad. Su mayor ventaja era un elevado grado de disuasión, pero al final no se adoptó porque la idea de entregar el destino de ambos mundos a las máquinas resultaba demasiado inquietante. Los experimentos habían demostrado que la inteligencia artificial a menudo no tomaba decisiones correctas al enfrentarse a condiciones complejas de disuasión. No era una sorpresa teniendo en cuenta que un juicio correcto requería algo más que un razonamiento lógico. Además, pasar de la dictadura del hombre a la dictadura de una máquina no habría conseguido que la humanidad se sintiera mejor, y era peor desde un punto de vista político. Para colmo, los sofones podían interferir en el razonamiento de la inteligencia artificial. Aunque no se había descubierto ningún caso de interferencia, el mero hecho de que algo así fuera posible la convertía en una opción inviable.

Una solución intermedia consistió en cambiar al portador de la espada. Aun obviando las consideraciones anteriores, Luo Ji era un hombre centenario. Su forma de pensar y su estado mental eran cada vez menos fiables, y a la gente le incomodaba que el destino de ambos mundos estuviera en sus manos.

Era de la Disuasión, año 61
El portador de la espada

Cheng Xin no tardó en recuperarse. Los médicos le dijeron que aun en el caso de que las diez balas de siete milímetros le hubieran alcanzado y pulverizado el corazón, la medicina actual habría sido capaz de reanimarla y sanarla por completo. Otro gallo le habría cantado si el cerebro se hubiera visto afectado.

La policía le dijo que el último asesinato del mundo había tenido lugar hacía veintiocho años, y que aquella ciudad no había registrado un asesinato en casi cuatro décadas. A las fuerzas de seguridad les faltaba práctica en la prevención y detección de homicidios, y por eso Wade había estado a punto de salirse con la suya. Otro candidato al puesto de portador de la espada había dado un chivatazo a la policía. Sin embargo, el rival de Wade no había aportado prueba alguna, sino tan solo la sospecha de las intenciones de este, basándose en una intuición de la que la gente de aquella época carecía. La policía, que dudaba de la denuncia, perdió mucho tiempo y no actuó hasta descubrir que Wade se había hecho pasar por AA en una llamada.

Muchas personas fueron a visitar a Cheng Xin al hospital: cargos del gobierno, la ONU y la Flota Solar, ciudadanos de a pie y, por supuesto, AA y sus amigos. Para entonces, Cheng Xin ya era capaz de distinguir entre hombres y mujeres y se estaba acostumbrando a la apariencia completamente afeminada de los varones modernos. Había llegado a percibir en ellos una elegancia que los de su época no tenían. Con todo, no le resultaban atractivos.

El mundo ya no le parecía tan extraño y ardía en deseos de

conocerlo mejor, pero estaba confinada en la sala de un hospital.

Un día, AA fue a hacerle una visita y le enseñó una película holográfica titulada *Un cuento de hadas del Yangtsé*, que había ganado el Oscar a la mejor película de aquel año. Estaba basada en una canción compuesta en verso de estilo *busuanzi* por Li Zhiyi, poeta chino de la dinastía Song: «Tú vives en un extremo del río Yangtsé, y yo en el otro / Mi amor, pienso en ti cada día, aunque no podemos encontrarnos / bebemos del mismo río.» El filme, ambientado en una época dorada de la antigüedad, contaba la historia de una pareja de enamorados que se encontraban respectivamente en el nacimiento y la desembocadura del Yangtsé. La pareja se pasaba toda la película separada. Nunca llegaron a verse, ni siquiera en una escena imaginaria. Sin embargo, el amor de ambos se representaba con una tristeza y un patetismo absolutos. La dirección de fotografía también era espléndida: la elegancia y el refinamiento del delta del Yangtsé y el vigor y la fuerza de la meseta del Tíbet contrastaban y se complementaban para formar una mezcla que hechizaba a Cheng Xin. El largometraje no tenía la crudeza de las películas comerciales de su época, y en su lugar la historia fluía de una manera tan natural como el mismo Yangtsé, algo que había dejado inmediatamente absorta a Cheng Xin.

«Estoy en un extremo del río del tiempo —pensó Cheng Xin—, pero en el otro extremo no hay nadie.»

La película estimuló el interés de Cheng Xin por la cultura de aquella nueva era. Cuando estuvo lo suficientemente recuperada como para andar, AA la llevó a exposiciones de arte y conciertos. Cheng Xin era capaz de recordar con nitidez haber visitado el distrito artístico pekinés de 798 y la Bienal de Shanghái, donde vio extrañas piezas de «arte» contemporáneo, y le costó imaginar lo mucho que había evolucionado el arte en los tres siglos que había permanecido en su letargo. Sin embargo, los cuadros que vio en aquella muestra de arte eran realistas, con hermosos colores llenos de vitalidad y sentimiento. Sintió que cada pintura era como un corazón que latía con suavidad entre la belleza de la naturaleza y el ser humano. En cuanto a la música, le pareció que todo lo que había escuchado sonaba a sinfonías clásicas que le recordaban al Yangtsé de la película: fuerte e imponente, pero al mismo tiempo tranquilo y relajante. Se quedó mirando la corriente del río hasta que le pareció como si el agua hubiera dejado de moverse, y como si fuera ella quien se movía hacia la fuente, muy, muy lejos...

El arte y la cultura de la época eran muy diferentes a lo que Cheng Xin había imaginado, pero no era solo un retorno al estilo clásico, sino más bien una sublimación de la posmodernidad construida sobre una nueva base estética. *Un cuento de hadas del Yangtsé*, sin ir más lejos, contenía profundas metáforas sobre el universo y el espacio-tiempo. No obstante, lo que más le impactó fue la ausencia de la oscura angustia y el extraño ruido tan presentes en la cultura posmoderna y el arte del siglo XXI. En su lugar, había una serenidad y un optimismo de una calidez incomparable.

—Me encanta esta era —dijo Cheng Xin—, aunque me desconcierta un poco.

—Te desconcertará todavía más saber quiénes son los artistas que firman estas obras. Todos son trisolarianos que viven a cuatro años luz de aquí —dijo AA, que rio divertida al ver la expresión atónita en el rostro de Cheng Xin.

Fragmento de *Un pasado ajeno al tiempo*
Reflejo cultural

Con el establecimiento de la disuasión se fundó la Academia Mundial de Ciencias, una organización internacional al nivel de la ONU que tenía por objetivo recibir y asimilar la información científica y técnica transmitida a la Tierra desde Trisolaris. Al principio, se previó que Trisolaris solo proporcionaría conocimiento en fragmentos aislados e inconexos después de mucha presión y que llenarían de falsedades e ideas equivocadas lo que elegían compartir para que los científicos de la Tierra tuvieran que adivinar lo que era cierto. Sin embargo, la actitud de Trisolaris superó todas las expectativas. En un breve espacio de tiempo, los trisolarianos transmitieron de manera sistemática ingentes cantidades de conocimiento, que consistía principalmente en información científica básica, desde matemáticas hasta física, pasando por cosmología o biología molecular de las formas de vida trisolarianas, entre otras muchas cosas. Cada materia era un sistema científico completo. De hecho, era tal la cantidad de conocimiento que la comunidad científica de la Tierra se vio desbordada. Trisolaris orientó entonces a los terrícolas en el estudio y la asimilación de este conocimiento, de tal manera que durante un tiempo el mundo entero pareció una gran universidad. Después de que los sofones dejaran de interferir en el funcionamiento de los aceleradores de partículas, los científicos de la Tierra pudieron verificar de forma experimental las ideas principales de la física trisolariana, lo que llevó a la humanidad a confiar en la veracidad de esas revelaciones. Los trisolarianos incluso llegaron a quejarse en varias ocasiones de que los seres humanos tardaban demasiado en asimilar el nuevo conocimiento. Los extraterrestres parecían muy interesados en que la Tierra alcanzara el nivel científico de Trisolaris, al menos en lo relativo a las ciencias básicas.

A los humanos se les ocurrieron varias explicaciones para aquel comportamiento tan desconcertante. La teoría más plausible era que los trisolarianos se habían percatado de las ventajas que suponía acelerar el ritmo de desarrollo científico de la humanidad, y querían lograr acceso a nuevos conocimientos a través de nosotros. La Tierra estaba siendo utilizada como una batería de conocimiento que, una vez cargada con conocimiento trisolariano, daría más energía.

Los trisolarianos defendían sus acciones, señalando que su generoso obsequio era una muestra de respeto hacia la civilización terrícola, y aseguraban que la Tierra le había aportado todavía más a Trisolaris: la cultura humana le había proporcionado unos nuevos ojos con los que habían descubierto significados más profundos sobre la vida y la civilización, y conseguido apreciar la belleza de la naturaleza y de la esencia humana de maneras que antes le habían pasado desapercibidas. La cultura humana se difundió por todo Trisolaris y transformó rápida y profundamente la sociedad local, lo cual dio lugar a varias revoluciones en medio siglo e hizo que la estructura social y el sistema político del planeta se asemejaran más a los de la Tierra. Los valores humanos se aceptaron y respetaron en aquel mundo lejano, y todos los trisolarianos se enamoraron de la cultura humana.

Al principio, los seres humanos no daban crédito, pero el todavía menos creíble reflejo cultural que vino después demostró que todo era cierto.

Tras los primeros diez años de la Era de la Disuasión, Trisolaris comenzó a transmitir obras culturales y artísticas —películas, novelas, poesía, música, pintura y un largo etcétera— que emulaban los originales humanos. Lo sorprendente es que no eran en absoluto imitaciones burdas o poco naturales, sino que los trisolarianos habían producido desde el principio arte sofisticado y de calidad. Los expertos bautizaron aquel fenómeno con el nombre de «reflejo cultural». La civilización humana contaba ahora con un espejo en el universo, a través del cual se redescubría a sí misma desde una perspectiva del todo nueva. Durante la década posterior la cultura refleja de los trisolarianos se popularizó en la Tierra y comenzó a reemplazar a la decadente cultura terrícola, que había perdido su vitalidad. La cultura del reflejo se convirtió de este modo en la nueva fuente en la que los académicos exploraban nuevas ideas culturales y estéticas.

En esa época resultaba difícil adivinar si el autor de una película o una novela era humano o trisolariano sin saberlo de antemano. Todos los protagonistas de las creaciones artísticas trisolarianas eran humanos, y las obras estaban ambientadas en la Tierra, sin rastro alguno de un mundo alienígena, lo que parecía una rotunda confirmación de la aceptación de la cultura terrícola entre los trisolarianos. Mientras tanto, Trisolaris seguía rodeado de un halo de misterio. Los trisolarianos justificaban la decisión de no transmitir detalles sobre su mundo, alegando que su cultura no era lo bastante refinada como para ser mostrada a los seres humanos. Hacerlo habría supuesto erigir barreras inesperadas en el valioso intercambio que se estaba produciendo, derivadas sobre todo de la enorme diferencia entre ambos mundos en lo relativo a la biología y el medio ambiente.

La humanidad se congratulaba de que todo se desarrollara en una dirección positiva, y de que un rayo de luz hubiera iluminado este rincón del bosque oscuro.

Era de la Disuasión, año 61
El portador de la espada

El día en que Cheng Xin recibió el alta, AA le dijo que Tomoko quería verla.

Cheng Xin comprendió que AA no se refería a las partículas subatómicas inteligentes enviadas por Trisolaris, sino a una mujer.* Se trataba de un robot desarrollado mediante la tecnología de inteligencia artificial y biónica más avanzada de la humanidad, que estaba controlado por los sofones y ejercía de embajador de Trisolaris en la Tierra. Su presencia facilitaba un intercambio entre ambos mundos más natural y fluido que la aparición de sofones en las dimensiones inferiores.

Tomoko vivía en un árbol gigante a las afueras de la ciudad que, visto desde el coche volador, parecía tener pocas hojas, como si se hubiera marchitado en pleno otoño. Residía en la rama superior, de la que colgaba una única hoja, una elegante mansión hecha de bambú y envuelta en una nube blanca. El cielo estaba despejado, así que parecía evidente que era la casa la que generaba la niebla.

Cheng Xin y AA recorrieron la rama hasta llegar al extremo. El camino estaba tapizado de piedrecitas lisas, y vieron jardines color esmeralda. Bajaron una escalera con forma de espiral hasta llegar a la puerta de la casa, donde Tomoko les dio la bienvenida. El vistoso *kimono* que llevaba formaba en su figura menuda una capa de flores abiertas, que no obstante palidecían al lado de su rostro. Cheng Xin era incapaz de imaginar belleza más perfecta, una hermosura animada por el alma que la gobernaba. Esbo-

* «Tomoko» (智子) es un nombre de origen japonés cuya escritura en caracteres chinos es idéntica a la de «sofón». (*N. del T.*)

zó una ligera sonrisa, y fue como si una brisa agitara la superficie de un estanque en primavera y meciera los fragmentos de sol contenidos en sus aguas. Tomoko hizo una lenta reverencia, y a Cheng Xin le pareció que su silueta reflejaba el carácter chino «suave» (柔), tanto en la forma como en el fondo.

—¡Bienvenidas! Me habría gustado hacerles una visita a su honorable morada, pero entonces no habría podido entretenerlas con la ceremonia del té. Por favor, acepten mis más sinceras disculpas. Es un placer para mí verlas —dijo con solemnidad mientras se volvía a inclinar. Tenía una voz tan suave como su cuerpo. Apenas se oía, pero poseía un encanto tan irresistible que era como si todas las demás voces tuvieran que parar y dejarle paso cada vez que hablaba.

Las dos mujeres siguieron a Tomoko al patio. Las pequeñas flores blancas de su moño se movían ligeramente, y de vez en cuando se volvía para sonreírles. Para entonces, Cheng Xin ya había olvidado por completo que se trataba de una invasora alienígena controlada por un poderoso mundo a cuatro años luz de distancia: todo lo que veía ante sus ojos era una mujer encantadora, cuya mayor particularidad era su extrema feminidad, como una bolsita de tinte concentrado que, al caer a un lago, hubiera teñido sus aguas de esencia femenina.

El camino que atravesaba el patio estaba bordeado por unos bosques de bambú. Una niebla blanca flotaba sobre las plantas, que llegaban a la altura de la cintura y se mecían con el viento. Tras cruzar un pequeño puente de madera sobre una fuente de agua, Tomoko se echó a un lado y con una reverencia les mostró la sala de invitados. Estaba decorada con un estilo puramente oriental, con mucha luz y amplias aberturas labradas en las cuatro paredes que le daban el aspecto de un gran pabellón. En el exterior solo se divisaban un cielo azul y unas nubes blancas que surgían de la propia casa y se dispersaban con rapidez. En la pared colgaba una pequeña xilografía japonesa de estilo *ukiyo-e* junto a un abanico decorado con un paisaje pintado en tinta china. El lugar emanaba un aire de sencilla elegancia.

Tomoko esperó a que Cheng Xin y AA se sentaran con las piernas cruzadas sobre las esteras de *tatami* para hacer lo propio con elegancia. Preparó con cuidado los utensilios que tenía delante de ella para la ceremonia del té.

—Vas a tener que tomártelo con calma —le susurró AA al oído—. Habrá que esperar dos horas para poder probar el té.

Tomoko sacó un impoluto paño blanco de su *kimono* y empezó a frotar los igualmente inmaculados utensilios. Primero frotó despacio y con atención todas y cada una de las cucharas de té, delicadas herramientas con largos mangos hechos a partir de una sola pieza de bambú. Luego fregó una por una todas las piezas de porcelana blanca y todos los cuencos de té cobrizos. Con un cucharón de bambú pasó el agua clara de manantial de un recipiente de cerámica a una tetera que puso a hervir sobre un refinado brasero de cobre, y entonces sacó de una cajita blanca un poco de té verde en polvo que echó en los cuencos y que agitó en círculos con un batidor.

Realizó cada paso de forma deliberadamente lenta, a veces repitiendo los movimientos. Solo frotar los utensilios de la ceremonia le llevó casi veinte minutos. Era evidente que Tomoko realizaba esas acciones no tanto por los resultados como por el significado ceremonial.

Sin embargo, Cheng Xin no estaba cansada. Los suaves y elegantes movimientos de Tomoko ejercían sobre ella un efecto hipnótico que la cautivaba. De vez en cuando una ligera brisa atravesaba la habitación, y los pálidos brazos de Tomoko parecían moverse arrastrados por el aire en vez de por voluntad propia. Sus manos, finas como el jade, no parecían acariciar utensilios para hacer té, sino algo más suave, ligero y nebuloso... algo como el tiempo. Sí, acariciaba el tiempo. El tiempo se volvía maleable y discurría despacio en sus manos, como la niebla que se desliza por los bosques de bambú. Se encontraban en otra época, una en la que la historia de sangre y fuego había desaparecido y en la que las preocupaciones mundanas habían quedado relegadas. Solo existían las nubes, el bosque de bambú y la fragancia del té. Habían alcanzado los cuatro principios del camino del té japonés: *wa* (armonía), *kei* (respeto), *sei* (pureza) y *jaku* (tranquilidad).

Tras una cantidad de tiempo indeterminada, el té estaba listo. Tras otra serie de complejas fórmulas rituales, Tomoko entregó al fin los cuencos de té a Cheng Xin y AA. Al tomar un sorbo de aquel brebaje de color esmeralda, Cheng Xin sintió que un amargo aroma le inundaba el cuerpo y le despejaba la mente.

—Cuando las mujeres estamos juntas, el mundo es bello —empezó Tomoko; su voz aún era lenta y templada, apenas audible—. Pero nuestro mundo también es frágil. Todas debemos procurar cuidar de él —apuntó. Entonces hizo una reverencia y el tono de su voz pareció cobrar fuerza—. ¡Gracias de antemano por su atención! ¡Gracias!

Cheng Xin entendió a la perfección lo que quería decir, así como el auténtico significado de la ceremonia.

El siguiente encuentro devolvió a Cheng Xin a la compleja realidad que la rodeaba.

El día después de la visita a Tomoko, fueron a verla seis hombres de la Era Común. Todos se postulaban para suceder a Luo Ji como portador de la espada, y tenían edades comprendidas entre los treinta y cuatro y los sesenta y ocho años. El número de personas de la Era Común que salían de la hibernación había menguado considerablemente en comparación con el inicio de la Era de la Disuasión, pero aún formaban un estrato social propio. Todos tenían ciertas dificultades para reintegrarse en la sociedad moderna. La mayoría de hombres de la Era Común intentaba de forma consciente o inconsciente feminizar su apariencia y su personalidad para ajustarse a la nueva sociedad femenina. No obstante, los seis hombres que Cheng Xin tenía delante se habían empeñado en mantener su desfasada masculinidad. De habérselos encontrado unos días antes, Cheng Xin se habría sentido reconfortada, pero ahora solo le producían una sensación de opresión.

No había luz en sus miradas, y eran lo bastante astutos como para ocultar su verdadera cara bajo una máscara. Cheng Xin se sentía como si tuviera ante sí una muralla construida por seis frías y duras rocas: aquel muro, curtido y endurecido por el paso de los años, era tan macizo que le daba escalofríos y parecía esconder impulsos homicidas.

En primer lugar, Cheng Xin dio las gracias al que había avisado a la policía. Ahí habló con total sinceridad, y es que al fin y al cabo le había salvado la vida. Aquel hombre de cuarenta y ocho años y rostro severo se llamaba Bi Yunfeng, y en otro tiempo había sido uno de los diseñadores del mayor acelerador de partículas del mundo. Al igual que Cheng Xin, lo habían enviado al futuro como enlace con la esperanza de poder reiniciar el acelerador de partículas una vez levantado el bloqueo de los sofones. Por desgracia, ninguno de los colisionadores de partículas construidos en aquella época se habían conservado hasta la Era de la Disuasión.

—Espero no haber metido la pata —dijo.

Tal vez había querido hacerse el simpático, pero el caso es que ni Cheng Xin ni los demás le vieron la gracia.

—Hemos venido a convencerte de que no te presentes al puesto de portador de la espada.

Otro de los hombres había ido al grano. Se llamaba Cao Bin y era el candidato más joven, con treinta y cuatro años de edad. A principios de la Crisis Trisolariana había sido un físico colega del famoso Ding Yi. Tras conocerse la verdad acerca del bloqueo sofón sobre la ciencia fundamental, se sintió profundamente decepcionado ante la idea de que la física teórica se hubiera convertido en un juego matemático disociado de la base experimental y decidió entrar en hibernación hasta que se levantara el bloqueo.

—¿Creéis que si me postulo podría ganar? —preguntó Cheng Xin. Le había dado mil vueltas a la cuestión desde que regresó de la casa de Tomoko, y apenas podía dormir.

—Si lo haces, ganarás con toda seguridad —dijo Iván Antónov. El atractivo ruso era el segundo candidato más joven, solo tenía treinta y cuatro años, pero podía presumir de un currículum impresionante: tras convertirse en el vicealmirante más joven de la marina rusa, patrulló como subcomandante de la Flota del Báltico. Entró en hibernación por una enfermedad terminal.

—¿Acaso tengo mucho poder de disuasión? —inquirió Cheng Xin con una sonrisa.

—No te faltan méritos. Has servido en la Agencia de Inteligencia Estratégica. En los más de dos siglos que han pasado, dicha agencia ha participado de forma activa en un gran número de operaciones de observación sobre Trisolaris; antes de la batalla del Día del Fin del Mundo, llegó incluso a avisar a las flotas humanas del inminente ataque de las gotas trisolarianas, aunque ignoraron la advertencia. En la actualidad, la Agencia se considera una organización legendaria, y eso te dará puntos. Además, eres el único ser humano que posee otro mundo, lo cual te hace capaz de salvar el nuestro... O al menos así es como piensa la gente, independientemente de que tenga lógica o no...

—A ver, ese no es el quid de la cuestión. —Un hombre calvo interrumpió a Antónov. Se llamaba A. J. Hopkins, o por lo menos así era como le llamaban los demás. Para cuando despertó de la hibernación su identidad se había perdido, y se negó a dar información sobre él, ni siquiera ficticia. Eso complicaba muchísimo su integración en la sociedad, aunque su misterioso pasado también le convertía en un candidato con muchas opciones de competir. Se creía que él y Antónov eran los que poseían un mayor poder de disuasión—. La gente opina que el portador de la espada ideal debe aterrorizar a los trisolarianos sin asustar a los terrícolas. Como son cosas incompatibles, la gente se decantará por alguien que no les asuste. Tú no les das miedo porque eres una tía, pero sobre todo porque para ellos eres una tía rodeada de un aura maravillosa. Estos maricones son más ingenuos que los niños de nuestra época. Solo son capaces de ver cualidades superficiales... ¡Pero si hasta se piensan que todo va de coña, y que estamos a punto de lograr la paz y el amor universales! La disuasión ya no les parece tan importante, y por eso quieren que porte la espada alguien con una mano más predecible.

—¿Y es que acaso no es así? —replicó Cheng Xin. El tono despectivo de Hopkins le molestaba.

Los seis hombres no contestaron, sino que se limitaron a intercambiar, en silencio y sin que ella apenas se diera cuenta, unas miradas que parecían aún más oscuras y frías. Entre ellos, Cheng Xin se sentía como si estuviera en el fondo de un pozo. Un escalofrío le recorrió el cuerpo.

—Niña, no eres adecuada para el puesto de portador de la espada. —Acababa de hablar el hombre más viejo de los candidatos, que tenía sesenta y ocho años. Antes de hibernar había sido el viceministro de Asuntos Exteriores de Corea del Sur—. No tienes experiencia política, eres joven, careces del juicio para evaluar correctamente las situaciones, y no reúnes las cualidades psicológicas necesarias para desempeñar el cargo. Lo único que tienes es bondad y sentido de la responsabilidad.

Al final habló el último candidato, un abogado experimentado:

—No creo que realmente quieras ser el portador de la espada. Seguramente eres consciente de los sacrificios que implica.

Esta última intervención hizo enmudecer a Cheng Xin. Acababa de descubrir lo que Luo Ji había vivido durante la Era de la Disuasión.

Después de que se marcharan los seis candidatos, AA le dijo a Cheng Xin:

—No creo que lo que experimenta el portador de la espada pueda ser calificado de «vida». Es peor que el infierno. ¿Por qué iban esos hombres a querer algo así?

—Ser capaz de decidir el destino de toda la humanidad y otra raza con un solo dedo es muy atractivo para algunos hombres de aquella época. Algunos dedican su vida entera a conseguir ese poder, y terminan obsesionados.

—¿Tú también lo estás?

Cheng Xin no dijo nada. Las cosas ya no eran tan sencillas.

—Me parece increíble que haya hombres tan siniestros, tan chiflados y tan viles como ese. —AA se refería a Wade.

—No es el más peligroso.

Cheng Xin tenía razón: Wade no ocultaba su perversidad. Era muy difícil imaginar las múltiples capas que la gente de la Era Común vestía para ocultar sus intenciones y sentimientos reales. ¿Quién podía saber lo que se escondía bajo las frías e inexpresivas máscaras de aquellos seis hombres? ¿Quién sabía si detrás de ellos no habría otra Ye Wenjie u otro Zhang Beihai? Y lo más aterrador: ¿y si todos lo eran?

Aquel mundo hermoso mostró su fragilidad a Cheng Xin, como una bonita pompa de jabón que flotase sobre una zarza. Un ligero contacto bastaba para destruirlo todo.

Una semana después, Cheng Xin acudió a la sede de las Naciones Unidas para asistir a la ceremonia de entrega de los dos planetas del sistema DX3906.

Acto seguido, el presidente del Consejo de Defensa Planetaria habló con ella para pedirle en nombre de la ONU y la Flota Solar que presentara su candidatura al puesto de portador de la espada. Le explicó que los otros seis candidatos generaban incertidumbre: la elección de cualquiera de ellos haría que cundiera el pánico, porque una parte considerable de la población pensaba que todos los candidatos representaban un enorme peligro. Las consecuencias de la elección eran impredecibles. Además, todos los candidatos desconfiaban de Trisolaris y mostraban una actitud agresiva hacia dicho planeta. Si alguno de ellos salía elegido, el segundo portador de la espada podría colaborar con los partidarios de la línea dura en Coalición Tierra y Coalición Flota para aplicar unas políticas más duras hacia Trisolaris y exigir más concesiones. Semejante acción pondría fin a la paz y el intercambio científico y cultural entre ambos mundos, lo que conduciría al desastre... Sin embargo, elegir a Cheng Xin podía impedir que ocurriese algo así.

Después de que la humanidad abandonara las ciudades subterráneas, la sede de las Naciones Unidas había regresado a su antigua dirección. El lugar le resultaba familiar a Cheng Xin: el exterior del edificio de la Secretaría tenía el mismo aspecto que hacía tres siglos, e incluso las esculturas de la plaza se habían conservado a la perfección, al igual que el césped. Cheng Xin se quedó de pie y rememoró aquella turbulenta noche doscientos setenta años atrás: el anuncio del Proyecto Vallado, el tiroteo de Luo Ji, la turbamulta bajo los focos fluctuantes, su pelo agitándose bajo las ráfagas de aire de los helicópteros, las ambulancias circulando con sus parpadeantes luces rojas y sus estridentes sirenas... Lo recordaba todo como si fuera ayer. Wade se encontraba de pie con las luces de Nueva York a sus espaldas y pronunciaba la frase que le había cambiado la vida: «Solo enviaremos un cerebro.»

Sin esa frase, todo lo que estaba ocurriendo ahora no habría tenido nada que ver con ella. Habría sido una mujer normal y corriente que habría muerto más de dos siglos antes. Todo sobre ella habría desaparecido en el nacimiento del río del tiempo sin dejar rastro. Con un poco de suerte, sus descendientes de la décima generación aguardarían ahora la elección del segundo portador de la espada.

Pero estaba viva. Un holograma que mostraba su figura frente a la multitud congregada en la plaza flotaba sobre ellos como una nube multicolor. Una joven madre se acercó a ella y le entregó a su bebé, que tenía tan solo unos meses de edad y sonreía con dulzura. Ella abrazó con fuerza aquel cuerpecito caliente y tocó con la cara las suaves mejillas del niño. Su corazón se derritió, y sintió como si sostuviera un mundo entero, un nuevo cosmos tan hermoso y frágil como el bebé que tenía entre los brazos.

—¡Mirad, es como la Virgen María! —dijo la madre, dirigiéndose al gentío. Se volvió hacia Cheng Xin y juntó las manos. Le empezaron a caer las lágrimas—. ¡Oh, hermosa, bondadosa Madonna, protege este mundo! No dejes que esos hombres salvajes y sedientos de sangre destruyan toda esta belleza.

La multitud gritó de júbilo. El bebé que sostenía Cheng Xin, asustado, empezó a llorar. Lo apretó todavía más contra sí.

«¿Acaso tengo otra opción?», se preguntó para sus adentros.

Al fin había recibido respuesta a su pregunta, y era una que no dejaba lugar para la duda: «No. Ninguna.»

Los motivos eran tres.

Para empezar, el hecho de ser declarado redentor era como si llevaran a uno a la guillotina: no tenía derecho a elegir. Eso fue lo que le ocurrió a Luo Ji, y era lo que ahora le pasaba también a ella.

En segundo lugar, la joven madre y el tierno niño que tenía en brazos le ayudaron a darse cuenta de algo. Por primera vez comprendió qué sentía por ese nuevo mundo: instinto maternal. Nunca había experimentado nada parecido durante la Era Común. De manera inconsciente, vio a todas las personas del nuevo mundo como a sus propios hijos, y no soportaba verles sufrir. Antes había pensado erróneamente que era su responsabilidad, pero no: el instinto maternal no era algo que pudiera abordarse desde la razón. No podía eludirlo.

El tercer motivo se erigía ante ella como un muro infranqueable. Aunque las dos primeras razones no hubieran existido, esa pared habría seguido estando allí: Yun Tianming.

La situación era un infierno, un abismo sin fondo, el mismo al que Yun Tianming se había precipitado por ella. Ya no podía dar marcha atrás. Tenía que aceptar la retribución.

La infancia de Cheng Xin había estado repleta de amor, pero

solo del de su madre. Le había preguntado dónde estaba su padre. A diferencia de otras madres solteras, la suya respondió con calma: dijo que no lo sabía, y después, con un suspiro, añadió que deseaba saberlo. Cheng Xin también le preguntó de dónde había venido ella, y su madre le contestó que la habían encontrado por ahí.

A diferencia de otras madres, la suya no le mintió. Era verdad que Cheng Xin había sido recogida en la calle. Su madre nunca se había casado, pero una noche, cuando todavía salía con su novio de aquel entonces, vio un bebé de tres meses abandonado en el banco de un parque junto a una botella de leche, mil yuanes y un trozo de papel con la fecha de nacimiento de la niña. Su madre y el novio querían devolver el bebé a la policía, que lo habría devuelto al departamento de asuntos civiles, que a su vez lo habría mandado a un orfanato.

Pero al final la madre decidió llevárselo a casa e ir a la policía la mañana siguiente. Tal vez fuera la experiencia de ser madre por una noche, o puede que otra razón, pero el caso es que a la mañana siguiente se dio cuenta de que no podía abandonar a la niña. Cada vez que pensaba en la idea de separarse de la criaturita le dolía el corazón, por lo que decidió convertirse en su madre.

Su novio la dejó por ese motivo. Durante los diez años posteriores salió con otros cuatro o cinco hombres, pero todos acabaron cortando con ella por culpa de Cheng Xin. Ella descubrió más tarde que ninguno había puesto ningún inconveniente de forma explícita a la decisión de su madre de quedarse con ella, pero cada vez que alguno mostraba signos de incomprensión o impaciencia, su madre rompía la relación. Se negaba a que Cheng Xin sufriera daño alguno.

De pequeña Cheng Xin nunca tuvo la impresión de que su familia estuviera incompleta, sino la de que era así como debía ser: un pequeño mundo formado por una madre y su hija. Aquel mundo diminuto contenía tanto amor y tanta alegría que incluso llegó a pensar que un padre habría resultado superfluo. Más tarde, echó en falta el amor de un padre; al principio fue solo una vaga sensación que luego se fue convirtiendo en un dolor creciente. Fue entonces cuando su madre le encontró un padre, un hombre muy amable, amoroso y responsable. Se enamoró de la madre de Cheng Xin en gran parte por lo mucho que ella quería a la niña. De este modo, en el cielo de Cheng Xin apareció un segundo sol. Su pequeño mundo estaba completo. Tener a otra persona ya habría sido demasiado, así que sus padres decidieron no tener más hijos.

Cheng Xin se separó por primera vez de sus padres al entrar en la universidad. Después su vida fue como un caballo de carreras que la llevó cada vez más lejos hasta que, finalmente, tuvo que separarse de ellos en el espacio pero también en el tiempo: tuvo que ser enviada al futuro.

La noche en la que se despidió de sus padres por última vez quedaría grabada para siempre en su memoria. Les mintió diciéndoles que volvería al día siguiente. No soportaba despedirse, así que tuvo que marcharse sin decir nada; aunque ellos parecían saber la verdad.

Su madre le cogió de la mano y dijo:

—Cariño, los tres estamos juntos por amor...

Cheng Xin se pasó la noche entera frente a la ventana de sus padres. La brisa nocturna y las rutilantes estrellas repetían en su cabeza las últimas palabras de su madre.

Tres siglos después, al fin estaba preparada para hacer algo por amor.

—Seré candidata al puesto de portador de la espada —dijo a la joven madre.

Era de la Disuasión, año 62
Gravedad, inmediaciones de la nube de Oort

Gravedad llevaba medio siglo persiguiendo a *Espacio azul*. Por fin había llegado a su objetivo. Solo tres unidades astronómicas separaban al cazador de su presa. En comparación con los 1,5 años luz que habían recorrido ambas naves, era una distancia insignificante.

Diez años atrás, *Gravedad* había atravesado la nube de Oort. Aquella región, situada a aproximadamente un año luz del Sol y en los límites del Sistema Solar, era el lugar donde nacían los cometas. *Espacio azul* y *Gravedad* fueron las primeras naves humanas en cruzar esa frontera. La zona, sin embargo, no se parecía en absoluto a una nube. De vez en cuando, una bola de tierra congelada y hielo —un cometa sin cola— pasaba a decenas o centenares de miles de kilómetros más allá, imposible de apreciar a simple vista.

Cuando dejó atrás la nube de Oort, *Gravedad* entró en el auténtico espacio exterior. Desde allí, el Sol parecía solo otra estrella detrás de la nave, que al igual que el resto había perdido sustancia hasta convertirse en un espejismo. En todas direcciones podía verse tan solo un abismo insondable, y los únicos objetos cuya existencia se apreciaba a través dc los sentidos eran las gotas que volaban en formación junto a *Gravedad*. Flanqueaban la nave a una distancia de cinco kilómetros y podían verse a simple vista. A la tripulación de *Gravedad* le gustaba verlas con telescopios para encontrar solaz en el interminable vacío. Observar las gotas era, en cierto modo, una forma de mirarse a sí mismos. La superficie de las gotas era como un espejo que proyectaba el reflejo de *Gravedad*. Sus dimensiones estaban un poco distorsionadas, pero la imagen era muy nítida gracias a la perfecta tersura de la superficie. Ampliando lo suficiente la imagen del telescopio, un observador podía incluso llegar a apreciar la imagen del ventanal y de sí mismo dentro de él en el reflejo.

La mayoría de los ciento y pico oficiales y miembros de la tripulación a bordo de *Gravedad* no experimentaron esa soledad porque habían pasado la mayor parte de los últimos cincuenta años hibernando. Durante la navegación rutinaria, solo hacía falta que estuvieran de servicio entre cinco y diez miembros de la tripulación. Lo normal era que cada persona permaneciera en hibernación entre tres y cinco años a medida que la tripulación iba rotando.

La persecución fue un complejo juego de aceleración entre *Gravedad* y *Espacio azul*. Para empezar, *Espacio azul* no podía acelerar de forma continua, puesto que hacerlo habría supuesto consumir un precioso combustible que en última instancia le habría despojado de su movilidad. Aunque lograra escapar de *Gravedad*, malgastar combustible habría sido un suicidio en el desierto infinito del espacio exterior. A pesar de que *Gravedad* contaba con más carburante que *Espacio azul*, también tenía sus propias limitaciones. Como necesitaba estar preparada para un viaje de regreso, tenía que dividir las reservas en cuatro partes iguales: la aceleración en dirección opuesta al Sistema Solar, la desaceleración antes de llegar a su destino, la aceleración hacia el Sistema Solar y la desaceleración antes de llegar a la Tierra. Por lo tanto, la parte disponible para la aceleración durante la búsqueda equivalía a una cuarta parte del combustible. Basándose en cálculos de anteriores maniobras de su presa y en la información obtenida a partir de los sofones, *Gravedad* tenía una idea exacta de las reservas de combustible de *Espacio azul*, pero esta última no sabía absolutamente nada acerca de las existencias de la primera. Así pues, en aquella partida *Gravedad* conocía todas las cartas de *Espacio azul*, mientras que la otra vivía en la ignorancia. Durante la persecución, *Gravedad* mantuvo constante una velocidad superior a la de *Espacio azul*, aunque ninguna de las dos naves alcanzó la velocidad máxima. Además, veinticinco años después del inicio de la caza, *Espacio azul* había dejado de acelerar, quizá porque había consumido todo el combustible que se atrevía a usar.

Durante el medio siglo que duró la persecución, *Gravedad* advirtió en repetidas ocasiones a *Espacio azul* de que no tenía sentido huir. Aunque la tripulación de *Espacio azul* se las ingeniara para escapar de los perseguidores de la Tierra, las gotas los alcanzarían y los destruirían. Si regresaban a la Tierra, recibirían un juicio justo. Tenían la oportunidad de acortar con creces la persecución rindiéndose, pero *Espacio azul* hizo caso omiso a todas las peticiones.

Un año antes, cuando *Gravedad* y *Espacio azul* se encontraban a treinta unidades astronómicas de distancia, ocurrió algo que no les resultó del todo inesperado: *Gravedad* y las dos gotas que la acompañaban llegaron a una región del espacio donde los sofones perdieron la señal y cortaron la comunicación en tiempo real con la Tierra. *Gravedad* tuvo que comunicarse con la Tierra mediante señales de radio y neutrinos. Los mensajes retransmitidos por *Gravedad* necesitaban un año y tres meses para llegar a la Tierra, y la nave tenía que esperar la misma cantidad de tiempo para recibir una respuesta.

Fragmento de *Un pasado ajeno al tiempo* Otra prueba indirecta del bosque oscuro: zonas sin señal para los sofones

Al comienzo de la Era de la Crisis, cuando Trisolaris envió sofones a la Tierra, también mandó otros seis sofones a una velocidad cercana a la de la luz para explorar otras regiones de la galaxia. Los sofones pronto entraron en zonas sin señal y perdieron el contacto con su lugar de origen. El que más tiempo duró logró alcanzar una distancia de siete años luz. Otros de los sofones enviados más tarde corrieron la misma suerte. La zona muerta más cercana, a tan solo 1,3 años luz de la Tierra, fue la que se encontraron los sofones que acompañaban a *Gravedad*.

Cuando se rompía el vínculo cuántico entre los sofones, no podía ser reparado, y cualquier sofón que entrara en una zona muerta se perdía para siempre.

Trisolaris seguía sin comprender qué tipo de interferencia los afectaba. Quizás era un fenómeno natural, o quizá se debía a causas «humanas», pero los científicos de Trisolaris y la Tierra se decantaban por la segunda explicación.

Antes de perder la señal, los sofones solo llegaron a explorar dos sistemas estelares cercanos con planetas, ninguno de los cuales mostraba señales de vida o civilización. Sin embargo, tanto la Tierra como Trisolaris llegaron a la conclusión de que la desolación de aquellas estrellas era justo el motivo por el que los sofones habían logrado acercarse.

Así pues, aun bien entrada la Era de la Disuasión, un misterioso velo aún ocultaba a ambos mundos la totalidad del universo. La existencia de aquellas zonas sin señal parecía ofrecer una prueba indirecta de la naturaleza de bosque oscuro del universo. Algo impedía que el cosmos fuera transparente.

Era de la Disuasión, año 62
Gravedad, inmediaciones de la nube de Oort

Perder a los sofones no era una catástrofe para la misión de *Gravedad*, pero sí complicaba mucho su labor. Antes, los sofones podían entrar en *Espacio azul* a voluntad e informar sobre todo lo que ocurría a bordo de la nave, pero ahora *Espacio azul* era una caja negra para *Gravedad*. Además, las gotas habían perdido la comunicación a tiempo real con Trisolaris, por lo que tuvieron que depender del sistema de inteligencia artificial disponible a bordo, que ofrecía resultados imprevisibles.

En vista de las nuevas circunstancias, el capitán de *Gravedad* decidió que ya no podía permitirse el lujo de esperar, y ordenó que la nave acelerara aún más para reducir la distancia con el objetivo.

Mientras *Gravedad* se aproximaba, *Espacio azul* saludó por primera vez a los cazadores y propuso una solución: *Espacio azul* enviaría a dos terceras partes de la tripulación, principales sospechosos incluidos, en cápsulas que mandaría a *Gravedad* si se permitía al resto de la tripulación seguir con su viaje por el espacio profundo a bordo de *Espacio azul*. De este modo, se preservaría en el espacio una avanzadilla y una semilla de la raza humana, que mantendría viva la esperanza de una exploración posterior.

Gravedad rechazó categóricamente la petición. Toda la tripulación de *Espacio azul* era sospechosa de asesinato, y debía ser juzgada en su totalidad. El espacio les había transformado hasta tal punto que ya no pertenecían a la raza humana, y no se les podía permitir «representar» a la humanidad en la exploración espacial bajo ningún concepto.

Espacio azul había comprendido a la perfección lo inútil que era oponer resistencia. En caso de que solo los persiguiera una nave humana, por lo menos habrían tenido una oportunidad de presentar batalla, pero las dos gotas desequilibraban la balanza. Para ellas, *Espacio azul* no era más que una diana de papel sin escapatoria posible. Cuando ambas naves se encontraban a tan solo quince unidades astronómicas, *Espacio azul* anunció su rendición y comenzó a aminorar la velocidad a toda máquina. La distancia entre ambas naves se redujo rápidamente, y parecía que la larga cacería, por fin, estaba a punto de terminar.

Toda la tripulación de *Gravedad* salió de su estado de hibernación y preparó la nave para el combate. La nave, que antes estaba desierta y en silencio, volvía a ser un hervidero de gente.

Los que habían despertado se encontraban en la tesitura de tener un objetivo casi a tiro y haber perdido la comunicación a tiempo real con la Tierra. Esta desconexión con su planeta de origen no les acercó emocionalmente a la tripulación de *Espacio azul*, sino todo lo contrario: sentía aún más temor y recelo ante aquel niño salvaje que se había criado entre fieras y llevaba tiempo apartado de sus padres. Todos querían capturar a *Espacio azul* lo antes posible para poder volver a casa. Aunque ambas tripulaciones se encontraban en la fría inmensidad del espacio, viajando en la misma dirección y a una velocidad similar, las naturaleza de sus respectivos viajes era del todo diferente. *Gravedad* estaba anclada en la Tierra, mientras que *Espacio azul* navegaba a la deriva.

Noventa y ocho horas después de que la tripulación saliera de la hibernación, el doctor West, psiquiatra de *Gravedad*, recibió a su primer paciente. La visita del comandante Devon le sorprendió, porque, según los historiales de los miembros de la tripulación que tenía, él puntuaba mejor que nadie en salud mental. El comandante estaba al mando de la policía militar a bordo de *Gravedad*, y se encargaría de desarmar a *Espacio azul* y arrestar a sus tripulantes una vez capturada la nave. Los hombres a bordo de *Gravedad* pertenecían a la última generación de la Tierra que todavía mantenía un aspecto varonil. Devon era el más masculino de todos, y a veces incluso lo confundían con un hombre de la Era Común. Solía manifestarse a favor de una línea dura en varias cuestiones, y defendía la reinstauración de la pena de muerte en el caso de las batallas oscuras.

—Doctor, sé que usted será discreto —empezó con cuidado Devon. Su tono contrastaba mucho con la brusquedad habitual—. Sé que lo que le voy a decir le sonará raro.

—Comandante, en mi profesión no hay nada de lo que pueda hacer mofa. Todo es normal.

—Ayer, alrededor de la hora estelar 436950, salí de la sala de conferencias número cuatro y recorrí el pasaje número diecisiete de vuelta a mi camarote. Justo a mitad del pasillo, cuando me encontraba al lado del centro de inteligencia, se me acercó un subteniente, o por lo menos un hombre vestido con el uniforme de un subteniente de la fuerza espacial. En ese momento, la mayor parte de la gente dormía, a excepción de los miembros de la tripulación en servicio. No me pareció extraño encontrarme con alguien en el pasadizo; lo que pasa es que... —Devon sacudió la cabeza con la mirada perdida, como si intentara recordar un sueño.

—¿Qué pasó?

—Aquel hombre y yo nos cruzamos. Me saludó, y yo le miré...

Devon volvió a detenerse, y el doctor hizo un gesto con la cabeza para que continuara.

—Era... era el teniente Park Ui-gun, comandante de los marines de *Espacio azul*.

—¿La nave que estamos persiguiendo? —El tono de West era tranquilo, sin ningún atisbo de sorpresa.

Devon no respondió.

—Doctor, usted sabe que una de mis funciones consiste en observar el interior de *Espacio azul* a través de las imágenes en tiempo real retransmitidas por los sofones. Conozco a la tripulación de aquella nave mejor que la nuestra; sé qué aspecto tiene Park.

—Tal vez sea alguien de nuestra nave que se parece a él.

—No, conozco a todo el mundo a bordo y no hay nadie que se le parezca. Además... después de saludarme pasó junto a mí con gesto impasible. Me quedé allí de pie aturdido, pero cuando me di la vuelta, el pasadizo ya estaba vacío.

—¿Cuándo salió de la hibernación?

—Hace tres años. Tengo que observar las actividades a bordo de nuestro objetivo; antes había sido una de las personas que más tiempo pasaron sin hibernar.

—Entonces seguramente habrá advertido usted el momento en el que pasamos por la zona en la que los sofones perdieron la señal.

—Por supuesto.

—Antes de que perdiéramos a los sofones, usted había pasado tanto tiempo observando a la tripulación de *Espacio azul* que es muy posible que se sintiera más a bordo de esa nave que de la nuestra.

—Sí, a menudo tenía esa sensación.

—Y luego las imágenes desaparecieron. No se podía ver nada. Y usted estaba cansado... Comandante, es muy sencillo. Es normal, créame. Le aconsejo descansar. Tenemos a muchas personas disponibles para hacer lo que hay que hacer.

—Doctor, soy un superviviente de la batalla del Día del Fin del Mundo. Después de que mi nave explotara, me metí en una cápsula vital del tamaño de su escritorio que vagó a la deriva en la órbita de Neptuno. Me rescataron cuando estaba al borde de la muerte, pero seguía teniendo la mente despejada, y nunca sufrí ninguna alucinación... Estoy seguro de lo que vi.

Devon se levantó para marcharse. Al llegar a la puerta se dio la vuelta.

—Si vuelvo a encontrarme a ese hijo de puta, sea donde sea, le mataré.

Tiempo después se produjo un accidente en la zona ecológica número tres. Se había roto un tubo de nutriente hecho de fibra de carbono, cuya probabilidad de mal funcionamiento era muy baja dado que estaba sujeto a presión. El ingeniero ecológico Iványtsov se abrió paso entre las plantas cultivadas mediante técnicas aeropónicas, densas como una selva tropical, y vio que ya habían cerrado la válvula que llevaba al tubo fracturado y estaban limpiando la amarillenta sopa de nutrientes.

Iványtsov se paró en seco cuando vio el tubo roto.

—¡Esto... esto es cosa de un micrometeorito!

Alguien rio. El hecho de que Ivántsov fuera un ingeniero experimentado y prudente hacía que el arrebato fuera aún más cómico. Todas las zonas ecológicas se encontraban en las profundidades del centro de la nave, y la número tres estaba a decenas de metros de distancia de la sección más cercana del casco externo.

—¡He trabajado más de diez años en mantenimiento externo, y sé cómo es un impacto por micrometeoroide! Mirad, se pueden ver las típicas marcas de ablación por alta temperatura en los bordes de la rotura.

Ivántsov examinó con detenimiento el interior del tubo, y le pidió a un técnico que cortara un círculo de material de la rotura y lo ampliara. Todos quedaron estupefactos cuando apareció en la pantalla la imagen ampliada por mil. En la pared del tubo había unas pequeñas partículas negras de varias micras de diámetro que resplandecían como ojos malignos en la imagen aumentada. Sabían qué era lo que estaban viendo. El meteorito seguramente había tenido un diámetro de cien micras. Había estallado a su paso por el tubo, y sus fragmentos se habían quedado incrustados en la pared frente al agujero.

Todos levantaron la mirada al mismo tiempo.

El techo sobre el tubo roto tenía un aspecto liso y parecía intacto. Además, sobre el techo había decenas o quizá centenares de mamparos de varios grosores que separaban el interior del espacio. Cualquier impacto que hubiera ocasionado una ruptura de alguna de aquellas capas habría hecho saltar las alarmas.

Sin embargo, el meteorito tenía que haber venido del espacio. Teniendo en cuenta el aspecto de la rotura, el micrometeorito había golpeado el tubo a una velocidad relativa de treinta mil metros por segundo. Habría sido imposible acelerar el proyectil a semejante velocidad desde el interior de la nave, y mucho menos desde la zona ecológica.

—Demonios —masculló un subteniente llamado Ike, y se marchó. Su elección léxica no era casual: unas diez horas antes había visto otro demonio aún mayor.

Ike intentaba dormir en su camarote cuando vio una abertura circular en la pared opuesta a la suya que medía aproximadamente un metro de longitud y ocupaba el espacio donde antes reposaba un paisaje hawaiano. Era cierto que muchos de los mamparos de la nave podían transformarse de tal manera que las puertas pudieran aparecer en cualquier sitio, pero una abertura como aquella era imposible. Además, las paredes de los camarotes de los oficiales de rango medio estaban hechas de metal y no podían cambiar de forma de esa manera. Un examen más detenido por parte de Ike le permitió comprobar que el borde de la abertura era perfectamente liso y reflectante, como un espejo.

Aunque extraño, el agujero era justo lo que Ike deseaba. La subteniente Vera Verenskaya vivía al lado.

Verenskaya era la ingeniera de sistemas de inteligencia artificial de *Gravedad*. Ike había intentado seducir a la bella rusa, pero ella no había mostrado ningún interés por él. El subteniente todavía recordaba su última tentativa dos días antes.

Verenskaya y él habían terminado su turno. Regresaron juntos a la zona de los oficiales como de costumbre, y cuando llegaron al camarote de ella, Ike intentó invitarse a sí mismo. Verenskaya le cerró el paso.

—Venga, guapa —rezongó Ike—, déjame entrar. Somos vecinos y nunca he podido pasar a hacerte una visita. Tienes que cuidar la dignidad de un hombre.

—Cualquier hombre con un mínimo de dignidad a bordo de esta nave estaría demasiado preocupado por nuestra misión como para pensar en meterse en las bragas de todas las mujeres que le rodean —espetó Verenskaya, mirándole de soslayo.

—¿De qué hay que preocuparse? Después de capturar a esos asesinos ya no habrá más peligros. Pronto vendrán días mejores.

—¡No son asesinos! Si no fuera por la disuasión, *Espacio azul* sería la única esperanza de la humanidad. Y aun así les estamos cazando, aliados con los enemigos de la raza humana. ¿Es que no te da vergüenza?

—Pero oye... —dijo Ike, señalando a los generosos pechos de Vera—. Si pensabas eso, ¿por qué...?

—¿Que por qué me uní a la misión? ¿Es eso lo que me estás preguntando? ¿Por qué no vas al psiquiatra y al capitán a delatarme? Me meterían a la fuerza en hibernación y me echarían de la flota a nuestro regreso. ¡Eso es justo lo que quiero! —exclamó Verenskaya con un portazo.

Pero ahora, Ike tenía una excusa perfecta para entrar en el camarote de la rusa. Se desabrochó el cinturón de ingravidez y se incorporó en la cama, pero se detuvo al ver que la mitad inferior de la abertura circular hizo desaparecer también la parte superior del armario que había contra la pared. El borde de lo que quedaba del armario también era totalmente liso y reflectante, como el extremo de la propia abertura. Era como si un cuchillo invisible hubiera atravesado el armario y todo lo que había en el interior, pilas de ropa doblada incluidas. La espejada superficie del corte transversal llegaba al borde de la abertura circular, y toda ella parecía una parte del interior de una esfera. Ike se impulsó un poco en la cama y flotó en el aire sin gravedad. Al mirar a través de la abertura estuvo a punto de gritar de pánico, y pensó que tenía que estar en una pesadilla. A través del agujero vio que una parte de la cama de Verenskaya, apoyada contra la pared del camarote, también había desaparecido. La parte inferior de las piernas de la rusa habían sido cortadas. Aunque el corte transversal de la cama y las piernas también era liso y reflectante, como si estuvieran cubiertas por una capa de mercurio, podía ver a través de los músculos y los huesos de Verenskaya. Pero ella parecía ilesa, y seguía sumida en un profundo sueño, mientras sus turgentes senos subían y bajaban despacio al respirar. En circunstancias normales, Ike se habría deleitado ante el espectáculo, pero en aquel momento solo sentía un miedo sobrenatural. Cuando se calmó y miró más de cerca, vio que el corte de las piernas de Verenskaya y la cama también formaba una superficie esférica que se correspondía con la abertura redonda.

Lo que estaba viendo era un espacio con forma de burbuja de un metro de diámetro que borraba todo a su paso.

Ike cogió un arco de violín de la mesilla de noche y, con una mano temblorosa, tocó la burbuja. La parte del arco extendida al interior de la esfera desapareció, pero las cuerdas seguían tensas. Al sacarlo vio que no había sufrido daños. Aun así, se alegraba de no haber intentado atravesar el agujero él mismo. ¿Quién sabía si habría podido volver del otro lado sano y salvo?

Ike intentó calmarse y buscar una explicación racional para aquella extraña visión. Luego hizo lo que en su opinión era lo más sensato: se puso el casco de dormir y volvió a la cama. Se abrochó el cinturón de ingravidez y programó el casco para media hora.

Al levantarse media hora después, la burbuja seguía allí.

Puso el casco para otra hora más. Al despertarse, vio que la burbuja y el agujero de la pared habían desaparecido. El paisaje hawaiano volvía a colgar de la pared, y todo estaba como antes del incidente.

No obstante, Ike estaba preocupado por Verenskaya. Salió de su camarote y se paró delante de la puerta de su vecina; en vez de pulsar el timbre, aporreó la puerta. No podía quitarse de la cabeza la terrorífica imagen de Verenskaya al borde de la muerte, estirada en la cama con las piernas cortadas.

La puerta tardó un rato en abrirse, y una soñolienta Verenskaya preguntó que qué quería.

—Venía a ver si estabas bien —Ike bajó la mirada, y vio que las preciosas piernas de Verenskaya estaban en su sitio bajo el camisón.

—¡Gilipollas! —Verenskaya dio un portazo.

Después de volver a su camarote, Ike se puso el casco de dormir y lo calibró para ocho horas. Le pareció que lo mejor era no decir nada de lo que había visto. Dada la misión especial de *Gravedad*, el estado psicológico de sus miembros, y sobre todo el de los oficiales, estaba sujeto a una vigilancia constante. A bordo de la nave había un equipo especial de observación psicológica compuesto por una decena de personas de las más de cien que tenía la tripulación, lo cual llevó a algunos de los tripulantes a preguntarse si *Gravedad* era en realidad una astronave o un hospital psiquiátrico. Y luego estaba West, aquel insoportable psiquiatra civil para quien todo consistía en bloqueos y trastornos mentales, hasta tal punto que cualquiera habría pensado que el doctor habría intentado desatascar un retrete haciendo uso del psicoanálisis. El proceso de monitorización mental a bordo de *Gravedad* era extremadamente estricto, e incluso un desequilibrio mental leve podía hacer que se obligara al paciente a entrar en hibernación. A Ike le aterraba la idea de perderse el inminente encuentro histórico entre ambas naves. De ser así, cuando la nave volviera a la Tierra medio siglo después las chicas no le verían como un héroe.

A pesar de todo, Ike sintió que el doctor West y los demás miembros del equipo psicológico ya no le caían tan mal. Siempre le había parecido que hacían del monte orégano, pero jamás habría imaginado que alguien pudiera llegar a sufrir unas alucinaciones tan realistas.

Comparado con la pequeña alucinación de Ike, el encuentro sobrenatural del oficial de bajo rango Liu Xiaoming podría considerarse bastante espectacular.

Liu estaba realizando una inspección rutinaria del casco externo, que implicaba pilotar una pequeña cápsula a cierta distancia de *Gravedad* y examinar el casco en busca de irregularidades como señales de impactos de meteoritos. Era una práctica obsoleta que ya no era estrictamente necesaria y que rara vez se llevaba a cabo. La nave estaba llena de sensores que observaban el casco de manera continua, por lo que se detectaba cualquier problema de inmediato. Además, la operación solo podía realizarse cuando *Gravedad* se dejaba llevar en punto muerto en vez de acelerar o desacelerar. A medida que la nave se acercaba a *Espacio azul*, se hacía necesario acelerar y desacelerar con frecuencia para realizar ajustes. Era uno de esos períodos poco habituales en los que la nave volvía a moverse en punto muerto, y Liu recibió la orden de aprovechar la oportunidad.

El oficial pilotó la cápsula desde la mitad de *Gravedad* y se deslizó hasta situarse a una distancia desde la que ver la totalidad de la nave. La luz de la galaxia bañaba el casco gigante. A diferencia de cuando la mayor parte de la tripulación estaba hibernando, esta vez la luz se esparcía por todas las escotillas, haciendo que *Gravedad* pareciera aún más imponente.

Sin embargo, Liu se dio cuenta de algo increíble: *Gravedad* tenía la forma exacta de un cilindro, pero ahora la cola de la nave estaba acabada como la silueta de un avión inclinado. La nave parecía mucho más corta de lo que debía ser, un veinte por ciento más corta, para ser exactos. Un invisible cuchillo gigante había rebanado la cola de *Gravedad*.

Liu cerró los ojos y volvió a abrirlos segundos más tarde. La cola seguía sin aparecer. Sintió un escalofrío que le caló hasta lo más hondo de los huesos. La nave gigante que se alzaba ante él era un todo orgánico: si la cola había desaparecido, los sistemas de distribución de energía sufrirían un fallo catastrófico, y la nave no tardaría en estallar. Sin embargo, no ocurrió nada parecido. La nave siguió avanzando a velocidad constante sin ningún problema, suspendida en el espacio. El hombre no recibió ninguna alerta en el auricular ni en la pantalla.

Pulsó el interruptor del interfono y se preparó para presentar su informe, pero cortó la comunicación antes de decir nada. Recordó las palabras de un veterano de la batalla del Día del Fin del Mundo: «En el espacio uno no puede fiarse de la intuición. Si pretendes actuar por instinto, cuenta del uno al cien, o por lo menos del uno al diez.»

Cerró los ojos y empezó a contar. Cuando llegó a diez, los volvió a abrir. La cola seguía desaparecida. Cerró los ojos y siguió contando. La respiración se le aceleró, pero se las arregló para recordar el entrenamiento y se obligó a calmarse. Abrió los ojos al llegar a treinta, y entonces vio *Gravedad* entera. Volvió a cerrar los ojos, suspiró y esperó hasta que los latidos del corazón redujeron el ritmo.

Viró la embarcación hacia la popa de la nave, donde vio las tres bocas gigantes del dispositivo de fusión. El motor no estaba encendido, y el reactor se encontraba en su punto mínimo para que las bocas solo mostraran un leve brillo rojo que le recordó a las nubes de los atardeceres de la Tierra.

Liu se alegraba de no haber tenido que dar un parte. Un oficial quizá recibiría tratamiento, pero a alguien de su rango lo obligarían a entrar en hibernación. Al igual que Ike, Liu Xiaoming no quería volver a la Tierra como un inútil.

El doctor West fue a ver a Guan Yifan, un académico civil que trabajaba en el observatorio situado en la popa de la nave. Guan tenía asignado como lugar de residencia un camarote en la entrecubierta al que no iba casi nunca. Se quedaba la mayor parte del tiempo en el observatorio, y pedía a los robots de servicio que le llevaran la comida. La tripulación lo llamaba el «ermitaño de la popa».

El observatorio era un pequeño camarote esférico en el que Guan vivía y trabajaba. El académico tenía un aspecto desaliñado, sin afeitar y con el pelo largo, aunque todavía parecía relativamente joven. Cuando West lo vio, Guan estaba flotando en medio del camarote y parecía inquieto: tenía la frente sudorosa, la mirada cargada de desesperación, y se tiraba del cuello del traje como si estuviera ahogándose.

—Ya te lo he dicho por teléfono. Estoy trabajando y no tengo tiempo para visitas.

—He venido a verte precisamente porque he observado indicios de desequilibrio mental en tu voz.

—No soy militar. Mientras no sea un peligro para la nave o la tripulación, no tienes autoridad sobre mí.

—Así es, según la normativa puedo desentenderme. Solo he venido por tu bien. —West se dio la vuelta para marcharse—. Dudo de que alguien con claustrofobia pueda trabajar aquí con normalidad.

West oyó que Guan le pedía que esperara un momento, pero hizo caso omiso. Tal como esperaba, Guan lo persiguió e hizo que se detuviera.

—¿Cómo lo sabías? Es cierto que tengo... claustrofobia. Me siento como encerrado en un tubo estrecho, o a veces aplastado entre dos planchas de hierro hasta quedar plano como una hoja de papel...

—No me extraña. Mira donde estás. —El doctor señaló el camarote, que evocaba la imagen de un pequeño huevo en un nido de cables y tuberías entrelazados—. Investigas fenómenos a gran escala en un cuchitril. ¿Cuánto tiempo llevas aquí? Han pasado cuatro años desde tu última hibernación, ¿no es así?

—No puedo quejarme. La misión de *Gravedad* es llevar a unos prófugos ante la justicia, no la exploración científica. Tener este espacio es un lujo para mí, teniendo en cuenta lo ocupado que está todo el mundo... Mi claustrofobia no tiene nada que ver con esto.

—¿Por qué no nos damos una vuelta por la plaza número uno? Te sentará bien.

Sin mediar palabra, el doctor se llevó a Guan Yifan y los dos enfilaron el camino hacia la proa de la nave. Si *Gravedad* se hubiera encontrado en aceleración, ir de la popa a la proa habría sido como escalar un pozo de un kilómetro, pero en la ingravidez de aquel movimiento en el que se encontraban, el viaje era mucho más llevadero. La plaza número uno se hallaba en la proa de la nave cilíndrica, bajo una cúpula semiesférica y transparente. Estar allí era como encontrarse en el mismo espacio. En comparación con las proyecciones holográficas del campo de estrellas de las paredes de los camarotes esféricos, el lugar generaba un «efecto de desustanciación» todavía mayor.

Ese efecto era un concepto de la psicología astronáutica. Los seres humanos de la Tierra están rodeados de objetos, y la imagen del mundo en su subconsciente es por lo tanto material y sustancial, pero en el espacio profundo, alejado del Sistema Solar, las estrellas se convertían en puntos de luz distantes y la galaxia no era más que una niebla luminosa. El mundo perdía materialidad en los sentidos y la mente, e imperaba el espacio vacío. Por lo que la imagen subconsciente que un viajero espacial tenía del mundo perdía sustancia. Dicho modelo mental era la base de la psicología astronáutica. Desde el punto de vista psicológico, la nave se había convertido en la única entidad material del universo. A velocidades inferiores a la luz, el movimiento de la nave era indetectable, y el universo se convirtió en una interminable sala de exposiciones vacía. Las estrellas eran una ilusión, y la nave era el único objeto que se exhibía. Este modelo mental traía consigo una profunda sensación de soledad, y podía hacer que el viajero tuviera delirios del subconsciente de ser un «superobservador» sobre el «objeto mostrado». Esta sensación de estar completamente expuesto podía ocasionar pasividad y ansiedad.

Así pues, muchos de los efectos psicológicos negativos del vuelo en el espacio profundo tenían su origen en la enorme amplitud del exterior. En la dilatada experiencia profesional de West, era muy poco habitual desarrollar una claustrofobia como la de Guan Yifan. Aún más extraño para West era el hecho de que Guan no parecía sentirse aliviado por el amplio cielo abierto de la plaza número uno. El desasosiego que causaba la claustrofobia parecía no disminuir ni un ápice, lo que reforzaba la afirmación de Guan de que su dolencia no tenía nada que ver con las limitaciones espaciales del observatorio. West se interesó todavía más por su caso.

—¿No te sientes mejor?

—No, en absoluto. Me siento atrapado. Aquí todo está tan... cerrado.

Guan miró al cielo estrellado con la vista puesta hacia la dirección a la que se dirigía *Gravedad*. El doctor supo que buscaba a *Espacio azul*. Las dos naves se encontraban a una distancia de tan solo cien mil kilómetros y avanzaban más o menos a la misma velocidad. Dado el tamaño del espacio profundo, era como si las dos naves volaran en formación. Los dirigentes de ambas negociaban los detalles técnicos del acoplamiento. Sin embargo, *Espacio azul* todavía estaba demasiado lejos como para apreciarla a simple vista. Las gotas también eran invisibles. Según el acuerdo alcanzado con Trisolaris medio siglo antes, las gotas habían pasado a situarse a unos trescientos mil kilómetros de *Gravedad* y *Espacio azul*. Las dos naves y las gotas formaban un estrecho triángulo isósceles.

Guan se volvió hacia West.

—Anoche tuve un sueño. Llegaba a un lugar muy abierto, tanto que es difícil de imaginar. Al despertarme la realidad me resultaba asfixiante, y así es como me volví claustrofóbico. Es como si... como si a uno nada más nacer le metieran en una caja pequeña: al principio no te importa, porque es todo lo que conoces, pero cuando te vuelven a meter dentro después de haber estado fuera, la sensación es muy diferente.

—Háblame más de ese lugar que viste en tu sueño.

Guan dedicó al doctor una sonrisa misteriosa.

—Se lo explicaré a los otros científicos de la nave, puede que incluso a los de *Espacio azul*. Pero no te lo contaré a ti. No es nada personal, es solo que no soporto la actitud de los de tu gremio. Cuando pensáis que alguien tiene una enfermedad mental, os parece que todo lo que esa persona dice no es más que el desvarío de una mente enferma.

—Pero me acabas de decir que era un sueño.

Guan sacudió la cabeza y se esforzó por recordar.

—No sé si era un sueño o no. No sé si estaba despierto. A veces uno cree que está despertándose de un sueño solo para acabar dándose cuenta de que está durmiendo. En otras ocasiones uno está despierto, pero parece como si estuviera soñando.

—Lo segundo es muy poco habitual. Si eso es lo que te ha pasado, se trata sin lugar a dudas del síntoma de un trastorno mental. Vaya, lo siento, he vuelto a meter la pata.

—No, qué va. De hecho creo que nos parecemos mucho. Los

dos tenemos nuestros objetos de observación. Tú observas a los enfermos, y yo observo el universo. Al igual que tú, también tengo criterios para evaluar si los objetos observados son sólidos: la armonía y la belleza en el sentido matemático.

—Es obvio que tu objeto de observación está sano.

—Te equivocas. —Guan señaló la Vía Láctea, pero no dejó de mirar a West, como si le mostrara un monstruo que había aparecido de la nada—. Ahí fuera hay un paciente que puede que mentalmente esté sano, pero cuyo cuerpo está parapléjico.

—¿Por qué?

Guan se abrazó las rodillas y se hizo un ovillo, un movimiento que hizo que su cuerpo rodara despacio. La magnífica Vía Láctea giró en torno a él, y se vio a sí mismo en el centro del universo.

—Por la velocidad de la luz. El universo conocido está a unos dieciséis mil millones de años luz de distancia, y no deja de expandirse. Pero la velocidad de la luz solo es de trescientos mil kilómetros por segundo, una velocidad de caracol. Esto significa que la luz nunca puede ir de un extremo al otro del universo. Dado que nada puede moverse más deprisa que la velocidad de la luz, no sigue ninguna información y la fuerza motora puede ir de una punta del universo a la otra. Si el universo fuera una persona, las señales neuronales no podrían cubrir todo el cuerpo. El cerebro no sabría de la existencia de las extremidades, y las extremidades no sabrían de la existencia del cerebro. ¿Acaso no es eso una paraplejia? La imagen que tengo en la mente es todavía peor: el universo no sería más que un cadáver hinchado.

—Interesante, doctor Guan, muy interesante.

—Aparte de la velocidad de la luz a trescientos mil kilómetros por segundo, hay otro síntoma que tiene el número tres como base.

—¿Qué quiere decir?

—Las tres dimensiones. En la teoría de cuerdas, el universo tiene tres dimensiones, sin contar el tiempo. Sin embargo, solo tres son accesibles a escala macroscópica, y son esas tres las que conforman nuestro mundo. Todas las demás se duplican en un dominio cuántico.

—Creo que la teoría de cuerdas ofrece una explicación.

—Hay quien piensa que solo cuando dos cuerdas se encuentran y se anulan algunas cualidades las dimensiones pueden desplegarse en el ámbito macroscópico, y las dimensiones sobre tres nunca tendrán esa oportunidad de encontrarse entre sí... No pienso mucho en esta explicación. No es bella a nivel matemático. Tal como he dicho, es el síndrome tres y trescientos mil del universo.

—¿Qué causa propone?

Guan soltó una sonora carcajada y puso el brazo alrededor de los hombros del doctor.

—¡Buena pregunta! No creo que nadie haya llegado a ese punto. Estoy seguro de que hay una causa, y es posible que sea la verdad más aterradora que la ciencia es capaz de revelar. Doctor, ¿quién cree que soy? No soy más que un pequeño observador encerrado en la cola de una nave espacial, tan solo un asistente investigador. —Soltó los hombros de West y, mirando a la galaxia, exhaló un hondo suspiro—. He hibernado más que nadie de esta nave. Cuando salimos de la Tierra, solo tenía veintiséis años, e incluso ahora no tengo más que treinta y uno. Pero para mí el universo ha pasado de ser una fuente de belleza y algo en lo que creer a un cuerpo henchido. Me siento viejo. Las estrellas ya no ejercen ninguna atracción sobre mí. Quiero volver a casa.

A diferencia de Guan Yifan, West había permanecido despierto durante la mayor parte del viaje. Siempre pensó que tenía que mantener sus propias emociones bajo control para conservar la salud mental de los demás. Sin embargo, algo parecía oprimirle el corazón, y se le humedecieron los ojos mientras daba un repaso a su medio siglo de viajes.

—Los años tampoco han pasado en balde para mí, amigo mío.

Como respuesta a la conversación, las alarmas de batalla empezaron a atronar con tanta fuerza que parecía que todas las estrellas del firmamento se hubieran puesto a gritar. Los avisos aparecieron en pantallas flotantes sobre la plaza. Las ventanas superpuestas surgieron una tras otra y cubrieron la Vía Láctea como nubes de colores variados.

—¡Las gotas nos atacan! —dijo West a un confundido Guan Yifan—. Las dos naves aceleran. ¡Una se dirige hacia *Espacio azul*, y la otra hacia nosotros!

Guan miró a su alrededor, buscando instintivamente algo a lo que agarrarse en caso de que la nave acelerara. Sin embargo, no había nada junto a él, de manera que terminó por apoyarse en el doctor.

West le tomó de las manos.

—No habrá tiempo para maniobras evasivas. Solo tenemos unos segundos.

Tras una breve sensación de pánico, ambos se sintieron aliviados. Se alegraban de que la muerte fuera a llegarles tan pronto, sin ni siquiera tener tiempo para sentir miedo. Quizá su debate sobre el universo era la mejor preparación para la muerte.

Ambos pensaron lo mismo, pero Guan fue el primero en verbalizarlo.

—Parece que ya ninguno de los dos tendrá que preocuparse de sus pacientes.

Era de la Disuasión, año 62; 28 de noviembre, 16.00 - 16.17 Centro de Disuasión

El ascensor de alta velocidad seguía bajando, y el peso de las capas de tierra cada vez más gruesas que había encima parecía acumularse sobre el corazón de Cheng Xin.

Medio año antes, en una sesión conjunta de las Naciones Unidas y la Flota Solar se había elegido a Cheng Xin como sucesora de Luo Ji en el puesto de portador de la espada, lo que le concedía autoridad sobre el sistema de disuasión de ondas gravitatorias; y había conseguido casi el doble de votos que el siguiente candidato. Se dirigía hacia el Centro de Disuasión situado en el desierto del Gobi, donde iba a celebrarse la ceremonia de entrega de la autoridad de la disuasión.

El Centro de Disuasión era la estructura más profunda construida por el ser humano. Se encontraba a unos cuarenta y cinco kilómetros por debajo de la superficie, y estaba ubicado debajo de la corteza, en el manto terrestre más allá de la discontinuidad de Mohorovicic. La presión y la temperatura eran mucho más altas que en la corteza, y el estrato circundante estaba formado principalmente por peridotita dura.

El ascensor tardó casi veinte minutos en llegar a su destino. Cheng Xin bajó y vio una puerta de hierro de color negro. Escrita en letras blancas sobre ella estaba la denominación oficial del Centro de Disuasión: ESTACIÓN CERO DEL SISTEMA DE RETRANSMISIÓN UNIVERSAL DE ONDAS GRAVITATORIAS. Las insignias de la ONU y la Flota Solar estaban inscritas en la puerta.

La profunda estructura era bastante compleja. Tenía su propio sistema de circulación de aire, que no estaba conectado directamente con la atmósfera sobre la superficie, puesto que de no haber sido así la elevada presión atmosférica, generada por una profundidad de cuarenta y cinco kilómetros, habría ocasionado un gran malestar en el ocupante. También estaba equipado con un poderoso sistema de refrigeración capaz de soportar las altas temperaturas del manto terrestre, que eran de casi quinientos grados.

No obstante, lo único que veía Cheng Xin era el vacío. Las paredes del vestíbulo al parecer podían actuar como visores electrónicos, pero no mostraban nada aparte de vacuidad, como si el edificio todavía no se hubiera empezado a usar. Medio siglo antes, cuando se diseñó el Centro de Disuasión, consultaron a Luo Ji, cuya única aportación fue la siguiente: «Sencillo como una tumba.»

La ceremonia de entrega fue una ocasión solemne, pero la mayor parte de ella tuvo lugar en la superficie, a cuarenta y cinco kilómetros del centro. Todos los dirigentes de Coalición Tierra y Coalición Flota se congregaron allí en representación de la humanidad, y observaron a Cheng Xin entrar en el ascensor. Solo dos personas supervisarían la entrega final: el presidente del Consejo de Defensa Planetaria y el jefe de gabinete de la flota, en representación de las dos instituciones que operaban de forma directa el sistema de disuasión.

El presidente del Consejo señaló el vestíbulo vacío y explicó a Cheng Xin que redecorarían el lugar siguiendo sus indicaciones. Si lo deseaba podría tener un jardín, plantas, una fuente y muchas cosas más. También podría optar por una simulación holográfica de imágenes de la superficie.

—No queremos que vivas como él —dijo el jefe de gabinete. Quizá por su uniforme militar, Cheng Xin vio en él restos de los hombres del pasado, y sus palabras la reconfortaron ligeramente. Sin embargo, la gran carga que llevaba en su corazón, tan pesada como los cuarenta y cinco kilómetros de tierra encima de ella, no se volvió más liviana.

Fragmento de *Un pasado ajeno al tiempo*
La elección del portador de la espada: diez minutos entre la supervivencia y la aniquilación

El primer sistema de disuasión de bosque oscuro consistía en más de tres mil bombas nucleares envueltas en una lámina oleosa desplegada en la órbita solar. Tras la detonación, la película haría que el Sol parpadeara y retransmitiera la posición de Trisolaris al universo. Aunque el sistema era grande, también era muy inestable. Después de que las gotas interrumpieran la radiación electromagnética del Sol, un sistema de transmisión, basado en el uso del Sol como superantena, se puso en funcionamiento de inmediato para complementar el sistema de disuasión de bombas nucleares.

Ambos sistemas dependían de la radiación electromagnética como medio de transmisión, lo cual incluía la luz visible. Ahora sabemos que se trata de la técnica más primitiva de comunicación interestelar, equivalente a las señales de humo en el espacio. Como las ondas electromagnéticas pierden fuerza y se distorsionan rápido, el alcance de la retransmisión es limitado.

Cuando se estableció la disuasión, la humanidad ya tenía un dominio básico de la tecnología para detectar ondas gravitatorias y neutrinos, pero carecía de la habilidad para modularlas y transmitirlas. Fue la primera tecnología que los seres humanos pidieron a Trisolaris. A diferencia de las comunicaciones cuánticas, esta tecnología era aún primitiva, puesto que tanto las ondas gravitatorias como los neutrinos estaban limitados por la velocidad de la luz, pero estaban un nivel por encima de las ondas electromagnéticas.

Ambos medios de transmisión decayeron de forma relativamente lenta y tenían bandas de transmisión muy largas. Los neutrinos en particular no interactuaban casi con nada más. En teoría, un rayo de neutrinos modulado podría transmitir información a la otra punta del universo, y el declive y la distorsión consiguientes no afectarían a la descodificación. Sin embargo, aunque los neutrinos debían centrarse en una dirección determinada, las ondas gravitatorias eran omnidireccionales, por lo que se convirtieron en el principal método para establecer la disuasión de bosque oscuro.

El principio fundamental de la transmisión de ondas gravitatorias se basaba en la vibración de una larga cadena de materia de mucha densidad. La antena de transmisión ideal implicaría un gran número de agujeros negros interconectados para formar una cadena que generara ondas gravitatorias a medida que vibraba. Sin embargo, ni siquiera Trisolaris había alcanzado semejante nivel tecnológico, y la humanidad tuvo que recurrir a la construcción de una cadena de vibración a partir de materia degenerada. La materia degenerada de mucha densidad compactaba una enorme masa en cadenas de escasos nanómetros de diámetro. Una única cadena ocupaba tan solo una minúscula porción de la antena gigante, la mayor parte de la cual consistía en apoyo y protección para la cadena ultradensa. Así, la masa total de la antena no era demasiado grande.

La materia degenerada que formaba las cadenas en vibración se encontraba de forma natural en enanas blancas y estrellas de neutrones. En condiciones normales, la sustancia decaía de forma natural hasta convertirse en materia normal con el paso del tiempo. Las cadenas de vibración artificiales tenían una vida media de cincuenta años, a partir de los cuales las antenas quedaban inservibles. Por ese motivo, las antenas tenían que cambiarse por unas nuevas cada medio siglo.

Durante la primera etapa de la disuasión de ondas gravitatorias, la principal preocupación estratégica consistió en asegurar el poder de disuasión. Se trazaron planes para construir cien estaciones de retransmisión en cada continente. Sin embargo, la comunicación por ondas gravitatorias tenía un defecto: el equipo de transmisión no podía miniaturizarse. Fabricar las complejas antenas gigantes era muy costoso, y al final solo se construyeron veintitrés transmisores de ondas. Sin embargo, otro incidente hizo que el foco dejara de centrarse en la forma de garantizar la disuasión.

Durante la Era de la Disuasión, la Organización Terrícola-trisolariana fue desapareciendo poco a poco, pero surgieron otras organizaciones extremistas que creían en la causa de la supremacía humana y abogaban por el exterminio total de Trisolaris. Una de las mayores era los Hijos de la Tierra. El año 6 de la Era de la Disuasión, más de trescientos de sus miembros atacaron una estación de retransmisión de ondas gravitatorias, situada en la Antártida con el objetivo de hacerse con el transmisor. Equipados con armas tan avanzadas como bombas nucleares miniinfrasónicas, y ayudados por varios de sus miembros que se habían infiltrado en la estación, los atacantes estuvieron a punto de lograr su objetivo. Si las tropas estacionadas en el lugar no hubieran destruido la antena a tiempo, las consecuencias podrían haber sido desastrosas.

El incidente asustó a ambos mundos. La gente empezó a darse cuenta del gran peligro que suponían los transmisores de ondas gravitatorias. Por su parte, Trisolaris presionó a la Tierra hasta que la tecnología de transmisión de ondas gravitatorias fue terminantemente controlada, y las veintitrés estaciones de retransmisión se redujeron a cuatro. Tres de las estaciones eran terrestres, situadas en Asia, Norteamérica y Europa, y la cuarta era la nave *Gravedad*. Todos los transmisores estaban basados en un disparador activo, porque la técnica del gatillo de mano muerta usado en el sistema de bomba nuclear alrededor del Sol ya no era necesaria. Luo Ji había creado la disuasión él solo, pero ahora otras personas podrían reemplazar al portador de la espada en caso de que fuera asesinado.

En un principio, las gigantes antenas de ondas gravitatorias tenían que construirse sobre la superficie. Gracias a los avances tecnológicos, el año 12 de la Era de la Disuasión las tres antenas terrestres y sus sistemas de apoyo se trasladaron al subsuelo. Eso sí, todos comprendían que enterrar los transmisores y el centro de control bajo la superficie de la Tierra era una defensa contra una amenaza procedente de la propia humanidad, pero que no tenía sentido contra un ataque de Trisolaris. Para las gotas, construidas mediante materiales de interacción fuerte, varias decenas de kilómetros de roca no eran muy diferentes de un líquido, y apenas podían impedir su avance.

Después de que la Tierra estableciera la disuasión, la flota trisolariana se alejó, como se pudo verificar a través de las observaciones. Neutralizada la amenaza, la mayoría de la gente se centró en el paradero de las diez gotas que habían alcanzado el Sistema Solar. Los trisolarianos insistían en que cuatro de ellas seguían en el sistema y alegaron que los transmisores de ondas gravitatorias podían ser capturados por facciones extremistas ocultas en el seno de la humanidad, por lo que Trisolaris debía disponer de la capacidad para tomar medidas con el fin de proteger ambos mundos ante dicha eventualidad. La Tierra aceptó a regañadientes, pero pidió que las cuatro gotas no se acercaran más allá del cinturón de Kuiper. Además, cada una tenía que estar acompañada por una sonda humana, para que las posiciones y las órbitas de las gotas pudieran conocerse en todo momento. Así, en caso de que tuviera lugar un ataque, la Tierra estaría avisada con cincuenta horas de antelación. De las cuatro gotas, dos habían acompañado a *Gravedad* a la caza de *Espacio azul*, y solo dos se habían quedado alrededor del cinturón de Kuiper.

Pero nadie sabía a dónde habían ido a parar las otras seis.

Trisolaris insistía en que habían abandonado el Sistema Solar para reincorporarse a la flota trisolariana, pero en la Tierra nadie se lo creía.

Los trisolarianos habían dejado de ser criaturas de pensamiento transparente. En los últimos dos siglos habían aprendido rápidamente a urdir mentiras y artimañas. Era quizá lo más valioso que habían conseguido de su estudio de la cultura humana.

La mayoría de la gente estaba convencida de que las seis gotas estaban ocultas en algún lugar del Sistema Solar. Sin embargo, eran diminutas, rápidas e invisibles al radar, de modo que eran sumamente difíciles de localizar y rastrear. Incluso mediante el uso de láminas oleosas u otras técnicas de detección avanzadas, los seres humanos solo eran capaces de detectarlas de manera fiable si se acercaban a una décima parte de una unidad astronómica de la Tierra, o a quince millones de kilómetros. Más allá de ese radio, las gotas podían moverse sin ser detectadas.

A la máxima velocidad, una gota podía cruzar quince millones de kilómetros en diez minutos.

Era todo el tiempo de que disponía el portador de la espada para tomar una decisión en el caso de que la disuasión de bosque oscuro terminase.

Era de la Disuasión, año 62;
28 de noviembre, 14.00 - 16.17
Centro de Disuasión

La pesada puerta de hierro de un metro de grosor se abrió con gran estruendo, y Cheng Xin y los demás entraron en el núcleo del sistema de disuasión de bosque oscuro.

Un vacío y un espacio todavía mayores dieron la bienvenida a Cheng Xin. Se encontraba en un salón semicircular con una pared curva cuya superficie translúcida recordaba al hielo, con el suelo y el techo totalmente blancos. Lo primero que pensó Cheng Xin fue que tenía ante sí un ojo vacío y sin iris del que emanaba una lastimosa sensación de pérdida.

Entonces vio a Luo Ji.

Estaba sentado con las piernas cruzadas en el suelo en medio del salón blanco y de cara a la pared curva. Tenía el cabello y la barba largos, bien peinados y blancos, de manera que casi se fundían con la pared del mismo color. La blancura de todo el ambiente contrastaba mucho con el traje mao de color negro que llevaba. Sentado en aquel lugar parecía una letra T invertida, un ancla solitaria varada en una playa, inmóvil mientras los vientos y las olas batientes del tiempo aullaban sobre ella, esperando estoicamente una nave que partió y que nunca regresaría. En su mano derecha sostenía un objeto rojo con forma rectangular, que no era otra cosa que la empuñadura de la espada: el interruptor que activaba la retransmisión de ondas gravitatorias. La presencia de Luo Ji aportaba un iris al ojo vacío de la sala; aunque no era más que un punto negro, la sensación de desolación se aligeraba al darle un alma al ojo. Luo Ji estaba sentado frente a la pared, de manera que no se le veían los ojos, y no reaccionó ante la llegada de aquellos visitantes, sino que se quedó quieto.

Cuenta la leyenda que el maestro Batuo, fundador del monasterio de Shaolin, meditó frente a una pared durante diez años hasta que su sombra quedó grabada en la piedra. Si aquella historia era cierta, Luo Ji podría haber inscrito su sombra en la pared cinco veces.

El presidente del Consejo detuvo a Cheng Xin y al jefe de gabinete de la flota.

—Todavía faltan diez minutos para la entrega —susurró.

En los últimos diez minutos de sus cincuenta y cuatro años como portador de la espada, Luo Ji se mantuvo firme en su posición.

Al inicio de la Era de la Disuasión, Luo Ji disfrutó de un breve período de felicidad. Se había reencontrado con su esposa Zhuang Yan y su hija Xia Xia, y había recuperado la alegría de dos siglos atrás. Sin embargo, esa época feliz no duró mucho, y dos años después Zhuang Yan se llevó a la niña y dejó a Luo Ji. Había muchas habladurías sobre los motivos que la habían llevado a tomar la decisión. Según una versión muy extendida, Luo Ji era un salvador a ojos de la población, pero su imagen entre sus seres queridos había cambiado. Poco a poco, Zhuang Yan se fue dando cuenta de que vivía con un hombre que ya había destruido un mundo y tenía el destino de otros dos en su mano. Era un extraño monstruo que la aterraba, así que decidió marcharse con su hija. Otra historia popular aseguraba que Luo Ji las abandonó para que pudieran llevar una vida normal. Nadie sabía a dónde habían ido Zhuang Yan y su hija. Probablemente seguían vivas y llevaran unas vidas tranquilas y normales en algún lugar.

Su familia le había dejado solo en un momento en el que los transmisores de ondas gravitatorias asumieron la tarea de disuasión del anillo circunsolar de bombas nucleares. En lo sucesivo, Luo Ji iniciaría una larga carrera como portador de la espada.

En su terreno de combate cósmico, Luo Ji no se enfrentaba a los movimientos sofisticados de la lucha china de espadas, más parecidos a una danza que a la guerra, ni tampoco a los florilegios de la lucha occidental, diseñados para mostrar la habilidad de los combatientes. Se trataba más bien de los golpes mortales del *kenjutsu* japonés. Los combates de espada japonesa reales solían terminar tras un encontronazo muy breve de entre medio y dos segundos. Para cuando las espadas habían chocado una vez, uno de los dos contendientes ya había caído bajo un charco de sangre. Pero antes de que sucediera, se miraban como estatuas, a veces en un lapso de diez minutos. Durante ese pulso, no eran las manos las que sostenían el arma del espadachín, sino su corazón. La espada-corazón, convertida en la mirada a través de los ojos, se clavaba en las profundidades del alma del enemigo. El verdadero ganador se decidía en ese proceso. En el silencio suspendido entre ambos espadachines, las hojas de sus espíritus chocaban y se clavaban como silentes truenos. Antes de asestar un golpe, la victoria, la derrota, la vida y la muerte ya habían sido decididas.

Luo Ji lanzó a la pared blanca una intensa mirada dirigida hacia un mundo situado a cuatro años luz de distancia. Sabía que los sofones podían mostrar al enemigo su mirada, llena del frío del submundo y la pesadumbre de las rocas que tenía encima, cargada de la determinación para sacrificarlo todo. Esa mirada infundió temor en el corazón del enemigo y le hizo desistir de toda acción.

Siempre había un final para la mirada de los espadachines, un auténtico desenlace para el combate. Para Luo Ji, participante en aquel enfrentamiento universal, es posible que el momento de mover la espada por primera y última vez no llegara nunca.

Sin embargo, también podría llegar al cabo de un segundo.

Así fue como Luo Ji y Trisolaris se mantuvieron la mirada durante cincuenta y cuatro años. Luo Ji había pasado de ser un hombre despreocupado a convertirse en un auténtico vallado, sentado frente a su pared durante más de medio siglo. El protector de la civilización que, durante cinco décadas, había estado preparado para asestar el golpe mortal en cualquier momento.

Durante todo ese tiempo, Luo Ji había permanecido en silencio, sin pronunciar una sola palabra. De hecho, tras pasar diez o quince años sin hablar una persona perdía la capacidad del habla, y por mucho que comprendiera el idioma era incapaz de articular las palabras. Sin duda, Luo Ji ya no podía hablar; todo lo que tenía que decir lo expresaba con su mirada ante la pared. A lo largo de todos aquellos años que había pasado manteniendo el equilibrio de terror entre ambos mundos durante el último medio siglo, se había convertido en una máquina de disuasión, una mina lista para explotar en cualquier instante.

—Ha llegado el momento de entregar la autoridad última del sistema de transmisión universal de ondas gravitatorias. —El presidente del Consejo rompió el silencio de manera solemne.

Luo Ji mantuvo su postura. El jefe de gabinete de la flota se aproximó con la intención de ayudarle a incorporarse, pero Luo lo detuvo con un gesto de la mano. Cheng Xin observó que el movimiento de su brazo era fuerte y enérgico, sin rastro del titubeo que cabría esperar en una persona centenaria. Entonces Luo Ji se levantó por sí mismo, con gesto firme. Cheng Xin se sorprendió al ver que Luo Ji no apoyó las manos en el suelo al descruzar las piernas y levantarse. Ni siquiera los hombres más jóvenes eran capaces de hacerlo sin grandes esfuerzos.

—Señor Luo, esta es Cheng Xin, su sucesora. Entréguele el interruptor.

Luo Ji se mantuvo de pie alto y erguido. Miró la pared blanca que había contemplado durante más de medio siglo durante unos pocos segundos e hizo una ligera reverencia.

Mostraba sus respetos al enemigo. Haberse mirado el uno al otro a través de un abismo de cuatro años luz durante medio siglo había forjado entre ellos un vínculo de destino.

Entonces se volvió hacia Cheng Xin. Los dos portadores de la espada, el viejo y la nueva, se encontraron frente a frente. Sus ojos se cruzaron durante un instante, y en ese momento Cheng Xin notó un afilado rayo de luz en la noche oscura de su alma. En aquella mirada se sintió ligera y delgada como una hoja de papel, incluso transparente. Era incapaz de imaginar qué clase de iluminación había alcanzado aquel anciano que tenía ante sí tras cincuenta y cuatro años frente a esa pared; tal vez sus pensamientos se habían acumulado con el paso de los años hasta volverse densos y pesados como las capas de tierra que tenían encima, o quizá se habían vuelto tan etéreos como el cielo azul que estaba aún más arriba. No tenía forma de saberlo, al menos no hasta que ella recorriera el mismo camino. Lo único que era capaz de leer en su mirada era una profundidad insondable.

Luo Ji le entregó el interruptor con ambas manos. También con ambas manos, Cheng Xin aceptó el objeto más pesado de la historia de la Tierra. Así, el eje sobre el que se apoyaban los dos mundos pasó de un hombre de ciento un años a una mujer de veintinueve.

El interruptor conservaba el calor de la mano de Luo Ji. No se parecía a la empuñadura de una espada. Tenía cuatro botones, tres a un lado y uno en el extremo. Había que hacer fuerza para activar los botones, lo que evitaba una activación accidental, y también había que pulsarlos en un orden determinado.

Luo Ji retrocedió dos pasos y asintió con la cabeza a las tres personas que tenía enfrente. Se dirigió hacia la puerta con paso firme y vigoroso.

Cheng Xin advirtió que, durante todo el proceso, nadie le dio las gracias a Luo Ji por sus cincuenta y cuatro años de servicio. No sabía si el presidente del Consejo o el jefe de gabinete de la flota querían decir algo, pero no logró recordar que en ninguno de los ensayos de la ceremonia estuviera previsto darle las gracias al portador de la espada.

La humanidad no le estaba agradecida a Luo Ji.

En el vestíbulo, lo detuvieron varios hombres de negro. Uno de ellos dijo:

—Señor Luo, en nombre de la Fiscalía del Tribunal Internacional le informamos de que ha sido acusado de presunto mundicidio. Queda usted bajo arresto y será procesado.

Luo Ji ni siquiera les dedicó una mirada mientras caminaba hacia el ascensor. Los fiscales se echaron a un lado de manera instintiva. Quizá Luo Ji ni siquiera reparó en ellos. La intensa luz de su mirada se había extinguido, y en su lugar había aparecido una serenidad como el brillo de una puesta de sol. Su misión de tres siglos había terminado al fin, y ya no tenía sobre los hombros la pesada carga de aquella responsabilidad. De ahora en adelante, aunque la humanidad feminizada le viera como un monstruo y un demonio, tendrían que admitir que su victoria no tenía parangón en la historia de la especie.

La puerta de hierro se quedó abierta, y Cheng Xin oyó voces en el vestíbulo. Sintió el impulso de correr a darle las gracias a Luo Ji, pero se contuvo. Afligida, le vio desaparecer en el ascensor.

El presidente del Consejo y el jefe de gabinete de la flota también se marcharon sin articular palabra.

La puerta de hierro retumbó al cerrarse. Cheng Xin notó que

su vida anterior se escapaba por la cada vez más estrecha puerta como agua que fluye por un embudo. Cuando la puerta se cerró por completo, nació una nueva Cheng Xin.

Miró el interruptor rojo que tenía en la mano. Había pasado a formar parte de ella. Ella y él serían inseparables a partir de entonces. Incluso al dormir tendría que mantenerlo junto a la almohada.

En el pasillo blanco y semicircular reinaba un silencio sepulcral, como si el tiempo hubiera quedado sellado y dejado de fluir. Se parecía de verdad a una tumba, pero iba a ser su mundo a partir de entonces. Decidió que tenía que dar vida a aquel lugar. No quería ser como Luo Ji; ella no era una guerrera ni una duelista, sino una mujer, y necesitaba vivir allí durante mucho tiempo, quizás una década o puede que medio siglo. Se había preparado toda la vida para esa misión, y se sentía tranquila ahora que se encontraba al inicio de una larga travesía.

Pero el destino es caprichoso, y su carrera como portadora de la espada, una carrera para la que se había preparado desde su nacimiento, duró solo quince minutos desde el mismo momento en que recibió el interruptor rojo.

Últimos diez minutos de la Era de la Disuasión, año 62; 28 de noviembre, 16.17 - 16.27.50 Centro de Disuasión

El salón blanco adquirió un tono escarlata, como si el calor del magma incandescente hubiera traspasado las paredes. Alerta máxima. Una línea de texto blanco apareció sobre el fondo rojo, cada letra como un aullido de terror:

> Detectadas sondas espaciales de interacción nuclear fuerte.
> Total: 6.
> Una se dirige al punto de Lagrange L_1 entre la Tierra y el Sol.
> Las otras cinco se dirigen a la Tierra en formación 1-2-2.
> Velocidad: 25.000 km/segundo.
> Tiempo estimado de llegada a la superficie: 10 minutos.

Aparecieron junto a Cheng Xin cinco números flotantes que brillaban con una luz verde. Eran botones holográficos: pulsando cualquiera de ellos se abriría una ventana emergente con información más detallada recopilada por el sistema de alerta temprana que peinaba la zona espacial en un radio de quince millones de kilómetros alrededor de la Tierra. El Mando General de la Flota Solar analizaba los datos y se los pasaba al portador de la espada.

Más tarde, la Tierra descubriría que seis gotas se habían ocultado justo fuera de la zona de alerta temprana de quince millones de kilómetros. Tres de ellas se habían ocultado en la interferencia del Sol para evitar ser detectadas, mientras que las otras tres se habían escondido en la basura espacial en órbita diseminada en dicha región. La mayor parte de la basura espacial consistía en combustible consumido de los reactores de fusión tempranos. Aun sin esas medidas, habría sido casi imposible para la Tierra descubrirlas fuera de la zona de alerta temprana, porque siempre se había dado por sentado que las gotas se escondían en el cinturón de asteroides situado más allá.

El repentino rayo que Luo Ji había esperado durante medio siglo llegó cinco minutos después de su partida, y cayó sobre la cabeza de Cheng Xin.

No se molestó en pulsar ninguno de los botones holográficos. No necesitaba más información.

Comprendió al instante la gravedad de su error. En lo más hondo de su subconsciente, la opinión que siempre había tenido de la misión del portador de la espada estaba del todo equivocada. Era indudable que siempre había estado preparada para lo peor, o por lo menos se había esforzado para estarlo. Orientada por especialistas del Consejo y la flota, había estudiado en detalle el sistema de disuasión y había debatido diferentes escenarios posibles con estrategas. Se había imaginado situaciones todavía peores que esa.

Pero también había cometido un error fatal, uno en el que no reparó y que nunca podría haber anticipado. Un error que, no obstante, también era el motivo por el que había sido elegida portadora de la espada.

En el fondo nunca había creído que los hechos a los que ahora se enfrentaba llegaran a ocurrir de verdad.

> Distancia media de la formación de sondas espaciales de interacción nuclear fuerte: aproximadamente 14 millones de kilómetros. La más cercana se encuentra a 15 millones de kilómetros. Tiempo estimado de llegada a la superficie: 9 minutos.

En su fuero interno, Cheng Xin era una protectora, no una destructora. Era una mujer, no una guerrera. Estaba dispuesta a emplear el resto de su vida para mantener el equilibrio entre ambos mundos, hasta que la Tierra se volviera más fuerte gracias a la ciencia trisolariana, y hasta que Trisolaris se volviera más civilizado con la cultura terrícola, hasta que un día oyera una voz: «Deja ese interruptor rojo y vuelve a la superficie. El mundo ya no necesita la disuasión de bosque oscuro, ni necesita a un portador de la espada.»

A diferencia de Luo Ji, Cheng Xin no pensaba que enfrentarse a aquel mundo lejano como portadora de la espada se tratara de un combate a vida o muerte, sino que le parecía más bien un juego de ajedrez. Se sentaría tranquilamente frente al tablero, pensando en todas las aperturas posibles, anticipando los ataques del oponente, y trazando sus propias respuestas. Estaba lista para pasar el resto de su vida jugando a ese juego.

Pero sus oponentes no se habían molestado en mover ninguna pieza del tablero, sino que se habían limitado a levantarlo y estampárselo en la cabeza.

En el mismo instante en que Cheng Xin recibió el interruptor rojo de manos de Luo Ji, las seis gotas habían comenzado a acelerar a la máxima potencia rumbo a la Tierra. El enemigo no había desperdiciado un solo segundo.

> Distancia media de la formación de sondas espaciales de interacción nuclear fuerte: aproximadamente 13 millones de kilómetros. La más cercana se encuentra a 12 millones de kilómetros. Tiempo estimado de llegada a la superficie: 8 minutos.

Vacío.

> Distancia media de la formación de sondas espaciales de interacción nuclear fuerte: aproximadamente 11,5 millones de kilómetros. La más cercana se encuentra a 10,5 millones de kilómetros. Tiempo estimado de llegada a la superficie: 7 minutos.

Vacío, solo vacío. Además del salón y las letras de la pantalla, todo a su alrededor se había vuelto blanco. Cheng Xin parecía suspendida en un universo blanquecino, como una burbuja de leche a dieciséis mil millones de años luz. No encontró nada a lo que agarrarse en ese enorme vacío blanco.

> Distancia media de la formación de sondas espaciales de interacción nuclear fuerte: aproximadamente 10 millones de kilómetros. La más cercana se encuentra a 9 millones de kilómetros. Tiempo estimado de llegada a la superficie: 6 minutos.

¿Qué se suponía que tenía que hacer?

Distancia media de la formación de sondas espaciales de interacción nuclear fuerte: aproximadamente 9 millones de kilómetros. La más cercana se encuentra a 7,5 millones de kilómetros. Tiempo estimado de llegada a la superficie: 5 minutos.

La blancura empezó a disiparse. La corteza de cuarenta y cinco kilómetros de grosor que había sobre ella reafirmó su presencia: tiempo sedimentado. El estrato inferior, o la capa que estaba justo encima del Centro de Disuasión, probablemente se había sedimentado cuatro mil millones de años antes. La Tierra había nacido hacía tan solo quinientos millones de años. El turbio océano estaba en pañales, y los constantes destellos de rayos golpeaban la superficie. El Sol era una confusa bola de luz que proyectaba un reflejo carmesí en el mar a través de un cielo cubierto por una neblina. Durante cortos intervalos, otras brillantes bolas de luz recorrieron el cielo y se precipitaron en el mar dejando rastros de fuego. Estos golpes de meteoros provocaron *tsunamis* que hicieron que olas gigantes chocaran contra los continentes todavía cubiertos de ríos de lava, que a su vez levantaron nubes de vapor que desdibujaban el Sol y estaban generadas por el fuego y el agua...

En contraste con aquella imagen infernal pero majestuosa, el agua turbia engendró una historia microscópica. Allí, moléculas orgánicas nacidas de reflejos de luz y rayos cósmicos chocaron, se fundieron y se dividieron de nuevo, en un constante juego con bloques construidos durante quinientos millones de años. Al final, una cadena de moléculas orgánicas se dividieron temblando en dos hebras. Las hebras atrajeron otras moléculas en torno a ellas hasta que se crearon dos copias idénticas, y estas se dividieron otra vez y se replicaron... En este juego de bloques en construcción, la probabilidad de que apareciera semejante cadena autorreplicante de moléculas orgánicas era tan insignificante como si un tornado hubiese cogido un montón de basura metálica y la hubiera depositado formando un Mercedes-Benz completamente ensamblado.

Con todo, eso fue lo que ocurrió. Y de este modo comenzó una sobrecogedora historia de tres mil quinientos millones de años.

Distancia media de la formación de sondas espaciales de interacción nuclear fuerte: aproximadamente 7,5 millones de kilómetros. La más cercana se encuentra a 6 millones de kilómetros. Tiempo estimado de llegada a la superficie: 4 minutos.

El eón Arcaico fue seguido por el eón Proterozoico, cada uno de ellos de miles de millones de años. Luego llegó el Paleozoico. Los setecientos millones del Cámbrico, los sesenta millones de años del Ordovícico, los cuarenta millones de años del Silúrico, los cincuenta millones de años del Devónico, los sesenta y cinco millones del Carbonífero, y los cincuenta y cinco millones de años del Pérmico. Luego vino el Mesozoico: treinta y cinco millones de años del Triásico, cincuenta y ocho millones del Jurásico, y setenta millones del Cretácico; luego el Cenozoico: sesenta y cuatro coma cinco millones del Terciario y dos coma cinco millones del Cuaternario.

Entonces surgió el ser humano. Comparada con los anteriores eones, la historia humana fue tan solo un abrir y cerrar de ojos. Diferentes dinastías y eras estallaron y se desvanecieron como fuegos artificiales. El utensilio de hueso lanzado al aire por un primate se convirtió en una nave espacial. Aquel largo periplo de tres mil quinientos millones de años lleno de dificultades se interrumpió ante un pequeño individuo, uno de los cien mil millones de seres humanos que habían vivido alguna vez en la Tierra, uno que sostenía un interruptor rojo.

Distancia media de la formación de sondas espaciales de interacción nuclear fuerte: aproximadamente 6 millones de kilómetros. La más cercana se encuentra a 4,5 millones de kilómetros. Tiempo estimado de llegada a la superficie: 3 minutos.

Sobre Cheng Xin se acumulaban cuatro mil millones de años que la asfixiaban. Su subconsciente intentó llegar a la superficie para respirar. En su mente, la superficie estaba repleta de vida, cuya forma más prominente eran reptiles gigantes como los dinosaurios. Ocupaban toda la tierra que alcanzaba la vista. Junto a los dinosaurios, entre sus patas y bajo sus vientres, se encontraban los mamíferos, incluidos los humanos. Todavía más abajo, entre incontables pares de patas, había corrientes negras de agua: un sinfín de trilobites y hormigas. En el cielo, cientos de miles de millones de aves formaban un vórtice negro en espiral que bloqueaba el firmamento, y entre ellas podían verse de vez en cuando pterodáctilos gigantes...

Se hizo un silencio sepulcral. Lo más terrorífico eran los ojos: los de los dinosaurios, los trilobites y las hormigas, los de las aves y las mariposas, los de las bacterias... Solo los seres humanos tenían cien mil millones de pares de ojos, una cifra equivalente al número de estrellas que había en la Vía Láctea. Entre ellos estaban los ojos de personas normales y corrientes, y los de Da Vinci, Shakespeare y Einstein.

Distancia media de la formación de sondas espaciales de interacción nuclear fuerte: aproximadamente 4,5 millones de kilómetros. La más cercana se encuentra a 3 millones de kilómetros. Tiempo estimado de llegada a la superficie: 2 minutos.

Dos de las sondas se dirigen a Asia, otras dos a Norteamérica. La última se dirige hacia Europa.

Pulsar el interruptor pondría fin a los avances de tres mil quinientos millones de años. Todo se perdería en la noche eterna del universo, como si nada hubiera existido.

Aquel bebé parecía haber vuelto a sus brazos: suave, cálido, con la cara húmeda con una sonrisa dulce, le llamaba «mamá».

Distancia media de la formación de sondas espaciales de interacción nuclear fuerte: aproximadamente 3 millones de kilómetros. La más cercana se encuentra a 1,5 millones de kilómetros, y está desacelerando rápidamente. Tiempo estimado de llegada a la superficie: 1 minuto y 30 segundos.

—¡No! —gritó Cheng Xin, arrojando el interruptor a un lado. Lo vio deslizarse por el suelo como si fuera un demonio.

Sondas espaciales de interacción nuclear fuerte aproximándose a la órbita lunar y continuando su desaceleración. La extensión de sus trayectorias indica que sus objetivos son las estaciones de retransmisión de ondas gravitatorias en Norteamérica, Europa y Asia, así como la Estación Cero de Control del Sistema de Retransmisión Universal de Ondas Gravitatorias. Tiempo estimado de impacto en la superficie: 30 segundos.

Aquellos momentos finales se prolongaron de manera interminable, como una tela de araña. Sin embargo, Cheng Xin no vaciló. Había tomado una decisión. No era una decisión que surgiera de la razón, sino una sepultada en lo más hondo de sus genes, unos genes que se remontaban a cuatro mil millones de años atrás, cuando se tomó la decisión por primera vez. Los siguientes miles de millones de años no hicieron sino fortalecerla. Supo que no tenía otra opción, independientemente de que fuera correcta o no.

Por suerte, la liberación estaba a punto de llegar.

Un potente temblor la tiró al suelo. Las gotas habían penetrado en la corteza. Sintió como si las sólidas rocas que había a su alrededor hubieran desaparecido y el Centro de Disuasión se encontrara sobre un parche gigante. Cerró los ojos y se imaginó la imagen de una gota atravesando la corteza, a la espera de que la llegada a velocidad cósmica de aquel demonio liso y brillante la convirtiera a ella y a todo lo que la rodeaba en lava.

Sin embargo, el temblor se detuvo después de varias sacudidas violentas, como un percusionista que puntuaba el final de una pieza.

La luz roja de la pantalla se desvaneció y fue reemplazada por el fondo blanco anterior. La sala parecía más brillante y más amplia. Aparecieron varias líneas de texto negro:

Transmisor de ondas gravitatorias de Norteamérica destruido.
Transmisor de ondas gravitatorias de Europa destruido.
Transmisor de ondas gravitatorias de Asia destruido.
Función de radioamplificación solar suprimida en todas las bandas.

Volvió a reinar el silencio, salvo un leve ruido de agua que goteaba en algún lugar. Una tubería había estallado durante el terremoto.

Cheng Xin comprendió que el ataque al transmisor asiático era lo que había causado el temblor. La antena se encontraba a unos veinte kilómetros de allí y había sido enterrada a gran profundidad.

Las gotas ni se habían molestado en atacar a la portadora de la espada.

El texto negro se esfumó. Después de un momento de vacío, apareció un último mensaje:

> El sistema de retransmisión universal de ondas gravitatorias no puede ser restaurado. Disuasión de bosque oscuro terminada.

Primera hora posterior a la Era de la Disuasión
Un mundo perdido

Cheng Xin subió a la superficie en el ascensor. Al salir, vio la plaza donde una hora antes había tenido lugar la ceremonia de entrega. Todos los asistentes se habían marchado, y el lugar estaba vacío a excepción de las largas sombras de los mástiles. Las banderas de la ONU y la Flota Solar colgaban de los dos mástiles más altos, y detrás de ellas estaban las banderas de varios países. Las enseñas no habían dejado de ondear plácidamente en la tranquila brisa. A lo lejos se encontraba el desierto del Gobi. Varios pájaros se posaron en una peana de tamarisco cercana. A lo lejos pudo ver los ondulados montes Qilian, con una capa de nieve que les confería un resplandor plateado.

Todo parecía igual, pero ese mundo ya no pertenecía a los seres humanos.

Cheng Xin no sabía qué hacer. Nadie se había puesto en contacto con ella después del fin de la disuasión. Ya no existía el portador de la espada, como tampoco existía la disuasión.

Avanzó sin rumbo. Dos guardias la saludaron cuando traspasó las puertas del complejo. Le aterraba mirar a la gente, pero no vio más que curiosidad en su mirada: todavía no sabían lo que había sucedido. Las regulaciones permitían al portador de la espada subir a la superficie durante breves intervalos, y pensaron que había acudido a observar el terremoto. Cheng Xin vio a varios oficiales del ejército junto a una nave estacionada junto a la puerta. No la miraban a ella, sino hacia la dirección por donde había venido. Uno de ellos señaló hacia allí.

Se dio la vuelta y vio una nube con forma de hongo en el horizonte. Estaba formada por la tierra y el polvo levantado del subsuelo, era tan densa que parecía sólida, y estaba tan fuera de lugar en aquel plácido paisaje que parecía una fotografía mal editada. Al fijarse más, Cheng Xin se imaginó un busto feo con una extraña expresión en el sol poniente. Era el lugar donde la gota había penetrado en la Tierra.

Alguien llamó a Cheng Xin. Se volvió y vio a AA corriendo hacia ella. Enfundada en una chaqueta blanca y con el pelo suelto al viento, le explicó entre jadeos que había venido a verla, pero que los centinelas no le habían dejado pasar.

—Te he traído flores para tu nueva casa —le dijo, señalando en dirección a su coche aparcado. Entonces se volvió hacia la nube en forma de hongo—. ¿Es un volcán? ¿Es eso lo que acaba de provocar el terremoto?

Cheng Xin quiso estrechar a AA entre sus brazos y echarse a llorar, pero se contuvo. Quiso retrasar el momento en el que esa alegre chica supiera la verdad. Quería dejar que el eco de los buenos tiempos que acababan de terminar durara un poco más.

Fragmento de *Un pasado ajeno al tiempo* Reflexiones a propósito del fracaso de la disuasión de bosque oscuro

El factor más importante del fracaso de la disuasión fue, sin duda, la elección del portador de la espada equivocado. Este es un tema que será abordado en otro lugar de un capítulo destinado expresamente a ello. Por ahora, vamos a centrarnos en las debilidades técnicas del diseño del sistema que llevaron a su fracaso.

La mayoría de la gente apuntó de inmediato a un pequeño número de transmisores de ondas gravitatorias como causa del fracaso, y culparon a los seres humanos de principios de la Era de la Disuasión por desmantelar diecinueve de los veintitrés transmisores completos. Sin embargo, la reacción era fruto de la incapacidad de comprender la esencia del problema. Los datos recogidos durante el ataque de las gotas indicaban que solo necesitaron algo más de diez segundos de media para penetrar en la corteza y destruir un transmisor. Aunque se hubieran completado y desplegado los cien transmisores previstos, las gotas no habrían necesitado mucho tiempo para destruir la totalidad del sistema.

La clave era que el sistema se podía destruir. La humanidad había tenido la oportunidad de construir un sistema de retransmisión universal de ondas gravitatorias indestructible, pero no la había aprovechado.

El problema no era el número de transmisores, sino su ubicación.

Imaginemos que los veintitrés transmisores no se hubieran construido sobre o bajo la superficie, sino en el espacio (es decir, veintitrés naves como *Gravedad*). Lo normal era que las naves se desperdigaran por todo el Sistema Solar. Aunque las gotas hubiesen llevado a cabo un ataque sorpresa, les habría resultado difícil destruirlas todas. Una o más naves habrían tenido tiempo de escapar al espacio profundo.

Eso habría incrementado en gran medida el grado de disuasión de todo el sistema, de modo que no habría tenido que depender de un portador de la espada. Los trisolarianos habrían sabido que controlaban un número insuficiente de fuerzas dentro del Sistema Solar para destruir por completo el sistema de disuasión, y habrían mostrado una mayor contención.

Por desgracia, solo había una *Gravedad*.

No se construyeron más naves con transmisores por dos motivos. En primer lugar, el ataque de los Hijos de la Tierra al transmisor de la Antártida. Se pensó que las naves eran más vulnerables a las amenazas de seres humanos extremistas que las estaciones subterráneas. La segunda razón era de carácter económico. Como las antenas gravitatorias eran inmensas, tenían que actuar como el propio casco de la nave. Así, la antena tenía que construirse con materiales que reunieran los requisitos de un vuelo espacial, lo que multiplicaba los costes. La propia *Gravedad* supuso un gasto equivalente a veintitrés transmisores terrestres juntos. Además, el casco de la nave no se podía renovar. Cuando la cadena vibratoria hecha a partir de materia degenerada que recorría la totalidad de la nave alcanzaba su límite de vida media de cincuenta años, tenía que construirse una nave con ondas gravitatorias completamente nueva.

Sin embargo, las causas más profundas solo podían encontrarse en la mente de los seres humanos. Nunca se había expresado de manera explícita, y quizá ni siquiera se había comprendido de forma consciente, pero una nave de ondas gravitatorias era tan poderosa que asustaba hasta a su creador. Si algo —el ataque de una gota o cualquier otra cosa— obligara a semejante nave a dirigirse hacia el espacio profundo y no regresar jamás al Sistema Solar a causa de la presencia de amenazas enemigas, se convertirían en remedos de *Espacio azul* o *Edad de Bronce*, o algo más terrible. Cada nave de ondas gravitatorias, con una tripulación que había dejado de ser humana, también poseería el poder para retransmitir al universo —aunque limitada por la vida media de la cadena vibratoria— y controlaría así el destino de la humanidad. Una aterradora inestabilidad habría recorrido las estrellas.

En su origen, era el miedo a la propia disuasión de bosque oscuro. Eso era un rasgo de la disuasión definitiva: el disuasor y el disuadido compartían el mismo terror de la propia disuasión.

Primera hora posterior a la Era de la Disuasión
Un mundo perdido

Cheng Xin caminó hacia los oficiales y les pidió que la llevaran al lugar de la erupción. Un teniente coronel a cargo de la seguridad del complejo dispuso de inmediato dos coches: uno para transportarla a ella y otro para llevar a unos guardias de seguridad. Cheng Xin pidió a AA que se quedara allí esperándola, pero ella insistió en ir y se subió al coche.

Los coches voladores planearon sobre el suelo y se dirigieron despacio hacia la nube con forma de hongo. AA preguntó al conductor qué había pasado, pero él no sabía nada. El volcán había entrado en erupción en dos ocasiones, con un intervalo de varios minutos entre ambas erupciones. Pensó que quizás había sido la primera vez de la historia conocida que un volcán había entrado en erupción dentro de las fronteras chinas.

Jamás podría haber llegado a imaginar que debajo de ese «volcán» se ocultaba el centro de apoyo estratégico del mundo, la antena de ondas gravitatorias. El impacto de la gota que penetró en la corteza provocó la primera erupción. Tras destruir la antena, retrocedió, salió de la tierra y provocó una segunda erupción. Las erupciones se debían a que la gota liberó su enorme energía cinética en el suelo, no a un estallido de material del manto, así que fueron muy breves. La velocidad extrema de la gota la hizo invisible a simple vista cuando penetró o salió de la tierra.

Mientras atravesaban el Gobi con el coche, vieron pequeños hoyos humeantes esparcidos por el lugar: cráteres de la lava y las rocas calientes que había expulsado la erupción. A medida que avanzaban, los hoyos se volvieron más densos, y una gruesa capa de humo encapotó el Gobi y desveló trozos de tamarisco por doquier. Aunque eran pocas las personas que vivían allí, a veces veían algún que otro edificio derribado por el terremoto. Toda la escena parecía un campo de batalla en el que la lucha acababa de terminar.

La nube se había disipado un poco y ya no parecía un hongo, sino más bien una cabeza con el cabello desaliñado y las puntas teñidas de color carmesí por el sol poniente. Una línea de seguridad detuvo los coches a su llegada, y tuvieron que aterrizar. Sin embargo, Cheng Xin insistió y los centinelas la dejaron pasar. Los soldados no sabían que el mundo había caído, y todavía respetaban la autoridad de Cheng Xin como portadora de la espada. Sin embargo, sí pararon a AA, a quien no dejaron pasar a pesar de sus gritos y forcejeos.

El fuerte viento ya se había llevado la mayor parte del polvo, pero el humo descomponía la luz de la puesta de sol en una serie de sombras parpadeantes. Cheng Xin caminó unos cien metros a través de las sombras hasta que llegó al borde de un cráter gigante. El cráter tenía forma de chimenea y una profundidad de cuarenta o cincuenta metros en su centro. Densas humaredas blancas aún salían de él, y en el fondo se veía un brillo rojo: un pozo de lava.

Cuarenta y cinco kilómetros más abajo, la antena de ondas gravitatorias, un cilindro de mil quinientos metros de longitud y cincuenta metros de diámetro suspendido en una cueva subterránea con levitación magnética, había quedado hecha polvo y engullida por la ardiente lava.

Ese debía de haber sido su destino. Habría sido el mejor final para una portadora de la espada que había renunciado a su poder de disuasión.

El brillo rojo del fondo del cráter atraía a Cheng Xin. Solo un paso más y lograría la liberación que ansiaba. Mientras olas de calor le azotaban la cara, miró hechizada al pozo rojo hasta que unas sonoras carcajadas detrás de ella la sacaron de su ensimismamiento.

Se dio la vuelta. En la luz parpadeante que se filtraba a través del humo, apareció una esbelta figura. No reconoció a la recién llegada hasta que la tuvo muy cerca: era Tomoko.

A diferencia del hermoso rostro níveo de la última vez que Cheng Xin la había visto, la androide tenía un aspecto muy diferente. Iba vestida con un atuendo de camuflaje para el desierto, y su cabello, antes recogido en un moño decorado con flores, llevaba un corte cómodo y sencillo. Alrededor del cuello llevaba la bufanda negra de un ninja, y una larga *katana* atada a la espalda. Tenía la apariencia de una valiente heroína, pero la feminidad extrema que transmitía no había desaparecido del todo. Sus posturas y movimientos seguían siendo suaves y gráciles como el agua, pero ahora también estaban imbuidos de un elegante aire asesino, como una soga flexible pero mortal. Ni el calor del aire podía contrarrestar el frío que emanaba de ella.

—Has actuado tal y como predijimos —dijo Tomoko, sonriendo con sorna—. No seas demasiado dura contigo misma. Lo cierto es que la humanidad te eligió a ti y escogió este resultado. De todos los miembros de la especie humana, tú eres el único inocente.

El corazón de Cheng Xin dio un vuelco. No sentía ningún consuelo, pero tenía que reconocer que aquel hermoso diablo poseía el poder de penetrarle el alma.

Cheng Xin vio acercarse a AA, que al parecer había adivinado o deducido qué era lo que acababa de ocurrir. Los ojos de la chica ardían de furia al mirar a Tomoko. Cogió una piedra del suelo con ambas manos y la lanzó hacia la nuca del robot. Sin embargo, ella se dio la vuelta y la piedra pasó de largo como un mosquito. AA la maldijo con todas las obscenidades que se le ocurrieron y fue a coger otra piedra. Tomoko desenvainó la *katana* con una mano mientras apartaba a una implorante Cheng Xin con la otra. Con un zumbido, el movimiento de la espada cortó el aire más deprisa que las aspas de un ventilador. Al detenerse, un mechón de pelo cayó de la cabeza de AA, que se quedó plantada en el suelo, paralizada de terror y encogida de hombros.

Cheng Xin recordó que había visto la espada de Tomoko en aquella casa-hoja oriental envuelta en la niebla. Aquella *katana* y otras dos espadas más cortas descansaban sobre un lugar de madera pulida junto a la mesa de té, con un aspecto más decorativo que mortífero.

—¿Por qué? —murmuró Cheng Xin, como haciéndose la pregunta a sí misma.

—Porque el universo no es un cuento de hadas.

Cheng Xin comprendió que, si se hubiera mantenido el equilibrio de la disuasión, los seres humanos habrían tenido mejores perspectivas de futuro que Trisolaris. Sin embargo, inconscientemente seguía viendo el universo como un cuento de hadas, como una historia de amor. Su mayor error había sido no ver el problema desde el punto de vista del enemigo.

A través de la mirada de Tomoko, Cheng Xin comprendió al fin por qué la habían dejado con vida.

Ahora que se había destruido el sistema de retransmisión de ondas gravitatorias y neutralizado la capacidad del Sol para amplificar las ondas de radio, una Cheng Xin con vida no constituía amenaza alguna. Por otro lado, en el poco probable caso de que los seres humanos tuvieran todavía alguna manera de retransmitir la ubicación de Trisolaris al universo desconocido, eliminar a la portadora de la espada podría llevar a otros a activar la retransmisión. No obstante, siempre y cuando el portador de la espada siguiera con vida, la probabilidad de que eso ocurriera era prácticamente nula. Ya habría otros que tendrían motivos y excusas para eludir sus responsabilidades.

Cheng Xin se había convertido en un escudo de seguridad en lugar de en un disuasor. El enemigo la había toreado.

Ella era un cuento de hadas.

—No cantes victoria tan pronto —dijo AA a Tomoko, tras recuperar parte de su valentía—. Todavía tenemos la nave *Gravedad.*

Tomoko envainó la *katana* con un único movimiento seco.

—¡Idiota...! *Gravedad* ha sido destruida. Ocurrió hace una hora, cuando el traspaso tuvo lugar a una distancia de un año luz. Es una pena que no te pueda enseñar los restos de la nave, porque los sofones se encuentran en una zona sin señal.

Los trisolarianos habían hecho planes y se habían preparado para esa ocasión desde hacía mucho tiempo. El momento exacto del traspaso se había determinado hacía cinco meses, antes de que los sofones que acompañaban a *Gravedad* entraran en la zona sin señal. Las dos gotas que iban con *Gravedad* habían recibido ya la orden de destruir la nave en el instante de la entrega.

—Me marcho —dijo Tomoko—. Por favor, traslada al doctor Luo Ji el más profundo respeto de todo Trisolaris. Era un poderoso disuasor, un gran guerrero. Ah, y mándale también recuerdos al señor Thomas Wade si le ves.

Cheng Xin levantó la cabeza sorprendida.

—En nuestros estudios de personalidad, tu grado de disuasión oscilaba en torno al diez por ciento, como el de un gusano que se arrastra por el suelo. El grado de disuasión de Luo Ji siempre estaba en torno al noventa por ciento, como una temible cobra a punto de atacar. Pero Wade... —Tomoko miró la puesta de sol detrás del humo, del que solo quedaba una delgada franja sobre el suelo. Un atisbo de terror apareció en su mirada. Sacudió con fuerza la cabeza, como quien intenta quitarse de encima una visión que le persigue—. No vacilaba. ¡Fueran cuales fuesen los otros parámetros ambientales, su grado de disuasión se mantenía siempre al cien por cien! ¡Menudo demonio! Si él se hubiera convertido en el portador de la espada, nada de esto habría sido posible. La paz habría tenido que perdurar. Hemos esperado sesenta y dos años, pero habríamos tenido que seguir haciéndolo, quizás otros cincuenta años o más. Y entonces Trisolaris habría tenido que enfrentarse a una Tierra igual a nosotros en tecnología y poder. Habríamos tenido que alcanzar un pacto... Pero sabíamos que la humanidad te elegiría a ti.

Tomoko se alejó dando grandes zancadas. Tras recorrer cierta distancia se detuvo, se dio la vuelta y habló a Cheng Xin y AA, que permanecían en silencio.

—Preparaos para ir a Australia, pobres gusanos.

Era Posdisuasión, día 60
Un mundo perdido

Treinta y seis días después del fin de la disuasión, el observatorio Ringier-Fitzroy, situado en el límite exterior del cinturón de asteroides, descubrió cuatrocientos quince nuevos rastros en la nube de polvo interestelar cercana al sistema estelar trisolariano. Al parecer, Trisolaris había enviado una segunda flota hacia el Sistema Solar.

Esa segunda flota había salido de Trisolaris cinco años antes, y había pasado por la nube de polvo hacía cuatro años. Era una maniobra muy arriesgada para Trisolaris, puesto que de no haber sido capaz de destruir el sistema de disuasión de bosque oscuro de la humanidad en cinco años, el descubrimiento de aquella flota podría haber conducido a la activación de la retransmisión de la disuasión, lo que significaba que hacía cinco años, Trisolaris ya había percibido un cambio de actitud hacia la disuasión de bosque oscuro en la humanidad y predicho con acierto qué clase de segundo portador de la espada se iba a elegir.

La historia parecía haberse reiniciado. Había comenzado un nuevo ciclo.

El fin de la disuasión volvió a sumir en la oscuridad al futuro de la humanidad, pero tal como ocurrió con la primera crisis dos siglos antes, la gente no relacionaba esa oscuridad con sus destinos individuales. Partiendo de la base del análisis de los rastros, la velocidad de la segunda flota trisolariana no era muy diferente de la primera. Aunque pudieran acelerar más, la flota no llegaría al Sistema Solar hasta al menos dos o tres siglos más tarde. Los que aún estaban vivos iban a ser capaces de pasar el resto de sus días en paz. Tras las lecciones aprendidas en el Gran Cataclismo, los hombres modernos no volverían jamás a sacrificar el presente por el futuro.

Pero esta vez la humanidad no tendría tanta suerte.

Tres días después de que la segunda flota trisolariana saliera de la nube interestelar, el sistema de observación detectó 415 rastros en la segunda nube. Los rastros no podían pertenecer a una flota distinta. La primera flota trisolariana había necesitado cinco años para ir de la primera nube a la segunda, mientras que la segunda flota trisolariana lo había hecho en tan solo seis días.

Los trisolarianos habían logrado alcanzar la velocidad de la luz.

El análisis de los rastros en la segunda nube de polvo interestelar confirmó que se desplazaban a través de la nube a la velocidad de la luz. A semejante velocidad, los rastros que dejaban los impactos de las naves eran especialmente notables.

A juzgar por el tiempo, parecía que la flota había entrado en la velocidad de la luz nada más salir de la primera nube de polvo. No había indicios de que tuviera lugar un proceso de aceleración.

De ser así, la segunda flota trisolariana había llegado ya al Sistema Solar o estaba a punto de hacerlo. Era posible ver cuatrocientos quince puntos de luz a unas seis mil unidades astronómicas de la Tierra con telescopios de tamaño medio. Se trataba de las luces generadas por la desaceleración. Al parecer, los sistemas de propulsión de las naves eran convencionales. La velocidad de la flota solo era del quince por ciento de la velocidad de la luz, la velocidad más rápida que permitía una desaceleración segura antes de alcanzar el Sistema Solar. A juzgar por la velocidad y la desaceleración observadas, la segunda flota trisolariana llegaría al borde del Sistema Solar en un año.

Era algo desconcertante. Parecía como si las naves trisolarianas fueran capaces de entrar y salir de la velocidad de la luz en un período de tiempo muy corto, pero prefirieron no hacerlo demasiado cerca del Sistema Trisolar ni del Sistema Solar. Después de salir de Trisolaris, las naves aceleraron a una potencia convencional durante un año entero, hasta que estuvieron a seis mil unidades astronómicas de su casa y aceleraron hasta la velocidad de la luz. De modo similar, abandonaron la velocidad de la luz a la misma distancia del Sistema Solar y pasaron a una desaceleración convencional. Era una distancia que podía recorrerse en un mes a la velocidad de la luz, pero la flota optó por pasar un año a velocidad normal. Por lo tanto, el trayecto de la segunda flota trisolariana había necesitado dos años más de lo necesario en un viaje a la velocidad de la luz.

Esta decisión tan peculiar solo tenía una explicación: estaba motivada por la voluntad de evitar daños en ambos sistemas solares cuando se alcanza la velocidad de la luz. El margen de seguridad era el doble de la distancia entre el Sol y Neptuno, lo cual sugería que la potencia generada por los impulsos tenía una magnitud dos grados por encima de los de una estrella, algo que parecía inimaginable.

Fragmento de *Un pasado ajeno al tiempo* Explosión tecnológica en Trisolaris

Nadie sabía a ciencia cierta cuál había sido el momento exacto en el que los constantes avances tecnológicos de Trisolaris empezaron a registrar un crecimiento explosivo. Algunos expertos creían que el salto empezó antes de la Era de la Crisis, y otros sostenían que el progreso no comenzó hasta la Era de la Disuasión. No obstante, en cuanto a las causas de aquel esplendor tecnológico sí que había unanimidad.

En primer lugar, cabe señalar los enormes efectos que la civilización terrícola tuvo sobre la civilización trisolariana. Al menos en eso los trisolarianos no habían mentido. La introducción masiva de cultura humana desde la llegada del primer sofón cambió profundamente Trisolaris, y algunos valores humanos influyeron en sus habitantes. La sociedad trisolariana derribó las barreras del progreso científico impuestas por el sistema político extremadamente totalitario, adoptado como consecuencia de las eras caóticas, fomentó la libertad de pensamiento y empezó a respetar al individuo. Dichos cambios podrían haber fomentado en aquel mundo lejano transformaciones ideológicas similares al Renacimiento, que dieron lugar a grandes saltos científicos y tecnológicos. Debió de ser un período glorioso de la historia trisolariana, pero se desconocían los detalles específicos.

Se especulaba también con una segunda posibilidad: las misiones de exploración de los sofones enviados en otras direcciones del universo podrían no haber sido infructuosas, como aseguraban los trisolarianos. Es posible que antes de alcanzar las zonas sin señal se toparan con al menos otro mundo civilizado.

En tal caso, existía la posibilidad de que los trisolarianos hubieran conseguido conocimientos tecnológicos de la otra civilización, así como información sobre la condición de bosque oscuro del universo. En ese caso, Trisolaris superaría con creces a la Tierra en todos los ámbitos del conocimiento.

Era Posdisuasión, día 60
Un mundo perdido

Tomoko apareció por primera vez desde que había tenido lugar el fin de la disuasión. Todavía vestida de camuflaje y con la *katana* a la espalda, proclamó ante el mundo entero que la segunda flota trisolariana llegaría en cuatro años para completar la conquista total del Sistema Solar.

La política trisolariana hacia la humanidad había cambiado desde la primera crisis. Tomoko anunció que Trisolaris ya no pretendía exterminar la civilización humana, sino que crearía reservas para los humanos dentro del Sistema Solar. Explicó que permitirían a la humanidad vivir en Australia y un tercio de la superficie de Marte, con lo que se preservaría el espacio vital básico necesario para la especie.

Tomoko declaró que, de cara a preparar la conquista trisolariana, la humanidad debía empezar a ser reubicada de inmediato. Para llevar a cabo lo que ella calificó de «desactivación» de la humanidad y con el objetivo de evitar la reaparición de la disuasión de bosque oscuro o amenazas similares en el futuro, los seres humanos tenían que desarmarse por completo y reubicarse sin equipos de ningún tipo. No se permitirían equipos o instalaciones pesados en las reservas, y la reubicación finalizaría en el plazo de un año.

Los hábitats humanos en Marte y el espacio podían albergar a unos tres millones de personas a lo sumo, por lo que Australia sería el destino principal de la reubicación.

Sin embargo, la mayoría de la gente se aferró a la ilusión de que tendrían una vida tranquila durante al menos una generación. Ningún país reaccionó al discurso de Tomoko, y nadie emigró.

Cinco días después de esta histórica «Proclamación de las Reservas», una de las cinco gotas que circulaban en el interior de la atmósfera de la Tierra atacó tres grandes ciudades de Asia, Europa y Norteamérica. El propósito de los ataques no era la destrucción, sino hacer que cundiera el pánico. La gota atravesó los bosques gigantes de aquellas urbes y chocó con todos los edificios colgantes que se encontró en su camino. Los edificios abatidos se incendiaron y cayeron varios centenares de metros, como si se tratara de frutas demasiado maduras. Unas trescientas mil personas murieron en el peor desastre desde la batalla del Día del Fin del Mundo.

La gente comprendió al fin que, ante las gotas, el mundo humano era tan frágil como unos huevos bajo una roca. Las ciudades y las grandes infraestructuras estaban indefensas. Si los trisolarianos querían, eran capaces de arrasar cada ciudad hasta que toda la Tierra se convirtiese en una gran ruina.

Lo cierto es que el ser humano había dedicado numerosos esfuerzos a cambiar esta situación desfavorable. La humanidad no tardó en comprender que solo se podían emplear los materiales de interacción nuclear fuerte para defenderse de las gotas. Antes del fin de la disuasión, las instalaciones de investigación de la Tierra y la flota podían producir el material en pequeñas cantidades, pero la manufactura y el uso a gran escala no sería posible en años. Si hubiera dispuesto de diez años más, la humanidad habría logrado producirlo en masa. Aunque los sistemas de propulsión de las gotas habrían seguido estando muy por delante de las capacidades humanas, al menos se podrían haber fabricado misiles convencionales con ese material para destruir las gotas gracias a una aplastante superioridad numérica. También podrían haberse fabricado con ese material pantallas defensivas que convirtieran en proyectiles de un único uso a las gotas que se atrevieran a atravesar esos escudos.

Por desgracia, era algo que no ocurriría jamás.

Tomoko dio otro discurso en el que explicó que Trisolaris había modificado su política de exterminio en consideración a la estima y el respeto que sentían hacia la civilización humana. Era inevitable que el traslado a Australia causara sufrimiento durante algún tiempo, pero solo duraría tres o cuatro años. Tras la llegada de la flota trisolariana, los conquistadores serían capaces de ayudar a los cuatro mil millones de personas a vivir con comodidad en Australia. Además, también ayudarían a la humanidad a construir hábitats en Marte y el espacio. Cinco años después de la llegada de la flota trisolariana, la humanidad podría empezar a emigrar en masa a Marte y el espacio, un proceso que duraría quince años según el plan previsto. Para entonces, la humanidad dispondría de un espacio vital adecuado, y ambas civilizaciones comenzarían a coexistir en paz.

Pero todo dependía del éxito de la reubicación inicial a Australia. Si los esfuerzos de recolocación no comenzaban de inmediato, las gotas seguirían atacando las ciudades. Una vez transcurrido el plazo de un año, cualquier ser humano que estuviera fuera de las reservas sería exterminado por invadir territorio trisolariano. Por supuesto, si los humanos abandonaban las ciudades y se repartían por todos los continentes, las cinco gotas no podrían localizar y matar a todas y cada una de las personas por sí solas, pero la segunda flota trisolariana que llegaría en cuatro años, sin duda, sí podría hacerlo.

—La gloriosa y espléndida civilización de la Tierra ha dado a la humanidad esta oportunidad de supervivencia —sentenció Tomoko—. Espero que sepan aprovecharla.

Así comenzó la Gran Migración de toda la humanidad a Australia.

Era Posdisuasión, año 1
Australia

Cheng Xin, de pie frente a la casa del anciano Fraisse, contempló a lo lejos el Gran Desierto de Victoria que brillaba en medio del aire caliente. Ante ella se apiñaba una concentración de sencillas casas-refugio acabadas de terminar que se extendían hasta donde alcanzaba la vista. Bajo el sol del mediodía, las construcciones de madera contrachapada y metal laminado parecían al mismo tiempo nuevas y frágiles, como figuritas de papiroflexia diseminadas por la arena.

Cuando James Cook descubrió Australia cinco siglos atrás, jamás imaginó que algún día toda la humanidad se concentraría en aquel inmenso continente vacío.

Cheng Xin y AA habían llegado a Australia con la primera oleada de emigrantes forzosos. Cheng Xin podría haber ido a una gran ciudad como Camberra o Sídney para disfrutar de una vida relativamente cómoda, pero insistió en vivir como un inmigrante normal y corriente y había ido a parar a la zona de reubicación interior en los desiertos junto a Warburton, donde las condiciones de vida eran más duras. Le conmovió AA, que a pesar de poder ir a una gran ciudad se empeñó en acompañarla.

La vida en la zona de reubicación era dura. Al principio, cuando todavía había poca gente, aún era tolerable. El hostigamiento de otras personas era mucho más difícil de soportar que las privaciones materiales. Cheng Xin y AA tuvieron una casa-refugio solo para ellas los primeros días, pero conforme fueron llegando más inmigrantes, cada vez había más personas hacinadas en el lugar, hasta que tuvo que compartirla con un total de ocho mujeres. Las otras seis mujeres habían nacido en la paradisiaca

Era de la Disuasión, y fue en aquel lugar donde se encontraron por primera vez en sus vidas con el racionamiento de agua y alimentos, con paredes vacías de información, con habitaciones sin aire acondicionado, con lavabos y duchas públicos, con literas... Era una sociedad donde reinaba una igualdad absoluta. El dinero no servía para nada, y todo el mundo recibía exactamente la misma ración. Solo habían visto semejante austeridad en las películas históricas. La vida en las zonas de reubicación era infernal. Como era de esperar, Cheng Xin se convirtió en el blanco de sus iras. La insultaban y acusaban de malgastar espacio cada dos por tres. Al fin y al cabo, había sido incapaz de disuadir a Trisolaris. Lo peor de todo había sido renunciar a la disuasión nada más recibir el aviso. De haber activado la retransmisión de ondas gravitatorias, los trisolarianos se habrían marchado con el rabo entre las piernas, y al menos la humanidad habría podido disfrutar de algunas décadas más de felicidad. Aunque la retransmisión hubiera provocado la destrucción inmediata de la Tierra, habría sido preferible a aquel horror.

Al principio, el maltrato era puramente verbal, pero pronto se volvió físico y comenzaron a quitarle las raciones a Cheng Xin. AA hizo todo lo que pudo para proteger a su amiga. Luchó contra las demás mujeres, en ocasiones varias veces al día. Una vez agarró del pelo a la más agresiva y le golpeó la cabeza contra la cama hasta que su cara estuvo cubierta de sangre, tras lo que decidieron dejar en paz a Cheng Xin y a AA.

Sin embargo, la hostilidad dirigida contra Cheng Xin no se limitaba a las personas con las que convivía. Los inmigrantes de las casas aledañas también se acercaban a atormentarla. A veces lanzaban piedras contra la casa de Cheng Xin, y otras una multitud rodeaba la casa para increparla.

Cheng Xin soportó estoicamente todos los abusos. De hecho, el acoso incluso la reconfortaba. Como fallida portadora de la espada que era, sentía que merecía algo peor.

La situación continuó hasta que apareció un anciano llamado Fraisse que invitó a Cheng Xin y a AA a trasladarse a su casa. Fraisse era un aborigen de más de ochenta años de edad que conservaba una buena salud y lucía una barba blanca en su negro rostro. Al ser nativo del lugar, se le había permitido mantener su casa por un tiempo. Durante la Era Común, había estado a cargo de una organización dedicada a la preservación de la cultura aborigen, y había hibernado al principio de la Era de la Crisis para continuar su labor en el futuro. Cuando despertó, vio que su previsión se había hecho realidad: los aborígenes australianos y su cultura estaban a punto de desaparecer.

La casa de Fraisse, construida en el siglo XXI, era vieja pero robusta, y tenía una bonita arboleda cerca. Cuando se mudaron allí, las vidas de Cheng Xin y AA se volvieron mucho más estables, pero lo más importante era que el anciano les dio paz de espíritu. No compartía la intensa rabia ni el odio inveterado hacia los trisolarianos. De hecho, apenas hablaba de la crisis. Siempre decía que «los dioses recuerdan los actos de los hombres».

Tenía razón. Incluso las personas recordaban los actos de las personas. Cinco siglos atrás, los civilizados habitantes de la Tierra (la mayoría de los cuales habían sido criminales en Europa) hollaron ese continente y dispararon contra los aborígenes de los bosques por diversión. La matanza continuó más tarde, a pesar de que ya se habían dado cuenta de que sus presas eran seres humanos y no fieras. Los aborígenes habían vivido en aquella inmensa tierra durante decenas de miles de años. Cuando llegó el hombre blanco, la población nativa contaba con más de medio millón de personas, cifra que pronto disminuyó hasta las treinta mil, quienes tuvieron que refugiarse en los desolados desiertos del oeste del continente para sobrevivir...

Cuando Tomoko proclamó el establecimiento de las «reservas», la gente le prestó atención. Les hizo pensar en el trágico destino de los nativos de América del Norte, otro continente lejano donde la llegada del hombre civilizado trajo desdicha.

Al llegar por primera vez al hogar de Fraisse, AA sintió curiosidad por aquella vieja casa. Parecía un museo de cultura aborigen. Todo eran pinturas sobre piedras y cortezas de árbol, instrumentos musicales fabricados con listones de madera y troncos huecos, faldas de hierba cosida, bumeranes, lanzas y otros objetos similares. AA estaba muy interesada en unos potes de pintura hecha de arcilla blanca, roja y ocre. Enseguida supo para qué servían. Mojó un dedo en ellos y empezó a pintarse la cara. Luego se puso a cantar, imitando las danzas tribales que había visto en algún lugar, haciendo temibles sonidos mientras bailaba.

—Esto habría puesto los pelos de punta a esas zorras que vivían con nosotras —dijo.

Fraisse rio y sacudió la cabeza. Explicó que AA no había imitado a los aborígenes australianos, sino a los maoríes de Nueva Zelanda. La gente de fuera a veces los confundía, pero los aborígenes australianos eran gente apacible en comparación con los temibles guerreros que eran los maoríes. Aun así, no había imitado bien la danza maorí y tampoco había conseguido captar su espíritu. Fraisse se pintó en la cara una máscara impresionante, se quitó la camisa y dejó al descubierto un pecho oscuro y unos poderosos músculos que parecían incompatibles con su avanzada edad. Tomó una *taiaha*, una lanza de guerra que había en uno de los rincones de la casa, y empezó a bailar una auténtica *haka* de guerra.

Aquella danza tribal dejó fascinadas a Cheng Xin y AA. El habitual aspecto afable que caracterizaba a Fraisse desapareció y se transformó en un agresivo demonio que inspiraba terror. Todo su cuerpo parecía imbuido de una fuerza extraordinaria. Cada grito y pisotón hacía que el vidrio de las ventanas temblara en los marcos, y daba escalofríos a las dos mujeres. Sin embargo, lo que más les impactó fue su mirada: de aquellas grandes órbitas emanaba un frío homicida y una furia abrasadora, que aunaba las fuerzas de los tifones y el trueno de Oceanía. Su poderosa mirada parecía proyectar unos gritos ensordecedores: «¡No corras! ¡¡Te mataré!! ¡¡¡Te devoraré!!!»

Terminada la danza de guerra, Fraisse recuperó su aspecto habitual.

—Para un guerrero maorí, la clave está en aguantar la mirada del enemigo. Debe vencer al enemigo primero con la mirada, y luego matarlo con la *taiaha*.

Volvió y se puso de pie frente a Cheng Xin.

—No conseguiste aguantar la mirada del enemigo. —Le dio una suave palmada en el hombro—. Pero no fue culpa tuya. De verdad.

El día siguiente, Cheng Xin hizo algo que le sorprendió incluso a ella: fue a ver a Wade.

Tras el frustrado intento de asesinato, Thomas Wade fue condenado a treinta años de prisión. La cárcel en la que cumplía condena acababa de ser trasladada a la localidad de Charleville, al sur del estado australiano de Queensland.

Cuando Cheng Xin lo vio, Wade estaba sellando con planchas de conglomerado las ventanas de un refugio que se iba a usar como almacén. Una de sus mangas estaba vacía. En aquella época le habría resultado fácil conseguir una prótesis indistinguible de un brazo real, pero por alguna razón había rechazado el ofrecimiento.

Los otros dos prisioneros, a todas luces hombres de la Era Común, silbaron a Cheng Xin. Sin embargo, en cuanto supieron a quién había venido a visitar se callaron y continuaron con su trabajo sin levantar la vista.

Cuando Cheng Xin se acercó a Wade, le sorprendió un poco ver que estaba mucho mejor que la última vez que se habían visto, a pesar de estar cumpliendo condena en unas condiciones duras. Estaba totalmente afeitado y llevaba el pelo bien peinado. Los prisioneros de aquella época ya no vestían uniformes, pero su camisa blanca era la más limpia, incluso más que las de los guardias. Con la mano izquierda iba cogiendo uno a uno los clavos que sostenía entre los labios y los aporreaba en las placas de conglomerado con golpes de martillo precisos y fuertes. Miró a Cheng Xin sin mudar su expresión de indiferencia y continuó trabajando.

Nada más verlo, Cheng Xin supo que no había renunciado. Ni a sus ambiciones, ni a sus ideales, ni a sus insidias ni a todo lo que estuviera escondido en su corazón y que ella desconocía. No había renunciado a nada.

Cheng Xin le tendió una mano. Wade volvió a mirarla, bajó el martillo, escupió los clavos y los puso en las manos de ella. Luego ella le dio los clavos uno a uno mientras él los clavaba, hasta que se acabaron.

—Lárgate —dijo Wade. Cogió otro puñado de clavos de la caja de herramientas. No se los dio a Cheng Xin, y no los sujetó con la boca. En lugar de eso, los colocó en el suelo junto a sus pies.

—Yo... solo... —Cheng Xin no sabía qué decir.

—Me refiero a que te vayas de Australia. —Los labios de Wade apenas se movían mientras susurraba. Sus ojos seguían posados sobre la plancha de conglomerado. Cualquier persona que estuviera a cierta distancia habría pensado que estaba concentrado en su trabajo—. Date prisa, antes de que termine la reubicación.

Como tantas otras veces tres siglos antes, Wade había conseguido dejar atónita a Cheng Xin con una sola frase. Siempre se sentía como si le hubiera lanzado una madeja de hilo que ella había tenido que ir desenredando poco a poco hasta poder comprender el complejo significado oculto en su interior. Pero en esa ocasión, las palabras de Wade le pusieron la piel de gallina. No se atrevía siquiera a empezar a desentrañar aquel acertijo.

—Lárgate. —Wade no le dio la oportunidad de hacerle una pregunta. Entonces se volvió hacia ella y mostró una vez más aquella sonrisa especial que parecía una grieta en un lago helado—. Ahora me refiero a que te largues de aquí.

En su camino de regreso a Warburton, Cheng Xin vio los arracimados refugios que se extendían por el horizonte y observó por las rendijas entre las casas una multitud de personas trabajando. De repente notó que su visión se transformaba, como si lo viera todo desde fuera del mundo y como si todo lo que veía se convirtiera en un nido de hormigas que se retorcía. Un terror indescriptible se adueñó de ella, y el brillante sol australiano se le antojó frío como una lluvia de invierno.

Tres meses después del inicio de la Gran Migración, más de mil millones de personas se habían reubicado en Australia. Al mismo tiempo, los gobiernos de los distintos países empezaron a trasladarse a las grandes ciudades australianas. La sede de las Naciones Unidas se mudó a Sídney. Cada gobierno dirigió el traslado de sus propios ciudadanos, coordinados por la Comisión de Reubicación de la ONU. En aquella nueva tierra, los inmigrantes se concentraron en los distritos en función de sus países de origen, de tal modo que Australia se convirtió en una réplica en miniatura de la Tierra. Aparte de los nombres de las grandes ciudades, los viejos topónimos cayeron en desuso. «Nueva York», «Tokio» y «Shanghái» no eran más que campamentos de refugiados llenos de casas-refugio básicas.

Nadie tenía experiencia en la gestión de reubicaciones de semejante magnitud, ni los gobiernos nacionales ni las Naciones

Unidas, y no tardaron en surgir muchas dificultades y peligros.

Para empezar, estaba el problema de la vivienda. Los dirigentes pronto se dieron cuenta de que aunque los materiales de construcción de todo el mundo se enviaran a Australia y aunque el espacio per cápita se limitara a las dimensiones de una cama, ni siquiera una quinta parte de la población total final tendría un techo bajo el que cobijarse. Para cuando quinientos millones de inmigrantes hubieron llegado a Australia, no quedaba material suficiente para construir casas. Tuvieron que levantar tiendas de campaña, unas con las dimensiones de un estadio y capacidad para dar cobijo a más de diez mil personas cada una. Sin embargo, en unas condiciones de vida y sanitarias tan precarias, las epidemias eran una amenaza omnipresente.

También empezaron a escasear los alimentos. Las fábricas agrícolas australianas no eran ni de lejos suficientes para satisfacer las necesidades de la población, y era necesario transportar alimentos del resto del mundo. A medida que aumentó la población del continente, la distribución de los alimentos se volvió más compleja y estuvo sujeta a más retrasos.

Sin embargo, el mayor peligro era la posibilidad de que se produjeran revueltas. En las zonas de reubicación, la sociedad de la hiperinformación desaparecía. Los recién llegados tocaban las paredes, las cabeceras de las camas y su propia ropa solo para darse cuenta de que todo estaba desconectado. No estaban garantizadas ni las comunicaciones básicas. La gente solo podía informarse sobre lo que ocurría en el mundo a través de canales muy reducidos. Para la población de un mundo ultraconectado repleto de información, aquello era como haberse quedado ciego de repente. Los gobiernos modernos habían perdido todas sus tecnologías de comunicación masiva y su liderazgo, y no sabían cómo mantener el orden social en una sociedad tan superpoblada.

Paralelamente se estaba produciendo una reubicación en el espacio.

Al final de la Era de la Disuasión, vivían en el espacio alrededor de un millón y medio de personas, de las cuales aproximadamente medio millón pertenecían a Coalición Tierra y residían en estaciones y ciudades espaciales que orbitaban alrededor de la Tierra y en bases en la Luna. El resto formaba parte de la Flota Solar y estaba repartido entre varias bases en Marte y alrededor de Júpiter, así como en naves que patrullaban el Sistema Solar.

Los habitantes del espacio que pertenecían a Coalición Tierra vivían en su mayor parte bajo la órbita de la Luna. No tuvieron más remedio que volver a la Tierra y emigrar a Australia.

El resto se trasladó a la base en Marte, que Trisolaris había designado como segunda reserva humana.

Tras la batalla del Día del Fin del Mundo, la Flota Solar no llegó nunca a recuperar el tamaño que tuvo en otros tiempos. Incluso al final de la Era de la Disuasión, la flota tan solo contaba con un centenar de buques de guerra estelares. Si bien la tecnología había seguido progresando, la velocidad máxima de las naves nunca aumentó porque la propulsión ya había tocado techo. La abrumadora superioridad de las naves trisolarianas no solo se basaba en su capacidad de alcanzar la velocidad de la luz, sino en algo aún más terrorífico: su capacidad de llegar a esa velocidad sin un proceso prolongado de aceleración. Incluso para alcanzar solo el quince por ciento de la velocidad de la luz, las naves humanas tenían que acelerar durante un año, teniendo en cuenta las tasas de consumo de combustible y la necesidad de reservar el suficiente para el viaje de regreso. En comparación con las naves trisolarianas, las terrícolas eran lentas como caracoles.

Cuando terminó la disuasión, los buques de guerra estelares de la Flota Solar tuvieron la oportunidad de escapar al espacio profundo. Si las más de cien naves hubieran salido del Sistema Solar en diferentes direcciones acelerando a máxima potencia, las ocho gotas situadas en el Sistema Solar no podrían haberlas alcanzado a todas. Pero ninguna de las naves optó por hacerlo. Todas obedecieron a Tomoko y regresaron a la órbita marciana. Lo hicieron por una simple razón: la reubicación en Marte no era como asentarse en Australia. Dentro del hábitat cerrado de la base marciana, una población de un millón de personas podía llevar una vida cómoda en medio de la civilización. La base se había diseñado para dar respuesta a las necesidades a largo plazo de esa población. Sin lugar a dudas, era mejor que vagar en el espacio profundo el resto de sus vidas.

Trisolaris siempre mantuvo su recelo hacia los humanos de Marte. Las dos gotas que habían salido del cinturón de Kuiper dedicaron la mayor parte del tiempo a patrullar el espacio sobre la ciudad marciana. A diferencia del proceso de reubicación sobre la superficie terrestre y a pesar de que la Flota Solar había sido esencialmente desarmada, la gente que vivía en Marte todavía tenía acceso a la tecnología moderna, necesaria para mantener la habitabilidad de la ciudad. Con todo, los habitantes de Marte no se atrevían a intentar construir un transmisor de ondas gravitatorias. Los sofones, sin duda, habrían detectado una operación a gran escala como esa, y nadie había olvidado el terror de la batalla del Día del Fin del Mundo. La base marciana era tan frágil como la cáscara de un huevo, y la despresurización causada por el impacto de una de las gotas habría supuesto un completo desastre.

El proceso de reubicación en el espacio concluyó tres meses después. Aparte de la base marciana, no había rastros de presencia humana en el espacio del Sistema Solar, donde solo quedaban ciudades espaciales y naves vacías que orbitaban alrededor de la Tierra, Marte, Júpiter y el inhóspito cinturón de asteroides. Formaban una especie de silencioso cementerio metálico en el que habían sido enterrados la gloria y los sueños de la humanidad.

En casa de Fraisse, Cheng Xin solo podía enterarse a través de la televisión de lo que pasaba en el resto del mundo. Un día vio una retransmisión holográfica en directo de un centro de distribución de alimentos, y era tan real que le hizo sentirse como si estuviera allí. La tecnología requería unas conexiones de banda ultraancha y estaba reservada a noticias muy importantes. La mayoría de las noticias se retransmitían solo en dos dimensiones.

El centro de distribución se encontraba en Carnegie, al borde del desierto. En el visor holográfico apareció una tienda gigantesca que parecía un huevo partido por la mitad en medio del desierto, y de cuya clara salían personas. El gentío corría porque había llegado un nuevo cargamento de comida. Dos transportes voladores, pequeños pero resistentes, bajaron grandes cargamentos de comida sujetados por redes.

Después de que el primer vehículo dejara caer el cargamento, la multitud se abalanzó enseguida sobre la comida. La barrera de seguridad formada por varias docenas de soldados se rompió al instante, y varios trabajadores encargados de la distribución de alimentos subieron al transporte volador presas del terror. La montaña de comida desapareció bajo la multitud como una bola de nieve lanzada a un lodazal.

El objetivo amplió la imagen. Había gente que le quitaba la comida a los que la habían cogido del montón. Las bolsas de alimentos, como granos de arroz en una nube de hormigas, se rompieron al momento y la turba se peleó por lo que caía. El segundo vehículo depositó otro montón de comida en un espacio vacío más alejado. En esa ocasión no había soldados que pudieran ofrecer seguridad, y los trabajadores encargados de la distribución no se atrevieron a salir del avión. La multitud se abalanzó sobre ese nuevo cargamento como virutas de hierro atraídas por un imán y lo cubrió rápidamente.

Una silueta verde, esbelta y atlética saltó del vehículo y aterrizó con gracilidad sobre el montón de comida que se encontraba unos diez metros más abajo. La anárquica muchedumbre paró en seco al ver que la figura que había en lo alto del cargamento era Tomoko. Seguía vistiendo de camuflaje, y la bufanda negra que llevaba atada al cuello ondeaba en el viento caliente y contrastaba con la palidez de sus facciones.

—¡En fila! —bramó Tomoko.

La cámara volvió a ampliar la imagen. Los bellos ojos de Tomoko lanzaron una mirada fulminante a la multitud. Tenía una voz muy potente que se oía por encima del estruendo del motor de los vehículos. Aun así, la gente solo se detuvo un momento antes de continuar con su alborotada marcha. Los que estaban más cerca del montón de comida empezaron a atravesar la red para conseguir las bolsas que había dentro. La muchedumbre enloqueció y los más audaces empezaron a subir al cargamento, haciendo caso omiso de Tomoko.

—¡Panda de inútiles! ¿Por qué no estáis aquí poniendo orden? —Tomoko levantó la vista y gritó al vehículo. En la puerta abierta del transporte había algunos oficiales de la Comisión de Reubicación de la ONU estupefactos—. ¿Dónde está vuestro ejército? ¿Y vuestra policía? ¿Qué hay de las armas que os permitimos traer? ¿Dónde está vuestra responsabilidad?

El presidente de la Comisión de Reubicación estaba en la puerta del vehículo. Se apoyó en la puerta con una mano mientras hacía señas a Tomoko con la otra y sacudía la cabeza con impotencia.

Tomoko desenvainó la *katana*. Se movió a una velocidad imperceptible para el ojo humano, dio tres sablazos y rebanó por la mitad a tres hombres que habían escalado hasta lo alto del cargamento de comida. Los tres golpes mortales eran exactamente iguales: comenzaban en el hombro izquierdo y terminaban en la cadera derecha. Las seis mitades humanas cayeron, y las vísceras se esparcieron en el aire y se precipitaron como una lluvia de sangre entre el resto de la gente. Entre gritos de terror, Tomoko brincó del cargamento al suelo mientras blandía su espada y mataba a más de una decena de personas a su alrededor. Los refugiados se apartaron de ella como si alguien hubiera echado una gota de detergente sobre la capa de aceite de un plato sucio, y dejaron despejado al momento el espacio que había a su alrededor. Los cuerpos que había dejado a su paso también estaban cortados desde el hombro izquierdo hasta la cadera derecha, un método que garantizaba la mayor cantidad posible de derrame de sangre y órganos.

Al ver semejante carnicería, muchas personas se desmayaron. La gente huía despavorida a medida que la androide avanzaba. Parecía estar rodeada por una fuerza invisible que repelía la muchedumbre y mantenía vacío el espacio a su alrededor. Después de unos cuantos pasos se detuvo y la multitud se quedó petrificada.

—En fila —dijo Tomoko, ahora con voz suave.

La turbamulta se organizó rápido en una larga y sinuosa fila, como si hubieran ejecutado un algoritmo de ordenación. La fila llegaba hasta la tienda gigante y la rodeaba.

Tomoko volvió a saltar sobre el cargamento y señaló la línea con la punta de su *katana* ensangrentada:

—¡La decadente era de la libertad humana ha terminado! ¡Si queréis sobrevivir aquí, tenéis que volver a aprender el colectivismo y recuperar la dignidad de vuestra raza!

Aquella noche, Cheng Xin no pudo dormir y salió en silencio de su habitación.

Era un poco tarde, y podía ver la luz parpadeante en las escaleras del jardín. Fraisse estaba fumando. En sus rodillas tenía un *didgeridoo*, un instrumento musical aborigen hecho a partir de una rama vacía y gruesa de un metro de longitud. Lo tocaba un rato cada noche. El sonido del instrumento era un gemido profundo, potente y sordo; más parecido a los ronquidos de la tierra que a música. Cada noche, AA y Cheng Xin se dormían escuchándolo.

Cheng Xin se sentó junto a Fraisse. Le gustaba estar con el anciano. Su sentido de la trascendencia ante aquella infeliz realidad aliviaba el dolor de su dolorido corazón. Fraisse nunca veía la televisión, y cualquiera hubiera jurado que no prestaba atención a lo que ocurría en el mundo exterior. Rara era la vez que volvía por las noches a su habitación. En lugar de ello, se dormía apoyándose contra el marco de la puerta y se despertaba cuando el sol naciente le había calentado el cuerpo. Lo hacía incluso en las noches de tormenta y aseguraba que era más cómodo que dormir en una cama. En una ocasión llegó a decir que si los cabrones del Gobierno venían a quitarle la casa, no se mudaría a las zonas de reubicación, sino que se iría al bosque y construiría un refugio con hierba tejida. AA dijo que a una edad tan avanzada como la suya ese plan no era factible, a lo que él replicó diciendo que si sus ancestros habían podido vivir así, él también podría. Ya en la cuarta glaciación, sus ancestros habían cruzado en canoas el Pacífico rumbo a Asia. Hacía ya cuarenta mil años de aquello, todavía no existían ni Grecia ni Egipto. Ya en el siglo XXI, Fraisse había sido un adinerado doctor con una clínica en Melbourne, y tras salir de la hibernación en la Era de la Disuasión había llevado la cómoda vida de un hombre moderno. Sin embargo, algo en su interior empezó a despertar al inicio de la Gran Migración. Sintió que se estaba convirtiendo en una criatura de la tierra y el bosque, y se dio cuenta de que muy pocas cosas eran realmente necesarias en la vida. Dormir al raso estaba bien. Era muy agradable, de hecho.

Fraisse dijo que no sabía a qué había venido ese presagio.

Cheng Xin miró hacia la zona de reubicación a lo lejos. A esas horas de la noche había poca luz, y las interminables hileras de casas-refugio transmitían una tranquilidad poco habitual. Un extraño sentimiento se apoderó de ella, como si presenciara otra época migratoria, la de la Australia de cinco siglos atrás. La gente que dormía en aquellas casas eran tenaces vaqueros y rancheros, y podía incluso percibir el olor del heno y las heces de caballo. Cheng Xin compartió con Fraisse esa sensación tan extraña.

—En esa época no había tanta gente —comentó el anciano—. Oí decir que cuando un hombre blanco quería comprar terrenos a otro hombre blanco, bastaba con pagar el precio de una caja de whisky. Cabalgaba desde la salida del sol y regresaba al ocaso, y el territorio que hubiera recorrido pasaba a ser de su propiedad.

Las impresiones que Cheng Xin tenía sobre Australia se basaban en aquella antigua película homónima, en la que el héroe y la heroína cruzaban el espectacular paisaje del norte del país en una carreta de ganado. Sin embargo, el largometraje no estaba ambientado en la época de la emigración, sino en la Segunda Guerra Mundial, que para ella todavía era el pasado reciente en el que fue una mujer joven, pero allí ya era historia antigua. Sintió una punzada de tristeza cuando se dio cuenta de que Hugh Jackman y Nicole Kidman probablemente llevaban dos siglos muertos. Entonces pensó en el parecido entre Wade y el héroe de aquella película mientras trabajaba en la casa-refugio.

Al pensar en Wade, le repitió a Fraisse lo que aquel hombre le había dicho. Quería decírselo, pero temía perturbar lo trascendente de su estado mental.

—Le conozco —dijo Fraisse—. Niña, estoy seguro de que deberías escucharle. Pero ahora es imposible salir de Australia. No te preocupes. Es inútil pensar sobre lo que no se puede hacer.

Era verdad. Salir de Australia era ya muy difícil. No solo patrullaban las gotas, sino que además Tomoko había reclutado su propia fuerza naval humana. Atacaban de inmediato cualquier avión o barco que saliera de Australia con inmigrantes a bordo. Además, conforme se acercaba el plazo anunciado por Tomoko, pocas personas estaban dispuestas a intentar regresar a sus hogares. Aunque las condiciones de vida en Australia eran duras, quedarse allí era mejor que salir en busca de una muerte segura. Había casos de tráfico de personas a pequeña escala aquí y allí, pero Cheng Xin era un personaje público, y ese camino le estaba vetado.

Esas nimiedades no le quitaban el sueño a Cheng Xin. Pasara lo que pasase, no se marcharía.

Fraisse parecía querer cambiar de tema, pero el silencio de Cheng Xin en la oscuridad le interpelaba a seguir hablando.

—Soy ortopeda. Seguro que sabes que cuando un hueso se rompe, se vuelve más fuerte porque alrededor de la fractura se forma un nudo. Cuando al cuerpo se le da la oportunidad de compensar una ausencia, lo hace en exceso y se recupera hasta tal punto que al final tiene más de esa cualidad que los que nunca tuvieron dicha carencia —dijo, y señaló al cielo—. A los trisolarianos, a diferencia de los humanos, les solía faltar algo. ¿Crees que han logrado compensar algo en exceso? ¿Hasta qué punto? Nadie lo sabe.

La idea desconcertó a Cheng Xin. Sin embargo, a Fraisse no le interesaba seguir con el debate. Alzó la vista al cielo estrellado y empezó a recitar poemas en voz baja. Los versos hablaban de sueños pasados, de confianza rota y armas destruidas, de muertes de personas y formas de vida.

Cheng Xin se emocionó tanto como cuando Fraisse tocaba el *didgeridoo*.

—Es una obra de Jack Davis, un poeta aborigen del siglo XX.

El anciano se apoyó contra el marco de la puerta, y unos minutos después empezó a roncar. Cheng Xin se quedó sentada bajo las estrellas, que no desviaban un ápice su trayectoria habitual a pesar de la agitación que vivía el mundo, hasta que el alba llegó por el este.

Seis meses después del inicio de la Gran Migración, la mitad de la población mundial, que ascendía a dos mil cien millones de personas, se había mudado a Australia.

Empezaron a salir a la luz problemas que habían permanecido soterrados. La Masacre de Camberra, que tuvo lugar siete meses después del inicio de los traslados, fue tan solo el principio de una serie de pesadillas.

Tomoko había pedido que los humanos fueran reubicados con las manos vacías. Durante la Era de la Disuasión, los humanos partidarios de la línea dura habían propuesto una política similar a esa para hacer frente a la eventual migración de los trisolarianos al Sistema Solar. Aparte de los materiales de construcción y los componentes para construir nuevas fábricas agrícolas, así como equipos médicos y otras necesidades, la población reubicada tenía prohibido llevar equipo militar, ya fuera de uso militar o civil. Las fuerzas militares desplazadas por los distintos países a las zonas de reubicación solo podían llevar las armas ligeras necesarias para mantener el orden. Había que desarmar por completo a la humanidad.

Sin embargo, el Gobierno australiano estaba exento de estas restricciones: se le permitía conservar todo, incluido el equipo pesado del ejército de tierra, la marina y la fuerza aérea. Así, aquel país que había permanecido en la periferia de los asuntos internacionales desde su nacimiento se convirtió de la noche a la mañana en la potencia hegemónica.

Nadie tenía objeción alguna sobre el comportamiento del Gobierno australiano al inicio del proceso. El ejecutivo y los australianos en conjunto hicieron todo lo posible para ayudar con el flujo de migrantes. Sin embargo, conforme llegaba la avalancha de inmigrantes a Australia, la actitud del otrora el único Estado poseedor de un continente entero, cambió. Los australianos protestaron con amargura, y eligieron a un nuevo gobierno que adoptó una política más estricta con los recién llegados. Los miembros del Gobierno no tardaron en darse cuenta de que el poder que tenían sobre el resto del mundo era comparable a la superioridad de Trisolaris sobre la Tierra. Los inmigrantes que llegaron posteriormente se reubicaron al yermo interior del país, mientras que los lugares ricos y más deseados, como la costera Nueva Gales del Sur, eran «territorios reservados» solo para los australianos. Camberra y Sídney fueron clasificadas como «ciudades reservadas» en las que la inmigración también estaba prohibida. La única gran ciudad en la que se permitía la residencia a los inmigrantes era Melbourne. El Gobierno australiano también se volvió dictatorial hacia el resto del mundo, al considerarse superior a la ONU y otros gobiernos nacionales.

Si bien los recién llegados no tenían permitido asentarse en Nueva Gales del Sur, era imposible evitar que fueran como turistas. Muchos inmigrantes acudieron en masa a Sídney con el fin de satisfacer su imperioso deseo de vivir en una ciudad, aunque no pudieran quedarse, solo vagabundear por las calles sin quedarse bajo un techo les hacía sentirse mejor que vivir en las zonas de reubicación. Allí por lo menos se sentían como si aún estuvieran en una sociedad civilizada. Sídney pronto se volvió una ciudad superpoblada, y el Gobierno australiano decidió retirar por la fuerza a todos los inmigrantes e impedirles las visitas. La policía y el ejército protagonizaron enfrentamientos con los refugiados que se quedaban en la ciudad, que se saldaron con heridos.

El Incidente de Sídney desató la ira contenida de la población reubicada contra el Gobierno australiano, y más de cien millones de personas entraron en Nueva Gales del Sur en dirección a Sídney. Ante la avalancha de personas sublevadas, el ejército australiano abandonó sus posiciones. Decenas de millones de personas inundaron Sídney y la saquearon de la misma manera en que un enjambre de hormigas devora un cadáver todavía fresco, dejando nada más que un esqueleto desnudo. Sídney fue pasto de las llamas y del caos, y se transformó en un bosque de terror. Para la gente que se quedó, la vida se volvió peor que en las zonas de reubicación.

A partir de entonces, la horda de refugiados trasladó su objetivo a Camberra, ciudad situada a unos doscientos kilómetros de Sídney. Al tratarse de la capital australiana, alrededor de la mitad de los gobiernos nacionales del mundo se habían instalado allí. Incluso la ONU se acababa de trasladar desde Sídney. A fin de mantener la seguridad de dichos gobiernos, el ejército no tuvo más remedio que disparar contra la multitud. Murió más de medio millón de personas, la mayoría no a manos de las fuerzas armadas australianas, sino de hambre, sed y la despavorida estampida de cien millones de personas. Durante el caos que se sucedió durante más de diez días, se cortó el suministro de alimentos y agua potable a decenas de millones de personas.

La sociedad de las poblaciones reubicadas experimentó profundos cambios. La gente se dio cuenta de que en aquel continente superpoblado y hambriento, la democracia era más terrorífica que el despotismo. Todos ansiaban tener orden y un gobierno fuerte. El orden social existente se desmoronó. Lo único que le importaba a la gente era que el gobierno les proporcionara comida, agua y espacio suficiente para un lecho donde dormir. Nada era más importante que eso. Poco a poco, la sociedad de los reubicados sucumbió a la seducción del totalitarismo, como la superficie de un lago golpeada por una fría brisa. Las palabras de Tomoko después de matar a aquellas personas en el centro de distribución de alimentos («La decadente era de la libertad humana ha terminado») se convirtieron en un eslogan habitual, y fantasmas del pasado que habían sido olvidados, como el fascismo, salieron de sus tumbas y se convirtieron en la opción mayoritaria. El poder de las religiones también se recuperó, y la gente se congregó en distintos credos e iglesias. Fue así como la teocracia, un muerto viviente todavía más antiguo que el totalitarismo, volvió a la vida.

La política totalitaria desembocaba inevitablemente en la guerra. Los conflictos entre naciones se volvieron cada vez más frecuentes. Al principio los enfrentamientos tenían su origen en la comida y el agua, pero no tardaron en convertirse en competiciones planificadas por el espacio vital. Tras la Masacre de Camberra, las fuerzas armadas australianas se convirtieron en una poderosa fuerza de disuasión dentro de Coalición Reubicación. A petición de las Naciones Unidas, el ejército australiano empezó a mantener el orden internacional por la fuerza. Sin ellos, habría estallado una guerra mundial dentro de Australia, una conflagración que, tal y como había pronosticado alguien durante el siglo XX, se habría librado con palos y piedras. Para entonces, los ejércitos de los distintos países, a excepción de Australia, no podían ni siquiera equipar a sus efectivos con material antidisturbios. Las armas más comunes eran las barras hechas a partir de marcos metálicos utilizados en la construcción, e incluso se volvieron a utilizar las antiguas espadas de los museos.

En aquellos días aciagos, un sinfín de personas se levantaban cada mañana incapaces de creer que esa fuese la realidad en la que vivían. En medio año, la sociedad humana había retrocedido tanto que ya tenía un pie en la Edad Media.

Lo único que impedía el colapso total de la gente y la sociedad en su conjunto era la segunda flota trisolariana que se aproximaba. La flota ya había cruzado el cinturón de Kuiper. En las noches despejadas, a veces incluso era posible ver a simple vista las llamas de las naves al desacelerar. La esperanza de toda la humanidad pendía de aquellas cuatrocientas quince luces tenues. Todos recordaron la promesa de Tomoko y soñaron con que la llegada de la flota traería una vida cómoda y tranquila para todos los habitantes del continente. El demonio del pasado se había convertido en un ángel salvador y en su único apoyo espiritual. La gente rezaba por su advenimiento.

Mientras continuaba el proceso de reubicación, las ciudades de los continentes fuera de Australia se fueron apagando una tras otra hasta convertirse en cáscaras vacías y silenciosas. Era como si un restaurante de lujo hubiese apagado las luces después de que se marchara el último cliente.

Al noveno mes de la Gran Migración, tres mil cuatrocientos millones de personas vivían en Australia. Como las condiciones de vida siguieron empeorando, el proceso de reubicación tuvo que ser detenido temporalmente. Las gotas volvieron a atacar ciudades fuera de Australia, y Tomoko repitió su amenaza: pasado el plazo de un año comenzaría de inmediato el exterminio de todos los seres humanos fuera de las reservas. Australia parecía un furgón penitenciario que recorría una carretera rumbo a un lugar del que no regresaría. La jaula ya estaba a punto de estallar por el gran número de presos, pero había que meter dentro a otros setecientos millones de personas.

Tomoko sopesó las dificultades que planteaba una mayor inmigración y propuso una solución: Nueva Zelanda y otras islas cercanas podrían ser usadas como tapón. Su consejo funcionó, y durante los dos meses y medio siguientes, otros seiscientos treinta millones de refugiados fueron trasladados a Australia a través de aquella tierra de nadie.

Al fin, tres días después de que terminara el plazo, los tres últimos millones de refugiados abandonaron Nueva Zelanda en barcos y aviones y se dirigieron hacia Australia.

La Gran Migración había concluido.

Por aquel entonces, Australia albergaba la mayor parte de la población humana: 4.160 millones de personas. Fuera de Australia había alrededor de ocho millones de personas divididas en tres partes: un millón en la base de Marte, cinco millones en la

Fuerza de Seguridad Terrícola, y unos dos millones en el Movimiento de Resistencia Terrícola. Un pequeño número de personas que no pudieron ser reubicadas por diversos motivos estaban desperdigadas por todo el mundo, pero se desconocía su número exacto.

Tomoko había reunido a la Fuerza para supervisar el proceso de reubicación. Prometió a todos los que se enrolaran que no tendrían que emigrar a Australia y que en última instancia podrían vivir libres en los territorios de la Tierra conquistados por Trisolaris. Muchas personas se ofrecieron voluntarias movidas por un gran interés: según el cómputo final, más de mil millones habían presentado sus solicitudes en línea, veinte millones de las cuales fueron entrevistadas para, al final, aceptar a cinco millones. Estos pocos afortunados no prestaron atención a las miradas de desdén de los demás humanos. Sabían que muchos de los que les escupían también se habían presentado voluntarios.

Había quien comparaba la Fuerza de Seguridad Terrícola con la Organización Terrícola-trisolariana de tres siglos atrás, pero la esencia de ambas organizaciones era diferente. La Organización estaba formada por guerreros con convicciones, mientras que los reclutas de la Fuerza eran tan solo personas que querían librarse del resentamiento y vivir sin estrecheces.

La Fuerza estaba dividida en tres cuerpos: el asiático, el europeo y el norteamericano. Heredaron todo el equipamiento militar que los ejércitos nacionales se vieron obligados a dejar atrás durante la reubicación. Al principio del proceso, la Fuerza se comportaba con cierta moderación y se limitaba a seguir las órdenes de Tomoko de supervisar el transcurso de la migración en varios continentes y evitar que se saquearan y sabotearan las infraestructuras básicas de ciudades y regiones. Pero a causa del aumento de las dificultades en Australia, la reubicación no conseguía avanzar a un ritmo satisfactorio en opinión de Tomoko, y debido a sus constantes demandas y amenazas la Fuerza fue enloqueciendo hasta que empezó a recurrir a la violencia a gran escala para llevar a cabo el traslado. Durante esa época, la Fuerza mató a casi un millón de personas. Finalmente, una vez transcurrido el plazo para el traslado, Tomoko dio la orden de exterminar a todos los seres humanos que se encontraban fuera de las reservas, lo que convirtió a los integrantes de la Fuerza en auténticos demonios: montados en coches voladores y armados con rifles láser de francotirador, planearon sobre ciudades y campos vacíos como halcones, abalanzándose sobre todo el que encontraban para matarle.

En cambio, el Movimiento de Resistencia Terrícola representaba lo mejor de la humanidad, templado en el horno de aquella tragedia. El Movimiento estaba formado por tantas ramas locales dispersas que era imposible comprobar su número exacto, pero estaba integrado por un total estimado de dos millones de personas. Llevaban a cabo una guerra de guerrillas contra la Fuerza escondidos en montañas remotas y túneles profundos bajo las ciudades, y confiaban en poder tener la oportunidad de librar la batalla final contra los invasores trisolarianos a su llegada prevista para dentro de cuatro años. A diferencia de otros movimientos de resistencia a lo largo de la historia humana, sin duda el Movimiento hizo el mayor de los sacrificios. El apoyo de Tomoko y las gotas hacía que todas las acciones del Movimiento fueran misiones suicidas. Las condiciones en las que luchaban también les impedían unir fuerzas, y eso a su vez hacía que la Fuerza lo tuviera fácil para eliminar a sus células una por una.

La composición del Movimiento era compleja, e incluía a individuos de todas las capas de la sociedad, la mayoría procedentes de la Era Común. Los otros seis candidatos al puesto de portador de la espada eran comandantes de la resistencia. Al final del período de reasentamiento, tres de ellos murieron en combate. Solo quedaron el ingeniero Bi Yunfeng, el físico Cao Bing y el antiguo vicealmirante ruso Iván Antónov.

Todos los miembros de la resistencia eran conscientes de que libraban una guerra sin esperanza alguna de victoria. El día en que llegara la segunda flota trisolariana sería el día de su aniquilación total. Hambrientos, vestidos con harapos y ocultos en cuevas en las montañas y alcantarillas bajo las ciudades, los guerreros lucharon por el último resquicio de dignidad de la especie humana. Su existencia fue la única luz en aquel período tan oscuro de la historia.

El sonido de una serie de explosiones despertó a Cheng Xin al despuntar el alba. Aquella noche no había dormido bien debido al ruido constante de los refugiados recién llegados que se encontraban fuera. Se dio cuenta, eso sí, de que ya no era la estación lluviosa, y después de aquel estruendo se hizo el silencio. Se estremeció, se levantó de la cama, se vistió y salió de casa. Estuvo a punto de tropezarse con el cuerpo durmiente de Fraisse junto a la puerta. El anciano la miró con gesto soñoliento y volvió a apoyarse contra el marco de la puerta para seguir con su sueño interrumpido.

Apenas había luz en el exterior. Muchas personas estaban de pie, mirando ansiosos hacia el este y murmurando entre sí. Cheng Xin siguió con la vista sus miradas, y vio una densa columna de humo negro en el horizonte, como si la pálida luz del amanecer hubiera sido rasgada.

Gracias a los demás, Cheng Xin al fin supo que alrededor de una hora antes la Fuerza había iniciado una serie de ataques aéreos sobre Australia, cuyos principales objetivos al parecer eran los sistemas eléctricos, los puertos y los equipos de transporte a gran escala. La columna de humo procedía de una planta de energía de fusión nuclear destruida a unos cinco kilómetros de distancia. La gente alzó la vista asustada y vio cinco estelas blancas que se extendían por el cielo azul negruzco: bombarderos de la Fuerza.

Cheng Xin volvió a entrar en la casa. AA, que estaba despierta, encendió la televisión. Pero Cheng Xin no la miró: no necesitaba más información. Había rezado durante casi un año para que ese momento no llegara nunca. Tenía los nervios a flor de piel, y la menor pista le llevaba a la conclusión correcta. Incluso cuando le despertó aquel estruendo sabía lo que había ocurrido.

Wade había tenido razón una vez más.

Cheng Xin se dio cuenta de que estaba preparada para aquel momento. Sin pensárselo dos veces, supo lo que tenía que hacer. Le dijo a AA que necesitaba visitar el ayuntamiento y cogió una bicicleta, el método de transporte más práctico en las zonas de refugiados. También llevó consigo algo de comida y agua, consciente de que seguramente iba a ser incapaz de cumplir con su tarea y tendría que seguir de viaje durante mucho tiempo.

Recorrió las calles atestadas de gente en dirección al consistorio. Los distintos países habían trasplantado sus propios sistemas administrativos en las zonas de refugiados, y la zona de Cheng Xin estaba compuesta de gente reubicada de una ciudad de tamaño medio del noroeste de China. El ayuntamiento se encontraba en una gran tienda a unos dos kilómetros, cuya punta blanca podía ver a lo lejos.

Una gran cantidad de refugiados había inundado la zona en las últimas dos semanas en el postrer impulso del proceso de reubicación. No hubo tiempo para distribuirlos en las zonas que correspondían a sus lugares de origen, así que los amontonaron allá donde hubiera espacio libre. Era por ello que la zona de Cheng Xin estaba llena de personas de otras ciudades, regiones y provincias, e incluso había algunas que no eran de nacionalidad china. Los setecientos millones de refugiados apretujados en Australia durante los últimos dos meses hacían todavía más insoportables las ya de por sí abarrotadas zonas de reubicación.

Las posesiones de la gente estaban amontonadas a ambos lados de la carretera. Los recién llegados no tenían donde dormir y pernoctaban al aire libre. Las explosiones anteriores les habían despertado, y miraban nerviosos en dirección a la columna de humo. La luz del alba proyectaba un tenue brillo azulado sobre el paisaje, empalideciendo aún más los rostros que había a su alrededor. Cheng Xin volvió a experimentar la extraña sensación de estar contemplando una colonia de hormigas. A medida que avanzaba entre las caras pálidas, su subconsciente pensaba con desesperación en la posibilidad de que el sol no volviera a salir jamás. Una oleada de náusea y una sensación de debilidad se apoderaron de ella. Estrujó los frenos de la bicicleta, paró a un lado de la carretera y sintió arcadas que le hicieron saltar las lágrimas. Las aguantó hasta que se le calmó el estómago. Oyó a un niño llorando cerca, y al levantar la vista vio a una madre envuelta en harapos sosteniendo a su bebé. Macilenta y con el pelo desaliñado, no se movió mientras el niño se aferraba a ella, sino que siguió mirando al este con cara inexpresiva. El amanecer le iluminaba los ojos, que reflejaban tan solo desconcierto e insensibilidad.

Cheng Xin pensó en otra madre, una guapa, sana y llena de vida, entregándole a su bebé frente al edificio de la sede de las Naciones Unidas... ¿Dónde estarían ella y su hijo ahora?

A medida que se fue acercando a la tienda que albergaba el

ayuntamiento, Cheng Xin se vio obligada a bajar de la bicicleta y atravesar a pie la densa multitud. Aquel lugar siempre estaba lleno de gente, pero ahora se habían reunido aún más personas para enterarse de lo que había ocurrido. Cheng Xin tuvo que explicar quién era a los centinelas que bloqueaban la entrada antes de que le permitieran entrar. El oficial no la conocía y tuvo que escanear su identificación. Cuando confirmó su identidad, la mirada del guardia se quedó grabada a fuego en la mente de Cheng Xin.

«¿Por qué tuvimos que elegirte a ti?»

El interior de la tienda del ayuntamiento le trajo recuerdos de la época de la hiperinformación. Un gran número de ventanas holográficas volaban en el amplio espacio, flotando sobre varios oficiales y empleados. Muchos de ellos habían estado en vela toda la noche y parecían agotados, pero todavía estaban muy ocupados. Se habían amontonado una gran cantidad de departamentos para aprovechar el espacio, lo que le recordó a Cheng Xin al lugar de compraventa de acciones en la bolsa de Wall Street durante la Era Común. Los trabajadores pulsaban o escribían dentro de las ventanas que flotaban delante de ellos, y luego las ventanas flotaban automáticamente al siguiente trabajador del proceso. Aquellas ventanas resplandecientes eran como fantasmas de una época que había terminado, y aquello era su último lugar de encuentro.

Cheng Xin vio al alcalde en una diminuta oficina hecha con planchas de conglomerado. Era muy joven, y su rostro feminizado y bello tenía un aspecto tan exhausto como el de los demás. También parecía un poco perdido y aturdido, como si la carga que había recibido fuera demasiado insoportable para su frágil generación. En uno de los muros había aparecido una ventana de información muy grande que mostraba la imagen de una ciudad. La mayoría de los edificios de la ventana tenían aspecto viejo y convencional, con tan solo varios árboles-edificios esparcidos entre ellos. Era evidente que aquello era una ciudad de tamaño medio. Cheng Xin fue consciente de que la imagen no era estática. De vez en cuando se veían coches voladores surcando el aire, y parecía que allí también era temprano por la mañana. Cheng Xin se dio cuenta de que la visión simulaba la vista desde la ventana de una oficina, así que quizá se trataba del lugar donde el alcalde había vivido y trabajado antes de la Gran Migración.

Miró a Cheng Xin y sus ojos también parecían decir: «¿Por qué tuvimos que elegirte a ti?» Aun así, se mostró cortés y preguntó a la mujer en qué le podía ayudar.

—Necesito contactar con Tomoko —dijo.

El alcalde sacudió la cabeza, pero su inesperada petición ahuyentó parte de su cansancio. Parecía serio.

—Eso no es posible. Para empezar, el rango de este departamento es demasiado bajo como para establecer un contacto directo con ella. Ni siquiera los gobiernos provinciales tienen semejante autoridad. Nadie sabe en qué lugar de la Tierra se encuentra ahora. Además, es muy difícil establecer comunicación con el mundo exterior en estas circunstancias. Acabamos de perder la conexión con el gobierno provincial, y estamos a punto de perder la electricidad.

—¿Puede enviarme a Camberra?

—No puedo ofrecerle un avión, pero sí mandar un vehículo terrestre. Aunque así podría tardar más que a pie. Señora Cheng, le recomiendo encarecidamente que no se mueva. Ahora mismo reina el caos en todas partes, y es muy peligroso. Están bombardeando ciudades, y lo crea o no, aquí la situación es relativamente tranquila.

Como no había un sistema inalámbrico de energía, los coches voladores no podían utilizarse en las zonas de reubicación. Solo los aviones autopropulsados y los vehículos terrestres estaban disponibles, pero las carreteras eran impracticables.

Cheng Xin oyó otra explosión nada más abandonar el ayuntamiento. Una nueva columna de humo surgió en otra dirección, y la multitud pasó de estar simplemente nerviosa a estar agitada de verdad. Se abrió paso a través de la gente y encontró su bicicleta. Tendría que pedalear durante más de cincuenta kilómetros hasta llegar al gobierno provincial para intentar contactar con Tomoko desde allí. Si no lo conseguía, intentaría llegar a Camberra.

Pasara lo que pasase, no se iba a rendir.

Una enorme ventana de información que era casi tan grande

como la propia tienda apareció sobre el ayuntamiento y se hizo el silencio entre la multitud. Solo se utilizaba cuando el gobierno necesitaba retransmitir noticias muy importantes. Como el voltaje eléctrico no era estable, la ventana parpadeó, pero mostraba imágenes muy claras sobre el tenue trasfondo del alba.

En la ventana se podía ver el Parlamento de Camberra. Aunque se había edificado en 1988, la gente aún se refería a él como el «nuevo» Parlamento. A lo lejos, el edificio parecía un búnker recogido en una colina, y sobre él se encontraba la que probablemente fuera el asta más alta del mundo. El mástil, de unos ochenta metros de altura, se había levantado todavía más por cuatro vigas de hierro gigantes. Pretendían simbolizar la estabilidad, pero ahora se parecían al marco de una gran tienda. La bandera de las Naciones Unidas, que había trasladado su sede ahí tras los disturbios en Sídney, ondeaba sobre el edificio.

Cheng Xin sintió como si un puño gigante le apretara el corazón. Sabía que había llegado el día del Juicio Final.

La imagen dio paso al interior de la Cámara de Representantes, abarrotada por todos los líderes de Coalición Tierra y Coalición Flota. Tomoko había convocado una sesión de emergencia de la Asamblea General de las Naciones Unidas.

Estaba de pie en la tribuna, todavía ataviada con el traje de camuflaje y la bufanda negra, pero sin la *katana*. No había rastro de la elegante crueldad a la que todo el mundo se había acostumbrado a lo largo del último año, sino que irradiaba belleza. Hizo una reverencia a los líderes de la humanidad, y Cheng Xin reconoció en ella a la amable anfitriona que la había agasajado con la ceremonia del té hacía dos años.

—¡La Gran Migración ha terminado! —Tomoko volvió a hacer una reverencia—. ¡Gracias! Les estoy muy agradecida. Se trata de un hito histórico, comparable a la salida de África de sus ancestros hace decenas de miles de años. ¡Ha comenzado una nueva era para nuestras dos civilizaciones!

Todos los presentes en la Cámara de Representantes se giraron con nerviosismo cuando algo explotó fuera. Los cuatro rayos de luz que colgaban del techo se balancearon, así como las sombras, como si el edificio estuviera a punto de derrumbarse. Sin embargo, Tomoko seguía con su discurso:

—Antes de que la magnífica flota trisolariana llegue para traerles una vida nueva y feliz, todos deberán soportar un último y difícil período de tres meses. Confío en que la humanidad se comporte tan bien como durante la Gran Migración.

»Me dispongo a anunciar la completa separación de la reserva australiana del resto del mundo. Siete sondas espaciales de interacción nuclear fuerte y la Fuerza de Seguridad Terrícola llevarán a cabo un bloqueo absoluto. ¡Cualquiera que intente abandonar Australia será considerado invasor de Trisolaris y exterminado sin piedad!

»El desarme de la Tierra debe continuar. Durante los próximos tres meses, la reserva llevará a cabo un programa de agricultura de subsistencia. El uso de cualquier tecnología moderna, incluida la electricidad, estará terminantemente prohibido. Como habrán observado todos los presentes, en estos momentos la Fuerza de Seguridad Terrícola está eliminando de forma sistemática todos los equipos de generación de electricidad de Australia.

Las personas que rodeaban a Cheng Xin se miraban entre sí sin dar crédito a lo que oían, a la espera de que alguien pudiera explicar lo que Tomoko acababa de decir.

—¡Esto es un genocidio! —gritó alguien en la Cámara de Representantes. Las sombras no habían dejado de balancearse, como cuerpos que cuelgan de horcas.

Era, sin duda, un genocidio.

Mantener vivas a casi cuatro mil doscientos millones de personas en Australia era difícil, pero no inimaginable. Incluso después de la Gran Migración, la densidad de población de Australia era de tan solo cincuenta personas por kilómetro cuadrado, inferior a la densidad demográfica del Japón antes de la Gran Migración.

Sin embargo, el plan se basaba en la premisa de unas fábricas agrícolas altamente eficientes. Durante el proceso de recolocación, muchas fábricas agrícolas habían sido reubicadas a Australia, y bastantes de ellas habían sido reensambladas y puestas en funcionamiento. En aquellos centros, los cultivos modificados genéticamente crecían a un ritmo mayor que los cultivos tradicionales, pero la luz natural era insuficiente para potenciar dicho crecimiento, por lo que había que utilizar luz artificial intensa, lo cual a su vez requería ingentes cantidades de electricidad.

Sin electricidad, los cultivos de los tanques de crecimiento de las fábricas, dependientes de los rayos ultravioleta para la fotosíntesis, se pudrirían en pocos días.

Las reservas de alimentos existentes bastaban para mantener a cuatro mil doscientos millones de personas durante un mes.

—No comprendo su reacción —dijo Tomoko al hombre que había gritado «genocidio». Parecía estar sorprendida de verdad.

—¿Qué hay de la comida? ¿¡Cómo nos vamos a alimentar!? —gritó otra persona. Tomoko ya no les daba miedo: solo les quedaba la desesperación.

Tomoko echó un vistazo a la cámara, mirando a los ojos de todos los presentes.

—¿Comida? Miren a su alrededor: están rodeados de comida, de comida viva.

Hablaba con un tono sereno, como recordando a la humanidad la despensa de la que se habían olvidado.

Se hizo el silencio en la sala. El proceso de aniquilación que tanto tiempo llevaban planificando había entrado en su última etapa. Era demasiado tarde para decir nada.

—La inminente lucha por la supervivencia diezmará a la mayor parte de la humanidad —prosiguió Tomoko—. Para cuando llegue la flota dentro de tres meses, quedarán en este continente entre treinta y cincuenta millones de personas. Los vencedores comenzarán una vida en libertad y civilizada dentro de la reserva. El fuego de la civilización terrícola no se extinguirá, sino que seguirá ardiendo, aunque de forma reducida, como la llama eterna de una tumba.

La Cámara de Representantes australiana estaba hecha a imagen y semejanza de la Cámara de los Comunes británica. Los asientos elevados de las galerías públicas estaban situados a los lados, y los bancos reservados para los miembros del Parlamento, donde se sentaban los líderes mundiales, se encontraban en el gallinero del centro. Los ahí sentados se sintieron como si estuvieran en una sepultura a punto de ser llenada de tierra.

—El mero hecho de existir es el resultado de una feliz casualidad. Así fue en el pasado, y así ha sido siempre en este universo tan cruel. Pero en algún momento la humanidad empezó a creerse la ilusión de que tenía derecho a la vida, de que la vida era algo que se podía dar por sentado. Esta es la razón fundamental de su derrota. La enseña de la evolución volverá a levantarse en este mundo, y ahora lucharán por la supervivencia. Espero que todos los presentes se encuentren entre los últimos cincuenta millones de supervivientes. Espero que coman en vez de ser comidos.

—¡Aaaaaaah...! —chilló una mujer entre la multitud que se encontraba junto a Cheng Xin, cortando el silencio como un afilado cuchillo. Un mutismo sepulcral siguió de inmediato a su alarido.

Cheng Xin sintió que el cielo y la tierra daban vueltas sobre su cabeza. No se dio cuenta de que se había caído. Lo único que veía era el cielo, que hacía que la tienda del Gobierno y la ventana holográfica se alejaran para llenar todo su campo de visión. Luego el suelo tocó su espalda, como si estuviera de pie detrás de ella. El cielo del alba parecía un sombrío océano, y las nubes carmesíes, iluminadas por el sol naciente, flotaban en él como manchas ensangrentadas. Luego apareció un punto negro que se extendía rápidamente como una hoja de papel encendida por un candil debajo de ella, hasta que sombras borrosas lo cubrieron todo.

No tardó en recuperar la conciencia. Sus manos encontraron el suelo de arena suave y se incorporó, tocándose el brazo izquierdo con la mano derecha para asegurarse de que estaba bien. Sin embargo, el mundo había quedado sumido en la oscuridad. Cheng Xin abrió los ojos, pero no vio nada aparte de tinieblas. Se había quedado ciega.

Los ruidos la asaltaban por todas partes. Era incapaz de distinguir cuáles eran reales y cuáles eran ilusiones. Pasos como una ola, gritos, sollozos y aullidos indistintos e inquietantes como una ráfaga de viento que atraviesa un bosque muerto.

Una persona que corría chocó contra ella y la tiró al suelo. Se esforzó por incorporarse. Solo había oscuridad ante sus ojos, una negrura densa como el plomo. Se dio la vuelta para mirar hacia lo que creía que era el este, pero ni siquiera en su mente podía ver el sol naciente. Lo que se levantaba en su lugar era una gigantesca rueda oscura que esparcía una luz negra por todo el mundo.

En aquella oscuridad infinita, le pareció distinguir un par de ojos. Los ojos negros se fundían en la oscuridad, pero era capaz de sentir su presencia, su mirada. ¿Eran los ojos de Yun Tianming? Había caído en el abismo en el que debería haberle visto. Oyó cómo Tianming la llamaba. Intentó sacar aquella voz de su mente, pero seguía allí. Al fin tuvo la certeza de que la voz era real, como si fuera la voz de un hombre feminizado que solo podía pertenecer a aquella era.

—¿Es usted la doctora Cheng Xin?

Asintió. O mejor dicho, sintió que asentía. Su cuerpo parecía moverse por sí solo.

—¿Qué les ha pasado a sus ojos? ¿No puede ver?

—¿Quién eres?

—Soy el comandante de un equipo especial de la Fuerza de Seguridad Terrícola. Tomoko nos ha enviado para sacarla de Australia.

—¿Adónde me lleváis?

—A donde usted quiera. Ella se hará cargo de usted. Si le parece bien, claro está.

Cheng Xin percibió otro sonido. Al principio pensó que se trataba de otra alucinación: el rumor del helicóptero. La humanidad había aprendido la tecnología de la antigravedad, pero consumía demasiada energía como para poder darle un uso práctico. Los aviones seguían utilizando propulsores tradicionales. Sintió ráfagas de viento, indicio de que había un helicóptero cerca.

—¿Puedo hablar con Tomoko?

Le pusieron un objeto en la mano. Era un teléfono móvil. Se llevó el teléfono al oído y oyó la voz de la androide.

—Hola, portadora de la espada.

—Te he estado buscando.

—¿Por qué? ¿Todavía piensas que eres la salvadora de la humanidad?

Cheng Xin sacudió la cabeza despacio.

—No, nunca me he visto como tal. Solo quiero salvar a dos personas. ¿Sería posible?

—¿Cuáles?

—AA y Fraisse.

—Vaya, ¿tu amiga parlanchina y el viejo aborigen? ¿Querías hablar conmigo para eso?

Cheng Xin se sorprendió. Tomoko había conocido a AA, pero ¿cómo podía saber quién era Fraisse?

—Sí. Haz que la gente que has enviado los saque de Australia para que puedan vivir en libertad.

—Eso es pan comido. ¿Qué hay de ti?

—No tienes que preocuparte por mí.

—¿No ves lo que está pasando?

—No. No veo nada.

—¿Quieres decir que te has quedado ciega? ¿No te has alimentado bien?

Cheng Xin, AA y Fraisse siempre habían recibido raciones adecuadas durante el último año, y la casa de Fraisse nunca había sido expropiada por el Gobierno. Cuando Cheng Xin y AA se instalaron en ella, nadie la había molestado. Siempre había pensado que era porque el Gobierno local la protegía, pero ahora se daba cuenta de que era porque Tomoko la había estado vigilando.

Cheng Xin era consciente de que Tomoko estaba controlada por un grupo de alienígenas que vivían a cuatro años luz, pero ella, al igual que el resto de seres humanos, pensaba en Tomoko como un individuo, como una mujer. Esa mujer que estaba a punto de exterminar a cuatro mil doscientos millones de personas estaba preocupada por su bienestar.

—Si te quedas ahí, te comerán.

—Lo sé. —Cheng Xin tenía la voz tranquila.

¿Era aquello un suspiro?

—De acuerdo. Un sofón estará cerca de ti. Si cambias de idea o si necesitas ayuda, dilo. Te escucharé.

Cheng Xin no dijo nada. Ni siquiera le dio las gracias.

Alguien la cogió del brazo. Era el comandante de la Fuerza.

—He recibido la orden de sacar a esas dos personas. Es mejor que venga con nosotros, doctora Cheng. Este lugar no tardará en convertirse en un infierno.

Cheng Xin sacudió la cabeza.

—¿Sabéis dónde están? Bien. Id, por favor. Gracias.

Escuchó el ruido del helicóptero. La ceguera parecía haberle agudizado el oído, como si de un tercer ojo se tratara. Oyó el helicóptero despegar y luego aterrizar a dos kilómetros de distancia. Varios minutos después, volvió a despegar y se alejó poco a poco.

Cheng Xin cerró los ojos satisfecha. Tanto si los abría como si no, solo veía oscuridad. Por fin su corazón roto había encontrado algo de paz, una bañada en un charco de sangre. Las impenetrables sombras se convirtieron en una suerte de protección. Fuera de la oscuridad había más terror. Lo que se había manifestado allí hacía que incluso el frío temblara, y que hasta la oscuridad se tropezara.

El frenesí que la rodeaba se volvió cada vez más intenso: ruido de carreras, golpes, disparos, maldiciones, gritos, muerte, llanto... «¿Ya han comenzado a comer gente? No debería ocurrir tan rápido.» Cheng Xin pensaba que incluso en un mes, cuando no hubiera más comida, la mayor parte de la gente seguiría negándose a comerse a otras personas.

«Por eso la mayoría morirá.»

No importaba si los cincuenta millones de supervivientes podían seguir considerándose humanos u otra cosa. La «humanidad» como concepto desaparecería.

Una única línea podía abarcar toda la historia de la especie. «Salimos de África, caminamos durante setenta mil años y llegamos a Australia.»

En Australia, la humanidad volvió a su origen. Pero no habría un nuevo viaje. Era el fin.

Cheng Xin oyó cerca el llanto de un bebé y sintió el deseo de abrazar a la criatura. Recordó al bebé que había sostenido en brazos delante del edificio de la ONU: suave, cálido, con una dulce sonrisa. El instinto maternal rompió el corazón de Cheng Xin. Temía que aquel bebé pasara hambre.

Últimos diez minutos de la Era de la Disuasión, año 62; 28 de noviembre, 16.17.34 - 16.28.58 *Gravedad* y *Espacio Azul*, espacio profundo

Cuando las sirenas anunciaron el ataque de las gotas, solo un hombre a bordo de *Gravedad* se sintió aliviado: James Hunter, el miembro de la tripulación más anciano. Tenía setenta y ocho años, y todo el mundo le llamaba Viejo Hunter.

Hacía medio siglo, en el Mando de la Flota de la órbita de Júpiter, un Hunter de veintisiete años había recibido su misión como jefe de gabinete.

—Usted será el controlador culinario a bordo de *Gravedad*.

El puesto era tan solo un nombre pomposo para el cocinero de la nave. Aunque como el programa de inteligencia artificial se encargaba de la mayor parte del trabajo de cocina a bordo, el controlador culinario solo era responsable de operar el sistema. En la mayoría de los casos consistía en introducir el menú de cada comida y elegir los alimentos básicos. La mayoría de los controladores culinarios eran oficiales de bajo rango, pero Hunter acababa de ser ascendido a capitán. De hecho, era el capitán más joven de la flota. Con todo, no estaba sorprendido. Sabía qué era lo que tenía que hacer en realidad.

—Su auténtica misión será proteger el transmisor de ondas gravitatorias. Si los oficiales de alto rango a bordo de *Gravedad* pierden el control de la nave, deberá destruir el transmisor. En situaciones de emergencia, podrá usar todos los medios que considere necesarios para cumplir con su misión.

El sistema de retransmisión de ondas gravitatorias de *Gravedad* estaba formado por una antena y un controlador. La antena era el casco de la nave, imposible de destruir, pero bastaba con neutralizar el controlador para detener la transmisión. Dados los materiales disponibles a bordo de *Gravedad* y de *Espacio Azul*, resultaría imposible construir un nuevo controlador.

Hunter sabía que hombres parecidos a él habían servido en submarinos nucleares en épocas remotas. Tiempos en los que las flotas de submarinos de misiles balísticos tanto de la Unión Soviética como de la OTAN contaban con marineros y oficiales de bajo rango que desempeñaban puestos humildes y también tenían esas misiones. En caso de que alguien hubiese llegado a hacerse con el control de un submarino y los misiles de que disponía, esos hombres habrían aparecido de la nada para tomar acciones drásticas con el fin de detener los complots.

—Tiene que prestar atención a todo lo que ocurra a bordo. Su misión consiste en observar la situación durante cada turno de trabajo. Por lo tanto, no puede hibernar.

—No sé si podré vivir hasta los cien años.

—Solo tendrá que vivir hasta los ochenta. Para entonces, la cadena vibrante de materia degenerada de la nave habrá alcanzado la mitad de su vida útil, el sistema de transmisión de ondas gravitatorias de *Gravedad* dejará de funcionar, y habrá completado su misión. Así pues, solo necesita estar sin hibernar durante el viaje de ida, pero puede hibernar en el de vuelta. Eso sí, esta misión le exigirá dedicar a ella el resto de su vida. Tiene derecho a rechazarla.

—La acepto.

El jefe de gabinete hizo una pregunta que los comandantes de las eras anteriores no se habrían molestado en preguntar.

—¿Por qué?

—Durante la batalla del Día del Fin del Mundo, fui un analista de inteligencia de la Agencia de Inteligencia Estratégica destinado a bordo de *Newton*. Antes de que la gota destruyera mi nave, escapé en una cápsula vital. Aunque era del tipo más pequeño, bastaba para albergar a cinco personas. En ese momento varios de mis compañeros de tripulación se dirigían hacia mí, y yo estaba solo en mi cápsula. Pero la liberé...

—Lo sé. Los resultados del tribunal militar no dejan lugar a duda. No hizo usted nada malo. Diez segundos después de deshacerse de su cápsula vital, la nave explotó. No tuvo tiempo de esperar a nadie.

—No, pero... creo que me habría ido mejor si me hubiese quedado a bordo.

—Soy consciente de que nuestros fracasos nos hacen sentirnos culpables a los supervivientes. Pero esta vez tiene usted la oportunidad de salvar a miles de millones de personas.

Los dos hombres guardaron silencio durante un rato. Al otro lado de la ventana de la estación espacial, la Gran Mancha Roja de Júpiter los miraba como un ojo gigante.

—Antes de pasar a explicarle los pormenores de su misión, quiero que comprenda una cosa: su máxima prioridad es evitar que el sistema caiga en las manos equivocadas. Cuando no sea capaz de distinguir con seguridad el grado de riesgo, debe optar por destruir el sistema de transmisión, aunque luego resulte estar equivocado. Cuando decida actuar, no se preocupe por los daños colaterales. En caso de necesidad, destruir la nave será aceptable.

Hunter estaba en su primer turno de trabajo cuando *Gravedad* salió de la Tierra. Durante aquellos cinco años, tomaba de manera regular unas pastillas azules. A finales del turno, cuando tenía previsto entrar en hibernación, un médico reveló que tenía un trastorno de coagulación cerebrovascular, también conocido como «enfermedad de la no hibernación». Los que padecían esa extraña dolencia no notaban ningún efecto adverso durante su vida cotidiana, pero no podían entrar en hibernación porque el despertar les ocasionaría graves daños cerebrales. Era la única enfermedad descubierta hasta la fecha que podía impedir que una persona hibernara. Una vez confirmado el diagnóstico, toda la gente que rodeaba a Hunter le miró como si se encontraran en su funeral.

Así fue como Hunter permaneció despierto durante todo el viaje. Cada vez que alguien salía de la hibernación, podía ver que este había envejecido. Le contaba a todas las personas que acababan de despertar lo que había ocurrido mientras dormían. El cocinero de bajo rango se había convertido en el personaje más querido de la nave, y caía bien tanto a los oficiales como a los soldados rasos. Se fue convirtiendo poco a poco en un símbolo de la larga travesía de *Gravedad*. Nadie sospechaba que aquel hombre despreocupado y generoso tenía el rango de capitán ni que también era el único hombre aparte del capitán con la autoridad y la capacidad de destruir la nave en caso de una crisis.

Durante los primeros treinta años de viaje, Hunter tuvo varias novias. En este sentido tenía ventaja sobre el resto de hombres: podía relacionarse con mujeres de diferentes turnos de trabajo, una tras otra. No obstante, después de varias décadas y a medida que fue envejeciendo, las mujeres, que aún eran jóvenes, empezaron a tratarle tan solo como a un amigo con historias fascinantes.

Durante aquel medio siglo, la única mujer a la que Viejo Hunter amó de verdad fue Reiko Akihara. Pero durante la mayor parte de ese tiempo los separaron más de diez millones de unidades astronómicas. Era porque la subteniente Akihara se encontraba a bordo de *Espacio azul*, donde ejercía de navegadora.

La caza de *Espacio azul* era la única empresa en la que la Tierra y Trisolaris compartían realmente el mismo objetivo, porque aquella nave solitaria que se dirigía al espacio profundo era una amenaza para ambos mundos. Durante el intento de la Tierra de atraer a las dos naves que habían sobrevivido a las batallas oscuras, *Espacio azul* había descubierto la naturaleza de bosque oscuro del universo. Si *Espacio azul* era capaz algún día de dominar la habilidad de realizar retransmisiones al universo, las consecuencias serían inimaginables. Es por ello que la persecución recibió la colaboración plena de los trisolarianos. Antes de entrar en la zona sin señal, los sofones habían dado a *Gravedad* una visión continua y a tiempo real del interior de su presa.

Durante décadas, Hunter había sido ascendido de oficial de bajo rango de segunda clase a otro de primera clase. Comenzó como alférez y lo ascendieron a teniente. Con todo, ni siquiera al final tuvo la autorización formal para ver la retransmisión en vivo de las imágenes del interior de *Espacio azul*. No obstante, sí tenía los códigos secretos de todos los sistemas de la nave, y a menudo miraba una versión en miniatura de la señal de vídeo en su propio camarote.

Vio que *Espacio azul* era una sociedad del todo diferente a la de *Gravedad*. Era militarista, autoritaria y la gobernaban estrictos códigos de disciplina. Todos dedicaban su energía espiritual a la colectividad. La primera vez que vio a Reiko fue dos años después del inicio de la persecución. Enseguida quedó embelesado por aquella belleza asiática. La miraba durante horas y horas al día, y a veces incluso pensaba que conocía su vida mejor que la suya propia. No obstante, un año después Reiko entró en hibernación, y tuvieron que pasar treinta años para que despertara y continuara cumpliendo su función. Todavía era joven, pero Hunter ya tenía sesenta años.

En Nochebuena, después de una animada fiesta, volvió a su camarote y miró la retransmisión de las imágenes de *Espacio azul*. El vídeo empezó con un diagrama de la compleja estructura general de la nave. Tocó la posición del centro de navegación, y la imagen se amplió para mostrar a Reiko en su puesto de trabajo. Miraba un gran mapa estelar holográfico que trazaba la trayectoria de *Espacio azul*. Detrás había una línea blanca que coincidía casi en su totalidad con la línea roja, y que indicaba el camino seguido por *Gravedad*. Hunter se dio cuenta de que la línea blanca se desviaba un poco de la auténtica trayectoria de *Gravedad*. En ese mismo momento, a ambas naves las separaban todavía algunas unidades astronómicas. A esa distancia resultaba difícil seguir con precisión un objetivo tan pequeño como una nave espacial. La línea blanca probablemente no era nada más que una suposición, aunque el cálculo de la distancia entre ambas naves era muy preciso.

Hunter amplió la imagen todavía más. De improviso, Reiko se volvió hacia él y, con una sonrisa que hizo que su corazón diera un vuelco, dijo: «¡Feliz Navidad!» Hunter sabía que Reiko no hablaba con él, sino con los que daban caza a su nave, ya que era consciente de que los sofones la observaban aunque no pudiera ver a sus perseguidores. Aun así, fue uno de los momentos más felices de la vida de Hunter.

Como la tripulación a bordo de *Espacio azul* era muy grande, el turno de trabajo de Reiko no duró mucho. Un año después, volvió a entrar en hibernación. Hunter tenía ganas de que llegara el día en el que se encontrara con Reiko cara a cara, cuando al fin *Gravedad* atrapara a *Espacio azul*. Por desgracia, sabía que tendría casi ochenta años cuando ocurriera. Esperaba tener la oportunidad de decirle que la quería y ver cómo se la llevaban para someterla a juicio.

Durante medio siglo, Hunter llevó a cabo su misión con lealtad. Se mantuvo alerta ante cualquier situación extraña a bordo de la nave y preparó mentalmente planes de acción para distintas crisis. Sin embargo, la misión no le presionó demasiado. Sabía que *Gravedad* contaba con otro seguro totalmente fiable. Al igual que muchos otros, a menudo miraba a través de los ojos de buey las gotas que surcaban el éter a cierta distancia. Sin embargo, en su opinión las gotas tenían otro significado. Si ocurría cualquier cosa fuera de lo normal a bordo de *Gravedad*, sobre todo si había señales de motín o intentos ilegales de tomar el control del sistema de retransmisión de ondas gravitatorias, sabía que las gotas destruirían la nave. Podían moverse mucho más deprisa: una gota podía acelerar desde una distancia de varios miles de metros y alcanzar un objetivo en menos de cinco segundos.

La misión de Hunter estaba a punto de terminar. La cadena vibrante de materia degenerada en el corazón de la antena de ondas gravitatorias, que tenía un diámetro de menos de diez nanómetros pero que recorría la totalidad del casco de la nave de mil quinientos metros de longitud, estaba a punto de alcanzar su vida media. En dos meses, la densidad de la cadena caería por debajo del umbral mínimo para las transmisiones de ondas gravitatorias, y el sistema dejaría de funcionar por completo. *Gravedad* pasaría de ser una estación de retransmisión que representaba una amenaza para los dos mundos a convertirse en una nave estelar normal y corriente, y Hunter habría terminado su trabajo. Entonces revelaría su verdadera identidad. Tenía curiosidad por ver si sus compañeros de tripulación le admirarían o le condenarían. En cualquier caso, dejaría de tomar aquellas pastillas azules, y su coagulación cerebrovascular desaparecería. Hibernaría y se despertaría en la Tierra para vivir el resto de sus días en una nueva era. Sin embargo, solo hibernaría después de ver a Reiko, algo que tendría que ocurrir dentro de poco.

Sin embargo, justo entonces los sofones perdieron la señal. Durante el viaje había imaginado cientos de crisis posibles, pero esa era una de las peores posibilidades. La pérdida de los sofones significaba que las gotas y Trisolaris ya no sabían todo lo que ocurría a bordo de *Gravedad*. Si ocurría algo inesperado, las gotas no podrían reaccionar a tiempo. Aquello hacía que la situación fuera mucho más peligrosa, y Hunter sintió que el peso sobre sus hombros se multiplicaba por diez, como si su misión acabara de comenzar.

Hunter prestó todavía mayor atención a lo que ocurría en la nave. Se había despertado de la hibernación a toda la tripulación de *Gravedad*, lo que dificultaba la observación. Pero Hunter era el único miembro a quien todos conocían, era popular y tenía una gran cantidad de conexiones personales. Además, su carácter afable y su puesto insignificante hacían que la mayor parte de la gente no se pusiera a la defensiva en su presencia. Fueron sobre todo los reclutas y los oficiales jóvenes los que le contaron cosas que no se atreverían a decir a oficiales más viejos o al cuerpo de psiquiatras, y ello permitió a Hunter tener una comprensión global de la situación.

Después de que los sofones perdieran la señal, comenzaron a ocurrir cosas extrañas en toda la nave: un área ecológica que se encontraba en la parte central recibió el impacto de un micrometeoroide. Más de una persona aseguró haber visto aberturas en los mamparos y también afirmaron que habían desaparecido ciertos objetos que luego aparecían intactos...

De todas aquellas insólitas anécdotas, el relato del comandante Devon, jefe de la policía militar, fue el que más impresionó a Hunter. Devon era uno de los oficiales de mayor rango a bordo de la nave, con los que Hunter no solía interactuar demasiado. Pero cuando vio que el hombre iba a la consulta del psiquiatra, a quien la mayoría de la gente a bordo evitaba, se puso en alerta. Tras compartir con él una botella de whisky añejo, consiguió sonsacarle al fin a Devon la historia de su extraño encuentro.

No cabía duda de que, aparte del golpe de micrometeoroide, la explicación más razonable para todas las cosas extrañas que ocurrían a bordo de la nave era que la tripulación sufría alucinaciones. De alguna manera que no alcanzaba a comprender, la pérdida de los sofones podría haber ocasionado algún tipo de enfermedad mental masiva, o al menos esa era la explicación que daban el doctor West y el cuerpo psiquiátrico. La obligación de Hunter no le permitía aceptar sin más dicha hipótesis, pero más allá de las alucinaciones o una enfermedad mental en masa, las extrañas historias que contaba la tripulación parecían imposibles. No obstante, la misión de Hunter consistía en responder las imposibilidades que de algún modo se volvían posibles.

A pesar de la imponente antena, la unidad de control del transmisor de ondas gravitatorias ocupaba poco espacio. Situado en un pequeño cuarto esférico en la popa, el controlador era del todo independiente y no estaba conectado a otras partes de la nave. El cuarto esférico era como una caja fuerte reforzada. Nadie a bordo de *Gravedad* tenía los códigos de entrada, ni siquiera el capitán. Solo el portador de la espada de la Tierra podía activar la retransmisión de ondas gravitatorias, en cuyo caso un rayo de neutrinos sería retransmitido a *Gravedad* y al interruptor del transmisor. La señal tardaría un año en llegar a la Tierra.

Sin embargo, si *Gravedad* era secuestrada, las medidas de seguridad del cuarto esférico no durarían mucho.

El reloj de pulsera de Hunter tenía un botón especial capaz de activar una bomba de calor dentro del cuarto esférico que haría que todo en su interior se evaporase. Era muy sencillo: fuera cual fuese la crisis, en cuanto él estimara que el riesgo excedía un cierto nivel, pulsaría el botón y destruiría el controlador, de tal manera que el retransmisor de ondas gravitatorias quedara inutilizado.

En cierto sentido, Hunter era la antítesis del portador de la espada.

Hunter no confiaba del todo en el botón de su reloj ni en la bomba de calor de aquel cuarto que nunca había visto. Quería hacer guardia fuera de la cabina de control día y noche, pero es obvio que eso habría podido levantar sospechas, y su identidad oculta era su mejor baza. Aun así, quería estar lo más cerca posible de la cabina de control, de modo que intentó visitar con regularidad el observatorio astronómico, también situado en la popa. Dado que toda la tripulación estaba fuera de la hibernación, Hunter tenía asistentes que le ayudaban en sus obligaciones culinarias, lo que le dejaba mucho tiempo para sí mismo. Además, como el doctor Guan Yifan era el único científico civil, y por lo tanto un cargo no sujeto a la disciplina militar, a nadie le pareció raro que Hunter le hiciera frecuentes visitas para compartir con él los licores que podía obtener gracias a su puesto. Por su parte, el doctor Guan disfrutaba de las bebidas y daba charlas a Hunter sobre el «síndrome del tres y del trescientos mil del universo». Hunter no tardó en pasar la mayor parte de su tiempo en el observatorio, separado del controlador de transmisión de ondas gravitatorias por tan solo un corto corredor de unos veinte metros de longitud.

De nuevo de camino hacia el observatorio, Hunter pasó delante de Guan Yifan y el doctor West, que se dirigían hacia el puente. Decidió echar un vistazo a la cabina de control. Cuando estaba a unos diez metros de distancia, comenzaron a sonar las sirenas que anunciaban el ataque de las gotas. Debido a su rango, la ventana de información que apareció frente a él le ofrecía pocos detalles, pero supo que las gotas estaban más lejos de la nave que cuando habían volado en formación. Tenía entre diez y veinte segundos hasta que se produjera la colisión.

Durante aquellos últimos instantes, el Viejo Hunter solo sintió alivio y alegría. Pasara lo que pasase después, habría completado su misión. No buscaba la muerte, sino su victoria.

Ese fue el motivo por el que, medio minuto después, cuando las sirenas se detuvieron, Hunter fue la única persona a bordo que no sintió alivio. Para él, el cese de la alarma era sinónimo de peligro. Se encontraba en una situación de gran incertidumbre, y el transmisor de ondas gravitatorias seguía intacto. Pulsó sin dudar el botón que había en su reloj de pulsera.

No pasó nada. Aunque la cabina de control estaba sellada, tendría que haber sido capaz de sentir el temblor de la detonación. Una línea de texto apareció en el visor de su reloj.

Error: El módulo de autodestrucción ha sido desmantelado

Hunter ni siquiera se sorprendió. Gracias a la intuición había anticipado que había ocurrido lo peor que podía pasar. Había llegado a estar a tan solo unos pocos segundos de la liberación, pero esta no llegaría nunca.

Ninguna de las dos gotas atacó a sus respectivos objetivos. Las dos pasaron muy cerca de *Gravedad* y de *Espacio azul*, a tan solo unas decenas de metros.

Tres minutos después de que terminara la alerta, Joseph Morovich, capitán de *Gravedad*, consiguió reunir al fin a su alto mando en el centro de combate, en medio del cual había un mapa de situación enorme. En la oscura inmesidad de aquel espacio no había estrellas, sino tan solo las posiciones de las dos naves y las trayectorias de ataque de las gotas. Aparecieron dos largos rastros blancos, pero los datos indicaban que eran parábolas con unas curvaturas muy bajas. A medida que las dos gotas aceleraron hacia sus objetivos en la simulación, sus rumbos empezaron a cambiar. Eran modificaciones sutiles pero acumulativas, e hicieron que las gotas estuvieran a punto de errar sus objetivos. Muchos de los oficiales de alto rango habían participado en la batalla del Día del Fin del Mundo, y el recuerdo de los giros bruscos que las gotas eran capaces de realizar al moverse a velocidades extremadamente altas todavía suscitaba gran terror. Sin embargo, las trayectorias de la pantalla eran muy diferentes: como si alguna fuerza externa perpendicular a los vectores de ataque de las gotas las hubiera apartado de su camino.

—Vuelva a pasar el vídeo —ordenó el capitán—. Rango de luz visible.

Aparecieron las estrellas y la galaxia. Ahora no se trataba de una simulación por ordenador. En una esquina, unos números parpadeantes mostraban el paso del tiempo. Todos revivieron el terror de hacía unos minutos, cuando lo único que podían hacer era esperar la muerte, ya que las maniobras evasivas y los disparos defensivos eran inútiles. Pronto, los números dejaron de cambiar. Las gotas habían pasado por delante de las naves, pero se movían tan rápido que nadie podía verlas.

La pantalla reprodujo a cámara lenta la grabación de alta velocidad. Como la grabación completa, que duraba unos diez segundos, requería mucho tiempo para ser reproducida en su totalidad, solo se mostraron los últimos segundos. Los oficiales vieron una gota pasar ante la cámara como un meteoro borroso a través de un mar de estrellas en el fondo. La grabación se volvió a reproducir y se congeló cuando la gota estaba en mitad de la pantalla. La imagen se amplió hasta que la gota ocupó la mayor parte de la pantalla.

Medio siglo navegando con las gotas en formación había hecho que toda la tripulación estuviera familiarizada con su apariencia, pero lo que vieron les dejó estupefactos. La gota de la pantalla aún tenía la forma de una lágrima, pero su superficie ya no era un espejo perfectamente liso, sino de un tenue amarillo cobrizo, como oxidado. Era como si el hechizo de la eterna juventud de un mago se hubiera desvanecido y las marcas de tres siglos de vuelo espacial hubieran hecho acto de presencia de repente. En vez de un espíritu brillante, la gota se había convertido en un antiguo cascarón de artillería a la deriva en el espacio. La comunicación con la Tierra durante los últimos años les había dado a estos oficiales información básica sobre los principios de los materiales de interacción nuclear fuerte. Sabían que la superficie de una gota estaba contenida en un campo de fuerza generado por mecanismos internos, uno que contrarrestaba la fuerza electromagnética entre las partículas, lo que permitía salir a la potente fuerza nuclear. Sin el campo de fuerza, el material de interacción fuerte se convertía en un metal normal y corriente.

Las gotas habían muerto.

A continuación revisaron los datos posteriores al ataque. La simulación mostró que, después de que la gota pasara junto a *Gravedad*, la misteriosa fuerza perpendicular que hacía pequeños cambios de rumbo había desaparecido, y la gota se había quedado en punto muerto siguiendo su vector final. Sin embargo, fue algo que solo duró unos pocos segundos. Después, la gota empezó a desacelerarse. El ordenador de análisis de combate llegó a la conclusión de que la fuerza que había hecho desacelerar a la gota tenía la misma magnitud que la fuerza que había alterado su rumbo. La conclusión obvia era que el origen de dicha fuerza había pasado de empujar a la gota por el lateral a empujarla por delante.

Como la grabación se había realizado con lentes telescópicas de alta magnificación, era posible ver la parte de atrás de la gota mientras se alejaba. Viró noventa grados hasta colocarse en una posición perpendicular a la dirección en la que se movía, y siguió avanzando. En ese momento empezó a desacelerar. La siguiente escena parecía sacada de un cuento de hadas. Por suerte el doctor West también estaba presente, o de lo contrario habría asegurado que los demás sufrían alucinaciones. Un objeto triangular que medía aproximadamente el doble de la gota apareció frente a él. El personal vio de inmediato que era una lanzadera de *Espacio azul*. A fin de incrementar la potencia de propulsión, se habían instalado varios dispositivos de fusión en el casco. Aunque las bocas de los dispositivos miraban en la dirección opuesta a la cámara, se podía distinguir el brillo que emitían cuando operaban a la máxima potencia. La lanzadera presionaba la gota para hacer que redujera la velocidad, y era fácil deducir que aquel era el origen de la fuerza que había hecho que las gotas se desviaran de sus vectores de ataque.

Tras la aparición de la lanzadera, dos figuras humanas con trajes espaciales aparecieron al otro lado de la gota, el lugar más cercano a la cámara. La desaceleración hizo que las personas se adhiriesen a la superficie: una de ellas tenía algún tipo de instrumento en las manos, y parecía estar analizando la sonda. A los humanos, las gotas siempre les habían parecido objetos divinos e inalcanzables que no pertenecían a este mundo. Los únicos que habían estado cerca de tocar una habían desaparecido durante la batalla del Día del Fin del Mundo, pero ahora la gota había perdido todo el misterio. Sin aquel brillo espejado, parecía un trasto ordinario, desvencijado, viejo y menos avanzado que la lanzadera y los astronautas, una antigualla o un trozo de basura recogido por los cosmonautas. Unos segundos más tarde, la lanzadera y los astronautas desaparecieron, y la gota muerta volvió a quedarse sola en el espacio. Sin embargo, siguió desacelerando, lo que indicaba que la lanzadera seguía empujándola, solo que ahora era invisible.

—¡Saben cómo desactivar las gotas!

El capitán Morovich solo podía pensar una cosa. Al igual que Hunter varios minutos antes, no dudó en pulsar el botón de su reloj de pulsera. El mensaje de error apareció en una ventana de información roja que apareció en medio del aire:

Error: El módulo de autodestrucción ha sido desmantelado

El capitán salió corriendo del centro de combate rumbo a la popa. Los demás oficiales le siguieron.

La primera persona de *Gravedad* en llegar a la sala de control de transmisión de ondas gravitatorias fue el Viejo Hunter. Aunque no estaba autorizado para entrar en la cabina, quería intentar romper el enlace entre el controlador y la antena. Algo que inutilizaría temporalmente el sistema de transmisión hasta que descubriera cómo destruir el controlador.

Sin embargo, en el lugar había alguien examinando la cabina de control.

Hunter sacó el arma y apuntó al hombre. Llevaba el uniforme de un subteniente de *Gravedad*, en vez del uniforme de la batalla del Día del Fin del Mundo que Hunter había esperado ver: lo había robado. Hunter le reconoció por la espalda.

«Ya sabía yo que el comandante Devon tenía razón.»

El teniente Park Ui-gun, jefe de los marines de *Espacio azul*, se dio la vuelta. No parecía mayor de treinta años, pero su cara indicaba que había vivido experiencias que nadie a bordo de *Gravedad* era capaz de imaginar. Estaba un tanto sorprendido. Quizá no esperaba que llegara nadie tan pronto; quizá no esperaba ver a Hunter. Con todo, mantuvo la calma. Con las dos manos medio levantadas, dijo:

—Por favor, déjeme que se lo explique.

Al Viejo Hunter no le interesaban las explicaciones. No quería saber cómo había logrado subir a bordo de *Gravedad*, y ni siquiera quería saber si era un hombre o un fantasma. Fueran cuales fuesen los hechos, el riesgo de la situación era demasiado alto. Todo lo que quería era destruir la unidad del controlador de transmisión. Era su única meta en la vida, y ese hombre de *Espacio azul* se interponía. Apretó el gatillo.

La bala alcanzó a Park en el pecho, y el impacto le empujó contra la puerta de la cabina. La pistola de Hunter estaba cargada con balas especiales diseñadas para usarse en el interior de la nave, unas que no dañaban los mamparos ni otros equipos, pero tampoco eran tan mortíferas como los rayos láser. De la herida brotó algo de sangre, pero Park consiguió mantenerse de pie en medio de la falta de gravedad e hizo un ademán para coger su arma de entre su uniforme ensangrentado. Hunter volvió a disparar, y en el pecho de Park apareció una nueva herida de la que salió más sangre, que flotaba en el aire ingrávido. Finalmente, Hunter apuntó a la cabeza del teniente, pero no consiguió efectuar un tercer disparo.

La escena con la que se encontraron el capitán Morovich y los demás oficiales fue la siguiente: la pistola de Hunter se alejaba de él flotando; el cuerpo del viejo cocinero estaba rígido y tenía los ojos en blanco mientras sus extremidades se movían entre espasmos. De su boca salían borbotones de sangre como si de una fuente se tratara, y se coagulaba en esferas de varios tamaños que flotaban a su alrededor para formar una nube. En medio de las sanguinolentas y translúcidas esferas había un objeto de color rojo oscuro del tamaño de un puño del que colgaban dos tubos como si fueran sus colas.

Palpitaba en el aire de manera rítmica, y a cada pulsación salía más sangre de los tubos. El objeto se impulsó hacia delante como una medusa roja que nadara en el aire.

Era el corazón de Hunter.

Durante el forcejeo de los momentos anteriores, Hunter se había golpeado el pecho con la mano derecha, y luego, desesperado, se había roto la ropa. De este modo, al verle a pecho descubierto, todos comprobaron que no tenía un solo rasguño.

—Podemos salvarle si le operamos enseguida —dijo Park a duras penas con voz ronca. De las dos heridas del pecho le seguía brotando sangre—. Es una suerte que los médicos ya no necesiten abrirle el pecho para introducirle el corazón... ¡No se muevan! Para ellos es tan fácil arrancarles su corazón o su cerebro como para ustedes coger una manzana que cuelga de la rama de un árbol. *Gravedad* ha sido capturada.

Marines totalmente armados entraron corriendo por otro pasillo. La mayoría vestía trajes espaciales ligeros de color azul marino anteriores a la batalla del Día del Fin del Mundo. Al parecer, todos eran de *Espacio azul*. Todos los marines estaban equipados con poderosos rifles de asalto.

El capitán Morovich hizo un gesto con la cabeza a sus oficiales, que sin decir nada echaron sus armas a un lado. *Espacio azul* tenía una tripulación diez veces mayor que la de *Gravedad*, y solo en aquel despliegue había más de un centenar de marines. Podían hacerse con el control de su nave con facilidad.

Ya no había nada imposible. *Espacio azul* se había convertido en una nave sobrenatural que poseía el don de la magia. La tripulación de *Gravedad* volvió a sentir el asombro que experimentaron durante la batalla del Día del Fin del Mundo.

Más de mil cuatrocientas personas flotaban en el gran salón esférico de *Espacio azul*. La mayor parte, unas mil doscientas personas, pertenecía a la tripulación de *Espacio azul*. Hacía sesenta años, los oficiales y los reclutas de la nave también se habían congregado allí para acatar el mando de Zhang Beihai, y muchos seguían allí. Dado que solo unas pocas personas tenían que estar despiertas y en servicio para la navegación normal, la tripulación solo había envejecido una media de entre tres y cinco años. No habían sentido el peso de los años y tenían frescos en sus mentes las ardientes llamas, las batallas oscuras y los fríos funerales celebrados en el espacio. El resto pertenecía a la tripulación de *Gravedad*, formada por un centenar de personas. Las dos tripulaciones, una grande y una pequeña, vistiendo uniformes distintos y recelosa la una de la otra, se reunieron en dos grupos apartados entre sí.

Ante ambas tripulaciones, los altos cargos de las dos naves se mezclaron. El capitán Chu Yan de *Espacio azul* era el que atraía una mayor atención. Tenía cuarenta y tres años, pero parecía joven y era el modelo de oficial militar de tipo académico. Refinado y tranquilo en sus formas y su discurso, mostraba también cierta timidez. Sin embargo, en la Tierra era ya una figura legendaria. Durante las batallas oscuras, fue el capitán que dio la orden de convertir el interior de *Espacio azul* en un vacío, lo que impidió que la tripulación muriera en el ataque con bomba nuclear infrasónica. Incluso ahora, la opinión pública de la Tierra permanecía dividida respecto a si las acciones de *Espacio azul* durante la batalla oscura debían considerarse autodefensa o asesinato. Una vez creada la disuasión de bosque oscuro, Chu fue uno de los que resistió la fuerte presión de la opinión mayoritaria a bordo y detuvo el regreso de *Espacio azul*, lo que dio a la nave tiempo suficiente para escapar tras la advertencia de *Edad de Bronce*. Había muchos otros rumores sobre la figura de Chu Yan, como por ejemplo que cuando *Selección natural* optó por desertar y escapar durante la batalla del Día del Fin del Mundo, fue el único capitán que pidió perseguirla. Había quien aseguraba que tenía otras intenciones, y que pretendía secuestrar *Espacio azul* y escapar con *Selección natural*. Aunque, naturalmente, eran solo habladurías.

—Casi todas las personas a bordo de ambas naves están reunidas aquí —dijo Chu Yan—. Aunque todavía es mucho lo que nos divide, preferimos pensar que todos pertenecemos a un mismo mundo formado por *Espacio azul* y *Gravedad*. Sin embargo, antes de planificar juntos el futuro de nuestro mundo tenemos que atender un asunto urgente.

En el aire apareció un gran visor holográfico que mostraba algún lugar del espacio en el que había pocas estrellas. En medio de esa zona había una tenue niebla blanca marcada con varios centenares de líneas paralelas rectas, como las cerdas de un cepillo. Las líneas blancas estaban resaltadas y destacaban en la imagen. Durante los últimos dos siglos, la gente se había acostumbrado a esos «cepillos», e incluso usaban algunas marcas en sus logos.

—Estos rastros fueron detectados hace ocho días en la nube de polvo estelar junto a Trisolaris. Por favor, presten atención al vídeo.

Todos miraron el vídeo, en el que se veía cómo los rastros crecían en la niebla.

—¿Cuánto habéis acelerado el vídeo? —preguntó un oficial de *Gravedad*.

—No lo hemos acelerado.

Hubo una conmoción entre la multitud, como un bosque azotado por una repentina tormenta.

—Una estimación aproximada indica que... las naves se mueven a una velocidad cercana a la velocidad de la luz —dijo Morovich, el capitán de *Gravedad*. Su voz era tranquila. Había visto demasiadas cosas increíbles en los últimos dos días.

—Así es. La segunda flota trisolariana se dirige a la Tierra a la velocidad de la luz, y debería llegar en cuatro años. —Chu Yan miró a la tripulación de *Gravedad* con ternura, como si le doliera tener que darles la noticia—. Después de vuestra partida, la Tierra se sumió en un sueño de paz y prosperidad universal, y cometió un error de cálculo. Los trisolarianos han esperado pacientemente y ahora al fin han aprovechado su oportunidad.

—¿Cómo sabemos que este vídeo es auténtico? —gritó alguien de *Gravedad*.

—¡Puedo dar fe de ello! —dijo Guan Yifan. Era el único que no llevaba uniforme militar—. Mi observatorio también detectó lo mismo. Sin embargo, como estaba centrado en observaciones cosmológicas a gran escala, no les presté demasiada atención.

Pero he recuperado los datos guardados. El Sistema Solar, el Sistema Trisolar y nuestras naves forman un triángulo escaleno. El lado entre el Sistema Solar y el Sistema Trisolar es el más largo. El lado entre el Sistema Solar y nosotros es el más corto. El lado entre el Sistema Trisolar y nosotros está en medio. Es decir, que la distancia entre nosotros y el Sistema Trisolar es menor que la distancia entre el Sistema Solar y el Sistema Trisolar. Dentro de unos cuarenta días, la Tierra también detectará los rastros que hemos visto.

Chu Yan continuó:

—Creemos que ha ocurrido algo en la Tierra. Más concretamente, ocurrió hace unas cinco horas, cuando las gotas atacaron nuestras naves. Basándonos en la información aportada por *Gravedad*, fue en el momento previsto para el traspaso de la autoridad del portador de la espada a su sucesor. Era la oportunidad que Trisolaris había estado esperando durante medio siglo. Es evidente que las dos gotas habían recibido órdenes antes de entrar en la zona sin señal. Era un ataque planeado y coordinado desde hacía mucho tiempo.

»Debo concluir pues que la paz traída por la disuasión de bosque oscuro ha tocado a su fin. Ahora solo hay dos posibilidades: iniciar la retransmisión universal de ondas gravitatorias o no hacerlo.

Chu Yan tocó el aire y apareció la imagen de Cheng Xin en el visor holográfico. *Gravedad* acababa de obtener la fotografía de la nueva portadora de la espada. Cheng Xin estaba en la puerta del edificio de la secretaría de la ONU con un bebé en brazos. Su imagen había sido agrandada al tamaño de las cerdas del «cepillo», y el contraste entre ambas imágenes no podía ser mayor. El patrón de colores del espacio era básicamente el negro y el plateado, adornado por la profundidad del cosmos y la fría luz de las estrellas. En cambio, Cheng Xin parecía una madona oriental. Un brillo cálido y dorado bañaba a ella y al bebé, y daba a todos los presentes la sensación de estar ante el sol, una sensación que habían echado de menos desde hacía medio siglo.

—Creemos que el último escenario es cierto —dijo Chu Yan.

—¿Por qué han elegido a esa persona como portadora de la espada? —preguntó alguien de *Espacio azul*.

El capitán Morovich contestó:

—Han pasado sesenta años desde que os fuisteis, cincuenta para nosotros. Todo en la Tierra ha cambiado. La disuasión es una cómoda cuna en la que la humanidad se ha dormido, y ha pasado de ser un adulto a ser un niño.

—¿No sabéis que ya no hay hombres en la Tierra? —bramó alguien de *Gravedad*.

—Los seres humanos de la Tierra han perdido la habilidad de mantener la disuasión de bosque oscuro —dijo Chu Yan—. Planeábamos capturar *Gravedad* y restablecerla, pero acabamos de comprobar que a causa del deterioro de la antena, solo mantendremos la capacidad de retransmitir ondas gravitatorias durante dos meses más. Créanme, ha sido un golpe muy duro para nosotros. Solo tenemos una opción: activar de inmediato la retransmisión universal.

Hubo una conmoción entre el personal allí reunido. Junto a la imagen del frío espacio que mostraba el rastro de la flota trisolariana a velocidad de la luz, Cheng Xin los miraba con ojos llenos de amor. Las dos imágenes representaban sus dos opciones.

—¿Está dispuesto de verdad a cometer un mundicidio? —preguntó el capitán Morovich.

Chu Yan mantuvo la serenidad en medio del caos. Habló a la tripulación ignorando al capitán Morovich:

—Para nosotros ya no tiene sentido iniciar la retransmisión. Ni la Tierra ni Trisolaris nos pueden alcanzar.

Todos comprendieron sus palabras. Los sofones estaban completamente separados de su lugar de origen, y las gotas habían sido destruidas, por lo que ni la Tierra ni Trisolaris podían seguir su rastro. En el inmenso espacio profundo más allá de la nube de Oort, ni siquiera unas naves trisolarianas operando a velocidad de la luz serían capaces de encontrar dos motas de polvo.

—¡Conque lo único que quiere usted es vengarse! —dijo un oficial de *Gravedad*.

—Vengarnos de Trisolaris es nuestro derecho. Deben pagar por los crímenes que han cometido. En la guerra, es justo y necesario destruir al enemigo. Si mi deducción es correcta, todos los transmisores de ondas gravitatorias de la humanidad han sido destruidos, y la Tierra ha sido ocupada. Es bastante probable que se esté llevando a cabo el exterminio de la humanidad.

»Activar la retransmisión universal daría a la Tierra una última oportunidad. Si desvelamos la localización del Sistema Solar, dejaría de tener valor para Trisolaris, porque podría acabar destruida en cualquier momento. Eso obligaría a los trisolarianos a abandonar el sistema, y su flota a la velocidad de la luz tendría que dar marcha atrás. Es posible que seamos capaces de salvar a la raza humana de la destrucción inmediata. Para darles más tiempo, nuestra retransmisión solo incluirá la ubicación de Trisolaris.

—¡Eso es como revelar el Sistema Solar! Está demasiado cerca.

—Todos lo sabemos, pero con un poco de suerte dará a la Tierra algo más de margen para que un mayor número de seres humanos puedan escapar. Dependerá de ellos si deciden hacerlo o no.

—¡Estamos hablando de destruir dos mundos! —dijo el capitán Morovich—. Y uno de ellos es nuestro hogar. Esta decisión es el Juicio Final: no se puede tomar a la ligera.

—Estoy de acuerdo.

Un botón holográfico rojo de forma rectangular y un metro de longitud apareció entre dos ventanas de información. El número cero apareció debajo.

Chu Yan prosiguió:

—Como he dicho antes, juntos somos un mundo. Todos los que vivimos en este mundo somos personas normales y corrientes, pero el destino nos ha puesto en la tesitura de tener que decidir el Juicio Final sobre otros dos mundos. Se puede tomar la decisión, pero no deben hacerlo una única persona ni tampoco varias, sino que lo decidirá todo el mundo a través de un referéndum. Los que estén a favor de retransmitir la ubicación de Trisolaris al universo, que pulsen el botón rojo. Los que estén en contra o prefieran abstenerse, que no hagan nada.

»El número total de personas a bordo de *Espacio azul* y *Gravedad*, incluidos los presentes y los que están de servicio, es de mil cuatrocientos quince. Si los votos a favor alcanzan o superan los dos tercios del total —es decir, novecientos cuarenta y cuatro votos—, la retransmisión universal empezará enseguida. De lo contrario, nunca volveremos a activar la retransmisión y dejaremos que la antena se deteriore hasta dejar de funcionar.

»Comencemos.

Chu Yan se volvió y pulsó el botón rojo gigante que flotaba en el aire. El botón brilló, y el número de debajo pasó del cero al uno. Luego, dos subcapitanes de *Espacio azul* pulsaron el botón rápidamente uno detrás del otro. El total subió a tres. Luego los otros oficiales de alto rango de *Espacio azul*, seguidos de los oficiales de menor rango y los reclutas, pasaron frente al botón rojo en una larga fila y también pulsaron el botón uno tras otro.

A medida que el botón rojo se iluminaba, el recuento subía. Eran los últimos latidos del corazón de la historia, los últimos pasos para llegar al punto final.

Cuando el número llegó a setecientos noventa y cinco, Guan Yifan pulsó el botón. Era la primera persona de *Gravedad* en apoyar la retransmisión. Después de él, varios oficiales y reclutas de *Gravedad* hicieron lo propio.

El número alcanzó finalmente el novecientos cuarenta y tres, y una larga línea de texto apareció debajo del botón.

El siguiente voto afirmativo activará la retransmisión universal.

La siguiente persona en votar era un recluta. Muchos otros hacían cola detrás de él. Puso su mano sobre el botón, pero no lo pulsó. Esperó a que el alférez detrás de él pusiera la mano sobre la suya, y entonces más manos se unieron en un compacto montón.

—Un momento, por favor —dijo Morovich. Se acercó y, ante la mirada de todos, puso su mano sobre el grupo.

Decenas de manos se movieron juntas, y el botón se iluminó una vez más.

Habían pasado trescientos quince años desde aquella mañana del siglo XX en que Ye Wenjie pulsó otro botón rojo.

La transmisión de ondas gravitatorias comenzó. Todos los presentes sintieron un fuerte temblor que parecía no venir de fuera, sino de dentro de cada uno de los cuerpos, como si cada persona se hubiera convertido en una cadena de vibración. Ese instrumento de muerte solo sonó doce segundos antes de detenerse, y entonces se hizo el silencio.

Fuera de la nave, la delgada membrana de espacio-tiempo ondeó con las ondas gravitatorias, como si la plácida superficie de un lago hubiese sido perturbada por una brisa nocturna. El veredicto de la muerte de ambos mundos se propagó por todo el cosmos a la velocidad de la luz.

Era Posdisuasión, año 2
Mañana posterior a la Gran Migración, Australia

Los ruidos a su alrededor se apagaron, y Cheng Xin oyó voces que venían de las ventanas de información sobre la tienda del ayuntamiento. Distinguió que una de ellas pertenecía a Tomoko, además de otras dos. Sin embargo, estaba demasiado lejos como para poder descifrar lo que decían. Pensó que sus voces habían conjurado un hechizo, porque los ruidos alrededor de ella se desvanecieron hasta terminar por desaparecer. El mundo parecía haberse congelado.

Entonces se levantó un *tsunami* a su alrededor, y Cheng Xin se estremeció. Había estado ciega durante un rato, y las imágenes del mundo real en su cabeza quedaban reemplazadas poco a poco por ilusiones. El repentino alboroto hizo que sintiera como si el Pacífico se hubiera levantado a su alrededor y tragado Australia.

Necesitó varios segundos para comprender que la multitud estaba festejando. «¿Qué hay que celebrar? ¿Se han vuelto todos locos?» El clamor no remitió, aunque más tarde fue reemplazado por palabras. Había tantas personas hablando al mismo tiempo que parecía como si una tormenta hubiera azotado la superficie del mar después de que se hubiese inundado el continente. No era capaz de distinguir lo que la gente decía en medio de la confusión.

Escuchó las palabras «*Espacio azul*» y «*Gravedad*» más de una vez.

Su oído se volvió cada vez más sensible, y observó un leve sonido en la conmoción general: pasos delante de ella. Sintió que alguien se paraba frente a ella.

—Doctora Cheng Xin, ¿qué le pasa en los ojos? ¿No puede ver? —Cheng Xin notó que unos movimientos agitaban el aire. Quizás el hombre estaba moviendo las manos delante de sus ojos—. El alcalde me ha mandado en su busca. Volvemos a casa, a China.

—No tengo casa —dijo Cheng Xin. La palabra «casa» se le clavó en el corazón como un cuchillo, un corazón que, paralizado por un dolor extremo, se contrajo una vez más. Pensó en aquella noche de invierno hacía tres siglos, cuando dejó su hogar, pensó en el alba que le había dado la bienvenida fuera de su ventana... Sus padres habían muerto antes del Gran Cataclismo. Jamás podrían haber imaginado dónde iba a acabar su hija, sacudida por la tormenta del tiempo y el destino.

—No. Todos se están preparando para volver a casa. Estamos saliendo de Australia y volviendo a los lugares de donde vinimos.

Cheng Xin se dio palmadas en la cabeza. Seguía sin acostumbrarse a la insistente oscuridad que había ante sus ojos. Intentó comprender algo, lo que fuera.

—¿Cómo?

—*Gravedad* ha iniciado la retransmisión universal.

«¿Cómo es posible?»

—La ubicación de Trisolaris ha sido expuesta, lo que significa que el Sistema Solar también está comprometido. Los trisolarianos están huyendo. La segunda flota trisolariana ha cambiado de rumbo y se está alejando del Sistema Solar. Todas las gotas se han marchado. Tomoko estaba explicando que ya no hay que preocuparse de la invasión del Sistema Solar. Al igual que el Sistema Trisolar, ahora esto es un lugar de muerte del que todos querrán escapar.

«¿Cómo puede ser?»

—Vamos a casa. Tomoko ha ordenado a la Fuerza de Seguridad Terrícola hacer todo lo posible para ayudar con la evacuación de Australia. El proceso se acelerará poco a poco, pero para sacar a todos los refugiados de Australia harán falta entre tres y seis meses. Usted puede irse primero. El alcalde quiere que le lleve al gobierno provincial.

—¿Ha sido *Espacio azul*?

—Nadie conoce los detalles, ni siquiera Tomoko. Pero Trisolaris ha recibido que la retransmisión universal se inició hace un año, cuando fracasó la disuasión.

—¿Puede dejarme sola un momento?

—De acuerdo, doctora Cheng. Pero debería alegrarse. Hicieron lo que usted tendría que haber hecho.

El hombre dejó de hablar, pero Cheng Xin podía seguir sintiendo su presencia. La conmoción a su alrededor se desvaneció poco a poco, seguida de una tormenta de pasos cuyo ruido fue menguando. Seguramente, cada persona estaba saliendo del ayuntamiento para ir a atender sus asuntos personales. Cheng Xin sintió que el mar detrás de ella retrocedía, que revelaba la tierra firme bajo él. Se encontraba en el medio de un continente vacío, la única superviviente tras el diluvio. Su cara notó una sensación de calor. El sol estaba saliendo.

Era Posdisuasión, días 1 a 5
Gravedad y *Espacio azul*, espacio profundo más allá de la nube de Oort

—Es posible detectar los puntos distorsionados a simple vista —dijo Chu Yan—, pero la mejor forma es observar la radiación electromagnética. La emisión de los puntos es muy tenue, pero tiene una firma espectral característica. Los sensores normales de nuestras naves pueden detectarlos y localizarlos. Normalmente, un espacio tan grande como esta nave en esta zona contiene uno o dos puntos distorsionados, pero una vez encontramos doce de golpe. Miren, justo allí hay tres.

Chu Yan, Morovich y Guan Yifan flotaban en un largo corredor de *Espacio azul*. Delante de ellos había suspendida una ventana con información que mostraba un mapa del interior de la nave. Tres puntos rojos brillaban en el mapa, y los tres se aproximaban a uno de esos puntos.

—¡Justo aquí! —Guan señaló delante de ellos.

En el mamparo que tenían delante había un agujero circular de un metro de diámetro. El borde era liso, como la superficie de un espejo. A través del agujero podían ver tubos de distintos grosores. Había varios tubos a los que les faltaban partes enteras en el medio. En dos de los tubos más gruesos vieron cómo fluía un líquido. Parecía hacerlo de un corte transversal, desaparecer y reaparecer en la correspondiente sección del tubo en el otro lado. Las secciones que faltaban medían diferentes longitudes, pero, en general, parecían describir un espacio esférico. Basándose en la forma de los cortes transversales que faltaban, parte de la burbuja invisible se asomaba al corredor. Morovich y Guan se cuidaron de evitarla.

Chu Yan extendió con tranquilidad una mano al interior de

la burbuja, y la mitad de su brazo desapareció. A su lado, Guan Yifan vio un claro corte transversal de su brazo, como el corte que el subteniente Ike había visto en las piernas de Verenskaya a bordo de *Gravedad*. Chu Yan sacó el brazo y mostró a unos estupefactos Morovich y Guan que estaba intacto. Entonces les animó a intentarlo. Ambos alcanzaron la burbuja invisible. Vieron cómo desaparecían sus manos y luego sus brazos, pero no sintieron nada.

—Entremos —dijo Chu Yan. Entonces entró en la burbuja, como si se hubiera zambullido en una piscina. Morovich y Guan miraron con consternación mientras el capitán Chu desaparecía de la cabeza a los pies. La parte cortada de su cuerpo en la superficie de la burbuja invisible cambió rápidamente de forma, y el borde del agujero proyectó reflejos en los mamparos circundantes como si fueran ondas.

Mientras Morovich y Guan se miraban el uno al otro, un par de manos y antebrazos salieron de la burbuja y permanecieron suspendidos en el aire. Cada uno de ellos les cogió, y fueron introducidos en el espacio tetradimensional.

Todos los que habían estado en un espacio de cuatro dimensiones coincidían en que la sensación era indescriptible. Incluso decían que era lo único que la humanidad había vivido que no podía ser captado por el lenguaje.

La gente solía recurrir a esta analogía. Imagina una carrera de seres planos que viven en una imagen bidimensional. Por muy rica o colorida que sea una imagen, la gente plana solo es capaz de ver el perfil del mundo a su alrededor. Para ellos, todo consistía en segmentos de varias longitudes. Solo cuando un ser bidimensional era sacado de la imagen e introducido en un plano tridimensional era capaz de ver la imagen en su totalidad.

La analogía tan solo expresaba con más detalles la inefabilidad de la experiencia tetradimensional.

Alguien que mirara el mundo tridimensional desde un espacio tetradimensional por primera vez no tardaba en darse cuenta de ello. Nunca había visto el mundo desde allí. Si comparásemos el mundo tridimensional con un cuadro, todo lo que había visto antes no sería más que una visión estrecha de un lado: una línea. Solo desde un espacio tetradimensional se podía ver la imagen completa. La describiría de la siguiente manera: nada bloqueaba lo que estaba colocado detrás de ella. Hasta el interior de los espacios cerrados podían verse. Parecía un cambio simple, pero cuando se representaba el mundo de esta manera, el efecto visual era sorprendente. Cuando se eliminaban las barreras y los revestimientos y todo quedaba expuesto, la cantidad de información que entraba en los ojos del espectador era cientos de millones de veces mayor que en un espacio tridimensional. El cerebro no podía ni siquiera procesar tanta información de golpe.

A ojos de Morovich y Guan, *Espacio azul* era un magnífico e inmenso cuadro que acababa de abrirse. Podían ver toda la nave desde donde estaban hasta la popa y todo lo que había entre ellos y la proa. También podían ver el interior de todos los camarotes y todos los contenedores sellados del navío. Podían ver el líquido que fluía por el dédalo de tuberías, así como las bolas incandescentes de los tubos de fusión en el reactor de la popa... Las reglas de la perspectiva naturalmente seguían existiendo, y los objetos alejados se veían de forma indistinta, aunque todo fuera visible.

Con esta descripción, los que nunca hubiesen vivido la experiencia tetradimensional podrían quedarse con la impresión equivocada de que veían todo «a través» del casco; pero no, no veían las cosas «a través» de nada. Todo estaba expuesto, como cuando uno ve un círculo en una hoja de papel, sin tener que mirar a través de nada. Este tipo de abertura se extendía a todos los niveles, y lo más difícil era describir cómo se aplicaba a los objetos sólidos. Era posible ver el interior de los cuerpos sólidos, como los mamparos o los trozos de metal o roca. ¡Se podían ver todos los cortes transversales a la vez! Morovich y Guan se ahogaban en un mar de información. Todos los detalles del universo estaban contenidos a su alrededor, luchando por atraer su atención con intensos colores.

Morovich y Guan tenían que aprender a gestionar ese fenómeno visual tan novedoso, que consistía en la aparición de detalles ilimitados. En un espacio tridimensional, el órgano visual humano procesaba detalles limitados, y los elementos visibles estaban limitados independientemente de lo complicado que fuera el entorno o el objeto. Siempre era posible, siempre y cuando se dispusiera de tiempo suficiente, incorporar la mayoría de los detalles uno por uno. Pero cuando alguien pasaba a ver el mundo tridimensional desde el mundo tetradimensional, todos los detalles ocultos podían apreciarse de manera simultánea, dado que los objetos tridimensionales estaban expuestos al mismo nivel. Tomando como ejemplo el de un contenedor sellado: no solo se podía ver lo que había dentro, sino también el interior del objeto que había dentro de él. Esta revelación y exposición sin límites llevaba a la visualización de detalles también ilimitados.

Todo lo que había en la nave quedó expuesto a Morovich y Guan, pero incluso al observar algún objeto específico, como una taza o un bolígrafo, vieron infinitos detalles, y la información recibida por sus sistemas visuales era incalculable. Ni siquiera una vida entera bastaría para asimilar las formas de estos objetos en el espacio tetradimensional. Cuando un objeto era revelado a todos los niveles en el espacio tetradimensional, creaba en el espectador una sensación de profundidad que daba vértigo, como un grupo de muñecas rusas que se multiplicaba sin solución de continuidad.

Morovich y Guan se miraron entre sí, y acto seguido lanzaron una mirada a Chu Yan, que se encontraba a su lado. Vieron cuerpos revelados a todos los niveles con detalles que se mostraban en paralelo. Eran capaces de ver huesos, órganos, el tuétano de los huesos, la sangre que fluía por los ventrículos y las arterias del corazón, la apertura y el cierre de las válvulas mitral y tricúspide. Al mirarse el uno al otro, podían ver con claridad la estructura interna de los ojos...

La expresión «en paralelo» podía inducir a error. La posición física de las partes del cuerpo no había cambiado: la piel encerraba los órganos y los huesos, y se mantenía la habitual forma tridimensional de las personas, pero ahora era tan solo un detalle en una infinidad de información que podía verse al mismo tiempo y de forma paralela.

—Cuidado con dónde ponen las manos —advirtió Chu Yan—. Podrían tocar por error sus órganos internos o los de otra persona. Eso sí, siempre y cuando no apliquen demasiada fuerza, entrar en contacto con las vísceras no supone un problema. Tal vez sientan un poco de dolor o náuseas, y por supuesto existe el riesgo de infección. Tampoco toquen ni muevan objetos a menos que sepan exactamente lo que son. Ahora todo en la nave está al descubierto. Podrían tocar sin querer un cable o una válvula, o incluso circuitos integrados, y provocar fallos en el sistema. En definitiva, que en el mundo tridimensional ustedes son como dioses, pero deben acostumbrarse al espacio tetradimensional antes de poder usar sus poderes de manera eficaz.

Morovich y Guan aprendieron rápidamente a evitar tocar los órganos internos. Si se movían en una dirección determinada, podían agarrar la mano de alguien en vez de los huesos de la mano. Para tocar los huesos y las vísceras había que ejercer fuerza en otra dirección, una dirección que no existía en el espacio tridimensional.

A continuación, Morovich y Guan descubrieron algo que les entusiasmó: podían ver las estrellas en todas direcciones. Alcanzaban a ver el brillo de la Vía Láctea en medio de la eterna noche universal. Eran conscientes de estar todavía en el interior de la nave —ninguno de ellos llevaba trajes espaciales, y todos respiraban el aire de la nave—, pero en la cuarta dimensión estaban expuestos al espacio. Los tres veteranos astronautas habían hecho un sinfín de paseos espaciales, pero nunca habían sentido semejante intimidad con el espacio. Durante los paseos espaciales estaban recluidos en los trajes, pero ahora nada se interponía entre ellos y el cosmos. Al dejar descubiertos sus infinitos detalles, la nave no les ocultaba el espacio. En la cuarta dimensión, la nave se encontraba a un nivel paralelo al espacio.

Un cerebro que no se hubiera adaptado a percibir y sentir el espacio tridimensional desde el nacimiento era incapaz de gestionar la infinita información generada por los incontables detalles, hasta el punto de que la sobrecarga de información inicial obstruía sus funciones. Sin embargo, el cerebro no tardaba en acostumbrarse al entorno tetradimensional, y aprendía de manera inconsciente a ignorar la mayoría de los detalles, dejando tan solo el contorno de los objetos.

Tras el vértigo inicial, Morovich y Guan experimentaron una conmoción aún mayor. Cuando su atención ya no estaba absorbida del todo por los inagotables detalles del entorno que les rodeaba, sintieron el espacio en sí, o la cuarta dimensión. Más tarde, la gente llamó a esa sensación «sentido espacial de alta dimensionalidad». A los que habían experimentado dicha sensación les resultaba difícil describirla con palabras. Solían intentar explicarlo de la siguiente manera: en el espacio tridimensional, conceptos como «inmensidad» eran replicados infinidad de veces en el espacio tetradimensional en una dirección que no existía en las tres dimensiones. Solían emplear la analogía de dos espejos uno delante del otro; en ambos era posible ver un conjunto sin fin de espejos repetidos, un salón de espejos que se extendían hasta el infinito. En ese símil, cada espejo del salón era como un espacio tridimensional. Es decir, que la inmensidad que uno experimentaba en el espacio tridimensional no era más que una sección de esa infinitud. La dificultad de describir la sensación espacial en la dimensionalidad alta radicaba en el hecho de que para los observadores situados en el espacio tetradimensional, el espacio que podían ver estaba vacío y era uniforme, pero había una profundidad que el lenguaje no podía captar. Esa profundidad no era una cuestión de distancia: estaba encerrada en cada punto del espacio. La exclamación de Guan Yifan se convirtió en una cita clásica:

—En cada pulgada existe un abismo sin fondo.

La experiencia de la sensación espacial de alta dimensionalidad era un bautismo espiritual. En un momento, conceptos como «libre», «abierto», «profundo» e «infinito» adquirían nuevos significados.

—Debemos volver —intervino Chu Yan—. Los puntos distorsionados son estables solo durante un breve período de tiempo, pero luego se alejan o desaparecen sin más. Para encontrar nuevos puntos de distorsión hay que moverse en el espacio tetradimensional, algo peligroso para principiantes como ustedes.

—¿Cómo se puede encontrar un punto distorsionado en un espacio tetradimensional? —preguntó Morovich.

—Es fácil. Un punto de distorsión suele ser esférico. La luz refracta en el interior de la esfera, y los objetos en su interior aparecen distorsionados, lo que provoca una ruptura visual en la imagen. Por supuesto, no es más que un efecto óptico del espacio tetradimensional, no un cambio real en la forma de los objetos. Miren allí...

Chu Yan señaló en la dirección por la que habían venido. Morovich y Guan volvieron a ver de nuevo los tubos, que ahora también estaban abiertos, de tal manera que los líquidos que fluían por ellos podían verse con total claridad. Dentro de la zona esférica los tubos se veían curvados y distorsionados, y la esfera parecía una gota de rocío que colgaba de una telaraña. Era diferente del aspecto que esa zona tenía en el espacio tridimensional. Allí el punto distorsionado no refractaba la luz, por lo que resultaba completamente invisible. Solo era posible conocer su presencia a través de la desaparición de los objetos que habían entrado en el espacio tetradimensional del interior de la burbuja.

—Cuando regresen tendrán que ponerse trajes espaciales. Los principiantes no siempre son capaces de distinguir con claridad su posición, y al buscar un nuevo punto de distorsión para volver uno puede acabar fuera de la nave en el espacio tridimensional.

Chu Yan les hizo un gesto para que le siguieran, y entraron en la burbuja que parecía una gota. Enseguida estuvieron dentro del mundo tridimensional, de vuelta en el corredor del interior de la nave, justo en el mismo lugar donde diez minutos antes habían entrado en el espacio tetradimensional. No se habían marchado en ningún momento: el espacio donde se encontraban había adquirido una dimensión adicional. La abertura redonda del mamparo todavía estaba allí, y aún veían los tubos «rotos» del interior.

Pero a Morovich y Guan el mundo ya no les resultaba tan familiar como antes. Ahora el mundo tridimensional les parecía estrecho y asfixiante. Guan lo llevaba un poco mejor, porque él al menos había experimentado la cuarta dimensión en una ocasión, en un estado semiconsciente. Morovich, en cambio, tenía una sensación de claustrofobia, como si alguien le estuviera ahogando.

—Es normal. Se acostumbrará después de unas cuantas veces. —Chu Yan rio—. Ahora ya conocen el significado de la verdadera inmensidad. Aunque se pongan los trajes espaciales y den un paseo por el espacio, se sentirán encerrados.

—¿Qué ha sido eso? —Morovich se abrió el cuello del traje y jadeó.

—Hemos entrado en una zona donde el espacio tiene cuatro dimensiones, así de sencillo. Llamamos a esa región fragmento tetradimensional.

—¡Pero si ahora estamos en el espacio tridimensional!

—El espacio tetradimensional contiene un plano tridimensional, del mismo modo que el espacio tridimensional contiene un plano bidimensional. Nos encontramos, por así decirlo, en el interior de una hoja de papel tridimensional en el espacio tetradimensional.

—Se me ocurre una metáfora —dijo Guan entusiasmado—. Todo nuestro espacio tridimensional es una gran hoja de papel con una longitud de dieciséis mil millones de años luz, en un punto de la cual hay una pequeña pompa de jabón de cuatro dimensiones.

—¡Bravo, doctor Guan! —Chu Yan le dio una palmadita en el hombro, haciéndole caer en la ingravidez—. Llevo tiempo intentando dar con una buena analogía, y usted ha acertado a la primera. ¡Por eso necesitamos a un cosmólogo! Tiene usted toda la razón. Estábamos arrastrándonos por la superficie de esa hoja de papel tridimensional hasta que llegamos a la pompa de jabón. A través de un punto de distorsión conseguimos salir de la superficie de papel y entramos en el espacio en el interior de la burbuja.

—Aunque justo ahora nos encontrábamos en un espacio tetradimensional, nuestros cuerpos seguían siendo tridimensionales —dijo Morovich.

—Así es. Éramos personas planas y tridimensionales surcando el espacio tetradimensional. No sabemos a ciencia cierta cómo consiguieron sobrevivir nuestros cuerpos en el espacio tetradimensional, dado que es probable que las leyes de la física sean diferentes. Estos son solo algunos de los muchos misterios.

—¿Qué son exactamente los puntos de distorsión?

—La hoja de papel tridimensional no es del todo plana, sino que tiene algunos puntos distorsionados que llegan a la cuarta dimensión. Un punto de distorsión es eso: se trata de un túnel que va de una dimensión inferior a dimensiones superiores. Podemos entrar en el espacio tetradimensional saltando a su interior.

—¿Hay muchos de esos puntos?

—Sí, están por todas partes. *Espacio azul* logró descubrir antes ese secreto porque contamos con más personal a bordo, y por lo tanto muchas más oportunidades de encontrarlos. *Gravedad* tenía una tripulación más pequeña y un régimen de observación psicológica mucho más estricto. Los que encontraron puntos de distorsión no se atrevían a hablar de ellos.

—¿Son tan pequeños los puntos de distorsión?

—No, algunos son mucho mayores. Hay un misterio que nunca hemos sido capaces de desentrañar: en una ocasión observamos que el tercio trasero de *Gravedad* había entrado en un espacio tetradimensional en el que permaneció durante varios minutos. ¿Cómo es posible que no se dieran cuenta de que ocurría algo extraño?

—Normalmente esa parte está desierta. Bueno, él sí que estaba allí. —Morovich se volvió hacia Guan Yifan—. Usted debió de haber notado algo. Creo que se lo escuché decir al doctor West.

—Solo estaba medio despierto. Al final aquel cretino consiguió convencerme de que no eran más que alucinaciones.

—Es imposible ver la cuarta dimensión desde un espacio tridimensional; aunque sí es posible estar en un espacio tetradimensional y ver todo lo que ocurre en el espacio tridimensional e influir sobre los objetos que hay en él. Fuimos capaces de tender una emboscada a las gotas desde el espacio tetradimensional. Por muy poderosas que fueran las sondas de interacción fuerte, seguían siendo objetos tridimensionales. En cierto sentido, la tridimensionalidad es sinónimo de fragilidad. Vista desde el espacio tetradimensional, el plano en tres dimensiones es un rollo de pintura desplegado e indefenso. Nos dirigimos a la gota desde la cuarta dimensión y, sin entender cómo funcionaban, saboteamos al azar sus mecanismos internos, que estaban completamente al descubierto.

—¿Trisolaris es consciente de la existencia del fragmento tetradimensional?

—Creemos que no.

—¿Cuánto mide la pompa de jabón...? El fragmento tetradimensional, quiero decir.

—Hablar de tamaño del espacio tetradimensional desde el espacio tridimensional es absurdo en cierto modo. Solo podemos hablar del tamaño de la proyección del fragmento en tres dimensiones. Partiendo de la base de investigaciones preliminares, creemos que la proyección tridimensional es esférica. De ser así, basándonos en los datos recabados hasta ahora, su radio mide entre cuarenta y cincuenta unidades astronómicas.

—Aproximadamente el tamaño del Sistema Solar.

La abertura redonda del mamparo junto a los tres hombres empezó a moverse despacio y a encogerse. Cuando estuvo a tan solo diez metros de ellos, la abertura desapareció por completo. Sin embargo, la ventana de información que flotaba a su lado indicaba que habían aparecido otros dos puntos de distorsión a bordo de *Espacio azul*.

—¿Cómo pudo aparecer un fragmento tetradimensional en el espacio tridimensional? —mascullò Guan Yifan como si hablara consigo mismo.

—Nadie lo sabe, doctor. Ese es el enigma que le corresponde a usted resolver.

Tras el descubrimiento del fragmento tetradimensional, *Espacio azul* había explorado y estudiado a conciencia el espacio que podía encontrarse en su interior. La incorporación de *Gravedad* a la investigación aportó equipos y técnicas más avanzados, por lo que las tripulaciones pudieron llevar a cabo una exploración más integral y profunda.

En el espacio tridimensional, la región parecía muy vacía y no presentaba irregularidades. La mayor parte de la exploración tenía que llevarse a cabo en un espacio tetradimensional. Como enviar sondas al espacio tetradimensional no era un asunto baladí, la mayor parte de la investigación se realizaba insertando un telescopio en el fragmento a través de un punto de distorsión. Manipular un instrumento de la tercera dimensión en un espacio tetradimensional exigía cierta práctica y un período de adaptación, pero cuando los científicos le cogieron el tranquillo no tardaron en lograr unos descubrimientos impresionantes.

A través del telescopio descubrieron un objeto con forma de anillo. Como era imposible determinar a qué distancia de la nave se encontraba, tampoco era posible calcular su tamaño. Lo único que se podía deducir era que su diámetro tridimensional tenía entre ochenta y cien kilómetros, y que la banda del anillo tenía unos veinte kilómetros de grosor. En la superficie de la banda, similar a una cinta gigante que daba vueltas en el espacio, se podían apreciar complejos patrones que simulaban circuitos. Sobre la base de esta evidencia, parecía razonable concluir que el anillo había sido construido por seres inteligentes.

Fue la primera vez que la humanidad observó otra civilización diferente a Trisolaris.

Sin embargo, lo más impresionante era que el anillo estaba sellado. Pese a existir en el espacio tetradimensional, no revelaba su interior como cualquier objeto tridimensional. El hecho de que su interior estuviera oculto indicaba que se trataba de un objeto tetradimensional, el primer objeto verdaderamente tetradimensional detectado por la humanidad desde su entrada en el espacio en cuatro dimensiones.

Al principio la gente temía un ataque, pero la superficie del anillo no mostraba señal alguna de actividad. Tampoco detectaron ninguna emisión de señales de ondas gravitatorias, electromagnéticas o de neutrinos, y el anillo no mostraba signos de aceleración más allá de un movimiento pausado. La teoría que manejaban era que aquello era un residuo, tal vez una ciudad espacial o una nave abandonadas hacía mucho tiempo.

Nuevas investigaciones revelaron más objetos desconocidos en las profundidades del espacio tetradimensional. Todos eran objetos tetradimensionales sellados de distintos tamaños y formas, muchos de ellos artefactos en los que habían rastros de formas de vida inteligente: pirámides, cruces, marcos poliédricos... Otras eran figuras irregulares compuestas de formas más simples que tampoco parecían tener un origen natural. Más de una decena de objetos tenían formas que podían apreciarse con un telescopio, aunque más allá había muchos más objetos que aparecían solo como orígenes puntuales. En total se encontraron un centenar de aquellos objetos. Al igual que el anillo, ninguno de ellos mostraba señales de actividad, ni tampoco emitían señales detectables.

Guan Yifan propuso al capitán Chu enviar una cápsula hacia el anillo para estudiarlo de cerca y entrar en su interior si las circunstancias lo permitían. El capitán rechazó de plano la propuesta, puesto que navegar en un espacio tetradimensional estaba plagado de riesgos. Fijar con precisión la propia ubicación requería el uso de cuatro coordenadas, pero el equipo traído del espacio tridimensional tan solo permitía determinar tres, por lo que los exploradores tridimensionales no podían determinar con precisión la posición de ningún objeto en el espacio tetradimensional. Un explorador no podía conocer la ubicación o la distancia del anillo mediante los instrumentos o la observación visual, por lo que era posible colisionar con él en cualquier momento.

De igual manera, encontrar el punto de distorsión para regresar al espacio tridimensional resultaba sumamente complicado. Como no era posible determinar el valor de una de las cuatro direcciones, al encontrar un punto de distorsión todo lo que se conocía era su dirección, pero no su distancia respecto al observador. Las personas a bordo de la cápsula podían usar un punto de distorsión para volver al espacio tridimensional y, para su sorpresa, alejarse de *Espacio azul*.

Por último, la mayor parte de las ondas de radio que unían a *Espacio azul* con la cápsula llegarían a la cuarta dimensión, lo cual ocasionaría un deterioro mucho mayor de la señal y dificultades de comunicación.

Después de ello, *Espacio azul* y *Gravedad* sufrieron seis ataques de micrometeoroides en un mismo día. Un micrometeoroide de ciento cuarenta nanómetros impactó y destruyó por completo el controlador de levitación magnética del núcleo del reactor de fusión de *Espacio azul*, un sistema clave de la nave. El núcleo del reactor de fusión podía alcanzar temperaturas de hasta un millón de grados, que podían hacer que se evaporara cualquier material con el que entrara en contacto. Un campo magnético lo mantenía centrado dentro de la cámara de reacción. Si el controlador no funcionaba, el reactor recalentado podía salir del campo magnético y destruir de inmediato la nave. Por suerte, la unidad de refuerzo entró en funcionamiento de inmediato y cerró el reactor, que operaba a mínima potencia, lo que evitó la catástrofe.

A medida que las dos naves se internaron cada vez más en el fragmento tetradimensional, la densidad de los impactos de los micrometeoroides fue aumentando, e incluso hubo meteoroides más grandes, visibles para el ojo humano, que pasaron junto a las naves. Su velocidad en relación con las naves era varias veces la tercera velocidad cósmica. En el espacio tridimensional, las partes fundamentales de las naves estaban envueltas en capas de protección, pero aquí aparecían expuestas a la cuarta dimensión, completamente indefensas.

Chu Yan decidió que ambas naves debían abandonar el fragmento tetradimensional. La totalidad del fragmento se alejaba del Sistema Solar y se dirigía en la misma dirección que la trayectoria de la nave, de modo que aunque *Espacio azul* y *Gravedad* se alejaran velozmente del Sistema Solar, su velocidad en relación con el fragmento era pequeña, y solo acababan de alcanzarlo. No estaban en su interior y debían ser capaces de desacelerar y abandonarlo con facilidad.

La decisión indignó a Guan Yifan:

—Tenemos ante nosotros el mayor misterio del universo. Las respuestas a todas nuestras preguntas sobre el cosmos podrían estar aquí. ¿Cómo podemos irnos?

—¿Está hablando usted del síndrome «tres - trescientos mil»? El fragmento tetradimensional me recuerda a él.

—Aun atendiendo exclusivamente a consideraciones más prácticas, seguro que en esa ruina con forma de anillo podremos encontrar cosas que ni somos capaces de imaginar.

—Eso solo tiene sentido si logramos salir vivos. Ahora mismo nuestras dos naves podrían ser destruidas en cualquier momento.

Guan suspiró y sacudió la cabeza.

—Allá usted. Pero antes de marcharnos permítame subir a una cápsula para explorar el anillo. Deme una oportunidad. Habla de supervivencia, pero es posible que dicha supervivencia dependa de lo que sea capaz de descubrir allí.

—Podemos estudiar la posibilidad de enviar una sonda no tripulada.

—En un mundo tetradimensional, solo un observador de carne y hueso puede comprender lo que está viendo. Lo sabe mejor que yo.

Tras una breve deliberación, el alto mando de ambas naves aprobó la propuesta de Guan Yifan de enviar un equipo de exploración, que estaría compuesto por el cosmólogo de *Gravedad*, así como el subteniente Zhuo Wen y el doctor West. Zhuo era el oficial científico a bordo de *Espacio azul*, y contaba con una dilatada experiencia en la navegación en cuatro dimensiones. El doctor West, por su parte, simplemente había insistido en ir; su petición acabó por aceptarse porque tenía experiencia en el estudio de la lengua trisolariana.

Antes de esa expedición, el trayecto más largo que un ser humano había recorrido en el espacio tetradimensional era el ataque de *Espacio azul* contra las gotas y *Gravedad*. En el transcurso de aquella ofensiva, una cápsula se había acercado a *Gravedad* atravesando el espacio tetradimensional, y tres personas, entre las que se encontraba el teniente Park Ui-gun, habían entrado en *Gravedad* a través de un punto de distorsión. A continuación, más de sesenta marines habían abordado la nave en tres remesas separadas. El ataque sobre las gotas se había realizado con pequeñas lanzaderas. Pero ese viaje de reconocimiento al anillo sería mucho más largo.

La nave entró en un espacio tetradimensional desde un punto de distorsión situado entre ambas naves. Detrás de la cola, el pequeño núcleo de fusión pasó de un rojo tenue a un azul claro a medida que aumentaba la potencia. Esa llama, junto con las bolas de fuego de los reactores de las dos naves más grandes, iluminaba aquel mundo multiplicado hasta el infinito. *Espacio azul* y *Gravedad* descansaron rápidamente, y a medida que la cápsula se adentraba cada vez más en el espacio tetradimensional, la sensación de alta dimensionalidad se volvió más intensa. Aunque el doctor West ya había estado en el espacio tetradimensional en dos ocasiones, exclamó:

—¡Qué grande debe de ser el espíritu capaz de abarcar ese mundo!

Zhuo pilotó la cápsula moviendo el cursor con la mirada o usando comandos de voz, evitando usar las manos y correr el riesgo de tocar alguna pieza sensible del equipo que ahora aparecía expuesto en las cuatro dimensiones. A simple vista, el anillo aún era apenas un punto visible, pero Zhuo tenía cuidado y mantenía la cápsula a una velocidad muy baja. A causa de aquella nueva dimensión imposible de calcular, las valoraciones visuales de la distancia no eran para nada fiables. Existía la posibilidad de que el anillo se encontrara a una unidad astronómica de distancia, o puede que justo frente a la popa de la nave.

Tres horas más tarde, la cápsula superó el récord de distancia recorrida en el espacio tetradimensional. El anillo seguía siendo apenas un punto. Zhuo redobló las precauciones y se preparó para desacelerar a toda potencia y cambiar el rumbo en cualquier momento. Guan Yifan se impacientó y pidió a Zhuo que fuera más rápido, pero West dio un grito de sorpresa.

De repente, el anillo se volvió real. Era un punto, y al momento pasó a ser un anillo del tamaño de una moneda. No hubo ningún proceso de transformación gradual.

—No debemos olvidar que en la cuarta dimensión estamos ciegos —dijo Zhuo, que volvió a reducir la velocidad.

Pasaron otras dos horas. En el espacio tridimensional habrían recorrido doscientos mil kilómetros.

De repente, el anillo del tamaño de una moneda se convirtió en una estructura gigantesca. Zhuo viró con brusquedad y apenas consiguió evitar la colisión. La cápsula atravesó el anillo dibujando un arco en el espacio, y luego desaceleró, viró y se detuvo a poca distancia del objeto.

Era la primera vez que unos seres humanos se acercaban a un objeto tetradimensional. Sintieron la majestuosidad de lo que se conocía como materialidad de alta dimensionalidad. El anillo estaba sellado del todo, y no podían ver el interior de la banda, aunque sí apreciar un inmenso sentido de profundidad y reclusión. Lo que veían no era solo un anillo, sino una infinidad de anillos superpuestos y cerrados. Esta sensación de cuatro dimensiones causaba impresión en el espíritu, y transmitía a los observadores la sensación de estar viendo la montaña contenida en un grano de mostaza descrita en las parábolas budistas.

Vista de cerca, la superficie del anillo parecía muy diferente de las imágenes tomadas por el telescopio. En vez de una luz dorada, emitía un brillo cobrizo oscuro. Las tenues líneas grabadas que les habían parecido circuitos eran, en realidad, marcas dejadas por los micrometeoroides que habían golpeado la superficie. Aún no había pruebas de actividad alguna, y no emitían luz o cualquier otro tipo de radiación. Al ver la ajada superficie del anillo los tres hombres tuvieron una sensación de *déjà vu*: se acordaron de las gotas que habían sido destruidas, y luego intentaron imaginarse el enorme anillo tetradimensional con una superficie lisa y como de espejo. La imagen habría resultado sobrecogedora.

El teniente Zhuo siguió el plan previsto y transmitió al anillo un mensaje mediante ondas de radio de frecuencia media. Era un mapa de bits simple, una matriz de bits que podían ser interpretados como seis líneas de puntos que formaban una secuencia de números primos: 1, 3, 5, 7, 11, 13.

No esperaban recibir respuesta alguna, pero llegó una réplica enseguida, tan rápido que no daban crédito. La ventana de información que flotaba en medio de la cápsula mostraba un mapa de bits simple, parecido al que habían enviado. También estaba formado por seis líneas que representaban los siguientes seis números primos: 17, 19, 23, 29, 31, 37.

El mensaje de saludo era solo un experimento del plan de exploración, pero no habían preparado cómo continuar la comunicación en caso de recibir respuesta. Mientras los tres hombres a bordo de la cápsula debatían sobre lo que convenía hacer, el anillo envió un segundo mapa de bits: 1, 3, 5, 7, 11, 13, 1, 4, 2, 1, 5, 9.

Luego un tercero: 1, 3, 5, 7, 11, 13, 16, 6, 10, 10, 4, 7.

Un cuarto: 1, 3, 5, 7, 11, 13, 19, 5, 15, 4, 8.

Un quinto: 1, 3, 5, 7, 11, 13, 7, 2, 16, 4, 1, 14.

Los mapas de bits fueron llegando uno tras otro. Los primeros seis números de cada uno de ellos eran los seis números enviados por la cápsula a modo de saludo. En cuanto a los siguientes seis números de cada serie, tanto Zhuo como West se volvieron hacia el científico Guan Yifan. El cosmólogo se quedó mirando los números que se desplazaban en la ventana flotante y se encogió de hombros:

—No veo ningún patrón.

—Supongamos entonces que no siguen ningún patrón. —West señaló la ventana—. Los primeros seis números son los que nosotros enviamos, así que es posible que signifiquen «tú». Los seis números posteriores no muestran ningún patrón reconocible, así que es posible que signifiquen «todo sobre ti».

—¿Quiere información sobre nosotros?

—Al menos una muestra lingüística. Quiere descodificarlo, estudiarlo y entonces comunicarse más con nosotros.

—Entonces debemos enviarle el Sistema Rosetta.

—Tenemos que pedir autorización.

El Sistema Rosetta era una base de datos desarrollada para enseñar las lenguas terrícolas a los trisolarianos, que contenía unos dos millones de caracteres de documentos sobre las historias natural y humana de la Tierra, con numerosos vídeos e imágenes. También incluía programas para establecer conexiones entre los símbolos lingüísticos y las imágenes, con el objetivo de que una civilización alienígena descodificara y estudiara las lenguas terrícolas.

La nave nodriza autorizó la petición del equipo de exploración. Sin embargo, la memoria del ordenador de la cápsula no disponía del Sistema Rosetta, y la sumamente débil comunicación entre la embarcación y la nave nodriza hacía que fuera imposible retransmitir un volumen de datos tan grande. La única solución era hacer que la nave nodriza enviara la información al anillo de manera directa. Era algo que no podía hacerse por radio, pero por suerte *Gravedad* estaba equipada con un sistema de comunicación de neutrinos. Aunque no estaban seguros de si el anillo era capaz de recibir señales de neutrinos.

Tres minutos después de que *Gravedad* retransmitiese al anillo el Sistema Rosetta a través de un rayo de neutrinos, la cápsula recibió una nueva serie de mapas de bits. El primero era un cuadrado perfecto de sesenta y cuatro puntos, distribuidos en una muestra de ocho por ocho. Al segundo mapa de bits le faltaba un punto en una esquina, lo que dejaba sesenta y tres. Al tercero le faltaban dos, lo que dejaba sesenta y dos...

—Es una cuenta atrás o una barra de progreso —apuntó West—. Creo que es una forma de mostrar que ha recibido el Sistema Rosetta y que está en proceso de descodificación. Tenemos que esperar.

—¿Por qué sesenta y cuatro puntos?

—Supongo que es un número relativamente grande cuando se usa un sistema binario. Es como cuando nosotros utilizamos el número cien para muchas cosas sobre la base del diez.

Zhuo y Guan se alegraban de poder tener a West con ellos. El psicólogo parecía tener talento para comunicarse con inteligencias desconocidas.

Cuando la cuenta atrás llegó al número cincuenta y siete, ocurrió algo impresionante: el siguiente número no apareció en forma de mapa de puntos, sino que el anillo transmitió el número cincuenta y seis en cifras arábigas.

—Pues sí que aprende rápido —dijo Guan.

El número fue bajando de uno en uno cada diez segundos,

hasta que unos minutos más tarde llegó a cero. El último mensaje estaba formado por tres palabras:

Soy una tumba.

El Sistema Rosetta usaba un método de escritura que mezclaba el inglés con el chino, y era lógico que el anillo empleara la misma lengua para comunicarse con ellos. Pero se daba la circunstancia de que ese mensaje consistía en su totalidad de caracteres chinos. Guan Yifan escribió una pregunta en la ventana flotante, y así comenzó la conversación entre la humanidad y el anillo:

—¿De quién es la tumba?

—De los que la construyeron.

—¿Es una nave espacial?

—Era una nave espacial, pero murió y ahora es una tumba.

—¿Quién eres? ¿Quién está hablando con nosotros?

—Soy la tumba. La tumba habla con vosotros. Estoy muerto.

—¿Quieres decir que eres la nave cuya tripulación murió? ¿Eres el sistema de control de la nave?

(Silencio)

—En esta zona del espacio hay muchos otros objetos. ¿También son tumbas?

—La mayoría son tumbas. Otros pronto serán tumbas. No los conozco todos.

—¿Venís de lejos? ¿O siempre habéis estado aquí?

—Yo vengo de lejos. Ellos también vienen de lejos. De diferentes lugares lejanos.

—¿De dónde?

—Del mar.

—¿Fuisteis vosotros quienes construyeron este espacio tetradimensional?

(Silencio)

—Habéis dicho que venís del mar. ¿Habéis construido el mar? ¿Quieres decir que para ti o para los que te crearon este espacio tetradimensional es como el mar para nosotros?

—Es un charco. El mar se ha secado.

—¿Por qué hay tantas naves, o tumbas, reunidas en un espacio tan pequeño?

—Cuando el mar se seca, los peces tienen que reunirse en un charco. El charco también se está secando, y todos los peces van a desaparecer.

—¿Están aquí todos los peces?

—Los peces que han secado el mar no están aquí.

—Lo siento. Lo que dices es muy difícil de entender.

—Los peces que secaron el mar salieron del agua antes de que el mar se secara. Pasaron de un bosque oscuro a otro bosque oscuro.

Las dos palabras repetidas de esa última frase les conmocionaron como el impacto de un rayo. Los tres hombres a bordo de la cápsula y todos los que estaban en las naves nodrizas escuchando el diálogo a través de un débil enlace se estremecieron.

—¿Qué quieres decir con «bosque oscuro»?

—Lo mismo que vosotros.

—¿Nos vas a atacar?

—Soy una tumba. Estoy muerto. No atacaré a nadie. No hay bosque oscuro entre distintas dimensiones. Una dimensión inferior no puede amenazar a una dimensión superior, y los recursos de una dimensión inferior son inútiles para una dimensión superior. Pero en una misma dimensión todo es bosque oscuro.

—¿Nos puedes dar algún consejo?

—Marchaos de este charco de inmediato. Sois pinturas delgadas. Sois frágiles. Si os quedáis en el charco, pronto os convertiréis en tumbas. Vaya, parece que en vuestro barco hay peces.

Guan se quedó desconcertado durante unos segundos, y entonces se dio cuenta de que a bordo de la cápsula espacial sí había peces. Solía llevar consigo una esfera ecológica del tamaño de un puño, dentro de la cual había agua, un pececito y unas cuantas algas. Juntos formaban un ecosistema en miniatura diseñado con primor. Era la posesión más preciada de Guan y la había llevado consigo a esa aventura. De no regresar, le acompañaría al más allá.

—Me gustan los peces. ¿Puedo quedármelo?

—¿Cómo te lo enviamos?

—Lanzádmelo.

Los tres hombres se pusieron los cascos de los trajes espaciales y abrieron la compuerta de la cápsula. Guan alzó la esfera ecológica a la altura de los ojos. Con cuidado, puesto que se encontraban en un espacio tetradimensional, cogió la bola por el exterior tridimensional y la miró por última vez. Desde la perspectiva tetradimensional podía ver todos los detalles, y aquel pequeño mundo de vida le pareció aún más rico, más variado y más colorido. Guan lanzó la esfera hacia el anillo con un movimiento del brazo. Vio cómo el pequeño globo transparente desaparecía en el espacio. Luego cerró la compuerta y continuó con la conversación:

—¿Es este el único charco del universo?

No obtuvo respuesta. A partir de entonces el anillo quedó en silencio y no volvió a responder a nuevos intentos de comunicación.

Gravedad les informó de que más micrometeoroides habían golpeado *Espacio azul*. Un número creciente de objetos voladores, incluidos objetos tetradimensionales de pequeño tamaño (tal vez restos de naves u otros artefactos), rodearon ambas naves. El capitán Chu ordenó su regreso inmediato. Había que abortar el plan de aterrizar sobre el anillo.

Como ya sabían cuál era la distancia que les separaba de la nave nodriza, el viaje de regreso se realizó al doble de velocidad. En dos horas habían vuelto a las inmediaciones de *Espacio azul*, y lograron encontrar con éxito un punto de distorsión por el que regresar a la nave.

Los exploradores fueron recibidos como héroes con una celebración de bienvenida, pese a que al parecer sus descubrimientos no tenían ninguna aplicación práctica para el futuro de ambas naves.

—Doctor Guan —preguntó el capitán Chu—, ¿cuál cree que es la respuesta a la última pregunta que le hizo al anillo?

—Volveré a usar la analogía que he utilizado antes. La probabilidad de encontrar la única pompa de jabón con un diámetro de varias decenas de unidades astronómicas en la superficie de una hoja de papel de dieciséis mil millones de años luz es tan insignificante que podría ser nula. Estoy seguro de que hay más pompas de jabón ahí fuera, es probable que muchas más.

—¿Cree que encontraremos más en el futuro?

—Creo que hay una pregunta aún más fascinante: ¿las hemos encontrado antes? Piense por ejemplo en la Tierra. Nuestro planeta lleva miles de millones de años dando vueltas en el espacio. ¿Acaso no existe la posibilidad de que hubiera entrado antes en un espacio tetradimensional?

—Eso habría sido digno de ver. Algo así tendría que haber ocurrido en la era de los dinosaurios, o puede que antes, pero me cuesta imaginar que la humanidad lo viviera. Aunque me pregunto si los dinosaurios fueron capaces de localizar puntos de distorsión...

—¿Por qué existen pompas de jabón? ¿Por qué hay tantos fragmentos tetradimensionales en el espacio tridimensional? Esas son las preguntas clave.

—Es un gran misterio.

—Capitán, creo que quizá sea un oscuro secreto.

Espacio azul y *Gravedad* empezaron a salir del fragmento. Conforme fueron acelerando, la gravedad les impulsó hacia las popas de las naves. Guan Yifan y los oficiales científicos de ambas naves intentaron acumular todos los datos que pudieron sobre ese fragmento durante los días posteriores y pasaron todo el tiempo posible en el espacio tetradimensional, algo que en parte se debía a las exigencias de su investigación. También descubrieron que la sensación de agobio y confinamiento que suponía estar en el espacio tridimensional era insoportable.

Cinco días después de iniciar la aceleración, todos los que se encontraban en el espacio tetradimensional descubrieron que habían vuelto al espacio tridimensional en un abrir y cerrar de ojos sin haber atravesado un punto de distorsión. Los sensores electromagnéticos de ambas naves indicaban que ya no había puntos de distorsión en ninguna de las naves.

Espacio azul y *Gravedad* habían salido del fragmento.

Quedaron sorprendidos. Según sus cálculos, aún deberían estar atravesando el fragmento durante otras veinte horas. El hecho de que salieran antes de lo previsto probablemente se debía a dos motivos: por un lado, que el fragmento había acelerado en la dirección contraria al rumbo actual de las naves y, por otro, que se estaba encogiendo. Todos creían que lo segundo era más probable, y es que aparte de los datos que habían podido observar también recordaban aquella frase del anillo: «Cuando el mar se seca, los peces tienen que reunirse en un charco. El charco también se está secando, y todos los peces van a desaparecer.»

Las dos naves dejaron de acelerar hasta detenerse cerca de la frontera entre el fragmento tetradimensional y el plano tridimensional, que era un punto seguro.

Los márgenes del fragmento tetradimensional eran invisibles. El espacio que se abría ante ellos estaba vacío y tan tranquilo como la superficie de un pozo profundo. El mar de estrellas de la Vía Láctea refulgía con fuerza, sin que nada invitara a pensar que cerca de allí se escondía un gran secreto.

No obstante, pronto observaron algo extraño y espectacular a partes iguales: en el espacio ante ellos aparecían de vez en cuando unas líneas luminosas muy delgadas que en un primer momento parecían muy rectas y a simple vista no parecían tener grosor, con una longitud de entre cinco mil y treinta mil kilómetros. Las líneas aparecieron de repente, y al principio emitían un brillo azul que luego se volvió rojo. Entonces las líneas rectas empezaron a torcerse y se quebraron en muchos trozos hasta terminar por desaparecer. Observaron que las líneas se manifestaban en el borde del fragmento tetradimensional, como si un enorme bolígrafo invisible marcara constantemente la frontera entre dimensiones.

Enviaron una sonda no tripulada hacia la región del espacio donde habían aparecido por primera vez las líneas, y por casualidad el aparato logró observar de cerca el nacimiento de una de ellas. La sonda se encontraba a un centenar de kilómetros y avanzaba hacia la línea a máxima velocidad. Para cuando llegó, la línea se había torcido, se había roto y había desaparecido. La sonda detectó enormes cantidades de hidrógeno y helio en las cercanías, así como polvo de elementos pesados como hierro y sílice.

Tras analizar los datos obtenidos, Guan y los oficiales científicos pronto llegaron a la conclusión de que las líneas se creaban por la materia tetradimensional que entraba en el espacio tridimensional. A medida que el fragmento iba mermando, la materia tetradimensional caía al espacio tridimensional y sufría un deterioro instantáneo. Aunque esos trozos de materia ocupaban muy poco espacio en el plano tetradimensional, el deterioro que experimentaban al entrar en la tercera dimensión hacía que la cuarta se volviera más plana y provocaba un gran aumento del volumen, que se expandía en forma de líneas rectas. Calcularon que varias decenas de gramos de materia tetradimensional podían formar una línea que abarcara casi diez mil kilómetros en tres dimensiones.

A la velocidad a la que estaba retrocediendo el límite del fragmento, en unos veinte días el anillo entraría en el espacio tridimensional. Las dos naves decidieron aguardar para observar aquella maravilla del universo. Al fin y al cabo, tenían tiempo de sobras. Las dos naves usaron las líneas de deterioro brillantes como marcadores y procedieron con cautela, manteniendo la misma velocidad que el borde en recesión del fragmento.

Durante los doce días posteriores, Guan Yifan permaneció absorto en reflexiones y cálculos profundos, y los oficiales científicos se enzarzaron en intensos debates. Finalmente acordaron que, partiendo de la base de la física teórica, no podían hacer un análisis teórico del fragmento tetradimensional, pero las teorías desarrolladas en los últimos tres siglos al menos podían ayudar a realizar algunas previsiones que fueron confirmadas por las observaciones. Que una dimensión superior que existía en forma macro cayera hacia dimensiones inferiores era tan inevitable como que el agua cayera por un barranco. El motivo fundamental por el que el fragmento se estaba encogiendo era el deterioro del espacio tetradimensional a la tercera dimensión.

Sin embargo, la dimensión perdida no se perdía del todo. Simplemente pasaba del nivel macroscópico al nivel microscópico y se convertía en una de las siete dimensiones dobladas dentro del reino cuántico.

Vieron una vez más el anillo a simple vista. La existencia de esa autodenominada tumba terminaría pronto en el espacio tridimensional.

Tanto *Espacio azul* como *Gravedad* dejaron de avanzar y retrocedieron trescientos mil kilómetros. A medida que el anillo entrara en el espacio tridimensional, el proceso de deterioro liberaría ingentes cantidades de energía. Por eso las líneas que aparecieron antes habían emitido tanta luz.

Veintidós días más tarde, el borde del fragmento retrocedió más allá del anillo. Cuando el anillo entró en el espacio tridimensional, parecía como si el universo hubiera quedado cortado por la mitad. La superficie cortada brilló con una luz cegadora, como si una estrella se estirara para formar una línea en un instante. Desde las naves espaciales era imposible ver los puntos donde acababa, pero era como si Dios hubiera sostenido una regla frente al plano del universo y trazado una línea recta de izquierda a derecha. Una cuidadosa observación mediante instrumentos desveló que la línea tenía aproximadamente una unidad astronómica de longitud, o unos ciento treinta millones de kilómetros, casi lo bastante para conectar a la Tierra con el Sol. En comparación con otras líneas que se habían observado, esta tenía un grosor visible incluso a cien mil kilómetros de distancia. La luz que emitía pasó de un blanco azulado caliente a un rojo cálido, para luego debilitarse de forma gradual. La línea misma también se torció y se soltó, rompiéndose en un cinturón de polvo. Ya no brillaba por sí misma, sino que parecía bañada de la luz de las estrellas, un color plateado sereno. Los observadores de ambas naves compartían una extraña impresión. El cinturón de polvo se parecía a una Vía Láctea en el fondo. Lo que había ocurrido parecía el *flash* de una cámara gigante que sacó una fotografía de la galaxia. Después, la fotografía se desarrolló poco a poco en el espacio.

Guan sintió una punzada de tristeza ante una imagen tan majestuosa. Pensaba en la esfera ecológica que le había dado al anillo. No pudo disfrutar del regalo durante mucho tiempo. A medida que caían en el espacio tridimensional, las estructuras tetradimensionales internas del anillo se destruían al instante. Las otras naves muertas o moribundas del interior del fragmento al final no serían capaces de escapar del mismo destino. En aquel amplio universo, solo podían durar un tiempo en aquel rincón tetradimensional.

Un oscuro y enorme secreto.

Espacio azul y *Gravedad* enviaron muchas sondas al cinturón de polvo. Aparte de la investigación científica, también querían ver si podían reunir más recursos útiles. El anillo se había convertido en una pléyade de elementos comunes en el espacio tridimensional, en su mayor parte hidrógeno y helio, que podían ser recogidos como combustible para la fusión nuclear. Sin embargo, como estos elementos en su mayoría tenían forma de gas en el cinturón de polvo, se disiparon rápidamente y al final recogieron muy poco. Eso sí, sí que había algunos elementos pesados, y pudieron reunir algunos metales útiles.

Las dos naves tenían que considerar su futuro. Un consejo temporal formado por las tripulaciones de *Espacio azul* y *Gravedad* anunció que todo el mundo podía elegir entre continuar el viaje con ambas naves o regresar al Sistema Solar.

Se construiría un arca de hibernación independiente alimentada por uno de los siete reactores de fusión de las naves. Cualquiera que quisiera volver a casa subiría a dicha arca y regresaría al Sistema Solar tras un viaje de treinta y cinco años. Las dos naves informarían a la Tierra de la trayectoria del arca de hibernación mediante una transmisión de neutrinos para que pudieran enviar naves para recibirla a su llegada. A fin de evitar que Trisolaris localizara a *Espacio azul* y *Gravedad* a partir de esta transmisión, esta solo se realizaría después de que la arca de hibernación llevara un tiempo surcando el espacio. Si la Tierra podía enviar naves para ayudar al arca con la desaceleración antes de su llegada, se podía utilizar más combustible del arca para la aceleración y reducir el viaje entre diez y veinte años.

Eso suponiendo que la Tierra y el Sistema Solar todavía existieran para entonces.

Solo unas doscientas personas optaron por regresar. El resto no quería volver a un mundo condenado a la destrucción. Preferían quedarse a bordo de *Espacio azul* y *Gravedad* y surcar las ignotas profundidades del espacio.

Un mes más tarde, el arca de hibernación y las dos naves emprendieron sus nuevos viajes. El arca de hibernación se dirigió hacia el Sistema Solar, mientras que *Espacio azul* y *Gravedad* pretendían dar un giro alrededor del fragmento tetradimensional y poner rumbo hacia un nuevo sistema estelar.

El resplandeciente brillo de los reactores de fusión iluminó el ya disperso cinturón de polvo, dándole un tono entre dorado y rojizo como una cálida puesta de sol en la Tierra. Todos sintieron que los ojos se les llenaban de lágrimas, tanto los que volvían a casa como los que se iban lejos. La bella puesta de sol espacial no tardó en desaparecer, y todo quedó sumido en una noche eterna.

Las dos semillas de la civilización humana siguieron vagando en las profundidades del mar estrellado. Fuera cual fuese el destino que les aguardaba, al menos estaban haciendo borrón y cuenta nueva.

TERCERA PARTE

Era de la Retransmisión, año 7
Cheng Xin

AA le dijo a Cheng Xin que sus ojos eran más brillantes y bonitos que antes, y puede que estuviera diciendo la verdad. Cheng Xin tenía una miopía leve, pero ahora lo veía todo con total nitidez, como si le hubieran aplicado al mundo una capa de barniz.

Habían pasado seis años desde que volvieron de Australia, pero las tribulaciones de la Gran Migración y los años posteriores no parecían haber hecho mella en AA. Era como una planta llena de frescura y vitalidad que dejaba que las penalidades resbalaran poco a poco sobre sus finas hojas. Durante aquellos seis años y gracias a la gestión de AA, la empresa de Cheng Xin se había desarrollado rápidamente hasta convertirse en uno de los principales actores en el campo de la construcción espacial en órbita cercana. Eso sí, AA no parecía la directora ejecutiva de una gran compañía, sino que conservaba su aspecto de chica llena de energía, lo cual no era una rareza en aquella época.

Esos seis años también habían pasado sin pena ni gloria para Cheng Xin, que había permanecido en estado de hibernación. A su regreso de Australia, los médicos determinaron que el origen de su ceguera había sido un trastorno psicosomático causado por un exceso de ansiedad que más tarde degeneró en un desprendimiento de retina seguido de una necrosis. El tratamiento propuesto fue producir retinas clonadas adecuadas para el trasplante mediante células madre desarrolladas a partir de su ADN, un proceso que requeriría cinco años. En el estado de profunda depresión en el que se encontraba Cheng Xin, pasar cinco años sumida en aquella completa oscuridad la habría destrozado, de modo que los médicos le permitieron hibernar.

Daba la impresión de que el mundo era nuevo. El planeta entero había celebrado la noticia de la retransmisión universal de ondas gravitatorias. *Espacio azul* y *Gravedad* se habían convertido en legendarias naves salvadoras, y ambas tripulaciones, en superhéroes idolatrados por todos. Se retiraron los cargos que pesaban sobre *Espacio azul* por sus presuntos crímenes cometidos durante las batallas oscuras, que fueron sustituidos por la afirmación de que la nave había actuado en legítima defensa tras ser atacada. Entretanto, los miembros del Movimiento de Resistencia Terrícola que habían continuado con su inútil lucha durante la Gran Migración también fueron aclamados como héroes. Cuando aquellos guerreros de la resistencia vestidos con harapos aparecieron en público, las lágrimas afloraron en los ojos de todos. *Espacio azul*, *Gravedad* y la Resistencia se convirtieron en símbolos de la grandeza del espíritu humano, un espíritu del que un sinfín de simpatizantes parecían considerarse poseedores.

A esto le siguieron las represalias contra la Fuerza de Seguridad Terrícola. Desde un punto de vista objetivo, la Fuerza había tenido un papel mucho más positivo que el de la Resistencia, ya que había logrado proteger las grandes ciudades y otras infraestructuras básicas. Si bien lo había hecho para beneficio de la civilización trisolariana, sus esfuerzos permitieron al mundo recuperarse económicamente tras el Gran Reasentamiento con la menor demora posible. Durante la evacuación posterior a la reubicación, Australia estuvo a punto de verse abocada al caos total en varias ocasiones a causa de la falta de alimentos y electricidad. Fue la Fuerza quien logró poner orden y mantener el flujo de suministros, lo cual permitió completar la evacuación en cuatro meses. Si aquella fuerza bien pertrechada y armada no hubiese existido durante ese período tan excepcional y tumultuoso, las consecuencias habrían sido desastrosas. Sin embargo, los tribunales que juzgaron a sus miembros no tuvieron en cuenta nada de esto: todos ellos fueron procesados, y la mitad condenados por crímenes contra la humanidad. Durante la Gran Migración muchos países reinstauraron la pena de muerte, una situación que se mantuvo incluso después del regreso desde Australia. Durante aquellos cinco años, se ejecutó a muchos de los integrantes de la Fuerza, si bien no pocas de las personas que gritaban llenas de júbilo también habían solicitado unirse a ella.

Finalmente volvió a reinar la calma, y la gente comenzó a rehacer sus vidas. Como las ciudades y las infraestructuras industriales seguían intactas, la recuperación fue rápida. En dos años, las ciudades habían borrado las cicatrices de los años de caos y recuperado la prosperidad posterior al reasentamiento. Todo el mundo empezó a disfrutar de la vida en cuerpo y alma.

La paz se basaba en una premisa: habían transcurrido ciento cincuenta y siete años desde que Luo Ji retransmitiera por primera vez las coordenadas de 187J3X1 al realizar su experimento de bosque oscuro hasta el momento en que la estrella fue destruida, un período de tiempo que equivalía a la esperanza de vida de un ser humano moderno. Las tasas de natalidad cayeron a su nivel más bajo de la historia, dado que nadie quería traer hijos a un mundo condenado a la destrucción. No obstante, la mayoría de la gente pensaba que podría vivir el resto de sus días en paz y felicidad.

Los seres humanos se dieron cuenta de que aquella retransmisión de ondas gravitatorias había sido mucho más potente que la emisión de radio amplificada por el Sol realizada por Luo Ji, pero no tardaron en encontrar un consuelo: cuestionar la validez de la propia teoría de bosque oscuro.

Fragmento de *Un pasado ajeno al tiempo*
Delirios de persecución cósmica: El último intento de refutar la teoría del bosque oscuro

Durante los más de sesenta años que duró la Era de la Disuasión, la historia humana discurrió con la teoría del bosque oscuro como telón de fondo. Con todo, los expertos siempre la habían puesto en tela de juicio, y hasta el inicio de la Era de la Retransmisión nunca había habido ninguna evidencia científica que demostrara su validez. Las escasas pruebas existentes carecían de una base científica rigurosa.

La primera prueba era el experimento de Luo Ji que había causado la destrucción de 187J3X1 y su sistema planetario. La hipótesis de la aniquilación de aquel sistema estelar a manos de una inteligencia extraterrestre siempre había estado rodeada de cierta controversia. Las críticas fueron especialmente aceradas entre la comunidad astronómica, donde las opiniones de los expertos se dividían en dos grandes grupos. Por un lado estaban los que creían que el objeto que se observó estallar contra la estrella a velocidad de la luz no era suficiente para destruir el astro, por lo que la destrucción de 187J3X1 tuvo que ser consecuencia de una supernova natural. Dado que no se disponía de suficientes datos previos a la destrucción de la estrella, resultaba imposible determinar con exactitud si la estrella reunía los requisitos previos para convertirse en una supernova. Teniendo en cuenta el largo tiempo transcurrido entre la retransmisión de Luo Ji y el estallido de la estrella, existía una probabilidad elevada de que lo ocurrido fuera un fenómeno natural. En cambio, otra corriente de opinión reconocía que un fotoide había destruido la estrella, aunque matizando que ese objeto que se movía a la velocidad de la luz podía haber sido un fenómeno natural de la galaxia. Aunque hasta el momento no se había detectado un segundo fotoide, sí se habían observado objetos de enormes proporciones acelerando a gran velocidad de manera espontánea. Así, por ejemplo, un agujero negro masivo cercano al centro de la galaxia era perfectamente capaz de lograr que un objeto pequeño acelerara a la velocidad de la luz. De hecho, el centro de la galaxia podía producir una gran cantidad de esos proyectiles, pero podían verse pocas veces debido a su reducido tamaño.

La segunda prueba era el pánico de Trisolaris hacia la disuasión de bosque oscuro. Era la más convincente hasta la fecha, pero el ser humano no conocía las evidencias en las que se basaban los trisolarianos ni el proceso que seguían para sacar conclusiones. Así pues, desde el punto de vista científico, no era suficiente como para constituir una prueba directa. Cabía la posibilidad de que Trisolaris hubiese establecido un equilibrio de disuasión con la Tierra por algún extraño motivo, para finalmente abandonar la conquista del Sistema Solar. Se plantearon muchas hipótesis para explicar este misterio, y si bien ninguna de ellas resultaba del todo convincente tampoco podían refutarse de forma categórica. Algunos académicos propusieron la teoría del «delirio de persecución cósmica», según la cual los trisolarianos tampoco tenían prueba alguna para demostrar la validez de la teoría del bosque oscuro, pero que a causa del entorno extremadamente hostil en el que habían evolucionado habrían desarrollado una enorme manía persecutoria hacia el resto del universo. Este delirio colectivo era similar a las religiones medievales de la Tierra, una fe abrazada por la mayoría de los trisolarianos.

La tercera prueba era la confirmación de la teoría de bosque oscuro proporcionada por el anillo tetradimensional. Era evidente que el anillo había aprendido las palabras «bosque oscuro» a partir del Sistema Rosetta, en concreto de la sección sobre historia humana. El término solía aparecer en los registros históricos de la Era de la Disuasión, y no resultaba sorprendente que el anillo lo empleara. Sin embargo, la parte del diálogo entre el anillo y el equipo de exploración donde se mencionaba dicho concepto era muy breve, y su sentido exacto era ambiguo, por lo que no bastaba para determinar que el anillo comprendía realmente el significado de las palabras que utilizaba.

Desde la Era de la Disuasión, el estudio de la teoría de bosque oscuro se había convertido en una materia independiente. Aparte de la investigación teórica, los académicos también llevaron a cabo una gran cantidad de observaciones astronómicas y construyeron numerosos modelos matemáticos. Sin embargo, para la mayoría de los expertos la teoría seguía siendo una hipótesis que no podía ser confirmada ni refutada. Los que de verdad creían en ella eran los políticos y los ciudadanos, y estos últimos, por lo general, preferían elegir creer o no en ella en función de sus circunstancias personales. Con el inicio de la Era de la Retransmisión, cada vez más personas optaron por considerar la teoría de bosque oscuro como un mero delirio de persecución cósmica.

Era de la Retransmisión, año 7
Cheng Xin

Cuando amainó la tormenta, la humanidad dejó de prestar atención a la retransmisión universal para reflexionar acerca del fin de la Era de la Disuasión. Empezó a desatarse una auténtica oleada de condenas y acusaciones dirigidas contra la portadora de la espada. Si Cheng Xin hubiese activado la retransmisión al inicio del ataque de la gota, al menos podría haberse evitado el desastre de la Gran Migración. No obstante, gran parte de las opiniones negativas se centraban en el proceso de selección del portador de la espada.

La elección era un complejo proceso en el que la opinión pública se había convertido en presión política ejercida sobre la ONU y Coalición Flota. La ciudadanía mantuvo un acalorado debate sobre quién tenía la responsabilidad final, pero casi nadie insinuó que había sido consecuencia de la mentalidad de colmena de todos los que habían participado en el proceso. La opinión pública fue relativamente benévola con Cheng Xin, cuya positiva imagen pública le proporcionó cierto grado de protección, y cuyo sufrimiento como persona normal y corriente durante la Gran Migración le granjeó algo de simpatía entre la población, que veía en ella una víctima.

Al fin y al cabo, la decisión de capitular que había tomado la portadora de la espada había hecho que la historia diera un rodeo, pero no había cambiado su trayectoria. La retransmisión universal se había iniciado finalmente, y el debate sobre aquel período histórico acabó perdiendo fuerza. Cheng Xin desapareció poco a poco de la conciencia colectiva. Y es que, en definitiva, lo más importante era disfrutar de la vida.

Sin embargo, para Cheng Xin la vida se había vuelto una tortura interminable. Aunque había recuperado la vista, su corazón seguía envuelto en tinieblas e inmerso en un mar de melancolía. En su fuero interno, el dolor ya no era tan desgarrador, pero no veía un final a la vista. El sufrimiento y la tristeza parecían imbuir todas y cada una de las células de su cuerpo, y ahora era incapaz de recordar la presencia de la luz del sol en su vida. No hablaba con nadie, no se informaba de lo que ocurría en el mundo y no prestaba atención alguna a su empresa, que crecía a marchas forzadas. Aunque AA se preocupaba por Cheng Xin, estaba tan ocupada que a duras penas podía pasar tiempo con ella. Fraisse era el único que le daba el apoyo que necesitaba.

Durante los aciagos días del final de la Gran Migración, Fraisse y AA fueron sacados de Australia. Él vivió un tiempo en Shanghái, pero no esperó al final de la evacuación para volver a su casa cerca de Warburton. Una vez Australia hubo recuperado la normalidad, Fraisse cedió su casa al Gobierno para que la utilizara como museo de cultura aborigen. Por su parte, él se retiró a los bosques, construyó una pequeña choza y adoptó de verdad la vida primitiva de sus ancestros. Pese a vivir al aire libre, su salud pareció mejorar. La única comodidad de la vida moderna que poseía era un teléfono móvil, que utilizaba para llamar a Cheng Xin varias veces al día.

Sus conversaciones consistían en unas pocas frases sencillas:

«Niña, aquí está saliendo el sol.»

«Niña, aquí la puesta de sol es preciosa.»

«Niña, he pasado el día recogiendo escombros de las casas-refugio. Quiero que el desierto vuelva a ser como antes.»

«Niña, está lloviendo. ¿Recuerdas el olor del aire húmedo en el desierto?»

Había una diferencia horaria de dos horas entre Australia y China, y Cheng Xin se acostumbró poco a poco a los ritmos diarios de la vida de Fraisse. Cada vez que oía la voz del anciano, se imaginaba a sí misma viviendo en aquel bosque lejano rodeada del desierto, resguardada bajo una tranquilidad que la separaba del resto del mundo.

Una noche, el timbre del teléfono despertó a a Cheng Xin. Vio que la llamada era de Fraisse. Eran las 1.14 de la mañana en China y las 3.14 en Australia. Fraisse sabía que Cheng Xin padecía un insomnio grave, y que sin una máquina inductora del sueño era incapaz de pegar ojo durante más de dos o tres horas. Jamás le habría molestado a esas horas de no haber sido por una emergencia. Parecía tenso.

—¡Niña, sal de casa y mira el cielo!

Cheng Xin sintió que sucedía algo raro. Durante su desapacible sueño había tenido una pesadilla que le resultaba familiar: en medio de una llanura cubierta por la oscuridad de la noche se levantaba una enorme tumba, de cuyo interior emanaba un brillo azulado que iluminaba la tierra a su alrededor...

Lo que se veía en el cielo era precisamente esa luz azul.

Salió al balcón y vio en el cielo una estrella azul que brillaba con más fuerza que el resto de los astros, y cuya posición fija permitía distinguirla con facilidad de las estructuras artificiales que orbitaban alrededor de la Tierra. Era una estrella fuera del Sistema Solar; su resplandor se estaba intensificando, y llegaba incluso a superar las luces de la ciudad que había a su alrededor y a proyectar sombras en el suelo. Unos dos minutos después, la luz alcanzó su nivel máximo y fue incluso más brillante que la luna llena. Ya no era posible verla de manera directa, y había adquirido un tono pálido que iluminaba la ciudad como si fuera de día.

Cheng Xin reconoció la estrella. Los seres humanos la habían observado más que ningún otro punto en el cielo a lo largo de casi tres siglos.

Alguien gritó en el edificio-hoja aledaño, y se oyó cómo algo se rompía.

La estrella empezó a extinguirse. Pasó poco a poco del blanco al rojo, y una media hora después se apagó.

Cheng Xin no había cogido el teléfono, pero la ventana de comunicación flotante la siguió. Todavía podía oír la voz de Fraisse, que había recuperado la serenidad y trascendencia habituales.

—Niña, no tengas miedo. Lo que tenga que pasar, pasará.

Había terminado un bonito sueño: la teoría del bosque oscuro al fin se había confirmado con la destrucción de Trisolaris.

Fragmento de *Un pasado ajeno al tiempo*
Un nuevo modelo para el bosque oscuro

Trisolaris quedó destruido tres años y diez meses después del inicio de la Era de la Retransmisión. Nadie esperaba que el ataque fuera a producirse tan poco tiempo después de la retransmisión de ondas gravitatorias.

Como Trisolaris siempre había sido sometido a una intensa observación, se disponía de gran cantidad de datos relativos a su destrucción. El ataque sobre el Sistema Trisolar fue idéntico al de 187J3X1: un pequeño objeto que se movía casi a la velocidad de la luz golpeó una de las tres estrellas del sistema y la destruyó a través de su masa ampliada en términos relativos. En ese momento, Trisolaris acababa de empezar a girar en torno a esa estrella, cuya explosión asoló el planeta.

Cuando inició la retransmisión de ondas gravitatorias, *Gravedad* se encontraba a unos tres años luz de Trisolaris. A juzgar por la propagación de las ondas gravitatorias a la velocidad de la luz, el fotoide tenía que haber sido lanzado desde un punto que se encontraba más cerca de Trisolaris que de *Gravedad*; y el lanzamiento debía de haber sido casi instantáneo tras recibir las coordenadas. Las observaciones lo confirmaban: el rastro que dejó el objeto al atravesar la nube de polvo estelar próxima a Trisolaris se registró con claridad, pero no había otros sistemas solares dentro de esa zona del espacio, así que la única conclusión posible era que dicho objeto se había lanzado desde una nave espacial.

El viejo modelo de la teoría del bosque oscuro siempre había partido de la base de los sistemas planetarios alrededor de las estrellas, por lo que se daba por sentado que los ataques sobre los sistemas cuyas coordenadas habían sido expuestas seguramente tenían su origen en otros sistemas planetarios. Pero cuando se puso sobre la mesa la posibilidad de los ataques desde naves espaciales, la situación pasó a ser mucho más compleja. Si bien las ubicaciones de las estrellas eran relativamente bien conocidas, los seres humanos no tenían ninguna información sobre las naves construidas por otras civilizaciones, con la única excepción de la flota trisolariana. ¿Cuántas naves extraterrestres existían? ¿Cuál era su grado de presencia en el espacio? ¿A qué velocidad volaban? ¿Hacia dónde se dirigían? Eran preguntas que nadie podía responder.

Un ataque de bosque oscuro podía llegar de cualquier sitio, y producirse mucho más rápido de lo que cualquiera era capaz de imaginar. Sin contar las estrellas del Sistema Trisolar que habían sobrevivido, la más cercana se encontraba a seis años luz del Sistema Solar. Pero las espectrales naves alienígenas podían estar pasando cerca del Sol en ese mismo momento. La muerte, otrora una silueta en el horizonte, se cernía sobre el hombre.

Era de la Retransmisión, año 7
Tomoko

La humanidad asistió por primera vez a la extinción de una civilización, y se dio cuenta de que la Tierra podía correr la misma suerte en cualquier momento. La amenaza de Trisolaris, una crisis que había durado casi tres siglos, desapareció de la noche a la mañana, pero fue sustituida por la crueldad aún mayor del universo.

Sin embargo, no se desató la histeria generalizada que cabría esperar. El ser humano mantuvo un extraño silencio ante la catástrofe que había tenido lugar a cuatro años luz de distancia. Todo el mundo parecía estar esperando algo, pero sin tener ni idea de qué.

Ya desde el Gran Cataclismo, y a pesar de los muchos quiebros que había dado la historia, el conjunto de la humanidad había vivido siempre en una sociedad muy democrática que gozaba de un elevado grado de bienestar. Durante dos siglos, la raza humana se había aferrado inconscientemente a una idea consensuada: por muy feas que se pusieran las cosas, aparecería alguien que cuidaría de ella. Esta fe estuvo a punto de desmoronarse durante el desastre que supuso la Gran Migración, pero aun así una de aquellas aciagas mañanas de hacía seis años se había producido un milagro.

Ahora el ser humano aguardaba la llegada de otro milagro.

Tres días después de presenciar la destrucción de Trisolaris, Tomoko invitó a Cheng Xin y Luo Ji a tomar el té. Les dijo que no quería nada en especial, sino tan solo hablar de los viejos tiempos con viejos amigos que hacía tiempo que no veía.

La ONU y Coalición Flota estaban sumamente interesadas

en el encuentro. La actitud expectante y desorientada que imperaba en la sociedad constituía un terrible peligro. El ser humano era tan frágil como un castillo de arena en la playa, a merced de cualquier viento capaz de derribarlo. Los gobernantes querían que los dos antiguos portadores de la espada recabaran información que pudiera tranquilizar a la población. En una sesión de emergencia del Consejo de Defensa Planetaria convocada *ad hoc* alguien llegó incluso a insinuar que, aun en el caso de que Cheng Xin y Luo Ji no lograran sonsacarle nada a la androide, se podrían inventar algo.

Después de la retransmisión universal seis años atrás, Tomoko se había apartado de la vida pública. Aparecía de vez en cuando, pero solo como un instrumento inexpresivo que Trisolaris empleaba para transmitir sus mensajes. Había permanecido en aquella elegante residencia que colgaba de la rama de un árbol, aunque probablemente la mayor parte del tiempo se mantenía en modo suspensión.

Cheng Xin encontró a Luo Ji en la rama que conducía a la mansión de Tomoko. El anciano había pasado la Gran Migración en compañía de la Resistencia. Aunque no había participado de manera directa en ninguna operación, se mantuvo como centro espiritual de los combatientes. La Fuerza de Seguridad Terrícola y las gotas habían intentado encontrarlo y asesinarlo por todos los medios, pero él se las había ingeniado para darles esquinazo. Ni siquiera los sofones lograron localizarlo.

Cheng Xin vio que Luo Ji seguía teniendo aquel porte erguido y frío. Los últimos siete años no parecían haber pasado para él, a excepción de que su pelo y su barba se veían aún más blancos en aquella brisa. Pero entonces, sin decir nada, el hombre le sonrió con un gesto que le transmitió calidez. Luo Ji le recordaba a Fraisse; aunque ambos eran muy distintos, los dos habían traído consigo una fuerza colosal procedente de la Era Común, y le transmitían la sensación de que era posible apoyarse en ellos en esa nueva época tan extraña. Wade, ese hombre de la Era Común tan cruel como un lobo que había estado a punto de acabar con su vida, también tenía esa fuerza. Cheng Xin se dio cuenta de que se apoyaba incluso en él, y eso le hacía sentirse rara.

Tomoko los recibió en la puerta de su casa. Volvía a ir ataviada con un espléndido *kimono* y llevaba flores en el moño. Aquel perverso *ninja* vestido de camuflaje se había esfumado por completo, y volvía a ser una mujer que recordaba la imagen de un manantial fluyendo entre un montón de flores.

—¡Bienvenidos! Era mi deseo ir a hacerles una visita a su honorable morada, pero de ser así no habría podido entretenerles con la ceremonia del té. Por favor, acepten mis más sinceras disculpas. Es un placer verles.

Tomoko hizo una leve reverencia. Sus palabras eran justo las mismas y su voz era igual de delicada que la primera vez que Cheng Xin visitó esa casa. Los condujo por un patio que atravesaba el bosque de bambú, cruzaron un pequeño puente de madera sobre una fuente que fluía, y llegaron hasta un salón que parecía un pabellón. Los tres se sentaron en esteras de *tatami*, y Tomoko empezó a preparar los utensilios para la ceremonia del té. El tiempo transcurrió despacio mientras las nubes se contraían y dilataban en el cielo azul.

Una mezcla de sentimientos enfrentados invadió el corazón de Cheng Xin mientras miraba los sutiles movimientos de la androide.

Sí, ella podía —o, mejor dicho, «ellos podían»— haber tenido éxito en su intento de exterminarlos, y habían estado cerca de conseguirlo en varias ocasiones. Pero al final la humanidad siempre lograba hacerse con la victoria en el último momento gracias a la tenacidad, el ingenio y la suerte. Tras un periplo de tres siglos, todo lo que Tomoko había conseguido era ver su hogar convertido en un mar de llamas.

Tomoko se enteró de la destrucción de Trisolaris cuatro años antes. Tres días antes de que tuviera lugar, después de que la luz de la explosión llegara a la Tierra, había pronunciado un breve discurso en el que había relatado de manera escueta la destrucción del planeta, sin entrar a hacer valoraciones de ningún tipo sobre su causa —la retransmisión de ondas gravitatorias iniciada por dos naves humanas— ni tampoco expresar su condena por lo sucedido. Muchos sospechaban que cuando Trisolaris quedó destruido cuatro años antes, los seres que habían controlado a la androide a cuatro años luz de distancia habían perecido entre las llamas, pero que sus actuales amos probablemente se encontraban en naves de la flota trisolariana. Tomoko mantuvo en todo momento un tono y una expresión tranquilos durante el discurso; no era la misma inexpresividad de la que hacía gala cuando solo ejercía de altavoz de los trisolarianos, sino un reflejo del alma y el espíritu de los que la controlaban, una dignidad y una nobleza ante la muerte que la humanidad jamás podría igualar. Aquella civilización que había perdido su hogar despertaba ahora una admiración sin precedentes.

La limitada información proporcionada por Tomoko y las observaciones de la Tierra ofrecían tan solo algunas pinceladas sobre la destrucción de Trisolaris.

En el momento de la catástrofe, Trisolaris se encontraba en una era estable, orbitando alrededor de una de las tres estrellas de su sistema a una distancia de unas 0,6 unidades astronómicas. El fotoide golpeó la estrella y perforó la fotosfera y la zona de convección. El agujero medía unos cincuenta mil kilómetros de diámetro, un tamaño suficiente para que cupiesen cuatro Tierras colocadas una detrás de otra. Tal vez de forma deliberada o quizá por casualidad, el objeto golpeó la estrella en un punto situado a lo largo de la línea donde el astro cortaba el plano eclíptico de Trisolaris. Desde la superficie del planeta se vio un punto extremadamente brillante en la superficie del sol; como un horno con la puerta abierta, la poderosa radiación generada por el núcleo del sol salió disparada por el agujero, atravesó la zona de convección, la fotosfera y la cromosfera, y golpeó de lleno al planeta. Todas las formas de vida situadas en el exterior del hemisferio expuesto a la radiación quedaron reducidas a cenizas en pocos segundos.

Del agujero surgió entonces material procedente del núcleo del sol que formó una lengua de fuego de cincuenta mil kilómetros. El material expulsado tenía una temperatura de decenas de millones de grados, y aunque parte del material volvió a la superficie del sol por los efectos de la gravedad, el resto alcanzó la velocidad de escape y se disparó en dirección al espacio. Visto desde Trisolaris, parecía como si un brillante árbol de fuego hubiera crecido en la superficie del sol. Unas cuatro horas después, el material solar expulsado alcanzó una distancia de 0,6 unidades astronómicas, y la punta del árbol incandescente atravesó la órbita de Trisolaris. Otras dos horas después, el planeta en órbita alcanzó la copa del árbol de fuego para luego atravesar el material solar expulsado durante unos treinta minutos. Durante todo ese período, el planeta se había movido por el interior del sol: incluso después del viaje por el espacio, el material expulsado aún mantenía una elevadísima temperatura de decenas de miles de grados. Cuando Trisolaris salió del árbol de fuego, refulgía con una débil luz roja. Toda la superficie se había vuelto líquida, y un océano de lava cubría todo el planeta. En el espacio detrás del planeta había una larga estela blanca dejada por el vapor de los océanos en estado de ebullición. El viento solar disipó ese rastro e hizo que el planeta adquiriera el aspecto de un cometa con una cola larga.

Toda señal de vida había sido borrada de Trisolaris, pero aquello no era más que la antesala de la catástrofe.

El material solar expulsado arrastró al planeta. Tras pasar a través del material, Trisolaris redujo su velocidad y su órbita descendió en dirección a la estrella. El árbol de fuego actuaba como una garra extendida por el sol y que arrastraba al planeta hacia abajo con cada revolución. Diez revoluciones después, Trisolaris se precipitaría en el sol y el partido de fútbol cósmico al que jugaban los tres soles tocaría a su fin. Pero este sol no viviría lo suficiente como para disfrutar de su victoria.

La erupción solar había reducido la presión en su interior, lo que disminuyó temporalmente la fusión de su núcleo. El sol no tardó en apagarse y convertirse en un contorno borroso. En cambio, el árbol de fuego gigante que crecía de la superficie parecía todavía más imponente, más brillante, como una herida que destacaba en la negra piel del universo. La fusión reducida significaba que la radiación del núcleo ya no ejercía suficiente presión sobre el peso de la corteza solar, y el sol comenzó a colapsar. La tenue corteza cayó en el interior del núcleo y provocó una última explosión.

Fue justo eso lo que se vio desde la Tierra tres días antes.

La explosión solar destruyó todo lo que había en el sistema planetario: la gran mayoría de las naves y los hábitats espaciales que intentaron escapar se evaporaron. Solo se salvaron unas pocas naves que tuvieron mucha suerte al encontrarse detrás de los otros dos soles, que actuaron como escudos.

Finalmente, los dos soles restantes formaron un sistema estable formado por dos estrellas, pero en el que ninguna forma de vida podría ver las salidas y las puestas de sol. Las cenizas de la estrella que había estallado y del pulverizado Trisolaris formaron dos enormes discos de acreción alrededor de los dos soles, como dos cementerios grises.

—¿Cuántos lograron escapar? —preguntó Cheng Xin con un hilo de voz.

—Contando las flotas que ya estaban lejos de Trisolaris, no más de una milésima parte de la población total. —Tomoko respondió con una voz todavía más baja que la pregunta de Cheng Xin. Estaba concentrada en la ceremonia del té, y no levantó la cabeza.

Cheng Xin tenía muchas más cosas que decirle, cosas de mujeres, pero ella formaba parte de la especie humana, y el abismo que las separaba era insalvable. Al pensar en eso se quedó sin saber qué decir, así que recurrió a las preguntas que sus superiores le habían pedido que planteara. La conversación posterior pasaría a ser conocida como la «Conversación de la Ceremonia del Té», y sería decisiva para el transcurso de la historia.

—¿Cuánto tiempo nos queda? —preguntó Cheng Xin.

—No lo sabemos. El ataque podría llegar en cualquier momento. Aunque desde el punto de vista probabilístico, seguramente tendréis algo más: quizás uno o dos siglos, como su último experimento. —Tomoko miró a Luo Ji y se irguió, con un gesto desprovisto de toda expresión.

—Pero...

—Trisolaris se encontraba en una situación diferente del Sistema Solar. Para empezar, la retransmisión solo contenía las coordenadas de Trisolaris. Para descubrir la existencia de la Tierra partiendo de esta base es necesario examinar el registro de comunicaciones entre ambos mundos de hace tres siglos. Es algo que acabará ocurriendo, pero tendrá que pasar un tiempo. Y más importante, visto desde lejos el Sistema Trisolar tiene un aspecto mucho más peligroso que el Sistema Solar.

Cheng Xin lanzó una mirada de sorpresa a Luo Ji, que no reaccionó.

—¿Por qué? —inquirió.

Tomoko sacudió la cabeza con determinación:

—Eso es algo que nunca os podremos explicar.

Cheng Xin volvió a las preguntas preparadas.

—En los dos ataques que hemos visto se utilizaron fotoides

que impactaron sobre estrellas a la velocidad de la luz. ¿Es un método de ataque habitual? ¿Será similar el futuro ataque sobre el Sistema Solar?

—Todos los ataques de bosque oscuro comparten dos cualidades: son inesperados y económicos.

—Explícate, por favor.

—Los ataques no forman parte de una guerra interestelar, sino que consisten en una forma de eliminar posibles amenazas. Por «inesperado» me refiero a que la única base para que tenga lugar el ataque es la exposición a la localización del objetivo. No se lleva a cabo ningún tipo de reconocimiento o exploración previo. Para una supercivilización, esa exploración resulta más costosa que atacar sin más. Cuando digo «económico», me refiero a que el ataque emplea el método menos costoso: usar un proyectil pequeño e insignificante para desencadenar una fuerza potencialmente destructiva presente en el sistema solar objetivo.

—¿La energía del interior de las estrellas?

Tomoko asintió.

—Es lo que hemos podido observar hasta el momento.

—¿Existe alguna manera de defenderse?

Tomoko sonrió y negó con la cabeza. Hablaba con paciencia, como si le explicara algo a un niño ingenuo.

—El universo entero se encuentra sumido en la oscuridad, pero nosotros estamos en una zona iluminada. Somos como un pajarito atado a la rama de un árbol del bosque oscuro con un foco de luz encima. El ataque podría venir de cualquier dirección en cualquier momento.

—Pero teniendo en cuenta los dos ataques que hemos visto, debería haber alguna forma de poner en marcha alguna defensa pasiva. Incluso algunas naves trisolarianas lograron sobrevivir al situarse detrás de los otros soles.

—La humanidad no tiene posibilidad alguna de sobrevivir a un ataque como este, créeme. La única opción que os queda es intentar escapar.

—¿Y convertirnos en refugiados entre las estrellas? Pero si ni siquiera somos capaces de desplazar a una milésima parte de nuestra población.

—Mejor eso que ser exterminados por completo.

«No, según nuestros valores», pensó Cheng Xin para sus adentros, aunque no dijo nada.

—No hablemos más de eso. No me hagáis más preguntas, por favor. Ya os he contado todo lo que podía. Mi única intención era invitar a dos amigos a tomar el té. —Tomoko hizo una reverencia y les entregó dos cuencos de té verde.

Cheng Xin tenía muchas más preguntas preparadas. Recibió el té llena de inquietud, pero sabía que formularlas no serviría de nada.

Luo Ji, que no había pronunciado palabra, parecía relajado. Parecía conocer la ceremonia del té, y mientras sostenía el cuenco en la palma de la mano izquierda le dio tres vueltas con la mano derecha antes de beber. Bebió despacio, dejando que el tiempo fluyera en silencio. Se terminó el té cuando las nubes adquirieron un tono dorado por la puesta de sol. Bajó el cuenco lentamente y pronunció sus primeras palabras:

—¿Puedo preguntar algo yo, entonces?

La actitud de Tomoko puso de manifiesto el respeto que Luo Ji inspiraba entre los trisolarianos. Cheng Xin se dio cuenta enseguida de que, mientras que a ella la trataba con tono afable, Luo Ji le infundía un temor reverencial. Cada vez que Tomoko se encontraba ante Luo Ji su mirada dejaba entrever ese sentimiento, y siempre se sentaba más lejos de él que de Cheng Xin, y hacía unas reverencias más lentas y profundas.

En respuesta a la pregunta de Luo Ji, Tomoko volvió a inclinarse.

—Le ruego que espere un momento.

Bajó la mirada y se quedó inmóvil, como inmersa en profundos pensamientos. Cheng Xin supo que a varios miles de años luz de distancia, en las naves de la flota trisolariana, los seres que controlaban a Tomoko estaban manteniendo un encendido debate. Unos dos minutos más tarde, la androide abrió los ojos.

—Honorable Luo Ji, puede hacer una pregunta. Solo puedo contestarle sí, no, o no sé.

Luo Ji dejó el cuenco despacio, pero Tomoko levantó la mano para indicarle que esperara.

—Es una muestra de respeto de nuestro mundo hacia usted. Le responderé con sinceridad, aunque hacerlo pueda perjudicar a los trisolarianos. Pero solo puede hacerme una pregunta, y mi respuesta será una de esas tres. Téngalo en cuenta antes de hablar.

Cheng Xin miró a Luo Ji con inquietud, pero el anciano no se detuvo en absoluto. Con un tono decidido, dijo:

—Lo he tenido en cuenta. He aquí mi pregunta: si Trisolaris dio muestras de ser peligroso al ser observado a lo lejos, ¿existe alguna manera de decir al universo que una civilización es inofensiva y no constituye una amenaza para nadie y así evitar el ataque de bosque oscuro? ¿Puede la civilización terrícola retransmitir al universo un «aviso de seguridad», por llamarlo de alguna manera?

Tomoko no contestó durante mucho tiempo. Volvió a sentarse quieta, cavilando con la mirada baja. Cheng Xin notó que el tiempo fluía más despacio que nunca. Cada segundo que pasaba, su esperanza se volvía más pequeña, y estaba segura de que la respuesta de Tomoko sería un «no» o un «no sé». Sin embargo, la androide levantó de pronto la mirada hacia Luo Ji con ojos resplandecientes (antes nunca se había atrevido a mirarle a los ojos) y contestó sin dudar:

—Sí.

—¿De qué manera? —Cheng Xin no pudo contenerse.

Tomoko dejó de mirar a Luo Ji, sacudió la cabeza y volvió a llenar los cuencos de té.

—No puedo deciros nada más. De verdad. No puedo volver a deciros nunca nada más.

La «Conversación de la Ceremonia del Té» dio a la expectante humanidad un rayo de esperanza: era posible retransmitir un aviso de seguridad al cosmos para evitar un ataque de bosque oscuro.

Fragmento de *Un pasado ajeno al tiempo*
El aviso de seguridad cósmico, una *performance* solitaria

Tras anunciarse la conversación entre Tomoko, Cheng Xin y Luo Ji, todo el mundo comenzó a darle vueltas al problema de cómo retransmitir un aviso de seguridad. Se presentó una cantidad masiva de propuestas, remitidas por instituciones tan respetables como la Academia Mundial de Ciencias y tan humildes como escuelas elementales. Fue quizá la primera vez en la historia en la que toda la especie humana centró su energía mental en un mismo problema práctico.

Cuanto más pensaban en la cuestión del aviso de seguridad, más se les antojaba un acertijo.

Todas las propuestas podían dividirse en dos amplias categorías: las declaracionistas y las automutilacionistas.

La asunción básica de los declaracionistas, como su propio nombre indicaba, era emitir una declaración al universo en la que se anunciara la naturaleza inofensiva de la civilización. Sus principales esfuerzos estaban enfocados a cómo elaborar dicho mensaje. Sin embargo, la mayoría de la sociedad pensaba que era una premisa estúpida. ¿Quién iba a creerse el mensaje, por muy bien redactado que estuviera, en un universo tan cruel como ese? El requisito fundamental para un aviso de seguridad era que las incontables civilizaciones en el universo se lo creyeran.

Los automutilacionistas representaban la visión mayoritaria. Proponían que el aviso de seguridad reflejara la verdad, lo que exigía palabras y hechos. Y los hechos eran lo más importante. La humanidad tendría que pagar un elevado precio para vivir en el bosque oscuro y hacer que la civilización terrestre se convirtiera en una civilización segura de verdad. En otras palabras, la civilización terrícola tenía que mutilarse a sí misma para eliminar su potencial amenaza para otras civilizaciones.

La mayoría de los planes de automutilación se centraban en la tecnología, y abogaban el abandono de la era espacial y la era de la información para implantar una sociedad con un bajo nivel tecnológico, tal vez una que dependiera de la electricidad y los motores de combustión interna, como a finales del siglo XIX, o incluso una sociedad agraria. Debido al rápido declive de la población global, eran planes factibles. En ese caso, el aviso de seguridad no sería más que un anuncio de que la Tierra poseía un bajo nivel tecnológico.

Otras ideas más extremas procedentes del mismo bando propugnaban la incapacitación intelectual del ser humano. Mediante el uso de drogas y otras técnicas de manipulación neurológica, las personas podían reducir su inteligencia. Además, esa inteligencia mermada podría ser fijada para las futuras generaciones mediante una manipulación genética, lo que daría como resultado una sociedad de bajo nivel tecnológico de manera natural. A la mayoría de la gente le repugnaba la idea, pero aun así tenía mucho predicamento. Los defensores de la propuesta sostenían que el aviso de seguridad equivalía a exponer públicamente el bajo intelecto de la humanidad.

También existían otras ideas, como por ejemplo la construcción de un sistema de autodisuasión que, una vez activado, estuviera fuera del control humano. Dicho sistema observaría la humanidad e iniciaría la destrucción de su mundo en caso de detectar cualquier comportamiento que no se correspondiese con su autoproclamada naturaleza segura.

La situación dio lugar a un festín para la imaginación en los que pudieron degustarse un sinfín de planes: algunos ingeniosos, otros curiosos, y otros siniestros y terroríficos como sectas religiosas.

Pero ninguno de ellos lograba captar la esencia del aviso de seguridad.

Tal como había señalado Tomoko, una clave de los ataques de bosque oscuro era su naturaleza imprevisible. El atacante no se molestaba en acercarse al objetivo para realizar una observación. Todos los planes eran *performances* sin un público: por muy real que fuera el arte, nadie lo vería a excepción del artista. Incluso en las condiciones más optimistas —suponiendo que algunas civilizaciones, como padres que consienten a sus hijos, se preocuparan por observar de cerca la civilización terrícola e incluso por dedicar equipos de monitorización a largo plazo en el Sistema Solar similares a los sofones—, supondrían tan solo una porción minúscula del gran número de civilizaciones del universo. Para la inmensa mayoría de las civilizaciones, el Sol no era más que un pequeño punto a muchos años luz de distancia, y del todo carente de rasgos distintivos. Esa era la realidad matemática fundamental del bosque oscuro del cosmos.

En otro tiempo en el que la humanidad era más ingenua, algunos científicos creyeron posible detectar la presencia de civilizaciones lejanas mediante la observación astronómica, como por ejemplo la absorción de marcas espectrales de oxígeno, dióxido de carbono y vapor de agua en las atmósferas exoplanetarias o la radiación electromagnética emitida por otras civilizaciones. Luego incluso se inventaron nociones extravagantes como la búsqueda de señales de esferas de Dyson. Pero el ser humano se encontraba en un universo en el que todas las civilizaciones hacían todo lo posible por esconderse. No encontrar signos de vida inteligente en un sistema solar implicaba la posibilidad de que estuviera realmente desolado, pero también de que la civilización de esa región hubiera madurado de verdad.

En realidad, un aviso de seguridad era un tipo de retransmisión universal y tenía que asegurar que todos los que lo escucharan confiaran en la veracidad del mensaje.

Cualquiera que estuviera viendo por casualidad una estrella lejana y apenas visible tendría que recibir el mensaje de que no era una amenaza. Esa era la función que tenía que desempeñar el aviso de seguridad.

Algo prácticamente imposible.

Otro misterio que nadie parecía capaz de desentrañar era el motivo por el que Tomoko no explicaba a la humanidad cómo retransmitir ese aviso.

Era comprensible que los supervivientes de la civilización trisolariana hubieran dejado de transferir tecnología a la humanidad. Con la retransmisión de ondas gravitatorias, ambos mundos despertaron la hostilidad de toda la galaxia y el universo. Ambas civilizaciones ya no constituían una amenaza la una para la otra, y los trisolarianos ya no tenían tiempo para la Tierra. A medida que la flota trisolariana se alejaba, el vínculo entre ambas civilizaciones se fue perdiendo poco a poco. Pero había un hecho que ni los trisolarianos ni la humanidad podían obviar: todo lo ocurrido había comenzado con Trisolaris. Fueron los trisolarianos quienes pusieron en marcha la invasión del Sistema Solar y quienes intentaron sin éxito perpetrar un genocidio. Si la Tierra era capaz de grandes saltos tecnológicos, la venganza sería inevitable. Era probable que los seres humanos persiguieran a los trisolarianos hasta su nuevo hogar en las estrellas, y podrían incluso llegar a consumar su venganza antes de que la Tierra quedara destruida por un ataque de bosque oscuro.

Pero un aviso de seguridad cambiaría las cosas: si el aviso podía hacer creer a todo el universo que la Tierra era inofensiva, por definición la Tierra debería ser inofensiva hacia los trisolarianos. ¿No era eso justo lo que ellos querían?

Era de la Retransmisión, año 7
Tomoko

Si bien nadie tenía pistas sobre cómo enviar un auténtico aviso de seguridad y toda investigación digna de ese nombre no consiguió más que confirmar la inviabilidad de semejante proyecto, el deseo de disponer de un mensaje así era irrefrenable. Aunque la mayoría de la población comprendía que ninguna de las propuestas existentes iba a funcionar, los intentos para ponerlas en práctica nunca cesaron.

Una ONG europea intentó construir una potentísima antena que pretendía aprovechar la capacidad de amplificación del Sol para retransmitir un borrador de aviso, pero la policía los detuvo a tiempo. Las seis gotas del Sistema Solar se habían marchado hacía seis años y ya no había más bloqueos sobre la función de amplificación del Sol, pero una transmisión así habría sido sumamente peligrosa y expuesto la ubicación de la Tierra aún más rápido.

Existía otra organización integrada por varios millones de miembros llamada Salvadores Verdes, que defendía el regreso del ser humano a un estilo de vida agrario, lo que dejaría claro al universo su seguridad. Unos veinte mil de sus miembros se trasladaron a Australia, en un intento de crear una sociedad modélica en ese continente que tras la Gran Migración había vuelto a quedar despoblado. Las vidas agrícolas de los Salvadores Verdes serían retransmitidas de manera continua al resto del mundo. En aquella época ya no era posible encontrar utensilios tradicionales para las labores del campo, por lo que tuvieron que utilizar herramientas hechas a medida con financiación de sus patrocinadores. En Australia no había mucho terreno cultivable y toda la tierra estaba destinada a la producción de alimentos de alta gama, por lo que los colonos tuvieron que roturar nuevas tierras designadas por las autoridades.

Estos pioneros abandonaron sus granjas colectivas una semana después, no porque fueran perezosos —podrían haber aguantado trabajando un tiempo tan solo con la fuerza de su entusiasmo—, sino más bien porque los cuerpos de los humanos modernos habían cambiado notablemente; eran más flexibles y ágiles que anteriores generaciones, pero ya no estaban adaptados al trabajo físico tedioso y repetitivo. Reclamar terreno a la naturaleza, incluso en la época agraria, era una tarea que exigía un esfuerzo físico considerable. Después de que los líderes de los Salvadores Verdes mostraran sus respetos por sus ancestros agrícolas, el movimiento se disolvió y se abandonó la idea de una sociedad agraria.

La perversión de las ideas relativas al aviso de seguridad también llevó a cometer salvajes actos terroristas. Se formaron algunas organizaciones «antiintelectuales» para poner en práctica la propuesta de reducir la inteligencia humana. Uno de los atentados consistía en añadir enormes cantidades de «supresores neuronales» en el suministro de agua de la ciudad de Nueva York, lo que habría provocado daños cerebrales permanentes a sus habitantes. Por suerte, el plan fue descubierto a tiempo y nadie sufrió daños, aunque el suministro de agua de la ciudad permaneció fuera de servicio durante unas horas. Naturalmente, todos esos grupos querían mantener la inteligencia entre sus propios miembros, aduciendo que tenían el deber de ser las últimas personas inteligentes con el fin de poder consumar la creación de una sociedad de seres humanos con baja inteligencia y liderar su funcionamiento.

Ante la omnipresente amenaza de la muerte y el atractivo de otra existencia, la religión volvió a ocupar una posición central en la vida de la sociedad.

El descubrimiento de la condición de bosque oscuro del universo fue históricamente un enorme golpe para las principales religiones, sobre todo el cristianismo. De hecho, el daño a la religión ya era patente incluso durante la Era de la Crisis. Cuando se descubrió la civilización trisolariana, los cristianos tuvieron que enfrentarse al hecho de que aquellos extraños no aparecían en el Jardín del Edén, y que Dios no los había mencionado en el Génesis. Durante más de un siglo las iglesias y los teólogos intentaron realizar una nueva interpretación de la Biblia y las doctrinas aceptadas, y justo cuando estaban a punto de lograr salvar la fe apareció el monstruo del bosque oscuro. La gente tuvo que aceptar que existía un gran número de civilizaciones inteligentes en el universo, y que si cada una de ellas hubiera tenido su Adán y su Eva, la población del Edén tendría que haber sido más o menos la misma que la que tenía la Tierra en esos momentos.

Las religiones se reavivaron durante el desastre que supuso la Gran Migración, y se popularizó una nueva creencia: a lo largo de los últimos setenta años la humanidad se había situado al borde de la extinción en dos ocasiones, pero al final siempre había logrado escapar por los pelos. Los dos milagros, la creación de la disuasión de bosque oscuro y la activación de la retransmisión universal de ondas gravitatorias, tenían muchos puntos en común: ambos se produjeron bajo la dirección de unos pocos individuos, y su aparición dependió de varias coincidencias improbables, como el hecho de que *Gravedad*, *Espacio azul* y las gotas entraran al mismo tiempo en el fragmento tetradimensional. Todo era un claro indicio de la existencia de una divinidad. Cuando tuvieron lugar ambas crisis, los fieles participaron en sesiones de plegaria en público. Fueron precisamente esas muestras de fervor lo que al final llevó a una intervención divina, aunque había discusiones bizantinas sobre qué dios estaba detrás.

Fue así como la Tierra se convirtió en una catedral, un planeta de plegaria. Todos rezaban con una fe sin precedentes para que se produjera un acto de redención. El Vaticano ofició un gran número de misas en todo el globo, y la humanidad rezó por todas partes en pequeños grupos o en soledad. Antes de comer y dormir, todos rezaban lo mismo: «Señor, concédenos una pista; guíanos para expresar nuestra buena voluntad a las estrellas; haz que el cosmos sepa que somos inofensivos.»

Se construyó una iglesia ecuménica que orbitaba en el espacio próximo a la Tierra. Aunque se llamara iglesia, no había ningún edificio físico más allá de una cruz gigante. Los dos haces de luz que formaban la cruz medían veinte y cuarenta kilómetros de longitud respectivamente, y brillaban tanto que por la noche se veían desde la Tierra. Los feligreses, decenas de miles en ocasiones, flotaban bajo ella en señal de alabanza vestidos en trajes espaciales. Iban acompañados de un sinfín de velas gigantes capaces de arder en el vacío y que brillaban junto con las estrellas. Tanto las velas como la congregación de fieles parecían una nube de polvo espacial brillante vistas desde la superficie de la Tierra, donde cada noche una infinidad de personas rezaba a la cruz entre las estrellas.

Incluso la civilización trisolariana se convirtió en objeto de veneración. A ojos del ser humano, la imagen de los trisolarianos no había dejado de cambiar a lo largo de la historia. Al inicio de la Era de la Crisis, los trisolarianos eran poderosos y malvados invasores alienígenas, pero también fueron divinizados por la Organización Terrícola-trisolariana. Más tarde fueron dejando de ser dioses y demonios para convertirse en personas. Con la creación de la disuasión de bosque oscuro, la posición de Trisolaris en la opinión humana alcanzó su punto más bajo, y los trisolarianos pasaron a ser salvajes no civilizados que vivían a expensas de la humanidad. Tras el fracaso de la disuasión, los trisolarianos demostraron ser conquistadores genocidas, pero la activación de la retransmisión de ondas gravitatorias —sobre todo después de la destrucción de Trisolaris— convirtió a los trisolarianos en víctimas dignas de lástima, refugiados que compartían el mismo barco.

Al conocer la noticia de la existencia del concepto del aviso de seguridad, en un primer momento los humanos reaccionaron de forma unánime: demandaron con insistencia a Tomoko que diera a conocer la forma de retransmitir un aviso de seguridad, pidiéndole que no cometiera un acto de mundicidio por querer reservarse la información. Pero pronto la gente se dio cuenta de que la rabia y las críticas eran inútiles ante una civilización que había logrado un dominio tecnológico muy superior al conocimiento humano y que se alejaba cada vez más en el espacio interestelar, y que sería mucho mejor pedirlo con amabilidad. Las peticiones terminaron por convertirse en ruegos, y a medida que los seres humanos fueron rogando y rogando en un entorno cultural de creciente religiosidad, la imagen de los trisolarianos volvió a transformarse. El hecho de que poseyeran el secreto de la retransmisión de un aviso de seguridad los convertía en los ángeles de salvación enviados por Dios. El único motivo por el que la humanidad todavía no había recibido la salvación era una demostración insuficiente de su fe; las súplicas dirigidas a Tomoko se convirtieron en plegarias, y los trisolarianos volvieron a convertirse en dioses. La morada de Tomoko se convirtió en un lugar sagrado, y cada día había grandes multitudes de fieles congregados bajo el árbol gigante. En su momento de máximo esplendor, la congregación llegó a ser un grupo varias veces mayor que el de los peregrinos de La Meca y a formar un mar interminable de implorantes. La casa de Tomoko estaba suspendida en el aire unos cuatrocientos metros por encima de la multitud. Desde la superficie, el aspecto de la casa era pequeño y, en ocasiones, quedaba oculta tras una nube que ella misma generaba. Tomoko aparecía a ratos: la multitud no era capaz de distinguir ningún detalle, pero sí de ver su *kimono* como una pequeña flor en la nube. Los momentos como esos eran escasos y esporádicos, y pasaron a ser sagrados. Los partidarios de cada fe expresaron su piedad de maneras diferentes: unos rezaban con fervor, otros gritaban de júbilo, otros imploraban entre sollozos, otros se arrodillaban, otros se postraban tocando el suelo con la frente. En esas contadas ocasiones, Tomoko, por encima de la muchedumbre, la saludaba con una ligera inclinación y se retiraba en silencio a su casa.

—Aunque la salvación llegara ahora, ya no tendría ningún sentido —dijo Bi Yunfeng—. No nos queda un ápice de dignidad.

Bi había sido uno de los candidatos al puesto de portador de la espada, y durante la Gran Migración había estado al mando de la rama asiática del Movimiento de Resistencia Terrícola.

Todavía quedaban muchas personas sensatas como él que querían llevar a cabo una investigación profunda sobre el aviso de seguridad en todos los ámbitos de estudio. Los exploradores trabajaron a destajo para intentar encontrar un método fundamentado en una base científica sólida, pero todas las vías de investigación parecían abocar a una conclusión ineludible: aun en el hipotético caso de que de verdad existiera una forma de enviar un aviso, haría falta una tecnología completamente nueva y de la que la humanidad jamás había oído hablar y que superase con creces el nivel científico actual de la Tierra.

Como un niño caprichoso, la actitud de la sociedad hacia *Espacio azul*, que ya había desaparecido en las profundidades del espacio, volvió a cambiar. La nave pasó de ser un ángel redentor a un barco oscuro lleno de demonios. Había secuestrado *Gravedad* y lanzado un maligno hechizo de destrucción sobre ambos mundos. Sus crímenes eran imperdonables. Era una encarnación de Satanás. Los adoradores de Tomoko también suplicaron a la flota trisolariana encontrar y destruir ambas naves para garantizar la justicia y la dignidad del Señor. Al igual que con las demás plegarias, Tomoko no respondía.

Mientras tanto, en la conciencia colectiva la imagen de Cheng Xin también cambió poco a poco. Ya no era una portadora de la espada indigna, sino una gran mujer. La población recuperó el antiguo relato *Umbral* de Iván Turguénev, y lo utilizó para referirse a ella. Como la joven rusa de la historia, Cheng Xin había traspuesto un umbral que nadie más había osado atravesar, y entonces, en un momento crucial, al rechazar enviar el mensaje de muerte al cosmos había asumido una carga inimaginable y aceptado la eterna humillación que la acompañaría el resto de sus días. La gente no se aferró a las consecuencias de su fracaso en la disuasión, sino que se centró en su amor por la humanidad, el mismo amor que le había causado un daño tan atroz que la había dejado ciega.

A un nivel más profundo, el sentir de la población hacia Cheng Xin era una reacción hacia el amor maternal que tenía en su subconsciente. En aquella época en la que no existía la familia, el amor de una madre era una rareza; el próvido Estado benefactor saciaba las necesidades de amor materno de los niños. Pero ahora la humanidad había quedado expuesta a un universo frío y despiadado en el que la guadaña de la muerte podía caer sobre ella en cualquier momento. El bebé que era la civilización humana había sido abandonado a su suerte en un bosque oscuro siniestro y aterrador. Sollozaba, ávido de las manos de una madre. Como encarnación del amor materno, Cheng Xin era el objeto perfecto de ese anhelo. A medida que los sentimientos de la población hacia Cheng Xin se mezclaron con la cada vez más densa atmósfera de religiosidad, su imagen como Virgen María de una nueva era volvió a adquirir protagonismo.

Esto acabó con las ganas de vivir que le quedaban a Cheng Xin.

Durante mucho tiempo, la vida había sido una carga y una tortura para ella. Había elegido seguir viva porque no quería evitar lo que necesitaba soportar; su existencia era el castigo más justo para su craso error y la había aceptado. Pero ahora se había convertido en un peligroso símbolo cultural. El creciente culto en torno a su persona agravaba la niebla que ya cercaba a una humanidad perdida. Desvanecerse para siempre sería un último acto de responsabilidad.

Cheng Xin se dio cuenta de que era una decisión fácil y cómoda. Era como alguien que había planificado desde hacía tiempo emprender un largo viaje, y que al fin había sido liberada de su pena diaria y estaba preparada para hacer las maletas y marcharse.

Sacó un pequeño frasco que contenía la medicación para la hibernación de corta duración; solo quedaba una cápsula. Era el mismo fármaco que había utilizado para hibernar durante seis años, pero resultaba letal sin un sistema de *bypass* cardiopulmonar externo para mantener las constantes vitales.

La mente de Cheng Xin estaba tan transparente y vacía como en el espacio: no recordaba ni sentía nada. La superficie de su conciencia era lisa como un espejo, cuya superficie reflejaba la puesta de sol de su vida, tan natural como cualquier atardecer... Era lo correcto y lo adecuado. Si un mundo podía convertirse en polvo en un abrir y cerrar de ojos, el fin de la vida de una persona tenía que ser tan plácido e indiferente como una gota de rocío cayendo por la punta de una brizna de hierba.

Justo cuando Cheng Xin cogió la cápsula, sonó el teléfono. Era Fraisse.

—Niña, hoy hay una luna preciosa. Acabo de ver un canguro. Parece que los refugiados no se los comieron todos, al fin y al cabo.

Fraisse nunca usaba la opción de videollamada, quizá porque pensaba que sus palabras eran más reales que cualquier imagen. Cheng Xin sonrió aunque sabía que él no podía verla.

—Qué bien, Fraisse. Gracias.

—Niña, todo irá bien —dijo Fraisse, y colgó.

Seguramente no había notado nada diferente. Sus conversaciones siempre eran así de breves.

AA había llegado aquella mañana anunciando entusiasmada que la empresa de Cheng Xin había conseguido el contrato para otro gran proyecto: construir una cruz todavía más grande en la órbita geosíncrona.

Cheng Xin se dio cuenta de que aún le quedaban dos amigos. En ese corto y espantoso período histórico solo había hecho dos amigos de verdad. Si se quitaba la vida, ¿cómo se sentirían? Su corazón transparente y vacío se contrajo, como estrujado por muchas manos. La tranquila superficie del lago de su mente se agitó, y la luz del sol reflejada le quemó como el fuego. Siete años antes no había sido capaz de pulsar el botón rojo ante toda la humanidad, y ahora, al pensar en sus dos amigos, no podía tomarse la cápsula que le habría dado descanso. Volvió a ver su interminable debilidad. No era nada, solo una mujer.

Un momento antes, el río ante ella había estado congelado, y podría haber caminado sobre él hasta la otra orilla. En cambio, ahora la superficie se había derretido, y tendría que atravesar el agua negra y gélida a nado. Sería un largo proceso de tortura, pero confiaba en su capacidad para alcanzar la otra orilla. Quizá dudaría y se debatiría consigo misma hasta la mañana siguiente, pero al final se tomaría aquella cápsula. No tenía otra opción.

El teléfono volvió a sonar. Era Tomoko, que quería invitar de nuevo a Cheng Xin y Luo Ji a tomar el té para decirles adiós por última vez.

Cheng Xin devolvió despacio la cápsula al pequeño frasco. Acudiría a la cita, lo que significaba que tendría tiempo suficiente para vadear por el río del dolor.

A la mañana siguiente, Cheng Xin y Luo Ji volvieron a la casa aérea de Tomoko. Vieron una gran multitud congregada varios centenares de metros por debajo. La noche anterior Tomoko había anunciado su marcha al mundo entero, y las concentraciones de adoradores eran varias veces más numerosas de lo normal. En lugar de las plegarias y las súplicas habituales, la muchedumbre estaba silenciosa, como si esperara algo.

Tomoko los recibió en la puerta de su casa como la última vez.

En esa ocasión, realizó en silencio la ceremonia del té; sabían que todo lo que ambos mundos tenían que decirse ya se había dicho.

Cheng Xin y Luo Ji podían sentir la presencia del gentío debajo de ellos. La multitud expectante que permanecía en silencio era como una alfombra gigante que absorbía el ruido e intensificaba el silencio del salón. Había una sensación de opresión, como si las nubes del exterior se hubiesen vuelto más sólidas. Sin embargo, los movimientos de Tomoko seguían siendo tan suaves y dulces como siempre, y no hacía ruido alguno ni siquiera cuando los utensilios para preparar el té tocaban la porcelana. Tomoko parecía estar intentando contrarrestar el ambiente cargado con su gracia y elegancia. Había transcurrido más de una hora, pero Cheng Xin y Luo Ji no notaron el paso del tiempo.

Tomoko ofreció a Luo Ji un cuenco de té verde con ambas manos.

—Me marcho. Espero que tengan cuidado y estén bien. —Luego entregó un cuenco a Cheng Xin—. El universo es grande, pero la vida lo es aún más. Puede que el destino haga que nos volvamos a encontrar.

Cheng Xin sorbió el té en silencio. Cerró los ojos para concentrarse en el sabor. El claro sabor amargo parecía bañar su cuerpo, como si hubiese bebido la fría luz estelar. Bebió despacio hasta terminárselo.

Cheng Xin y Luo Ji se levantaron para despedirse por última vez. Tomoko los acompañó hasta la rama. Vieron que las nubes blancas generadas por la casa de Tomoko habían desaparecido por primera vez en la historia. Bajo ellos aún había una marea de gente expectante que aguardaba en silencio.

—Antes de despedirnos, voy a cumplir con mi última misión. Es un mensaje. —Tomoko hizo una profunda reverencia a ambos. Luego se irguió y miró a Cheng Xin—: Yun Tianming quiere verte.

Fragmento de *Un pasado ajeno al tiempo*
La larga escalera

Casi al principio de la Era de la Crisis, antes de que el Gran Cataclismo acabara con el entusiasmo de la humanidad, los países de la Tierra aunaron recursos para lograr una serie de grandes hazañas en defensa del Sistema Solar. Estos enormes proyectos de ingeniería habían alcanzado o superado los límites de la tecnología más avanzada de la época. Algunos de ellos, como el ascensor espacial, la prueba de bombas nucleares de clase estelar en Mercurio o los avances en fusión nuclear controlada, habían quedado para la posteridad. Fueron proyectos que sentaron una sólida base para el salto tecnológico tras el Gran Cataclismo.

Sin embargo, el Proyecto Escalera no era uno de ellos: había sido olvidado incluso antes del Gran Cataclismo. En opinión de los historiadores, el Proyecto Escalera fue el típico resultado de una impulsividad mal calculada que marcó el inicio de la Era de la Crisis, una empresa mal planificada y llevada a cabo con prisas. Además del completo fracaso a la hora de lograr sus objetivos, dicho proyecto no dejó nada de valor tecnológico. La tecnología espacial desarrollada más tarde siguió una dirección muy diferente.

Nadie podía haber previsto que, casi tres siglos después, el Proyecto Escalera traería un rayo de esperanza a un planeta Tierra sumido en la desesperación.

Era probable que la forma en que los trisolarianos interceptaron y capturaron la sonda que transportaba el cerebro de Yun Tianming acabaría siendo un misterio para siempre.

Uno de los cables que sujetaba la vela que impulsaba la sonda se había roto cerca de la órbita de Júpiter. El artilugio se había desviado de su ruta prevista, y la Tierra, que había perdido sus parámetros de vuelo, lo extravió en las interminables profundidades del espacio. Si más tarde los trisolarianos habían logrado interceptarla, seguro que habían obtenido los parámetros después de la rotura del cable, o de lo contrario incluso la avanzada tecnología trisolariana habría sido incapaz de localizar un objeto tan pequeño en la inmensidad del espacio fuera del Sistema Solar. La explicación más plausible era que los sofones habían seguido la sonda del Proyecto Escalera, al menos durante su etapa de aceleración, para así obtener sus parámetros de vuelo. No obstante, parecía poco probable que los sofones hubieran seguido el artilugio durante el resto de su largo viaje. La sonda había atravesado el cinturón de Kuiper y la nube de Oort, regiones en las que podría haber aminorado la marcha o haberse apartado de su curso a causa del polvo interestelar. Parecía que no había ocurrido nada de eso, porque los trisolarianos no habrían podido ser capaces de obtener los parámetros actualizados, de modo que para interceptar con éxito la sonda también hacía falta algo de suerte.

Era casi seguro que una nave de la primera flota trisolariana había capturado la primera sonda, probablemente la que nunca llegó a desacelerar. Se había enviado mucho antes que el resto de la flota para poder llegar al Sistema Solar un siglo y medio antes, aunque debido a la gran velocidad no habría podido desacelerar a tiempo y habría tenido que atravesar el Sistema Solar. El objetivo de esa nave aún era una incógnita. Tras la creación de la disuasión de bosque oscuro, esa nave y el resto de la primera flota trisolariana se había alejado del Sistema Solar. La Tierra nunca llegó a determinar sus parámetros de vuelo exactos, pero si hubiera girado en la misma dirección general que el resto de integrantes de la primera flota, existía la posibilidad de que se hubiera encontrado con la sonda. Aun así, los dos artilugios todavía se encontraban separados por una gran distancia, y sin unos parámetros precisos para la trayectoria de la sonda la nave trisolariana no podría haberla localizado.

Un cálculo aproximado (la única estimación posible vista la falta de más información) situaba el momento de la interceptación unos treinta o sesenta años atrás, pero no antes de la Era de la Disuasión.

Era comprensible que la flota trisolariana intentara capturar la sonda del Proyecto Escalera. Los contactos directos entre los trisolarianos y los humanos siempre se habían limitado a las gotas. Les habría interesado disponer de un espécimen humano vivo.

Yun Tianming se encontraba a bordo de la primera flota trisolariana. La mayoría de las naves de la flota se dirigían rumbo a Sirio. Se desconocía cuál era exactamente su estado: quizás habían mantenido con vida su cerebro, o tal vez lo habían implantado en un cuerpo clonado. Pero había otra cuestión que suscitaba mucho más interés: ¿seguía trabajando Yun Tianming para los intereses de la humanidad?

Se trataba de una preocupación genuina. El hecho de que la petición de Yun Tianming para ver a Cheng Xin se hubiera aprobado demostraba que ya se había integrado en la sociedad trisolariana, y cabía la posibilidad de que hubiese alcanzado cierto estatus social.

La siguiente pregunta era aún más inquietante: ¿había participado en la historia reciente? ¿Había tenido algo que ver con lo ocurrido entre ambos mundos durante el último siglo?

En cualquier caso, Yun Tianming había aparecido en el momento preciso, cuando la civilización terrícola parecía haber perdido toda esperanza. Al conocerse la noticia, la primera reacción de la población fue que sus plegarias habían sido escuchadas: el ángel salvador había llegado al fin.

Era de la Retransmisión, año 7
Yun Tianming

Desde las escotillas de la nave de transporte, todo el mundo de Cheng Xin se reducía a una vía de ochenta centímetros de grosor que se extendía a lo lejos tanto por encima como por debajo de ella, empequeñeciéndose hasta desaparecer en todas direcciones. Llevaba una hora dentro del vehículo y se encontraba a más de mil kilómetros por encima del nivel del mar, fuera de la atmósfera. Bajo ella, la Tierra estaba sumida en la oscuridad de la noche, y los continentes no eran más que contornos borrosos sin sustancia alguna. El espacio sobre ella era completamente negro, y no podía verse la última estación, que se encontraba a treinta mil kilómetros de distancia; daba la sensación de que la vía se dirigía hacia un camino del que era imposible regresar.

A pesar de ser una ingeniera aeroespacial de la Era Común, Cheng Xin nunca había estado antes en el espacio. Ya no necesitaba entrenamiento especial para subir en vehículos espaciales, pero en consideración por su falta de experiencia, el personal de apoyo técnico le sugirió subir en el ascensor espacial. Como la totalidad del trayecto se realizaba a la misma velocidad, no habría hipergravedad. Y la gravedad en el interior del vehículo elevador no sería apreciablemente inferior: disminuiría poco a poco hasta lograr la total ingravidez en la estación final en órbita geosíncrona. A esa altitud era posible experimentar la falta de gravedad solo orbitando alrededor de la Tierra, no al subir en el ascensor espacial. De vez en cuando, Cheng Xin observaba pequeños puntos que recorrían el cielo a lo lejos, probablemente eran satélites que volaban a la mínima velocidad cósmica.

La superficie de la vía era muy lisa, y era casi imposible de observar movimiento en ella. El ascensor daba la impresión de estar quieto sobre la vía. En realidad, su velocidad era de mil quinientos kilómetros por hora, equivalente a un *jet* supersónico. Harían falta unas veinte horas para alcanzar la órbita geosíncrona, lo que hacía del trayecto un viaje muy lento en términos espaciales. Cheng Xin recordó una conversación que mantuvo con Tianming durante la universidad, en la que este había señalado que en principio era del todo posible realizar un viaje espacial a baja velocidad. Siempre y cuando se mantuviera una velocidad creciente, se podía viajar al espacio tan despacio como un coche o un caminante. Incluso era posible llegar caminando así hasta la órbita de la Luna, aunque no se pudiera pisar la superficie lunar. Para entonces, la velocidad relativa de la luna respecto al escalador sería de más de tres mil kilómetros por hora, y en caso de intentar permanecer en reposo en relación con el cuerpo celeste, el resultado volvería a ser un viaje estelar a alta velocidad. Cheng Xin recordaba con claridad haber dicho al final que sería impresionante estar en las inmediaciones de la órbita lunar y ver el gigantesco satélite moviéndose encima. En ese momento estaba experimentando el vuelo espacial a baja velocidad que había imaginado.

El ascensor tenía forma de cápsula, pero estaba dividido en cuatro plataformas. Ella se encontraba en la más alta, y los que le acompañaban, en las tres inferiores. Nadie subía a importunarla al lugar en el que estaba, una lujosa cabina tipo *business* que parecía la habitación de un hotel de cinco estrellas. Aunque contaba con una cómoda cama y ducha, la estancia era del tamaño del dormitorio de una residencia universitaria.

Durante esos días no paraba de pensar en su época universitaria y en Tianming.

A esa altura, la sombra de la Tierra era más estrecha, y por lo tanto el Sol era visible. Todo lo que quedaba fuera estaba sumergido en una potente luz, y las escotillas se ajustaban de manera automática para reducir su nivel de transparencia. Cheng Xin estaba estirada en el sofá y miraba la vía sobre ella a través de la escotilla del techo. La interminable línea recta parecía descender directamente de la Vía Láctea. Quería ver indicios de movimiento en relación con la guía, o al menos imaginarlos. Aquella hipnótica visión hizo que terminara por dormirse.

Oyó que una voz de hombre la llamaba por su nombre. Vio que se encontraba en una residencia universitaria durmiendo en la cama de abajo de una litera. Sin embargo, la sala estaba vacía. Un rayo de luz se desplazaba por la pared como las luces de la calle dentro de un coche en movimiento. Miró por la ventana y vio que tras la familiar figura de un árbol parasol chino, el Sol pasó rápidamente por el cielo, saliendo y poniéndose cada varios segundos. Sin embargo, incluso cuando el Sol estaba alto, el cielo bajo él permanecía negro, y las estrellas brillaban junto al Sol. La voz seguía llamándola. Quería levantarse y mirar alrededor, pero se dio cuenta de que su cuerpo flotaba sobre la cama. Libros, tazas, su ordenador portátil y otros objetos también flotaban a su alrededor.

Cheng Xin se levantó sobresaltada y vio que realmente se encontraba flotando en el aire y daba vueltas a una pequeña distancia alrededor del sofá. Intentó volver a sentarse en él, pero se apartó inconscientemente. Se levantó hasta acercarse a la escotilla del techo, dio vueltas en medio de la ingravidez y empujó el cristal para impulsarse de vuelta al sofá. Todo parecía igual en la cabina, salvo el hecho de que la ausencia de peso levantaba algunas de las motas de polvo que brillaban en la luz del sol.

Vio que un oficial del Consejo de Seguridad Planetaria había salido de la cabina debajo de la suya. Seguramente era el que la había llamado antes. Se la quedó mirando, atónito.

—Doctora Cheng, ¿es la primera vez que viaja al espacio? —preguntó. Cuando Cheng Xin asintió, él sonrió y sacudió la cabeza—. Pero si parece una astronauta veterana.

Cheng Xin también estaba sorprendida. Esta primera experiencia en un lugar sin gravedad no le hizo sentirse angustiada ni incómoda. Se sentía relajada y no notaba ni mareos ni náuseas. Era como si aquel fuera el lugar ideal para ella, como si encajara a la perfección en el espacio.

—Estamos a punto de llegar —dijo el oficial, señalando hacia arriba.

Cheng Xin alzó la vista. Volvió a ver la vía, pero ahora distinguió que se movían sobre su superficie, señal de que estaban reduciendo la velocidad. La última estación geosíncrona al final del trayecto estaba a la vista. La formaban múltiples anillos concéntricos conectados entre sí por cinco radios. La estación final original era tan solo una pequeña parte del centro. Los anillos concéntricos se habían añadido más tarde, siendo los exteriores los más recientes. Toda la estructura fue rotando poco a poco hasta situarse en su sitio.

Cheng Xin también vio cómo aparecían otros edificios espaciales a su alrededor. El denso núcleo de edificios en la región fue el resultado del trabajo de un grupo de ingenieros que aprovechaban la proximidad a la estación final del elevador espacial para el transporte de materiales de construcción. Los edificios tenían distintas formas y desde la distancia parecían un montón de refinados juguetes, cuya inmensidad solo se podía apreciar al pasar por su lado. Cheng Xin sabía que uno de ellos albergaba la sede del Grupo Halo, su empresa de construcción espacial. AA estaba trabajando allí en esos momentos, aunque no sabía decir en cuál de esos edificios.

El vehículo elevador pasó a través de un gran marco cuya densa estructura descompuso la luz del sol. Para cuando el coche salió del final del marco, la estación final ocupó la mayor parte de la vista, y la Vía Láctea titiló solo desde el espacio entre los anillos concéntricos. La inmensa estructura presionó hacia abajo, y cuando el coche entró en la estación todo se encogió como si el coche estuviera entrando en un túnel. Unos minutos más tarde, unas luces brillantes iluminaron el exterior: el coche estaba en el salón de la terminal. El salón giraba alrededor del vehículo, y por primera vez Cheng Xin se sintió mareada. Cuando el coche se separó de la vía, quedó rodeado por la estación. Después de un ligero temblor el vehículo empezó a girar con la estación y todo a su alrededor pareció recuperar la quietud.

Cheng Xin, acompañada de otras cuatro personas, pasó al salón circular, que parecía muy vacío porque su coche era el único en la plataforma. La imagen le resultaba familiar: aunque flotaban por todas partes ventanas de información, la estructura principal del salón estaba construida a partir de materiales metálicos poco habituales para la época, principalmente acero inoxidable y aleaciones de plomo. Era capaz de ver los indicios del paso de los años por todas partes, y se sintió como si estuviera en una vieja estación de tren en vez de en el espacio. El ascensor en el que se había montado había sido el primero en ser construido, y la estación final, terminada en el año 15 de la Era de la

Crisis, había operado sin cesar durante más de dos siglos, incluso durante el Gran Cataclismo. Cheng Xin reparó en los asideros que recorrían el salón, instalados para ayudar a la gente a moverse en ingravidez. Estaban hechos principalmente de acero inoxidable, aunque algunos eran de cobre. Al observar la superficie, llena de las marcas dejadas por una infinidad de manos a lo largo de más de dos siglos de servicio, Cheng Xin recordó los profundos surcos que había delante de las antiguas puertas de la ciudad.

La vía era un vestigio de una época anterior, puesto que la gente dependía de pequeños impulsores individuales que podían llevarse en la cintura o sobre los hombros. Generaban fuerza suficiente como para propulsar a personas que flotaban en gravedad cero, y se controlaban con un mando a distancia. Los acompañantes de Cheng Xin intentaron darle una primera lección en el espacio sobre cómo utilizar los impulsores de ingravidez. Sin embargo, ella prefería navegar por sí misma agarrándose a los pasamanos. Conforme fueron llegando a la salida, Cheng Xin se detuvo para admirar varios carteles de propaganda colgados en las paredes. Eran antiguos y la mayoría estaban relacionados con la construcción del sistema defensivo del Sistema Solar. En uno aparecía la figura de un soldado que ocupaba la mayor parte de la imagen. Iba vestido con un uniforme que Cheng Xin desconocía y tenía unos ojos encendidos que miraban al espectador. Debajo de él había una línea de texto en letras grandes: ¡LA TIERRA TE NECESITA! Junto a la frase había un cartel aún mayor en el que personas de todas las razas y nacionalidades formaban con los brazos entrelazados un muro compacto. Detrás de ellos, la bandera azul de las Naciones Unidas ocupaba la mayor parte de la imagen. El cartel rezaba: ¡CONSTRUYAMOS UNA NUEVA GRAN MURALLA PARA EL SISTEMA SOLAR CON NUESTRA CARNE!* Aunque Cheng Xin estaba interesada en los carteles, no le parecían familiares. Parecían evocar un estilo antiguo que recordaba a una era anterior a su nacimiento.

—Estos eran anteriores al inicio del Gran Cataclismo —explicó uno de los oficiales del Consejo que la acompañaban.

Aquella había sido una época despótica y breve en la que el

* Alusión a una línea de la *Marcha de los Voluntarios*, himno oficial de la República Popular China. (*N. del T.*)

mundo entero se había militarizado antes de que todo se desmoronara, desde la fe hasta la vida... Pero ¿para qué se habían mantenido esos carteles hasta ahora? ¿Para recordar o para olvidar?

Cheng Xin y los demás salieron a un largo corredor, cuyo corte transversal también era circular. El corredor se perdía en la distancia ante ella y no veía el final. Sabía que aquello era uno de los cinco radios de la estación. Al principio se movieron en una ingravidez total, pero la gravedad no tardó en hacer acto de presencia en forma de fuerza centrífuga. Al principio era una fuerza muy débil, aunque capaz de ejercer una sensación de altibajo: el corredor de repente se convirtió en un profundo pozo por el que cayeron, en vez de flotar. Cheng Xin se mareó, pero de la pared del pozo salieron muchos asideros. Si sentía que estaba cayendo demasiado deprisa, podía rebajar la velocidad sujetándose a una de las barandillas.

Pasaron el cruce entre el radio y el primer anillo. Cheng Xin miró a derecha e izquierda y vio que el suelo se levantaba a ambos lados, como si estuvieran en el fondo de un valle. Sobre las entradas a ambos lados del anillo había señales luminosas de color rojo: PRIMER ANILLO, GRAVEDAD 0,15 G. La pared del corredor curvo del anillo estaba salpicada de un gran número de puertas que se abrían y cerraban de vez en cuando. Cheng Xin vio a muchos transeúntes que se encontraban de pie en el suelo del anillo a causa de la microgravedad, si bien seguían moviéndose dando saltos con ayuda de los impulsores ingrávidos.

Después de atravesar el primer anillo, el peso aumentó aún más y la caída libre ya no era segura. Aparecieron escaleras mecánicas en la pared del «pozo», una que subía y otra que bajaba. Cheng Xin observó a los pasajeros que iban hacia arriba y vio que estaban vestidos de manera informal, indistinguibles de los habitantes de la Tierra. La pared del pozo tenía muchas ventanas de información de distintos tamaños, y en varias aparecía la imagen de Cheng Xin subiendo al ascensor espacial más de veinte horas antes. Sin embargo, en ese momento Cheng Xin iba escoltada por cuatro hombres y llevaba puestas sus gafas de montura gruesa. Nadie la reconoció.

Al descender pasaron por otros siete anillos concéntricos. Conforme crecía el diámetro de cada anillo, la curvatura de los corredores a los lados era cada vez menos apreciable. Cheng Xin se sintió como si estuviera atravesando etapas históricas. En cada anillo se habían utilizado materiales de construcción diferentes a los anteriores y parecían nuevos. El método de construcción y la decoración de cada uno formaban una cápsula del tiempo de cada época: la uniformidad militar represiva del Gran Cataclismo, el optimismo y el romanticismo de la mitad posterior de la Era de la Crisis, la libertad y la indolencia hedonistas de la Era de la Disuasión. Las cabinas estaban integradas en los anillos hasta el cuarto, pero a partir del quinto los anillos solo ofrecían espacios de construcción y los edificios de su interior habían sido planificados y construidos posteriormente como arreglos adicionales, haciendo gala de una rica variedad de estilos. A medida que Cheng Xin descendió por los anillos, fueron desapareciendo las señales que indicaban que aquel lugar era una estación espacial, y el entorno se asemejó un poco más a la vida diaria. Para cuando alcanzaron el octavo anillo, el más alejado de la estación, el estilo de construcción y el paisaje parecían un bulevar para peatones. A ello cabía añadir la gravedad estándar de 1 g, que hizo que Cheng Xin estuviera a punto de olvidar que se encontraba en el espacio, a treinta y cuatro mil kilómetros por encima de la Tierra.

No obstante, el paisaje urbano pronto desapareció cuando un pequeño vehículo motorizado les llevó a un lugar donde pudieron volver a ver el espacio. La entrada a la zona llana llevaba la señal PUERTO A225 y unos pocos aviones pequeños de diferentes diseños estaban aparcados en un lugar plano que parecía una plaza. Un lado de la zona estaba completamente abierto al espacio y a las estrellas que giraban alrededor de la estación. No demasiado lejos de ellos, comenzó a brillar una potente luz que iluminó todo el puerto. Poco a poco la luz pasó de naranja a azul, y el avión que había encendido los motores despegó, aceleró y se precipitó al espacio desde el lado abierto del puerto. Cheng Xin estaba siendo testigo de una hazaña tecnológica que se había convertido en algo habitual para los demás, aunque no tenía ni idea de cómo era posible mantener atmósfera y presión en el espacio sin que la zona estuviera cerrada del todo.

Pasaron por las hileras de aviones hasta que llegaron a un espacio abierto al final del puerto, donde tan solo había un pequeño avión que más bien parecía una cápsula. La Vía Láctea reptaba despacio por el lado del puerto que permanecía abierto, y su luz proyectaba largas sombras de la cápsula y las personas que estaban de pie junto al lugar, lo que convertía el amplio espacio en un gigantesco reloj, cuyas manecillas eran las sombras errantes.

Las personas que había junto a la embarcación eran un grupo especial reunido por el Consejo y la flota para aquel encuentro. Cheng Xin conocía a la mayoría, puesto que habían asistido a la ceremonia de entrega del puesto de portador de la espada siete años antes. Los encargados de ambos equipos eran el presidente rotatorio del Consejo y el jefe de gabinete de la flota. No conocía al presidente rotatorio, pero el jefe de la flota era el mismo de entonces. Aquellos siete años, los más largos de la historia de la especie humana, habían dejado huellas indelebles en sus rostros. Ninguno dijo nada mientras se daban la mano y recordaban en silencio.

Cheng Xin examinó la cápsula que tenía delante. Los aviones de corto alcance ahora tenían una gran variedad de formas, pero la silueta aerodinámica imaginada por las últimas generaciones brillaba por su ausencia. La cápsula tenía la forma de una esfera, que era más habitual. Era tan regular que Cheng Xin era incapaz de saber dónde estaba el propulsor. El tamaño era similar al de un autobús de tamaño medio; solo tenía números de serie y no tenía nombre. Ese vehículo anodino iba a llevarla al lugar del encuentro con Yun Tianming.

Después de despedirse de Cheng Xin y Luo Ji tres días antes, Tomoko comunicó a la Tierra los detalles de la reunión. Empezó exponiendo los principios fundamentales del encuentro: se trataba de un asunto privado entre Cheng Xin y Yun Tianming que no tenía nada que ver con terceras personas. El contenido de la conversación estaría limitado a ellos dos, y no se podría hablar de nada relativo a la tecnología, la política o el ejército de Trisolaris. Yun Tianming no podría hablar de esos temas, y Cheng Xin tampoco podría preguntarle sobre ellos. Durante el transcurso de la reunión no podría haber presente nadie más ni estaría permitido realizar registro alguno.

El encuentro tendría lugar en el punto donde las gravedades de la Tierra y el Sol se equilibraban entre sí: el punto de Lagrange situado a 1,5 millones de kilómetros. Los sofones facilitarían el encuentro con su vínculo en la primera flota trisolariana en tiempo real. Habría voz y vídeo.

¿Por qué mantener un encuentro en el espacio? En una época en la que existía la comunicación mediante neutrinos, era imposible estar más aislado en el espacio que en la superficie terrestre. Tomoko había explicado que la petición era simbólica: el encuentro tenía que tener lugar en un entorno aislado para mostrar que era independiente de ambos mundos. Se eligió el punto de Lagrange para permitir que la posición de Cheng Xin fuera relativamente estable. Además, los trisolarianos tenían la costumbre de celebrar encuentros en puntos de equilibrio entre cuerpos celestes.

Eso era todo lo que Cheng Xin sabía, pero luego se enteró de algo mucho más importante.

El jefe de la flota llevó a Cheng Xin a la cápsula. Solo había espacio suficiente para cuatro personas. Nada más entrar, la mitad del cascote esférico que era la parte que tenían ante ellos se volvió transparente, de tal manera que parecían estar sentados dentro del casco de un gigantesco traje espacial. Habían elegido ese tipo de nave en parte por su campo de visión abierto.

La aviación moderna ya no tenía controles físicos, que habían pasado a ser proyecciones holográficas, así que el interior del casco estaba vacío del todo. Al entrar allí por primera vez, una persona de la Era Común habría pensado que se trataba de un cascarón vacío sin nada en el interior, pero Cheng Xin observó enseguida tres objetos poco habituales que, sin duda, eran nuevos añadidos. Se trataba de tres círculos adjuntos al casco sobre la parte transparente, de color verde, ámbar y rojo, que les recordaban a los semáforos del pasado.

—Estas tres luces están controladas por Tomoko —explicó el jefe de la flota—. Los trisolarianos monitorizarán vuestro encuentro en todo momento. Siempre y cuando consideren que el contenido de vuestra conversación es aceptable, la luz verde permanecerá encendida. Si quisieran advertiros de que estáis hablando de temas que lindan con lo inaceptable, se encendería la luz ámbar.

El jefe de la flota se quedó en silencio, y no fue hasta un rato después que le contó lo que significaba la luz roja, como si hubiese tenido que prepararse para hacerlo.

—La luz roja se encenderá cuando piensen que estás recibiendo información que no deberías.

Se dio la vuelta y señaló una parte opaca del casco. Cheng Xin vio un pequeño añadido metálico que parecía un peso utilizado en las balanzas antiguas.

—Esta bomba está controlada por Tomoko. Explotará tres segundos después de que se encienda la luz roja.

—¿Qué destruirá la explosión? —preguntó Cheng Xin. No pensaba en sí misma.

—Solo nuestro lado del encuentro. No tienes por qué preocuparte de la seguridad de Yun Tianming. Tomoko ha dejado claro que aunque se encienda la luz roja, solo estallará esta embarcación. Él no se verá afectado en modo alguno.

»La luz roja podría encenderse durante vuestra conversación. Aunque el encuentro termine con éxito es posible que los trisolarianos decidan encender la luz roja tras volver a examinar el registro de la conversación. Pero he aquí lo más importante... —El jefe de la flota volvió a hacer una pausa.

La mirada de Cheng Xin parecía serena. Asintió para pedirle que continuara.

—Debes recordar que las luces no se usarán como semáforos. Es posible que no te avisen antes de decidir que has cruzado la línea. La luz verde podría saltar de inmediato a rojo sin pasar antes a ámbar.

—De acuerdo, lo entiendo. —La voz de Cheng Xin era suave como una brisa.

—Aparte del contenido de la conversación, Tomoko podría encender la luz roja si descubre equipos de grabación en la nave o algún otro medio de transmitir la conversación al exterior. En eso puedes estar tranquila. Hemos examinado el navío a conciencia en busca de dispositivos de grabación y eliminado todos los equipos de comunicación. El sistema de navegación ni siquiera es capaz de mantener un registro. Todo el trayecto será dirigido por el sistema de inteligencia artificial a bordo, que no realizará comunicaciones con el mundo exterior tras tu regreso. Doctora Cheng, te ruego que reflexiones sobre lo que te acabo de decir para comprender las implicaciones.

—Si no regreso, se quedarán ustedes con las manos vacías.

—Me alegro de que lo entiendas. Eso es lo que queremos subrayar. Haz lo que te dicen, y hablad solo de asuntos privados. No menciones otro tema, ni siquiera con alusiones o metáforas. Recuerda en todo momento que si no regresas, la Tierra se quedará sin nada.

—Pero si hago lo que usted me dice y vuelvo, la Tierra también se quedará con las manos vacías. Eso no es lo que quiero.

El jefe de la flota miró a Cheng Xin, pero no directamente, sino a su reflejo en el casco transparente. Su imagen estaba superpuesta contra el universo, y su bella mirada reflejaba las estrellas con serenidad. Al hombre le dio la impresión de que contemplaba el centro del universo, con aquellas estrellas girando a su alrededor. De nuevo se obligó a sí mismo a no disuadirla de correr riesgos.

En lugar de ello, señaló detrás de él.

—Esto es una bomba de hidrógeno en miniatura. Según el viejo sistema de medidas con el que estás familiarizada, tiene una carga de cinco kilotones. Si... si tiene que ocurrir, todo acabará con un destello. No sentirás nada.

Cheng Xin sonrió al jefe de la flota.

—Gracias. Lo comprendo.

Cinco horas más tarde, la cápsula comenzó su viaje. La hipergravedad de 3 g presionó a Cheng Xin contra el asiento: era el límite de aceleración que un individuo sin entrenamiento especial podía soportar. En una ventana que mostraba lo que había detrás de ella, vio el inmenso casco de la estación final que reflejaba el fuego del impulso de la nave. La pequeña embarcación parecía una chispa que salía disparada de un horno, pero la estación final se contrajo rápidamente y no tardó en convertirse en un pequeño punto. Solo la propia Tierra, todavía imponente, ocupaba la mitad del cielo.

El equipo especial le había dicho a Cheng Xin en repetidas ocasiones que el vuelo sería rutinario, no más especial que los vuelos de avión que solía tomar. La distancia entre la estación final y el punto de Lagrange era de un millón y medio de kilómetros aproximadamente, o una centésima parte de una unidad astronómica. Un viaje que se consideraba muy corto, por lo que el vehículo en el que iba estaba adaptado para ese tipo de trayectos. Cheng Xin recordó que una de las cosas que le había llevado a la ingeniería aeroespacial tres siglos antes fue un gran logro de la humanidad durante el siglo XX: quince hombres habían conseguido llegar a la Luna. Su travesía había durado una quinta parte que la que ella estaba a punto de iniciar.

Diez minutos después, Cheng Xin tuvo la oportunidad de ver una salida de sol en el espacio. El Sol salió poco a poco sobre el contorno curvilíneo de la Tierra. Desde esa distancia, las ondas sobre el Pacífico eran invisibles, y el océano era como un espejo que reflejaba la luz. Las nubes parecían espuma de jabón sobre un espejo. Desde ese punto de observación, el Sol parecía mucho más pequeño que la Tierra, como un huevo dorado que hubiera venido a ese mundo azul oscuro. Para cuando el Sol hubo emergido por completo del horizonte curvo, el lado de la Tierra que se encontraba de cara al Sol se convirtió en una media luna gigante. Era tan brillante que el resto de la Tierra se convertía en una oscura sombra, y el Sol y la media luna parecían formar un símbolo gigante flotando en el espacio. Cheng Xin pensó que aquel signo simbolizaba el renacimiento.

Era consciente de que aquella podía ser la última vez que viera salir el sol. Existía la posibilidad de que, aunque Tianming y ella siguieran al pie de la letra las reglas impuestas sobre su inminente encuentro, a los lejanos trisolarianos no les interesara respetar las reglas y no le permitieran vivir. Pero pensó que todo era perfecto, y no se arrepentía de nada.

A medida que la nave avanzaba, el trozo de la Tierra iluminada se iba expandiendo. Cheng Xin vio los contornos de los continentes y distinguió con facilidad Australia, que parecía una hoja seca flotando en medio del Pacífico. El continente estaba saliendo de entre las sombras y tenía la línea que separaba el día de la noche justo en el medio. Había amanecido en Warburton, y pensó en el amanecer que Fraisse había contemplado en el desierto a las afueras del bosque.

Su cápsula navegó por encima de la Tierra. Para cuando el horizonte curvo hubo desaparecido al fin por el borde de la escotilla, la aceleración cesó. Al desaparecer la hipergravedad, Cheng Xin notó que los brazos que la abrazaban con firmeza se habían relajado. Su nave se giró hacia el Sol, cuya luz superó la de todas las estrellas. El casco transparente se ajustó y se volvió más opaco hasta que el Sol pasó a ser un disco, cuyo brillo ya no era cegador. Cheng Xin intentó ajustarlo todavía más, hasta que el Sol se pareciera a la luna llena. Aún quedaban otras seis horas más de viaje. Flotaba en la ingravidez, en el sol que emitía una luz de luna.

Cinco horas después, la nave viró ciento ochenta grados y el motor empezó a desacelerar. A medida que la nave giraba, Cheng Xin vio cómo el Sol se alejaba poco a poco, y luego las estrellas y la Vía Láctea pasaron por delante de ella como un larguísimo pergamino. Cuando la nave se detuvo, la Tierra volvía a estar en el centro de su campo de visión. Ahora se veía tan grande como la Luna desde la superficie de la Tierra, y la inmensidad que había demostrado algunas horas antes desapareció. Ahora era frágil, como un feto que flotara en un líquido amniótico azul y que estuviera a punto de salir del cálido útero a la oscura frialdad del espacio.

Con el motor encendido, la gravedad volvió a envolver a Cheng Xin. La desaceleración duró una media hora, y a partir de entonces el motor empezó a funcionar de manera intermitente mientras realizaba los últimos ajustes. La gravedad finalmente volvió a desaparecer y todo se calmó.

Estaba en el punto de Lagrange. Allí la embarcación era un satélite del Sol que orbitaba en sincronía con la Tierra.

Cheng Xin echó un vistazo al reloj. El viaje se había planificado muy bien. Todavía quedaban diez minutos antes del encuentro. El espacio a su alrededor estaba vacío, e hizo todo lo posible por despejar también su mente. Se preparaba para memorizar: su cerebro era lo único que podía retener algo del encuentro. Tenía que convertirse en una grabadora de audio y vídeo desprovista de toda emoción para ser capaz de recordar la mayor cantidad posible de lo que viera y escuchara en las dos horas posteriores.

Se imaginó el rincón del espacio en el que se hallaba. Allí la gravedad del Sol era superior a la de la Tierra hasta alcanzar un equilibrio, de tal modo que el lugar mantenía una cantidad extra de vacío en comparación con otros puntos del espacio. Se encontraba en ese vacío absoluto, una presencia solitaria e independiente desconectada de cualquier otra parte del cosmos... Fue así como intentó liberar su mente de complejos sentimientos para alcanzar el estado sereno y trascendente que buscaba.

No mucho más allá de la embarcación, un sofón empezó a desplegarse en la dimensión inferior del espacio. Cheng Xin vio aparecer una esfera de tres o cuatro metros de diámetro a unos pocos metros delante de la nave. La esfera bloqueó la Tierra y ocupó la mayor parte de su campo de visión. Su superficie era totalmente reflectante, y Cheng Xin podía ver con claridad el reflejo de la nave y de ella misma. Era incapaz de saber a ciencia cierta si el sofón había estado merodeando dentro de su nave o si acababa de llegar.

El reflejo de la superficie de la esfera desapareció a medida que esta se volvió translúcida como una bola de hielo. Hubo momentos en los que Cheng Xin tuvo la impresión de que la esfera se parecía a un agujero en el espacio, uno de cuyas profundidades más tarde salió un sinfín de puntos de luz como copos de nieve que formaban un diseño parpadeante en su superficie. Cheng Xin sabía que solo era ruido blanco, como los copos de nieve de un monitor de televisión sin señal.

Tres minutos después, el ruido de color blanco fue sustituido por una escena que tenía lugar a varios años luz de distancia. La imagen era perfectamente cristalina, sin señales de distorsión o interferencia.

Cheng Xin se había hecho sus cábalas sobre lo que vería. Quizá solo habría voz y texto, o quizá vería un cerebro flotando en un fluido de nutrientes. Tal vez vería a Yun Tianming entero. Aunque creía que esta última posibilidad era casi nula, intentó imaginarse el entorno en el que viviría Tianming. Pensó en varias posibilidades, pero ninguna era como lo que terminó por ver: un campo dorado de trigo bañado en la luz del sol.

El campo medía aproximadamente la décima parte de una hectárea. El cultivo parecía estar a punto para la siega. La tierra tenía un aspecto un tanto inquietante, era del todo blanca y tenía partículas que brillaban a la luz del sol como una pléyade de estrellas. Había una pala clavada en el suelo negro junto al campo de trigo, completamente anodina y con un mango de madera del que colgaba un sombrero de paja hecho a partir de los tallos del trigo. El sombrero tenía un aspecto raído y muy utilizado, con hebras sueltas que sobresalían del ala desgastada. Detrás del campo de trigo había otro campo de algo verde, probablemente verduras. Sopló una brisa que agitó las plantas de trigo como si fueran olas.

Sobre esta imagen de tierra negra se distinguía un cielo alienígena, en concreto, una cúpula formada por un complejo batiburrillo de tuberías de distinto grosor entrelazadas, todas de color gris plomizo. Dos o tres de los miles de tuberías emitían una potente luz roja, como de filamentos incandescentes. Las porciones de esas tuberías que estaban expuestas iluminaban los campos y ofrecían la fuente de energía para los cultivos. Cada tubería iluminada brillaba brevemente antes de apagarse, solo para ser reemplazada por otra tubería que se iluminaba en otro lugar. En todo momento había dos o tres tuberías encendidas. Las luces cambiantes hacían que las sombras del campo tampoco dejaran de variar, como si el sol entrara y saliera de entre las nubes.

La desordenada disposición de las tuberías descolocó a Cheng Xin. Aquello no era fruto del descuido, sino todo lo contrario: para crear semejante caos se necesitaban grandes dosis de esfuerzo y diseño. Daba la impresión de que la disposición huía de la idea misma de cualquier patrón, lo cual sugería una estética del todo contraria a los valores humanos: los patrones eran feos, pero la ausencia de orden era bella. Las luminosas tuberías otorgaban a ese revoltijo un aire vibrante, como la luz del sol atravesando las nubes. Cheng Xin llegó a preguntarse si aquella disposición pretendía ser una representación artística del sol y las nubes. Sin embargo, más tarde pensó que aquella disposición parecía la maqueta gigante de un cerebro humano, y las tuberías parpadeantes y luminosas representaban la formación de cada conexión neuronal.

Tenía que obviar esas fantasías de manera racional. Una explicación mucho más plausible era que todo el sistema no fuera más que un dispositivo para disipar el calor, y que los campos aprovecharan las luces como efecto colateral. A juzgar por la mera apariencia y sin comprender cómo funcionaba, Cheng Xin intuyó que el sistema mostraba un tipo de ingeniería ideal que la humanidad no podía llegar a comprender. Le desconcertaba y le fascinaba a partes iguales.

Un hombre caminó hacia ella entre el campo de trigo. Era Tianming.

Llevaba una chaqueta plateada hecha de algún tipo de película reflectante. Parecía tan vieja como su sombrero de paja, pero aparte de eso no tenía ningún rasgo especial. Cheng Xin no podía verle los pantalones porque el trigo se los tapaba, pero seguramente eran del mismo material. Al acercarse, Cheng Xin le vio mejor la cara. Parecía joven, con más o menos la misma edad que cuando se habían despedido tres siglos antes. Sin embargo, estaba en mejor forma física y tenía la piel bronceada. No miraba a Cheng Xin, sino que arrancó una espiga de trigo, jugueteó con ella entre los dedos, sopló la cáscara y se metió los granos en la boca. Salió del campo mientras los masticaba. Justo cuando Cheng Xin se preguntaba si Tianming sabía que ella estaba ahí, alzó la mirada, sonrió y la saludó con la mano.

—¡Hola, Cheng Xin! —dijo. Sus ojos rebosaban de pura alegría, tan natural como la de un chico trabajando en el campo que saludase a una chica de la misma aldea que hubiera vuelto de la ciudad. Los tres siglos transcurridos no parecían importar, como tampoco importaban los varios años luz que les separaban. Siempre habían estado juntos. Cheng Xin nunca había imaginado algo así. La mirada de Tianming la acarició como dos manos suaves, y sus tensos nervios se relajaron un poco.

La luz verde sobre el visor se encendió.

—¡Hola! —dijo Cheng Xin. Una fuerte emoción que había cruzado tres siglos se apoderó de su conciencia, como un volcán a punto de entrar en erupción. Pero impidió con determinación cualquier expresión emocional y se repitió a sí misma: «Memoriza, memorízalo todo.»

—¿Me ves? —empezó ella.

—Sí. —Tianming sonrió mientras asentía, y se metió otro grano de trigo en la boca.

—¿Qué estás haciendo?

La pregunta parecía haber dejado desconcertado a Tianming, que señaló el campo con la mano:

—Labrar la tierra.

—¿Solo para ti?

—¡Por supuesto! ¿Qué iba a comer, si no?

El Tianming que Cheng Xin recordaba tenía otro aspecto. En

la época del Proyecto Escalera había sido un enfermo terminal de aspecto débil y desaliñado, y antes de eso, un universitario solitario. Pero aunque el Tianming del pasado había cerrado su corazón al mundo exterior, también había dejado claro cuál era su situación en la vida: solo con una mirada era posible hacerse una idea de cuál había sido su historia. El Tianming del presente solo desprendía madurez. Era imposible conocer su historia, aunque quedaba claro que tenía historias que contar, probablemente con más giros, anécdotas insólitas y visiones espectaculares que diez *Odiseas*. Ni tres siglos vagando en solitario por las profundidades del espacio, ni una vida inimaginable entre los extraterrestres, ni un sinfín de penas y tribulaciones en cuerpo y alma; nada de eso había hecho mella en su cuerpo. Todo lo que quedaba era madurez, una madurez iluminada por la luz del sol como las doradas espigas de trigo que tenía detrás.

Tianming había derrotado a la vida.

—Gracias por las semillas que enviaste —dijo Tianming de corazón—. Las planté todas, y han crecido bien generación tras generación. Aunque no conseguí que los pepinos agarraran... son difíciles.

Cheng Xin rumió las palabras de Tianming: «¿Cómo sabe que fui yo quien le mandó las semillas? ¿Se lo dijeron después? ¿O quizá...?»

—Pensaba que tendrías que plantarlas usando aerocultura y acuicultura. Jamás pensé que habría tierra en una nave espacial.

Tianming se inclinó y recogió un puñado de tierra negra, dejando que las partículas le resbalaran entre los dedos. La tierra brillaba al caer.

—Está hecho a base de meteoroides. Tierra como esta...

La luz verde se apagó y se encendió la luz ámbar.

Al parecer Tianming también podía ver la señal. Hizo una pausa, sonrió y levantó la mano. La expresión y el gesto, sin duda, estaban dirigidos a los que los escuchaban. La luz ámbar se apagó y la verde volvió a encenderse.

—¿Cuánto tiempo ha pasado? —preguntó Cheng Xin. Hizo una pregunta deliberadamente ambigua que podía interpretarse de muchas maneras: cuánto tiempo había estado labrando la tierra; cuánto hacía que habían implantado su cerebro en un cuerpo clonado; cuánto hacía que la sonda del Proyecto Escalera había sido interceptada; o cualquier otra cosa. Quería dejarle suficiente margen como para que pudiera pasarle información.

—Mucho tiempo.

La respuesta de Tianming era aún más ambigua. Parecía tan tranquilo como antes, pero la luz ámbar seguramente le había puesto los pelos de punta. No quería que Cheng Xin sufriera ningún daño.

—Al principio no sabía nada de agricultura —prosiguió—. Quería aprender viendo a otros. Pero como sabes, ya no quedan labradores de verdad, así que tuve que aprender por mi cuenta. Me costó, así que menos mal que suelo comer poco, porque si no...

La hipótesis inicial de Cheng Xin había quedado confirmada. Lo que Tianming le estaba diciendo en realidad era que si la Tierra hubiera tenido agricultores de verdad, habría podido observarlos; o lo que es lo mismo, que podía ver la información de la Tierra captada por los sofones. Era al menos una prueba de que Tianming mantenía una relación estrecha con los trisolarianos.

—El trigo tiene muy buena pinta. ¿Es temporada de cosecha?

—Sí. Ha sido un buen año.

—¿Un buen año?

—Si los motores funcionan a toda potencia, tengo un buen año, pero si no...

La luz ámbar se encendió de nuevo.

Aquello confirmó otra de sus sospechas. El laberinto de tuberías del techo parecía un tipo de sistema de refrigeración para los motores. La luz procedía del sistema de propulsión de antimateria a bordo de la nave.

—Está bien, hablemos de otra cosa. —Cheng Xin sonrió—. ¿Quieres saber qué he estado haciendo? Después de que te marcharas...

—Lo sé todo. Siempre he estado a tu lado.

El tono de voz de Tianming era serio y tranquilo, pero el corazón de Cheng Xin se estremeció. Sí, siempre había estado a su lado, observando su vida a través de los sofones. Seguramente había visto cómo se convirtió en la portadora de la espada, cómo había lanzado a un lado el interruptor rojo en los últimos estertores de la Era de la Disuasión, cómo había sufrido en Australia, cómo había perdido la visión a raíz de un intenso dolor y cómo, finalmente, había tomado entre manos aquella pequeña cápsula... Había vivido todas esas penurias con ella. Era fácil imaginar que él había sufrido incluso más al verla luchar en su infierno particular estando a años luz de distancia. De haber sabido antes que ese hombre que la amaba había cruzado años luz para observarla, se habría sentido reconfortada. Pero Cheng Xin pensaba que Tianming se había perdido para siempre en la inmensidad del espacio, y la mayor parte del tiempo nunca había creído que él siguiera existiendo.

—Si lo hubiera sabido... —balbució Cheng Xin como hablando consigo misma.

—Jamás podrías haberlo sabido. —Tianming sacudió la cabeza.

Las emociones que Cheng Xin había reprimido en lo más hondo volvieron a dispararse, e hizo esfuerzos sobrehumanos por controlarse y no llorar.

—Bueno, ¿y qué me dices tú de lo que has vivido? ¿Puedes contarme algo? —inquirió Cheng Xin. Sin duda, se trataba de una pregunta arriesgada, pero tenía que dar el paso.

—A ver... déjame pensar... —meditó Yun Tianming.

La luz ámbar se encendió incluso antes de que Tianming abriera siquiera la boca. Era una seria advertencia.

Tianming sacudió la cabeza con vehemencia.

—No puedo decirte nada. Absolutamente nada.

Cheng Xin permaneció en silencio. Sabía que había hecho todo lo posible por la misión. Lo único que podía hacer ahora era esperar a ver qué quería hacer Tianming.

—Así no podemos hablar —suspiró Tianming. Luego, con la mirada, añadió: «por tu bien».

Efectivamente, aquello era demasiado peligroso. La luz amarilla ya se había disparado tres veces.

Cheng Xin dio un suspiro. Tianming se había rendido. Volvería a la Tierra sin cumplir con su misión, pero sabía que no había otra opción y lo entendía.

Cuando dejaron a un lado la misión, ese espacio que los contenía se convirtió en su mundo secreto. Entre ambos no necesitaban palabras; sus miradas eran suficientes para decirse todo lo que necesitaban. Ahora que ya no estaban centrados en la misión, Cheng Xin notaba más sentido en la mirada de Tianming, que la retrotrajo a sus días de estudiante, cuando él la solía mirar de esa forma. Lo hacía con discreción, pero el instinto femenino de ella lo había percibido. Ahora su mirada estaba llena de madurez, y el rayo de sol atravesó años luz y la bañó con un haz de calidez y felicidad.

Cheng Xin quería que ese silencio durara para siempre, pero Tianming habló de nuevo.

—¿Te acuerdas de cómo pasábamos el tiempo cuando éramos pequeños?

Cheng Xin negó un poco con la cabeza. La pregunta la cogió por sorpresa y le pareció incomprensible. ¿«Cuando éramos pequeños»? No obstante, logró ocultar su asombro.

—Muchas noches nos llamábamos y charlábamos antes de irnos a dormir. Nos inventábamos cuentos y nos los contábamos el uno al otro. Los tuyos siempre eran mejores. ¿Cuántas historias nos contamos el uno al otro? Por lo menos cien, ¿no?

—Sí, creo que sí. Un montón. —Cheng Xin siempre había sido incapaz de mentir, pero se sorprendió al comprobar que no lo estaba haciendo nada mal.

—¿Recuerdas alguna de esas historias?

—No muchas. Mi infancia quedó muy lejos.

—Pero para mí no está tan lejos. Durante todos estos años he contado todas estas historias una y otra vez, tanto las mías como las tuyas.

—¿A ti mismo?

—No, a mí no. Cuando llegué aquí tuve la necesidad de aportar algo a este mundo. Pero ¿qué podía darles yo? Decidí que podía traer la infancia a este mundo, así que les conté nuestros cuentos. A los niños de aquí les encantan. Llegué incluso a editar una colección titulada *Cuentos de hadas de la Tierra*, que ha tenido muy buena acogida. Es un libro que nos pertenece tanto a ti como a mí. No te he plagiado: todas las historias que tú me contaste tienen tu firma. O sea, que aquí eres una escritora famosa.

Según el todavía muy limitado conocimiento que los humanos tenían de los trisolarianos, el sexo consistía en una fusión de los dos sujetos en un solo cuerpo, que luego se dividía en tres o cinco nuevas vidas. Esos eran los descendientes de los dos sujetos y los «niños» a los que Tianming se refería. Sin embargo, esos individuos heredaban parte de los recuerdos de sus padres y contaban con cierta madurez al nacer, un punto que los distinguía de los niños humanos. Los trisolarianos no tenían una infancia como tal. Tanto los académicos trisolarianos, como los humanos, creían que esa diferencia biológica era una de las razones fundamentales detrás de sus respectivas culturas y sociedades.

Cheng Xin volvió a ponerse nerviosa. Sabía que Tianming no había tirado la toalla y que había llegado el momento clave. Tenía que hacer algo, pero también andarse con mucho cuidado. Dijo con una sonrisa:

—No podemos hablar de nada más, pero seguro que podemos recitar esos cuentos. Nos pertenecen solo a nosotros.

—¿Los que yo escribí o los que tú escribiste?

—Cuéntame los que yo escribí. Hazme volver a la infancia. —Cheng Xin habló sin dudar. Incluso ella se sorprendió de lo rápido que había logrado seguirle la corriente a Tianming.

—Vale. Entonces no hablaremos de nada más. Solo de los cuentos. De tus cuentos. —Tianming extendió las manos y alzó la vista, dirigiéndose sin duda a los que observaban la conversación. Su intención era clara: «Supongo que no pondréis pegas a esto, ¿no? No hay ningún peligro en un tema de conversación como este.» Entonces se volvió hacia Cheng Xin—. Tenemos una hora más o menos. ¿Qué historia puedo contar? Mmm... ¿qué te parece «El nuevo pintor del Rey»?

Así pues, Tianming empezó a contar la historia. Tenía una voz profunda y relajante, como si entonara un canto antiguo. Cheng Xin hizo todo lo posible por memorizar, pero la historia fue atrapándola poco a poco. El tiempo fue pasando mientras Yun Tianming contaba el cuento, formado por tres historias conectadas entre sí: «El nuevo pintor del Rey», «El mar de los Voraces» y «El príncipe Aguas Profundas». Al terminar la última historia, el sofón puso en marcha una cuenta atrás, que indicaba que solo les quedaba un minuto.

El momento de la despedida estaba al caer.

Cheng Xin salió del trance de los cuentos de hadas. Algo le golpeó el corazón con una fuerza casi insoportable.

—El universo es grande, pero la vida lo es aún más. Estoy segura de que nos volveremos a ver —dijo. Solo cuando hubo terminado la frase se dio cuenta de que había repetido la despedida de Tomoko casi palabra por palabra.

—Quedemos entonces en otro lugar que no sea la Tierra, en algún lugar de la Vía Láctea.

—¿Qué te parece en la estrella que me regalaste? Nuestra estrella. —Cheng Xin no necesitó ni pensárselo.

—Vale. ¡En nuestra estrella!

Mientras se miraban a años luz de distancia, la cuenta atrás llegó a cero, la imagen desapareció y volvieron a verse los copos de nieve del ruido blanco. Entonces el sofón recuperó su aspecto reflectante.

La luz verde se apagó. No había ninguna luz encendida. Cheng Xin comprendió que se encontraba frente al abismo de la muerte. Su conversación con Tianming estaba siendo examinada a bordo de una nave de la primera flota trisolariana. La luz roja de la muerte podía encenderse en cualquier momento, sin una luz ámbar de aviso.

Cheng Xin vio su reflejo y el de su vehículo en la superficie esférica del sofón. La mitad de la nave era del todo transparente, como un exquisito portafotos colgando de un collar en el que ella aparecía como una imagen. Vestía un ligero y níveo traje espacial y tenía un aspecto puro y bello. Le sorprendieron sus propios ojos: claros, serenos y ajenos a la tempestad que se desataba en su interior. Le reconfortaba imaginar ese bonito portafotos colgando del corazón de Tianming.

Tras un período de tiempo indeterminado, el sofón desapareció. El piloto rojo no se encendió. El espacio exterior parecía igual que antes: la Tierra azul aparecía de nuevo a lo lejos, y detrás de ella se veía el Sol; habían sido testigos de todo.

Volvió a sentir la hipergravedad. El impulsor de la nave aceleró, y emprendió el camino de regreso a casa.

Durante las horas que duró el viaje de retorno, Cheng Xin ajustó el casco de la nave para que fuera completamente opaco. Se aisló del exterior hasta convertirse en una máquina de memorizar. Repitió una y otra vez las palabras y las historias de Tianming. La aceleración terminó, la nave flotó en la ingravidez, el impulsor cambió de dirección y el vehículo aminoró la marcha, pero ella no se dio cuenta de nada. Finalmente, tras una serie de sacudidas la puerta se abrió y la luz del puerto de la estación terminal se coló en el interior.

Dos de los oficiales que la habían acompañado a la estación se reunieron con ella; tenían unos rostros impasibles. Tras intercambiar un simple saludo la llevaron por el puerto hasta una puerta sellada.

—Doctora Cheng, debería descansar. Deje de obsesionarse con el pasado. Nunca tuvimos demasiadas esperanzas de conseguir nada útil —dijo el oficial del Consejo. Luego le hizo un gesto para que entrara en la puerta sellada que acababa de abrirse.

Cheng Xin pensaba que era la salida del puerto espacial, pero vio que había ido a parar al interior de una pequeña sala. Las paredes estaban hechas de un metal oscuro, y cuando se cerró la puerta fue incapaz de distinguir las marcas. No se encontraba en un lugar de descanso. El lugar estaba amueblado con austeridad, contaba con un pequeño escritorio y una silla. Sobre la mesa había un micrófono, un objeto pocas veces visto en esa época que solo se usaba para grabaciones de alta fidelidad. El aire de la sala tenía un olor punzante, casi corrosivo, y notaba un picor en la piel: sin duda, el aire estaba cargado de electricidad estática.

La minúscula sala estaba llena de gente; todos los miembros del equipo especial estaban allí. Cuando entraron los dos oficiales que la habían recibido, sus expresiones cambiaron. Ahora parecían tan ansiosos y preocupados como el resto.

—Esto es una zona oculta para los sofones —le contó alguien a Cheng Xin. Fue entonces cuando descubrió que los seres humanos habían conseguido desarrollar la tecnología necesaria para protegerse de aquellos pertinaces espías, aunque solo era posible hacerlo en lugares extremamente cerrados como ese—. Le ruego que reproduzca la totalidad de su conversación. No omita ningún detalle que pueda recordar. Cualquier palabra podría ser importante.

Luego los miembros del equipo especial salieron de la sala uno a uno. El último en hacerlo fue un ingeniero que explicó a Cheng Xin que los muros de aquella sala antisofones estaban electrificados y debía procurar no tocarlos.

Cheng Xin quedó a solas. Se sentó en la mesa y empezó a grabar todo lo que fue capaz de recordar. Una hora y diez minutos después había terminado. Bebió un poco de agua y leche, se dio un pequeño descanso y empezó a grabar por segunda vez, y luego una tercera. Cuando estaba preparada para grabar por cuarta vez, se le pidió relatar los hechos en sentido contrario, dando cuenta de los últimos hechos en primer lugar. La quinta grabación se realizó bajo la guía de un equipo de psicólogos. Le administraron algún tipo de droga que la mantuvo en un estado similar a la hipnosis, y ni siquiera fue consciente de lo que dijo. Cuando se dio cuenta, ya habían pasado más de seis horas.

Al terminar la última narración, el equipo especial volvió a llenar la sala. Abrazaron a Cheng Xin y le estrecharon la mano. Todos lloraron de emoción y le dijeron que lo que acababa de hacer era un acto de heroicidad. En cambio, Cheng Xin seguía agarrotada, como una máquina de memorizar.

No fue hasta que regresó a la cómoda cabina del ascensor espacial que apagó la máquina de memorizar que había en el interior de su cabeza. Volvió a convertirse en una persona. El cansancio extremo y los sentimientos se apoderaron de ella, y empezó a llorar ante la esfera azul de la Tierra. Solo era capaz de oír una voz que repetía una y otra vez en su mente: «Nuestra estrella, nuestra estrella...»

Justo en ese momento, en la superficie situada a más de treinta mil kilómetros más abajo, estalló un incendio en la casa de Tomoko. La androide que había sido su encarnación también fue pasto de las llamas. Antes de que ocurriera, había anunciado que todos los sofones del Sistema Solar serían retirados.

La gente solo creía aquellas palabras a medias. Era probable que el robot fuera lo único que había desaparecido, pero que aún hubiera algunos sofones en la Tierra y el Sistema Solar; aunque también cabía la posibilidad de que estuviera diciendo la verdad. Los sofones eran recursos valiosos; todo lo que quedaba de la civilización trisolariana se encontraba a bordo de una flota de naves espaciales, y no serían capaces de construirlos de nuevo durante mucho tiempo. Además, mantener la vigilancia sobre el Sistema Solar y la Tierra ya no tenía mucho sentido. Si la flota entraba en una zona sin señal, podrían perder los sofones en el Sistema Solar para siempre.

Si se daba este último caso, los trisolarianos y los humanos perderían todo contacto y volverían a convertirse en desconocidos en el universo. Los tres siglos de guerra y resentimiento entre ambos mundos pasarían a ser una anécdota en la historia del cosmos. Aun cuando el destino volviera a unirles, como había pronosticado Tomoko, sería en un futuro lejano. Pero ninguno de los dos sabía si tenían futuro.

Era de la Retransmisión, año 7
Los cuentos de Yun Tianming

El primer encuentro de la Comisión de Interpretación de Inteligencia también tuvo lugar en una sala antisofones. Aunque la mayoría de la gente prefería pensar que los sofones habían desaparecido y que el Sistema Solar y la Tierra estaban «limpios», no dejaron de tomarse precauciones, en gran parte por temor a que una posible presencia de los sofones pusiera en peligro a Yun Tianming.

La noticia de la conversación entre Yun Tianming y Cheng Xin se dio a conocer al gran público, aunque la información de inteligencia que este había facilitado —el contenido de los tres cuentos de hadas— se mantuvo en absoluto secreto. En una sociedad transparente y moderna, ocultar una información tan importante resultaba difícil tanto para Coalición Flota como para las Naciones Unidas. No obstante, las naciones del mundo no tardaron en llegar a un acuerdo: si los cuentos se filtraban, el mundo entero se vería sacudido por el entusiasmo de intentar descifrarlos, lo cual expondría a Tianming. Su seguridad no solo era importante para él como persona individual, la única integrada en una sociedad alienígena; su posición tenía un inestimable valor para la futura supervivencia de la humanidad.

La interpretación secreta del mensaje de Tianming era otro indicio de la autoridad y las capacidades operativas de la ONU que representaba otro paso en el camino hacia un Gobierno mundial.

Aquella sala antisofones era más grande que la que Cheng Xin había utilizado en la estación terminal, aunque no era en modo alguno amplia para una sala de conferencias. El campo de fuerza necesario para mantener a raya a los sofones solo podía abarcar un espacio limitado.

Había unos treinta asistentes en la sala. Aparte de Cheng Xin, también se encontraban allí otras dos personas de la Era Común: el ingeniero del acelerador de partículas Bi Yunfeng y el físico Cao Bin, ambos antiguos candidatos al puesto de portador de la espada.

Todos iban vestidos con trajes para protegerse de la electricidad de las paredes metálicas de la sala, pero sobre todo tenían que llevar guantes de protección para evitar que alguien, fruto del hábito de abrir ventanas de información, tocara una pared por accidente. Dentro de aquel campo de fuerza no podían usarse aparatos electrónicos, de modo que no había ninguna ventana de información. Para lograr que el campo de fuerza se distribuyera de manera uniforme, el equipo reunido en el interior de la sala se redujo al mínimo. Solo se ofrecieron sillas y no había ninguna mesa. Los trajes de protección, que habían pertenecido a electricistas, daban al encuentro en aquella sala metálica la apariencia de una reunión previa a un cambio de turno en una fábrica antigua.

Nadie se quejó de la precariedad ni de la sensación de agobio, ni tampoco del olor acre del aire ni del picor causado en la piel por el aire electrificado. Tras vivir casi tres siglos bajo la constante vigilancia de los sofones, la posibilidad de liberarse de los observadores alienígenas producía de repente un alivio sin precedentes. La tecnología que permitía aislar espacios se había desarrollado poco después de la Gran Migración. Corría el rumor de que quienes entraron por primera vez en una sala antisofones sufrieron lo que pasó a llamarse «síndrome del biombo»: hablaban por los codos, como si estuvieran borrachos, y desvelaban todos sus secretos a sus compañeros. Un periodista describió la enfermedad de la siguiente manera: «En ese pequeño pedazo de cielo, la gente empezó a abrir su corazón, y nuestra visión dejó de estar velada.»

La Comisión era una iniciativa conjunta de Coalición Flota y el Consejo de Defensa Planetaria de la ONU para descifrar el mensaje de Yun Tianming, que supervisaba la labor de veinticinco grupos de trabajo centrados en distintas materias y áreas de especialidad. Los asistentes al encuentro no eran expertos ni científicos, sino miembros de la Comisión que también encabezaban los grupos de trabajo.

El presidente manifestó en primer lugar su agradecimiento a Yun Tianming y a Cheng Xin en nombre de Coalición Flota y la ONU. Calificó a Tianming como el guerrero más valiente en la historia de la especie humana. Había sido el primer ser humano en sobrevivir con éxito en un mundo extraterrestre. Solo, en el corazón del enemigo y en un entorno inimaginable, había logrado resistir y traer esperanza a una Tierra en crisis. Por su parte, Cheng Xin había conseguido obtener información de inteligencia a través de Tianming gracias a su valentía y astucia, y poniendo en peligro su vida.

Cheng Xin pidió la palabra con un hilo de voz. Se levantó y miró a todos los presentes.

—Todo ha sido posible gracias al Proyecto Escalera, un empeño inseparable de un único hombre, cuyo firme y decidido liderazgo y cuya excepcional creatividad contribuyeron hace tres siglos a que dicho proyecto salvara múltiples obstáculos y se hiciera realidad. El hombre al que me refiero no es otro que Thomas Wade, jefe de la Agencia de Inteligencia Estratégica del Consejo de Defensa Planetaria. Creo que también deberíamos darle las gracias a él.

Se hizo el silencio en la sala de conferencias. Nadie apoyó la propuesta de Cheng Xin. Para la mayoría de los presentes, Wade era la viva estampa del lado oscuro de los seres humanos de la Era Común, la antítesis de la encantadora mujer que tenían delante; una mujer a la que el propio Wade había estado a punto de matar. Se estremecieron al pensar en él.

El presidente de la Comisión —que daba la casualidad de que también era el sucesor de Wade al frente de la Agencia pese a que les separaban tres siglos— no dijo nada tras escuchar la propuesta de Cheng Xin, sino que se limitó a seguir el orden del día previsto para la reunión:

—La Comisión ha establecido unos principios y unas expectativas fundamentales en relación con el proceso de interpretación. Consideramos poco probable que el mensaje contenga información técnica concreta, aunque es posible que nos indique hacia dónde enfocar la investigación. Quizás incluya una guía del marco teórico correcto para desarrollar tecnologías desconocidas como los viajes espaciales a la velocidad de la luz o el aviso de seguridad cósmica. Descubrirlo representaría una enorme esperanza para la humanidad.

»En total hemos logrado extraer dos informaciones de inteligencia: la conversación entre la doctora Cheng y Yun Tianming y los tres cuentos que este último narró. Los análisis preliminares apuntan a que hay información importante oculta íntegramente en las tres historias. En el futuro no estudiaremos a fondo la conversación, sino que me limitaré a resumir lo que hemos averiguado a partir de ella.

»En primer lugar, sabemos que Yun Tianming tuvo que hacer un gran trabajo de preparación para enviar este mensaje. Inventó un centenar de cuentos de hadas en los que ocultó tres elementos de inteligencia. Había contado esas historias y las había publicado durante un largo período de tiempo para que los trisolarianos pudieran familiarizarse con ellas, lo cual supone toda una hazaña. Si durante todo ese tiempo los trisolarianos no habían descubierto los secretos contenidos en las historias, era probable que siguieran considerándolas inofensivas en el futuro, pero aun así intentó cubrir las historias con otra capa de protección.

El presidente se volvió hacia Cheng Xin:

—Me gustaría preguntarle algo. ¿Se conocían ustedes cuando eran niños, como aseguró Tianming?

Cheng Xin negó con la cabeza.

—Nos conocimos en la universidad. Sí que éramos de la misma ciudad, pero no fuimos a la misma escuela.

—¡Será cabrón...! ¡Esa mentira podría haberle costado la vida a Cheng Xin! —exclamó AA, que estaba sentada al lado de ella. Los demás asistentes la miraron con enfado. AA no formaba parte de la Comisión, pero se le había permitido participar en la reunión en calidad de asesora de Cheng Xin tras mucho insistir esta última. La mujer había sido una vez una reputada astrónoma, pero todos la miraban con desdén porque no tenía un currículum muy extenso. Pensaban que Cheng Xin debería tener un ayudante técnico más cualificado. Incluso ella misma olvidaba a menudo que AA era científica.

—Esa falsedad no implicaba un riesgo demasiado elevado —dijo un oficial de la Agencia—. Su infancia es anterior a la Era de la Crisis e incluso a la llegada de los sofones a la Tierra. Y aunque no hubiera sido así, seguramente no habrían sido nunca objeto de la vigilancia de los sofones.

—Pero podrían haber comprobado los registros de la Era Común.

—No es tan fácil conseguir datos sobre dos niños de antes de la Era de la Crisis. Aunque se las hubiesen arreglado para comprobar los datos de empadronamiento o los expedientes académicos y hubiesen descubierto que no habían ido a la misma escuela, no podrían haber descartado la posibilidad de que fueran conocidos. Y aún hay otra cosa que se te ha pasado. —El oficial ni se molestaba en ocultar el desprecio que le inspiraba la falta de experiencia profesional de AA—; Tianming podía guiar a los sofones; seguramente había comprobado los registros de antemano.

El presidente prosiguió:

—Era un riesgo que había que asumir. Al atribuir las tres historias a Cheng Xin, convenció todavía más al enemigo de que eran cuentos inocuos. La luz ámbar no se encendió en ningún momento durante la hora que duró la narración. Además, nos dimos cuenta de que, para cuando Yun Tianming hubo terminado de contar el último cuento, el plazo fijado por Tomoko ya había transcurrido. En una muestra de compasión, los trisolarianos habían alargado el encuentro seis minutos para que Tianming pudiera acabar de contar la historia, lo cual venía a corroborar la percepción entre los trisolarianos de que los relatos eran inofensivos. Tianming había actuado así por un motivo concreto: para demostrar que los tres cuentos contenían información oculta.

»Apenas pudimos sacar algo de la conversación. Pero todos coincidimos en que las últimas palabras de Tianming son muy importantes... —Fruto de la costumbre, el presidente hizo un gesto en el aire con la mano derecha con la intención de abrir una ventana de información. Al ver que no aparecía nada, continuó—: "Quedemos entonces en otro lugar que no sea la Tierra, en algún lugar de la Vía Láctea." La afirmación tenía dos objetivos: por un lado, dar a entender que nunca sería capaz de volver al Sistema Solar y, por otro... —Hizo una pausa y volvió a mover la mano como intentando quitarse algo de encima—. No importa. Prosigamos.

El ambiente era tan denso en el interior de la sala que se podía cortar. Todos sabían que el presidente quería decir que Yun Tianming tenía muy pocas esperanzas puestas en la capacidad de la humanidad para sobrevivir.

Se distribuyó entre los asistentes un documento sin título y con una carátula azul en el que solo había un número de serie; en aquella época era muy poco habitual ver documentos impresos en papel.

—Este documento solo puede leerse aquí. No está permitido sacarlo de esta sala ni reproducirlo de ninguna manera. Para muchos de ustedes, esta será la primera vez que lo lean. Comencemos.

Se hizo el silencio. Todos empezaron a leer con atención los tres cuentos de hadas que podrían salvar la humanidad.

El primer cuento de Yun Tianming «El nuevo pintor del rey»

Érase una vez un reino llamado el Reino sin Cuentos.

Aquel reino no tenía cuentos. No tener cuentos es algo bueno para un reino, porque sus habitantes son más felices. Y es que los cuentos implican contratiempos y desgracias.

El Reino sin Cuentos tenía un rey sabio, una reina bondadosa, unos ministros justos y capaces y unos campesinos trabajadores y honestos. La vida en el reino era tan apacible como la superficie de un espejo: ayer era igual que hoy, hoy era igual que mañana, el año pasado era igual que este año, y este año era igual que el año próximo. Nunca había historias que contar.

Y así fue siempre hasta que los príncipes y la princesa se hicieron mayores.

El rey tenía dos hijos, el príncipe Aguas Profundas y el príncipe Arena Helada; también tenía una hija, la princesa Gota de Rocío.

Cuando era pequeño, el príncipe Aguas Profundas marchó a la isla de la Tumba situada en el mar de los Voraces y nunca regresó. Los motivos dan para otra historia.

El príncipe Arena Helada fue creciendo junto al rey y la reina, pero les causaba una gran desazón. El niño era inteligente, pero ya desde una temprana edad mostró un carácter despótico. Ordenaba a los sirvientes que recogieran animalitos de fuera de palacio y jugaba a ser el emperador de los animales. Sus «súbditos» eran sus esclavos, y a la mínima señal de desobediencia ordenaba que les cortaran la cabeza. En no pocas ocasiones concluía sus sesiones de juego con todos los animales muertos mientras lanzaba risotadas de loco rodeado por un charco de sangre...

A medida que fue haciéndose mayor, el príncipe se contenía cada vez más. Era un hombre parco en palabras y tenía una mirada taciturna, pero el rey sabía que era un lobo con piel de cordero y que en su corazón descansaba latente una víbora venenosa que aguardaba el momento oportuno para salir. El rey finalmente tomó la decisión de no nombrarlo heredero al trono y eligió en su lugar a la princesa Gota de Rocío. El Reino sin Cuentos tendría una reina regente.

Si el buen carácter de los reyes era una cualidad fija transmitida a sus hijos, la princesa Gota de Rocío seguramente había heredado la parte que le faltaba al príncipe Arena Helada. Era inteligente, amable y hermosa como ninguna. Cuando salía a caminar durante el día, el sol palidecía avergonzado; cuando salía a pasear por la noche, la luna abría los ojos de par en par para apreciar mejor su belleza; cuando hablaba, los pájaros dejaban de cantar para oír su voz; y de la tierra baldía brotaban hermosas flores cuando la pisaba. La princesa contaba con el apoyo total de los habitantes del reino y la lealtad absoluta de los ministros. El príncipe Arena Helada no dijo nada, pero su mirada se volvió aún más sombría.

Fue así como las historias llegaron al Reino sin Cuentos.

El rey anunció el nuevo plan de sucesión en su sexagésimo cumpleaños. Esa noche, el reino celebró una fiesta: los fuegos artificiales convirtieron el cielo en un espléndido jardín, y las luces brillantes transformaron el palacio en un lugar cristalino; se oyeron risas y conversaciones animadas por todas partes y corrieron ríos de vino.

Todos estaban contentos, e incluso el frío corazón del príncipe Arena Helada parecía haberse derretido. Rompiendo con su habitual silencio lúgubre, deseó con sinceridad a su padre un feliz cumpleaños y manifestó su deseo de que el monarca viviese tanto como el sol y bañara el reino con su luz. También expresó su apoyo a la decisión real, señalando que Gota de Rocío era más adecuada para reinar que él. Felicitó a su hermana pequeña y dijo que esperaba que ella tuviera la oportunidad de aprender de su padre más aptitudes para reinar con el fin de poder desempeñar bien sus futuras funciones. Su sinceridad y benevolencia conmovieron a todos los presentes.

—Hijo mío, me complace enormemente que pienses así —dijo

el rey, acariciando la cabeza del príncipe—. Me gustaría que este momento durara para siempre.

Un ministro propuso colgar en el palacio un gran cuadro que inmortalizara la celebración de aquella noche.

El rey sacudió la cabeza.

—El pintor de la corte está viejo. Una bruma le impide ver el mundo con claridad, y sus manos tiemblan tanto que ya no es capaz de captar la alegría de nuestros rostros.

—Padre, precisamente quería hablaros de eso —intervino Arena Helada, haciendo una profunda reverencia—. Permitidme que os presente a un nuevo pintor.

El príncipe se volvió e hizo un gesto con la cabeza, y acto seguido apareció el nuevo pintor. Era un mozo de entre catorce y quince años de edad envuelto en los pardos hábitos de un monje y con la apariencia de un ratón asustado en medio de los elegantes huéspedes del fastuoso palacio. Mientras caminaba, su ya de por sí menuda estatura se encogía aún más, como si intentara evitar unas zarzas invisibles que le rodearan.

El rey se sintió un poco decepcionado al verle.

—¡Es muy joven! ¿Será lo bastante diestro?

El príncipe volvió a hacer una reverencia.

—Padre, este es Ojo Agudo de He'ershingenmosiken. Es el alumno más aventajado del maestro Etéreo. Comenzó a recibir clases a los cinco años, y diez años después ha aprendido todo lo que ese gran pintor podía enseñarle. Es tan sensible a los colores y las formas del mundo como nosotros al acero incandescente. Es capaz de fijar y expresar su sensibilidad con el pincel. No hay nadie con su habilidad aparte del propio maese Etéreo. —El príncipe se volvió a Ojo Agudo—. Como pintor real, tienes permiso para mirar al rey directamente sin que ello suponga una muestra de descortesía.

Ojo Agudo alzó la vista para mirar al rey, y luego volvió a bajar la mirada. El monarca estaba asombrado.

—Joven, tu mirada es penetrante como una espada desenvainada junto a unas intensas llamas. No se corresponde en absoluto con tu juventud.

Ojo Agudo habló por primera vez.

—¡Oh, majestad, ilustre soberano! Os ruego que perdonéis a este humilde pintor si os ha causado ofensa. Mis ojos son los de un pintor, y un pintor debe pintar primero con el corazón. He dibujado en mi corazón una imagen de vos, así como de vuestra dignidad y vuestra sabiduría. Lo plasmaré todo en el cuadro.

—Ahora puedes mirar a la reina —dijo el príncipe.

Ojo Agudo miró a la reina y luego bajó la vista.

—¡Oh, majestad, honorable reina! Os ruego que perdonéis a este humilde pintor por no mantener la etiqueta. He dibujado en mi corazón una imagen de vos, así como de vuestra nobleza y vuestra elegancia. Lo plasmaré todo en el cuadro.

—Mira a la princesa, la futura reina. Debes pintarla a ella también.

Ojo Agudo necesitó todavía menos tiempo para mirar a la princesa. Tras la más breve de las miradas, inclinó la cabeza y dijo:

—¡Oh, alteza, bienamada princesa del pueblo! Os ruego que perdonéis a este humilde pintor por su pobre conocimiento de los modales cortesanos. Vuestra belleza me duele como el sol de mediodía, y por primera vez siento que mi pincel no es lo bastante bueno. Pero ya he dibujado en mi corazón una imagen de vos, así como de vuestra belleza sin parangón. Lo plasmaré todo en el cuadro.

Entonces el príncipe le dijo a Ojo Agudo que mirara a todos los ministros, cosa que hizo dedicándole a cada uno un breve vistazo. Bajó la mirada.

—Os ruego, mis señores, que disculpéis la descortesía de este humilde pintor. He dibujado en mi corazón una imagen vuestra, así como de vuestro talento e intelecto. Lo plasmaré todo en el cuadro.

Mientras continuaban los festejos, el príncipe Arena Helada se llevó aparte a Ojo Agudo. Le preguntó con un susurro:

—¿Los has memorizado a todos?

Ojo Agudo mantenía la cabeza agachada, y tenía el rostro del todo oculto por la sombra de la capucha. El hábito parecía vacío, como si en su interior no hubiera más que sombras y nada de materia.

—Sí, alteza.

—¿Todo?

—Todo, mi alteza. Ahora puedo pintar un cuadro de cada

hebra del cabello de sus cuerpos y sus cabezas, una réplica exacta del original.

La celebración acabó después de la medianoche. Las luces del palacio se apagaron una detrás de otra. Era la hora más oscura antes del amanecer: la luna se había puesto, y las tenebrosas nubes tapaban el cielo de este a oeste como si fuera una cortina. La tierra estaba hundida en tinta. Sopló un viento gélido que heló a los pájaros en sus nidos, mientras las flores, aterrorizadas, cerraban sus pétalos.

Dos caballos surgieron del palacio como si fueran espectros y se dirigieron hacia el oeste. Los jinetes eran Ojo Agudo y el príncipe Arena Helada. Llegaron a un silencioso refugio subterráneo a varias millas del palacio. Parecía hundido en el más profundo mar de la noche: húmedo, frío y lóbrego, como la panza de una despiadada bestia inmersa en un profundo sueño. Las sombras de los dos hombres se balanceaban y fluctuaban a la luz de las antorchas, y sus siluetas eran dos meros puntos oscuros al final de la alargada penumbra. Ojo Agudo extrajo de una bolsa de tela un pergamino que medía más o menos lo mismo que una persona, y lo desenrolló para mostrárselo al príncipe. Era el retrato de un anciano cuyo rostro estaba rodeado por un cabello y una barba de color blanco que parecían llamas plateadas, y cuya mirada penetrante recordaba mucho a la de Ojo Agudo, aunque era aún más profunda. El retrato era una muestra de la destreza del pintor: real como la vida misma, había captado todos y cada uno de los detalles de su modelo.

—Mi rey, este es (era, mejor dicho) mi maestro, maese Etéreo.

El príncipe asintió.

—Excelente. Pintarlo a él primero fue una buena idea.

—Sí, tenía que hacerlo para que no me pintara él a mí. —Con sumo cuidado, Ojo Agudo colgó la pintura en la húmeda pared—. Bien, ahora ya puedo pintar para vos.

Desde un rincón del refugio, Ojo Agudo sacó un rollo de un papel blanco como la nieve.

—Mi rey, este papel está hecho a partir del tronco del árbol ola de nieve de He'ershingenmosiken. Cuando el árbol llega a los cien años de edad, el tronco se puede desenrollar como un papel, lo que le convierte en el medio perfecto para pintar. Mi magia solo funciona cuando pinto en papel hecho con la madera de este árbol.

Colocó el rollo en una mesa de piedra, desenrolló una parte y puso encima una tabla de obsidiana a modo de pisapapeles. Entonces tomó un cuchillo afilado y cortó el papel por el borde de la tabla. Cuando retiró la plancha la sección de papel cortado estaba lisa contra la mesa. La superficie blanca e inmaculada parecía brillar por sí sola.

El pintor sacó sus utensilios de la bolsa de tela y los colocó frente a él.

—Mi rey, mirad estos pinceles. Están hechos con el pelo de las orejas de los lobos de He'ershingenmosiken. Los pigmentos también son de allí: el rojo está hecho a partir de la sangre de murciélagos gigantes; el negro, de la tinta de los calamares capturados en las profundidades del mar; el azul y el amarillo, de antiguos meteoritos... Todas las pinturas deben mezclarse con las lágrimas de un pájaro gigante conocido como sábana de luna.

—Date prisa —apremió el príncipe.

—Como vos ordenéis, mi rey. ¿A quién debo pintar primero?

—Al rey.

Ojo Agudo cogió el pincel. Pintó como con desgana, dibujando trazos aquí y allá, y poco a poco aparecieron colores sobre el papel, aunque no se podían distinguir las formas. Era como si se hubiese puesto el papel bajo una lluvia multicolor y gotas de todas las tonalidades hubieran ido cayendo sin cesar sobre él. A medida que daba pinceladas, el papel se llenó de colores, en un remolino desordenado que era como un jardín pisoteado por una estampida de caballos. El pincel siguió deslizándose por aquel laberinto colorido, como si fuera este el que guiara la mano del pintor en lugar de al revés. A un lado, el príncipe contemplaba atónito el espectáculo; quería hacerle preguntas, pero el movimiento de los colores que aparecían y se agolpaban sobre el papel tenía un efecto hipnótico que le fascinaba.

Entonces, como si una superficie de agua llena de ondas se hubiera congelado de repente, todos los puntos que estaban desperdigados se conectaron unos con otros, y los colores cobraron sentido. Aparecieron formas que pronto se volvieron reconocibles.

El príncipe contempló el retrato del rey, que aparecía vestido como durante la fiesta en el palacio poco antes, con la cabeza tocada con una corona de oro y el cuerpo cubierto de exquisitos ropajes ceremoniales. Sin embargo, en el rostro tenía una expresión diferente; ya no había dignidad y sabiduría en su mirada, sino más bien una compleja mezcla de emociones: conciencia de estar despertando de un sueño, confusión, pena... y detrás de todas un terror indescriptible, como si se hubiera dado cuenta de que la persona más cercana a él estaba a punto de atacarle con una espada.

—El retrato del rey está terminado —dijo Ojo Agudo.

—Perfecto. —El príncipe asintió satisfecho al verlo. La luz de las antorchas se reflejaba en sus pupilas, como si su alma ardiera en el fondo de un profundo pozo.

A varios kilómetros de distancia, en el palacio real, el rey desapareció de sus aposentos. En su lecho, que se sostenía en cuatro postes esculpidos con la forma de cuatro dioses, la manta todavía mantenía el calor de su cuerpo, y las sábanas conservaban aún la marca que había dejado su peso. Pero no había rastro alguno de su cuerpo.

El príncipe cogió el cuadro acabado y lo tiró al suelo.

—Haré que lo enmarquen y lo cuelguen en una pared aquí. Vendré a verlo de vez en cuando. Ahora pinta a la reina.

Ojo Agudo alisó otra hoja de papel de ola de nieve con la tabla de obsidiana y empezó a pintar el retrato de la reina. Esta vez el príncipe no se quedó mirando a un lado, sino que se puso a dar vueltas por el refugio. El espacio vacío resonaba con el monótono eco de sus pisadas. Esa vez el pintor tardó solo la mitad del tiempo que necesitó para el cuadro anterior.

—Mi rey, el retrato de la reina está terminado.

—Perfecto.

La reina desapareció de sus aposentos. En su lecho, que se sostenía en cuatro postes esculpidos con la forma de cuatro ángeles, la manta todavía mantenía el calor de su cuerpo, y las sábanas conservaban aún la marca que había dejado su peso. Pero no había rastro alguno de su cuerpo.

En el jardín fuera del palacio, un perro pareció sentir algo y ladró con fuerza un par de veces. Pero los sonidos quedaron engullidos enseguida por la infinita oscuridad, y se calló asustado. Temblando mientras se encogía en un rincón, se fundió con la noche.

—¿La princesa será la siguiente? —preguntó Ojo Agudo.

—No, pinta a los ministros primero. Son más peligrosos. Por supuesto, pinta solo a los que sean leales a mi padre. ¿Los recuerdas a todos?

—Por supuesto. Lo recuerdo todo muy bien. Ahora puedo pintar un cuadro de cada hebra de su cabello y cada pelo de su cuerpo.

—Hazlo, rápido. Tienes que terminar antes de que amanezca.

—Eso no será un problema, mi rey. Antes del amanecer pintaré un retrato de todos los ministros leales al rey y a la princesa.

Ojo Agudo alisó varias hojas de papel de ola de nieve y empezó a pintar como un poseso. Cada vez que terminaba un retrato, la persona dibujada desaparecía de su cama. A medida que transcurría la noche, los enemigos del príncipe Arena Helada se fueron convirtiendo en cuadros que colgaron de la pared del refugio.

Unos insistentes y poderosos golpes en la puerta despertaron a la princesa Gota de Rocío; nadie había osado antes llamar a su puerta de ese modo. Se levantó y fue a la puerta, que la tía Holgada acababa de abrir.

La tía Holgada había sido la nodriza de Gota de Rocío, a quien cuidó desde pequeña. La princesa estableció un vínculo más fuerte con ella que con su propia madre, la reina. La tía Holgada miraba al capitán de la guardia de palacio, cuya armadura emanaba todavía el gélido aire de la noche.

—¿Os habéis vuelto loco? ¡Cómo osáis despertar a la princesa! Hace días que no duerme bien.

El capitán ignoró a la tía Holgada y se inclinó ligeramente ante Gota de Rocío.

—Alteza, hay alguien que quiere veros.

El guardia se hizo a un lado y apareció un anciano cuyo rostro estaba rodeado por un cabello y una barba de color blanco que parecían llamas plateadas, y cuya mirada era penetrante y profunda. Se trataba del hombre del primer retrato que Ojo Agudo mostró al príncipe Arena Helada. Llevaba la cara y la capa cubiertas de polvo, las botas sucias de barro y cargaba con una gran bolsa de tela; era evidente que llegaba de un largo viaje.

Pero lo que más llamaba la atención de ese hombre era el paraguas que llevaba, y sobre todo la forma en la que lo sujetaba: el paraguas giraba sin parar en su mano. Era fácil ver por qué lo hacía girar de esa manera solo con fijarse en la estructura del paraguas: el mango y el toldo eran negros del todo, y la punta de cada rayo estaba rematada con una pequeña esfera de un tipo de piedra transparente y pesada. Las varillas del interior estaban rotas y no eran capaces de sostener el toldo. El artilugio solo se podía mantener abierto haciendo girar el paraguas de manera constante para mantener las piedrecitas suspendidas en el aire.

—¿Cómo habéis podido permitir la entrada a un extraño? Y a uno tan raro como este, por añadidura... —dijo la tía Holgada.

—Los centinelas le detuvieron, por supuesto, pero él dijo... —El capitán de la guardia le dedicó a la princesa una mirada nerviosa—... que el rey había desaparecido.

—¿De qué estáis hablando? ¡Os habéis vuelto loco! —exclamó la tía Holgada.

Pero la princesa no dijo nada. Agarraba la parte delantera de su camisón con las manos apretadas.

—Es cierto que tanto el rey como la reina han desaparecido. Mis hombres me han informado de que sus aposentos están vacíos.

La princesa dio un grito y se apoyó en la tía Holgada.

—Alteza, por favor —empezó el anciano—, dejadme que os lo explique.

—Entrad, maestro —dijo la princesa, que se volvió al capitán de la guardia—. Vigilad la puerta.

Sin dejar de hacer girar el paraguas, el hombre hizo una reverencia en señal de respeto por haber logrado mantener la calma en una situación de crisis.

—¿Por qué dais vueltas al paraguas como un payaso de circo? —preguntó la tía Holgada.

—Tengo que mantener abierto el paraguas o de lo contrario desapareceré como el rey y la reina.

—Entonces entra con el paraguas —dijo la princesa. La tía Holgada abrió la puerta para que el hombre pudiera entrar con el paraguas giratorio.

Cuando entró, el hombre dejó en el suelo la bolsa de tela que cargaba y soltó un suspiro de cansancio. Pero el paraguas no dejó de moverse en ningún momento, y las pequeñas bolitas de piedra en el borde del toldo brillaban a la luz de las velas y proyectaban puntos de luz parecidos a cometas en las paredes.

—Soy Etéreo, pintor de He'ershingenmosiken. El nuevo pintor real, Ojo Agudo, es... era mi alumno.

—Le he conocido —dijo la princesa.

—¿Os miró? —preguntó Etéreo, nervioso.

—Sí, por supuesto.

—¡Ay, alteza! ¡Qué gran tragedia! —se lamentó Etéreo—. Es un diablo. Con sus artes demoníacas es capaz de convertir a la gente en cuadros.

—¡Menudo cantamañanas! —espetó la tía Holgada—. ¿Acaso no es ese el trabajo de un pintor?

—No me he explicado bien —dijo Etéreo, agitando la cabeza—. Mete a la gente en el interior de los cuadros. Cuando pinta un retrato, su modelo desaparece y esa persona viva queda convertida en una pintura muerta.

—¡Entonces tenemos que enviar hombres para darle muerte de inmediato! —replicó.

El capitán asomó por la puerta de la habitación.

—He enviado a toda la guardia, pero no hemos podido dar con él. Tenía intención de pedir al ministro de guerra permiso para movilizar la guarnición de la capital, pero el maestro Etéreo me dijo que era probable que también haya desaparecido.

Etéreo sacudió la cabeza.

—No servirá de nada enviar más soldados. El príncipe Arena Helada y Ojo Agudo seguro que están ya lejos de palacio.

Ojo Agudo podría estar pintando en cualquier lugar del mundo y matar a todos los que viven aquí.

—¿Has dicho Arena Helada? —preguntó la tía Holgada.

—Sí. El príncipe quiere usar a Ojo Agudo como arma para acabar con el rey y todos los que le son leales y así hacerse con el trono.

Etéreo vio que ni la princesa, ni la tía Holgada ni el capitán de la guardia se sorprendieron al oír esa revelación.

—¡Preocupémonos primero de las cuestiones de vida o muerte! Ojo Agudo podría pintar a la princesa en cualquier momento: puede que lo esté haciendo en estos momentos... —La tía Holgada cubrió a la princesa con los brazos, como si intentara protegerla.

Etéreo prosiguió:

—Solo yo puedo detener a Ojo Agudo. Él ya me ha pintado, pero este paraguas evita mi desaparición. Si le pinto desaparecerá.

—¡Ponte a pintar, pues! —dijo la tía Holgada—. Yo te sujetaré el paraguas.

Etéreo volvió a negar con la cabeza.

—No, mi magia solo funciona si pinto en papel de ola de nieve. Pero el papel que llevo conmigo no está liso y no puede usarse.

La tía Holgada abrió la bolsa de tela del maestro pintor y sacó de su interior un trozo de tronco de árbol de ola de nieve. No tenía corteza y se podía ver el rollo de papel debajo. La tía Holgada y la princesa desplegaron un trozo del papel blanco, que iluminó la estancia. Intentaron alisar el papel en el suelo, pero por mucho que lo apretaban volvía a enrollarse en cuanto lo soltaban.

—Es inútil. Solo se puede usar una tabla de obsidiana de He'ershingenmosiken. Confiaba en poder recuperarla de manos de Ojo Agudo.

—¿He'ershingenmosiken? ¿Obsidiana? —La tía Holgada se dio golpecitos en la frente—. Tengo una plancha que uso para los mejores vestidos de la princesa. ¡Está hecha de obsidiana, y es de He'ershingenmosiken!

—¡Eso podría servir! —dijo Etéreo, asintiendo con la cabeza.

La tía Holgada salió apresuradamente y volvió enseguida con una reluciente plancha negra. Ella y la princesa volvieron a alisar el rollo de papel de ola de nieve, presionando la plancha sobre una esquina durante unos segundos. Cuando levantaron la plancha, la esquina permaneció lisa.

—Aguantadme el paraguas y yo mismo alisaré el papel —dijo Etéreo a la tía Holgada. Al entregarle el paraguas añadió—; ¡seguid dándole vueltas! Si se cierra, desapareceré.

Se quedó mirando a la tía Holgada hasta que empezó a dar vueltas al paraguas para su satisfacción. Entonces se puso de cuclillas y empezó a alisar el papel trozo por trozo.

—¿No se podría poner algo que sostuviese el paraguas? —preguntó la princesa mientras miraba el paraguas giratorio.

—Antes lo había. —El pintor seguía presionando el papel mientras contestaba la pregunta—. Este paraguas tiene una historia singular. Antiguamente otros pintores de He'ershingenmosiken también tenían la habilidad que tenemos Ojo Agudo y yo, y eran capaces de capturar tanto personas como animales y plantas. Un día, un dragón abisal llegó a nuestra tierra. El dragón era de color negro y podía volar y también nadar en las profundidades marinas. Tres pintores lo dibujaron, pero él siguió volando y nadando. Más tarde, los pintores reunieron dinero para pagar los servicios de un guerrero mágico que finalmente logró matar al dragón con una espada de fuego. El combate fue tan feroz que el océano alrededor de He'ershingenmosiken se evaporó por el calor. La mayor parte del cuerpo del dragón se convirtió en cenizas, pero yo logré recuperar algunas partes para construir este paraguas. El toldo está hecho de las membranas de las alas del dragón, y el eje, el mango y las varillas se fabricaron a partir de las cenizas de sus riñones. El paraguas tiene el poder de evitar que el usuario se convierta en un cuadro.

»Más tarde se rompieron los soportes, e intenté repararlo con varillas de bambú, pero comprobé que al hacerlo la magia del paraguas desaparecía; quité el bambú y recuperó la magia. Entonces intenté sostener el toldo con la mano, pero tampoco sirvió. Por lo visto no se puede usar ningún otro material. Pero no tengo más huesos de dragón, y esta es la única forma de mantener el paraguas abierto...

Sonó el reloj que había en una esquina de la habitación. Etéreo alzó la vista y vio que estaba a punto de amanecer. Miró el papel y vio que solo estaba lisa una parte del tamaño de una mano, lo cual no era suficiente para un cuadro. Dejó la plancha a un lado y suspiró.

—No hay tiempo. Me llevará demasiado pintar un retrato de Ojo Agudo, pero él podría acabar el cuadro de la princesa en cualquier momento. Vosotros dos —dijo, señalando a la tía Holgada y al capitán—, ¿os ha visto Ojo Agudo?

—Estoy segura de que a mí no me ha visto —respondió ella.

—Lo vi de lejos cuando llegó a palacio —dijo el capitán—. Pero estoy seguro de que él no me vio a mí.

—Bien. —Etéreo se incorporó—. Os ruego que acompañéis a la princesa al mar de los Voraces y encontréis al príncipe Aguas Profundas en la isla de la Tumba.

—Pero... aunque lleguemos al mar de los Voraces, no podremos alcanzar la isla de la Tumba. Ya sabéis que en ese mar hay...

—Ya pensaréis algo cuando lleguéis allí; es la única escapatoria que nos queda. Al amanecer, todos los ministros fieles al rey se habrán convertido en cuadros, y el príncipe Arena Helada se hará con el control de la guarnición de la capital y los guardias de palacio. Se apoderará del trono, y solo el príncipe Aguas Profundas podrá detenerle.

—Si Aguas Profundas vuelve al palacio, ¿no podrá Ojo Agudo convertirlo también en un cuadro? —dudó la princesa.

—No os preocupéis. Ojo Agudo no será capaz de pintar al príncipe Aguas Profundas. Él es la única persona del reino a quien Ojo Agudo no puede pintar. Por suerte, solo le enseñé a pintar en el estilo occidental, pero nunca le instruí en las técnicas orientales.

La princesa y los otros dos no tenían del todo claro qué era lo que quería decir con aquello el anciano pintor, pero este no dio más detalles.

—Debéis traer de vuelta a Aguas Profundas al palacio y matar a Ojo Agudo. Luego tenéis que encontrar el cuadro de la princesa y quemarlo. Es la única forma de librarla del peligro.

—¿Y si pudiéramos encontrar los cuadros del rey y la reina...?

—Alteza, ya es demasiado tarde. Han muerto. Ahora son solo pinturas. Si los encontráis, no los queméis. Conservadlos para poder mantenerlos en el recuerdo.

La princesa Gota de Rocío, presa de la aflicción, cayó al suelo entre sollozos.

—Alteza, no es momento de lamentarse. Si queréis vengar a vuestros padres, tenéis que emprender el viaje. —El anciano maestro se volvió hacia la tía Holgada y el capitán—. Recordad: hasta que encontréis y destruyáis el retrato de la princesa, debéis asegurar que el paraguas se mantiene abierto sobre ella. No puede estar fuera de su protección ni por un segundo. —Tomó el paraguas de manos de la tía Holgada y le empezó a dar vueltas—. No le deis vueltas demasiado lento, porque se cerrará, pero tampoco demasiado rápido, porque está viejo y podría romperse. En cierto sentido el paraguas tiene vida propia. Si gira demasiado despacio, gime como un pájaro. Escuchad... —Giró el paraguas más despacio hasta que las piedras empezaron a caer, y se oyó un sonido que parecía el canto del ruiseñor y que crecía cuanto más bajaba el ritmo; el maestro dio vueltas al paraguas con más fuerza—. Si lo giráis demasiado rápido, sonará como un timbre. Así... —El pintor giró más rápido y el paraguas empezó a emitir un sonido parecido al de un carrillón, pero más rápido y más potente—. Bien, ahora proteged a la princesa —dijo, devolviendo el paraguas a la nodriza.

—Maese Etéreo, partamos juntos —dijo la princesa mirándole con los ojos llenos de lágrimas.

—Imposible. El paraguas solo puede proteger a una persona. Si dos personas que han sido pintadas por Ojo Agudo intentan usarlo juntas, sufrirán una muerte atroz: una de las mitades de cada una de ellas se plasmaría en el cuadro, y la otra quedaría bajo el paraguas... ¡Ahora cubrid a la princesa con el paraguas y partid! El peligro aumenta cuanto más tiempo perdéis. ¡Ojo Agudo podría acabar la pintura en cualquier momento!

La tía Holgada siguió girando el paraguas sobre el anciano maestro. Miró a la princesa y luego otra vez al pintor, indecisa.

—Enseñé a pintar a ese maldito, y la muerte es lo que me merezco. ¿A qué estáis esperando? ¿Queréis ver cómo la princesa desaparece ante vuestros ojos?

La tía Holgada se estremeció y tapó a la princesa con el paraguas. El anciano pintor se mesó la barba y sonrió.

—No importa. He pintado toda mi vida y convertirme en una

pintura no es una mala forma de morir. Confío en la técnica de mi discípulo; será un retrato excepcional...

Mientras hablaba, su cuerpo fue volviéndose transparente poco a poco hasta desaparecer como una voluta de humo.

La princesa Gota de Rocío se quedó mirando el espacio vacío que había estado ocupado por el pintor y musitó:

—Vayamos al mar de los Voraces.

—¿Podéis mantener el paraguas en alto por un momento? —dijo la tía Holgada al capitán—. Tengo que preparar el equipaje.

—¡Rápido! —repuso él—. Los hombres del príncipe Arena Helada están por todas partes; tendremos problemas para escapar cuando amanezca.

—¡Pero tengo que preparar el equipaje! La princesa nunca ha viajado tan lejos. Tengo que llevar su manto y sus botas de viaje, y muchos vestidos, y su agua... y el jabón de baño de He'ershingenmosiken; no puede conciliar el sueño si no se baña con él... —parloteó la tía Holgada mientras salía de la habitación.

Media hora después, un carruaje ligero abandonó el palacio por una puerta lateral mientras salía el sol. El capitán conducía el carro, en el que iban la princesa y la tía Holgada, quien mantenía el paraguas dando vueltas sobre ella. Todos iban vestidos de plebeyos, y el carruaje pronto desapareció tragado por la espesa niebla.

Justo en ese momento, en aquel refugio subterráneo junto al oscuro bosque, Ojo Agudo terminó el retrato de la princesa Gota de Rocío.

—Es el retrato más hermoso que he pintado jamás —dijo al príncipe Arena Helada.

El segundo cuento de Yun Tianming «El mar de los Voraces»

Una vez fuera de palacio, el capitán condujo el carro a toda prisa. Los tres estaban nerviosos. Sentían el peligro acechar en cada árbol y en cada campo en medio de aquella noche que se iba iluminando. Cuando el cielo se iluminó aún más, el carro llegó a lo alto de una colina donde el capitán se detuvo para que pudieran mirar atrás. El reino se extendía bajo la colina, y el camino era como una línea recta que dividía el mundo en dos. Al final de la línea se encontraba el palacio, que parecía un montón de bloques de juguete olvidados en el horizonte. Nadie les perseguía; el príncipe Arena Helada pensaba que la princesa ya no existía tras ser capturada por el pincel de Ojo Agudo.

Continuaron viajando con más tranquilidad. A medida que la luz del cielo crecía iluminándolo todo, el mundo parecía una pintura. Al principio solo había trazos difusos y colores borrosos, pero después las líneas se fueron definiendo, y los colores se volvieron más ricos y vívidos. El cuadro estuvo completo justo antes de que saliera el sol.

La princesa, que siempre había vivido en el palacio, nunca había visto unos colores tan vibrantes en una extensión tan grande: el verde de los bosques, las praderas y los campos, el brillante rojo y el pálido amarillo de las flores silvestres, el tono plateado del cielo reflejado en lagos y estanques, el blanco níveo de los rebaños de ovejas... Era como si, conforme iba saliendo el sol, el pintor de aquel mundo-cuadro hubiera esparcido un polvo dorado sobre la superficie del lienzo.

—El exterior es precioso —se admiró la princesa—. Es como si ya estuviéramos dentro de una pintura.

—Así es —dijo la tía Holgada mientras sostenía el paraguas—. Pero en esta pintura estáis viva, y en la otra estáis muerta.

La princesa recordó a sus padres fallecidos y reprimió las lágrimas. Era consciente de que ya no era una niña, sino una reina con un deber que cumplir.

Comenzaron a hablar del príncipe Aguas Profundas.

—¿Por qué se exilió a la isla de la Tumba? —preguntó la princesa.

—Decían que era un monstruo —dijo el capitán.

—¡El príncipe Aguas Profundas no es ningún monstruo! —protestó la tía Holgada.

—Dicen que es un gigante.

—No lo es. Yo lo tuve en mis brazos cuando era un bebé. Estoy segura.

—Cuando lleguemos al mar lo veréis. Muchas personas lo han visto. Es realmente un gigante.

—Aunque lo sea, sigue siendo el príncipe —apostilló la princesa—. ¿Por qué se exilió a la isla?

—No se exilió. Cuando era pequeño fue en barco a la isla de la Tumba a pescar. Pero justo entonces aparecieron en el mar los peces voraces. No podía volver, así que tuvo que crecer en la isla.

El sol había salido, y el camino se fue llenando de cada vez más transeúntes y carruajes. Como la princesa apenas había salido de palacio, la gente no la reconocía. También llevaba un velo que le cubría todo el rostro a excepción de los ojos, pero todo el que la veía se maravillaba de su belleza. También admiraban al apuesto conductor del carruaje y se reían al ver a la anciana madre que sujetaba el paraguas para su hermosa hija y la forma tan rara que tenía de hacerlo. Era un día despejado y soleado, y todo el mundo pensó que se trataba de un parasol.

Cuando se dieron cuenta ya era mediodía, y el capitán fue a cazar dos liebres para preparar la comida. Los tres comieron al margen del camino en un claro entre dos árboles. La princesa acarició la hierba blanda junto a ella, respiró la fragancia de las plantas y las flores silvestres, miró la luz del sol que moteaba el suelo y escuchó el canto de los pájaros en los bosques y un pastor lejano tocando la flauta; aquel mundo nuevo le despertaba curiosidad y le resultaba delicioso.

—Ay, princesa —suspiró la tía Holgada—, siento tanto que tengáis que sufrir tan lejos de palacio.

—Creo que estar fuera es mejor que estar dentro.

—No seáis tonta... ¿Cómo va a ser mejor? No sabéis cómo son las cosas aquí. Ahora mismo es primavera. Pero en invierno hace frío y en verano hace calor. Hay vendavales, tormentas y todo tipo de gente...

—Pero antes no sabía nada del mundo exterior —protestó ella—. En el palacio estudié música, pintura, poesía, matemáticas y dos idiomas que ya nadie habla. Pero nadie me contó cómo era el exterior. ¿Cómo se supone que tengo que reinar así?

—Vuestros ministros os ayudarán, alteza.

—Todos los ministros que me habrían podido ayudar se han convertido en pinturas... Sigo pensando que el exterior es mejor.

Entre el palacio y el mar había un día de viaje. Pero como evitaron las carreteras y ciudades principales no llegaron hasta medianoche.

Gota de Rocío nunca había visto un cielo estrellado tan grande y por primera vez percibió lo oscura y tranquila que podía ser la noche. La luz de la antorcha del carruaje solo iluminaba un pequeño espacio, y el mundo más allá era de terciopelo negro. El sonido de los cascos de los caballos era tan fuerte como para sacudir las estrellas del cielo. La princesa tiró del brazo al capitán y le pidió parar.

—¡Escuchad! ¿Qué es eso? Suena como la respiración de un gigante.

—Es el sonido del mar, alteza.

Siguieron otro trecho, y la princesa vio tenues figuras a ambos lados que parecían plátanos gigantes.

—¿Qué son?

El capitán se detuvo, bajó del carruaje y acercó una antorcha a uno de esos objetos.

—Alteza, deberíais poder reconocer esto.

—¿Barcos?

—Sí, barcos.

—¿Por qué hay barcos en tierra?

—Porque en el mar hay peces voraces.

La luz de la antorcha que sostenía el capitán iluminó un barco abandonado desde hacía mucho tiempo. La arena cubría la mitad, y la parte que sobresalía parecía el esqueleto de una bestia.

—¡Mirad allí! —La princesa señaló hacia delante—. ¡Una serpiente blanca gigante!

—No temáis, alteza. No es una serpiente, sino el oleaje. Hemos llegado al mar.

La princesa y la tía Holgada, que sostenía el paraguas sobre ella, descendieron del carruaje. Solo había visto el mar en pinturas de olas añiles bajo un cielo azul. Pero el mar que vio allí era un negro mar nocturno repleto de la grandeza y el misterio de las luces de las estrellas, como si fuera otro cielo en estado líquido. La princesa avanzó hacia el agua como empujada por una fuerza. El capitán y la tía Holgada la detuvieron.

—Es peligroso acercarse —dijo el capitán.

—Creo que el agua no es muy profunda. ¿Me ahogaré?

—¡Los peces voraces os despedazarán y os devorarán! —le advirtió la tía Holgada.

El capitán cogió una tabla tirada en el suelo y la lanzó al mar. La madera flotó en el agua unos instantes hasta que apareció una sombra negra que se acercó a ella. Como la criatura se encontraba debajo del agua era difícil saber cuál era su tamaño, pero sus escamas brillaron a la luz de la antorcha. Luego aparecieron otras tres o cuatro sombras que se dirigieron hacia la tabla. Las sombras se disputaron la madera, y entre el chapoteo del agua se podía oír el ruido de unos dientes afilados que atravesaban y rompían la tabla. Enseguida desaparecieron las sombras y la madera.

—Podrían hacer trizas incluso un barco grande —dijo el capitán.

—¿Dónde está la isla de la Tumba? —preguntó la tía Holgada.

—En esa dirección —respondió el capitán, señalando el horizonte—. Pero ahora no se puede ver. Tendremos que esperar a que se haga de día.

Acamparon en la playa. La tía Holgada entregó el paraguas

giratorio al capitán y sacó una pequeña palangana de madera del carruaje.

—Alteza, me temo que esta noche no podréis bañaros. Pero por lo menos podréis lavaros la cara.

El capitán devolvió el paraguas a la tía Holgada y cogió la jofaina para ir a buscar agua. Su silueta desapareció en medio de la noche.

—Qué mozo más majo —dijo la tía Holgada con un bostezo.

El capitán regresó con la jofaina llena de agua fresca que había encontrado en algún lugar. La tía Holgada sacó el jabón de baño de la princesa y tocó el agua con él. Se oyó un ruido que parecía el de una pompa de jabón al estallar, y la superficie de la palangana se llenó de una espuma que se salía por los lados.

El capitán se quedó mirando la espuma de jabón y se giró hacia la tía Holgada:

—¿Puedo ver ese jabón?

La tía Holgada le entregó con cuidado la blanca pastilla de jabón de baño.

—¡Cogedlo con fuerza! Es más ligero que una pluma, y si lo soltáis se irá volando.

El capitán sopesó el jabón, que parecía no tener peso; era como sostener una sombra blanca.

—¡Es cierto que es de He'ershingenmosiken! Me sorprende mucho que todavía se encuentren.

—Creo que solo quedan dos pastillas en todo palacio... no, en todo el reino. Hace años guardé una para la princesa. Todo lo que viene de He'ershingenmosiken es de una calidad superior, pero cada vez quedan menos de estas cosas. —La tía Holgada cogió el jabón y lo guardó con cuidado.

Mientras miraba la espuma blanca, la princesa recordó su vida en palacio por primera vez desde el inicio de su viaje. Cada noche, en su elegante y ornado cuarto de baño, la bañera se cubría de una espuma exactamente igual que esa. A la luz de varias lámparas, las burbujas a veces parecían blancas del todo, como una nube salida del cielo, y a veces tornasoladas como un puñado de joyas. Mientras se remojaba en las burbujas, sentía que el cuerpo se le volvía tan suave como los fideos sumergidos en sopa, como si toda ella se deshiciera en el interior de la bañera. Se estaba tan a gusto que no quería moverse, y por eso sus sirvientas tenían que sacarla de la bañera, secarla y llevarla a la cama para dormir. Aquella agradable sensación duraba hasta la mañana siguiente.

La princesa tenía la cara relajada y suave después de lavarse con el jabón de He'ershingenmosiken, pero su cuerpo seguía fatigado y agarrotado. Después de una cena rápida se estiró en la playa. Primero intentó tumbarse sobre una manta, pero luego se dio cuenta de que era más cómodo dormir directamente sobre la arena, que retenía parte del calor del día y la hacía sentirse como si fuera una mano cálida que la sostenía. El rumor del oleaje hacía las veces de nana, y pronto cayó dormida.

Tras una cantidad de tiempo indeterminada, un timbre despertó a la princesa Gota de Rocío. El sonido provenía del paraguas negro que giraba sobre ella. La tía Holgada estaba dormida a su lado, y quien hacía girar el paraguas era el capitán de la guardia. Las antorchas se habían extinguido, y la noche cubría todo el terciopelo negro. El capitán se recortaba contra el fondo del cielo estrellado, y su armadura reflejaba la luz de las estrellas mientras su pelo ondeaba al viento. El paraguas giraba a un ritmo constante en su mano, convertido en una pequeña cúpula que tapaba la mitad del cielo. La princesa no podía verle los ojos, pero sentía que él y una infinidad de estrellas la contemplaban a ella.

—Lo siento, alteza. He girado el paraguas demasiado deprisa —susurró el capitán.

—¿Qué hora es?

—Pasada la medianoche.

—Parece que nos hemos alejado del mar.

—La marea está baja. Mañana por la mañana el agua volverá.

—¿Os habéis turnado con el paraguas?

—Sí. La tía Holgada lo sostuvo durante todo el día, y esta noche la sustituiré yo para que pueda descansar.

—Pero vos habéis estado conduciendo el carro todo el día. Dejadme hacerlo. Podéis descansar.

La princesa Gota de Rocío se sorprendió de sus propias palabras. Era la primera vez que había pensado en las necesidades de otras personas desde que tenía uso de razón.

—No, alteza. Vuestras manos son suaves y delicadas. Hacer

girar el paraguas os las llenará de ampollas. Dejadme que siga haciéndolo.

—¿Cuál es vuestro nombre?

Aunque habían viajado durante un día entero, a la princesa no se le había ocurrido preguntarle su nombre hasta ese momento. Antes le habría parecido perfectamente normal, pero ahora se sentía un poco culpable.

—Me llamo Vela Larga.

—¿Vela? —La princesa miró en derredor. Estaban acampados junto a un gran barco varado en la playa que les resguardaba del viento. A diferencia de otras embarcaciones varadas, aquella tenía su propio mástil, que parecía una espada que apuntaba a las estrellas—. ¿No es eso la lona que cuelga de un palo largo?

—Sí. De un mástil. La vela cuelga del mástil para que el viento pueda impulsar el barco.

—Las velas son blancas como la nieve en el mar, muy, muy bonitas.

—Únicamente en las pinturas. Las velas de verdad no son tan blancas.

—Sois de He'ershingenmosiken, ¿verdad?

—Así es: mi padre era un arquitecto de He'ershingenmosiken que trajo a toda la familia aquí cuando yo era pequeño.

—¿Alguna vez habéis pensado en volver a casa, a He'ershingenmosiken?

—La verdad es que no. Era tan joven cuando me marché que ya casi no recuerdo nada de allí. Y aunque lo recordase, no serviría de nada. Jamás podré marchar del Reino sin Cuentos.

Las olas rompieron en la playa lejos de donde se encontraban, como si repitieran una y otra vez las palabras de Vela Larga: «Jamás podré marchar, jamás podré marchar...»

—Contadme historias del mundo exterior. No sé nada —dijo la princesa.

—No necesitáis saber nada. Sois la princesa del Reino sin Cuentos, y es normal que el reino no tenga historias para vos. De hecho, nadie fuera de palacio cuenta cuentos a sus niños. Pero mis padres eran diferentes. Ellos eran de He'ershingenmosiken, así que me contaron algunas historias.

—Mi padre me contó que hace mucho tiempo el Reino sin Cuentos también tenía cuentos.

—Es cierto... Princesa, ¿sabéis que un mar rodea el reino? El palacio se encuentra en el centro mismo del reino, y no importa en qué dirección vayáis, siempre terminaréis llegando a la costa. El Reino sin Cuentos es una gran isla.

—Eso sí lo sabía.

—Antiguamente, el mar que rodea el reino no se llamaba el mar de los Voraces. En aquella época no existían los peces voraces, y los barcos podían surcar sus aguas con libertad. Un sinfín de barcos circulaban cada día entre el Reino sin Cuentos y He'ershingenmosiken... Bueno, por aquel entonces el reino era conocido como el Reino de los Cuentos, y la vida era muy diferente.

—¿Ah, sí?

—La vida estaba llena de historias, repleta de cambios y sorpresas. Había varias grandes ciudades bulliciosas en todo el reino, y el palacio no estaba rodeado de bosques y campos, sino por una próspera capital. En todas las ciudades era posible encontrar los preciados productos y las herramientas sin par de He'ershingenmosiken. Y los productos del Reino sin Cuentos (perdón, quería decir del Reino de los Cuentos) llegaban por mar hasta He'ershingenmosiken sin cesar. La vida de la población era tan impredecible como cabalgar un caballo rápido por una montaña: tan pronto podían estar en lo alto de la cima como cayendo por un desfiladero. Había oportunidades y peligros: una persona pobre podía volverse rica de la noche a la mañana, y una persona rica podía perderlo todo en un abrir y cerrar de ojos. Al levantarse por la mañana, nadie sabía lo que iba a ocurrir a lo largo del día o a quién se iba a encontrar. La vida estaba llena de estímulos y sorpresas.

»Pero un día, un barco mercante de He'ershingenmosiken trajo un cargamento de pequeños peces exóticos en barriles de acero colado. Los animales solo medían un dedo, eran negros y parecían completamente normales. El mercader hacía demostraciones en los mercados: metía una espada en el barril de acero, y tras una serie de ruidos ensordecedores la sacaba convertida en un serrucho. Aquellas bestias se llamaban peces voraces, una nueva especie de agua dulce que se podía encontrar en los oscuros pozos de las cuevas de He'ershingenmosiken.

»Los peces voraces se vendían muy bien en el reino. A pesar

de que los dientes de los peces eran diminutos, eran duros como el diamante y se podían usar como taladros. Sus aletas también eran muy afiladas, y se podían usar para fabricar puntas de flecha o pequeños cuchillos. De este modo, cada vez más peces voraces llegaron al reino desde He'ershingenmosiken. En una ocasión, un tifón hizo que uno de los barcos que los transportaba se hundiera cerca de la costa, y más de veinte barriles de peces voraces se perdieron en el mar.

»Los peces crecieron en el mar hasta convertirse en animales del tamaño de un hombre, mucho más grandes que cuando vivían en agua dulce. Además se reprodujeron rápidamente y su población tuvo un crecimiento explosivo. Comenzaron a comerse todo lo que flotaba en la superficie. Los barcos que no se dejaban en tierra acabaron hechos añicos. Cuando los peces voraces rodeaban un barco, dejaban enormes boquetes en la quilla, pero la embarcación no tenía tiempo de hundirse, sino que terminaba pulverizada como si se hubiera deshecho en el agua. Los bancos de peces voraces nadaron por todo el reino y acabaron formando una barrera en el mar.

»Fue así como los peces voraces cercaron el Reino de los Cuentos y la costa se convirtió en una tierra de muerte. Los barcos y las velas desaparecieron, y el reino quedó sellado, con todas las conexiones a He'ershingenmosiken y el resto del mundo cortadas. Volvió a convertirse en una sociedad agraria autosuficiente. Las bulliciosas ciudades desaparecieron y se convirtieron en pequeñas aldeas y haciendas. La vida se volvió tranquila y aburrida, sin cambios, estímulos ni sorpresas. Ayer fue igual que hoy, y hoy es igual que mañana. La gente acabó acostumbrándose poco a poco a la nueva situación y dejó de anhelar una vida diferente. Sus recuerdos del pasado, como los exóticos productos de He'ershingenmosiken, fueron desapareciendo poco a poco. La gente intentó deliberadamente olvidarse del pasado, pero también del presente. Llegaron a la conclusión de que no querían historias, así que construyeron una vida sin cuentos. De este modo, el Reino de los Cuentos pasó a ser el Reino sin Cuentos.

La historia fascinó a la princesa Gota de Rocío. Cuando Vela Larga concluyó su relato, esta preguntó:

—¿Hay peces voraces en todo el mar?

—No, solo en las costas del Reino sin Cuentos. Una persona con buenos ojos podía ver a lo lejos golondrinas sobrevolando el agua en busca de comida. Allí no hay peces voraces, y el océano es inmenso y no tiene límites.

—Es decir, ¿que hay otros lugares en el mundo aparte del Reino sin Cuentos y He'ershingenmosiken?

—Alteza, ¿creéis de verdad que el mundo se compone únicamente de esos dos lugares?

—Eso es lo que me enseñó el tutor real cuando era pequeña.

—Esa mentira no se la cree ni él. El mundo es inmenso. El océano no tiene límites, y en él hay un sinfín de islas. Unas son más pequeñas que el reino, y otras son mayores. Hay incluso continentes.

—¿Qué es un continente?

—Una tierra que es tan grande como el mar. Incluso en un caballo rápido es imposible ir de un extremo a otro después de muchos meses.

—¿Tan grande? —suspiró la princesa, y luego, abruptamente, preguntó—. ¿Podéis verme?

—Solo puedo ver vuestros ojos. Hay estrellas en ellos.

—Entonces seguro que podéis ver mi deseo. Quiero recorrer el mar en un velero e ir a lugares lejanos.

—Eso es imposible. Jamás podremos marchar del Reino sin Cuentos, alteza, jamás... Si os asusta la oscuridad, encendamos las antorchas.

—De acuerdo.

Las antorchas estaban encendidas. La princesa Gota de Rocío miró al capitán Vela Larga, pero observó que él miraba hacia otra parte.

—¿Hacia dónde miráis? —preguntó la princesa en voz baja.

—Mirad allí, alteza.

Vela Larga señaló un pequeño cúmulo de hierba en la arena. Unas pocas gotitas de agua brillaban sobre las hojas bajo la luz de las antorchas.

—Son gotas de rocío —dijo Vela Larga.

—Anda, como yo. ¿Se parecen a mí?

—Sí. Son hermosas como el cristal.

—Cuando sea de día serán todavía más bonitas bajo la luz del sol.

El capitán soltó un profundo suspiro. Lo hizo sin hacer ningún ruido, pero la princesa lo sintió.

—¿Qué pasa?

—Las gotas de rocío se evaporarán y desaparecerán así bajo el sol.

La princesa asintió con la cabeza y sus ojos se apagaron bajo la luz del fuego.

—Entonces se parecen todavía más a mí. Si este paraguas se cierra, yo desapareceré. Seré una gota de rocío bajo el sol.

—No dejaré que desaparezcáis.

—Los dos sabemos que no podemos alcanzar la isla de la Tumba ni traer de vuelta al príncipe Aguas Profundas.

—En ese caso, os aguantaré el paraguas por siempre jamás.

El tercer cuento de Yun Tianming
«El príncipe Aguas Profundas»

Cuando la princesa Gota de Rocío volvió a despertarse, ya era de día. El color del mar había pasado de negro a azul, pero ella seguía pensando que tenía un aspecto muy diferente al de las imágenes que había visto. La inmensidad que había estado oculta durante la noche quedaba ahora al descubierto. Bajo el sol de la mañana, la superficie del mar estaba completamente vacía, pero en la imaginación de la princesa los peces voraces no eran los que lo provocaban; el mar estaba así por ella, como las estancias de palacio que estaban vacías esperando su llegada. El deseo del que había hablado a Vela Larga la noche anterior se había vuelto aún más intenso. Se imaginó en el mar una vela blanca que le perteneciera a ella, arrastrada por el viento hasta desaparecer.

Ahora era la tía Holgada la que sostenía el paraguas. El capitán la llamó desde la playa que tenían delante. Cuando llegaron hasta donde se encontraba él, señaló en dirección al océano.

—Mirad, eso es la isla de la Tumba.

Lo que la princesa vio primero no era la isla, sino el gigante que estaba de pie en ella. Sin lugar a dudas se trataba del príncipe Aguas Profundas, que se encontraba de pie en la isla como una montaña solitaria: tenía la piel bronceada por el sol, los músculos se le movían como las rocas y el pelo le ondeaba al viento como los árboles en lo alto de un promontorio. Se parecía a Arena Helada, solo que no tenía un semblante triste; su expresión transmitía la sensación de que era amplio como el mar. El sol no había salido aún del todo, pero la cabeza del gigante ya estaba bañada por la luz dorada, como si ardiera. Se cubría los ojos con una mano gigantesca, y por un momento la princesa pensó que sus miradas se cruzaban.

—¡Hermano! —exclamó—. ¡Soy Gota de Rocío, tu hermana! ¡Aquí!

El gigante no dio señal alguna de haber oído sus gritos. Su mirada pasó de largo y se alejó del lugar donde se encontraban. Entonces bajó la mano, sacudió la cabeza ocupado en sus pensamientos y se dio la vuelta.

—¿Por qué no nos hace caso? —inquirió, ansiosa, la princesa.

—¿Quién sería capaz de advertir tres hormigas a lo lejos? —El capitán se volvió hacia la tía Holgada—. Ya os dije que el príncipe Aguas Profundas era un gigante.

—¡Pero si cuando lo tuve en brazos era de verdad un bebé! —protestó ella—. ¿Cómo ha podido crecer tanto? Pero nos viene bien que sea un gigante. Nadie podrá detenerle, y será capaz de castigar a esos malvados y recuperar el retrato de la princesa.

—Antes tenemos que explicarle lo que ha ocurrido —replicó el capitán.

—¡Debemos ir! ¡Vayamos a la isla de la Tumba! —dijo la princesa mientras agarraba a Vela Larga.

—No podemos. Nadie ha conseguido llegar a la isla de la Tumba en todos estos años. Y nadie que esté allí puede llegar aquí.

—¿No hay ninguna forma, de verdad? —La princesa lloraba de impotencia—. ¡Hemos llegado hasta aquí para encontrarlo! ¡Seguro que se te ocurre alguna solución!

Las lágrimas de la princesa conturbaron a Vela Larga.

—No sé qué hacer —reconoció él—. Venir aquí fue lo correcto, porque teníais que alejaros de palacio. De no haber sido así, habríais muerto. Pero desde el principio tenía claro que no seríamos capaces de llegar a la isla de la Tumba. Quizá consigamos enviarle un mensaje con una paloma mensajera.

—¡Buena idea! Vayamos a buscar una paloma mensajera enseguida.

—Pero ¿de qué serviría eso? Aunque recibiera el mensaje, no sería capaz de llegar hasta aquí. Puede que sea un gigante, pero los peces voraces despedazarían incluso a alguien como él... Desayunemos antes de decidir qué hacer. Voy a preparar el desayuno.

—¡Ay, mi palangana! —exclamó la tía Holgada. La marea estaba alta, y las olas habían alcanzado la jofaina que la princesa había utilizado la noche anterior para lavarse la cara. La palangana ya se había adentrado en el mar hasta una cierta distancia. Estaba boca abajo, y el agua jabonosa había dejado un rastro de espuma blanca en el mar. Vieron cómo unos cuantos peces voraces con aletas afiladas que cortaban la superficie como cuchillos se dirigían hacia el recipiente. Sus dientes convertirían la palangana en astillas en un santiamén.

Sin embargo, ocurrió algo insólito: los peces no alcanzaron la palangana, sino que al llegar a la espuma se detuvieron y empezaron a flotar en la superficie del agua. Los feroces peces parecían haber perdido sus fuerzas. Varios de ellos sacudían la cola arriba y abajo no para nadar, sino en señal de lo relajados que estaban. En cambio, otros empezaron a flotar panza arriba.

Los tres observaron en silencio, atónitos. Entonces la princesa intervino:

—Creo... creo que ya sé qué les pasa. En la espuma se está tan bien que es como si uno no tuviera huesos. No quieren moverse.

—El jabón de baño de He'ershingenmosiken es una maravilla —dijo la tía Holgada—. Qué pena que solo queden dos pastillas.

—Este jabón es valiosísimo, incluso en He'ershingenmosiken —dijo el capitán Vela Larga—. ¿Sabéis de qué está hecho? Hay un bosque mágico en He'ershingenmosiken formado por árboles burbuja milenarios, todos muy altos. Esos árboles no tienen nada especial, pero cada vez que hay un vendaval salen de ellos un montón de burbujas. Cuanto más fuerte es el viento, más burbujas salen. El jabón de baño de He'ershingenmosiken se fabrica con esas burbujas, pero recolectarlas no es nada fácil. Las burbujas flotan muy rápido en el aire, y es muy difícil verlas porque son transparentes. Solo alguien que se mueva a la velocidad de las burbujas es capaz de verlas, y eso solo es posible cabalgando los caballos más rápidos, de los cuales no hay más de diez en todo He'ershingenmosiken. Cuando los árboles empiezan a soplar burbujas, los artesanos que fabrican el jabón montan esos caballos para recoger las pompas con una red de gasa fina. Las burbujas tienen diferentes tamaños, pero incluso la mayor de ellas estalla al ser capturada por la red y se convierte en burbujas más pequeñas que se escapan al ojo humano. Hay que recoger centenares de miles de esas burbujas (y a veces millones) para hacer una sola pastilla de jabón.

»Pero cuando el jabón está en el agua, cada burbuja del árbol se convierte en millones de nuevas burbujas. Ese es el motivo por el que este tipo de jabón de baño suelta tanta espuma. Las burbujas no tienen peso, y por eso el auténtico jabón de baño de He'ershingenmosiken tampoco pesa nada. Es el material más ligero del mundo, pero tiene un valor incalculable. Las pastillas que la tía Holgada tenía en su poder eran probablemente obsequios del embajador de He'ershingenmosiken el día de la coronación del rey. Después de eso...

Vela Larga hizo de repente una pausa para mirar al mar, absorto en sus pensamientos. Los peces voraces aún flotaban indolentes sobre la espuma blanca. Delante de ellos estaba la palangana indemne.

—¡Creo que hay una forma de llegar a la isla! —Vela Larga señaló la palangana—. ¿Y si esa jofaina fuera un barco?

—¡No y no! —espetó la tía Holgada—. ¿Cómo iba la princesa a correr semejante riesgo?

—Ella no, claro. Iré yo.

La princesa vio en la resuelta mirada del capitán que ya había tomado una decisión.

—Si vais vos solo, ¿cómo os iba a creer el príncipe Aguas Profundas? —El rostro de la princesa se encendió de entusiasmo—. ¡Yo también iré! ¡Debo hacerlo!

—Aunque lleguéis a la isla, ¿cómo podéis demostrar que sois quien decís ser? —El capitán repasó con la mirada el atuendo de campesina que llevaba la princesa.

La tía Holgada no dijo nada. Sabía que existía una forma.

—Mi hermano y yo podemos demostrar nuestro parentesco con nuestra sangre —aseguró la princesa.

—Aun así, la princesa no puede ir. ¡Es demasiado arriesgado! —El tono de la tía Holgada, sin embargo, no parecía tan inflexible.

—¿Creéis que estaré a salvo si me quedo aquí? —La princesa apuntó al paraguas giratorio negro que llevaba la tía Holgada—. Atraeremos demasiada atención, y Arena Helada nos seguirá hasta aquí. Si me quedo, sus hombres me capturarán aunque no acabe en el interior de un cuadro. Estaré más segura en la isla de la Tumba.

Así pues, decidieron intentarlo.

El capitán encontró el barco más pequeño de la playa, y usó los caballos para arrastrarlo hasta donde las olas pudieran tocarlo. No logró encontrar una vela que sirviera, pero sí dar con un par de remos de otros barcos. Pidió a la princesa y a la tía Holgada, que llevaba el paraguas en la mano, que subieran primero a la embarcación. Entonces atravesó la barra de jabón con la espada y se la dio a la princesa.

—Meted el jabón en el agua cuando el barco esté flotando.

La princesa asintió.

Empujó el barco al mar y caminó hasta que el agua le llegaba a la cintura antes de meterse en la embarcación. Remó con todas sus fuerzas, y el barco se dirigió hacia la isla de la Tumba.

Las negras aletas de los peces voraces empezaron a acercarse y a rodearles. La princesa se sentó en la proa del barco y sumergió en el agua el jabón clavado en la espada. Del mar salió enseguida un cúmulo de espuma que creció hasta alcanzar la altura de un ser humano, para luego extenderse todavía más mientras el barco avanzaba. Cuando los peces entraban en contacto con las burbujas empezaban a flotar a la deriva, como si disfrutaran de la incomparable sensación de relajarse en una suave manta blanca. Era la primera vez que la princesa veía tan de cerca los peces voraces. Eran del todo negros como máquinas hechas de hierro y acero, excepto el vientre de color blanco. En cambio, en la espuma estaban amodorrados y eran dóciles.

El barco continuó deslizándose sobre el mar en calma, dejando tras de sí un largo rastro espumoso como una hilera de nubes que se hubiesen precipitado al mar. Un gran número de peces voraces se acercaron desde ambos lados y se metieron en la espuma como un grupo de peregrinos congregados en un río de nubes. Cada cierto tiempo, varios peces voraces se acercaban a la parte frontal del barco y conseguían dar algunos bocados a la parte inferior de la embarcación; uno llegó incluso a arrancar un trozo del remo que llevaba el capitán. Pero esos peces pronto fueron atraídos por la espuma que había en la parte trasera del barco, que no sufrió apenas daños. Al ver el río de nubes que el barco dejaba a su paso y la multitud de peces drogados, a la princesa le vino a la mente el paraíso del que hablaban los sacerdotes.

La playa se alejó y el barco puso rumbo a la isla de la Tumba.

—¡Mirad! El príncipe Aguas Profundas se está encogiendo —gritó de repente la tía Holgada.

La princesa miró y vio que la nodriza tenía razón. El príncipe seguía siendo un gigante, pero sin duda era más pequeño que cuando lo vieron desde la costa. Seguía dándoles la espalda y mirando en otra dirección.

La princesa volvió a mirar a Vela Larga, que estaba remando. Parecía todavía más la encarnación de la fuerza: todos sus músculos se movían, y los dos remos que sostenía giraban de forma rítmica como un par de alas que impulsaban el barco de manera constante. El hombre parecía haber nacido para el mar; sus movimientos tenían más soltura y confianza que en tierra.

—¡El príncipe nos puede ver! —gritó la tía Holgada. En la isla de la Tumba, el príncipe Aguas Profundas miró hacia donde se encontraban. Una de sus manos señaló en su dirección, mientras su mirada reflejaba sorpresa y su boca se movía como gritando algo. Era natural que estuviera tan sorprendido. Aquel barco era la única embarcación que surcaba ese mar de muerte, y cuanto más se alejaba del barco más grande era el rastro de espuma que dejaba a su paso. Desde aquel punto de observación, de repente parecía como si hubiera aparecido un cometa en el mar.

Pronto se dieron cuenta de que el príncipe no les estaba gritando. Un grupo de personas de tamaño normal aparecieron a los pies del príncipe. A esa distancia los hombres parecían diminutos y no era posible ver sus caras con claridad, pero todos miraban en dirección al barco, y algunos saludaron con la mano.

La isla de la Tumba había sido un lugar desolado. Hacía veinte años, cuando Aguas Profundas fue a la isla para pescar, había llevado consigo un guardia de palacio, un tutor real y varios soldados y sirvientes. Poco después de llegar a la isla, aparecieron bancos de peces voraces en las aguas circundantes que les cerraron el camino de vuelta a casa.

La princesa y sus dos acompañantes observaron que el príncipe había encogido todavía más, y que cuanto más se acercaban a la isla más pequeño se volvía.

El barco ya casi se encontraba en la isla. Podían ver unas ocho personas de estatura normal, la mayoría de ellas vestidas con ropa tosca hecha de tela, como el propio príncipe; dos llevaban vestidos ceremoniales de palacio, aunque estaban muy viejos y gastados. La mayoría también llevaba espadas. Corrieron por la playa y dejaron atrás al príncipe, que para entonces ya solo era la mitad de alto que unos momentos antes.

El capitán remó con más fuerza y el barco continuó avanzando. Las olas lo empujaron como unas manos gigantescas; el casco de la embarcación tembló cuando la quilla tocó la arena y a punto estuvo de hacer trastabillar a la princesa. Los que estaban en tierra titubearon preocupados por los peces voraces, pero cuatro de ellos se acercaron al agua para ayudar a varar el barco y sostener a la princesa al salir.

—¡Cuidado! La princesa tiene que estar cubierta por el paraguas —gritó la tía Holgada. Había aprendido a usar el paraguas con gran destreza, y ya era capaz de mantenerlo girando sobre la princesa incluso con una sola mano.

La comitiva que fue a darles la bienvenida no podía ocultar su sorpresa. Miraron desde el paraguas giratorio negro hasta el rastro del barco: la blanca espuma del jabón de baño de He'ershingenmosiken y los innumerables peces voraces que flotaban en el agua formaban un camino de manchas negras y blancas a lo largo del mar, que conectaban el reino con la isla de la Tumba.

El príncipe Aguas Profundas salió al paso. Ahora ya no parecía más alto que un hombre corriente: de hecho, era más bajo que dos de sus acompañantes. Sonrió a los recién llegados como un pescador bondadoso, y la princesa vio en sus movimientos los ademanes de su padre. Le llamó con los ojos llenos de lágrimas:

—¡Hermano! Soy tu hermana, Gota de Rocío.

—Te pareces a mi hermana. —El príncipe sonrió y extendió los brazos hacia ella. Pero varios de sus guardias detuvieron a la princesa y separaron del príncipe a los recién llegados. Algunos habían desenvainado las espadas y miraban con recelo al capitán. Vela Larga los ignoró, pero recogió la espada que la princesa había dejado caer para examinarla. Sostuvo la espada por la punta con el fin de tranquilizar a los inquietos guardias del príncipe. Comprobó que el trayecto hacia la isla de la Tumba solo había consumido una tercera parte del jabón de He'ershingenmosiken clavado en la espada.

—Debéis demostrar vuestra identidad —dijo un anciano. Su uniforme, si bien gastado y remendado, seguía estando limpio. Su rostro reflejaba muchos años de tribulaciones, pero tenía la barba recortada y cuidada. Incluso en esa isla desolada había intentado mantener la dignidad de su posición como oficial de palacio.

—¿No me reconocéis? —dijo la tía Holgada—. Vos sois el guardia Bosque Umbrío, y aquel es el tutor real Campo Abierto.

Los dos asintieron.

—Tía Holgada, qué vieja estáis —dijo Campo Abierto.

—Vosotros también. —La tía Holgada se secó los ojos con la mano que tenía libre.

El guardia Bosque Umbrío mantenía un semblante sombrío.

—Han pasado veinte años y no sabemos qué ha ocurrido en nuestro hogar. Debemos pedirle a la princesa que demuestre su identidad —dijo volviéndose hacia ella—. ¿Estáis dispuesta a hacer una prueba de sangre?

La princesa asintió.

—No creo que sea necesario —terció el príncipe—. Sé que es mi hermana.

—Alteza —dijo el guardia—, hay que hacerlo.

Alguien trajo dos pequeñas dagas que entregaron a Bosque Umbrío y Campo Abierto. A diferencia de las maltrechas espadas que llevaban los soldados del príncipe, las hojas de esos puñales todavía brillaban como si fueran nuevas. La princesa extendió la mano y Bosque Umbrío realizó una pequeña incisión en su dedo índice de la que extrajo una gota de sangre. Campo Abierto repitió el mismo procedimiento con el príncipe. Entonces Bosque Umbrío tomó ambas dagas y unió con cuidado las dos gotas de sangre. La sangre roja enseguida se tornó azul.

—Es cierto que se trata de la princesa Gota de Rocío —anunció el guardia con solemnidad. Entonces el tutor real y él se inclinaron ante ella. El resto de seguidores del príncipe también hincaron la rodilla, y a continuación se levantaron y se marcharon para dejar a los dos hermanos reales un momento para abrazarse.

—Te tuve en brazos cuando eras pequeña; por aquel entonces eras así de grande —dijo el príncipe, acompañando sus palabras con gestos de las manos.

Una sollozante princesa le contó al príncipe todo lo que había ocurrido en el Reino sin Cuentos. El príncipe le sostuvo la mano y escuchó sin interrumpir, con el rostro tranquilo y firme a pesar de llevar las marcas de las penurias de los últimos veinte años.

Todos se congregaron alrededor del príncipe y la princesa para escuchar la historia. Todos menos el capitán Vela Larga, que había empezado a actuar de manera extraña, se alejó en dirección a la playa para mirar al príncipe y a continuación regresó solo para volver a alejarse una vez más. Finalmente la tía Holgada se lo llevó aparte.

—Ya sabía yo que tenía razón: el príncipe Aguas Profundas no es un gigante —murmuró la tía Holgada, señalándolo.

—Lo es y no lo es —repuso el capitán—. ¿Verdad que cuanto más lejos vemos a una persona normal, más pequeña nos parece? El príncipe no es así: él mantiene la misma estatura esté a la distancia que esté. Por eso a lo lejos parece un gigante.

—Pues sí, eso parece —convino la nodriza con un gesto de aprobación.

Después de que la princesa finalizara su relato, el príncipe Aguas Profundas dijo:

—Volvamos.

Tomaron dos barcos. El príncipe se unió a la comitiva de la princesa en el pequeño barco, mientras que las otras ocho personas subieron a un barco más grande, el mismo que les había llevado a la isla de la Tumba hacía veinte años. El barco más grande tenía agujeros, pero era del todo seguro para un trayecto corto. Procuraron seguir el rastro que dejaba el barco de la princesa. Aunque la espuma había desaparecido ligeramente, los peces voraces aún flotaban a la deriva sin apenas moverse. De vez en cuando, los barcos o los remos golpeaban a un pez, que se apartaba desganado y sin responder con agresividad. La vela del barco grande seguía funcionando, de modo que iba a la cabeza y abría paso al barco pequeño entre los bancos de peces flotantes.

—Creo que será mejor que metáis el jabón en el agua, solo por si acaso. ¿Y si se despiertan? —La tía Holgada observó nerviosa la masa flotante de peces voraces.

—Han estado despiertos en todo momento; casi no se mueven porque están muy a gusto. No nos queda demasiado jabón y no me gustaría malgastarlo. En el futuro no me bañaré con él.

—¡El ejército! —gritó alguien del barco grande.

Un destacamento de caballería que se movía hacia la playa como una marea negra apareció en la orilla. Las armaduras y las armas brillaban bajo la luz del sol.

—Proseguid —dijo el príncipe Aguas Profundas.

—¡Han venido a matarnos! —La princesa palideció.

—No tengas miedo —dijo el príncipe acariciándole suavemente la mano.

Gota de Rocío miró a su hermano mayor y supo que estaba mejor preparado para reinar que ella.

Gracias a los vientos de cola que los empujaban, el viaje de vuelta duró menos a pesar de que las embarcaciones chocaban con los peces que flotaban a lo largo del camino. La caballería los rodeó formando una muralla impenetrable a medida que se acercaban a la playa. La princesa y la tía Holgada estaban aterrorizadas, pero el capitán Vela Larga, más experimentado en esas lides, se relajó un poco al ver que los soldados llevaban las espadas envainadas y las lanzas en posición vertical; también se fijó en que a pesar de que los soldados llevaban pesadas armaduras para que solo se les pudieran ver los ojos, tenían la vista fija en un punto más allá de los fugitivos en el camino de espuma sobre el mar lleno de peces voraces. Vela Larga vio sobrecogimiento en sus ojos.

Un oficial descabalgó y corrió sobre los barcos varados en la playa. Los que iban a bordo de las embarcaciones desembarcaron y los seguidores del príncipe desenvainaron sus espadas y se interpusieron entre el oficial y los príncipes.

—Estos son el príncipe Aguas Profundas y la princesa Gota de Rocío. ¡Vigilad vuestras palabras y actos! —bramó el guardia Bosque Umbrío al oficial, que se arrodilló y agachó la cabeza.

—Lo sabemos, pero tenemos órdenes de perseguir y matar a la princesa.

—¡La princesa Gota de Rocío es la heredera legítima al trono! ¡Arena Helada es un traidor culpable de regicidio y parricidio! ¿Cómo podéis obedecer sus órdenes?

—Somos conscientes de ello, y por eso no cumpliremos con

esta orden. Pero el príncipe Arena Helada subió al trono ayer por la tarde. No... estamos seguros de qué órdenes obedecer.

Bosque Umbrío quería decir algo más, pero el príncipe Aguas Profundas lo interrumpió. El príncipe se dirigió al oficial.

—¿Por qué no volvemos a palacio con vos, la princesa y yo? Nos enfrentaremos a Arena Helada y solucionaremos esto de una vez por todas.

El rey Arena Helada estaba celebrando su reciente coronación en el salón más lujoso del palacio con los ministros que le habían jurado lealtad, pero en ese momento llegaron unos mensajeros para informar de que el príncipe Aguas Profundas y la princesa Gota de Rocío se dirigían al palacio al frente de un ejército, y que llegarían en una hora. Enseguida se hizo el silencio en el salón.

—¿Aguas Profundas? ¿Cómo ha logrado cruzar el mar? ¿Le han salido alas? —dijo para sus adentros Arena Helada, pero en su cara no asomó el terror ni la sorpresa evidente para los demás—. No os preocupéis. El ejército no obedecerá a esos dos, a menos que yo esté muerto... ¡Ojo Agudo!

Ojo Agudo apareció de entre las sombras. Seguía vestido con la capa gris y parecía aún más frágil que antes.

—Coge el papel de ola de nieve y tus pinceles y ve en busca de Aguas Profundas. Cuando lo veas, píntale. Será fácil, no tendrás que acercarte demasiado. En cuanto aparezca por el horizonte podrás verle bien.

—Sí, mi señor. —Ojo Agudo se marchó como una rata silenciosa.

—En cuanto a Gota de Rocío, ¿qué puede hacer una simple chica? Le quitaré ese paraguas —dijo Arena Helada, alzando la copa.

El banquete de celebración acabó con un ambiente apagado. Los ministros salieron con semblantes graves, dejando a Arena Helada solo en el vacío salón.

Pasado un tiempo, Arena Helada vio que Ojo Agudo regresaba. El corazón de Arena Helada se aceleró, no porque Ojo Agudo volviera con las manos vacías ni por su apariencia —parecía tan sensible y cuidadoso como siempre—, sino porque esta vez oyó los pasos del pintor. Antes Ojo Agudo siempre se había movido en completo silencio, como una ardilla que se desliza por el suelo. En cambio, ahora Arena Helada escuchó los ecos de sus pasos, como un latido de corazón imposible de reprimir.

—He visto al príncipe Aguas Profundas —dijo Ojo Agudo con la vista agachada—. Pero no le he podido pintar.

—¿Tenía alas? —dijo Arena Helada con voz glacial.

—Aunque las tuviera, podría captarlas. Podría pintar cada una de sus plumas y hacer que pareciera realista. Pero la verdad, majestad, es más aterradora: el príncipe no sigue las leyes de la perspectiva.

—¿Qué es la perspectiva?

—La perspectiva es el principio según el cual los objetos lejanos son más pequeños que los que están cerca. Soy un pintor versado en la escuela occidental, un estilo que sigue las reglas de la perspectiva. No lo puedo pintar.

—¿Existen escuelas de pintura que no sigan esas reglas?

—Sí. Fijaos en las pinturas orientales. —Ojo Agudo señaló un paisaje que colgaba de una de las paredes del salón. El rollo mostraba un elegante y etéreo paisaje en el que el espacio negativo, el vacío, parecía agua y niebla. El estilo contrastaba muchísimo con las coloridas y sólidas pinturas al óleo que había al lado—. Es evidente que el rollo no obedece las leyes de la perspectiva. Pero nunca he estudiado la pintura oriental. El maestro Etéreo se negó a enseñármelo, tal vez porque imaginó que acabaría pasando esto mismo.

—Puedes marcharte —dijo Arena Helada con rostro impasible.

—Sí, mi rey. Aguas Profundas llegará pronto al palacio. Me matará y también os matará a vos. Pero no esperaré la muerte de brazos cruzados. Me quitaré la vida pintando una obra maestra con ella. —Ojo Agudo se marchó, moviéndose de nuevo sin hacer ruido.

Arena Helada llamó a sus guardias.

—Traedme mi espada.

El denso ruido de las herraduras de los caballos entró en el salón procedente del exterior: al principio apenas era audible, pero luego fue creciendo hasta parecer una tormenta. Los sonidos cesaron de improviso fuera del palacio.

Arena Helada se levantó y salió del salón blandiendo su espada. Vio que Aguas Profundas subía por las escaleras de delante del palacio, y Gota de Rocío estaba detrás de él, acompañada de la tía Holgada, que sujetaba el paraguas. En la plaza al pie de la escalinata, el ejército aguardaba en formación. Los soldados esperaban en silencio y sin mostrar claramente su apoyo a ninguno de los dos bandos. Cuando Arena Helada vio a Aguas Profundas por primera vez, le pareció el doble de alto que un hombre normal y corriente. Pero cuando se acercó, pareció encogerse a tamaño normal.

Los pensamientos de Arena Helada volvieron de repente a su infancia más de veinte años atrás. Sabía que los peces voraces se habían multiplicado alrededor de la isla de la Tumba, pero logró convencer a Aguas Profundas para ir a pescar allí. Por aquel entonces su padre había contraído una enfermedad, y Arena Helada le contó a Aguas Profundas que en la isla había un tipo de pez cuyo aceite podía curarla. Aguas Profundas, normalmente muy cuidadoso, lo creyó y, siguiendo los deseos de Arena Helada, se marchó para no volver. Aquel había sido uno de los ardides de los que Arena Helada se sentía más orgulloso, y sobre el que nadie en el reino conocía la verdad.

Arena Helada regresó al presente. Aguas Profundas se encontraba en la tarima en lo alto de la escalinata junto a la puerta del palacio. Tenía la altura de una persona normal.

—Hermano mío —dijo Arena Helada—. Me alegro de veros a ti y a Gota de Rocío. Pero tenéis que entender que este es mi reino y yo soy el rey. Debéis jurarme lealtad de inmediato.

Aguas Profundas empuñaba su espada oxidada con una mano y señalaba a Arena Helada con la otra.

—Has cometido crímenes imperdonables.

Arena Helada soltó una carcajada.

—¡Puede que Ojo Agudo no fuera capaz de pintarte, pero yo sí soy capaz de atravesarte el corazón con mi acero! —dijo desenvainando la espada.

Tanto Arena Helada como Aguas Profundas eran diestros espadachines, pero como Aguas Profundas no seguía las leyes de la perspectiva, a Arena Helada le costó determinar con exactitud a qué distancia se encontraba su oponente. La lucha llegó pronto a su fin cuando la espada de Aguas Profundas atravesó el pecho de Arena Helada, que cayó por los escalones dejando tras de sí un largo reguero de sangre.

El ejército lanzó vítores y declaró su lealtad al príncipe Aguas Profundas y a la princesa Gota de Rocío.

Durante el combate entre Aguas Profundas y Arena Helada, el capitán Vela Larga había estado buscando a Ojo Agudo por todo el palacio. Alguien le informó de que el pintor había ido a su propio estudio, situado en un rincón apartado. El capitán vio que junto a la puerta solo había un centinela que había estado a sus órdenes.

—Vino aquí hace una hora —dijo el centinela—. Lleva ahí dentro desde entonces.

El capitán tiró la puerta abajo y entró en la habitación.

El estudio no tenía ventanas. Las velas en los dos candelabros de plata casi se habían extinguido, y la estancia estaba tan oscura como un refugio subterráneo. El lugar estaba vacío.

Vela Larga vio en el atril una pintura recién terminada que todavía no se había secado: era el autorretrato de Ojo Agudo. El cuadro era realmente una obra maestra; como una ventana hacia otro mundo desde la que Ojo Agudo contemplaba ese mundo. Aunque una esquina levantada del papel blanco indicaba que aquello no era más que un cuadro, el capitán evitó la punzante mirada del hombre de la pintura.

Vela Larga miró a su alrededor y vio otros retratos que colgaban de la pared: el rey, la reina y los ministros que les eran leales. Vio la pintura de la princesa Gota de Rocío, cuya imagen iluminaba aquel oscuro estudio haciendo que pareciera el cielo. Los ojos del cuadro le llegaban al alma y le embriagaban, pero al final Vela Larga recuperó la serenidad. Descolgó el cuadro, tiró a un lado el marco y prendió el lienzo enrollado con la llama de una vela.

Mientras las llamas consumían la pintura, la puerta del estudio se abrió y entró la princesa Gota de Rocío de carne y hueso. Seguía vestida de campesina y hacía girar el paraguas negro ella misma.

—¿Dónde está la tía Holgada?

—Le dije que se quedara fuera; hay algo que quiero deciros... solo a vos.

—Vuestro retrato ya no existe. —Vela Larga señaló a las ascuas del suelo—. Ya no necesitáis el paraguas.

La princesa dejó de girar el paraguas, que empezó a cantar como un ruiseñor. A medida que caía el toldo, el sonido se volvió más fuerte y rápido, hasta que se pareció a los gritos de las grajillas, el último aviso antes del advenimiento de la muerte. El paraguas se cerró y las esferas de piedra chocaron con una serie de ruidos secos.

La princesa estaba sana y salva.

El capitán miró a la princesa y dejó escapar un largo suspiro de alivio. Se volvió hacia las cenizas.

—Es una lástima. El retrato era precioso, y me habría gustado que lo vierais. Pero no quería perder tiempo... Era hermoso de verdad.

—¿Más que yo?

—Erais vos.

La princesa sacó las dos pastillas de jabón de He'ershingenmosiken, que aferraba con fuerza. Luego las soltó, y estas flotaron en el aire como plumas.

—Voy a abandonar el reino y surcar los mares. ¿Vendréis conmigo?

—¿Qué? Pero si el príncipe Aguas Profundas acaba de anunciar que vuestra coronación es mañana. Ha prometido ayudaros en cuerpo y alma.

La princesa sacudió la cabeza.

—Mi hermano es más adecuado para reinar que yo. Si no se hubiese quedado atrapado en la isla de la Tumba, debería haber heredado el trono. Cuando sea rey, podrá quedarse en algún lugar elevado del palacio para que el reino entero lo vea. Pero yo no quiero ser reina. El mundo exterior me gusta más que el palacio. No quiero vivir el resto de mi vida en el Reino sin Cuentos. Quiero ir a un lugar donde haya historias.

—Esa vida está llena de penurias y peligros.

—No tengo miedo. —Los ojos de la princesa resplandecían llenos de vida bajo la luz de las velas. Vela Larga sentía que todo a su alrededor se volvía más luminoso.

—Yo tampoco tengo miedo. Alteza, os seguiré hasta el fin de los mares, hasta el fin del mundo.

—Entonces seremos las dos últimas personas en salir del reino. —La princesa tomó las dos pastillas de jabón.

—Iremos en un velero.

—Sí, con velas blancas.

A la mañana siguiente, la gente vio en una playa del reino una vela blanca en el mar. Detrás de la vela había una larga estela de espuma que se alejaba en dirección a la salida de sol.

Desde ese momento, nadie en el reino supo qué había sido de la princesa Gota de Rocío y de Vela Larga. De hecho, el reino nunca recibió ninguna información del mundo exterior. La princesa se había llevado todas las pastillas de jabón de He'ershingenmosiken que quedaban, y nadie podía atravesar las barreras formadas por los bancos de peces voraces. Pero nadie protestó, puesto que todo el mundo estaba acostumbrado a sus tranquilas vidas. Después de esto, nunca hubo más historias en el Reino sin Cuentos.

Pero por la noche, en ocasiones alguien contaba historias que no eran historias: las vidas imaginadas de la princesa Gota de Rocío y Vela Larga. Cada uno imaginaba cosas diferentes, pero todos coincidían en que los dos visitaron muchos reinos exóticos y misteriosos, incluidos continentes tan grandes como el mar. Pasaron el resto de sus vidas viajando, y fueron siempre felices allá donde fueron.

Era de la Retransmisión, año 7
Yun Tianming

Los que habían terminado de leer en aquella sala sin sofones empezaron a hablar en voz baja, aunque algunos seguían todavía inmersos en el mundo del Reino sin Cuentos, el mar, la princesa y los príncipes. Algunos parecían totalmente absortos en sus pensamientos. Otros se habían quedado mirando el documento, como si esperaran entrever un mayor sentido en la portada.

—Esa princesa se parece mucho a ti —le dijo AA a Cheng Xin.

—Deja de irte por las ramas con tonterías... Además, ¿acaso soy una muñequita? Yo habría llevado el paraguas yo misma. —Cheng Xin era la única persona que no se había molestado en leer el documento. Los cuentos estaban grabados en su mente. Como era natural, se había preguntado muchas veces si la princesa Gota de Rocío había sido creada a su imagen y semejanza. Pero el capitán de la guardia no se parecía a Yun Tianming.

«¿Acaso piensa que voy a marcharme con otro hombre?», pensó.

Cuando el presidente observó que todos los presentes habían terminado la lectura empezó a pedir opiniones, sobre todo sugerencias sobre los próximos pasos a tomar por los distintos grupos de trabajo que dependían de la Comisión.

El representante del grupo de análisis literario fue el primero en pedir la palabra. Aquel grupo había sido un añadido de última hora y, en su mayor parte, estaba compuesto por escritores y expertos en literatura de la Era Común. Se pensó que existía una posibilidad, por muy remota que fuera, de que resultaran de utilidad.

El orador era un autor de cuentos para niños.

—Sé que es poco probable que a partir de ahora mi grupo pueda aportar algo útil. Pero primero me gustaría decir algunas palabras —dijo, y levantando el documento de la tapa azul añadió—: lamento decirles que dudo de que este mensaje pueda descifrarse algún día.

—¿Por qué lo dice? —preguntó el presidente.

—Estamos intentando determinar el rumbo estratégico de la lucha de la humanidad por su futuro. Si de verdad existe un mensaje, sea cual sea, debe de tener un significado específico. No podemos elaborar directrices estratégicas a partir de una información ambigua, aunque la ambigüedad es algo intrínseco de la expresión literaria. Estoy seguro de que el auténtico significado de las tres historias se esconde en un plano muy profundo, lo cual hace que las interpretaciones sean todavía más vagas y ambiguas. La dificultad ante la que nos encontramos no es el hecho de que no podamos sacar nada claro de las tres historias, sino que hay demasiadas interpretaciones plausibles y no podemos estar seguros de ninguna de ellas.

»Permítanme decir algo que no es del todo relevante. Como escritor, me gustaría manifestar mi respeto por el autor. Para ser cuentos de hadas, son muy buenos.

Al día siguiente comenzó el trabajo de la Comisión para descifrar el mensaje de Yun Tianming. Muy pronto todos empezaron a comprender a qué se refería aquel autor de historias para niños.

Los tres cuentos de Yun Tianming estaban repletos de metáforas y simbolismos; todos los detalles se podían interpretar de múltiples maneras, todas con cierta base, pero resultaba imposible saber cuál de ellas era el mensaje pretendido por el autor, por lo que ninguna interpretación se podía considerar como inteligencia estratégica.

Por ejemplo, la idea de convertir a personas en pinturas era una metáfora bastante obvia. Los expertos de distintos campos no podían consensuar una única interpretación: había quien creía que las pinturas eran una referencia a la tendencia del mundo moderno a la digitalización, por lo que este detalle de la historia sugería que los seres humanos también se digitalizaran para evitar los ataques de bosque oscuro. Los académicos que defendían esta tesis también observaron que quienes habían sido convertidos en pinturas ya no eran capaces de hacer daño a las personas del mundo real, por lo que digitalizar la humanidad era tal vez una forma de divulgar el aviso de seguridad cósmico.

Sin embargo, otra corriente de opinión sostenía que las pinturas eran una alegoría a las dimensiones espaciales: el mundo real y el mundo de los cuadros tenían diferentes dimensionalidades, y cuando se pintaba una persona desaparecía del mundo tridimensional. Esto hacía pensar en las experiencias de *Espacio azul* y *Gravedad* en el fragmento tetradimensional. Quizá Tianming había intentado indicar que la humanidad podía emplear el espacio tetradimensional como refugio o retransmitir de algún modo el aviso de seguridad cósmico a través del espacio tetradimensional. Algunos académicos subrayaron las violaciones de las reglas de la perspectiva como una nueva prueba de que el autor se refería al espacio tetradimensional.

¿Qué quería decir la metáfora de los peces voraces? Había quien remarcaba su gran número, su costumbre de permanecer ocultos y sus instintos agresivos, lo que les llevó a la conclusión de que simbolizaban la civilización cósmica en su conjunto en el estado de bosque oscuro. El jabón que hizo que los peces se sintieran tan a gusto como para olvidarse de atacar era un reflejo de algunos principios ocultos detrás del aviso de seguridad cósmico. En cambio, otros llegaron a la conclusión contraria: creían que los peces voraces eran una máquina inteligente que la humanidad tenía que construir, que tendría un tamaño pequeño y sería capaz de reproducirse. Una vez lanzadas al espacio, las máquinas aprovecharían la materia hallada en el cinturón de Kuiper y la nube de Oort para reproducirse en grandes cantidades hasta formar una barrera inteligente alrededor del Sistema Solar. Dicha barrera tendría múltiples funciones, como interceptar objetos que se desplazaran a la velocidad de la luz en dirección al Sol o alterar la apariencia del Sistema Solar desde la distancia a fin de lograr el aviso de seguridad cósmica.

Esta explicación, conocida como la «Interpretación Cardumen», recibió más atención que otras. A diferencia de otras hipótesis, la «Interpretación Cardumen» ofrecía un marco técnico relativamente claro, por lo que se convirtió en una de las primeras interpretaciones en ser tratadas como tema de investigación en profundidad por la Academia Mundial de Ciencias, aunque la Comisión nunca puso demasiadas esperanzas en ella: aunque la idea parecía factible a nivel técnico, un estudio más pormenorizado indicó que harían falta decenas de miles de años para que los «bancos de peces» que se autorreplicaban llegaran a formar una barrera alrededor del Sistema Solar. Además, la limitada funcionalidad de las máquinas de inteligencia artificial suponía que las funciones protectoras y de seguridad de la barrera eran en el mejor de los casos visiones poco prácticas. En última instancia, la «Interpretación Cardumen» tuvo que ser descartada.

Había un sinfín de interpretaciones mutuamente contradictorias para explicar la imagen del paraguas giratorio, el misterioso papel de ola de nieve y la tabla de obsidiana, el jabón de He'ershingenmosiken...

Tal como había dicho el escritor de cuentos infantiles, las explicaciones parecían justificables, pero resultaba imposible confirmar cuál era la correcta.

Sin embargo, no todos los contenidos de las tres historias eran tan vagos y ambiguos. Los expertos de la Comisión estaban seguros de que al menos un detalle de la historia ofrecía un poco de información concreta y era quizá la clave para descifrar los secretos del mensaje de Yun Tianming: el extraño nombre de He'ershingenmosiken.

Tianming le había contado la historia a Cheng Xin en chino. La gente se dio cuenta de que la mayoría de los topónimos y de los nombres de los personajes tenían significados claros, como por ejemplo el Reino sin Cuentos, el mar de los Voraces, la isla de la Tumba, la princesa Gota de Rocío, el príncipe Arena Helada, el príncipe Aguas Profundas, Ojo Agudo, el maestro Etéreo, el capitán Vela Larga, la tía Holgada y tantos otros nombres propios. Sin embargo, entre ellos estaba este otro nombre que parecía una transcripción fonética del nombre de un lugar extranjero. Era una fonética extraña para los hablantes de chino, y además era muy largo. El nombre también aparecía en repetidas ocasiones a lo largo de la historia para hacer referencia a elementos extraordinarios: Ojo Agudo y el maestro Etéreo procedían de

He'ershingenmosiken, de donde también venían el papel de ola de nieve que utilizaban, así como la tabla de obsidiana y la plancha para presionar el papel; el capitán Vela Larga había nacido en He'ershingenmosiken; el jabón de baño era de He'ershingenmosiken; los peces voraces eran de He'ershingenmosiken... El autor parecía subrayar en múltiples ocasiones la importancia de este nombre, pero no había una descripción detallada de He'ershingenmosiken en absoluto. ¿Era otra isla grande como el Reino sin Cuentos? ¿Un continente? ¿Un archipiélago?

Los expertos ni siquiera estaban seguros de cuál era la lengua de la que procedía ese nombre. Cuando Yun Tianming partió a bordo de la sonda, su nivel de inglés no era para tirar cohetes y tampoco sabía una tercera lengua, aunque era posible que la hubiese aprendido más tarde. El nombre no parecía inglés y no estaba claro que perteneciera a una lengua romance. Era obvio que tampoco era trisolariano, ya que esa lengua no se podía expresar con sonidos.

Los académicos intentaron deletrear el nombre en todas las lenguas conocidas en busca de ayuda de todos los campos de especialidad, a fin de buscarlo en internet y en bases de datos especializadas, pero todos los esfuerzos cayeron en saco roto. Las mentes más brillantes de la humanidad en varios ámbitos del conocimiento se sentían impotentes ante dicho nombre.

Los jefes de los distintos grupos de trabajo preguntaron a Cheng Xin si estaba segura de haber recordado bien la pronunciación del nombre. Cheng Xin se mostró tajante: aquel extraño nombre le llamó enseguida la atención, por lo que le prestó una consideración especial para lograr memorizarlo correctamente; además, el nombre aparecía en repetidas ocasiones a lo largo de la historia, así que era imposible que se hubiera equivocado.

La labor de análisis de la Comisión hacía progresos. Las dificultades no eran del todo inesperadas: si los seres humanos hubiesen podido descifrar las historias de Yun Tianming y obtener inteligencia estratégica, los trisolarianos también habrían sido capaces de hacerlo. La información real tenía que estar muy escondida. Los expertos de varios equipos estaban agotados, y la electricidad estática y el olor punzante de la sala sin sofones les volvía irascibles. Cada equipo estaba dividido en múltiples facciones que discutían sobre las distintas interpretaciones sin llegar a un consenso.

Cuando los esfuerzos de interpretación llegaron a punto muerto, las dudas comenzaron a asaltar a los miembros de la Comisión. ¿Contenían realmente información estratégica aquellas historias? Las sospechas sobre todo se dirigían contra Yun Tianming. Después de todo, no era más que un licenciado universitario de la Era Común, lo que significaba que tenía menos conocimiento que un estudiante de secundaria contemporáneo. En su vida anterior a aquella misión, había desempeñado tareas rutinarias de nivel básico, y no tenía experiencia alguna en investigaciones científicas avanzadas o en el razonamiento sobre teorías científicas fundamentales. Después de ser capturado y clonado había tenido oportunidades de sobra para estudiar, pero los expertos albergaban serias dudas sobre su capacidad para comprender la supertecnología de los trisolarianos, sobre todo las teorías básicas que la sustentaban.

Por si fuera poco, con el paso de los días empezaron a aparecer algunas dificultades en la Comisión. Al principio todos se esforzaban por resolver el acertijo que aseguraría el futuro de toda la humanidad, pero más tarde empezaron a hacerse notar las diferentes fuerzas políticas y los grupos de interés, como por ejemplo Coalición Flota, la ONU, los distintos Estados, las corporaciones multinacionales o las religiones, entre otros. Todos ellos intentaron interpretar las historias en función de sus propios objetivos e intereses políticos, y consideraron que la labor de interpretación tan solo era una nueva oportunidad para difundir sus ideas. Las historias se convirtieron en compartimentos estancos capaces de servir para cualquier cosa. El trabajo de la Comisión cambió, y los debates entre las distintas facciones se politizaron y se volvieron utilitarios, lo que atemperó los ánimos.

Pero la falta de avances por parte de la Comisión también tenía un efecto positivo: obligaba a la gente a abandonar la ilusión de que iba a tener lugar un milagro. La población había dejado de creer en los milagros hacía ya mucho tiempo, puesto que ni siquiera sabían de la existencia del mensaje de Yun Tianming. La presión política ejercida por la población obligó a Coalición Flota y la ONU a trasladar su atención del mensaje de Yun Tianming a la búsqueda de la manera para preservar la civilización terrícola partiendo de las tecnologías conocidas.

Visto a escala cósmica, la destrucción de Trisolaris había tenido lugar justo al lado, lo que posibilitó a los seres humanos observar en detalle el proceso completo de la extinción de una estrella y recopilar ingentes cantidades de datos. Como la estrella destruida era muy similar al Sol en términos de masa y posición en la secuencia principal, la humanidad tenía la posibilidad de crear un modelo matemático preciso del fallo catastrófico del Sol en la eventualidad de un ataque de bosque oscuro. De hecho, dicha investigación había comenzado con fuerza en cuanto la gente que estaba en la Tierra presenció el fin de Trisolaris. El resultado directo de esa línea de investigación fue el Proyecto Búnker, que sustituyó al mensaje de Yun Tianming en el foco de la atención internacional.

Fragmento de *Un pasado ajeno al tiempo* El Proyecto Búnker: Un arca para la civilización terrícola

I. Calendario previsto para la exposición de las coordenadas de la Tierra a un ataque de bosque oscuro: escenario optimista, entre cien y ciento cincuenta años; escenario pesimista, entre diez y treinta años. Los planes para la supervivencia de la especie humana tomaron como referencia setenta años.

II. Número total de individuos que necesitan ser salvados: partiendo de la base de la tasa de descenso demográfico mundial, entre seiscientos y ochocientos millones en setenta años.

III. Previsión general del ataque de bosque oscuro: a partir de los datos sobre la destrucción de la estrella de Trisolaris, se ha construido un modelo matemático de la explosión que se produciría en caso de que el Sol recibiera un impacto de la misma manera. Las simulaciones basadas en este modelo indican que si el Sol fuera golpeado por un fotoide, todos los planetas terrestres en la órbita de Marte serían devastados. Inmediatamente después del ataque, Mercurio y Venus se evaporarían. La Tierra conservaría parte de su masa y mantendría su forma esférica, pero desaparecería una capa superficial de quinientos kilómetros, incluida la corteza y parte del manto. Marte perdería una capa de un grosor aproximado de cien kilómetros. Más tarde, todos los planetas terrestres perderían velocidad a causa del material liberado por la explosión solar e impactarían sobre el núcleo solar.

La simulación indicaba que la fuerza destructiva de la explosión solar, incluida la radiación y el impacto del material solar, sería inversamente proporcional al cuadrado de la distancia del sol, o lo que es lo mismo: la fuerza destructiva disminuiría rápidamente para los objetos que estuvieran lo suficientemente alejados del Sol, lo que permitiría a los planetas de Júpiter sobrevivir a la explosión.

Durante la fase inicial del ataque, la superficie de Júpiter sufriría una gran perturbación, pero su estructura general no se vería dañada, incluidos sus satélites. Las superficies de Saturno, Urano y Neptuno tampoco sufrirían alteraciones y apenas daños. El material solar proyectado que se estaba disipando reduciría la velocidad de las órbitas de los planetas hasta cierto grado, pero luego, a medida que el material solar fuera convirtiéndose en una nebulosa con forma de espiral, la velocidad angular de su rotación se correspondería con la de los planetas jupiterinos y no deterioraría todavía más las órbitas de esos planetas.

Los cuatro planetas gaseosos, Júpiter, Saturno, Urano y Neptuno, saldrían relativamente indemnes de un ataque de bosque oscuro. Este pronóstico era la premisa fundamental del Proyecto Búnker.

IV. Planes descartados para la supervivencia de la raza humana

1. Plan de escape estelar: técnicamente imposible. La humanidad no ha logrado alcanzar suficientes capacidades de navegación estelar a gran escala en el marco temporal requerido; no más de una milésima parte de la población total ha podido subir a las arcas de escape estelar. Además, es altamente improbable que esas arcas sean capaces de localizar y alcanzar exoplanetas habitables antes de agotar el combustible y de producirse fallos permanentes en los sistemas de ciclo ecológico y de soporte vital a largo plazo.

Dado que este plan solo permitía asegurar la supervivencia de una pequeña parte de la población total, constituía una violación de los valores y los principios morales fundamentales de la raza humana. Tampoco era factible a nivel político, ya que podía desencadenar enormes agitaciones sociales y dar lugar al colapso total de la sociedad.

2. Plan de elusión a larga distancia: viabilidad extremadamente baja. Dicho plan implicaría construir un hábitat humano a suficiente distancia del Sol como para evitar su potencial destructivo. Partiendo de la base de la simulación y el desarrollo previsto de las técnicas de ingeniería para fortalecer la defensa de las ciudades espaciales en un futuro previsible, la mínima

distancia segura serían sesenta unidades astronómicas del Sol, más allá del cinturón de Kuiper. A esa distancia quedarían pocos recursos disponibles en el espacio para construir una ciudad espacial. De modo similar, la falta de recursos significaba que, aunque se construyera esa ciudad, sería casi imposible mantenerla para que la ocupara el ser humano.

V. El Proyecto Búnker: Júpiter, Saturno, Urano y Neptuno podían actuar como barreras para resguardarse de la explosión solar de un ataque de bosque oscuro. Se construirían suficientes hábitats espaciales detrás de estos cuatro planetas y lejos del Sol para albergar a toda la población humana. Las ciudades espaciales se situarían junto a los planetas, pero no serían sus satélites, sino que orbitarían alrededor del Sol en sincronía con los planetas para permanecer dentro de sus sombras. El plan requería un total de cincuenta ciudades espaciales, cada una de las cuales sería capaz de dar cabida a unas quince mil personas. Más concretamente, veinte ciudades estarían protegidas por Júpiter, veinte por Saturno, seis por Urano y cuatro por Neptuno.

VI. Dificultades técnicas a las que se enfrenta el Proyecto Búnker: el ser humano ha desarrollado toda la tecnología necesaria para poner en marcha este plan. Coalición Flota cuenta con una dilatada experiencia en la construcción de ciudades espaciales, y ya existe una base de tamaño considerable alrededor de Júpiter. El proyecto presenta algunos desafíos técnicos que pueden superarse dentro del calendario requerido, como por ejemplo encontrar formas de regular las posiciones de las ciudades espaciales. Como las ciudades espaciales no serían satélites de los cuatro planetas, sino que tendrían que permanecer cerca de ellos, caerían hacia los planetas a menos que se instalaran sistemas de propulsión para contrarrestar la gravedad y mantenerse a cierta distancia. En un primer momento, el plan exigía que las ciudades espaciales se posicionaran en los puntos de Lagrange L_2, de tal manera que los períodos orbitales de las ciudades espaciales se correspondieran con los de sus respectivos planetas sin necesidad de consumir mucha energía. Sin embargo, más tarde se descubrió que los puntos de Lagrange L_2 estarían demasiado lejos de los planetas como para proporcionar suficiente protección.

VII. La supervivencia de la especie humana en el Sistema

Solar tras el ataque de bosque oscuro; tras la destrucción del Sol, las ciudades espaciales harían de la fusión nuclear su principal fuente de energía. Para entonces, el Sistema Solar sería como una nebulosa con forma de espiral, y el material solar esparcido proporcionaría un suministro inagotable de combustible de fusión fácil de obtener. También sería posible obtener más combustible de fusión de lo que quedase del núcleo del Sol, lo bastante como para asegurar las necesidades energéticas de la humanidad a largo plazo. Cada ciudad espacial podría estar equipada con su propio sol artificial que generase una cantidad de energía equivalente a la cantidad que hubiera alcanzado la superficie de la Tierra antes del ataque. Desde el punto de vista de la eficiencia, el suministro energético disponible para el ser humano estaría en realidad varios órdenes de magnitud por encima del período previo al ataque, porque las ciudades espaciales consumirían un combustible de fusión a un ritmo de tan solo una milmillonésima parte del sol. En ese sentido, la extinción del Sol supondría un avance, ya que pondría fin al consumo extremadamente derrochador de material de fusión del Sistema Solar.

Cuando la nebulosa se hubiera estabilizado parcialmente tras el ataque de bosque oscuro, todas las ciudades espaciales podrían abandonar sus planetas-barrera y encontrar ubicaciones más adecuadas dentro del Sistema Solar. Podría resultar aconsejable abandonar el plano eclíptico para así lograr evitar las perturbaciones de la nebulosa y al mismo tiempo ser capaz de sumergirse en ella para obtener recursos. Como la explosión solar destruiría los planetas terrestres, los recursos minerales del Sistema Solar quedarían esparcidos por la nebulosa, lo que facilitaría su recolección y permitiría la construcción de más ciudades espaciales. El único límite sobre los recursos previstos en relación con el número de ciudades espaciales era el agua, pero había un océano de ciento sesenta kilómetros de profundidad que cubría el satélite jupiterino Europa, proporcionaba una fuente de agua con un volumen mayor que los océanos de la Tierra y era capaz de ofrecer suministro a miles de ciudades en el espacio con poblaciones entre los diez y los veinte millones de personas. También podía obtenerse más agua de la propia nebulosa.

Así, la nebulosa del Sistema Solar posterior al ataque podría garantizar una cómoda existencia a diez mil millones de personas, lo cual dejaría a la civilización humana suficiente margen de desarrollo.

VIII. Impacto del Proyecto Búnker sobre las relaciones internacionales: se trataba de un plan sin precedentes en la historia humana para construir un nuevo mundo. El mayor obstáculo no era tanto técnico como de política internacional. La población estaba más preocupada de que el Proyecto Búnker agotara los recursos de la Tierra y revirtiera el progreso global en términos de bienestar social, política y economía, y que llegara incluso a provocar un segundo Gran Cataclismo. Pero Coalición Flota y la ONU estaban de acuerdo en que semejante calamidad podía evitarse. El Proyecto Búnker sería diseñado en su totalidad con recursos del Sistema Solar procedentes de fuera de la Tierra, principalmente de satélites de los cuatro planetas jupiterinos y los anillos de Saturno, Urano y Neptuno, por lo que no tendría efecto alguno sobre los recursos o la economía de la especie. De hecho, cuando el desarrollo de los recursos espaciales alcanzara un cierto nivel, el proyecto podría incluso impulsar la economía de la Tierra.

IX. Programa general para el Proyecto Búnker: harían falta veinte años para construir la infraestructura industrial necesaria para extraer y explotar los recursos de los cuatro planetas gaseosos, y sesenta para construir las ciudades espaciales. Ambas fases se solaparían durante una década.

X. Posibilidad de un segundo ataque de bosque oscuro: los resultados del primer ataque de bosque oscuro deberían bastar para convencer a los observadores lejanos de que no existía vida en el Sistema Solar. Al mismo tiempo y como resultado de la destrucción del Sol, el Sistema Solar dejaría de contener una fuente energética capaz de apoyar un ataque económico desde la distancia. Así, la posibilidad de un segundo ataque de bosque oscuro parecía remota. La situación de 187J3X1 tras su destrucción también respaldaba esta opinión.

Era de la Retransmisión, año 7
Los cuentos de Yun Tianming

A medida que avanzaban los preparativos para el Proyecto Búnker, Yun Tianming desapareció de la conciencia colectiva. La Comisión seguía trabajando en la interpretación del mensaje, pero se trató solo como uno más de los muchos proyectos del Consejo de Defensa Planetaria. Cada día se desvanecían las esperanzas de encontrar inteligencia estratégica importante en aquellos cuentos. Algunos miembros de la Comisión llegaron incluso a relacionar el Proyecto Búnker con los cuentos de Yun Tianming, esgrimiendo la idoneidad de dicho plan a través de varias interpretaciones. Por ejemplo, el paraguas se interpretaba naturalmente como un guiño hacia un sistema defensivo. Alguien señaló que las esferas de piedra en el borde del toldo podían simbolizar los planetas jupiterinos, pero solo había cuatro planetas en el interior del Sistema Solar capaces de actuar como barreras. Las historias de Tianming no especificaban el número de varillas del toldo, pero parecía evidente que cuatro eran muy pocas para un paraguas. Obviamente, no eran muchas las personas que creían que esa interpretación fuera cierta, pero en cierto modo las historias de Tianming habían adquirido un estatus similar al de la Biblia. Sin darse cuenta, la gente ya no buscaba inteligencia estratégica real, sino la confirmación de que iban por el camino correcto.

Fue entonces cuando se produjo un inesperado avance en la interpretación de las historias.

Un día AA fue a ver a Cheng Xin. Hacía tiempo que había dejado de acompañarla a los encuentros de la Comisión, pero dedicó todas sus energías al objetivo de implicar al Grupo Halo en el Proyecto Búnker. Construir un nuevo mundo fuera de la órbita de Júpiter suponía oportunidades casi ilimitadas para una empresa de construcción espacial. El hecho de que su empresa se llamara Grupo Halo era una bonita coincidencia, sobre todo teniendo en cuenta que los halos de los planetas jupiterinos eran lo que proporcionaría la mayor parte de los recursos para construir las ciudades espaciales.

—Quiero una pastilla de jabón —dijo AA.

Cheng Xin no le hizo caso. Sus ojos estaban fijos en el libro electrónico que tenía delante, y preguntó a AA una duda sobre física de fusión. Después de despertarse se había volcado en el estudio de la ciencia moderna. Las tecnologías aeroespaciales de la Era Común habían quedado obsoletas, e incluso una pequeña lanzadera dependía de la propulsión de fusión nuclear. Cheng Xin tuvo que empezar con la física básica, pero aprendía rápido. De hecho, los años no habían supuesto un gran obstáculo en sus estudios, y es que la mayoría de los cambios en la teoría fundamental se habían producido solo después del inicio de la Era de la Disuasión. Con un poco de diligencia, la mayoría de los científicos y los ingenieros de la Era Común podían volver a adaptarse a las profesiones que habían elegido.

AA apagó el libro de Cheng Xin.

—¡Quiero jabón!

—No tengo. Eres consciente de que el jabón de baño real no tiene los poderes mágicos de ese cuento de hadas, ¿verdad? —Cheng Xin intentaba decirle a AA que dejara de comportarse como una cría.

—Sí, lo sé. Pero me gustan las pompas de jabón. ¡Quiero darme un baño de burbujas como la princesa!

Los baños modernos no tenían nada que ver con las burbujas. El jabón y otros artículos de higiene habían desaparecido hacía ya más de un siglo. Las prácticas de baño contemporáneas se reducían a dos métodos: las ondas supersónicas y los agentes limpiadores. Los agentes limpiadores eran nanorrobots invisibles para el ojo humano que podían usarse con o sin agua y limpiaban la piel y otras superficies de manera instantánea.

Cheng Xin no tuvo más remedio que ir con AA a comprar jabón de baño. Siempre que se sentía deprimida, AA la sacaba a la calle para animarla.

Ante el bosque gigante que era la ciudad, estuvieron barajando varias posibilidades hasta que al final decidieron que el lugar en el que era más probable encontrar jabón de baño era un museo. Lograron su objetivo en una sala de exposiciones de un museo de historia metropolitano dedicado a las necesidades diarias de la vida en la Era Común, como electrodomésticos, ropa o muebles, entre muchas otras cosas. Los objetos estaban bien preservados, y algunos incluso eran completamente nuevos. Cheng Xin no podía aceptar que aquello fueran artículos de hacía siglos; para ella eran objetos que había utilizado ayer. Aunque habían pasado muchas cosas desde la primera vez que se despertó, esta nueva época seguía siendo como un sueño para ella. Su espíritu se había empeñado en vivir en el pasado.

El jabón de baño se encontraba en una vitrina junto a otros productos de limpieza, como detergente. Cheng Xin se quedó mirando la pastilla translúcida y vio en ella una marca que le resultaba familiar. Era del todo blanco, como el jabón del cuento.

En un primer momento, el director del museo dijo que el jabón de baño era un objeto muy valioso que no estaba a la venta, pero luego pidió un precio desorbitado.

—Con ese dinero podría comprarme una fábrica de productos de limpieza —dijo Cheng Xin a AA.

—¡Bah! Llevo muchos años trabajando para ti de directora ejecutiva y deberías hacerme un regalo. ¿Quién sabe? A lo mejor su valor se acabará apreciando en el futuro.

Fue así como compraron el jabón de baño. Cheng Xin le había sugerido a AA que si de verdad quería un baño de burbujas, sería mejor comprar una botella de baño de burbujas. Pero AA insistió en usar jabón porque era lo que había usado la princesa. Después de sacar el jabón de baño de la vitrina con cuidado, Cheng Xin la sostuvo en la mano y se dio cuenta de que, a pesar del paso de más de dos siglos, el jabón aún despedía una ligera fragancia.

Al volver a casa, AA rompió el envoltorio y se metió en el cuarto de baño con el jabón. A continuación se oyó cómo se llenaba la bañera.

Cheng Xin llamó a la puerta.

—Te recomiendo que no te bañes con el jabón. Es alcalino, y como nunca lo has usado podrías hacerte daño en la piel.

AA no contestó. Mucho tiempo después, la puerta del baño se abrió. Cheng Xin vio que AA todavía estaba vestida. Mientras agitaba una hoja de papel en dirección a Cheng Xin, AA le preguntó si sabía hacer un barquito de papiroflexia.

—¿Otro arte perdido? —preguntó Cheng Xin mientras tomaba el papel.

—Pues claro. Ya apenas queda papel.

Cheng Xin se sentó y empezó a doblar el papel. Sus pensamientos regresaron a aquella tarde lluviosa de sus años de universidad. Ella y Tianming estaban sentados en la presa y miraban cómo aquel barquito de papel se alejaba flotando en el agua cubierta de niebla y lluvia. Entonces pensó en la vela blanca que aparecía al final de las historias de Tianming...

AA tomó el barco de papel y se quedó mirándolo. Entonces le dijo a Cheng Xin que tenía que acompañarla al baño. Con una navaja cortó un trocito de la pastilla de jabón, hizo un agujero en la popa del barco en el que metió el jabón. Después de dedicarle una sonrisa misteriosa a Cheng Xin, colocó el barquito en la tranquila superficie del agua de la bañera.

El barco empezó a moverse por sí solo, desplazándose de un extremo al otro de la bañera.

Cheng Xin comprendió enseguida. A medida que el jabón se disolvía, la tensión de la superficie del agua en la parte posterior del barco se iba reduciendo. Pero como la tensión del agua que el barco tenía delante se mantenía, el barco se impulsaba hacia delante.

Un rayo de luz pareció iluminar los pensamientos de Cheng Xin. En su mente, la plácida superficie del agua de la bañera se convirtió en la oscuridad del espacio, y el barquito de papel blanco surcaba la inmensidad del mar a la velocidad de la luz...

Entonces Cheng Xin recordó algo más: la seguridad de Tianming.

La cuerda de su mente dejó de vibrar de inmediato, como si una mano la hubiese parado. Cheng Xin se esforzó por apartar la mirada del barco y mantener en la medida de lo posible una de aburrimiento y falta de interés. El barco había alcanzado el otro extremo de la bañera y se había detenido. Lo sacó del agua, lo secó y lo tiró a la pica. Estuvo a punto de tirarlo por el retrete, pero luego pensó que quizá sería excesivo. Eso sí, decidió no volver a meter el barquito en el agua.

Peligro.

Aunque Cheng Xin creía que no había sofones presentes en el Sistema Solar, era mejor actuar con precaución.

Cheng Xin y AA intercambiaron miradas. Cada una veía lo mismo en los ojos de la otra: la emoción de haber logrado ver la luz. Cheng Xin miró hacia otro lado.

—No tengo tiempo que perder con tonterías. Si quieres un baño de burbujas, tú misma —dijo mientras salía del cuarto de baño.

AA la siguió. Se sirvieron dos copas de vino y empezaron a charlar sobre lo primero que se les ocurrió. Primero hablaron sobre el futuro del Grupo Halo en el Proyecto Búnker, luego recordaron sus años de estudiante en diferentes siglos, y después hablaron sobre la vida actual. AA le preguntó a Cheng Xin por qué no había encontrado a un hombre que le gustase después de vivir en la nueva era durante tanto tiempo, a lo que esta replicó que no podía llevar una vida normal, o al menos no de momento. Entonces señaló que el problema de AA era que tenía demasiados novios, y que aunque no le importaba que se los trajera de visita a casa de Cheng Xin, era mejor que los llevara de uno en uno. También comentaron las modas y los gustos de las mujeres de sus respectivas épocas, las similitudes y las diferencias.

La lengua no era más que un vehículo a través del cual ponían voz a su entusiasmo. No se atrevían a parar por miedo a que el silencio les robara su alegría oculta. Finalmente, en una pausa imperceptible para un espectador externo en medio de aquella conversación interminable, Cheng Xin dijo:

—Propulsión...

Acabó la frase con la mirada: «Curvatura.»

AA asintió. Su mirada parecía decir: «¡Sí, propulsión por curvatura!»

Fragmento de *Un pasado ajeno al tiempo* Movimiento por curvatura del espacio

El espacio no era plano, sino curvo. Si imaginamos el universo como una gran membrana delgada, la superficie tendría una forma cóncava. Toda la membrana podría ser incluso una burbuja cerrada. Aunque a nivel local la membrana parecía plana, la curvatura del espacio era omnipresente.

Durante la Era Común, se propusieron muchas ideas ambiciosas para el vuelo espacial, una de las cuales implicaba doblar el espacio. La idea consistía en imaginar un aumento de la curvatura del espacio y doblarlo como un folio para que dos puntos a decenas de millones de años luz de distancia pudieran tocarse. No se trataba de un vuelo espacial en el sentido estricto del término, sino más bien en un «arrastre espacial»: no implicaba navegar hacia el destino, sino arrastrar el destino hacia uno mismo doblando el espacio.

Solo Dios podría haber llevado a cabo semejante plan; y al tomar en consideración las limitaciones de la teoría básica, quizá ni siquiera Dios.

Más tarde hubo una propuesta más moderada y localizada para aprovechar el espacio curvo para navegar. Suponiendo que una nave espacial pudiese de alguna manera planchar el espacio que quedaba detrás de ella y reducir su curvatura, el espacio curvado de delante la haría avanzar. Esa era la idea subyacente a la propulsión por curvatura.

A diferencia del pliegue del espacio, la propulsión por curvatura no podía llevar una nave espacial a su destino de forma instantánea, pero sí era capaz de impulsarla de forma asintótica a la velocidad de la luz.

Hasta que el mensaje de Yun Tianming fue interpretado correctamente, la propulsión por curvatura seguía siendo un sueño, al igual que otros centenares de propuestas para lograr los vuelos a la velocidad de la luz. Nadie sabía si era posible en la teoría o en la práctica.

Era de la Retransmisión, año 7
Yun Tianming

—Antes de la Era de la Disuasión estaba de moda la ropa con imágenes animadas. En aquella época, todo el mundo parecía un árbol de Navidad, pero ahora solo los niños se visten así. El *look* clásico vuelve a estar en boga —dijo a Cheng Xin una exultante AA.

Sin embargo, los ojos de AA decían algo totalmente diferente. Su mirada se ensombreció: «La interpretación parece muy buena, pero sigue siendo imposible estar seguro de ella. Nunca podremos confirmarla.»

—¡Lo que más me sorprende es que ya no existan ni los metales preciosos ni las joyas! Ahora el oro es un metal común, y las copas en las que bebemos están hechas de diamante... ¿Sabías que en el lugar (bueno, mejor dicho, en la época) de la que vengo tener un diamante así de pequeño era un sueño impensable para la mayoría de las chicas? —dijo Cheng Xin.

Con la mirada respondía: «No, AA, esta vez es diferente. Podemos estar seguras.»

—Bueno, al menos teníais aluminio barato. Antes de que se inventara la electrólisis, el aluminio también era un metal precioso. He oído que algunos reyes llegaron incluso a tener coronas hechas de aluminio.

«¿Cómo podemos estar seguros?»

Cheng Xin no podía expresar lo que quería decir solo con la mirada. La Comisión le había ofrecido construir una sala antisofones en su piso, lo cual habría conllevado el uso de una gran cantidad de equipos que generaban mucho ruido, motivo por el que declinó la propuesta. Una decisión de la que ahora se arrepentía.

—Papel de ola de nieve —susurró.

Los ojos de AA volvieron a iluminarse. La llama de la emoción volvió a arder con una fuerza todavía mayor que antes.

—¿Es que no existe nada más que pueda alisar esto?

—Es inútil. Solo se puede usar una tabla de obsidiana de He'ershingenmosiken. Confiaba en poder recuperarla de manos de Ojo Agudo.

[...]

Sonó el reloj que había en un rincón de la habitación. Etéreo alzó la vista y vio que estaba a punto de amanecer. Miró el papel y vio que solo estaba lisa una parte del tamaño de una mano, lo cual no era suficiente para un cuadro. Dejó la plancha a un lado y suspiró.

Un rollo de papel, un folio enrollado que formaba una curva que se reducía al alisar una parte.

Sin duda, era una pista sobre la diferencia entre el espacio delante y detrás de la nave, impulsada por propulsión por curvatura. No podía significar nada más.

—Vamos —dijo Cheng Xin, incorporándose.

—Sí —convino AA. Tenían que acudir a la sala antisofones más cercana cuanto antes.

Dos días después, el presidente de la Comisión anunció en una reunión que los responsables de los diferentes grupos de trabajo habían apoyado por unanimidad la interpretación de la propulsión por curvatura.

Yun Tianming le estaba diciendo a la Tierra que las naves trisolarianas empleaban motores de curvatura espacial.

Aquello representaba una importantísima información estratégica. Se confirmó que la propulsión por curvatura era una forma viable para investigar los vuelos espaciales a la velocidad de la luz. Como un faro en la oscuridad de la noche, señalaba la dirección correcta para el desarrollo de la tecnología de vuelos espaciales humanos.

De igual importancia era el hecho de que esa interpretación ofrecía el modelo que Tianming había empleado para ocultar su mensaje en los tres cuentos. Había utilizado dos métodos básicos: metáforas de doble capa y metáforas bidimensionales.

Las metáforas de doble capa en las historias no apuntaban de forma directa al significado real, sino a algo mucho más simple. El tono de su primera metáfora se convertía en el vehículo de la segunda, que apuntaba hacia la información real. En este último ejemplo, el barco de la princesa, el jabón de He'ershingenmosiken, y el mar de los Voraces formaban una metáfora para un barco de papel impulsado por el jabón. Por su parte, el barquito apuntaba hacia la propulsión por curvatura. Los anteriores intentos de descifrar el mensaje habían fracasado en gran parte por la creencia de que las historias solo implicaban un único nivel metafórico para ocultar el mensaje real.

Las metáforas bidimensionales eran una técnica usada para resolver las ambigüedades introducidas por los recursos literarios empleados para transmitir inteligencia estratégica. Tras una metáfora de doble capa, se añadía una metáfora de una capa como apoyo para confirmar el significado de la metáfora de doble capa. En este ejemplo, el papel de ola de nieve arrugado y el uso de la plancha para alisarlo representaban una metáfora del espacio curvo, lo cual confirmaba la interpretación del barco impulsado por el jabón. Viendo las historias como un plano bidimensional, la metáfora de la doble capa solo proporcionaba una coordenada: la metáfora de apoyo de una capa ofrecía una segunda coordenada que fijaba la interpretación sobre el plano, de tal modo que esa metáfora de una sola capa también se dio en llamar coordenada semántica. La coordenada semántica parecía no tener sentido alguno por sí sola, pero al combinarse con una metáfora de doble capa resolvía las ambigüedades inherentes en el lenguaje literario.

—Un sistema sutil y sofisticado —se admiró un experto de la Agencia de Inteligencia Estratégica.

Todos los miembros de la Comisión felicitaron a Cheng Xin y AA; esta última, siempre menospreciada, vio cómo su estatus aumentaba en gran medida entre los miembros de la Comisión.

Los ojos de Cheng Xin se humedecieron. Pensaba en Tianming, en aquel hombre que se había enfrentado solo a la larga noche en el espacio exterior y a una espantosa sociedad alienígena. Con el fin de trasladar este importante mensaje a la especie humana, se debía de haber devanado los sesos para elaborar ese sistema de metáforas y luego haber dedicado siglos en su situación de desamparo para elaborar unos cien cuentos de hadas y ocultar con mucho cuidado la información en tres de esos relatos. Tres siglos atrás le había regalado una estrella a Cheng Xin, y ahora había dado esperanza a la humanidad.

A partir de entonces se lograron constantes avances en la interpretación del mensaje. Además del descubrimiento del sistema de metáforas, los esfuerzos estaban guiados por otra suposición comúnmente aceptada, aunque no confirmada: mientras la primera parte del mensaje que había sido descifrada con éxito hacía referencia a la forma de escapar del Sistema Solar, el resto del mensaje seguramente estaba relacionado con el aviso de seguridad.

Los analistas pronto se dieron cuenta de que el resto de la información oculta en las tres historias era mucho más compleja que el primer fragmento de información.

En la siguiente reunión de la Comisión, el presidente sacó un paraguas fabricado a medida que tenía justo el mismo aspecto que el del cuento. El paraguas negro tenía ocho varillas, y al final de cada una de ellas había una pequeña esfera de piedra. En aquella época, los paraguas ya no se usaban normalmente, y para protegerse de la lluvia la gente usaba un dispositivo del tamaño de una linterna que protegía al usuario soplando aire para formar un pequeño toldo y se llamaba escudo de lluvia. Los asistentes a la reunión conocían los paraguas, que habían visto en el cine, pero pocos de ellos los habían usado. Juguetearon llenos de curiosidad con el paraguas del presidente y observaron que el toldo podía mantenerse abierto haciéndolo girar, exactamente igual que el del cuento. Hacerlo girar con mayor o menor rapidez tenía como resultado la alarma correspondiente. La primera conclusión que sacaron fue que era algo agotador, y admiraron a la nodriza de la princesa, que había sido capaz de hacer girar el paraguas sin parar durante un día entero.

AA tomó el paraguas. Sus manos no tenían tanta fuerza, y el toldo empezó a caer. Todos oyeron la advertencia que sonaba como el canto de un pájaro.

Cheng Xin no había dejado de mirar el paraguas desde el mismo momento que el presidente lo había abierto.

—¡No pares! —gritó a AA.

AA hizo girar el paraguas más rápido, y el canto de pájaro se detuvo.

—Más rápido —le conminó Cheng Xin.

AA hizo girar el paraguas con todas sus fuerzas, y comenzó a sonar un carrillón. Entonces Cheng Xin le pidió que bajara la velocidad hasta que volvió a oírse el canto del pájaro. Esta operación se repitió varias veces.

—¡Esto no se parece en nada a un paraguas! —dijo Cheng Xin—. Pero ahora ya sé lo que es.

Bi Yunfeng, que estaba a su lado, asintió:

—Yo también. —Entonces se volvió a Cao Bin—. Es probable que solo tres de los que estamos aquí podamos reconocer este objeto.

—Sí —dijo Cao, visiblemente emocionado—. Pero en nuestra época esto ya era una rareza.

Algunos de los asistentes miraron a esas tres personas venidas del pasado; otros miraban al paraguas. Todos estaban perplejos, pero también expectantes.

—Es un regulador centrífugo para motores de vapor —dijo Cheng Xin.

—¿Y eso qué es? ¿Alguna clase de circuito de control?

Bi Yunfeng sacudió la cabeza.

—Cuando se inventó todavía no se había popularizado la electricidad.

—Era un dispositivo del siglo XVIII para regular la velocidad de los motores de vapor —explicó Cao Bin—. Está formado por dos o cuatro palancas con masas esféricas en los extremos y un eje de rotación con un collar. Tiene un aspecto idéntico a este paraguas, solo que con menos varillas. El movimiento del motor de vapor hace girar el eje; cuando gira demasiado rápido las bolas de metal levantan las palancas debido a la fuerza centrífuga, que entonces levanta el collar y reduce la apertura de la válvula de paso conectada al collar, lo cual a su vez reduce el fluido que entra en el cilindro y la velocidad del motor. En cambio, cuando gira demasiado despacio las palancas se caen por el peso de las bolas metálicas (como un paraguas que se cierra) y el collar cae, lo que reduce la apertura de la válvula y la velocidad del motor... Fue uno de los primeros sistemas industriales de control automático.

Así fue como se logró descifrar el primer nivel de la metáfora de doble capa contenida en el paraguas. No obstante, a diferencia del barco impulsado por jabón, el regulador centrífugo no parecía apuntar claramente a nada. Esta metáfora de doble capa podía ser interpretada de muchas maneras, dos de las cuales eran las más probables: control automático de retroalimentación negativa y velocidad constante.

Los intérpretes comenzaron a buscar la correspondiente coordenada semántica para esa metáfora de doble capa, y no tardaron en centrarse en el príncipe Aguas Profundas. La estatura del príncipe no cambiaba en función de la distancia a la que lo viera el observador, lo cual se podía interpretar de diferentes maneras, siendo las dos siguientes posibilidades las más obvias: un método de transmisión de información en la que la fuerza de la señal no decayese a causa de la distancia o bien una cantidad física que se mantuviese constante a pesar del marco de referencia utilizado.

Al añadir los sentidos metafóricos del paraguas, el verdadero significado se hizo evidente al instante: una velocidad constante que no cambiaba con el marco de referencia.

Se refería claramente a la velocidad de la luz.

De manera inesperada, los analistas hallaron otra coordinada semántica para la metáfora del paraguas.

> El jabón de baño de He'ershingenmosiken se fabrica con esas burbujas, pero recolectarlas no es nada fácil. Las burbujas flotan muy rápido en el aire, y es muy difícil verlas porque son transparentes. Solo alguien que se mueva a la velocidad de las burbujas es capaz de verlas, y eso solo es posible cabalgando los caballos más rápidos, de los cuales no hay más de diez en todo He'ershingenmosiken. Cuando los árboles empiezan a soplar burbujas, los artesanos que fabrican el jabón montan esos caballos para recoger las pompas con una red de gasa fina. Las burbujas tienen diferentes tamaños, pero incluso la mayor de ellas estalla al ser capturada por la red y se convierte en burbujas más pequeñas que se escapan al ojo humano. Hay que recoger centenares de miles de esas burbujas (y a veces millones) para hacer una sola pastilla de jabón.

Lo más rápido, sin peso ni masa: una clara alegoría a la luz.

Todo parecía indicar que el paraguas simbolizaba la luz, pero capturar las burbujas del árbol tenía dos posibles interpretaciones: recolectar la potencia de la luz o bien reducir su velocidad.

La mayoría de exégetas no pensaban que la primera interpretación tuviera mucho que ver con los objetivos estratégicos de la humanidad, así que al final se centraron en la segunda explicación.

Aunque seguían sin conocer el significado exacto del mensaje, los intérpretes debatieron la segunda interpretación y se concentraron en la conexión entre la reducción de la velocidad de la luz y el aviso de seguridad cósmico.

—Supongamos que pudiésemos reducir la velocidad de la luz en el Sistema Solar (es decir, dentro del cinturón de Kuiper o la órbita de Neptuno). Podríamos lograr un efecto observable desde la distancia a escala cósmica.

La idea causó un entusiasmo general.

—Supongamos que pudiésemos reducir la velocidad de la luz en un diez por ciento dentro del Sistema Solar: ¿haría eso pensar a un observador cósmico que somos menos peligrosos?

—Sin ningún género de dudas. Si los seres humanos poseyeran naves espaciales capaces de alcanzar la velocidad de la luz, les llevaría más tiempo salir del Sistema Solar. Pero eso tampoco importaría demasiado.

—Para indicar de verdad al universo que no somos peligrosos, una reducción del diez por ciento no es suficiente. Es posible que tuviéramos que reducir la velocidad de la luz al diez por ciento de su valor original, o quizás incluso al uno por ciento. Los observadores verían que nos hemos rodeado de una zona defensiva capaz de dejar claro que nuestras naves tardarían mucho tiempo en salir del Sistema Solar. Eso debería aumentar su sensación de seguridad.

—Pero según ese razonamiento, incluso reducir la velocidad de la luz a una décima parte del uno por ciento no sería suficiente. Piénselo: a trescientos kilómetros por segundo no se tardaría tanto en salir del Sistema Solar. Además, si los seres humanos fueran capaces de modificar una constante física dentro de una región del espacio con un radio de cincuenta unidades astronómicas, eso equivaldría a declarar que los humanos poseen una tecnología muy avanzada. ¡Sería una advertencia de peligro cósmico, más que un aviso de seguridad!

A partir de la metáfora de doble capa del paraguas y las coordenadas semánticas ofrecidas por el príncipe Aguas Profundas y el árbol de burbujas, los intérpretes lograron determinar el sentido general, pero no la información específica. La metáfora ya no era bidimensional, sino tridimensional. Hubo quien empezó a sospechar de la existencia de otra coordenada semántica, y los intérpretes buscaron de manera exhaustiva en las historias, pero no hallaron rastros de su existencia.

Fue justo entonces cuando el misterioso nombre de He'ershingenmosiken se descifró al fin.

Se había incorporado a la Comisión un grupo de trabajo lingüístico para tratar en exclusiva la cuestión del nombre de He'ershingenmosiken. Un lingüista llamado Palermo se había unido al grupo por su experiencia, ya que a diferencia de la de los demás integrantes del grupo centrados en una familia lingüística, estaba familiarizado con las lenguas antiguas de muchas familias lingüísticas. Sin embargo, ni siquiera Palermo podía arrojar luz sobre aquel nombre tan extraño. El hecho de que terminara por descifrarlo con éxito fue por un golpe de suerte, pero tuvo poco que ver con su conocimiento profesional.

Un día por la mañana, su novia, una rubia escandinava, le preguntó si alguna vez había estado en su país.

—¿En Noruega? No, nunca.

—¿Entonces por qué murmurabas los nombres de aquellos dos lugares mientras dormías?

—¿Qué nombres?

—Helseggen y Mosken.

Los nombres le resultaban vagamente familiares a Palermo. Le resultaba un poco inquietante oír esos sonidos de boca de su novia, ya que ella no tenía nada que ver con la Comisión.

—¿Te refieres a He'ershingenmosiken?

—Sí, solo que los estás pronunciando juntos y no del todo bien.

—Lo que pronuncio es el nombre de un único lugar. Es una

transliteración del chino, así que los sonidos son aproximados. Si separamos las sílabas en grupos aleatorios, seguramente podrían sonar como nombres de muchos lugares en diferentes lenguas.

—Pero esos dos lugares están en Noruega.

—Solo es una coincidencia, nada más.

—Pues que sepas que son lugares que el noruego medio tampoco conoce. Son nombres antiguos que ya no se usan. Yo solo los conozco porque me especialicé en historia de Noruega. Estos dos lugares están en la provincia de Nordland.

—Cariño, es solo una casualidad. La serie de sílabas podría dividirse de cualquier manera.

—¡Venga, deja de tomarme el pelo! Seguro que sabías que Helseggen es el nombre de una montaña, y Mosken el de una islita en el archipiélago de Lofoten.

—Pues no, no tenía ni idea. Mira, en lingüística hay un fenómeno en el que un oyente que no conoce una lengua divide de manera arbitraria una serie de sílabas en grupos de forma casi inconsciente. Eso es lo que te está pasando.

Palermo había visto muchas divisiones arbitrarias como esa en su trabajo para la Comisión, así que no se tomó demasiado en serio el «descubrimiento» de su novia. Sin embargo, lo que la mujer dijo a continuación lo cambió todo:

—Vale, solo una cosa: Helseggen está situado justo al lado del mar. Desde su cima se puede ver Mosken, la isla más cercana a Helseggen.

Dos días después, Cheng Xin se encontraba en la isla de Mosken mirando por encima del mar hacia los escarpados riscos de Helseggen. Los peñascos eran negros, del mismo color que el mar bajo el cielo encapotado. Solo una línea blanca de oleaje apareció al pie de los acantilados. Antes de llegar, Cheng Xin había oído que aunque la ubicación estaba dentro del círculo ártico, las cálidas corrientes marinas hacían que el clima fuera relativamente suave. Sin embargo, el viento procedente del mar la dejaba aterida de frío.

Las escarpadas y abruptas islas Lofoten estaban cortadas por los glaciares y formaban una gran barrera de ciento sesenta kilómetros entre el mar del Norte y los profundos Vestfjorden, como un muro que dividía el océano Ártico de la península escandinava. Las corrientes entre las islas eran fuertes y rápidas. En la antigüedad, las islas habían estado poco pobladas, y la mayoría de sus habitantes eran pescadores estacionales. Ahora que el pescado y el marisco procedían principalmente de la acuicultura, la pesca en mar abierto casi había desaparecido. Las islas estaban desiertas, y era probable que tuvieran el mismo aspecto que habían tenido en la época de los vikingos.

Mosken no era más que una pequeña isla del archipiélago, y Helseggen era una montaña anónima: los nombres habían cambiado al final de la Era de la Crisis.

A pesar de tener delante la desolación del fin del mundo, Cheng Xin se sentía serena por dentro. Hacía no mucho tiempo había pensado que su vida había llegado a su fin, pero ahora tenía muchas razones para seguir viviendo. Vio una rendija de color azul en el extremo de aquel cielo plomizo, y la luz de sol se coló por la abertura durante unos minutos y cambió el mundo frío de manera instantánea. Le recordaba a una línea de las historias de Tianming: «Era como si, conforme iba saliendo el sol, el pintor de aquel mundo-cuadro hubiera esparcido un polvo dorado sobre la superficie del lienzo.» Eso era ahora su vida, la esperanza oculta en la desesperación, la sensación de calor a través del frío.

AA la había acompañado junto a varios expertos de la Comisión entre los que figuraban Bi Yunfeng, Cao Bin y el lingüista Palermo.

El único habitante de Mosken era un anciano llamado Jason. Tenía más de ochenta años y venía de la Era Común. Su cara cuadrada reflejaba las marcas de los años, y a Cheng Xin le recordaron a Fraisse. Cuando le preguntaron si en los alrededores de Helseggen y Mosken había algo especial, Jason señaló al extremo occidental de la isla.

—Por supuesto. Mirad allí.

Vieron un faro de color blanco. Aunque solo había empezado a anochecer, el faro ya estaba iluminado y parpadeaba de manera intermitente.

—¿Para qué sirve? —preguntó AA.

—Hay que ver con los jóvenes de hoy en día... —Jason sacudió la cabeza—. Es una antigua ayuda a la navegación. En la Era Común yo era un ingeniero encargado de diseñar faros. De hecho, muchos faros se siguieron utilizando durante la Era de la Crisis, aunque ya han desaparecido todos. Construí este faro aquí para que los niños supieran que existió en el pasado.

Todos los miembros de la Comisión se interesaron por el faro. Les recordaba al regulador centrífugo para motores de vapor, otra tecnología antigua que había caído en el olvido. No obstante, una breve investigación indicó que no podía ser lo que estaban buscando. El faro se había construido hacía poco tiempo y empleaba modernos materiales de construcción sólidos y ligeros. Había sido terminado en solo un mes. Además, Jason estaba convencido de que Mosken no había tenido un faro en su historia. Así pues, ateniéndose tan solo al tiempo, el faro no tenía nada que ver con el mensaje oculto de Tianming.

—¿Algo más que pueda tener interés? —preguntó alguien.

Jason se encogió de hombros en medio de la frialdad del cielo y el mar.

—¿Qué puede haber aquí? Este lugar desolado y sombrío no me gustaba, pero no me dejaron construir un faro en ningún otro sitio.

Así pues, todos decidieron ir a Helseggen para echar un vistazo. Justo cuanto estaban a punto de subir al helicóptero, AA de repente tuvo la idea de cruzar el mar a bordo de la barca de Jason.

—Ningún problema, pero hoy las olas son muy fuertes, niña. Te marearás —dijo Jason.

AA señaló las montañas al otro lado del estrecho.

—Es una distancia muy corta.

Jason sacudió la cabeza.

—No se puede cruzar con el barco. Hoy no. Tenemos que dar un rodeo.

—¿Por qué no?

—Por el *maelström*, ¿por qué iba a ser? Se traga cualquier barco.

Los integrantes del grupo de Cheng Xin se miraron los unos a los otros y luego se volvieron hacia Jason a la vez.

—Pensaba que aquí no había nada especial —comentó alguien.

—Esos remolinos no son nada del otro mundo para los que

somos de aquí. No es más que una parte del mar. Se suele poder ver desde allí.

—¿Dónde?

—Justo allí. Tal vez no lo veas, pero se puede oír.

Se mantuvieron en silencio y escucharon un temblor procedente del mar, como una estampida de miles de caballos a lo lejos.

El helicóptero podía llevarles a investigar el vórtice, pero Cheng Xin quería ir en barco, algo a lo que los demás accedieron. En el barco de Jason, el único disponible en la isla, había espacio para cinco o seis personas. Cheng Xin, AA, Bi Yunfeng, Cao Bin y Palermo se subieron al barco mientras los demás cogieron el helicóptero.

El barco zarpó de la isla de Mosken cabalgando las olas. El viento sobre el mar abierto era más fuerte y frío, y una espuma salada les golpeaba la cara sin tregua. La superficie marina era de un color gris oscuro, y parecía inquietante y misteriosa bajo la mortecina luz. El ruido se volvió más fuerte, pero seguían sin ver el gran vórtice.

—¡Ahora lo recuerdo! —exclamó Cao Bin.

Cheng Xin también se acordó. Había pensado que tal vez Tianming había descubierto algo nuevo de este lugar a través de los sofones, pero la verdad era mucho más sencilla.

—Edgar Allan Poe —dijo Cheng Xin.

—¿Qué? ¿Quién? —inquirió AA.

—Un escritor del siglo XIX.

—Correcto. Poe escribió un relato sobre Mosken: *Un descenso al maelström*. Lo leí cuando era joven. Era muy exagerado. Recuerdo que decía que la superficie del torbellino formaba un ángulo de cuarenta y cinco grados. Menuda chorrada.

La narrativa escrita había desaparecido hacía más de un siglo. La literatura y los autores aún existían, pero la narrativa se construía con imágenes digitales. Las novelas y los relatos clásicos se consideraban artefactos antiguos. El Gran Cataclismo había provocado la pérdida de las obras de muchos escritores antiguos, incluido Poe.

Aquel estruendo se volvió todavía más potente.

—¿Dónde está el remolino? —preguntó alguien.

Jason señaló a la superficie del mar.

—El *maelström* está debajo de la superficie. Mirad esa línea: hay que atravesarla para verlo. —Los navegantes vieron una línea fluctuante de olas, cuyas espumosas puntas formaban un largo arco blanco que se prolongaba en la distancia.

—¡Crucémosla, pues! —propuso Bi Yunfeng.

—Esa es la línea que separa la vida de la muerte —dijo Jason, fulminándole con la mirada—. Un barco que cruza esa línea no puede volver jamás.

—¿Durante cuánto tiempo puede un barco dar vueltas en el interior del vórtice antes de ser arrastrado al interior?

—Entre cuarenta minutos y una hora.

—Entonces no pasará nada. El helicóptero nos salvará a tiempo.

—Pero mi barco...

—Le indemnizaremos.

—Más barato que una pastilla de jabón —apostilló AA. Jason no sabía de qué estaba hablando.

Jason dirigió con cuidado el barco hacia la línea de olas y navegó a través de ella. El barco se balanceó de un lado a otro con violencia y luego se estabilizó. Una fuerza invisible pareció tomar el control, y la embarcación empezó a deslizarse en la misma dirección que las olas, como si se desplazara sobre raíles.

—¡El *maelström* nos ha atrapado! —gritó Jason—. ¡Dios, es la primera vez que me acerco tanto!

El *Moskstraumen* apareció debajo de ellos como si se encontraran en lo alto de una montaña. Aquella gigantesca depresión con forma de embudo tenía un diámetro de kilómetros de longitud. La inclinación de los lados no era en efecto tan pronunciada como la mencionada por Poe, pero tenía por lo menos treinta grados. La superficie del vórtice era lisa como un cuerpo sólido. Como el barco solo estaba en la orilla del remolino, no giraba muy rápido, pero a medida que se acercaba al centro el movimiento iba acelerando. La velocidad del mar agitado era mayor en el pequeño agujero del centro, y el insoportable estruendo venía de ahí. El ruido era una manifestación de un poder enloquecido capaz de hacer añicos y borrar del mapa cualquier cosa.

—Me niego a pensar que no podemos salir —dijo AA, que gritó a Jason—. ¡Siga en línea recta a máxima potencia!

Jason hizo lo que le pidió. El barco se movía impulsado por la electricidad, y el silencioso motor sonaba como un mosquito en medio del estruendo del torbellino. El barco se acercó a la franja de olas en la orilla del *maelström* y parecía estar a punto de alejarse, pero entonces perdió fuerza y se apartó de la espuma como una piedrecita arrojada que pasaba la cima de su trayectoria. Lo intentaron más veces, pero siempre acababan hundiéndose cada vez más en el vórtice.

—Ya lo habéis visto: es la puerta del infierno. Ningún barco normal puede regresar —dijo Jason.

La embarcación ya se encontraba tan metida en el torbellino que la espuma de las olas ya no era visible. Detrás de ellos se encontraba la montaña formada por el agua marina, cuya cumbre que se movía despacio solo podía verse al otro lado del torbellino. Todos sintieron el terror de estar a merced de una fuerza irresistible. Solo el helicóptero que volaba sobre sus cabezas les reconfortaba.

—Vamos a cenar —dijo Jason.

El sol no se había puesto todavía, pero al ser verano en el Ártico ya habían pasado las nueve de la noche. Jason cogió un gran bacalao de la bodega y les explicó que lo acababa de capturar. Entonces sacó tres botellas de vino, colocó el pescado en una gran fuente de hierro y vació una botella sobre él. Le prendió fuego al pescado con un mechero mientras explicaba que ese era el método de elaboración local, y cinco minutos después empezó a cortar trozos del pescado todavía en llamas y empezó a comer. Los demás pasajeros le imitaron, disfrutando del pescado, el vino y la imponente visión del *maelström*.

—Ahora te reconozco —le dijo Jason a Cheng Xin—. Tú eras la portadora de la espada. Seguro que los demás y tú habéis venido aquí para alguna misión importante, pero tenéis que mantener la calma. No podemos escapar al apocalipsis, así que tenemos que disfrutar del presente.

—Dudo de que usted hubiera podido mantener la calma si el helicóptero no estuviera aquí —dijo AA.

—Bah, seguro que sí. Durante la Era Común tenía tan solo cuarenta años cuando me dijeron que tenía una enfermedad terminal. Pero no tenía miedo y nunca tuve la intención de hibernar. No me pusieron en hibernación hasta que entré en estado de *shock*. Para cuando desperté, ya estábamos en la Era de la Disuasión. Pensaba que me habían dado una nueva vida, pero aquello resultó ser solamente una ilusión. La muerte solo se había alejado un poco, pero seguía esperándome más adelante...

»La noche en que acabé de construir el faro salí a navegar en mi barco para verlo desde la distancia. Y entonces me asaltó un súbito pensamiento: la muerte es el único faro que siempre está encendido. Navegues a donde navegues, al final siempre acabarás dirigiéndote hacia ella. Todo desaparece en este mundo, pero la muerte es eterna.

Habían pasado veinte minutos desde que entraron en el torbellino, y el barco había avanzado un tercio del camino que llevaba al fondo. Se inclinó aún más, pero a causa de la fuerza centrífuga los pasajeros no se deslizaron hacia el lado izquierdo de la embarcación. El muro de agua ocupaba todo su campo de visión, y ya no eran capaces de ver el cielo porque en medio del *mäelstrom* el barco se movía con la pared de agua giratoria, y era casi imposible sentir el movimiento: parecía pegarse al lado de la cuenca del agua. Pero cuando miraban hacia arriba, enseguida el movimiento se hacía evidente. El cielo nublado giraba cada vez más rápido sobre ellos, y se sintieron mareados. Como la fuerza centrífuga era más fuerte en la parte inferior del vórtice, el muro de agua bajo el barco se volvió todavía más liso y les transmitió una sensación más sólida, como de hielo. El estruendo producido por el ojo de la tormenta eclipsó el resto de los sonidos, y ya era imposible hablar. El sol poniente se colaba por los resquicios del manto de nubes, y un rayo de luz dorada brilló en el vórtice. Pero la luz no podía alcanzar las fauces del fondo del torbellino, sino tan solo iluminar una pequeña parte del muro de agua, lo que hacía que el fondo pareciera más oscuro y amenazador. La bruma y la niebla se concentraban en el centro, formando un arcoíris en la luz del sol que formaba un arco imponente sobre el temible abismo.

—Recuerdo que Poe también describió un arcoíris sobre el *maelström*. Me parece que incluso a la luz de la luna. Él hablaba de un puente entre el tiempo y la eternidad. —Jason estaba gritando, pero nadie alcanzaba a oírle.

El helicóptero acudió al rescate. Volando unos dos o tres metros sobre el barco, extendió una escalerilla para que todos los tripulantes del barco pudieran subir. Entonces el barco vacío flotó a la deriva y siguió dando vueltas sobre aquel enorme torbellino. Lo que quedaba del bacalao brillaba todavía con las ascuas de la llama azul.

El helicóptero planeaba sobre las fauces del *maelström*, y todos sintieron náuseas y mareos solo con mirar aquel embudo giratorio. Alguien introdujo varias direcciones en el sistema de navegación para hacer virar el helicóptero, haciéndolas coincidir con la rotación del vórtice, de tal manera que este pareciera permanecer quieto mientras el cielo, el mar y las montañas comenzaban a girar a su alrededor. El torbellino se convirtió en el centro del mundo, y el mareo de los observadores no remitió lo más mínimo. AA vomitó todo el pescado que había comido antes.

Mientras contemplaba el *maelström* que tenía debajo, en la mente de Cheng Xin apareció otro remolino formado por cien mil millones de estrellas plateadas que giraban en el océano del universo y necesitaban doscientos cincuenta millones de años para completar una rotación: la Vía Láctea. La Tierra no era más grande que una mota de polvo en medio de ese remolino, y el *Moskstraumen* no era más que una mota de polvo en el polvo terrestre.

Media hora después, el barco cayó en el interior del vórtice y desapareció de forma abrupta. Creyeron percibir el ruido que hizo la embarcación al quedar destruida en medio de aquel estruendo.

El helicóptero dejó a Jason en Mosken, y Cheng Xin prometió compensarle con un nuevo barco lo antes posible. Se despidieron y el helicóptero puso rumbo a Oslo, la ciudad más cercana con una sala antisofones.

Todos permanecieron sumidos en sus cavilaciones durante todo el viaje, y ni siquiera hablaron con la mirada.

El significado del *Moskstraumen* era tan obvio que no era necesario dedicarle reflexión alguna.

No obstante persistía una duda: ¿qué tenía que ver la reducción de la velocidad de la luz con los agujeros negros? ¿Qué tenían que ver los agujeros negros con el aviso de seguridad cósmica?

Un agujero negro no podía cambiar la velocidad de la luz, sino tan solo modificar su longitud de onda.

Reducir la velocidad de la luz en el vacío a una décima, una centésima o incluso una milésima parte de la velocidad original equivaldría a treinta mil kilómetros por segundo, tres mil kilómetros por segundo y trescientos mil kilómetros por segundo respectivamente. Era difícil saber de qué manera implicaría eso en los agujeros negros.

Ahí había un umbral que tenía que ser traspuesto, una tarea difícil para alguien acostumbrado a las formas de pensar habituales, aunque no tanto para ese grupo, que contaba con varias de las mentes más brillantes de la humanidad. A Cao Bin se le daban especialmente bien las ideas poco convencionales. Como físico que había vivido a caballo entre tres siglos, sabía algo más: durante la Era Común un grupo de investigación había logrado reducir con éxito la velocidad de la luz a través de un medio en un laboratorio hasta los diecisiete metros por segundo, inferior a la velocidad a la que se mueve una bicicleta. Está claro que no era lo mismo que reducir la velocidad de la luz a través del vacío, pero al menos hizo que lo que imaginó a continuación no pareciera tan poco verosímil.

¿Y si se lograba reducir la velocidad de la luz todavía más hasta los treinta kilómetros por segundo? ¿Implicaría eso el uso de agujeros negros? En esencia, parecía el mismo proceso que antes, pero...

—¡Dieciséis coma siete! —exclamó Cao Bin. El fuego de su mirada encendió enseguida los ojos de los demás.

La tercera velocidad cósmica del Sistema Solar eran los dieciséis coma siete kilómetros por segundo. Una nave espacial de la Tierra no podía abandonar el Sistema Solar sin rebasar ese límite.

Ocurría lo mismo con la luz: si la velocidad de la luz a través del vacío se reducía por debajo de los dieciséis coma siete kilómetros por segundo, la luz dejaría de ser capaz de escapar de la gravedad del Sol, y el Sistema Solar se convertiría en un agujero negro. Se trataba de una consecuencia inevitable de la derivación del radio de Schwarzschild de un objeto, aunque dicho objeto fuera el Sistema Solar. Más concretamente, el límite de velocidad necesaria sería aún menor si se deseaba un radio de Schwarzschild mayor.

Dado que nada podía exceder la velocidad de la luz, si la luz no podía salir del horizonte de sucesos del Sistema Solar, nada podía hacerlo. El Sistema Solar se quedaría por lo tanto aislado herméticamente del resto del universo, y de este modo quedaría del todo seguro... al menos para el resto del universo.

¿Qué pensaría un observador lejano al ver el agujero negro del Sistema Solar creado mediante la desaceleración de la velocidad de la luz? Había dos posibilidades: para los observadores con tecnología primitiva, el Sistema Solar simplemente desaparecería, mientras que una civilización tecnológicamente avanzada podría detectar el agujero negro y entender que aquel sistema planetario era seguro.

> Cualquiera que viera por casualidad una estrella lejana y apenas visible tendría que recibir el mensaje de que no era una amenaza. Esa era la función que tenía que desempeñar el aviso de seguridad.

Lo imposible era posible, después de todo.

Los intérpretes pensaron en el mar de los Voraces, que aislaba al Reino sin Cuentos del resto del mundo. Esa nueva coordenada semántica en realidad no era necesaria. Ya lo entendían.

A partir de entonces, un agujero negro formado mediante la reducción de la velocidad de la luz sería bautizado con el nombre de «dominio negro». A diferencia de los agujeros negros en los que la velocidad de la luz permanecía inalterada, un agujero negro a una velocidad de la luz reducida tenía un radio de Schwarzschild. El interior no era una singularidad espacio-tiempo, sino una región bastante amplia.

El helicóptero siguió sobrevolando las nubes. Ya habían pasado las 11 de la noche, y el sol se ponía lentamente por el oeste, dejando tan solo una franja visible. A la luz dorada del sol de medianoche, todos intentaron imaginar la vida en un mundo en el que la luz se movía a tan solo dieciséis coma siete kilómetros por segundo, y el lento resplandor de una puesta de sol como aquella.

Para entonces, la mayoría de las piezas del rompecabezas de las historias de Yun Tianming ya se habían puesto en su sitio, aunque aún había una que se resistía: los cuadros de Ojo Agudo. Los intérpretes no lograban desentrañar esa metáfora de doble capa ni encontrar sus coordenadas semánticas. Alguien pensó que las pinturas podían ser otra coordenada semántica para el *Moskstraumen*, que simbolizaba el horizonte de eventos del dominio negro. Razonaron que, desde el punto de vista de un observador externo, cualquier cosa que entrara en un dominio negro se quedaría para siempre fijado en el horizonte de eventos, lo cual se asemejaba a la acción de ser plasmado en una pintura. Pero la mayoría de analistas no compartían esa opinión. El significado del *Moskstraumen* era evidente para ellos, y Tianming había utilizado el mar de los Voraces como coordenada semántica, por lo que no hacía falta otra más.

Al final, esa última pieza del rompecabezas no se pudo descifrar. Al igual que los brazos perdidos de la Venus de Milo, las pinturas de Ojo Agudo seguían siendo un misterio. Pero como este detalle constituía la base de las tres historias y describía una elegante impiedad, una exquisita crueldad y una hermosa muerte, tenía que ser la pista de un gran secreto sobre la vida y la muerte.

Fragmento de *Un pasado ajeno al tiempo* Tres vías de supervivencia para la civilización terrícola

I. Proyecto Búnker: era el plan con más posibilidades de éxito, porque se basaba del todo en tecnologías conocidas y no contemplaba incógnitas teóricas. En cierto modo, dicho proyecto podía considerarse una prolongación natural del desarrollo de la raza humana. Aun en el caso de que no hubiera existido la amenaza de un ataque de bosque oscuro, era el momento de que la humanidad comenzara a colonizar el resto del Sistema Solar. El Proyecto Búnker solo hizo que esa iniciativa estuviera más centrada, y que sus metas estuvieran más definidas.

Además, era un plan ideado al completo por la Tierra que no aparecía descrito en el mensaje de Yun Tianming.

II. Plan Dominio Negro: este proyecto implicaba la transformación del Sistema Solar en un agujero negro a velocidad de la luz reducida con el objetivo de retransmitir un aviso de seguridad cósmica. Se trataba de la opción que planteaba un mayor reto desde el punto de vista técnico. Había que alterar una constante física en una región espacial de un radio de cincuenta unidades astronómicas, o siete mil quinientos millones de kilómetros. Se bautizó con el nombre de Proyecto Ingeniería de Dios, y presentaba unas incógnitas teóricas impresionantes.

Pero el hipotético éxito del Plan Dominio Negro supondría el mayor grado de protección para la civilización terrícola. Sin contar su efecto como aviso de seguridad cósmica, el dominio negro actuaría como una barrera de protección altamente eficaz. Cualquier proyectil exterior, como un objeto circulando a la velocidad de la luz, viajaría a una velocidad muy alta para alcanzar un poder destructivo necesario, y entraría en el dominio negro con una velocidad muy superior a la velocidad de la luz modificada del interior. Según la teoría de la relatividad, ese objeto tendría que avanzar a una velocidad de la luz nueva e inferior nada más atravesar esa barrera, y su exceso de energía cinética se convertiría en masa. La primera parte del fotoide que entrase en el dominio negro reduciría su velocidad de improviso y adquiriría una masa mucho mayor, mientras que el resto del objeto, que aún se estaría moviendo a la velocidad de la luz original, impactaría en la primera parte y destruiría el proyectil en su totalidad. Los cálculos indicaban que incluso los objetos fabricados con materiales de interacción fuerte como las gotas trisolarianas quedarían del todo destruidas en la frontera del dominio negro. Así pues, el dominio negro también recibió el nombre de «caja fuerte cósmica».

El plan tenía una ventaja adicional: era la única de las tres opciones que permitía a la humanidad seguir viviendo en la superficie terrestre y evitar el exilio en el espacio.

Sin embargo, la civilización humana pagaría un elevado precio por ello. El Sistema Solar acabaría completamente separado del resto del universo, y supondría la reducción del universo de dieciséis mil años luz a un centenar de unidades astronómicas. Además, era imposible saber cómo sería la vida en un mundo como ese. Los ordenadores electrónicos y cuánticos seguro tendrían que operar a velocidades muy bajas para que la humanidad lograra retroceder a una sociedad de bajo nivel tecnológico, lo que representaría un precinto tecnológico aún más absoluto que el impuesto por los sofones. Además de un aviso de seguridad cósmica, el Plan Dominio Negro era también una forma de automutilación tecnológica. Los seres humanos nunca serían capaces de escapar de esa trampa elaborada mediante la velocidad de la luz reducida.

III. Plan de Vuelo Espacial a la Velocidad de la Luz: la base teórica de la propulsión por curvatura aún era desconocida, pero era, sin duda, más sencilla que el Plan Dominio Negro.

Sin embargo, el vuelo espacial a la velocidad de la luz no ofrecía ningún tipo de seguridad a la civilización terrícola. Solo servía para escapar poniendo rumbo hacia las estrellas. Era el plan que planteaba el mayor número de incógnitas, y aun en el caso de que tuviera éxito los miembros de la especie humana que lograran escapar al inmenso vacío del espacio se enfrentarían a peligros imposibles de prever. Además, el peligro del Escapismo implicaba que el plan se enfrentaba a numerosas barreras y trampas políticas.

Con todo, era inevitable que una parte de la humanidad estuviera obsesionada con los vuelos a la velocidad de la luz por motivos ajenos a su supervivencia.

Para la gente de la Era de la Retransmisión, la única opción inteligente consistía en llevar a cabo estos tres planes de forma simultánea.

Era de la Retransmisión, año 8
La opción del destino

Cheng Xin acudió a las oficinas centrales del Grupo Halo.

Era la primera vez que visitaba la sede de la empresa. Nunca había participado en sus operaciones porque de manera inconsciente nunca había pensado que aquella enorme riqueza le perteneciera de verdad a ella o a Yun Tianming. Eran propietarios de la estrella, pero el valor que generaba pertenecía al conjunto de la sociedad.

No obstante, ahora existía la posibilidad de que el Grupo Halo pudiera ayudarla a hacer realidad su sueño.

La sede corporativa ocupaba la totalidad de un árbol gigante. Curiosamente, todos los edificios sobre el árbol eran transparentes, y como el índice de refracción del material de construcción era cercano al del aire, todas las estructuras internas eran visibles. Era posible ver a los empleados moviéndose en su interior, así como un sinfín de ventanas de información. Los edificios colgantes parecían hormigueros transparentes con hormigas de colores deambulando por su interior.

Dentro de la gran sala de conferencias situada en la copa del árbol, Cheng Xin conoció a la mayoría de los altos cargos del Grupo Halo, todos ellos jóvenes, inteligentes y llenos de energía. Muchos no habían conocido nunca antes a Cheng Xin, y no ocultaron su fascinación y admiración.

La terminar la reunión, cuando Cheng Xin y AA se quedaron solas en la gran sala vacía, empezaron a hablar del futuro de la compañía. El mensaje de Yun Tianming y su interpretación se mantenían en secreto. A fin de proteger a Tianming, Coalición Flota y la ONU pretendían ir publicando los resultados poco a poco y hacerlos pasar por el fruto de las investigaciones llevadas a cabo por la Tierra. También se añadieron resultados falsos para esconder todavía más el origen real de la información.

Cheng Xin se había acostumbrado al suelo transparente, y ya no tenía tanto miedo a las alturas. Unas cuantas ventanas de información grandes aparecieron en la sala de conferencias, mostrando vídeos en directo de varios de los proyectos del Grupo Halo en la órbita terrestre, uno de los cuales era una cruz gigante en órbita geosíncrona. Tras la reaparición de Tianming, la esperanza de un milagro fue desapareciendo poco a poco, y con el inicio del Proyecto Búnker el fervor religioso se apagó. La Iglesia dejó de invertir en la cruz gigante y el proyecto terminó abandonado. Ahora se encontraba en proceso de desmantelamiento, de modo que solo quedaba la significativa imagen de una I gigante.

—No me gusta el término «dominio negro» —rezongó AA—. Sería más adecuado llamarlo «tumba negra», un agujero que nos cavamos a nosotros mismos.

Cheng Xin contempló la ciudad que se abría a sus pies a través del suelo transparente.

—Yo no pienso así —replicó—. Durante la era en la que yo nací, la Tierra estaba completamente separada del resto del universo. Todo el mundo vivía en la superficie y rara vez alzaban la vista para mirar a las estrellas. Era como había vivido la gente durante cinco mil años, y no se puede decir que vivieran mal. Incluso ahora el Sistema Solar está separado del resto del cosmos. Los únicos que están en el espacio profundo son las más de mil personas a bordo de esas dos naves.

—Pero me da la impresión que si nos aislamos de las estrellas, nuestros sueños morirán.

—En absoluto. Los antiguos también eran felices, y no tenían menos sueños que los que tenemos ahora. Además, dentro del dominio negro podrías seguir viendo las estrellas, solo que... vete a saber qué aspecto tendrían. A mí tampoco me entusiasma la denominación «dominio negro».

—Ya sé que no.

—Me gustan las naves a la velocidad de la luz.

—Eso le gusta a todo el mundo. ¡El Grupo Halo debería construir naves de esas!

—Pensaba que no ibas a estar de acuerdo conmigo —admitió Cheng Xin—. Eso exige una gran inversión en investigación básica.

—¿Crees que no soy más que una empresaria? Pues te equivocas. Claro que lo soy, como también lo son los miembros de la junta. Queremos multiplicar los beneficios, pero eso no impide que desarrollemos naves capaces de alcanzar la velocidad de la luz. Los gobiernos destinarán la mayor parte de recursos al Proyecto Búnker y el dominio negro, pero las naves a la velocidad de la luz quedarán para los empresarios... Con el Proyecto Búnker tenemos que poner toda la carne en el asador, y luego aprovechar algunos de los beneficios para invertir en la propulsión de naves a la velocidad de la luz.

—Mira, AA, esta es mi idea —empezó Cheng Xin—: es probable que la propulsión por curvatura y el dominio negro compartan teorías fundamentales. Podemos esperar a que los gobiernos y la Academia Mundial de Ciencias completen esa parte de la investigación y luego encauzarla hacia la propulsión por curvatura.

—Vale, deberíamos poner en marcha también una Academia de Ciencias del Grupo Halo y empezar a contratar científicos. Son muchos los que llevan mucho tiempo soñando con el vuelo espacial a la velocidad de la luz, pero no encuentran oportunidades en los proyectos nacionales e internacionales...

Una súbita aparición de nuevas ventanas de información interrumpió a AA. Salían ventanas de todos los tamaños en todas direcciones, como una avalancha de color que rápidamente tapó algunas de las ventanas originales que mostraban noticias de los proyectos del grupo. Lo normal era que una avalancha de ventanas como esa se debiera a algún acontecimiento importante, pero el alud de información solía abrumar a la gente, incapaz de saber qué había ocurrido en realidad. Eso fue lo que les pasó a AA y Cheng Xin, que vieron cómo la mayoría de las ventanas estaban repletas de complejos textos y figuras animadas, y solo las ventanas que mostraban imágenes puras podían distinguirse echando un único vistazo. En una de las ventanas, Cheng Xin vio varias caras mirando hacia arriba, y luego el objetivo se acercó hasta que unos ojos asustados llenaron el marco, acompañados por un coro de gritos...

Pasó a primer plano una nueva ventana en la que se veía a la secretaria de AA, que miraba a AA y Cheng Xin presa del terror.

—¡Alerta de ataque! —exclamó.

—¿Tienes más detalles? —inquirió AA.

—¡Han activado la primera unidad de observación del sistema de alerta temprana del Sistema Solar y han detectado un objeto que se mueve a la velocidad de la luz!

—¿En qué dirección? ¿A qué distancia?

—No lo sé. No sé nada. Lo único que sé es que...

—¿Es una alerta oficial? —preguntó Cheng Xin, manteniendo la calma.

—Creo que no. Pero está en todos los medios de comunicación. ¡Seguro que es real! ¡Tenemos que ir corriendo al puerto espacial y salvarnos! —La secretaria desapareció de la ventana.

Cheng Xin y AA atravesaron el denso cúmulo de ventanas de información hasta llegar a la pared transparente de la sala de conferencias. Vieron que en la ciudad que tenían a los pies ya cundía el pánico. El gran aumento del número de coches voladores en el exterior del edificio dio paso al caos, con atascos de los que cada vehículo intentaba salir a toda velocidad. Uno de los coches se empotró contra un edificio y provocó una bola de fuego. Pronto aparecieron llamas y columnas de humo en otros dos puntos de la ciudad...

AA seleccionó varias ventanas de información y las leyó detenidamente. Por su parte, Cheng Xin intentó contactar con los miembros de la Comisión. La mayoría de sus teléfonos estaban comunicando, y solo consiguió hablar con dos de ellos. El primero, al igual que AA y Cheng Xin, no sabía nada, mientras que el segundo, un oficial del Consejo de Seguridad Planetaria, le confirmó que la unidad de observación número uno del sistema de alerta temprana del Sistema Solar había advertido una anomalía significativa, si bien desconocía los detalles. También pudo confirmarles que Coalición Flota y la ONU no habían emitido una alerta formal, aunque no se mostró demasiado optimista.

—Existen dos posibles razones por las que no se ha emitido la alarma —explicó el oficial del Consejo—: la primera es que no haya ocurrido nada, y la segunda es que el objeto esté demasiado cerca y emitir una alarma sea inútil.

AA solo pudo sacar en claro un dato a través de la lectura: el objeto se movía a la velocidad de la luz siguiendo el plano eclíptico. Había informaciones contradictorias respecto a su dirección exacta y su distancia del Sol, amén de enormes discrepancias entre las distintas estimaciones sobre cuándo impactaría contra el Sol: algunas señalaban que al mundo le quedaba un mes, y otras que tan solo unas pocas horas.

—Debemos ir a la nave *Halo* —dijo AA.

—¿Nos da tiempo?

Halo era una nave corporativa que pertenecía al Grupo Halo, y que en esos momentos se encontraba estacionada en la base geosíncrona de la empresa. Si la alerta era real, la única esperanza que les quedaba era poner rumbo a Júpiter y ocultarse detrás de ese planeta antes de que el fotoide impactara. Como Júpiter se encontraba detrás, y por lo tanto lo más cerca que podía estar de la Tierra, harían falta entre veinticinco y treinta días para alcanzar el planeta, justo en el límite superior de la lista de estimaciones para el momento del impacto. Sin embargo, la estimación parecía muy poco fiable: el sistema de alerta temprana seguía en proceso de construcción, y no podía haber mandado una alerta tan pronto.

—¡Tenemos que hacer algo en vez de esperar la muerte de brazos cruzados! —exclamó AA. Sacó a Cheng Xin de la sala de conferencias a rastras y fueron a la pista de aterrizaje situada en lo alto del árbol. Se metieron en un coche volador, pero AA recordó algo y volvió a salir. Minutos después, regresó con un objeto oblongo que parecía una funda de violín. Lo abrió, sacó lo que había dentro, lo llevó consigo al coche y arrojó el estuche a un lado.

Cheng Xin miró lo que AA llevaba en la mano y lo reconoció: era un fusil, aunque adaptado para disparar rayos láser en vez de balas.

—¿Por qué lo has cogido? —preguntó Cheng Xin.

—El puerto espacial estará de bote en bote... ¿Quién sabe lo que podría pasar? —AA echó el arma al asiento trasero y empezó a conducir.

Cada ciudad tenía un puerto espacial que daba servicio a varias naves espaciales pequeñas, de forma parecida a la de los antiguos aeropuertos.

El coche volador se fundió en un intenso flujo de tráfico aéreo. Los incontables coches de aquella corriente se dirigían hacia el puerto espacial como un enjambre de langostas que proyectaban una sombra en el suelo, como si la ciudad supurara sangre.

Delante de su coche había una decena de líneas blancas que se alzaban en el cielo azul, que no eran otra cosa que las estelas dejadas por las naves espaciales que acababan de despegar. Se erguían rectas para luego girar hacia el este y desaparecer en las profundidades del firmamento. No paraban de surgir de la superficie nuevas líneas blancas que se extendían en el aire, cada una de las cuales terminaba en una bola de fuego más brillante que el sol, que no era otra cosa que las llamas de los motores de fusión.

Cheng Xin vio imágenes en directo tomadas cerca de la órbita terrestre en una ventana de información en el interior del vehículo. Sobre el tostado fondo del continente aparecieron incontables líneas blancas que apuntaban hacia el firmamento. Se volvían cada vez más numerosas y más densas, como si le salieran canas a la Tierra. Las bolas incandescentes en los extremos de las rayas blancas eran como luciérnagas sin rumbo en el espacio. Era la mayor evasión colectiva al espacio de la historia humana.

Su coche llegó al puerto espacial. Un centenar de naves estaban desplegadas debajo de ellas, y salían otras tantas de un hangar gigante más alejado. Los aviones espaciales habían quedado obsoletos hacía mucho tiempo, y todas las lanzaderas modernas habían despegado. A diferencia de la extraña nave que Cheng Xin había visto en el puerto en la estación terminal del elevador espacial, todas esas lanzaderas tenían un perfil aerodinámico con tres o cuatro alerones. Se erguían sin orden ni concierto en la pista del puerto espacial como un bosque metálico.

AA había hecho una llamada al hangar para incorporar al montón una de las lanzaderas del Grupo Halo. Distinguió la nave al momento desde el aire y aterrizó con el coche junto a ella.

Cheng Xin miró las lanzaderas que había a su alrededor. Tenían diferentes tamaños: las más pequeñas tan solo medían unos pocos metros de altura, y parecían versiones gigantes de proyectiles de artillería. Resultaba difícil imaginar que esos diminutos artilugios fueran capaces de escapar del pozo de gravedad de la Tierra. También había vehículos más grandes, algunos tan grandes como los aviones de línea antiguos. La lanzadera del Grupo Halo tenía un tamaño medio tirando a pequeño, de unos diez metros de altura, y estaba cubierta de una superficie metálica reflectante que recordaba a la de las gotas. La lanzadera descansaba sobre un soporte de lanzamiento con ruedas para que pudiera ser desplazada enseguida al punto de lanzamiento; utilizarían esa lanzadera para poner en órbita a *Halo*.

De la zona de despegue vino un estruendo que curiosamente le recordó a Cheng Xin al sonido generado por el *Moskstraumen*. El suelo tembló y las piernas le fallaron. Apareció un resplandor en la zona de lanzamiento, y una lanzadera se elevó en medio de una bola de fuego que añadió otra columna de humo más en el cielo. Una gran nube de niebla blanca se dirigió hacia ellos, trayendo consigo un extraño olor a quemado. La bruma no había sido generada por el motor de la lanzadera, sino por el agua hirviendo de una piscina de refrigeración bajo la pista de lanzamiento. A medida que la zona de lanzamiento y las naves desaparecían en medio de aquel sofocante vapor, iban creciendo la agitación y el nerviosismo.

AA y Cheng Xin subieron por una estrecha y larga escalera para alcanzar la lanzadera. Cuando se disipó la niebla, Cheng Xin vio a un grupo de niños reunidos no demasiado lejos. Parecían estudiantes de primaria de unos diez años de edad, e iban vestidos de uniforme. Los acompañaba una joven profesora cuyo cabello era sacudido por bocanadas de viento, y que miraba alrededor sin saber qué hacer.

—¿Podemos esperar un poco? —preguntó Cheng Xin.

AA vio a los niños y entendió lo que quería.

—De acuerdo —contestó—. Ve allí. Tenemos que esperar nuestro turno para subir a la plataforma de lanzamiento. Pasará un rato.

En principio, las lanzaderas podían despegar de cualquier superficie plana, pero para evitar que las elevadísimas temperaturas del plasma generado por el motor de fusión dañaran el suelo, se utilizaba una plataforma de despegue equipada con una piscina de refrigeración y distribuidores para redirigir el plasma de forma segura.

La profesora vio a Cheng Xin, se acercó a ella y la agarró del brazo.

—Esta nave es tuya, ¿verdad? Por favor, salva a los niños —imploró. Llevaba el flequillo pegado a la frente, y las lágrimas y la niebla condensada le humedecían la cara. Clavaba los ojos en Cheng Xin, como si quisiera retenerla con la mirada. Los niños también la miraban expectantes—. Están de campamento espacial, y tenían que estar en órbita. Pero después de la alerta, nadie quiso acogernos y enviaron a otras personas en nuestro lugar.

—¿Dónde está vuestra nave? —preguntó AA al llegar.

—Se ha marchado. ¡Ayudadnos, os lo ruego!

—Vamos a llevarlos —dijo Cheng Xin a AA.

AA miró a Cheng Xin durante unos segundos. Su mirada parecía decir: «Hay miles de millones de personas en la faz de la Tierra. ¿Crees que puedes salvarlos a todos?»

Cuando vio que Cheng Xin seguía en sus trece, sacudió la cabeza:

—Solo podemos llevar a tres.

—¡Pero si nuestra nave tiene capacidad para dieciocho personas!

—A bordo de *Halo* hay sitio para cinco personas porque solo está equipada con cinco cápsulas de estado abisal. Los que no estén en ese estado cuando la nave acelere al máximo pueden acabar hechos puré.

La respuesta sorprendió a Cheng Xin. El fluido abisal de aceleración solo era necesario para las naves estelares, pero siempre había creído que *Halo* era una nave planetaria incapaz de viajar más allá del Sistema Solar.

—De acuerdo. ¡Entonces llevaos a tres! —La profesora soltó a Cheng Xin y se aferró a AA, temerosa de perder su última oportunidad.

—Elige a tres, entonces —dijo AA.

La profesora soltó a AA y se la quedó mirando, todavía más aterrorizada que antes.

—¿Cómo quieres que escoja? Cómo... —Miraba a su alrededor, sin atreverse a mirar a los niños a la cara. Parecía atenazada por un inmenso dolor, como si le escocieran las miradas de los críos.

—Vale, entonces elegiré yo —dijo AA. Se volvió a los niños y sonrió—. A ver, escuchadme bien. Voy a haceros tres preguntas. Quien me dé primero la respuesta correcta podrá venir con nosotras. —Levantó un dedo haciendo caso omiso de las miradas de estupefacción de la profesora y Cheng Xin—. Primera pregunta: imaginad una luz apagada. Un minuto después, parpadea; medio minuto después, vuelve a parpadear; quince segundos después, parpadea por tercera vez. Y sigue así, parpadeando a intervalos que son la mitad del intervalo inmediatamente anterior. ¿Cuántas veces habrá parpadeado a los dos minutos?

—¡Cien! —soltó sin pensar uno de los niños.

AA negó con la cabeza.

—¡Mil!

—No, pensadlo bien.

Tras una larga pausa habló una voz suave. Era una niña amable y tímida cuya voz costaba oír entre tanto ruido.

—Un número infinito de veces.

—Ven aquí —dijo AA, señalando con la mano a la niña, que se acercó. AA le indicó que esperara detrás de ella—. Segunda pregunta: imaginaos que tenemos una cuerda cuyo grosor es desigual. Para quemarla de un extremo a otro hace falta una hora. ¿Cómo podemos usarla para registrar el transcurso de quince minutos? ¡Recordad, el grosor es desigual!

En aquella ocasión ninguno de los niños se precipitó, sino que reflexionaron en silencio. Poco después un niño levantó la mano:

—Doblando la cuerda hasta que los extremos se toquen, y entonces quemándola desde ambos extremos al mismo tiempo.

AA asintió.

—Ven. —Puso al niño junto a la otra niña—. Tercera pregunta: ochenta y dos, cincuenta, veintiséis. ¿Cuál es el siguiente número?

—¡Diez! —gritó una niña.

AA levantó el pulgar:

—Muy bien. Ven aquí. —Entonces asintió a Cheng Xin y acompañó a los tres niños hacia la lanzadera.

Cheng Xin los siguió a las escaleras para subir a la nave. Se dio la vuelta y vio que los demás niños y su profesora la miraban como si el sol no fuera a salir jamás. Las lágrimas nublaron la escena que tenía ante ella, y mientras subía la escalera sintió todavía las miradas de desesperación a su espalda, como si decenas de miles de flechas le atravesaran el corazón. Se había sentido así durante los últimos instantes de su breve andadura como portadora de la espada, y también en Australia cuando Tomoko anunció su plan de exterminio de la raza humana. Era un dolor peor que la muerte.

La cabina del interior de la lanzadera era espaciosa, con dieciocho asientos dispuestos en dos columnas. Como la cabina era vertical como un pozo, todos tuvieron que subir por una escalerilla para llegar a los asientos. Cheng Xin experimentó la misma sensación que tuvo en la nave esférica que la llevó a ver a Tianming: la lanzadera parecía ser tan solo un caparazón en el que resultaba imposible ver dónde quedaba espacio para el motor y los sistemas de control. Volvió a pensar en los cohetes por propulsión química de la Era Común, voluminosos como un rascacielos, pero cuya carga era una pequeña cápsula cerca de la punta.

No vio ninguna superficie de control en el interior de la lanzadera, y tan solo flotaban unas pocas ventanas de información. La inteligencia artificial de la nave parecía haber reconocido a AA. Nada más entrar, las ventanas se arremolinaron en torno a ella y se movieron a su alrededor mientras abrochaba los cinturones de seguridad de los niños y de Cheng Xin.

—No me mires así. Les di una oportunidad. Competir es necesario para sobrevivir —susurró AA a Cheng Xin.

—Señora, ¿se morirá la gente de la superficie? —preguntó el niño.

—Todos morirán. Es solo cuestión de tiempo. —AA se sentó junto a Cheng Xin. No se abrochó el cinturón, sino que siguió examinando las ventanas de información—. Mierda, todavía tenemos veintinueve lanzamientos por delante.

El puerto espacial tenía un número limitado de plataformas de despegue. Después de cada lanzamiento, la plataforma tenía que enfriarse durante diez minutos antes del siguiente uso porque las piscinas de refrigeración tenían que rellenarse con agua fresca.

La espera seguramente no afectaría demasiado a sus posibilidades de supervivencia. El vuelo a Júpiter llevaría un mes. Si el ataque de bosque oscuro tenía lugar antes de su llegada, daba igual estar sobre tierra o en el espacio. Pero ahora el problema era que cualquier retraso podía impedirles despegar.

La sociedad estaba sumida en el caos. Impulsados por el instinto de supervivencia, los más de diez millones de habitantes de la ciudad corrieron en tropel hacia el puerto espacial. Las lanzaderas, como los aviones de pasajeros de la época antigua, solo podían dar cabida a un pequeño número de personas en un breve período de tiempo. Contar con una nave espacial privada era como tener un avión privado, un sueño irrealizable para la mayor parte de la población. Incluso con el ascensor espacial, no más de un uno por ciento de la población podría alcanzar la órbita cercana a la Tierra en una semana. Los que finalmente lograran realizar el viaje a Júpiter serían una décima parte de ese uno por ciento.

La lanzadera no tenía escotillas, pero varias ventanas de información mostraban el exterior. Vieron oscuras masas de personas que inundaban la zona de estacionamiento. Las multitudes rodeaban cada nave y proferían gritos mientras alzaban los puños con la esperanza de lograr meterse en una de ellas. Entretanto, fuera del puerto espacial había algunos coches voladores que habían vuelto a despegar después de aterrizar. Todos estaban vacíos, y sus dueños los pilotaban por control remoto en un intento de impedir nuevos lanzamientos espaciales. Cada vez se acumulaban más coches voladores en el aire, formando una negra barrera que planeaba sobre las plataformas de lanzamiento. Muy pronto nadie sería capaz de escapar.

Cheng Xin minimizó la ventana de información y se dio la vuelta para intentar tranquilizar a los tres niños sentados detrás de ella. AA dio un grito. Cheng Xin se volvió y vio una ventana maximizada que ocupaba toda la cabina, y en la que se veía una bola de fuego de un brillo cegador en medio del bosque de lanzaderas.

Alguien había iniciado el despegue rodeado de personas en la pista de lanzamiento.

El plasma emitido por el motor de fusión nuclear estaba decenas de veces más caliente que las emisiones de los antiguos cohetes por propulsión química. Al lanzarse desde una superficie plana, el plasma derretía la corteza de manera instantánea y se desparramaba en todas direcciones. Era imposible sobrevivir en un radio de treinta metros. Las imágenes que retransmitía la pantalla mostraban muchos puntos negros esparciéndose desde la bola de fuego, uno de los cuales chocó en la lanzadera más próxima y dejó la negra marca de un cadáver carbonizado. Las demás lanzaderas que había junto a la que acababa de despegar se volcaron, probablemente porque sus plataformas de lanzamiento se habían fundido.

La multitud quedó en silencio. Alzaron la mirada y vieron que aquella lanzadera que era probable que hubiera matado a decenas de personas ascendía emitiendo un fuerte estruendo y dejando tras de sí un rastro blanco hasta llegar a cierta altura, para luego girar hacia el este. La gente no daba crédito. Segundos después, otra lanzadera despegó de la zona de aparcamiento aún más cerca de ellos. El ruido, las llamas y las olas de aire a altas temperaturas causaron un pánico total entre la desconcertada multitud. Entonces despegó una tercera, y una cuarta... todas las lanzaderas aparcadas en el lugar fueron despegando una tras otra. En medio de las bolas de fuego salieron volando por el aire restos de cadáveres quemados, convirtiendo el aparcamiento en un crematorio.

AA observó la dantesca escena y se mordió el labio inferior. Entonces apartó la ventana con una mano y empezó a teclear en otra ventana más pequeña.

—¿Qué haces? —preguntó Cheng Xin.

—Vamos a despegar.

—No.

—Mira. —AA le pasó a Cheng Xin otra pequeña ventana en la que se veían varias de las lanzaderas a su alrededor. Justo debajo de la cola de los vehículos había un bucle de refrigeración que se usaba para disipar el calor de los reactores de fusión. Cheng Xin vio que los dispositivos de todas las lanzaderas habían comenzado a brillar con una débil luz roja, lo que indicaba que sus reactores se habían encendido para preparar el despegue.

—Deberíamos despegar antes que ellos —dijo AA. Si alguna de esas lanzaderas realizaba el despegue, el plasma seguramente derretiría las plataformas de lanzamiento de las demás naves y haría que volcaran en el suelo derretido.

—No. Para. —La voz de Cheng Xin era tranquila pero tajante. Había vivido catástrofes incluso peores, y afrontaría la situación con serenidad.

—¿Por qué? —El tono de AA era igualmente tranquilo.

—Porque hay gente.

AA dejó de teclear y se volvió hacia Cheng Xin.

—Muy pronto la Tierra, todas esas personas, tú y yo nos convertiremos en polvo. ¿Eres capaz de distinguir entre justos y pecadores en medio de tanta devastación?

—Nuestros valores siguen vigentes, por lo menos de momento. Soy presidenta del Grupo Halo. Esta lanzadera pertenece al grupo, y tú eres una empleada de la empresa. Tengo la autoridad para tomar esta decisión.

AA se quedó mirando a Cheng Xin durante unos momentos, asintió y cerró las ventanas de control. También apagó las ventanas de información, aislando así la cabina del desquiciado mundo exterior.

—Gracias —dijo Cheng Xin.

AA no dijo nada, pero entonces dio un respingo como si de pronto hubiera recordado algo. Cogió el fusil de uno de los asientos vacíos y subió por la escalera.

—Mantened los cinturones abrochados. La lanzadera podría caerse en cualquier momento.

—¿Qué vas a hacer? —inquirió Cheng Xin.

—Si nosotros no podemos marcharnos, ellos tampoco. Que se jodan.

AA abrió la cabina, salió y cerró con llave de inmediato la compuerta para evitar que alguien intentara entrar por la fuerza. Entonces subió las escaleras y empezó a disparar a los alerones de la lanzadera más cercana. Salió humo de uno de ellos, donde se abrió un pequeño agujero del tamaño de un dedo. Con eso bastaría. El sistema de autoobservación de la lanzadera descubriría el daño en el alerón y el programa de inteligencia artificial impediría el inicio de la secuencia de despegue, una medida de seguridad que las personas a bordo no podían anular manualmente. El anillo de refrigeración de la nave empezó a apagarse, lo que indicaba el bloqueo del reactor. AA dio media vuelta y disparó a los alerones de cada una de las ocho lanzaderas que tenían alrededor. Nadie en medio de aquella despavorida multitud se percató de lo que hacía AA entre las olas de calor, humo y polvo.

Se abrió la puerta de una de las lanzaderas, de la que surgió una mujer vestida con elegancia. Fue hasta la cola de la nave y no tardó en descubrir el agujero. Empezó a llorar histérica hasta hacerse un ovillo en el suelo. Se dio de cabezazos contra la plataforma de lanzamiento, pero nadie parecía prestarle atención: lo único que le importaba a la gente era que la puerta de su lanzadera había quedado abierta. Se apresuraron a subir por las escaleras para meterse en una lanzadera que ya no podía volar.

AA volvió a las escaleras y empujó a Cheng Xin, que había sacado la cabeza por la puerta. Luego entró, cerró la puerta tras de sí y se puso a vomitar.

—Ahí fuera... huele a barbacoa —dijo al fin AA después de que las arcadas hubieran remitido.

—¿Vamos a morir? —preguntó la niña, asomándose por el pasillo entre los asientos.

—Vamos a presenciar una impresionante escena del cosmos —anunció AA con una expresión misteriosa en el rostro.

—¿Qué escena?

—La más impresionante que se ha visto nunca. El Sol se va a convertir en un montón de fuegos artificiales.

—¿Y luego?

—Luego... nada. ¿Qué puede haber cuando no hay nada? —AA subió y acarició la cabeza de los tres niños. No les quería mentir. Si habían sido capaces de contestar a sus preguntas, sin duda eran lo bastante inteligentes como para comprender la situación en la que se encontraban.

Una vez más, AA y Cheng Xin se sentaron la una junto a la otra. Cheng Xin posó la mano sobre la de AA.

—Lo siento.

AA le contestó con una sonrisa a la que Cheng Xin estaba acostumbrada. Siempre había tenido la impresión de que AA era joven, y que había sido menos maltratada por la oscuridad del mundo que Cheng Xin. Con AA a su lado se sentía más madura, pero también impotente.

—No pasa nada —suspiró AA—. Al fin y al cabo todo es inútil. El resultado será el mismo. Por lo menos ahora nos podemos relajar un poco.

Si *Halo* hubiera sido realmente una nave estelar, habría sido capaz de alcanzar Júpiter mucho más rápido. Aunque la distancia entre la Tierra y Júpiter no era lo bastante grande como para alcanzar la aceleración máxima, seguro que podrían haber realizado todo el trayecto en apenas dos semanas.

AA parecía haber percibido lo que Cheng Xin estaba pensando.

—Aunque el sistema de alerta temprana hubiese estado del todo operativo —empezó—, el aviso no habría llegado con más de un día de antelación... Lo llevo pensando desde hace rato y me parece que tiene que ser una falsa alarma.

Cheng Xin no estaba segura de si ese era el motivo por el que AA había acatado su orden con tanta facilidad.

La teoría de AA no tardó en quedar demostrada. El oficial del Consejo que también formaba parte de la Comisión llamó a Cheng Xin para comunicarle que Coalición Flota y la ONU habían emitido un comunicado conjunto en el que anunciaban que se trataba de una falsa alarma; no se habían detectado indicios de un ataque de bosque oscuro. AA abrió varias ventanas de información y la mayoría retransmitía el anuncio de Coalición Flota y la ONU. Fuera, los despegues no autorizados habían terminado. Aún reinaba el caos, pero al menos la situación no empeoraría.

Cuando las cosas se calmaron un poco, Cheng Xin y AA salieron de la lanzadera. La escena que contemplaron parecía un campo de batalla. Por todas partes yacían desparramados cuerpos carbonizados, algunos todavía envueltos en llamas. Muchas de las lanzaderas seguían en tierra, y algunas se apoyaban las unas contra las otras. Habían despegado un total de nueve lanzaderas, y las estelas que habían dejado tras de sí aún podían verse con mucha claridad en el cielo, como si fueran heridas abiertas. La multitud ya no estaba histérica, y algunas personas se sentaban en el suelo todavía caliente, otras estaban de pie confundidas, otras vagaban sin rumbo... y todos dudaban de si lo que acababan de vivir era real o una pesadilla. La policía había llegado para mantener el orden, y las operaciones de rescate habían comenzado.

—El próximo aviso podría ser real —dijo AA a Cheng Xin—. Deberías venir conmigo a Júpiter. El Grupo Halo construirá una ciudad espacial para el Proyecto Búnker.

En vez de contestarle, Cheng Xin le formuló una pregunta:

—¿Qué pasa con *Halo*?

—No se trata de la nave original del mismo nombre, sino de un nuevo tipo de nave espacial en miniatura con espacio suficiente para veinte personas en caso de viajes planetarios y cinco para los vuelos estelares. La junta directiva acordó construirla para ti, y puedes utilizarla como oficina móvil en Júpiter.

La diferencia entre una nave planetaria y una nave estelar era la misma que existía entre una lancha que utilizaba un solo remo para moverse por un río y un carguero transatlántico con capacidad para decenas de miles de toneladas. Naturalmente, en el caso de las naves espaciales la diferencia no era una mera cuestión de volumen, dado que también existían naves estelares pequeñas. En comparación con las naves planetarias, las naves estelares tenían sistemas de propulsión más avanzados, estaban equipadas con sistemas de ciclo ecológico y cada subsistema contaba con tres o cuatro refuerzos. Si Cheng Xin llevaba la nueva *Halo* a la sombra de Júpiter de verdad, la nave podría mantenerla con vida el resto de sus días pasara lo que pasase.

Cheng Xin sacudió la cabeza.

—Id vosotros. Llévate la *Halo*. No participo en las operaciones diarias de la empresa y puedo quedarme en la Tierra.

—Lo que pasa es que no quieres ser uno de los pocos supervivientes.

—Me quedo con miles de millones de personas. Pase lo que pase, si le ocurre lo mismo a varios miles de millones de personas al mismo tiempo, no tendré miedo.

—Me preocupas tú —dijo AA, que agarró a Cheng Xin por los hombros—. No me preocupa que mueras junto a miles de millones de personas, sino que vivas cosas peores que la muerte.

—Ya he vivido cosas así.

—Si te empeñas en perseguir el sueño del vuelo espacial a la velocidad de la luz, vivirás todavía más experiencias como esas. ¿Serás capaz de soportarlas?

La falsa alarma fue el mayor disturbio social desde la Gran Migración. Aunque duró poco y sus daños fueron limitados, dejó una mancha imborrable en la mente de toda la población.

En la mayoría de los miles de puertos espaciales del mundo entero hubo lanzaderas que despegaron mientras estaban rodeadas de personas, y más de diez mil ciudadanos perecieron a causa de las llamas emitidas por los motores de fusión. También estallaron conflictos armados en las estaciones base de los ascensores espaciales. A diferencia de los puertos espaciales, en los vuelos de los ascensores espaciales participaban los Estados. Algunos países intentaron ocupar la estación base del ascensor internacional en aguas tropicales, y, finalmente, pudo evitarse un conflicto armado total gracias a la llegada a tiempo del mensaje de que se trataba de una falsa alarma. En las órbitas de la Tierra e incluso Marte hubo turbas que lucharon entre sí para hacerse con las naves espaciales.

Aparte de los desalmados dispuestos a matar para asegurarse su propia supervivencia, durante el tiempo que duró la falsa alarma la población descubrió otra cosa que les indignó: decenas de pequeñas naves estelares y cuasiestelares se habían construido en secreto en órbita geosíncrona y en la cara oculta de la Luna. Las naves cuasiestelares poseían los sistemas de ciclo ecológico de las naves estelares, pero solo estaban equipadas con sistemas de propulsión para vuelos interplanetarios. Algunas de estas lujosas embarcaciones pertenecían a grandes empresas, y otras a personas muy adineradas. Todos los vehículos eran pequeños y solo podían mantener a unas pocas personas con sus sistemas de ciclo ecológico. Solo tenían una función: ayudar a escapar detrás de los gigantes gaseosos.

El sistema de alerta temprana que estaba siendo construido solo podía dejar un margen de unas veinticuatro horas. Si de verdad llegaba a producirse un ataque de bosque oscuro, no habría tiempo suficiente para que un avión espacial fuera de la Tierra a Júpiter, el planeta-barrera más próximo. En la práctica, la Tierra pendía sobre un mar de muerte. Todo el mundo lo comprendía a nivel racional, y las espantosas peleas que se produjeron durante la falsa alarma no fueron más que una locura colectiva sin sentido, impulsada por un instinto de supervivencia que se impuso a la razón. Unas cincuenta mil personas residían en Júpiter, la mayoría miembros de la fuerza espacial destinada en la base de dicho planeta, así como el personal encargado de los preparativos del Proyecto Búnker. Tenían motivos de sobra para estar allí, y nadie les envidiaba por poder estar donde estaban. Pero cuando concluyó la construcción de esas naves espaciales secretas, sus ricos propietarios serían capaces de ocultarse a la sombra de Júpiter de manera indefinida.

No existían leyes internacionales o nacionales, al menos de momento, que prohibieran la construcción de naves estelares por parte de organizaciones o particulares, y esconderse detrás de los planetas gigantes no se consideraba una forma de Escapismo. Sin embargo, aquella era la mayor desigualdad de la historia de la humanidad: desigualdad antes de la muerte.

A lo largo de la historia, las desigualdades se habían manifestado principalmente en terrenos como la economía o el estatus social, pero la muerte trataba a todos por igual. La igualdad, naturalmente, no era absoluta: el acceso a la sanidad no estaba distribuido de forma equitativa, los ricos salían mejor parados de los desastres naturales que los pobres, y los soldados y los civiles tenían diferentes tasas de mortalidad en tiempos de guerra, por citar tan solo algunos ejemplos. Pero nunca antes se había producido una situación como esta: menos de una diezmilésima parte de la población podría refugiarse en un lugar seguro y dejar a su suerte a miles de millones de personas en la Tierra.

Ya en la antigüedad, una desigualdad tan evidente habría resultado intolerable, y en la actualidad lo era aún más.

Aunque las naves espaciales escondidas detrás de Júpiter o Saturno no lograrían sobrevivir a un ataque de bosque oscuro, la vida a bordo de esas naves distaría mucho de ser agradable. Por muy cómodo que fuera el ambiente gracias a los sistemas de ciclo ecológico, los ocupantes de la nave vivirían aislados en las frías e inhóspitas regiones del Sistema Solar exterior. Pero tal como habían revelado las observaciones de la segunda flota trisolariana, las naves impulsadas mediante propulsión por curvatura podían alcanzar la velocidad de la luz de manera casi instantánea. Una nave a la velocidad de la luz podía ir de la Tierra a Júpiter en menos de una hora, y el sistema de alerta temprana sería más que suficiente. Los poderosos y los ricos que poseían naves capaces de volar a la velocidad de la luz podrían vivir con comodidad en la Tierra y escapar en el último minuto sin la más mínima consideración por los miles de millones de personas que se quedaban atrás. Semejante perspectiva resultaba inadmisible para la sociedad. Las tremebundas imágenes de la falsa alerta todavía estaban frescas en la conciencia colectiva, y la mayoría de la gente coincidía en que la aparición de naves capaces de alcanzar la velocidad de la luz ocasionaría un caos general. Es por ello que el plan para desarrollar ese tipo de naves se enfrentó a una resistencia sin precedentes.

La falsa alarma era una de las consecuencias de los explosivos efectos que tenía la amplificación de las noticias sensibles en una sociedad hiperinformada. La fuente de la información era una anomalía detectada por la primera unidad de observación del sistema de alerta temprana, una irregularidad que era real, pero que no tenía nada que ver con un fotoide.

Fragmento de *Un pasado ajeno al tiempo*
Centinelas del espacio: El sistema de alerta temprana del Sistema Solar

La Tierra tan solo había observado fotoides en dos ocasiones, cuando destruyeron 187J3X1 y el Sistema Trisolar, de modo que se tenía un conocimiento escaso sobre dicho fenómeno. Se sabía que el objeto en cuestión se movía a una velocidad cercana a la velocidad de la luz, pero no se disponía de datos relativos a su volumen, masa restante o masa relativa al aproximarse a la velocidad de la luz. Se trataba del arma más rudimentaria capaz de atacar una estrella, ya que tan solo se basaba en una enorme energía cinética generada por una elevada masa relativa para golpear su objetivo. Cuando una civilización poseía la tecnología necesaria para acelerar un objeto hasta una velocidad cercana a la velocidad de la luz, una «bala» con una masa muy pequeña contenía un inmenso poder destructivo. No cabía duda de que era algo «económico».

El dato más valioso sobre esos objetos se obtuvo justo antes de la destrucción del Sistema Trisolar. Los científicos realizaron un descubrimiento importante: a causa de la ultravelocidad del objeto, al colisionar con los pocos átomos esparcidos en el espacio y con el polvo interestelar emitía una poderosa radiación que iba desde la luz visible hasta los rayos gamma y además tenía características propias. El pequeño tamaño de los fotoides impedía observarlos de manera directa, aunque se podía detectar una radiación característica.

Al principio parecía imposible que fueran capaces de emitir una alerta temprana para un objeto que circulaba a la velocidad de la luz, lo que implicaba que se movía casi tan rápido como la radiación que generaba y alcanzaba su objetivo casi al mismo tiempo. En otras palabras, el observador estaba fuera del cono de luz del evento.

Sin embargo, la realidad era algo más compleja. Ningún objeto con una masa restante podía alcanzar la velocidad de la luz. Aunque la velocidad de ese objeto se aproximara, seguía siendo ligeramente inferior a la verdadera velocidad de la luz. Esta diferencia significaba que la radiación del objeto se movía un poco más rápido que el objeto en sí; si el fotoide tenía que recorrer una distancia larga, la diferencia crecía. Además, su trayectoria hasta su destino no era una línea recta absoluta. Como carecía de masa, no podía evitar la atracción gravitatoria de los cuerpos celestes cercanos, y su camino solía acabar siendo un tanto curvo. La curvatura era mucho mayor que la curvatura de la luz a través del mismo campo gravitatorio. Para que el objeto lograra impactar contra su blanco, su trayectoria tenía que tomar en cuenta ese efecto. Esto suponía que el camino recorrido por el fotoide era más largo que el recorrido por su radiación.

Por estos dos motivos, la radiación del fotoide alcanzaría el Sistema Solar antes del propio fotoide. El período de aviso estimado de veinticuatro horas se había calculado sobre la base de la distancia máxima a la que las emisiones del fotoide podían observarse. Para cuando la radiación alcanzaba la Tierra, el objeto seguiría estando a unas ciento ochenta unidades astronómicas de distancia.

No obstante, aquello solo era el escenario ideal. Si se lanzaba el fotoide desde una nave cercana, apenas habría margen para una alerta, como ocurrió con Trisolaris.

Para el sistema de alerta temprana del Sistema Solar se planificaron treinta y cinco unidades de observación que monitorizarían los cielos en todas direcciones en busca de radiación de fotoides.

Era de la Retransmisión, año 8
La opción del destino

Dos días antes de la falsa alarma; unidad de observación número uno

La unidad de observación número uno era, de hecho, la Estación Ringier-Fitzroy de finales de la Era de la Crisis. Hacía más de setenta años, fue esa estación de observación la que descubrió por primera vez las sondas espaciales de interacción nuclear fuerte conocidas como gotas. Aún se encontraba en el límite exterior del cinturón de asteroides, pero todos sus equipos habían sido actualizados: por ejemplo, el telescopio de luz visible tenía unas lentes todavía mayores; el diámetro de la primera lente había aumentado de mil doscientos metros a dos mil metros, suficiente para dar cabida a una ciudad pequeña. Estas lentes gigantescas estaban hechas de materiales extraídos directamente del cinturón de asteroides. La primera era una lente de tamaño medio con un diámetro de quinientos metros. Una vez terminada, se utilizó para enfocar la luz solar en los asteroides de tal manera que la roca derretida pudiera convertirse en cristal puro que más tarde permitiera formar lentes adicionales. Había un total de seis lentes flotando en una columna de diez kilómetros de longitud en el espacio, muy alejadas entre sí. La propia estación de observación se encontraba al final de una columna de lentes y solo podía mantener una tripulación de dos personas.

La tripulación todavía estaba formada por un científico y un oficial militar. El oficial tenía la responsabilidad de observar las emisiones de fotoides, mientras que el científico realizaba investigaciones astronómicas y cosmológicas. Así pues, continuaba la tradición de luchar por el tiempo de observación iniciada tres siglos atrás por el general Fitzroy y el doctor Ringier.

Después de esto, el mayor telescopio de la historia había completado sus observaciones de prueba y logrado tomar con éxito su primera imagen, una estrella a cuarenta y siete años luz. El astrónomo Widnall estaba emocionado como si acabara de ser padre. Los profanos no entendían que los anteriores telescopios solo pudieran amplificar la luminosidad de las estrellas fuera del Sistema Solar sin mostrar formas. Por muy potentes que fueran los aparatos, las estrellas siempre aparecían como pequeños puntos, solo progresivamente más brillantes que las imágenes tomadas por telescopios más pequeños. Pero por primera vez, aquel telescopio ultrapotente captó la imagen de una estrella como si fuera un disco. Aunque era un disco pequeño como una pelota de *ping-pong* vista a decenas de metros de distancia y era imposible apreciar sus detalles, no dejaba de ser un momento histórico para la antigua ciencia de la astronomía de la luz visible.

—¡Se han extirpado las cataratas de los ojos de la astronomía! —proclamó Widnall con solemnidad y lágrimas en los ojos.

En cambio, el subteniente Vasilenko no estaba tan impresionado.

—No olvide cuál es nuestro papel: somos centinelas. En otra época, habríamos estado encaramados a lo alto de una torre vigía de madera en la frontera, rodeados de un desierto desolado o un campo de nieve. Habríamos mirado al enemigo, manteniéndonos firmes en medio del viento gélido. Al ver tanques, soldados o caballos aproximándose desde el horizonte, habríamos hecho una llamada o enviado señales de humo para informar a nuestra patria del inicio de la invasión enemiga... Debería tomarse esto como un puesto de vigía, y no como un observatorio.

Los ojos de Widnall abandonaron por un momento el terminal que mostraba la imagen del telescopio y miraron por el ventanal de la estación espacial. Vio unas cuantas rocas de formas irregulares flotando a cierta distancia, fragmentos de asteroides resultado de la operación de fabricación de vidrio. Giraban despacio a la fría luz del sol y parecían enfatizar la desolación del espacio. Aquella estampa sí que evocaba en cierto modo la escena que acababa de describir el subteniente.

—Si realmente descubrimos un fotoide, sería preferible no emitir una alerta —opinó Widnall—. A fin de cuentas, no sirve para nada. Morir de repente sin saber qué es lo que le ha atacado a uno en realidad es una suerte. Pero usted prefiere torturar a varios miles de millones de personas durante veinticuatro horas. Me parece que no es muy diferente a un crimen contra la humanidad.

—Según esa lógica, usted y yo seríamos las dos personas más desgraciadas del mundo, dado que somos los que conocemos con mayor antelación nuestro destino.

La estación de observación recibió nuevas órdenes del Mando de la Flota para ajustar el telescopio y observar los restos del Sistema Trisolar. Esa vez, Widnall no puso ninguna objeción a Vasilenko, puesto que él también tenía mucho interés en contemplar aquel mundo en ruinas.

Las lentes flotantes empezaron a moverse y ajustar sus posiciones; los propulsores de plasma, situados en los bordes de las lentes, emitieron llamaradas azules. Fue entonces cuando las lentes se vieron en la distancia, con esas llamas poniendo de relieve la forma global del telescopio. El grupo de lentes de diez kilómetros de longitud giró despacio y se detuvo cuando el telescopio apuntaba en la dirección del Sistema Trisolar, y entonces cambiaron el eje vertical para enfocar. La mayoría de las llamas terminaron por apagarse, y solo unas pocas chispas brillaban de vez en cuando mientras las lentes ajustaban su foco de precisión.

En la imagen sin editar del telescopio, el Sistema Trisolar tenía un aspecto bastante normal y corriente, como una pequeña mancha blanca en el fondo del espacio, como una pluma. Pero después de ser procesada y ampliada, se parecía a una magnífica nebulosa que ocupaba toda la pantalla. Habían pasado siete años desde la explosión, y la influencia de la gravedad y el impulso angular de la estrella que había explotado habían hecho que la nebulosa pasara de estar formada por unos intensos rayos de luz a una tenue nube, que quedó alisada por la fuerza centrífuga del giro hasta convertirse en una espiral. Sobre la nebulosa se veían las dos estrellas restantes, una de las cuales tenía la apariencia de un disco, mientras que la otra, que se encontraba más lejos, seguía siendo un punto de luz tan solo apreciable por su movimiento en relación con las estrellas del fondo.

Las dos estrellas que habían sobrevivido a la catástrofe hicieron realidad el sueño de generaciones de trisolarianos al formar un sistema estable compuesto por dos astros, aunque el hecho de que el sistema fuera inhabitable impedía que ninguna forma de vida disfrutara de su luz. Era evidente que el ataque de bosque oscuro había destruido solo una de las tres estrellas no solo por consideraciones económicas, sino también para lograr un objetivo más siniestro si cabe: siempre y cuando el sistema mantuviera una o dos estrellas, el material de la nebulosa sería constantemente absorbido por las estrellas, lo que a su vez generaría una potente radiación. El Sistema Trisolar ahora era un horno de radiación, un lugar de muerte para la vida y la civilización. Esa intensa radiación era lo que hacía que la nebulosa brillase y pareciera tan clara y resplandeciente en el telescopio.

—Me recuerda a las nubes que se ven desde lo alto del monte Emei —dijo Vasilenko—. Es una montaña de China. Contemplar la luna desde la cima es una imagen impagable. La noche que estuve allí, el pico flotaba en un interminable mar de nubes, bañado por la luz plateada de la luna. Se parecía mucho a esto.

Al ver el cementerio plateado a más de cuarenta mil kilómetros de distancia, Widnall tuvo un ramalazo filosófico.

—Desde un punto de vista científico, «destruir» no es del todo preciso. No ha desaparecido nada. Toda la materia que estaba allí sigue estando allí, como también lo está el momento cinético. La distribución de la materia es lo único que ha cambiado, como cuando uno baraja un mazo de cartas. La vida es como una escalera de color: desaparece al barajar las cartas.

Widnall examinó la imagen todavía más e hizo un gran descubrimiento.

—Cielos, ¿qué es eso? —Señaló un punto en la imagen a cierta distancia de la nebulosa. A juzgar por su magnitud, se encontraba a unas treinta unidades astronómicas del centro.

Vasilenko se quedó mirando el punto. No tenía el ojo experto de un astrónomo y al principio no fue capaz de ver nada fuera de lo normal. Pero al fin observó un vago contorno circular sobre un fondo negro azabache, como una pompa de jabón en medio del espacio.

—Es enorme. Tiene un diámetro de... unas diez unidades astronómicas. ¿Es polvo?

—En absoluto. El polvo no se parece nada a esto.

—¿Nunca lo había visto?

—Es imposible que nadie lo haya visto. Sea lo que sea, es transparente y tiene un borde muy tenue. Los mayores telescopios del pasado no habrían sido capaces de detectarlo.

Widnall aumentó un poco la imagen para apreciar mejor la posición de la nube de estrellas en relación con las dos estrellas, y así intentar observar la rotación de la nebulosa. La pantalla mostró que la nebulosa había vuelto a convertirse en un pequeño trozo blanco sobre el abismo negro del espacio.

A unas seis mil unidades astronómicas del Sistema Trisolar encontró otra «pompa de jabón» mucho mayor que la primera, con un diámetro de unas cincuenta unidades astronómicas. Un tamaño lo bastante grande como para abarcar el Sistema Trisolar o el Sistema Solar.

—¡Dios mío! —exclamó Vasilenko—. ¿Sabe dónde está eso?

Widnall miró la pantalla durante un rato y dijo tentativamente:

—Es el punto donde la segunda flota trisolariana alcanzó la velocidad de la luz, ¿verdad?

—Así es.

—¿Está usted seguro?

—Mi antiguo trabajo consistía en observar esa parte del espacio. La conozco como la palma de la mano.

Llegaron a una inevitable conclusión: las naves que empleaban la propulsión por curvatura dejaban un rastro al alcanzar la velocidad de la luz, un rastro que por lo visto no se desvanecía con el tiempo, sino que se expandía y alteraba la naturaleza del espacio circundante.

La primera burbuja más pequeña se encontraba dentro del Sistema Trisolar. Su existencia tenía varias explicaciones posibles: quizás al principio los trisolarianos no sabían que la propulsión por curvatura iba a dejar esos rastros, y la burbuja era un accidente creado durante los ensayos de los motores o los vuelos de prueba; o quizá sí lo sabían, pero los dejaron dentro del sistema estelar por error. De lo que no había ninguna duda era de que querían evitar dejar esos rastros adrede. Hacía once años, la segunda flota trisolariana había navegado con medios convencionales durante un año entero y no emplearon motores de curvatura para entrar en la velocidad de la luz hasta situarse a seis mil unidades astronómicas de su hogar. Tenían la intención de dejar esa huella lo más lejos posible, aunque para entonces ya era demasiado tarde.

En aquel momento, el comportamiento de la segunda flota trisolariana desconcertó a todo el mundo. La hipótesis más convincente era que pretendían evitar los efectos negativos causados por cuatrocientas quince naves entrando en la velocidad de la luz. Sin embargo, había quedado claro que lo que, en realidad, pretendían era evitar exponer la ubicación de Trisolaris por los rastros de la propulsión por curvatura. La segunda flota trisolariana había abandonado la velocidad de la luz cuando todavía se encontraba a seis mil unidades astronómicas del Sistema Solar por la misma razón.

Widnall y Vasilenko se miraron y vieron cómo el terror crecía en la mirada del otro. Habían llegado a la misma conclusión.

—Tenemos que informar de esto cuanto antes —dijo Widnall.

—Pero todavía no es el el momento de entregar el informe programado —replicó Vasilenko—. Si enviamos un informe ahora, pensarán que es una alerta.

—¡Es que es una alerta! Debemos decir a los ingenieros espaciales que no nos delaten.

—No exagere. Acabamos de empezar a desarrollar naves capaces de alcanzar la velocidad de la luz. Si lográramos construir una en medio siglo, podríamos darnos por enormemente satisfechos.

—Pero ¿y si un ensayo inicial generase el rastro? ¡Puede que ahora mismo alguien esté llevando a cabo estas pruebas en algún lugar del Sistema Solar!

Así pues, retransmitieron la información al Mando de la Flota con un rayo de neutrinos de nivel de alerta, y luego se trasladó al Consejo de Seguridad Planetaria, donde se filtró e identificó erróneamente como la alerta de fotoide que generó el pánico global dos días más tarde.

La aceleración de las naves a la velocidad de la luz dejaba rastros de curvatura, del mismo modo que un cohete disparado desde la tierra dejaba marcas en la pista de lanzamiento. Cuando la nave entraba en la velocidad de la luz, seguía deslizándose por inercia y no dejaba más rastros. Que salir de la velocidad de la luz dejara señales similares era una suposición razonable. Todavía no se sabía cuánto durarían esas huellas en el espacio, pero se creía que los rastros eran algún tipo de distorsión espacial causada por la propulsión por curvatura, y que podrían durar mucho tiempo, quizá para siempre.

Cabía suponer que el motivo por el que Tomoko había dicho que Trisolaris parecía más peligroso que el Sistema Solar era el rastro de diez unidades astronómicas de diámetro que había dejado dentro del Sistema Trisolar la propulsión por curvatura, razón probable por la que el ataque de bosque oscuro contra Trisolaris se había producido tan rápido. El rastro y la retransmisión de la ubicación de Trisolaris eran una doble confirmación, y hacían que el peligro del Sistema Trisolar se disparara.

Durante el mes posterior, la unidad de observación número uno descubrió otros seis rastros de propulsión por curvatura en diferentes puntos del espacio. Todos ellos eran aproximadamente esféricos, aunque sus tamaños diferían en gran medida entre las quince y las doscientas unidades astronómicas. Una de esas burbujas se encontraba a tan solo seis mil unidades astronómicas del Sistema Solar y al parecer se trataba de la marca dejada por la segunda flota trisolariana al abandonar la velocidad de la luz. Sin embargo, las direcciones y las distancias de los otros rastros parecían indicar que no tenían nada que ver con la segunda flota. Al parecer los rastros de propulsión por curvatura eran habituales en el universo.

Tras el descubrimiento de *Espacio azul* y *Gravedad* en el interior del fragmento de espacio tetradimensional, esto ofrecía más pruebas directas de la existencia de una gran cantidad de civilizaciones con inteligencia avanzada.

Uno de esos rastros se encontraba a tan solo 1,4 años luz del Sol, cerca de la nube de Oort. Al parecer, una nave espacial se había quedado merodeando por allí y luego se había marchado a la velocidad de la luz. Nadie sabía cuándo había ocurrido.

El descubrimiento del rastro de la propulsión por curvatura

finalmente descartó como plan viable el vuelo espacial a la velocidad de la luz, que cada vez se cuestionaba más. Coalición Flota y la ONU no tardaron en aprobar leyes que prohibían la investigación y el desarrollo de la propulsión por curvatura, y los Estados nación hicieron lo propio. Se trataba de la restricción legal más severa sobre la tecnología desde la firma de los tratados de no proliferación nuclear de tres siglos antes.

A la humanidad solo le quedaban dos opciones: el Proyecto Búnker y el Plan Dominio Negro.

Fragmento de *Un pasado ajeno al tiempo* El miedo a la noche eterna

De puertas para fuera, la investigación y el desarrollo del vuelo espacial a la velocidad de la luz desapareció por razones obvias: para no exponer la existencia de la civilización terrícola por culpa de los rastros que generaba la propulsión por curvatura, y también para no incrementar el grado de peligro del Sistema Solar a ojos de los observadores del resto del cosmos, lo cual habría acelerado el ataque de bosque oscuro. Pero había razones más profundas.

Desde la Era Común hasta finales de la Era de la Crisis, la humanidad había mirado hacia las estrellas con esperanza. Pero los primeros pasos que dieron en dirección a ellas estuvieron marcados por el fracaso y el dolor. La trágica batalla del Día del Fin del Mundo dejó al descubierto la enorme fragilidad del ser humano en el cosmos, y la guerra intestina durante aquella contienda perjudicó en igual medida al espíritu humano. Posteriores acontecimientos como el juicio de *Edad de Bronce* o el secuestro de *Gravedad* por parte de *Espacio azul*, que dio pie a la retransmisión universal, ahondaron en esas heridas y elevaron el dolor al nivel de filosofía.

De hecho, la mayor parte de la población sentía relativa indiferencia hacia la investigación de las naves capaces de alcanzar la velocidad de la luz, convencidos de que aunque pudieran llegar a verlas en vida, jamás tendrían ninguna posibilidad de utilizarlas.

Estaban mucho más interesados en el Proyecto Búnker, que parecía el camino más práctico hacia la supervivencia. Por supuesto, el Plan Dominio Negro también despertaba mucho interés, porque tres siglos de terror habían generado un poderoso deseo a favor de la vida estable que prometía dicho plan. Si bien la perspectiva de permanecer aislados del resto del universo resultaba descorazonadora, el Sistema Solar era lo bastante grande como para que la decepción fuese tolerable. La razón por la que estaban más interesados en el Proyecto Búnker que en el Plan Dominio Negro era que incluso los legos en la materia se daban cuenta de los formidables desafíos técnicos que suponía reducir la velocidad de la luz, y en términos generales estaban de acuerdo en que era poco probable que el hombre finalizara el Proyecto Ingeniería de Dios.

Por otro lado, tanto los más firmes detractores como los más acérrimos defensores de las naves a la velocidad de la luz pertenecían a la élite de la sociedad.

La facción que apoyaba la investigación de la tecnología creía que la seguridad de la raza humana requería en última instancia de la emigración a la Vía Láctea y la colonización de las estrellas. En aquel insensible cosmos, solo las civilizaciones que miraban al exterior tenían posibilidades de sobrevivir, y el aislacionismo conducía finalmente a la extinción. Quienes pensaban así no solían oponerse al Proyecto Búnker, sino que rechazaban de plano el Plan Dominio Negro, que consideraban un intento de cavar la propia tumba de la humanidad. Aunque estaban de acuerdo en que un dominio negro garantizaría la supervivencia a largo plazo de la especie humana, creían que esa manera de vivir supondría la muerte de la civilización.

Los que se oponían a investigar la tecnología para construir naves capaces de volar a la velocidad de la luz lo hacían por razones políticas. Pensaban que la civilización humana había sufrido muchas penurias antes de alcanzar una sociedad democrática casi ideal, pero que cuando se adentrara en el espacio la humanidad experimentaría una regresión social inevitable. El espacio era como un espejo deformado que agrandaba al máximo el lado oscuro de la naturaleza humana. Una frase de Sebastian Schneider, uno de los acusados de *Edad de Bronce*, se convirtió en su eslogan: «Cuando los seres humanos están perdidos en el espacio solo hacen falta cinco minutos para alcanzar el totalitarismo.»

Que una Tierra democrática y civilizada esparciera semillas

de totalitarismo por la Vía Láctea era una perspectiva intolerable para ellos.

El niño que era la civilización humana había abierto la puerta de su casa y había mirado al exterior. Se había sentido tan asustado al ver aquella noche insondable que se había estremecido ante la creciente y profunda oscuridad y luego había cerrado la puerta con fuerza.

Era de la Retransmisión, año 8
Punto de Lagrange entre el Sol y la Tierra

Cheng Xin volvió al punto del espacio en el que existía un equilibrio mutuo entre las gravedades del Sol y la Tierra. Había pasado un año desde el encuentro con Yun Tianming, y ahora viajaba mucho más relajada. Se había presentado voluntaria para una simulación del Proyecto Búnker.

El simulacro, que se realizaba conjuntamente por Coalición Flota y la ONU, tenía como objetivo poner a prueba la eficacia de los planetas gigantes como barreras en la eventualidad de una explosión solar.

Una bomba de hidrógeno de grandes dimensiones desempeñaría el papel de un Sol explosivo. La potencia de las bombas nucleares ya no se medía en unidades equivalentes al TNT, pero la bomba tendría una carga de unos trescientos megatones. A fin de simular de forma más realista las condiciones físicas de una explosión solar, la bomba de hidrógeno estaba envuelta en una gruesa capa que pretendía imitar el material solar que saldría despedido por la deflagración. Los ocho planetas habían sido elaborados con fragmentos de asteroides: cuatro de ellos representaban a los planetas terrestres y medían diez metros de diámetro, mientras que los que representaban los gigantes gaseosos eran mucho mayores, de un centenar de metros de diámetro cada uno. Los ocho fragmentos estaban colocados alrededor de la bomba de hidrógeno a longitudes que reproducían las distancias relativas de los planetas, de tal manera que el sistema se pareciera a un Sistema Solar en miniatura. «Mercurio», el que estaba situado más cerca, se encontraba a unos cuatro kilómetros del «Sol», mientras que «Neptuno», el más alejado, estaba a unos trescientos. La prueba se llevó a cabo en el punto de Lagrange para minimizar los efectos de las gravedades del Sol y los planetas y que así el sistema pudiera mantener la estabilidad durante un tiempo.

Desde el punto de vista científico, el experimento no era estrictamente necesario. La simulación por ordenador, basada en los datos existentes, era más que adecuada para conseguir unos resultados fiables. Aunque tuvieran que realizarse pruebas reales, podían haberse llevado a cabo en un laboratorio. Aunque la escala tendría que ser menor, el cuidadoso diseño habría tenido una precisión considerable. Como experimento científico, aquella simulación a gran escala en el espacio era burda hasta decir basta.

No obstante, las personas que habían planificado, diseñado y puesto en práctica el experimento comprendían que el objetivo último de aquel ensayo no era obtener conocimiento científico, sino realizar un costoso esfuerzo propagandístico para apuntalar la fe de la comunidad internacional en el Proyecto Búnker. El ensayo tenía que ser directo e impactante a nivel visual para que pudiera retransmitirse al mundo entero.

Después del rechazo total a cualquier investigación que guardara relación con los vuelos espaciales a la velocidad de la luz, la situación en la Tierra se parecía a la que existía al inicio de la Era de la Crisis. Por aquel entonces, los esfuerzos dedicados a la defensa global contra la invasión trisolariana se centraron en dos vertientes: por un lado, el plan general para construir las defensas del Sistema Solar y, por otro, el Proyecto Vallado. Ahora el principal plan para la supervivencia de la humanidad era el Proyecto Búnker, mientras que el Plan Dominio Negro, al igual que el Proyecto Vallado, era una apuesta incierta. Ambos se llevaron a cabo de forma paralela, pero como solo la investigación teórica era posible en los dominios negros, se destinaron recursos limitados a ellos. En cambio, el Proyecto Búnker tuvo una amplia repercusión sobre la totalidad de la sociedad humana, y tuvieron que dedicarse grandes esfuerzos a asegurar el apoyo de la población.

Habría bastado con colocar el instrumental de observación, o tal vez animales, detrás de los fragmentos rocosos para evaluar los efectos de escudo de los «gigantes gaseosos». Pero para garantizar una reacción espectacular, los organizadores decidieron que era necesario enviar a seres humanos, de modo que se realizaron esfuerzos para encontrar voluntarios.

Fue AA quien convenció a Cheng Xin para que enviara una solicitud. Ella pensaba que el experimento era una oportunidad de oro para hacer publicidad gratuita con el fin de mejorar la imagen del Grupo Halo entre la población de cara a su participación en el Proyecto Búnker. Tanto ella como Cheng Xin comprendían que la prueba se había planificado a conciencia. Puede que resultara un tanto inquietante, pero no existía peligro alguno.

La nave de Cheng Xin se detuvo en la sombra del fragmento que representaba Júpiter. Aquel asteroide irregular tenía la forma de un tubérculo, y medía unos ciento diez metros de longitud y unos setenta metros de ancho. El asteroide se había empujado desde su lugar de origen hasta allí durante un período de dos meses, y durante el periplo un ingeniero con dotes artísticas y mucho tiempo libre le había pintado unas rayas de color parecidas a las del Júpiter de verdad, incluida la Gran Mancha Roja. Sin embargo, en términos generales aquel asteroide pintado no se parecía a Júpiter, sino a un monstruo ciclópeo con el ojo rojo.

Como en su anterior viaje, la nave de Cheng Xin volaba con el brillante sol de frente. Cuando se metió en la sombra del asteroide todo se oscureció enseguida, porque en el espacio no había aire que disipara la luz solar. El Sol que había al otro lado del asteroide podría no haber existido. Cheng Xin se sintió como si estuviera al pie de un barranco a media noche.

Incluso sin la barrera del asteroide habría resultado imposible ver la bomba de hidrógeno que emulaba el Sol, situada a cincuenta kilómetros de distancia. Pero en la otra dirección vio la copia de «Saturno», que se encontraba a tan solo cien kilómetros del «Sol» y a cincuenta kilómetros de «Júpiter». Medía más o menos lo mismo que aquel fragmento de asteroide y, al estar iluminado por el Sol de verdad, destacaba sobre el fondo del espacio de tal manera que Cheng Xin era capaz de distinguir su forma. También podía ver «Urano» a unos doscientos kilómetros de distancia, si bien era tan solo un punto luminoso difícil de reconocer entre las estrellas. El resto de «planetas» eran invisibles.

Junto con la embarcación de Cheng Xin, había otras diecinueve naves espaciales estacionadas detrás de «Júpiter». Las veinte naves simulaban las veinte ciudades espaciales previstas para la órbita de Júpiter. Formaban tres filas detrás del asteroide, y Cheng Xin estaba en la primera, a unos diez metros del asteroide. Más de un centenar de voluntarios estaban sentados a bordo de los vehículos. La idea inicial de AA era acompañar a Cheng Xin, pero unos asuntos de la empresa la mantuvieron ocupada, y la embarcación de Cheng Xin era la única de las naves parapetadas detrás de «Júpiter» con un único pasajero a bordo.

Distinguieron el brillo azulado de la Tierra a unos 1,5 millones de kilómetros de distancia. Desde allí, más de tres mil millones de personas estaban viendo la retransmisión en vivo del experimento.

La cuenta atrás indicaba que faltaban unos diez minutos para el inicio de la detonación. Los canales de comunicación permanecían en silencio. De repente se oyó la voz de un hombre:

—Hola. Estoy a tu lado.

Cheng Xin sintió un escalofrío al reconocer la voz. Su nave se encontraba en uno de los extremos de la primera fila de cinco vehículos. A la derecha vio una cápsula esférica muy parecida a la que había utilizado un año antes. Casi la mitad del casco era transparente, y vio cinco personas en su interior. Thomas Wade, sentado en el lado más cercano a ella, la saludó con la mano. Cheng Xin lo reconoció enseguida porque, a diferencia de los otros cuatro, no llevaba puesto un traje espacial ligero, sino una chaqueta de cuero negra, como para demostrar su desprecio al espacio. Su otra manga seguía vacía, lo que indicaba que todavía no se había puesto una mano ortopédica.

—Acoplémonos para que pueda acercarme —propuso Wade. Sin esperar a que Cheng Xin le diera su visto bueno, el hombre inició la secuencia de acoplamiento. La cápsula en la que se encontraba arrancó los propulsores de maniobra y se acercó despacio a la nave de Cheng Xin, que muy a su pesar inició también la secuencia de acoplamiento. Tras un ligero temblor, las dos naves se conectaron y las puertas de ambas cabinas se abrieron en silencio. Cuando se igualó la presión entre ambas naves, Cheng Xin sintió un pitido en los oídos.

Wade subió a la nave de Cheng Xin flotando. No podía tener mucha experiencia en el espacio, pero se movía como pez en el agua, al igual que ella. Aunque solo tenía una mano, sus movimientos en el espacio ingrávido eran firmes, como si la gravedad todavía le afectara. El interior de la cabina estaba en penumbra. La luz del sol, reflejada desde la Tierra, había sido proyectada por el asteroide sobre la nave una vez más. En medio de aquella tenebrosa luz, Cheng Xin vio que Wade no había cambiado demasiado en los últimos ocho años. Tenía casi el mismo aspecto que en Australia.

—¿Qué haces aquí? —preguntó Cheng Xin, haciendo todo lo posible por mantener un tono de voz tranquilo. Pero siempre tenía dificultades para mantener la compostura delante de aquel hombre. Después de lo que había vivido en los últimos años, todo lo que llevaba en el interior se había pulido hasta quedar tan liso como el asteroide que tenía delante, pero Wade aún era una esquina puntiaguda.

—Terminé de cumplir condena el mes pasado. —Wade sacó medio puro del bolsillo de su chaqueta, aunque no podía encenderlo allí—. Fue atenuada. Un asesino, en libertad en once años. Ya sé que no es justo... para ti.

—Todos tenemos que cumplir la ley. No hay nada injusto en ello.

—¿Cumplir la ley en todo? ¿Incluida la propulsión a la velocidad de la luz?

Como siempre, Wade iba al grano sin escatimar tiempo. Cheng Xin no respondió.

—¿Por qué quieres desarrollar naves capaces de alcanzar la velocidad de la luz? —inquirió Wade. Se dio la vuelta y se quedó mirando a Cheng Xin con descaro.

—Porque es la única opción que engrandece la humanidad —replicó Cheng Xin. Le sostuvo la mirada sin miedo.

Wade asintió y se quitó el puro de la boca.

—Muy bien. Eres grande.

La mirada que le dedicó Cheng Xin le hacía una pregunta sin palabras.

—Tú sabes lo que es lo correcto, y tienes el coraje y el sentido del deber necesarios para hacerlo. Eso te convierte en alguien excepcional.

—¿Pero...? —insinuó Cheng Xin.

—Pero no tienes la capacidad o la voluntad de hacer realidad dicha tarea. Los dos compartimos el mismo ideal. Yo también quiero construir naves que puedan volar a la velocidad de la luz.

—¿Qué intentas decirme?

—Dámelo.

—¿Darte el qué?

—Todo lo que posees. Tu empresa, tu dinero, tu autoridad, tu posición. Y si es posible, tu reputación y tu gloria. Los aprovecharé para construir naves capaces de alcanzar la velocidad de la luz, por tus ideales y por la grandeza del espíritu humano.

Los propulsores de la nave volvieron a encenderse. Aunque el asteroide apenas generaba gravedad, era suficiente para atraer a la embarcación. Los propulsores apartaron la nave de la roca hasta que volvió a la ubicación asignada. La chimenea de plasma iluminó la superficie del fragmento del asteroide, y el punto rojo pintado sobre él adquirió de repente el aspecto de un ojo abierto. El corazón de Cheng Xin se aceleró, ya fuera por ese ojo o por las palabras de Wade. Él devolvió la mirada a aquel ojo rojo, con un gesto frío y punzante y no exento de sorna.

Cheng Xin permaneció en silencio. No sabía qué decir.

—No vuelvas a cometer el mismo error por segunda vez —sentenció Wade. Cada una de sus palabras le golpeaban el corazón como un pesado martillo.

Había llegado el momento: la bomba de hidrógeno explotó. Sin la obstrucción de una atmósfera, casi toda la energía se liberó en forma de radiación. En la señal de vídeo en directo tomada a cuatrocientos kilómetros de distancia, se vio una bola de fuego junto al Sol, cuyo brillo y tamaño pronto superaron al astro rey, y los filtros de la cámara redujeron rápidamente la luz. Cualquier persona que hubiese mirado de manera directa esa bola de fuego desde la distancia se habría quedado ciega. Para cuando el brillo de la bola incandescente llegó al máximo, no quedaba nada en el campo de visión de la cámara más que una blancura absoluta. La llama parecía estar a punto de engullir el universo entero.

Resguardados a la sombra de la roca gigante, Cheng Xin y Wade no presenciaron la escena. Las imágenes en directo estaban apagadas en el interior de la cabina, aunque sí vieron cómo el brillo de «Saturno» aumentaba de forma considerable. A continuación, la lava derretida generada en el lado de «Júpiter» frente al «Sol» voló a su alrededor. El magma emitió un brillo rojo al caer del extremo del asteroide, pero después de volar a cierta distancia la luz reflejada por la detonación nuclear superó su brillo rojo y los hilillos de lava se convirtieron en brillantes fuegos artificiales. Vista desde su nave, la escena se parecía a la imagen de una cascada plateada precipitándose sobre la Tierra. Para entonces, los cuatro fragmentos más pequeños del asteroide que simulaban los planetas terrestres habían quedado fulminados, y los cuatro más grandes que representaban los cuatro gigantes gaseosos eran como cuatro bolas de helado calentadas por una antorcha por uno de sus lados. El lado que estaba de cara a la detonación se derritió y convirtió en un hemisferio liso, y cada «planeta» se manchó con un rastro plateado de lava. Más de diez segundos después de que la radiación alcanzara «Júpiter», el material estelar simulado formado por trozos de la corteza de la bomba de hidrógeno que había explotado golpeó el enorme fragmento del asteroide, haciendo que temblara y se alejara lentamente del «Sol». Los propulsores de la nave se activaron y mantuvieron la distancia con el fragmento.

La bola de fuego siguió ardiendo otros treinta segundos hasta que se apagó. El espacio parecía un salón en el que la luz se hubiera apagado de repente. El verdadero Sol, situado a aproximadamente una unidad astronómica de distancia, parecía ensombrecido. Cuando desapareció la bola de fuego, pudo verse la luz emitida por la mitad del fragmento de asteroide que brillaba con una luz roja. Al principio la luz era muy brillante, como si la roca estuviera encendida, pero el frío del espacio no tardó en convertirla en un tenue brillo rojo. La lava solidificada al borde del fragmento formó un círculo de largas estalactitas.

Las cincuenta naves espaciales parapetadas detrás de los cuatro fragmentos de asteroide no habían sufrido daños.

Cuando la señal de vídeo llegó a la Tierra cinco segundos después, el mundo entero estalló en una ovación. La esperanza hacia el futuro explotó por todas partes como la bomba de hidrógeno. Se había conseguido el objetivo de la prueba del Proyecto Búnker.

—No vuelvas a cometer el mismo error por segunda vez —repitió Wade, como si todo lo que acababa de suceder no hubiera sido más que un ruido que hubiera interrumpido durante un instante su conversación.

Cheng Xin se quedó mirando la nave en la que había llegado Wade. Los cuatro hombres con traje espacial les habían estado mirando todo el tiempo, sin prestar atención a la increíble escena que acababa de tener lugar. Cheng Xin sabía que decenas de miles de personas se habían presentado voluntarias para la prueba, y que solo habían sido seleccionadas personalidades famosas o importantes. Aunque Wade acababa de salir de prisión, ya tenía poderosos aliados —esos cuatro hombres, al menos— y era probable que la nave fuera suya. Once años antes, cuando se postuló a portador de la espada, había tenido muchos seguidores leales y aún más partidarios. Corría el rumor de que había fundado una organización secreta que tal vez hubiera sobrevivido. Era como un trozo de combustible nuclear: uno podía sentir su potencia y su amenaza a pesar de estar encerrado en un contenedor de plomo.

—Deja que me lo piense —dijo Cheng Xin.

—Por supuesto que tienes que pensártelo —convino Wade, y luego salió sin hacer ruido de vuelta hacia su nave. La puerta de la cabina se cerró, y las dos naves se separaron.

Los trozos de lava enfriada flotaban lánguidos en dirección hacia la Tierra sobre el fondo estrellado, como si formaran un campo de polvo. Cheng Xin notó que la tensión de su interior desaparecía y se sintió como una partícula de polvo que surcaba el cosmos.

A su camino de regreso, cuando la embarcación se encontraba a trescientos mil kilómetros de la Tierra de tal manera que no hubiera ningún retardo en las comunicaciones, Cheng Xin llamó a AA y le contó su encuentro con Wade.

—Haz lo que te ha dicho —dijo AA sin dudar—. Dale todo lo que te ha pedido.

—Pero... —Cheng Xin miró incrédula a AA en la ventana de información. Pensaba que ella sería el mayor obstáculo.

—Tiene razón. No eres capaz de hacerlo. ¡Intentarlo acabará contigo! Pero él sí puede. Ese cabrón, ese demonio, ese asesino, ese trepa, ese politicastro, ese loco tecnofílico... es capaz de hacerlo. Tiene la voluntad y la habilidad para lograrlo, ¡así que déjale que lo haga! Es un infierno, apártate y deja que se lance de cabeza.

—¿Y tú qué?

AA sonrió.

—Jamás trabajaré para él, ni de coña. Desde que prohibieron los vuelos a la velocidad de la luz, yo también tengo miedo. Recibiré mi merecido pero haré lo que me gusta. Espero que tú hagas lo mismo.

Dos días después, Cheng Xin se reunió con Wade en la sala de conferencias transparente en lo alto de la sede del Grupo Halo.

—Puedo darte todo lo que quieres —dijo Cheng Xin.

—Entonces hibernarás —repuso Wade—, porque tu presencia podría afectar a nuestras actividades.

Cheng Xin asintió.

—Sí, ese era mi plan.

—Te despertaremos el día que tengamos éxito, que también será tuyo. Ese día, si las naves capaces de alcanzar la velocidad de la luz siguen siendo ilegales, asumiremos toda responsabilidad. Si el mundo recibe esas naves con los brazos abiertos, el honor será tuyo... Podría pasar al menos medio siglo o puede que más. Nosotros seremos viejos, pero tú seguirás siendo joven.

—Solo pongo una condición.

—Dime.

—Si el proyecto tiene el potencial de hacer daño a la humanidad, debéis despertarme. La decisión final me corresponde a mí y me reservo el derecho a retirarte toda la autoridad que te otorgue.

—No puedo aceptarlo.

—Entonces no tenemos nada de qué hablar. No te daré nada.

—Cheng Xin, debes saber qué camino seguiremos. A veces uno debe...

—Olvídalo. Cada uno seguirá su camino.

Wade se quedó mirando a Cheng Xin. En su mirada había sentimientos ajenos para él: duda, incluso desesperación. Era toda una sorpresa verlos en sus ojos, de la misma manera que resultaba insólito ver agua en medio del fuego.

—Deja que lo piense —dijo al fin.

Wade se dio la vuelta, caminó hacia las paredes transparentes y miró al bosque urbano que había fuera. Tres siglos antes, en la plaza delante de las Naciones Unidas, Cheng Xin había visto la espalda de esa figura negra sobre las luces de la ciudad de Nueva York.

Al cabo de dos minutos, Wade se volvió. Todavía de pie junto a la pared transparente, miró a Cheng Xin al otro lado de la habitación.

—De acuerdo. Acepto.

Cheng Xin recordó que trescientos años antes, después de darse la vuelta, Wade había dicho: «Enviaremos solo un cerebro.» Aquellas palabras habían cambiado el curso de la historia.

—No tengo forma de asegurarme de que cumples con tu parte del trato. Solo puedo confiar en tu palabra.

Una sonrisa que parecía una grieta en el agua helada recorrió la cara de Wade.

—Eres del todo consciente de que si no cumplo mi promesa será toda una suerte para ti. Por desgracia, la mantendré.

Wade se alejó mientras estiraba su chaqueta de cuero, con lo que solo consiguió que aparecieran todavía más arrugas. Se plantó delante de Cheng Xin y dijo con solemnidad:

—Te prometo que, si durante el proceso de investigación de los vuelos espaciales a la velocidad de la luz descubrimos algo que pueda dañar a la especie humana, sea cual sea su naturaleza, te reanimaremos. Tendrás la última palabra y podrás revocar toda mi autoridad.

Después de oír el relato sobre el encuentro con Wade, AA le dijo a Cheng Xin:

—Entonces tendré que hibernar contigo. Debemos estar preparadas para recuperar el Grupo Halo cuando haga falta.

—¿Crees que mantendrá su promesa? —preguntó Cheng Xin.

AA miró al frente, como si contemplara un fantasmagórico Wade.

—Creo que sí —dijo—. Me parece que ese hijo de Satanás hará lo que dice. Pero como él mismo ha dicho, es algo que no tiene por qué beneficiarte. Podrías haberte salvado, Cheng Xin, pero al final no lo has hecho.

Diez días después, Thomas Wade pasó a ser el presidente del Grupo Halo y asumió el control de todas sus operaciones.

Cheng Xin y AA entraron en hibernación. Sus conciencias se desvanecieron en el frío, una sensación como la de flotar durante mucho tiempo en un río. Exhaustas, se subieron a la orilla, se detuvieron y vieron cómo la corriente seguía su curso delante de ellas, contemplando cómo esa agua que les resultaba tan familiar fluía a lo lejos.

Mientras salían brevemente del río del tiempo, la historia de la humanidad continuó.

CUARTA PARTE

Era del Búnker, año 11
El mundo Búnker

Número 37813, la hibernación ha llegado a su fin. Ha permanecido en hibernación durante 62 años, 8 meses, 21 días y 13 horas. Su asignación restante es de 238 años, 3 meses y 9 días. Se encuentra en el Centro de Hibernación de Asia I, Era del Búnker, año 11, 9 de mayo, 14.17.

La pequeña ventana de información apareció durante no más de un minuto delante de Cheng Xin, que acababa de despertar. Miró el techo pulido de metal. Fruto de la costumbre, se quedó mirando un punto en el techo. En la última época en la que entró en hibernación el techo habría reconocido su retina y habría aparecido una ventana de información. Pero ahora no respondió. Aunque todavía no tenía fuerzas para girar la cabeza, consiguió ver parte de la habitación: todas las paredes estaban hechas de metal y no había ventanas de información. El aire estaba vacío, sin ninguna imagen holográfica. El metal de la pared le resultaba familiar: era acero inoxidable o una aleación de aluminio y no tenía decoración alguna.

En su campo de visión apareció una enfermera muy joven que no la miró, sino que empezó a hacer algo en su cama, probablemente desconectar el equipo médico conectado a su cuerpo. El cuerpo de Cheng Xin no podía sentir lo que hacía la enfermera, pero la joven tenía algo que le resultaba familiar: su uniforme. Durante la última época en la que Cheng Xin estuvo despierta, la gente llevaba ropa que se limpiaba sola y que siempre parecía nueva, pero el uniforme blanco de la enfermera estaba desgastado. Aunque estaba limpia, observó que la ropa era vieja y tenía indicios del paso del tiempo.

El techo empezó a moverse. Sacaban la cama de Cheng Xin de la habitación. Le sorprendió que la enfermera empujara la cama, así como el hecho en sí de que esta necesitara que alguien la moviera.

El pasillo también estaba hecho de paredes metálicas vacías en las que no había ninguna decoración más allá de las luces del techo. Las luces no tenían nada especial, y Cheng Xin vio que el marco de una de ellas estaba suelto y colgaba del techo. Entre el marco y el techo vio cables.

Cheng Xin se esforzó por recordar la ventana de información que acababa de ver nada más despertar, pero no estaba segura de si la había visto de verdad. Ahora le parecía una alucinación.

En el pasillo había muchas personas, ninguna de las cuales prestó atención a Cheng Xin. Ella se fijó en la ropa que llevaban: varios miembros del personal médico vestían batas blancas, mientras que los demás llevaban una vestimenta normal y corriente que parecía un mono de trabajo. Tuvo la impresión de que todos habían venido de la Era Común, pero pronto se dio cuenta de que se equivocaba. Había pasado mucho tiempo desde esa época, y la especie humana ya había vivido cuatro eras. Era imposible que hubiera tantas personas de la Era Común.

Le dio esa impresión porque vio algunos hombres que se parecían a los hombres a los que estaba acostumbrada.

Los hombres que habían desaparecido durante la Era de la Disuasión habían regresado. Aquella era otra era capaz de producir hombres.

Todo el mundo parecía tener prisa. Parecía el otro extremo del péndulo: el ocio y el confort de la última era habían desaparecido y había regresado una sociedad frenética en la que la mayor parte de la población tenía que trabajar para vivir.

Llevaron la cama de Cheng Xin a una pequeña habitación.

—El número 37813 ha despertado sin irregularidades —anunció la enfermera—. Está en la sala de recuperación 28. —Entonces la enfermera salió y cerró la puerta tras de sí. Cheng Xin observó que había tenido que cerrar ella misma la puerta.

Se quedó sola en la habitación. Nadie fue a visitarla durante mucho tiempo, una situación muy distinta a las dos veces anteriores que había despertado, cuando recibió una gran cantidad de atención y cuidados. Estaba segura de dos cosas: primero, que en esa época la hibernación y el despertar eran cosas habituales; y segundo, que poca gente sabía que estaba despierta.

Después de recuperar parte de su capacidad motriz, Cheng Xin movió la cabeza y vio la ventana. Recordó el mundo antes de su hibernación: el centro de hibernación había sido un árbol gigante a las afueras de la ciudad, y ella se encontraba en una de las hojas cerca de la copa, desde la que se podía ver el gran bosque de la ciudad. En cambio, a través de la ventana ahora solo podía ver unos cuantos edificios anodinos sobre el suelo, todos con la misma forma y el mismo diseño. A juzgar por la luz solar que se proyectaba sobre ellos, también estaban construidos de metal. Aquellas construcciones le hicieron sentir como si hubiera regresado a la Era Común.

Entonces se preguntó si se había despertado de un largo sueño. La Era de la Disuasión, la Era de la Retransmisión... todo había sido una ensoñación. Aunque lo recordaba todo con nitidez, le parecía demasiado surrealista y fantasioso. ¿Quizá nunca había viajado entre eras históricas, sino que había permanecido en la Era Común todo el tiempo?

Un visor holográfico que apareció junto a su cama le despejó cualquier duda. La ventana contenía tan solo unos botones sencillos que podían utilizarse para llamar al médico o a la enfermera. El lugar parecía acondicionado para el proceso de recuperación de la hibernación: la ventana había aparecido justo cuando Cheng Xin recuperó la habilidad para levantar la mano. Pero era solo una ventana pequeña; la sociedad de la información en la que las ventanas cubrían cada superficie había desaparecido.

A diferencia de las dos veces anteriores que se despertó, Cheng Xin se recuperó muy rápido. Para cuando se hizo de noche, era capaz de salir de la cama y caminar un poco. Vio que el centro solo estaba equipado con los servicios más sencillos. Un médico entró en la habitación para hacerle una revisión rutinaria y se marchó. Tenía que hacer todo lo demás por sí sola. Tenía que bañarse sola estando débil. En cuanto a las comidas, de no haberlas pedido a través del pequeño visor holográfico, quizá no hubiese podido probar bocado. A Cheng Xin no le molestaba la falta de atención, puesto que nunca se había terminado de acostumbrar del todo a aquella era demasiado generosa en la que todas y cada una de las necesidades de la población eran atendidas. En el fondo, seguía siendo una mujer de la Era Común, y en aquel lugar se sentía como en casa.

Alguien fue a visitarla la mañana siguiente. Reconoció a Cao Bin enseguida. El físico había sido el candidato más joven a portador de la espada, pero ahora era mucho más viejo y tenía algunas canas en su cabello. Eso sí, Cheng Xin estaba segura de que no había envejecido sesenta y dos años.

—El señor Thomas Wade me pidió que viniera a buscarte.

—¿Qué ha pasado? —Cheng Xin sintió una punzada en el pecho cuando recordó las condiciones acordadas para su reanimación.

—Hablaremos de eso cuando lleguemos allí. —Cao Bin hizo una pausa y añadió—: te llevaré a dar una vuelta por este nuevo mundo para que puedas tomar la decisión correcta basándote en los hechos.

Cheng Xin miró los edificios indistinguibles a través de la ventana; aquel mundo no le parecía nuevo.

—¿Qué te ha pasado a ti? —preguntó Cheng Xin—. No has estado despierto durante los últimos sesenta años.

—Entré en hibernación más o menos al mismo tiempo que tú. Diecisiete años después, el acelerador de partículas circunsolar estaba en funcionamiento, y me despertaron para investigar la teoría básica. Tardé quince años. Más tarde, la labor de investigación pasó a las aplicaciones técnicas, y ya no me necesitaban, así que volví a hibernar hasta hace dos años.

—¿Cómo va el proyecto de propulsión por curvatura?

—Ha habido novedades... Ya hablaremos de eso luego. —Estaba claro que Cao Bin no tenía ganas de hablar del tema.

Cheng Xin volvió a mirar al exterior. Sopló una brisa y las ramas de un arbolito que había delante de la ventana se movieron. Una nube parecía pasar por encima de ellos, y el brillo de los edificios metálicos se apagó. ¿Cómo podía un mundo tan ordinario tener algo que ver con las naves espaciales a la velocidad de la luz?

Cao Bin siguió la mirada de Cheng Xin y rio.

—Seguro que te sientes como yo la primera vez que me desperté. Esta era te decepciona, ¿eh? Si te ves con fuerzas, salgamos a dar una vuelta.

Media hora después, Cheng Xin salió junto a Cao Bin a un balcón del centro de hibernación vestida con un atuendo blanco apropiado para esa era. La ciudad se extendía ante ella, y volvió a tener la sensación de que el tiempo iba hacia atrás. Al despertarse por primera vez en la Era de la Disuasión, sintió un asombro indescriptible al ver por primera vez la ciudad-bosque gigante. Después de aquello, nunca pensó que volvería a ver un paisaje urbano que le resultara tan familiar: el plan urbanístico era muy regular, como si todos los edificios se hubieran levantado a la vez. Las construcciones eran monótonas y uniformes, como diseñadas tan solo partiendo de consideraciones de utilidad y sin prestar atención alguna a la estética arquitectónica. Todos los edificios eran rectangulares y no tenían adornos en la superficie, y todos presentaban la misma cubierta de color gris metálico, lo que le recordó curiosamente a las fiambreras de aluminio de su juventud. La distribución de los edificios era limpia y densa hasta donde alcanzaba la vista. El suelo se levantaba en el horizonte como la ladera de una montaña, y la ciudad se extendía en esa ladera montañosa.

—¿Dónde estamos? —preguntó Cheng Xin.

—Hmm... ¿Por qué está tapado otra vez? No podremos ver el otro lado. —Cao Bin no respondió a su pregunta, y en su lugar sacudió la cabeza decepcionado, como si el tiempo atmosférico tuviera algo que ver con la comprensión de ese nuevo mundo por parte de Cheng Xin, que pronto se dio cuenta de lo raro que era el cielo.

El sol estaba debajo de las nubes.

Las nubes empezaron a disiparse y apareció una gran abertura a través de la cual Cheng Xin no vio un cielo azul, sino más suelo.

El suelo del cielo estaba sembrado con los edificios de una ciudad muy parecida a la ciudad que les rodeaba, si bien ella estaba mirándola «hacia abajo», o quizás «hacia arriba». Aquello tenía que ser el «otro lado» al que se refería Cao Bin. Cheng Xin se dio cuenta de que la creciente «ladera montañosa» que se veía a lo lejos no era una montaña, sino que continuaba subiendo hasta conectarse con el «cielo». El mundo era un cilindro gigante, y ella se encontraba en su interior.

—Estamos en la ciudad espacial Asia I, situada a la sombra de Júpiter —explicó Cao Bin.

El nuevo mundo que le había parecido tan normal hacía tan solo un instante de repente la dejó estupefacta. Cheng Xin sintió que al fin se había despertado de verdad.

Por la tarde, Cao Bin llevó a Cheng Xin a la terminal en el extremo norte de la ciudad.

Lo habitual era orientarse a partir del eje central de la ciudad espacial. Subieron a un autobús fuera del centro de hibernación, un auténtico vehículo que se movía en el suelo y que era probable que funcionara con electricidad, aunque no era muy diferente de un bus metropolitano antiguo. El autobús estaba abarrotado, y Cheng Xin y Cao Bin se sentaron en los dos últimos asientos al final del vehículo para que un mayor número de pasajeros pudiera permanecer de pie. Cheng Xin intentó recordar la última vez que había subido a un autobús: ya durante la Era Común hacía tiempo que se había dejado de usar el concurrido transporte público.

El autobús se movía despacio, así que disfrutó de la vista. Ahora todo tenía un nuevo significado para ella. A través de la ventana, vio una hilera de edificios entre los que había zonas verdes y piscinas; vio dos escuelas con campos de deporte pintados de azul; vio tierra marrón cubriendo la superficie a ambos lados de la carretera, idéntica al suelo de la Tierra. El camino estaba sembrado de árboles de hoja ancha que parecían árboles parasol chinos, y de vez en cuando se podía ver alguna que otra valla publicitaria. Cheng Xin no reconocía la mayoría de los productos ni las marcas, pero el estilo de los anuncios le resultaba familiar.

La principal diferencia respecto a una ciudad de la Era Común era que el mundo entero parecía estar construido a base de metal. Los edificios eran metálicos, y el interior del autobús también parecía hecho principalmente de metal. No vio plástico ni compuestos.

Cheng Xin prestó más atención a los demás pasajeros del

autobús. Al otro lado del pasillo había dos hombres, uno de los cuales dormía con un maletín negro en el regazo, mientras que el otro llevaba un sobretodo amarillo con manchas negras de aceite. A los pies del hombre había una caja de herramientas de la que asomaba un instrumento que Cheng Xin no alcanzó a reconocer: parecía un taladro antiguo, pero era transparente. La cara del hombre mostraba el cansancio de alguien dedicado al trabajo físico. La última vez que Cheng había visto esa expresión fue en las caras de los obreros migrantes de las ciudades chinas de la Era Común. Delante de ella había una pareja joven. El hombre susurraba algo al oído de la mujer, que reía de vez en cuando mientras tomaba cucharadas de algo de color rosa de un vaso de papel; era helado, puesto que Cheng Xin distinguió el dulce aroma de la nata, idéntica a su recuerdo de hacía más de tres siglos. Dos mujeres de mediana edad se encontraban de pie en el pasillo; eran la clase de personas a las que Cheng Xin estaba acostumbrada: las fatigas del día a día habían acabado con toda su elegancia, y ya no cuidaban el aspecto ni la vestimenta. Ese tipo de mujer había desaparecido durante la Era de la Disuasión y la Era de la Retransmisión. En esas épocas las mujeres tenían la piel suave y delicada, y siempre mostraban un aspecto hermoso, refinado y acorde a su edad por muy mayores que se hicieran. Cheng Xin escuchó su conversación a escondidas.

—Te equivocas. El mercado de mañana y el mercado de noche tienen precios parecidos. No seas perezosa. Ve al mercado mayorista en la parte oeste.

—No tienen suficientes cosas, y de todos modos no venden a precios al por mayor.

—Tienes que ir más tarde, después de las siete más o menos. Los vendedores de verduras se habrán marchado, y venderán al por mayor.

También escuchó fragmentos de otras conversaciones durante el trayecto.

«El ayuntamiento es diferente del sistema atmosférico, mucho más complejo. Cuando llegues fíjate en la política de oficina. No te acerques demasiado a nadie al principio, pero tampoco te aísles...»; «No está bien cobrar la calefacción por separado; debería estar incluida en la factura de la electricidad»; «Si hubieran sustituido a ese idiota, no habrían perdido tanto»; «No seas así. Llevo aquí desde que construyeron la ciudad, ¿y cuánto crees que gano al año?»; «Ese pescado ya no está fresco. Ni se te ocurra cocinarlo»; «El otro día, cuando tuvieron que hacer el ajuste orbital, el agua del parque número cuatro volvió a salirse e inundó una zona muy amplia»; «Si a ella no le gusta, él debería abandonar. Todo ese esfuerzo quedará en nada»; «Es imposible que sea auténtico. Ni siquiera creo que sea una imitación de buena calidad. ¿Me tomas el pelo? ¿A ese precio?»...

Cheng Xin se sentía a gusto. Desde que había despertado, en la Era de la Disuasión, había estado buscando ese sentimiento. Pensaba que no lo encontraría nunca. Absorbió las conversaciones a su alrededor como si saciara su sed, y no prestó mucha atención a lo que Cao Bin le explicaba sobre la ciudad.

Asia I era una de las primeras ciudades espaciales construidas como parte del Proyecto Búnker. Consistía en un cilindro regular que simulaba gravedad con la fuerza centrífuga generada por la rotación. Con una longitud de treinta kilómetros y un diámetro de siete, su superficie utilizable era de seiscientos cincuenta y nueve kilómetros cuadrados, aproximadamente la mitad del casco antiguo de Pekín. Hubo un tiempo en el que vivían allí unos veinte millones de personas, pero cuando se completaron las nuevas ciudades la población había descendido hasta los nueve millones, y ya no estaba tan poblada...

Cheng Xin vio otro sol en el cielo. Cao Bin le explicó que había tres soles artificiales en la ciudad espacial, y que todos flotaban alrededor del eje central y estaban separados entre sí por unos diez kilómetros. Producían energía por fusión nuclear, y se iluminaban y se apagaban siguiendo un ciclo de veinticuatro horas.

Cheng Xin sintió varios temblores. El autobús había llegado a una estación, y las sacudidas parecían surgir del interior del suelo. Notó como si una fuerza les empujara, pero el bus permanecía inmóvil. Al otro lado de la ventana, vio que las sombras proyectadas por los árboles y los edificios de repente cambiaban a un nuevo ángulo cuando los soles artificiales cambiaron de posición. Sin embargo, los astros pronto volvieron a su sitio. Cheng Xin se dio cuenta de que aquello no parecía extrañar a ninguno de los pasajeros del autobús.

—La ciudad espacial acaba de ajustar su posición —dijo Cao Bin.

El vehículo llegó a la última parada después de treinta minutos. Después de bajar del autobús, vio que las escenas del día a día que tanto la habían embriagado habían desaparecido. Ante ella se encontraba un muro enorme, cuyo tamaño le hizo contener la respiración. Era como si estuviera al final del mundo... y, en cierto modo, así era. Aquello era el punto más septentrional de la ciudad, un enorme disco circular con ocho kilómetros de diámetro. No podía ver la totalidad del disco desde donde estaban, pero sí que alcanzaba a ver que el suelo ascendía a ambos lados. La pared superior del disco, el otro lado de la ciudad, era casi tan alta como la cima del Everest. Muchos radios convergían en el centro del disco cuatro kilómetros más arriba; cada radio era un ascensor, y el centro era la puerta de la ciudad espacial.

Antes de entrar en el ascensor, Cheng Xin echó un vistazo a la ciudad, que ya se le antojaba muy familiar. Desde allí podía ver cómo los tres soles formaban una hilera al final de la ciudad. Estaba atardeciendo, y los soles se iban apagando, pasando de un naranja blanquecino a un rojo suave y bañando la ciudad en un cálido resplandor dorado. Cheng Xin vio varias niñas en uniformes escolares blancos charlando y riendo en un césped no muy lejos de allí, con el pelo suelto al viento y bañadas por la luz dorada de la tarde.

El interior del coche ascensor era muy amplio, como un gran salón. El lado que miraba a la ciudad era transparente, lo que convertía al vehículo en una plataforma de observación. Cada asiento estaba equipado con cinturones porque la gravedad disminuía a medida que subía. Al mirar al exterior, vieron que mientras subían el suelo iba hacia abajo y era posible ver el «cielo» —el otro suelo— con una claridad cada vez mayor. Para cuando el ascensor alcanzó el centro del círculo, la gravedad había desaparecido casi por completo, así como la sensación de «arriba» y «abajo» al mirar fuera. Dado que ese era el eje en torno al cual rotaba la ciudad, el suelo les rodeaba en todas direcciones. Era allí donde la vista de la ciudad resultaba más imponente.

La intensidad de los tres soles había disminuido hasta el nivel de la luz de la luna, y su color se había vuelto plateado. Vistos desde allí, los tres soles —o lunas— estaban apilados los unos sobre los otros. Todas las nubes se concentraban en la zona sin gravedad y formaban un eje de niebla blanca que se extendía desde el centro de la ciudad hasta el otro extremo. El extremo «sur», situado a cuarenta y cinco kilómetros de distancia, podía verse con claridad. Cao Bin le contó a Cheng Xin que era allí donde se encontraban los propulsores de la ciudad. Las luces de la ciudad acababan de encenderse. Un mar de luces que se extendía a lo lejos rodeó a Cheng Xin. Le pareció estar contemplando un pozo gigante, cuya pared estaba cubierta por una alfombra brillante.

Cheng Xin fijó la mirada en un punto determinado de la ciudad y vio que la distribución de los edificios era muy similar a la del distrito residencial del lugar donde vivía durante la Era Común. Imaginó un determinado edificio de apartamentos ordinario en aquella zona y una determinada ventana en el segundo piso: una luz tenue se colaba entre las cortinas azules, detrás de las que la esperaban sus padres...

No pudo reprimir las lágrimas.

Ya desde la primera vez que despertó en la Era de la Disuasión, Cheng Xin había sido incapaz de integrarse y se sentía como una extraña en otra época. Pero jamás habría podido imaginar que volvería a sentirse en casa más de medio siglo después en un lugar como Júpiter, a más de ochocientos millones de kilómetros de la Tierra. Era como si todo lo que le había resultado familiar durante más de tres siglos hubiera sido elegido por un par de manos invisibles, enrollado en una pintura gigante y colocado delante de ella a medida que ese nuevo mundo se abría ante sus ojos.

Cheng Xin y Cao Bin entraron en un corredor donde no había gravedad. Se trataba de un tubo en el que la gente se movía apoyándose en asideros atados con cables. Los pasajeros que habían subido en los ascensores situados a lo largo del borde se congregaron allí para salir de la ciudad, y el corredor se llenó de una riada de personas. Una fila de ventanas de información apareció a lo largo de la pared circular del corredor, y la mayoría de las imágenes animadas de las ventanas eran noticias y anuncios. Pero había pocas ventanas, y estaban ordenadas con pulcritud, a diferencia de la caótica abundancia de información de la era anterior.

Cheng Xin se había dado cuenta hacía tiempo de que la abrumadora era de la información parecía haber terminado. En esta época, la información aparecía de forma restringida y dirigida. ¿Era el resultado de los cambios en los sistemas político y económico del Mundo Búnker?

Al salir del corredor, lo primero en lo que reparó Cheng Xin fueron las estrellas que giraban sobre ella; la rotación era tan rápida que la mareaba. El paisaje a su alrededor se abrió considerablemente: se encontraban en una plaza circular con un diámetro de ocho kilómetros situada «sobre» la ciudad espacial. Se trataba del puerto espacial, y había muchas naves estacionadas. La mayoría de ellas no eran muy distintas de lo que había visto hacía sesenta años, aunque por lo general parecían más pequeñas. Muchas tenían el tamaño de automóviles antiguos. Cheng Xin se dio cuenta de que las llamas de las bocas de las naves al despegar eran mucho más pequeñas de lo que recordaba más de medio siglo atrás. Emitían un resplandor azul oscuro que ya no resultaba tan cegador, lo que probablemente significaba que los motores de fusión en miniatura eran mucho más eficientes.

Le llamó la atención un vistoso círculo que brillaba con una luz roja alrededor de la salida, que tenía un radio de unos cien metros. Pronto comprendió su significado: la ciudad espacial estaba girando, y fuera del círculo la fuerza centrífuga era muy fuerte. Salir del círculo de aviso suponía un incremento considerable de la fuerza centrífuga, y las naves aparcadas allí tenían que estar ancladas, mientras que los transeúntes tenían que llevar zapatos magnéticos para no caerse.

En aquel lugar hacía mucho frío, y no fue hasta que una nave cercana despegó que el calor del motor le transmitió una breve sensación de calidez. Cheng Xin se estremeció; por el frío, pero también porque se dio cuenta de que estaba completamente expuesta al espacio. Sin embargo, el aire que la rodeaba y la presión parecían reales y podía sentir rachas de aire frío. Al parecer, la tecnología para contener una atmósfera en una zona no recluida había avanzado aún más, hasta el punto de que podía mantenerse en un espacio abierto del todo.

Al observar su sorpresa, Cao Bin dijo:

—Ah, ahora solo podemos mantener una atmósfera de unos

diez metros de grosor sobre el «suelo». —Tampoco había estado mucho tiempo en aquel mundo, pero ya estaba acostumbrado a esa tecnología que parecía magia a ojos de Cheng Xin. Tenía ganas de enseñarle cosas todavía más impresionantes.

Sobre el telón de fondo de las estrellas en rotación, Cheng Xin contempló el Mundo Búnker.

Desde allí era posible ver la mayoría de las ciudades espaciales detrás de Júpiter. Vio veintidós ciudades, incluida aquella en la que se encontraban, que tapaba a otras cuatro urbes. Las veintiséis ciudades, seis más de lo previsto, se encontraban tras la sombra de Júpiter. Estaban distribuidas en cuatro hileras e hicieron pensar a Cheng Xin en las naves espaciales puestas en fila detrás de aquella roca gigante en el espacio hacía más de sesenta años. A un lado de Asia I estaba Norteamérica I y Oceanía I, y al otro estaba Asia III. Solo apenas cincuenta kilómetros separaban a Asia I de sus vecinos a ambos lados, y Cheng Xin sintió su inmensidad, como si fueran dos planetas. La siguiente fila de cuatro ciudades se encontraba a ciento cincuenta kilómetros de distancia, y resultaba difícil distinguir su tamaño a simple vista. Las ciudades espaciales más alejadas se encontraban a mil kilómetros de distancia, y desde allí parecían refinados juguetes.

Cheng Xin se imaginó las ciudades espaciales como un banco de pececitos que flotaban detrás de una roca gigante para evitar los torrentes del río.

Norteamérica I, la ciudad más próxima a Asia I, era una esfera pura. Estas dos ciudades representaban los dos extremos del diseño de ciudades espaciales: la mayoría de las demás tenían forma de elipse, aunque las proporciones de los ejes mayor a menor eran diferentes en cada una. Varias de las otras adoptaban formas poco habituales: una rueda con radios, un huso...

Detrás de los otros tres gigantes gaseosos había otros tres núcleos urbanos que englobaban un total de treinta y ocho ciudades espaciales. Veintiséis de ellas se encontraban detrás de Saturno, cuatro detrás de Urano, y otras ocho detrás de Neptuno. Esas ciudades espaciales se encontraban en ubicaciones más seguras, aunque sus alrededores estaban aún más desolados.

Una de las ciudades espaciales que tenían delante empezó a emitir una luz azul de repente. Era como si un pequeño sol azul hubiese aparecido en el espacio, proyectando largas sombras de las personas y las naves espaciales que se encontraban en la plaza. Cao Bin le dijo a Cheng Xin que se debía a que se habían activado los propulsores de la ciudad espacial para ajustar su posición. Las ciudades espaciales giraban alrededor del Sol en paralelo con Júpiter justo fuera de su órbita. La gravedad de Júpiter redujo la distancia entre ambas ciudades, y estas tuvieron que ajustar sus posiciones con los propulsores, una operación que requería enormes cantidades de energía. En una ocasión se planteó la propuesta de convertir las ciudades en satélites jupiterinos que pasarían a una nueva órbita solar tras la emisión de una alerta de bosque oscuro. Pero hasta que el sistema de alerta temprana se hubiera perfeccionado y demostrado su fiabilidad, ninguna ciudad espacial quería correr el riesgo.

—¡Qué suerte tienes! Vas a poder ver algo que solo pasa una vez cada tres días. —Cao Bin señaló al espacio. A lo lejos, Cheng Xin vio un pequeño punto blanco que cada vez se volvía más grande. Pronto pasó a ser una esfera blanca del tamaño de una pelota de pimpón.

—¿Europa?

—Así es. Ahora mismo estamos muy cerca de su órbita. Cuidado al caminar, no tengas miedo.

Cheng Xin intentó comprender lo que Cao Bin quería decir. Siempre había creído que los cuerpos celestes se movían despacio, casi de forma imperceptible, como en la mayoría de las observaciones desde la Tierra. Pero entonces recordó que la ciudad espacial no era un satélite jupiterino, sino que permanecía inmóvil en relación hacia él. Por su parte, Europa era un satélite que se movía muy deprisa, a catorce kilómetros por segundo según recordaba. Si la ciudad espacial estaba muy cerca de la órbita de Europa, entonces...

La esfera blanca se expandió a tanta velocidad que parecía irreal. Europa no tardó en ocupar la mayor parte del cielo y pasó de ser una pelota de pimpón a un planeta gigante. La sensación de «arriba» y «abajo» cambió de inmediato, y Cheng Xin sintió como si Asia I cayera hacia ese mundo blanquecino. Luego la luna de tres mil kilómetros de diámetro pasó sobre sus cabezas de tal modo que por un instante llegó a ocupar todo el cielo. La ciudad espacial sobrevoló los gélidos océanos de Europa, y Cheng Xin vio con claridad las líneas zigzagueantes de aquel paisaje helado, que parecían las líneas de un estampado de una palma gigante. El aire, alterado por el paso de Europa, dio bandazos a su alrededor, y Cheng Xin sintió como si una fuerza invisible la arrastrara de izquierda a derecha. Estaba convencida de que, de no haber llevado botas magnéticas, habría salido disparada del suelo. Todo lo que no se había anclado al suelo salió volando, y unos pocos cables unidos a las naves también flotaron en el aire. Debajo de ella se produjo un tremendo estruendo, que no era otra cosa que la reacción del enorme marco de la ciudad espacial ante el campo de gravedad de Europa que cambiaba rápidamente. Solo hicieron falta tres minutos para que Europa se precipitara más allá de Asia I y llegara al otro lado de la ciudad, donde empezó a encogerse rápidamente. Las ocho ciudades espaciales de las dos filas frontales activaron sus propulsores para ajustar sus posiciones después del estruendo causado por Europa. Ocho bolas de fuego encendieron el cielo.

—Dios... ¿A qué distancia ha pasado? —preguntó Cheng Xin, que todavía se recuperaba del susto.

—Cuando más se acerca, como ha ocurrido ahora, está a ciento cincuenta kilómetros; es decir, que básicamente pasa junto a nosotros. No tenemos opción. Júpiter tiene trece lunas, y es imposible que las ciudades espaciales las sorteen todas. La órbita de Europa solo está un poco inclinada del ecuador, por lo que está muy cerca de estas ciudades. Es la principal fuente de agua para las ciudades jupiterinas, y hemos construido mucha industria en la superficie. Pero cuando se produzca el ataque de bosque oscuro, lo perderemos todo. Las órbitas de todas las lunas de Júpiter cambiarán radicalmente después de la explosión solar. Maniobrar las ciudades espaciales para evitarlas cuando eso ocurra será muy complicado.

Cao Bin encontró la embarcación que había utilizado para llegar hasta ahí. Era pequeña, de dos plazas y tenía la forma y el tamaño de un coche antiguo. El instinto hizo que Cheng Xin se sintiera insegura al ir por el espacio en ese vehículo tan pequeño, aunque sabía que su miedo era irracional. Cao Bin ordenó al programa de inteligencia artificial del vehículo ir a Norteamérica I, y la nave despegó.

Cheng Xin vio cómo dejaban atrás el suelo, y la embarcación voló por una tangente de la ciudad rotatoria. La plaza de ocho kilómetros de diámetro no tardó en aparecer ante ellos, seguida de la totalidad de Asia I. Detrás del cilindro había una amplia extensión de color amarillo oscuro. Cheng Xin no se dio cuenta de que lo que veía era Júpiter hasta que apareció el borde de esa extensión amarilla. Allí, en la sombra del planeta, todo era frío y oscuro, y el Sol parecía no existir. Solo el brillo fosforescente del helio y el hidrógeno dispersos por la densa atmósfera del planeta formaban trazos de luz difusa que deambulaban como los ojos detrás de los párpados cerrados de una persona sumida en el sueño. La inmensidad de Júpiter asombró a Cheng Xin. Desde aquel lugar solo alcanzaba a ver una pequeña parte de su contorno, que tenía una curvatura minúscula. El planeta era una barrera oscura que lo bloqueaba todo, y que volvió a transmitir a Cheng Xin la sensación de estar ante un muro gigante al final del mundo.

Durante los tres días sucesivos Cao Bin llevó a Cheng Xin de visita a otras cuatro ciudades espaciales.

La primera era Norteamérica I, la ciudad más cercana a Asia I. La principal ventaja de su estructura esférica era que un único sol artificial situado en el centro bastaba para iluminarla por completo, pero también tenía el inconveniente de que la gravedad cambiaba en función de la latitud: el ecuador tenía una mayor gravedad, que descendía al subir de latitud, mientras que en las regiones polares la gravedad no existía. Los habitantes de las distintas regiones tenían que ajustarse a la vida en diferentes condiciones de gravedad.

A diferencia de Asia I, una pequeña nave espacial podía entrar en aquella ciudad directamente por la puerta situada en el polo norte. Después de que la nave entrara, el mundo entero rotó a su alrededor y la nave tuvo que ajustarse al giro de la ciudad antes de aterrizar. Cheng Xin y Cao Bin fueron en un tren de alta velocidad hasta las regiones situadas en las latitudes bajas, y el tren se movió mucho más deprisa que el autobús en Asia I. Cheng Xin vio que allí los edificios estaban más concentrados y eran más altos, como en una metrópolis. En la zona ubicada en las latitudes altas, sobre todo las regiones con gravedad baja, la altura de los edificios solo estaba limitada por el volumen de la esfera.

Cerca de las regiones polares algunos edificios alcanzaban los diez kilómetros, y parecían largos cuernos que se extendían desde el suelo en dirección al sol.

Norteamérica I se había terminado de construir hacía tiempo. Con un radio de veinte kilómetros y veinte millones de habitantes, era la mayor ciudad por población y ejercía la función de próspero centro comercial para el conjunto de las ciudades jupiterinas.

En aquel lugar, Cheng Xin disfrutó de una espléndida visión que no había tenido la oportunidad de ver en Asia I: el océano circular ecuatorial. De hecho, la mayoría de las ciudades espaciales tenían océanos circulares de diferentes tamaños, y la mayor particularidad de Asia I era precisamente que carecía de uno. Tanto en las ciudades esféricas como en las que tenían forma elíptica, el ecuador era el punto más bajo de la gravedad simulada de la ciudad, y toda el agua se almacenaba allí de forma natural, formando un cinturón ondulante que resplandecía. Desde la orilla se podía ver el océano que subía a ambos lados y dividía el «cielo» detrás del sol. Cheng Xin y Cao Bin subieron a una barquichuela y navegaron por el mar, un recorrido de unos sesenta kilómetros. El agua del mar, clara y fría, venía de Europa y reflejaba la luz ondulante sobre los rascacielos a ambos lados. Las presas que había a lo largo de la orilla del mar más cercano a Júpiter estaban situadas a un nivel más alto para evitar que el agua se desbordara cuando la ciudad acelerara durante los ajustes de posición. Con todo, cada vez que la ciudad tenía que llevar a cabo alguna maniobra inesperada, se producían pequeñas inundaciones de vez en cuando.

A continuación Cao Bin llevó a Cheng Xin a Europa IV. Lo más peculiar de aquella ciudad, cuyo diseño era el de una elipse normal, era la ausencia de un sol artificial normal y corriente. Cada distrito tenía su propio sol de fusión en miniatura, y había pequeños soles que flotaban a una altura de entre doscientos y trescientos metros para proporcionar iluminación. La ventaja de ese procedimiento era que el eje sin gravedad se podía utilizar de forma más eficiente. El eje de Europa IV estaba ocupado por el edificio más largo —o más alto, depende de cómo se mirase— de todas las ciudades espaciales. Medía cuarenta kilómetros y conectaba los polos norte y sur de la elipse. Como el interior del edificio no tenía gravedad, se utilizó principalmente como puerto espacial y distrito de entretenimiento comercial.

Europa IV tenía la población más pequeña de todas las ciudades, tan solo cuatro millones y medio de personas, y era la ciudad más próspera del Mundo Búnker. Cheng Xin se sentía maravillada al ver las exquisitas casas iluminadas por los soles en miniatura, cada una de ellas equipada con su propia piscina y varias con amplios campos de césped. El mar ecuatorial estaba salpicado de pequeñas velas blancas, y la gente se sentaba en la orilla mientras pasaba el rato pescando. Vio pasar un yate que navegaba pausadamente, y que parecía tan lujoso como cualquier barco del mismo tipo de los que podían verse en la antigua Tierra. Vio que a bordo se celebraba un cóctel con música en directo... Le parecía asombroso el hecho de que fuera posible trasplantar ese estilo de vida a la sombra de Júpiter, a ochocientos millones de kilómetros de la Tierra.

Por su parte, Pacífico I era la antítesis de Europa IV. Había sido la primera ciudad completada para el Proyecto Búnker y, al igual que Norteamérica I, tenía forma esférica. A diferencia de las demás ciudades jupiterinas, esta sí orbitaba alrededor de Júpiter como satélite.

Millones de trabajadores de la construcción habían vivido en Pacífico I durante los primeros años del Proyecto Búnker. A medida que avanzaba el proyecto, se usó como almacén de materiales de construcción. Más tarde, cuando empezaron a verse los muchos defectos de esa ciudad experimental, quedó abandonada. Sin embargo, cuando terminó el traslado de la población al Mundo Búnker, la gente empezó a vivir allí de nuevo, hasta que terminó por crearse una ciudad propia con su ayuntamiento y su policía. No obstante, las autoridades tan solo mantuvieron la infraestructura pública más básica, y se dejó que la sociedad la gestionara por su cuenta. Pacífico I era la única ciudad en la que la gente era libre de emigrar sin un permiso de residencia. La mayoría de la población estaba formada por vagabundos sin trabajo ni hogar, indigentes que habían perdido su derecho a la seguridad social por diferentes motivos y también artistas bohemios. Más tarde se convirtió en el foco de algunas organizaciones políticas extremistas.

Pacífico I no tenía propulsores, y en su interior no había un sol artificial. Tampoco rotaba, de modo que no tenía gravedad.

Al entrar en la ciudad, Cheng Xin vio un mundo que parecía sacado de un cuento de hadas. Era como si una ciudad destartalada y otrora próspera hubiera perdido la gravedad de manera abrupta de tal forma que todo flotaba en el aire. Pacífico I era una ciudad sumida en una noche permanente, y cada edificio mantenía la iluminación con una batería nuclear. Así, el interior estaba lleno de luces flotantes que brillaban. La mayoría de los edificios de la ciudad eran chabolas sencillas fabricadas con materiales de construcción abandonados. Como no existían conceptos como «arriba» y «abajo», la mayoría de las casas tenían forma de hexaedro, con ventanas —que también funcionaban como puertas— en los seis lados. Algunos tenían forma esférica, lo que aportaba la ventaja de ser más resistente, ya que los edificios flotantes impactaban entre sí de manera inevitable.

En Pacífico I no existía la noción de la tierra en propiedad porque todos los edificios flotaban sin una ubicación permanente. En principio, cada habitante tenía derecho a usar cualquier espacio en el interior de la ciudad, que tenía un elevado porcentaje de población desahuciada que ni siquiera poseía un barracón. Todas sus posesiones se mantenían en una gran red para evitar que se esparcieran por todas partes, y sus propietarios vivían flotando por la ciudad con sus redes. El transporte en el interior de la ciudad era sencillo: no había coches o cables sin gravedad, ni tampoco propulsores personales. Los habitantes se movían empujando o pateando los edificios y flotando. Como los edificios estaban apiñados de manera muy compacta en el interior, era posible ir a cualquier sitio de esa manera, aunque dicha forma de desplazamiento exigía gran destreza. Al contemplar a los residentes revoloteando entre las densas agrupaciones de edificios flotantes, Cheng Xin pensó en la imagen de unos monos que se balanceaban con soltura de una rama a otra.

Los dos pasaron cerca de un grupo de hombres sin hogar congregados alrededor de una fogata, algo que en cualquier otra ciudad espacial habría estado prohibido. Parecía arder gracias a algún tipo de material de construcción inflamable. A causa de la falta de gravedad, las llamas no se elevaban, sino que formaban una bola de fuego flotante. La forma de beber también parecía especial: los hombres, vestidos con harapos y sin afeitar, echaban el alcohol al aire y este formaba esferas líquidas que capturaban con la boca. Uno de los borrachos vomitó, y el líquido que le salió de la boca le impulsó hacia atrás, haciéndole girar en el aire.

Cheng Xin y Cao Bin llegaron a un mercado. Todos los productos flotaban formando un caos iluminado por unas pocas luces flotantes, mientras los clientes y los vendedores volaban entre los objetos que había en el aire. En medio de aquel desorden parecía difícil saber qué pertenecía a quién, pero cuando un cliente examinaba algo de cerca, un vendedor se acercaba para regatear. Entre los productos con descuento había ropa, productos de electrónica, comida, bebidas alcohólicas, baterías nucleares de distinta capacidad, pequeñas armas y un largo etcétera. También había exóticas antigüedades: en una parada se ofrecían fragmentos metálicos a precios muy elevados, que según el vendedor eran restos de las naves de guerra de la batalla del Día del Fin del Mundo que procedían del exterior del Sistema Solar. Era imposible saber si decía la verdad.

Cheng Xin se sorprendió al ver a un hombre que vendía libros antiguos. Hojeó varios de ellos, que para ella no eran tan antiguos. Todos los volúmenes flotaban en el aire formando una nube, y muchos tenían las páginas abiertas de par en par y parecían un grupo de pájaros con alas blancas que revoloteaban en medio de la luz... Cheng Xin vio una cajita de madera flotando delante de ella en la que podía leerse «puros». Cuando la cogió apareció enseguida un chaval que se abrió paso entre los objetos flotantes y juró y perjuró que esos puros eran auténticos habanos que se habían preservado durante casi doscientos años. Como se habían secado un poco, estaba dispuesto a dejárselos por un buen precio que no encontraría en ningún lugar del Sistema Solar. Incluso abrió la caja para que Cheng Xin viera el contenido. Le pareció razonable y los compró.

Cao Bin llevó a Cheng Xin al límite de la ciudad, el anverso del casco esférico. No había edificios anexos al casco y tampoco había suelo: todo estaba tan desnudo como el día en que fue construida la ciudad. Era imposible distinguir la curvatura en una pequeña área, y parecían estar de pie sobre una gran plaza llana. Sobre ellos flotaban los densos edificios de la ciudad, mientras unas luces parpadeantes se proyectaban sobre la «plaza». Cheng Xin vio que el casco llevaba la marca de diferentes grafitis que se extendían hasta donde alcanzaba la vista. Los dibujos eran vibrantes, salvajes, desatados, lascivos y llenos de energía. En aquella luz cambiante e inestable parecían cobrar vida como si fueran los sueños caídos de la ciudad sobre ellos.

Cao Bin no llevó a Cheng Xin al lugar más profundo de la ciudad. Según él, el centro era anárquico y muy violento. Había peleas entre bandas, y años antes una de esas reyertas había llegado a provocar una rotura en el casco que causó un gran incidente de descompresión. Por lo visto aquellas bandas habían llegado a algún tipo de acuerdo tácito y arreglado sus diferencias en el centro de la ciudad, lejos del casco.

Cao Bin también le dijo a Cheng Xin que el Gobierno de la Federación había destinado enormes recursos a la creación de un sistema de seguridad social en Pacífico I. Los aproximadamente seis millones de habitantes del lugar estaban en su mayor parte desempleados, pero al menos podían tener cubiertas sus necesidades vitales básicas.

—¿Qué pasará aquí si se produce un ataque de bosque oscuro?

—Lo único que puede pasar es que quede destruida. Esta ciudad no tiene propulsores, pero aunque los tuviera sería imposible trasladarla hasta la sombra de Júpiter y mantenerla allí. Mira... —dijo, señalando los edificios flotantes—. Si la ciudad acelerase, todo lo que hay aquí chocaría con el casco, y la ciudad sería como una bolsa con un agujero en el fondo. Si recibimos una alerta de ataque de bosque oscuro, lo único que podemos hacer es evacuar a la población a otras ciudades.

Al abandonar aquella ciudad flotante sumida en la noche eterna, Cheng Xin la contempló a través de la escotilla de la nave. Era una ciudad de pobreza y desamparo, pero también poseía una abundante vida propia, como una versión sin gravedad de la famosa pintura de la dinastía Song *A la orilla del río durante la fiesta Qingming*.

Era consciente de que ese mundo no era una sociedad ideal

cuando se la comparaba con la era anterior. La emigración a los límites del Sistema Solar había hecho que reaparecieran algunas situaciones sociales erradicadas hacía ya tiempo. No era una regresión en el sentido estricto del término, sino un tipo de ascenso en espiral, una condición necesaria para la exploración y el establecimiento de nuevas fronteras.

Después de marcharse de Pacífico I, Cao Bin llevó a Cheng Xin a ver más ciudades espaciales con diseños menos habituales. Una de esas urbes que estaba bastante cerca de Pacífico I era una rueda con radios parecida a una versión más grande de la estación terminal con el ascensor espacial que Cheng Xin había visitado hacía más de sesenta años.

Cheng Xin se sentía un poco desconcertada ante los diseños de las ciudades. Una rueda parecía ideal en lo que a ingeniería se refería: resultaba mucho más fácil de construir que los enormes y vacíos cascarones utilizados en las demás ciudades, y era más robusta y apta para sobrevivir a los desastres, además de tener la posibilidad de expandirse con mayor facilidad. La escueta respuesta de Cao Bin a la pregunta de Cheng Xin fue «sensación de mundo».

—¿Cómo?

—La sensación de estar dentro de un mundo. Una ciudad espacial debe tener un gran volumen interior y amplias vistas para que sus habitantes tengan la sensación de estar viviendo en el interior de un mundo. Aunque el área utilizable de la superficie interior no diste mucho del diseño de una carcasa vacía, en un diseño de rueda la gente siempre sabe que está viviendo en uno o varios tubos estrechos.

Otras ciudades tenían diseños aún más insólitos, la mayoría eran centros industriales y agrícolas sin residentes permanentes. Así, por ejemplo, existía una ciudad llamada Recurso I, con una longitud de ciento veinte kilómetros y un diámetro de tan solo tres kilómetros, como un palo delgado. No giraba en torno al largo eje, sino que caía sobre su centro. El interior de la ciudad estaba dividido en niveles, y la gravedad en cada uno de ellos era completamente diferente. Solo algunos niveles se encontraban preparados para vivir, mientras que el resto se utilizaba en diversas industrias adaptadas a las distintas gravedades. Según Cao Bin, cerca de Saturno y Urano había ciudades construidas mediante la fusión de dos o más ciudades con forma de palo en cruces o estrellas.

El más antiguo de los núcleos urbanos del Proyecto Búnker se construyó cerca de Júpiter y Saturno. Poco después aparecieron conceptos del diseño urbanístico a medida que se edificaban ciudades cerca de Urano y Neptuno. La idea más importante era el acoplamiento de la ciudad. En esos dos núcleos en el extremo del Sistema Solar, cada ciudad estaba equipada con una o más plataformas estandarizadas para que las ciudades pudieran interconectarse. El acoplamiento multiplicaba el espacio para sus habitantes y daba lugar a una sensación de mundo aún mayor, lo que a su vez fomentaba el desarrollo económico. Además, después del acoplamiento los sistemas atmosférico y ecológico de las ciudades se unían, lo cual contribuía a estabilizar su operación y mantenimiento.

En ese momento, la mayoría de las ciudades estaban acopladas en su eje de rotación, un procedimiento gracias al que podían seguir rotando como antes sin cambiar la distribución de la gravedad. Hubo propuestas para un acoplamiento paralelo o perpendicular que permitiría a las ciudades combinadas expandirse en múltiples direcciones, a diferencia de las ciudades que se extendían solo a lo largo del eje. Sin embargo, la rotación de esas combinaciones supondría un cambio drástico de la distribución interior de la gravedad, propuestas que todavía no se habían ensayado.

La mayor ciudad combinada hasta la fecha se encontraba en Neptuno, donde la mitad de las ocho ciudades estaban acopladas a lo largo de su eje de rotación y formaban una ciudad combinada de doscientos kilómetros de longitud. En caso de necesidad —como por ejemplo cuando se emitiera la alerta de ataque de bosque oscuro—, la ciudad combinada podía desmontarse para aumentar la movilidad de cada uno de sus componentes. La gente confiaba en que algún día todas las ciudades de cada núcleo se pudieran combinar en una para que la humanidad lograra vivir en cuatro mundos completos.

Detrás de Júpiter, Saturno, Urano y Neptuno había un total de sesenta y cuatro grandes ciudades espaciales y casi un centenar de ciudades medianas y pequeñas, así como un gran número de estaciones espaciales. Novecientos millones de personas vivían en el Mundo Búnker.

Aquello representaba casi la totalidad de la especie humana. La civilización terrícola se había resguardado ya incluso antes de la llegada del ataque de bosque oscuro.

Cada ciudad espacial era políticamente equivalente a un Estado. Los cuatro núcleos urbanos formaban la Federación del Sistema Solar, y la ONU se había convertido en el Gobierno Federal. La mayoría de las principales civilizaciones antiguas de la Tierra habían atravesado una etapa de ciudad-Estado, y ahora las ciudades-Estado habían resurgido en la periferia del Sistema Solar.

La Tierra apenas estaba poblada. Solo quedaban allí unos cinco millones de personas que no querían abandonar su hogar y no temían la perspectiva de ser sorprendidos por la muerte en cualquier momento. Muchos valientes que vivían en el Mundo Búnker también viajaban de vez en cuando a la Tierra, aunque hacerlo significaba jugarse la vida. Con el paso del tiempo, crecía la probabilidad de un ataque de bosque oscuro, y la gente se fue adaptando poco a poco a la vida en aquel refugio. El ansia de regresar a su hogar perdió fuerza mientras permanecían ocupados en sus nuevos hogares, y cada vez menos personas visitaban la Tierra. Ya no prestaban demasiada atención a las noticias que venían de allí, y sabían tan solo de oídas que la naturaleza empezaba a recuperarse. Los bosques y las praderas cubrían todos los continentes, y los que se quedaron en la Tierra tuvieron que llevar armas para defenderse de los animales salvajes, aunque corría el rumor de que vivían como reyes, cada uno con grandes propiedades y bosques y lagos privados. Toda la Tierra era una única ciudad que pertenecía a la Federación del Sistema Solar.

La pequeña nave de Cheng Xin y Cao Bin se encontraba en el límite exterior de las ciudades jupiterinas. Ante el inmenso y oscuro Júpiter, las ciudades parecían insignificantes y solitarias, como un par de casuchas al pie de un barranco gigante de las que salía una tenue luz de vela vistas desde lejos. Aunque pequeñas, eran el único indicio de calidez hogareña en aquella frialdad y desolación infinitas, el destino de todo viajero extenuado. Cheng Xin recordó un pequeño poema que había leído en la escuela secundaria, una composición de un poeta chino de la era republicana largamente olvidado:*

El sol se ha puesto.
Montaña, árbol, roca, río...
Todos los edificios están enterrados en las sombras.
Las personas encienden sus lámparas con gran deleite,
Interesándose por todo lo que ven,
Esperando encontrar lo que buscan.

* El autor del poema es Xu Yunuo (1894-1958), escritor chino asociado con el Movimiento del Cuatro de Mayo. (*N. del T.*)

Era del Búnker, año 11
Velocidad de la Luz II

El destino final de Cheng Xin y Cao Bin era Ciudad Halo, una ciudad espacial de tamaño medio. Ese tipo de ciudades tenían zonas interiores con superficies inferiores a los doscientos kilómetros cuadrados, pero superiores a los cincuenta. Normalmente esas ciudades estaban mezcladas con formaciones de ciudades grandes, pero dos de las ciudades medias, Ciudad Halo y Velocidad de la Luz II estaban situadas lejos del núcleo de la ciudad jupiterina, casi fuera de la protección de la sombra de Júpiter.

Antes de llegar a Ciudad Halo, la nave pasó por Velocidad de la Luz II. Cao Bin le dijo a Cheng Xin que esa ciudad había sido una ciudad científica, amén de uno de los dos centros de investigación que estudiaban cómo reducir la velocidad de la luz para lograr el estado de dominio negro, pero que había terminado abandonada. Cheng Xin se mostró profundamente interesada, y quiso pasarse a hacer una visita. Cao Bin viró hacia esa dirección de mala gana.

—¿Por qué no echamos un vistazo desde fuera? —propuso Cao Bin—. Es mejor no entrar.

—¿Es peligroso?

—Sí.

—Pero si entramos en Pacífico I, que también era peligrosa...

—No es lo mismo. En Velocidad de la Luz II no hay nadie. Es... una ciudad fantasma. O al menos eso es lo que dice todo el mundo.

A medida que la nave se fue aproximando, Cheng Xin se dio cuenta de que la ciudad estaba realmente en ruinas. No rotaba, y el exterior parecía roto y ajado. En algunas partes se había levantado la capa que cubría la estructura de la ciudad. Al observar aquella ruina gigante iluminada por los focos de su nave, Cheng Xin sintió asombro y terror a partes iguales. Pensó que los cascotes eran como una ballena varada en la playa. Había permanecido allí eones, hasta que todo lo que quedaba de ella eran piel y huesos rotos, y un cuerpo que ya no emanaba vida. Parecía estar buscando algo aún más antiguo que la Acrópolis de Atenas, con todavía más secretos.

Se acercaron despacio a una gran grieta varias veces más grande que su nave. Las vigas del marco estructural también estaban dobladas y torcidas y abrían una vía hacia el interior. El rayo que trazaba el foco de la nave brillaba, lo que permitía a Cheng Xin ver el «suelo» completamente vacío a lo lejos. Una vez la nave hubo descendido a una distancia corta en el interior de la ciudad espacial, se detuvo e hizo un barrido con la luz del foco. Cheng Xin vio que el «suelo» estaba vacío en todas partes. No solo no había edificios, sino que no había nada que indicara que antes había vivido gente en el lugar. Las vigas zigzagueantes que formaban la estructura de la ciudad eran visibles en el «suelo».

—¿Solo es una cáscara vacía? —preguntó Cheng Xin.

—No.

Cao Bin miró a Cheng Xin unos segundos, como si intentara medir su coraje. Entonces se adelantó y apagó las luces del vehículo.

Al principio, Cheng Xin no podía ver más que oscuridad. La luz de las estrellas entraba por una abertura delante de ellos, como si vieran el cielo a través de un tejado roto. Sus ojos acabaron por acostumbrarse a la oscuridad, y se dio cuenta de que el interior de aquella ciudad espacial derruida no era completamente oscuro, sino que estaba iluminado por una tenue luz azul parpadeante. Cheng Xin sintió un escalofrío, pero hizo lo posible por calmarse y buscar la fuente; el brillo azul provenía del centro del interior de la ciudad espacial.

La fuente de luz parpadeaba sin seguir un patrón, como un ojo con un tic. El suelo vacío estaba lleno de extrañas sombras, como un páramo iluminado por los destellos de los relámpagos en el horizonte nocturno.

—La luz se genera con el polvo espacial que cae en el agujero negro —dijo Cao Bin, señalando en dirección a la fuente de luz. Intentaba calmar el miedo de Cheng Xin.

—¿Hay un agujero negro aquí?

—Sí, tendrá... no más de cinco kilómetros desde aquí. Un agujero negro microscópico con un radio de Schwarzschild de veinte nanómetros y una masa equivalente a Leda, la luna de Júpiter.

En medio de aquel brillo azul, Cao Bin le contó a Cheng Xin la historia de Velocidad de la Luz II y Gao Way.

Las investigaciones sobre la reducción de la velocidad de la luz en el vacío comenzaron aproximadamente durante la misma época que el Proyecto Búnker. Como el Plan Dominio Negro era el segundo camino para la supervivencia humana, la comunidad internacional dedicó una ingente cantidad de recursos a él, y el Proyecto Búnker llegó incluso a construir una ciudad espacial como centro de investigación destinado a dicha empresa, que más tarde se conocería como Velocidad de la Luz I, y que se encontraba situada en el núcleo de Saturno. Sin embargo, sesenta años de investigaciones a gran escala no dieron resultado, y ni siquiera se consiguieron avances en los fundamentos teóricos.

Reducir la velocidad de la luz a través de un medio no era especialmente difícil. Ya en 2008 se había conseguido reducir la velocidad de la luz a través de un medio a la increíble velocidad de diecisiete metros por segundo en un laboratorio. No obstante, eso era fundamentalmente diferente de reducir la velocidad de la luz a través del vacío. Lo primero tan solo requería hacer que los átomos del medio absorbieran y reemitieran los fotones, y la luz seguía desplazándose a su velocidad habitual entre los átomos. Aquello no servía para el Plan Dominio Negro.

La velocidad de la luz en el vacío era una de las constantes fundamentales del universo. Alterarla equivalía a cambiar las leyes de la física, por lo que reducir la velocidad de la luz exigía avances en física fundamental... por no hablar de grandes dosis de suerte. Sesenta años después, el único resultado sustancial de la investigación básica era la creación del acelerador de partículas circunsolar, que a su vez condujo al éxito del mayor proyecto en el marco del Plan Dominio Negro: el Proyecto Agujero Negro.

Los científicos habían ensayado todo tipo de técnicas físicas extremas en su intento de alterar la velocidad de la luz. En una ocasión, se utilizó el campo magnético artificial más potente, pero la mejor manera de influir sobre la luz en el vacío era a través del uso de un campo de gravedad. Dado que era extremadamente difícil generar un campo de gravedad local en un entorno de laboratorio, la única vía parecía ser un agujero negro. El acelerador de partículas circunsolar era capaz de crear agujeros negros microscópicos.

El responsable del Proyecto Agujero Negro era Gao Way. Cao Bin había trabajado varios años con él, y no podía ocultar sus sentimientos enfrentados al hablarle de él a Cheng Xin.

—Aquel hombre padecía un autismo extremo; no me refiero a la típica soledad de un solitario que elige aislarse, sino a una enfermedad mental de verdad. Era extremadamente introvertido, tenía problemas para comunicarse con cualquier persona y nunca había tocado a una mujer. Su increíble éxito profesional solo habría sido posible en esta época, pero a pesar de sus logros, la mayoría de sus supervisores y compañeros de trabajo le tratábamos tan solo como una batería de inteligencia de alta potencia. Su enfermedad le torturaba y le llevó a intentar cambiarse a sí mismo; en eso fue diferente de otros genios.

»Al comenzar el año 8 de la Era de la Retransmisión se volcó en el estudio teórico de la reducción de la velocidad de la luz. Creo que con el tiempo empezó a desarrollar una extraña identificación entre la velocidad de la luz y su propia personalidad: si podía cambiar la velocidad de la luz, entonces también podría cambiarse a sí mismo.

»Pero la velocidad de la luz en el vacío era, en realidad, lo más estable del cosmos. La investigación sobre la reducción de la velocidad de la luz se asemejaba a torturar la luz fueran cuales fuesen las consecuencias. La gente intentó hacerlo todo con la luz: golpearla, retorcerla, romperla, diseccionarla, estirarla, aplastarla e incluso destruirla... Pero en la mayoría de casos el resultado no era más que un cambio en su frecuencia en el vacío, mientras que la velocidad de la luz permanecía sin cambios, como un muro imposible de escalar. Después de tantas décadas, los teóricos y los responsables de los experimentos estaban desesperados, y a menudo comentaban que "si realmente existía Dios, lo único que Este había dejado fijo en toda la Creación era la velocidad de la luz".

»Para Gao Way, la desesperación tenía otro nivel. Cuando yo empecé a hibernar, él tenía casi cincuenta años; nunca había estado con una mujer y pensaba que su destino no tenía remedio, como la velocidad de la luz. De este modo se fue volviendo cada vez más retraído y solitario.

»El Proyecto Agujero Negro comenzó el año 1 de la Era del Búnker y duró once años. Quienes lo planificaron no pusieron muchas esperanzas en él, dado que tanto los cálculos teóricos como las observaciones astronómicas indicaban que incluso los agujeros negros podían usar sus campos de gravedad para cambiar la dirección y la frecuencia de la luz, sin afectar ni un ápice a la velocidad de la luz en el vacío. Sin embargo, para seguir con la investigación del Plan Dominio Negro resultaba necesario crear condiciones experimentales con campos de gravedad ultrapotentes que dependieran de los agujeros negros. Además, dado que un dominio negro era fundamentalmente un gran agujero negro con la velocidad de la luz reducida, tal vez observando de cerca un agujero negro con la velocidad de la luz reducida a tamaño microscópico se obtendría información inesperada.

»El acelerador de partículas circunsolar era capaz de producir agujeros negros microscópicos con rapidez, pero esos diminutos agujeros también se evaporaban muy rápido. A fin de crear un agujero negro estable, se extrajo del acelerador un agujero negro microscópico que más tarde se inyectó en Leda.

»Leda era la luna más pequeña de Júpiter, no era más que una gran roca con un radio medio de tan solo ocho kilómetros. Antes de generar el agujero negro, habían bajado la luna de su órbita alta y la habían convertido en un cuerpo que orbitaba alrededor del Sol de forma paralela a Júpiter, como el núcleo urbano. Sin embargo, a diferencia de la ciudad, estaba ubicada en el punto de Lagrange L_2 entre el Sol y Júpiter, el mismo lugar en el que se encontraban ahora, lo que permitía mantener una distancia estable de Júpiter sin tener que ajustar su posición constantemente. En aquella época, se trataba del mayor cuerpo que el ser humano había logrado mover por el espacio.

»Después de que el agujero negro microscópico se inyectara en Leda, comenzó a absorber masa y brillar rápidamente. Al mismo tiempo, la intensa radiación generada por el material que caía al agujero negro fundía la roca que la rodeaba. Leda no tardó en fundirse por completo, y aquella roca con forma de patata se convirtió en una bola de lava incandescente. La bola de lava se contrajo despacio, pero brilló con cada vez más fuerza hasta que terminó por desaparecer con un destello cegador. Las observaciones indicaban que, aparte de la pequeña cantidad de material expulsado por la radiación, la mayor parte de la masa de Leda había quedado absorbida por el agujero negro. El agujero se mantenía estable, y su radio de Schwarzschild, o radio de horizonte de evento, había crecido hasta adquirir el tamaño de una partícula fundamental con veintiún nanómetros.

»Construyeron una ciudad espacial en torno al agujero negro, que posteriormente se llamó Velocidad de la Luz II. El agujero negro quedó suspendido en medio de la ciudad, que estaba vacía, no rotaba y cuyo interior era un vacío conectado al espacio. Se trataba en esencia de un contenedor gigante para el agujero negro. A la ciudad podrían enviarse personal y equipos para estudiar el agujero negro.

»Las investigaciones duraron muchos años. Fue la primera vez que los seres humanos pudieron estudiar un agujero negro en condiciones de laboratorio, y se realizaron muchos descubrimientos que contribuyeron al desarrollo de la física teórica y la cosmología fundamental. Aunque ninguno de esos resultados contribuyó a la tarea de reducir la velocidad de la luz en el vacío.

»Seis años después de comenzar a estudiar aquel ejemplar de agujero negro, Gao Way murió. Según la versión oficial de la Academia Mundial de Ciencias, Gao fue "absorbido por el agujero negro" en el transcurso de un experimento.

»Cualquiera que tenga un mínimo conocimiento sobre ciencia sabe que las probabilidades de que a Gao le ocurriera algo así eran casi nulas. La razón por la que los agujeros negros son trampas a las que ni siquiera la luz puede escapar es que su poder de gravitación general es abrumador, aunque un gran agujero negro formado por el colapso de la estrella sí tiene una inmensa gravedad general, si bien a causa de la densidad de sus campos gravitatorios. La gravedad total de un agujero negro no difiere de la de una cantidad de materia normal de una masa equivalente. Si el Sol se hundiera en el agujero negro, la Tierra y los demás planetas seguirían en sus órbitas sin ser succionados. El agujero negro solo mostraba un comportamiento extraño cuando uno se acercaba mucho a él.

»En Velocidad de la Luz II había una red protectora de un radio de cinco mil metros que recubría el agujero negro, y a la que el personal de investigación tenía prohibido entrar. Como el radio de Leda era originalmente de ocho mil metros, la gravedad del agujero negro a esa distancia no era muy superior a la que había en la superficie de la Leda original. El poder de atracción no era muy fuerte: allí una persona no pesaba prácticamente nada, y podría haber escapado con facilidad gracias a los propulsores de su traje espacial. O sea, que es imposible que Gao fuera "absorbido".

»Ya desde el mismo momento en que se obtuvo el ejemplar de agujero negro, Gao Way se sintió fascinado. Tras bregar durante tantos años con la velocidad de la luz sin lograr siquiera alterar uno solo de los muchos dígitos de esa constante que se acercaba a los tres mil metros por segundo, Gao se sintió consternado y abrumado por una sensación de fracaso. Como la constante de la velocidad de la luz era una de las leyes fundamentales de la naturaleza, había llegado a despreciar las leyes naturales y a temerlas al mismo tiempo. No obstante, ahora tenía ante sí algo que había comprimido Leda en veintiún nanómetros. Las leyes de la naturaleza conocidas no regían en el interior de ese horizonte de evento, en aquella singularidad espacio-tiempo.

»Gao Way solía quedarse encaramado a la red de protección mirando durante horas aquel agujero negro situado a cinco kilómetros de distancia. Contemplaba su luminosidad, como nosotros ahora, y a veces aseguraba que el agujero negro le hablaba, que podía descifrar el mensaje de su luz parpadeante.

»Nadie presenció el proceso de desaparición de Gao, y nunca se difundieron grabaciones (suponiendo que existieran). Gao era uno de los principales físicos responsables del Proyecto Agujero Negro, y tenía la contraseña para abrir la red protectora. Estoy seguro de que entró y flotó hacia el agujero negro hasta que ya era demasiado tarde para regresar... Probablemente quería ver de cerca su objeto de deseo, o quizá solo entrar en aquella singularidad en la que las leyes de la naturaleza ya no importaban para poder escapar de todo.

»Lo que pasó después de que Gao Way fuera absorbido es demasiado extraño como para poder describirlo. Los científicos observaron el agujero negro con microscopios dirigidos por control remoto y descubrieron que en su horizonte de evento (la superficie de la pequeña esfera con un diámetro de veintiún nanómetros) podía verse la figura de una persona. Era Gao Way atravesando el horizonte de evento.

»Bajo la relatividad general, un observador lejano habría podido ver un reloj reduciendo su velocidad cerca del horizonte de evento, de tal manera que la caída de Gao Way por el horizonte de evento se reduciría y estiraría hasta el infinito.

»Pero en el marco de referencia de Gao Way, él acababa de atravesar el horizonte de evento.

»Lo más sorprendente es que las proporciones de aquella figura seguían siendo normales, tal vez porque el agujero negro era muy pequeño, aunque los efectos de las fuerzas centrífugas no parecían hacerse notar. Gao había quedado comprimido en un intervalo nanométrico, pero allí el espacio era extremadamente curvo. Más de un físico creía que la estructura del cuerpo de Gao Way no se había visto dañada en el horizonte de evento. Es decir, que es probable que en estos momentos siga vivo.

»Es por ese motivo por el que la compañía aseguradora se negó a pagar una indemnización a pesar de que Gao Way había atravesado el horizonte de evento en su marco de referencia, y seguramente no estaba muerto. Pero la póliza del seguro fue acordada dentro del marco de referencia de nuestro mundo, y desde ese punto de vista resultaba imposible demostrar que Gao Way estuviera muerto. Ni siquiera fue posible iniciar el proceso de reclamación: ese tipo de procedimientos solo pueden comenzar una vez se ha producido el accidente, pero como Gao Way sigue cayendo por el agujero negro el accidente todavía no ha terminado y nunca terminará.

»Entonces una mujer presentó una solicitud a la Academia Mundial de Ciencias para pedir el cese de todo experimento sobre ese ejemplar de agujero negro. No era muy probable que una observación a la distancia arrojara nuevos resultados, y para que las futuras investigaciones fueran realmente útiles tendrían que manipular el agujero negro de alguna manera, como enviando objetos a experimentar con él, lo que generaría cantidades masivas de radiación y podría alterar el espacio-tiempo en las inmediaciones del horizonte de evento. Si Gao Way todavía estaba vivo, aquellos experimentos podrían poner en peligro su vida. La demandante no ganó el caso, pero las investigaciones sobre el agujero negro terminaron por varias razones y Velocidad de la Luz II quedó abandonada. Ahora solo podemos esperar a que este agujero negro se esfume por sí solo, algo que según las estimaciones ocurrirá dentro de medio siglo.

»Sabemos que al menos una mujer amó a Gao Way, aunque él nunca la conoció. Posteriormente esa mujer siguió viniendo aquí de manera regular e intentó enviar mensajes de radio o neutrinos al agujero negro. Llegó incluso a escribirle una carta de amor en grandes letras que colgó sobre la red protectora, con la esperanza de que Gao Way la leyera desde su estado de suspensión. Aunque teniendo en cuenta su propio marco de referencia, ya habría atravesado el horizonte de evento y entrado en la singularidad... Es complicado.

Cheng Xin se quedó mirando aquel brillo azulado en la lejana oscuridad. Ahora sabía que allí había un hombre, que caería para siempre en el horizonte de evento donde el tiempo se detenía. Visto desde este mundo, ese hombre seguía vivo, pero ya había muerto en su propio mundo... Extraños destinos para inimaginables vidas.

Cheng Xin sintió que el titilante agujero negro enviaba un mensaje que parecía una persona parpadeando. Apartó la mirada con el corazón tan vacío como esa ruina en el espacio, y dijo con un hilo de voz:

—Vayamos a Ciudad Halo.

Era del Búnker, año 11
Ciudad Halo

Al aproximarse a Ciudad Halo, la nave de Cheng Xin y Cao Bin se topó con el bloqueo de la flota de la Federación. Más de veinte buques de guerra de clase estelar rodeaban la ciudad, en un asedio que ya había durado dos semanas.

Las naves estelares eran gigantescas, pero al lado de la ciudad parecían unas insignificantes barquichuelas que rodeaban un gran crucero transatlántico. Representaban el núcleo de la flota de la Federación.

Después de que las flotas trisolarianas desaparecieran en las profundidades del espacio y los trisolarianos perdieran todo contacto con la humanidad, las amenazas extraterrestres a las que se enfrentaba el ser humano adquirieron una naturaleza muy diferente. Coalición Flota, que se había constituido para combatir la invasión trisolariana, perdió su razón de ser y poco a poco pasó a la irrelevancia hasta terminar por disolverse. La Flota Solar que había pertenecido a Coalición Flota pasó a ser propiedad de la Federación Solar. Era la primera vez en la historia humana en la que un gobierno mundial unificado controlaba la mayoría de las fuerzas armadas. Como ya no era necesario mantener una gran fuerza espacial, el tamaño de la flota se redujo drásticamente. Tras el inicio del Proyecto Búnker, la mayoría de los entonces más de cien buques de guerra de clase estelar se adaptaron para el uso civil. Después de que los desarmaran y de que les fueran retirados los sistemas de reciclado ecológico, se convirtieron en transportes industriales interplanetarios para el Proyecto Búnker. Solo unos treinta buques de guerra de tipo estelar seguían en servicio. Durante los últimos más de sesenta años, no se habían construido nuevos buques de guerra porque esos navíos eran demasiado caros. Hacía falta la misma cantidad de inversión para construir dos o tres buques de guerra estelares que para edificar una gran ciudad espacial. Además, no había necesidad de construir nuevos barcos de guerra, y gran parte de los esfuerzos de la flota de la Federación estaban destinados a la fabricación del sistema de alerta temprana.

Su nave se detuvo al recibir la orden de bloqueo. Un barco patrulla militar se dirigió hacia ellos. Era muy pequeño, y desde la distancia Cheng Xin solo alcanzaba a ver el brillo de sus propulsores, pero el casco solo era visible desde cerca. Cuando el barco patrulla se acopló a la nave, Cheng Xin vio a los hombres uniformados que había en el interior. Sus uniformes militares eran muy diferentes de los de la era anterior, y parecían remontarse a una época aún más remota. Los uniformes tenían menos características espaciales y se parecían todavía más a los uniformes de los ejércitos terrestres.

El hombre que se aproximó a ellos después del acoplamiento era de mediana edad y vestía de traje. A pesar de la falta de gravedad, se movía con ademanes elegantes y sosegados, y no parecía incómodo en aquel espacio tan reducido que estaba reservado para solo dos personas.

—Buenos días. Soy Blair, enviado especial del presidente de la Federación. Voy a intentar negociar con el Gobierno de Ciudad Halo por última vez. Podría haber hablado con ustedes desde mi nave, pero he optado por venir aquí en persona en señal de respeto hacia las costumbres de la Era Común.

Cheng Xin comprobó que incluso los políticos de aquella época habían cambiado. La transparencia y la franqueza de la última era se habían reemplazado por la prudencia, la mesura y la cortesía.

—El Gobierno de la Federación ha anunciado un bloqueo total sobre Ciudad Halo, y no se permite a nadie entrar o salir. No obstante, sabemos que la doctora Cheng Xin se encuentra a bordo —dijo el emisario mientras asentía con la cabeza—. Les damos permiso para pasar y les asistiremos en su entrada a Ciudad Halo. Confiamos en que sabrá utilizar su influencia para convencer a las autoridades de la ciudad de que abandonen sus acciones enloquecidas e ilegales a fin de evitar una escalada de la situación. Este es el deseo del presidente de la Federación.

El enviado especial hizo un gesto con la mano y se abrió una ventana de información en la que apareció el presidente. En la oficina a sus espaldas, se distinguían las banderas de las distintas ciudades del Mundo Búnker, ninguna de las cuales resultaban familiares a Cheng Xin. Los Estados-nación habían desaparecido junto con sus banderas. El presidente era un hombre de apariencia anodina, ascendencia asiática y aspecto cansado. Tras saludar a Cheng Xin con un gesto de la cabeza, dijo:

—Tal como ha indicado el señor Blair, este es el deseo de la Federación. El señor Wade dijo que la decisión final dependía de usted. No estamos del todo seguros de la veracidad de dicha afirmación, pero tenemos muchas esperanzas puestas en usted. Me congratula ver que se mantiene tan joven, aunque para este asunto en concreto quizá lo sea demasiado.

Cuando el presidente desapareció de la pantalla, Blair se dirigió a Cheng Xin:

—Sé que usted ya conoce parte de la situación, aunque me gustaría darle una visión general. Procuraré ser objetivo e imparcial.

Cheng Xin advirtió que tanto el presidente como el enviado solo hablaban con ella, ignorando por completo la presencia de Cao Bin, lo que ponía de relieve la profunda antipatía que sentían hacia él. Lo cierto es que Cao Bin ya le había explicado la situación en detalle, y el relato del enviado no fue muy diferente.

Después de que Thomas Wade asumiera el mando del Grupo Halo, la empresa se convirtió en un contratista clave del Proyecto Búnker. En ocho años había crecido por diez hasta ser una de las mayores entidades económicas del mundo. El propio Wade no tenía unas dotes extraordinarias para el mundo de los negocios; de hecho, incluso AA era mejor que él en lo que a llevar las operaciones de la empresa se refería. El crecimiento de la compañía había sido resultado del nuevo equipo de gestión nombrado por él. Wade no participaba personalmente en la gestión, una actividad que apenas le interesaba, aunque se quedó con gran parte de los beneficios y los reinvirtió en el desarrollo de los vuelos espaciales a la velocidad de la luz.

Al inicio del Proyecto Búnker, el Grupo Halo construyó Ciudad Halo como centro de investigación. Eligió el punto de Lagrange L_2 entre el Sol y Júpiter como lugar ideal para eliminar la necesidad de los propulsores y el consumo de recursos con el fin de mantener su posición. Ciudad Halo era la única ciudad espacial científica que quedaba fuera de la jurisdicción del Gobierno de la Federación. Durante la construcción de Ciudad Halo, Wade también puso en marcha la construcción del acelerador de partículas circunsolar, un proyecto denominado «Gran Muralla Solar» porque encerraba el Sol en un anillo.

Durante medio siglo el Grupo Halo se volcó en la investigación básica de los vuelos espaciales a la velocidad de la luz. Ya desde la Era de la Disuasión, las grandes empresas habían llevado a cabo investigaciones básicas, un tipo de estudio que en aquel nuevo sistema económico generaba pingües beneficios. Por lo tanto, la actitud del Grupo Halo no estaba fuera de lo normal. Era un secreto a voces que el objetivo último de la empresa era construir naves capaces de alcanzar la velocidad de la luz, pero el Gobierno de la Federación no podía acusar a la empresa de violar la ley siempre y cuando esta se limitara a la investigación básica. Sin embargo, el Gobierno siempre mantuvo sus sospechas, e investigó la empresa en múltiples ocasiones. La relación entre la empresa y el Gobierno fue generalmente cordial durante medio siglo. Como las naves a la velocidad de la luz y el Plan Dominio Negro implicaban en su mayor parte la misma investigación básica, el Grupo Halo y la Academia Mundial de Ciencias mantenían una buena relación de trabajo, como ilustra el hecho de que el Proyecto Agujero Negro de la Academia utilizara el acelerador de partículas circunsolar del Grupo para producir el ejemplar de agujero negro.

Pero seis años antes, el Grupo Halo había desvelado su objetivo al anunciar de repente su plan para desarrollar naves de propulsión por curvatura. Semejante desafío causó gran revuelo en la comunidad internacional, y a partir de entonces no dejaron de multiplicarse los conflictos entre el Grupo Halo y el Gobierno de la Federación. Tras múltiples rondas de negociación, el Grupo Halo prometió que, cuando el motor de propulsión por curvatura estuviera listo para los ensayos, el lugar de prueba estaría a al menos quinientas unidades astronómicas del Sol a fin de evitar que los rastros expusieran la localización de la civilización terrícola. Pero el Gobierno pensaba que el mero desarrollo de naves capaces de volar a la velocidad de la luz era una grave violación de la constitución y las leyes de la Federación. El peligro que constituían dichas naves no solo venía dado por los rastros que dejaban a su paso, sino también por la posible alteración de la nueva estabilidad social del Mundo Búnker, una perspectiva que no podía ser tolerada. Se aprobó una resolución que autorizaba al Gobierno a asumir las operaciones de Ciudad Halo y el acelerador de partículas circunsolar y detener por completo la investigación teórica y el desarrollo técnico de la propulsión por curvatura del Grupo Halo. A partir de entonces, los movimientos de la empresa estarían en todo momento sometidos a una estrecha vigilancia.

A modo de respuesta, el Grupo Halo declaró su independencia de la Federación Solar, lo que agravó aún más el conflicto entre el Grupo Halo y la Federación.

La comunidad internacional no se tomó muy en serio la declaración de independencia. De hecho, al inicio de la Era del Búnker los conflictos entre ciudades espaciales y el Gobierno de la Federación eran habituales. Por ejemplo, dos ciudades espaciales en los lejanos núcleos urbanos próximos a Urano y Neptuno, África II y Océano Índico I, habían declarado su independencia en el pasado, unas intentonas que terminaron por caer en saco roto. Aunque la Flota de la Federación ya no era para nada lo que había sido antaño, seguía siendo una fuerza aplastante en relación con las ciudades por separado. Las ciudades espaciales no podían por ley tener sus propias fuerzas armadas independientes, sino tan solo un número limitado de guardias nacionales sin capacidad alguna para librar combates en el espacio. La economía del Mundo Búnker también era muy dependiente, de tal manera que ninguna ciudad espacial podía sobrevivir a un bloqueo más de dos meses.

—En eso tampoco puedo entender a Wade —dijo Cao Bin—. Es un hombre previsor con visión de conjunto, y nunca da un paso adelante sin haber reflexionado antes sobre las consecuencias. ¿Por qué declarar la independencia? Me parece una locura dar al Gobierno de la Federación una excusa para hacerse con el control de Ciudad Halo a la fuerza.

El enviado acababa de marcharse, y la nave, ocupada ahora solo por Cheng Xin y Cao Bin, continuaba su viaje hacia Ciudad Halo. Una estructura con forma de anillo apareció ante ellos, y Cao Bin ordenó a la nave acercarse y desacelerar. La superficie homogénea y metálica del anillo reflejaba las estrellas como largas franjas y distorsionaba la imagen de su embarcación, en una escena que les hizo pensar en el anillo que *Espacio azul* y *Gravedad* habían encontrado en el espacio tetradimensional. La embarcación se paró y revoloteó junto al anillo. Cheng Xin calculó que tenía un diámetro de probablemente unos doscientos metros, y un grosor de unos cincuenta metros.

—Es el acelerador de partículas circunsolar —precisó Cao Bin con una voz llena de veneración.

—Es... bastante pequeño.

—Perdona, antes no me expliqué bien. Esto es solo uno de los eslabones del acelerador: hay tres mil doscientos como este, cada uno a 1,5 millones de kilómetros del siguiente, que forman un enorme círculo en las inmediaciones de la órbita jupiterina. Las partículas pasan por el centro de estos eslabones, donde el campo de fuerza generado por el eslabón las acelera en dirección al siguiente, donde se vuelven a acelerar... Una partícula puede viajar alrededor del Sol muchas veces en el transcurso de dicho proceso.

Después de pensar un rato, Cheng Xin comprendió al fin. Cada vez que oía a Cao Bin hablar sobre el acelerador, ella siempre se había imaginado un tubo con forma de rosquilla que colgaba del cielo; pero construir una Gran Muralla alrededor del Sol, incluso en la órbita de Mercurio, habría sido una hazaña casi tan imposible como el Proyecto Ingeniería de Dios. Cheng Xin terminó por darse cuenta de que, si bien un anillo cerrado era necesario para que los aceleradores de partículas terrestres lograran mantener el vacío, no era imprescindible en el vacío del espacio. Las partículas aceleradas podían limitarse a volar por el espacio, siendo aceleradas por una bobina detrás de otra. Cheng Xin no podía evitar mirar detrás de aquella bobina en busca de la siguiente.

—La siguiente se encuentra a 1,5 millones de kilómetros de distancia, cuatro o cinco veces la separación entre la Tierra y la Luna. Es imposible verla —dijo Cao Bin—. Es un supercolisionador capaz de acelerar una partícula al nivel de energía del Big Bang. No se permite a las naves acercarse a la órbita del acelerador. Hace unos años, un carguero perdido flotó a la órbita por error y acabó fulminado por un rayo de partículas aceleradas; las partículas de energía extremadamente elevadas la golpearon y produjeron lluvias secundarias de alta energía que pulverizaron tanto la nave como su carga de millones de toneladas de mineral de hierro en un santiamén.

Cao Bin también le contó a Cheng Xin que el principal artífice del acelerador de partículas circunsolares era Bi Yunfeng. Había pasado treinta y cinco de los últimos más de sesenta años trabajando en el proyecto e hibernado el resto del tiempo. Se había despertado el año anterior, pero ya era mucho más viejo que Cao Bin.

—El viejo ha tenido suerte, eso sí. Trabajó en un acelerador terrestre durante la Era Común, y ahora, tres siglos más tarde, va y consigue construir un acelerador de partículas circunsolar. Eso es lo que se dice tener éxito en la vida. Aunque es un poco radical, además de un ferviente partidario de la independencia de Ciudad Halo.

Si bien la ciudadanía y los políticos estaban en contra de las naves capaces de volar a la velocidad de la luz, muchos científicos respaldaban la investigación en ese campo. Ciudad Halo se convirtió en la meca de los científicos que anhelaban lograr el desarrollo de la tecnología y atrajo a un gran número de excelsos investigadores. Incluso los que trabajaban en el *establishment* científico de la Federación a menudo colaboraban con Ciudad Halo abiertamente o en secreto. Es por ello que Ciudad Halo estaba a la vanguardia de muchas áreas de la investigación básica.

Su nave se alejó de la bobina y continuó el viaje. Ciudad Halo se hallaba justo enfrente. La ciudad espacial estaba construida siguiendo un plan de rueda poco habitual. La estructura ofrecía fuerza, pero no tenía mucho volumen interior y carecía del todo de esa «sensación de mundo». Había quien decía que los habitantes de Ciudad Halo no necesitaban tener esa sensación, porque para ellos el mundo era el universo entero.

La nave entró en el eje de la rueda gigante, donde Cheng Xin y Cao Bin tuvieron que pasar por un radio de ocho kilómetros para poder entrar en la ciudad. Aquel era justo uno de los aspectos más engorrosos de un plan con forma de rueda. Cheng Xin recordó su experiencia hacía más de sesenta años en la estación terminal del ascensor espacial, y pensó en el gran salón que le recordó a una estación de tren antigua. En cambio, allí la sensación era diferente: Ciudad Halo era diez veces mayor que la estación, el interior era bastante espacioso y no presentaba un aspecto deteriorado.

En la escalera mecánica del radio se sintió la gravedad poco a poco. Para cuando alcanzaron 1 g ya se encontraban en la ciudad propiamente dicha. La ciudad científica estaba formada por tres partes: la Academia de Ciencias Halo, la Academia de Ingeniería Halo y el Centro de Control del acelerador de partículas circunsolar. De hecho, la ciudad era un túnel con forma de anillo de más de treinta kilómetros de longitud. Aunque no era tan grande o espacioso como los grandes y huecos armazones de otras ciudades, tampoco era posible sentir claustrofobia.

Al principio, Cheng Xin no vio ningún vehículo motorizado en la ciudad. La mayoría de los residentes se desplazaban en bicicletas, muchas de las cuales se encontraban aparcadas al lado de la carretera para que cualquiera pudiera usarlas. Pero un pequeño vehículo de motor convertible fue a recoger a Cheng Xin y Cao Bin.

Como la gravedad artificial del anillo empujaba hacia el límite exterior, la ciudad se había construido a lo largo de la superficie del círculo. Había una imagen holográfica de un cielo azul con nubes blancas proyectada sobre la orilla interior, que en parte compensaba la falta de «sensación de mundo». Una bandada de pájaros que gorjeaban voló sobre ellos, y Cheng Xin observó que no eran hologramas, sino reales. En aquel lugar, Cheng Xin experimentó una comodidad que no había sentido en el resto de ciudades espaciales. Había gran cantidad de árboles y césped por todas partes. Ninguno de los edificios era demasiado alto. Los que pertenecían a la Academia de Ciencias estaban pintados de blanco, mientras que los que pertenecían a la Academia de Ingeniería estaban pintados de azul, pero cada uno de los edificios era único. Los delicados edificios estaban medio ocultos entre las verdes plantas, y hacían que se sintiera como si estuviera en el campus de la universidad.

Cheng Xin se fijó en un detalle curioso: había una ruina que se parecía a un antiguo templo griego. Sobre una plataforma de piedra había unas cuantas columnas rotas cubiertas de hiedra, en medio de las cuales había una fuente de agua de la que caía un chorro de agua clara en la luz del sol. Había hombres y mujeres de aspecto informal y despreocupado apoyados en las columnas o tumbados en el césped junto a la fuente. No parecía importarles que la ciudad estuviera asediada por la Flota de la Federación.

Había unas cuantas estatuas esparcidas sobre el césped junto a la ruina. Una le llamó la atención: era una mano enfundada en el guantelete de una armadura que con una espada recogía del agua una corona de estrellas de la que no paraba de brotar agua. Esa imagen removió algo que permanecía oculto en el fondo de la memoria de Cheng Xin, aunque fue incapaz de recordar dónde lo había visto exactamente. Miró la estatua desde el vehículo hasta que desapareció.

El coche se paró delante del edificio azul, un laboratorio donde había un cartel que rezaba: ACADEMIA DE INGENIERÍA, TECNOLOGÍA BÁSICA 021. Cheng Xin vio a Wade y a Bi Yunfeng en el césped delante del laboratorio.

Wade no había entrado en hibernación desde que asumió las operaciones del Grupo Halo, y tenía ya ciento diez años. Aún tenía la barba y el pelo cortos, pero ahora eran blancos como la nieve. No usaba bastón, pero su paso era firme a pesar de que tenía la espalda algo encorvada y una de las mangas de su traje seguía colgando vacía. Cuando sus ojos se encontraron, Cheng Xin comprendió que el tiempo no había derrotado a aquel hombre. Lo que llevaba en su interior no se había desgastado con los años, sino que había salido a la superficie, como una roca que aparece después de que la nieve y la escarcha se hayan derretido.

Bi Yunfeng debería haber tenido un aspecto mucho más joven que Wade, pero parecía mayor. Se emocionó al ver a Cheng Xin, a quien parecía tener muchas ganas de enseñar algo.

—Hola, chiquilla —dijo Wade—. Ahora tengo el triple de tu edad. —Su sonrisa seguía sin transmitir calidez a Cheng Xin, pero ya no era como un chorro de agua helada.

Cheng Xin se sintió rara al ver a aquellos dos ancianos. Habían luchado por sus ideales durante más de sesenta años y estaban a punto de llegar al fin del viaje de su vida, mientras que ella había sufrido muchísimas dificultades tras despertar por primera vez durante la Era de la Disuasión, aunque en realidad no había permanecido más de cuatro años fuera de la hibernación. Ahora tenía treinta y tres años, y todavía era una chica joven en aquella era donde la esperanza de vida media estaba en los ciento cincuenta años.

Cheng Xin saludó a los dos hombres, y no perdieron más tiempo con palabras triviales. Wade acompañó a Cheng Xin al laboratorio, seguido de Bi Yunfeng y Cao Bin. Entraron en un salón espacioso sin ventanas. El familiar olor acre de la electricidad estática hizo que Cheng Xin reconociera que se encontraban en una sala libre de sofones. Después de más de sesenta años, la gente seguía sin tener claro si los sofones habían abandonado el Sistema Solar, y quizá nunca llegarían a saberlo a ciencia cierta. El salón seguramente había estado repleto de instrumentos y equipos hacía no mucho tiempo, pero ahora todo el material de laboratorio estaba repartido en un montón desordenado junto a las paredes, como si se hubiese apartado con prisas para dejar libre el centro de la estancia, donde había una única máquina. El caos circundante y el vacío del centro transmitían un entusiasmo irrefrenable, como si un equipo de buscadores de tesoros hubiesen encontrado de repente un artefacto precioso y tirado a un lado sus herramientas y colocado su premio en el centro de aquel espacio abierto.

La compleja estructura de la máquina le recordó a un reactor de fusión tokamak de la Era Común, solo que miniaturizado. La mayor parte de la máquina consistía en una esfera partida en horizontal por la mitad por un plano metálico negro que se extendía varios metros sobre el contorno de la esfera. El plano, que sostenía la esfera a la altura de la cintura, también desempeñaba la función de banco de laboratorio con patas fuertes. La superficie del banco estaba del todo vacía a excepción de unas pocas herramientas y manipuladores unidos a los brazos telescópicos.

El hemisferio metálico bajo el banco estaba adornado con tubos de varios grosores, todos ellos dirigidos contra el centro invisible de la esfera, que hacían que la máquina pareciera una mina naval cubierta de cuernos de Hertz. Al parecer estaba diseñada para concentrar algún tipo de energía en el núcleo.

En cambio, el hemisferio sobre el banco estaba hecho de vidrio transparente. Las dos mitades formaban juntas un todo dividido por el plano metálico, con un contraste entre la sencilla transparencia y la compleja opacidad.

A través de la cúpula de vidrio, Cheng Xin vio una plataforma metálica rectangular cuyos lados medían tan solo unos pocos centímetros, más o menos el tamaño de un paquete de cigarrillos, cuya superficie era tersa y reflectante como un espejo. La plataforma bajo la cúpula de vidrio era como un pequeño y delicado escenario, y el complejo mecanismo que había debajo era la orquesta que lo acompañaba, aunque no resultaba fácil imaginar cuál sería el espectáculo representado en él.

—Hagamos que una parte de ti experimente este gran momento —dijo Wade. Bi Yunfeng levantó la cúpula de vidrio mientras Wade caminaba hacia Cheng Xin con unas tijeras en la mano. Ella se puso tensa pero no trató de huir. Con cuidado y con la ayuda de una herramienta que había en la plataforma, Wade levantó un mechón del cabello de Cheng Xin y cortó un pequeño trozo de la punta. Sostuvo el mechón con el utensilio, lo examinó y le pareció que seguía siendo demasiado largo. Lo cortó por la mitad hasta que el trozo restante midió solo dos o tres milímetros, lo que lo volvió casi invisible. Wade caminó al lado de la cúpula de vidrio abierta y colocó con esmero el cabello en la plataforma de metal lisa. Aunque tenía más de cien años de edad y solo una mano, los movimientos de Wade eran precisos y firmes, sin un atisbo de temblor.

—Ven, presta atención —dijo.

Cheng Xin se inclinó para mirar sobre la cúpula de vidrio, y vio su pelo sobre la superficie lisa. Había una línea roja en el centro, a uno de cuyos lados se encontraba el pelo.

Wade hizo un gesto con la cabeza a Bi Yunfeng, que abrió una ventana de control en el aire y activó la máquina. Cheng Xin bajó la vista y vio que unos tubos conectados al artilugio habían empezado a brillar con una luz roja que le recordó al detalle lo que había visto en el interior de la nave trisolariana. Oyó un estruendo pero no sintió calor. Volvió la mirada a la pequeña plataforma y notó que una alteración invisible recorría la superficie y le acariciaba la cara como si fuera una ligera brisa. No estaba segura de si aquello no era más que una ilusión.

Observó que el pelo se había movido al otro lado de la línea roja, aunque no había visto cómo.

Tras otra serie de ruidos, la máquina se detuvo.

—¿Qué es lo que has visto? —preguntó Wade.

—Que habéis necesitado medio siglo para mover dos centímetros un trozo de cabello de tres milímetros —replicó Cheng Xin.

—Era propulsión por curvatura —puntualizó Wade.

—Si usáramos la misma técnica para seguir acelerando el pelo, recorrería unos diez metros a la velocidad de la luz —dijo Bi Yunfeng—. Es obvio que no es algo que podamos lograr ahora, y no nos atrevemos a intentarlo aquí. Si lo hiciéramos, ese trozo de pelo moviéndose a la velocidad de la luz destruiría Ciudad Halo.

Cheng Xin pensó en el mechón de pelo que se había movido dos centímetros gracias a la curvatura del espacio.

—Lo que me estás diciendo es que habéis inventado la pólvora y habéis conseguido fabricar fuegos artificiales, pero que el objetivo final es construir un cohete espacial. Entre lo uno y lo otro podrían pasar mil años.

—Tu analogía está equivocada —dijo Bi Yunfeng—. Hemos inventado la ecuación que relaciona la energía con la masa y hemos descubierto el principio de la radioactividad. El objetivo último es construir la bomba atómica. Solo un par de décadas separan ambos acontecimientos.

—En cincuenta años deberíamos ser capaces de construir naves espaciales de propulsión por curvatura capaces de volar a la velocidad de la luz —continuó Wade—. Es algo que podría requerir enormes cantidades de pruebas técnicas y trabajo de desarrollo. Debemos poner las cartas sobre la mesa ahora para que el Gobierno pueda recular y dejarnos el espacio necesario para llevar a cabo el proyecto.

—Pero vuestra estrategia actual hará que lo perdáis todo.

—Todo depende de tu decisión —repuso Wade—. Seguramente crees que no tenemos nada que hacer contra el poder de esa flota, pero te equivocas. —Hizo un gesto en dirección a la puerta—. Que pasen.

Un grupo de entre cuarenta y cincuenta hombres armados llenó la sala. Todos eran hombres jóvenes vestidos con uniforme de camuflaje negro, cuya sola presencia hizo que el salón se oscureciera. Vestían trajes espaciales ligeros de uso militar que no parecían muy diferentes de los uniformes de soldado, pero podían salir al espacio con ponerse cascos y mochilas de soporte vital. No obstante, Cheng Xin se quedó estupefacta al ver las armas que llevaban, que no eran otra cosa que rifles de la Era Común. Quizás acabaran de fabricarlos, pero el diseño era antiguo y completamente mecánico, con pasadores y gatillos manuales. La munición que cargaban lo confirmaba: todos llevaban dos bandoleras cruzadas llenas de cartuchos amarillos.

Ver a esos hombres en aquella época era como ver a un grupo de hombres armados con arcos y espadas en la Era Común, aunque no por ello tenían un aspecto menos aterrador. Cheng Xin sintió la presencia del pasado no solo por la antigüedad de sus armas, sino también por su apariencia. Hacían gala de una camaradería fruto de su entrenamiento: eran uniformes no solo en vestimenta y equipamiento, sino también en espíritu. Los hombres parecían duros y fuertes, con músculos que se movían bajo los finos trajes espaciales. La mirada y la expresión de sus caras aguerridas y angulosas era muy parecida, con la indiferencia adusta e instintiva de alguien para quien la vida vale lo mismo que una brizna de hierba.

—Te presento a la fuerza de autodefensa de nuestra ciudad. —Wade señaló a los hombres concentrados allí—. Son todo lo que tenemos para proteger Ciudad Halo y el sueño de alcanzar la velocidad de la luz. Estos son casi todos; hay algunos más fuera, pero no hay más de un centenar en total. En cuanto a su equipamiento... —Wade cogió el rifle de uno de los soldados y estiró el pasamanos—. Sí, ves bien: armas viejas construidas con materiales nuevos. Las balas no se propulsan con pólvora y tienen más alcance y precisión que las armas antiguas. En el espacio, estos rifles pueden alcanzar una nave a dos mil kilómetros de distancia, pero no dejan de ser armas primitivas. Pensarás que es ridículo... Yo pensaría lo mismo, pero te falta conocer un pequeño detalle. —Devolvió el rifle al soldado y sacó uno de los cartuchos de su bandolera—. Como acabo de explicar, los cartuchos tienen básicamente un diseño antiguo, pero las balas son nuevas. De hecho, son tan nuevas que podría decirse que vienen del futuro. Se trata de un contenedor de superconducción en cuyo interior hay un vacío puro. Un campo magnético suspende una pequeña bola en el medio para evitar que toque el cuerpo del proyectil. Está hecha de antimateria.

Entonces habló Bi Yunfeng, henchido de orgullo:

—El acelerador de partículas circunsolar no solo se ha usado para llevar a cabo experimentos de investigación básica, sino también para producir antimateria. En los últimos cuatro años lo hemos usado para fabricar antimateria durante casi todo el tiempo. Contamos ya con quince mil balas del mismo diseño.

El tosco cartucho que Wade sujetaba en la mano ahora producía escalofríos a Cheng Xin. Le preocupaba la fiabilidad del campo magnético de contención en el interior de aquellas balas: un simple error bastaría para provocar la completa destrucción de Ciudad Halo. Miró las bandoleras que colgaban del pecho de cada uno de los soldados: eran las cadenas del dios de la muerte. Una única bandolera poseía suficiente potencia como para destruir todo el Mundo Búnker.

—Ni siquiera necesitamos ir al espacio para atacar —continuó Wade—. Basta con esperar a que la flota se acerque a la ciudad. Podemos disparar decenas o centenares de balas a cada una de las naves: con un único disparo sería suficiente. Aunque se trata de una táctica primitiva, es eficaz y flexible. Un único soldado con un arma es una unidad de combate capaz de acabar con toda una nave de guerra. Contamos, además, con agentes armados infiltrados en otras ciudades espaciales. —Devolvió el cartucho a la bandolera del soldado—. No queremos una guerra. Cuando tengan lugar las últimas negociaciones, enseñaremos las armas al enviado de la Federación y explicaremos nuestras tácticas. Confiamos en que el Gobierno de la Federación sopese los costes de la guerra y abandone su amenaza contra Ciudad Halo. No pedimos mucho, tan solo construir un centro de investigación a varios centenares de unidades astronómicas del Sol, dedicado a las pruebas de los motores de propulsión por curvatura.

—Pero si de verdad estalla una guerra, ¿estás seguro de que podremos alzarnos con la victoria? —preguntó Cao Bin. No había dicho nada hasta entonces. A diferencia de Bi Yunfeng, no parecía muy favorable a una guerra.

—No —respondió Wade con calma—. Pero ellos tampoco. Lo único que podemos hacer es intentarlo.

Cuando vio la bala de antimateria en la mano de Wade, Cheng Xin supo lo que tenía que hacer. No le preocupaba demasiado la Flota de la Federación, ya que estaba segura de que se les ocurrirían formas de hacerle frente. Su mente estaba centrada en una única frase:

«Contamos, además. con agentes armados infiltrados en otras ciudades espaciales.»

Si se desatara una guerra, cualquiera de los guerrilleros ocultos en otras ciudades espaciales podría disparar una de las balas de antimateria al suelo y la explosión resultante del choque entre la materia y la antimateria destruiría de inmediato la delgada capa externa de la ciudad, incendiando todo lo que se encontrara en su interior. Entonces la ciudad rotatoria estallaría en miles de pedazos y millones de personas morirían.

Las ciudades espaciales eran tan frágiles como cáscaras de huevo.

Wade no había dicho de manera explícita que pretendiera atacar las ciudades espaciales, pero tampoco que no lo fuera a hacer. Volvió a venirle a la mente la imagen de Wade apuntándola con una pistola ciento treinta y tres años atrás, una escena que se le había quedado grabada a fuego. No sabía cuánto tenía que mantener fría la cabeza una persona para tomar semejante decisión, pero el corazón de ese hombre estaba formado por la locura y la frialdad más mordaces, derivadas de una racionalidad extrema. Le pareció ver de nuevo al joven Wade de tres siglos atrás gritando como un animal enloquecido: «¡Vamos a avanzar! ¡Avanzar! ¡Hay que avanzar a toda costa!»

¿Y si, aunque Wade no quisiera atacar las ciudades espaciales, otros miembros de su fuerza tuvieran otras intenciones?

Como si pretendiera confirmar los temores de Cheng Xin, un soldado se dirigió a ella:

—Doctora Cheng, no le quepa duda de que lucharemos hasta el final —dijo.

—No luchamos por usted, por el señor Wade ni por esta ciudad —intervino otro; señaló hacia arriba con el dedo, y un fuego pareció iluminarle los ojos—. ¿Sabe usted qué es lo que nos quieren arrebatar? ¡No es la ciudad ni las naves a la velocidad de la luz, sino todo el universo que hay fuera del Sistema Solar! Existen millones y millones de mundos ahí fuera, pero no quieren dejarnos ir; quieren confinarnos a nosotros y a nuestros descendientes en esta prisión de cincuenta unidades astronómicas llamada Sistema Solar. Luchamos por la libertad, por una oportunidad de vivir como hombres libres en el universo. Nuestra causa es la misma que la de todas las luchas por la libertad de la antigüedad. Lucharemos hasta que no quede ni uno solo de nosotros. Hablo en nombre de toda la fuerza de autodefensa.

Los demás soldados asintieron a Cheng Xin con unos ojos lúgubres y fríos.

Desde entonces, Cheng Xin recordaría las palabras de aquel soldado una infinidad de veces, pero justo en ese instante no la conmovieron. Sintió que el mundo se había vuelto más oscuro y se quedó horrorizada. Sentía que volvía a estar ante la sede de las Naciones Unidas y sujetaba aquel bebé como hacía ciento treinta años. Sentía que el bebé que llevaba en brazos tenía delante una manada de lobos hambrientos, y que tenía que proteger su vida a toda costa.

—¿Mantendrás tu promesa? —preguntó a Wade.

Wade asintió.

—Por supuesto. ¿Por qué te habría hecho venir aquí, si no?

—Entonces detén todos los preparativos de guerra y pon fin a toda resistencia. Entrega todas las balas de antimateria al Gobierno de la Federación. ¡Ordena a esos agentes que enviaste a otras ciudades que hagan lo mismo enseguida!

Los soldados miraron a Cheng Xin como si intentaran fulminarla con la mirada. La diferencia de poder entre ambos bandos era abismal. Se enfrentaba a una fría máquina de guerra. Cada uno de aquellos hombres cargaba con más de un centenar de bombas de hidrógeno y, dirigidos por un líder fuerte y enloquecido, formaban una poderosa rueda negra capaz de aplastar a cualquiera que se les resistiera. Ella no era más que una hoja de hierba ante esa rueda gigante, incapaz siquiera de entorpecer su avance. Pero tenía que hacer todo lo que pudiera.

Sin embargo, las cosas no ocurrieron como esperaba. Las miradas de los soldados se fueron apartando de ella una a una, para dirigirse hacia Wade. La insoportable presión pareció ceder poco a poco, aunque a ella le seguía costando respirar. Wade siguió mirando la plataforma de propulsión por curvatura bajo la cúpula de vidrio que contenía el pelo de Cheng Xin como si contemplara un altar sagrado. Cheng Xin podía imaginarse a Wade reuniendo a sus guerreros en torno a ese altar para anunciar su decisión de ir a la guerra.

—¿Por qué no lo piensas mejor? —preguntó Wade.

—No hace falta —cortó Cheng Xin; su voz era firme como el acero—. Es mi última decisión. Abandonad toda resistencia y entregad toda la antimateria a Ciudad Halo.

Wade alzó la vista y miró a Cheng Xin con una expresión de impotencia y súplica inaudita en él. Habló calmado:

—Si perdemos nuestra naturaleza humana, perdemos mucho; pero si perdemos nuestra naturaleza animal, lo perdemos todo.

—Me quedo con la naturaleza humana —dijo Cheng Xin, mirando a su alrededor—. Confío en que todos vosotros lo hagáis también.

Bi Yunfeng iba a hablar, pero Wade le detuvo. Sus ojos se ensombrecieron: algo en ellos se había apagado para siempre. El peso de los años de repente lo aplastó y dio la impresión de estar agotado. Se apoyó en la plataforma de metal con la única mano que le quedaba y se sentó poco a poco sobre una silla que alguien le había acercado. Entonces levantó la mano y señaló la plataforma frente a él con la cabeza gacha.

—Entregad las armas. Poned toda la munición allí.

Al principio nadie se movió, pero Cheng Xin notó que algo se suavizaba y que la oscura fuerza se disipaba. Los soldados apartaron la mirada de Wade y dejaron de centrarse en un único punto. Finalmente, alguien se acercó y colocó dos bandoleras en la plataforma. Aunque sus movimientos eran suaves, el sonido metálico que hicieron los cartuchos al rascar la plataforma hicieron temblar a Cheng Xin. Las municiones seguían sobre la plataforma como si fueran dos serpientes doradas. Un segundo hombre se aproximó y depositó su bandolera, y luego otros tantos hicieron lo propio hasta que la plataforma quedó cubierta de una pila dorada. Después de recolectar todos los cartuchos, los ruidos metálicos pararon y volvió a hacerse el silencio.

—Ordenad a todos nuestros agentes del Mundo Búnker que depongan las armas y se rindan al Gobierno de la Federación

—dijo Wade—. El Gobierno de Ciudad Halo colaborará con la flota para entregar la ciudad. No toméis ninguna acción drástica.

—De acuerdo —contestó alguien. Desprovistos de sus bandoleras, aquellos hombres vestidos con trajes espaciales negros ensombrecían todavía más el lugar.

Wade hizo un gesto a la fuerza de autodefensa para indicar que se marcharan. Los soldados fueron saliendo sin hacer ruido, y el salón se iluminó como si una nube oscura se hubiese disipado. Wade se esforzó por mantenerse en pie, caminó alrededor del montón de cartuchos de balas antimateria y abrió despacio la cúpula de vidrio. Sopló sobre la plataforma de propulsión por curvatura y el pelo de Cheng Xin desapareció. Cerró la cúpula, se volvió hacia Cheng Xin y sonrió.

—Pues ya ves, chiquilla... he cumplido mi promesa.

Tras aquel incidente, el Gobierno de la Federación no hizo pública la existencia de armas de antimateria inmediatamente. La comunidad internacional pensó que el suceso había terminado según lo deseado, y no hubo demasiadas reacciones. La creación del acelerador de partículas circunsolar le había dado al Grupo Halo un gran prestigio internacional, motivo por el que la opinión pública se mostró, por lo general, comprensiva, lo que dio lugar a que no hubiera motivos para inculpar a nadie y a que Ciudad Halo recibiera cuanto antes permiso para autogobernarse. Siempre y cuando el Grupo Halo prometiera no volver a participar nunca más en la investigación y el desarrollo de la propulsión por curvatura y accediera a someterse a la vigilancia de la Federación, podría continuar con el desarrollo de sus operaciones.

Pero una semana más tarde, el Mando de la Flota de la Federación reveló a la población la existencia de las balas antimateria incautadas. Aquel montón de muerte dorada causó conmoción en todas partes.

Se declaró al Grupo Halo organización ilegal, y el Gobierno de la Federación confiscó todas sus propiedades y se hizo con el acelerador de partículas circunsolar. La Flota de la Federación proclamó una ocupación a largo plazo de la ciudad, y las Academias de Ciencia y de Ingeniería se desmantelaron. Se arrestaron más de trescientas personas, entre las que se encontraban Wade, el resto de directivos del Grupo Halo y los miembros de la fuerza de autodefensa de la ciudad.

En el posterior juicio celebrado en un tribunal de la Federación, Thomas Wade fue acusado de crímenes contra la humanidad, crímenes de guerra y violaciones de las leyes que prohibían la investigación sobre la propulsión por curvatura. Se le condenó a la pena capital.

Cheng Xin acudió al centro de detención situado cerca del Tribunal Supremo de la Federación en Tierra I, la capital de la Federación Solar, para ver a Wade por última vez. Se miraron el uno al otro a través de la barrera transparente sin decir nada. Cheng Xin vio que aquel anciano de ciento diez años estaba tan sereno como el charco en el fondo de un pozo a punto de secarse. No habría más ondas sobre el agua.

Cheng Xin le pasó la caja de puros que había comprado en Pacífico I a través de una abertura en el cristal. Wade abrió la caja, sacó tres de los diez puros y se la devolvió.

—No podré gastar los demás —dijo.

—Háblame más de ti. De tu trabajo, de tu vida. Me gustaría hablarles de ti a los que vengan después —dijo Cheng Xin.

Wade sacudió la cabeza.

—No soy más que uno de tantos que han muerto y que morirán. No hay mucho que contar.

Cheng Xin sabía que lo que les separaba no era solo esa barrera transparente, sino también la división más profunda del mundo, un abismo que nunca podrían salvar.

—¿Tienes algo que decirme? —preguntó Cheng Xin, sorprendida al comprobar que tenía ganas de escuchar su respuesta.

—Gracias por los puros.

Cheng Xin tardó mucho en comprender que eso era todo lo que Wade quería decirle. Sus últimas palabras. Todas sus palabras.

Permanecieron sentados en silencio, sin mirarse. El tiempo se convirtió en una laguna estancada que los ahogaba. Luego los temblores de la ciudad espacial al ajustar su posición devolvieron a Cheng Xin a la realidad. Se levantó despacio y le dijo adiós en voz baja.

Al salir del centro de detención, Cheng Xin sacó uno de los puros y pidió un mechero a uno de los guardias. Echó la primera calada de su vida a un puro, pero para su sorpresa no tosió. Observó el humo blanco subir a la luz del sol de la capital, desvanecerse entre sus lágrimas como los tres siglos que Wade y ella habían vivido.

Tres días más tarde, un potente rayo láser atomizó a Thomas Wade en la diezmilésima parte de un segundo.

Cheng Xin volvió al centro de hibernación Asia I y despertó a AA, con quien regresó a la Tierra.

Regresaron a bordo de *Halo*. Tras la disolución del Grupo Halo y la confiscación de sus bienes, el Gobierno de la Federación devolvió una pequeña parte de la enorme riqueza de la empresa a Cheng Xin. La cantidad era casi idéntica al valor del Grupo Halo cuando Wade asumió su control. Aún era una suma importante, aunque minúscula en comparación con el patrimonio total de la empresa. *Halo* formaba parte del patrimonio que habían devuelto a Cheng Xin, aunque era la tercera nave en ser bautizada con ese nombre. Se trataba de una pequeña lancha estelar con espacio para un máximo de tres personas. El sistema de ciclo ecológico de la nave era agradable y refinado, como un hermoso jardincillo.

Cheng Xin y AA deambularon por los despoblados continentes de la Tierra. Sobrevolaron bosques interminables, cabalgaron caballos al trote por praderas y pasearon por playas vacías. La mayoría de las ciudades habían quedado cubiertas por bosques y enredaderas, dejando tan solo pequeños resquicios de civilización para el resto de la población. El número total de personas que vivían sobre la Tierra era el mismo que a finales del Neolítico.

Cuanto más tiempo permanecían sobre la Tierra, más les parecía que la historia de la civilización había sido un sueño.

Volvieron a Australia. Solo Camberra estaba habitada, y había un pequeño gobierno municipal autodenominado Gobierno Federal Australiano. El Parlamento en el que Tomoko había proclamado el plan de exterminio de la raza humana seguía allí, pero las gruesas capas de vegetación sellaban sus puertas y las enredaderas subían hasta alcanzar el mástil de ochenta metros de altura. Encontraron el registro de Fraisse en los archivos gubernamentales: había vivido hasta los ciento cincuenta años, momento en el que el tiempo le ganó la batalla. Había muerto hacía más de diez años.

Entonces fueron a la isla de Mosken. El faro construido por Jason seguía en pie, pero ya no estaba iluminado. La región estaba completamente deshabitada. Volvieron a oír el estruendo del *Moskstraumen*, pero lo único que pudieron ver fue la desolación del mar bañado por la luz del sol poniente.

Su futuro también era desolador.

—¿Por qué no vamos al mundo de después del ataque, al mundo después de que el Sol desaparezca? Solo allí podremos tener una vida tranquila.

Cheng Xin también quería ir a esa época, pero no para llevar una vida serena. Había evitado una catastrófica guerra y se estaba convirtiendo en objeto de adoración para millones de personas. Ya no podía vivir en aquella era. Quería ver la civilización terrícola sobrevivir al ataque de bosque oscuro y prosperar después: esa era la única esperanza que la podía tranquilizar. Se imaginó la vida en aquella nebulosa posterior al ataque, donde finalmente lograría encontrar la paz, puede que incluso la felicidad. Ese sería el último puerto en el viaje de su vida.

Tan solo tenía treinta y tres años.

Cheng Xin y AA regresaron al núcleo urbano de Júpiter y volvieron a entrar en hibernación en Asia I. La duración de la hibernación prevista en el contrato era de doscientos años, aunque incluyeron una cláusula según la cual tendrían que ser despertadas en caso de que se produjera un ataque de bosque oscuro.

Era del Búnker, año 67
Vía Láctea, brazo de Orión

Examinar los datos era el trabajo de Rapsoda; evaluar la sinceridad de las coordenadas, su placer.

Rapsoda sabía que su cometido no era importante, sino tan solo una forma de rellenar las piezas. Pero alguien tenía que hacerlo, y era una tarea placentera.

Hablando de placer, cuando esta simiente partió, el mundo matriz aún era un lugar lleno de placer. Pero más tarde, cuando comenzó la guerra entre el mundo matriz y el mundo periférico, el placer disminuyó. Hasta el momento habían transcurrido ya más de diez mil granos temporales. No había mucho placer del que hablar en el mundo matriz o en esta simiente. Los gozos pasados estaban registrados en canciones clásicas, y cantarlas era otra de las alegrías que le quedaban.

Rapsoda canturreaba una de esas composiciones clásicas mientras revisaba los datos.

Veo a mi amada;
Vuelo a su lado;
Le entrego mi regalo;
Un pequeño trozo de tiempo solidificado;
En el tiempo hay grabadas bellas inscripciones,
Tan suaves al tacto como el lodo en el lecho marino.

Rapsoda no se quejaba apenas. Se necesitaba pensar mucho y gastar mucha energía mental para sobrevivir.

La entropía aumentaba en el universo y el orden bajaba. El proceso era como las interminables alas negras del pájaro de equilibrio que presionaba hacia abajo todo lo que existía. Sin embargo, las entidades de baja entropía eran distintas: reducían su entropía e incrementaban su orden, como columnas de brillos fosforescentes alzándose sobre el mar negro azabache. Eso era significado, el significado supremo, más elevado que el placer. Para mantener ese significado, las entidades de baja entropía tenían que seguir existiendo.

Tal como ocurría con cualquier significado superior, no valía la pena pensar en ello. Pensar sobre un asunto como ese no llevaba a ninguna parte y era peligroso. Era todavía más inútil pensar acerca de lo más alto de la torre del significado; cabía la posibilidad de que esa cima no existiera.

Regresó a las coordenadas. Muchos grupos de coordenadas atravesaban el espacio como los insectos que atravesaban el cielo del mundo matriz. Captar las coordenadas era el trabajo del núcleo principal, que recogía todos los mensajes que pasaban por el espacio: membrana media, larga, ligera y a veces incluso alguna que otra corta. El núcleo principal recordaba las posiciones de todas las estrellas. Cotejando los datos recibidos con las proyecciones cartográficas o los planos de posición, era posible obtener las coordenadas de los mensajes de origen. Al parecer, el núcleo principal podía establecer correspondencias entre los planos de posición de quinientos millones de granos temporales. Rapsoda nunca intentaba hacer algo así, puesto que no tendría sentido. En esa era remota, los núcleos de baja entropía en el espacio eran poco habituales y estaban muy alejados, y no habían desarrollado el gen de la ocultación y de la limpieza. Pero ahora...

«Ocúltate bien; limpia bien.»

De todas las coordenadas, solo algunas eran insinceras. Creerse las coordenadas insinceras suponía limpiar palabras vacías. Era un derroche de energía, y además representaba otros perjuicios, puesto que esos mundos vacíos podían resultar útiles en el futuro. Costaba comprender por qué iba nadie a querer enviar unas coordenadas insinceras. Algún día recibirían su merecido.

Las coordenadas sinceras seguían ciertos patrones. Así, por ejemplo, los grupos de coordenadas masivos solían ser insinceros. Pero esos patrones solo eran heurísticos. Juzgar la sinceridad de las coordenadas de manera efectiva requería intuición. El núcleo principal de esa simiente era incapaz de llevar a cabo esa tarea, y ni siquiera el supernúcleo del mundo matriz podía hacerlo. Ese era uno de los motivos por el que las entidades de baja entropía no podían ser sustituidas.

Rapsoda tenía esa intuición, aunque no era un talento ni un instinto, sino una habilidad perfeccionada tras decenas de miles de granos temporales. Una serie de coordenadas no parecía más que un insecto matriz a ojos de alguien sin experiencia. Pero para Rapsoda estaba viva, y cada detalle expresaba algo. Por ejemplo, ¿cuántos puntos de referencia se habían tomado? ¿Cuál era el método para marcar la estrella objetivo? Y un largo etcétera de detalles sutiles. El núcleo principal era capaz de ofrecer información como los registros históricos asociados con ese grupo de coordenadas, la dirección de la fuente de la retransmisión de las coordenadas, la hora de la retransmisión y demás detalles. Juntos, esos datos formaban un todo orgánico, y lo que surgía en la conciencia de Rapsoda era el propio retransmisor de las coordenadas. El espíritu de Rapsoda cruzaba el abismo espaciotemporal, resonaba en el espíritu del retransmisor y sentía su terror y ansiedad, junto con otros sentimientos con los que el mundo matriz no estaba familiarizado, como el odio, la envidia o la avaricia. No obstante, la mayor parte de las veces era terror. El miedo era lo que imprimía sinceridad a las coordenadas. El terror garantizaba la existencia de las entidades de baja entropía.

Justo entonces, Rapsoda observó un grupo de coordenadas sinceras cerca del curso de la simiente. Habían sido retransmitidas por membrana larga, y ni siquiera el propio Rapsoda estaba seguro de qué fue lo que le dijo que las coordenadas eran sinceras; y es que la intuición no siempre puede explicarse. Decidió limpiarlas. No estaba ocupado, y la tarea no le iba a distraer de cantar. Aunque tuviera lugar algún problema, no sería para tanto. Limpiar no era una tarea precisa y no exigía una exactitud absoluta. Tampoco era urgente. Simplemente tendría que dejar el trabajo hecho en algún momento. Ese era otro motivo por el que su posición no le daba apenas prestigio.

Rapsoda tomó un punto de masa del almacén de la simiente, y volvió la vista hacia la estrella que aparecía en las coordenadas. El núcleo principal guiaba su visión, como una lanza agitada en el cielo estrellado. Rapsoda cogió el punto de masa con un tentáculo de campo de fuerza y se preparó para lanzarlo. Pero entonces vio la ubicación indicada por las coordenadas y relajó el tentáculo.

Faltaba una de las tres estrellas. En su lugar había una nube de polvo blanca, como las heces de una ballena.

«Ya se ha limpiado. Nada más que hacer.»

Rapsoda devolvió el punto de masa al almacén.

«Qué rápido.»

Activó un proceso de núcleo principal para rastrear la fuente del punto de masa que había destruido la estrella. Era una tarea inútil con casi cero posibilidades de éxito, pero requerida por el procedimiento establecido. El proceso no tardó en finalizar y, al igual que en anteriores ocasiones, no ofreció ningún resultado.

Rapsoda comprendió enseguida por qué la limpieza se había producido tan rápido. Vio una niebla lenta en las inmediaciones de aquel mundo destruido, que se hallaba a una distancia de aproximadamente media estructura. Basándose tan solo en aquella niebla era difícil saber cuál era su procedencia, pero al relacionarla con las coordenadas de la retransmisión parecía evidente que pertenecía a ese mundo. La niebla mostraba que el mundo era peligroso, motivo por el que la limpieza se había realizado con tanta presteza. Al parecer había otras entidades de baja entropía con todavía más intuición que él; aunque eso no resultaba sorprendente. Era tal y como había dicho el Anciano: «En el universo, por muy rápido que seas, siempre habrá alguien más rápido; por muy lento que seas, siempre habrá alguien más lento.»

Todas las coordenadas retransmitidas acabarán siendo limpiadas tarde o temprano. Era tan solo cuestión de tiempo. Una entidad de baja entropía podría haber pensado que esas coordenadas eran insinceras, pero en los muchos millones de mundos de baja entropía había billones de seres encargados de limpiar, y alguno de ellos creería que eran sinceras. Todas las entidades de baja entropía poseían el gen de la limpieza, y la limpieza era un instinto. También era una tarea muy sencilla. El universo estaba lleno de fuentes de fuerza potencial: bastaba con activarlas para lograr el objetivo deseado. Exigía muy poco esfuerzo, y ni siquiera interrumpía el canto.

Si Rapsoda esperaba pacientemente, todas las coordenadas

sinceras acabarían siendo limpiadas por otras entidades de baja entropía desconocidas. Pero eso no era bueno ni para el mundo matriz ni para la simiente. Como había llegado incluso a observar el mundo indicado por el grupo de coordenadas que había recibido, Rapsoda había establecido una conexión con ese mundo. Sería ingenuo pensar que esa conexión era unidireccional. Había que tener presente la ley del descubrimiento reversible: si uno podía ver el mundo de baja entropía, entonces era cuestión de tiempo que ese mundo también pudiera verle a uno. Por eso era peligroso esperar a que otros realizaran la limpieza.

La siguiente tarea consistía en introducir ese inútil conjunto de coordenadas en el banco de datos conocido como tumba, otro paso estipulado por el procedimiento. Por supuesto, toda la información restante que tenía que ver con la ubicación también tenía que introducirse en el banco de datos, del mismo modo que las pertenencias de un muerto se entierran con el cadáver, como era costumbre en el mundo matriz.

Algo en aquellas «pertenencias» despertó el interés de Rapsoda. Era el registro de tres comunicaciones que el mundo muerto había mantenido con otra ubicación a través de membrana media, la membrana de comunicación menos eficiente, también conocida como membrana primitiva. La membrana larga era el método de comunicación más habitual, aunque al parecer incluso la membrana corta podía usarse también para transmitir mensajes. De ser así, los retransmisores de los mensajes serían como dioses. Pero a Rapsoda le gustaba la membrana primitiva: pensaba que tenía una belleza sencilla que simbolizaba una era llena de placer. Solía convertir en canciones los mensajes de membrana primitiva. Le parecían bonitos aunque no los entendiera. Aunque comprenderlos no era necesario; aparte de las coordenadas, los mensajes de membrana primitiva no contenían apenas información útil. Disfrutar de la música era suficiente.

Pero esta vez Rapsoda entendió parte del mensaje, puesto que algunos fragmentos contenían un sistema de autodescifrado. Si bien Rapsoda solo fue capaz de entender unas pocas pinceladas, fue suficiente como para descubrir una increíble historia.

En primer lugar, la otra ubicación había retransmitido un mensaje a través de membrana primitiva. Las entidades de baja entropía de aquel mundo habían tañido su estrella con torpeza —Rapsoda había decidido llamarlos «tañedores de estrellas»— para enviar su mensaje, como los antiguos bardos del mundo matriz que rasgueaban las cuerdas de una cítara tosca y rústica. Ese era el mensaje que contenía un sistema de autodescifrado.

Aunque era un sistema rudimentario, bastó para que Rapsoda viera que el mensaje enviado por el mundo de tres estrellas seguía el mismo patrón de cifrado. ¡Parecía una respuesta al primer mensaje enviado por los tañedores de estrellas! Aquello ya era bastante insólito, pero es que después de eso ¡los tañedores de estrellas volvieron a contestar!

«¡Interesante, muy interesante!»

Rapsoda había oído hablar de los mundos de baja entropía que no poseían ni el gen ni el instinto de la ocultación, pero esa era la primera vez que veía uno. Obviamente, las tres comunicaciones entre aquellos dos mundos no desvelarían sus coordenadas absolutas, pero sí la distancia relativa entre ambos. Si dicha distancia era bastante grande daría igual; pero si era muy corta, de tan solo cuatrocientas dieciséis estructuras, entonces los dos mundos estarían situados casi el uno sobre el otro, lo cual significaría que si las coordenadas de uno de los dos mundos quedaban expuestas, las del otro también lo estarían. Era solo cuestión de tiempo.

Así fue como se desvelaron las coordenadas de los tañedores de estrellas.

Nueve granos temporales después de las tres primeras comunicaciones apareció otro registro: los tañedores de estrellas habían vuelto a tocar su estrella para enviar otra retransmisión... ¡Un grupo de coordenadas! El núcleo principal estaba seguro de que era un grupo de coordenadas. Rapsoda buscó la estrella indicada por las coordenadas y vio que se había limpiado treinta y cinco granos temporales antes.

Rapsoda pensó que quizá se había equivocado. Los tañedores de estrellas tenían que poseer el gen de la ocultación. Era obvio que tenían el gen de la limpieza, así que era imposible que no poseyeran también el de la ocultación. No obstante, al igual que la mayoría de los retransmisores de coordenadas, carecían de la habilidad de limpiar su propio rastro.

«Interesante, muy interesante.»

¿Por qué razón quienquiera que hubiese limpiado el mundo formado por tres estrellas no había limpiado también el mundo de los tañedores de estrellas? Había muchas hipótesis. Quizá no habían reparado en estas tres comunicaciones: al fin y al cabo, los mensajes de membrana primitiva no solían atraer mucha atención. Pero alguien de los billones de mundos que existían en el universo tenía que haber reparado en ello. Rapsoda tan solo era uno de los que se había dado cuenta. Aunque Rapsoda no hubiera existido, alguna entidad de baja entropía se habría dado cuenta. Era solo cuestión de tiempo. O quizá sí los habían descubierto, pero habían decidido que un grupo de baja entropía, que no poseía el gen de la ocultación, no constituía una gran amenaza y la molestia de limpiarlos era mayor que su valor.

¡Pero eso sería un error, un craso error! En términos generales, si unas entidades de baja entropía como esos tañedores de estrellas no tenían el gen de la ocultación, no tendrían reparos en exponer su propia presencia y se expandirían y atacarían sin miedo.

Al menos hasta que murieran.

Sin embargo, ese caso concreto era algo más complejo. Tres granos temporales después de las tres primeras comunicaciones, llegó la retransmisión de las coordenadas. Entonces, sesenta granos temporales después, se realizó otra retransmisión de coordenadas por membrana larga desde algún otro lugar que apuntaba al mundo de tres estrellas. La cadena de acontecimientos dejaba un cuadro desfavorable, un panorama que auguraba peligro. La limpieza del mundo de las tres estrellas se había producido hacía veinte granos temporales, así que los tañedores de estrellas tenían que haberse dado cuenta de que su posición había quedado expuesta. La única opción que les quedaba era cubrirse con una niebla lenta para aparentar ser del todo seguros y que nadie les molestara.

Sin embargo, no lo habían hecho. Tal vez no tuvieran esa habilidad. Aunque había pasado tiempo de sobras desde que tañeron su estrella para enviar aquel mensaje de membrana primitiva como para tenerla.

Quizá no querían esconderse.

De ser así, los tañedores de estrellas eran muy peligrosos, mucho más que el mundo que había muerto.

«Ocúltate bien; limpia bien.»

Rapsoda contempló el mundo de los tañedores de estrellas. Era una estrella normal y corriente a la que le quedaban al menos otros mil granos temporales de vida. Tenía ocho planetas: cuatro líquidos y cuatro sólidos. La experiencia le decía que las entidades de baja entropía que habían enviado la retransmisión de membrana primitiva vivían en uno de los planetas sólidos.

Rapsoda activó el proceso del gran ojo. Rara era la vez que lo hacía, dado que era una extralimitación de sus funciones.

—¿Qué estás haciendo? —preguntó el Anciano de la simiente—. El gran ojo está ocupado.

—Me gustaría ver de cerca uno de los mundos de baja entropía.

—Mirar de lejos te basta para hacer tu trabajo.

—Es solo por curiosidad.

—El gran ojo tiene que observar objetivos más importantes. No hay tiempo para tu curiosidad. Vuelve a tus cosas.

Rapsoda no insistió. El agente de limpieza era el puesto de menor categoría dentro de la simiente. Todos lo menospreciaban y pensaban que su trabajo era fácil y trivial. Pero olvidaban que las coordenadas que se habían retransmitido a menudo indicaban un peligro mucho mayor que la gran mayoría de los que permanecen bien ocultos.

Lo único que quedaba por hacer era la limpieza. Rapsoda volvió a sacar un punto de masa del almacén, pero se dio cuenta de que no podía usarlo para limpiar a los tañedores de estrellas. Su sistema planetario tenía una estructura diferente a la del sistema del mundo de tres estrellas: tenía ángulos muertos. Si usaba un punto de masa podría dejarse algo y malgastar energías. Tenía que usar una hojuela de vector dual. Sin embargo, Rapsoda no tenía autoridad suficiente para sacar esa herramienta del almacén. Tenía que pedir permiso al Anciano.

—Necesito una hojuela de vector dual.

—Aquí la tienes —dijo el Anciano.

La hojuela de vector dual flotó ante Rapsoda. Estaba precintada en un paquete completamente transparente. Era un objeto normal y corriente, pero a Rapsoda le encantaba. Las herramientas caras no le agradaban porque eran demasiado violentas. Prefería la férrea ternura que transmitía esa hojuela, un tipo de belleza capaz de convertir la muerte en música.

Pero Rapsoda se sintió un poco turbado.

—¿Por qué me la ha dado sin ni siquiera preguntarme?

—Ni que fuera algo muy costoso.

—Pero si la usamos demasiado...

—Se usa a lo largo y ancho del cosmos.

—Sí, eso es cierto. Pero antes nos conteníamos. Y ahora...

—¿Has oído algo? —El Anciano comenzó a rebuscar entre los pensamientos de Rapsoda, que se estremeció. El Anciano enseguida encontró el rumor en la mente de Rapsoda. No era un gran crimen: a fin de cuentas, aquel rumor era un secreto a voces en la simiente.

Se trataba de un rumor sobre la guerra entre el mundo matriz y el mundo periférico. En otro tiempo las noticias sobre la guerra habían sido habituales, pero luego la información paró, lo que indicaba que la guerra no se estaba desarrollando según lo deseado y que quizá se hubiese llegado a una situación crítica. Pero el mundo matriz no podía coexistir con el mundo periférico. El mundo periférico tenía que ser destruido, o de lo contrario este último destruiría el mundo matriz. Si no podían ganar la guerra, entonces...

—¿El mundo matriz se está preparando para pasar a las dos dimensiones? —preguntó Rapsoda. El Anciano ya sabía cuál era su pregunta.

El Anciano no contestó, lo que quizá fuera una respuesta tácita.

De ser cierto el rumor, era una tragedia tremenda. Rapsoda era incapaz de imaginar una vida así. En la pirámide de prioridades, la supervivencia estaba por encima de todo lo demás. Cuando la supervivencia se veía amenazada, todas las entidades de baja entropía solo podían escoger el mal menor.

Rapsoda eliminó esos pensamientos de su órgano de pensamiento. No eran pensamientos que debiera tener, y solo le servirían para preocuparse inútilmente. Intentó recordar en qué parte de la canción se había detenido. Tardó un rato en encontrar el punto exacto. Siguió cantando:

En el tiempo hay grabadas bellas inscripciones,
Tan suaves al tacto como el lodo en el lecho marino.
Ella se cubre el cuerpo de tiempo,
Me arrastra para volar con ella a la frontera de la existencia.
Es un vuelo espiritual:
En nuestros ojos, las estrellas parecen fantasmas;
En los ojos de las estrellas, nosotros parecemos fantasmas.

Mientras cantaba, Rapsoda tomó la hojuela de vector dual con un tentáculo de campo de fuerza y la lanzó hacia los tañedores de estrellas.

Era del Búnker, año 67
Halo

Cheng Xin se despertó rodeada por la ingravidez.

La hibernación no era como el sueño normal. Alguien que hibernara no era consciente del paso del tiempo. El único momento de todo el proceso en el que era posible sentirlo era durante la hora transcurrida al inicio y la hora transcurrida al final. Pasara el tiempo que pasase durante la hibernación, el sujeto solo sentía que no había dormido más de dos horas. Por lo tanto, despertarse siempre implicaba una ruptura radical, la sensación de que la conciencia había atravesado el umbral de una puerta en el tiempo y aparecido en un mundo nuevo.

Cheng Xin vio que se encontraba en un espacio esférico de color blanco. Observó que AA flotaba a su lado, vestida en el mismo traje de hibernación ceñido. Tenía el pelo mojado y las extremidades estiradas con un aire impotente; era obvio que acababa de despertarse como ella. Cuando sus miradas se cruzaron, Cheng Xin quiso hablarle, pero el adormecimiento que le producía el frío todavía no se había desvanecido y no fue capaz de articular sonido alguno. AA movió la cabeza para indicarle que ella se encontraba en la misma situación y que no sabía nada.

Cheng Xin observó que el espacio estaba lleno de una luz dorada como la de una puesta de sol que entraba por una ventana circular, probablemente una escotilla. Al otro lado, Cheng Xin solo veía manchas borrosas y líneas revueltas. Las líneas estaban distribuidas en bandas paralelas de color azul y amarillo que mostraban un mundo cubierto de rugientes tormentas y torrentes, sin duda la superficie de Júpiter. Cheng Xin vio que dicha superficie parecía mucho más brillante de lo que recordaba.

Curiosamente, la ancha línea ocre del medio le recordaba al río Amarillo de China. Por supuesto, era consciente de que un torbellino de ese «río Amarillo» era tan grande como para contener la Tierra entera. Cheng Xin vio un objeto sobre ese fondo, cuyo cuerpo principal era una larga columna con secciones de diferentes diámetros. Tres cilindros cortos estaban unidos en perpendicular a la columna principal en diferentes puntos. Toda la sala rotaba despacio en torno al eje de la columna. Cheng Xin estaba convencida de que aquello era una ciudad espacial combinada formada por ocho ciudades acopladas.

También descubrió otro hecho sorprendente: el lugar en el que se hallaban estaba en reposo en relación con la ciudad espacial combinada, pero Júpiter se movía lentamente al fondo. A juzgar por el brillo de Júpiter, ahora se encontraban en el lado que miraba al Sol y podían sentir la sombra de la ciudad espacial combinada frente a la superficie gaseosa del planeta. Al cabo de un rato, apareció la línea que dividía el día de la noche en Júpiter, y pudo ver el monstruoso ojo que era la Gran Mancha Roja. Todo parecía indicar que tanto el lugar en el que se encontraban como la ciudad espacial combinada no se hallaban en la sombra de Júpiter ni orbitaban alrededor del Sol, sino que eran los satélites de Júpiter y giraban en torno al gigante gaseoso.

—¿Dónde estamos? —preguntó Cheng Xin. Logró al fin hablar con voz ronca, pero seguía sin poder mover el cuerpo.

AA volvió a sacudir la cabeza.

—Ni idea. Creo que estamos en una nave espacial.

Siguieron flotando en el brillo áureo de Júpiter, como en un sueño.

—Estáis a bordo de *Halo*.

La voz provenía de una ventana de información que acababa de aparecer junto a ellas, y en la que vieron un anciano con la cabeza cana. Cheng Xin reconoció a Cao Bin. A juzgar por su edad, se dio cuenta de que había vuelto a transcurrir un largo período de tiempo. Cao Bin le dijo que era el 19 de mayo del año 67 de la Era del Búnker, y entonces supo que habían pasado otros cincuenta y seis años desde la última vez que despertó de una hibernación.

Se sintió muy culpable al darse cuenta de que huía de la vida al permanecer ajena al tiempo y ver a los demás envejecer en un instante. Decidió que, pasara lo que pasase, aquella sería su última hibernación.

Cao Bin les dijo que navegaban a bordo de la última nave bautizada con el nombre *Halo*. Se había construido hacía solo tres años. Después del incidente de Ciudad Halo, más de medio siglo antes, habían encarcelado a Bi Yunfeng y a él, aunque ambos habían salido de prisión tras una breve condena. Bi Yunfeng había muerto hacía más de diez años, y Cao Bin les dio recuerdos. Los ojos de Cheng Xin se llenaron de lágrimas.

Cao Bin también les dijo que ahora había más de cincuenta y dos grandes ciudades espaciales en el núcleo urbano de Júpiter y que la mayoría de ellas habían sido combinadas para formar ciudades mayores. Lo que tenían ante sus ojos era Combinación Júpiter II. Después de que el sistema de alerta temprana mejorara veinte años antes, todas las ciudades habían decidido convertirse en satélites jupiterinos. Las ciudades no cambiarían de órbita y se esconderían hasta el momento en el que se emitiera una alerta.

—La vida vuelve a ser paradisíaca. Es una pena que no vayáis a tener ocasión de verla, porque no queda tiempo. —Cao Bin hizo una pausa. Cheng Xin y AA intercambiaron miradas de consternación. Se dieron cuenta de que había estado hablando tanto hasta ahora porque intentaba retrasar ese momento.

—¿Ha habido una alerta?

Cao Bin asintió.

—Sí, ha habido una alerta. En el último medio siglo hubo dos falsas alarmas, y en ambos casos estuvimos a punto de despertaros. Pero esta vez es real. Niñas (ya tengo ciento veinte años y creo que puedo llamaros así), el ataque de bosque oscuro ha llegado al fin.

Cheng Xin se puso tensa. No porque hubiera llegado el ataque (al fin y al cabo, la humanidad se había preparado para ese momento desde hacía más de un siglo), sino porque sentía que algo no iba bien. Las habían sacado a ambas de su letargo por contrato. Habrían necesitado al menos cuatro o cinco horas para recuperarse, lo que significaba que la alerta se había emitido hacía ya algún tiempo. Pero al otro lado de la escotilla, Combinación Júpiter II no se había desmontado ni tampoco alterado su órbita, sino que había seguido flotando como satélite jupiterino como si nada hubiese ocurrido. Se volvieron hacia Cao Bin; la expresión de aquel hombre centenario parecía demasiado plácida, como si intentara ocultar la desesperación total.

—¿Dónde estás ahora? —preguntó AA.

—En el centro de alerta temprana —dijo Cao Bin, señalando a sus espaldas.

Cheng Xin vio detrás de él un salón que parecía un centro de control. Las ventanas de información llenaban casi todo el espacio: flotaban por la sala, pero no paraban de aparecer otras nuevas ante ellos, que al instante eran cubiertas por otras nuevas, como la inundación posterior al estallido de una presa. Pero al parecer la gente que había en la sala no hacía nada. La mitad vestían de uniforme militar, pero todos estaban inclinados sobre un escritorio o sentados sin moverse. Tenían la mirada perdida, con la misma expresión serena y ominosa que había en el rostro de Cao Bin.

«No debería ser así», pensó Cheng Xin. La escena no parecía la de un mundo resguardado en un búnker convencido de que podría sobrevivir al ataque. Se parecía más al mundo de hacía tres siglos (no, cuatro siglos ya) al comienzo de la crisis trisolariana. En aquella época, Cheng Xin había visto ese ambiente y esa expresión por doquier en las oficinas de la Agencia de Inteligencia Estratégica y el Consejo de Seguridad Planetaria: la desesperación ante una fuerza omnipotente, una indiferencia que parecía decir «nos rendimos».

La mayoría de los que se encontraban en el centro de control estaban en silencio, pero algunos hablaban entre susurros con gesto sombrío. Cheng Xin vio a un hombre sentado con rostro impasible. Un líquido azul se había derramado sobre la mesa y su regazo, pero no parecía importarle. Al otro lado, delante de una gran ventana de información que parecía mostrar una situación complicada que tenía lugar en aquel momento, un hombre con uniforme militar abrazaba a una mujer vestida de civil. El rostro de la mujer parecía cubierto de lágrimas...

—¿Por qué no entramos en la sombra de Júpiter? —AA señaló a la ciudad combinada al otro lado de la escotilla.

—No es necesario. El búnker es inútil —dijo Cao Bin, agachando la cabeza.

—¿A qué distancia está el fotoide del Sol? —preguntó Cheng Xin.

—No hay fotoide.

—¿Entonces qué es lo que habéis detectado?

Cao Bin soltó una risa amarga.

—Un trozo de papel.

Era del Búnker, año 66

Exterior del Sistema Solar

Un año antes de que Cheng Xin despertara, el sistema de alerta temprana descubrió un objeto volador no identificado más allá de la nube de Oort que se movía a una velocidad cercana a la de la luz. El objeto se hallaba a tan solo 1,3 años luz del Sol en el momento en que la distancia era menor. Dicho objeto tenía un inmenso volumen, y a la velocidad cercana a la de la luz a la que se movía generaba una intensa radiación por el impacto con el polvo y los átomos esparcidos en el espacio. El sistema de alerta temprana también observó que aquel objeto experimentaba un pequeño cambio de rumbo durante su vuelo para evitar una sección de polvo interestelar y luego continuaba su trayectoria previa. Sin lugar a dudas, era una nave espacial inteligente.

Se trataba de la primera vez que los humanos del Sistema Solar —en oposición a los humanos galácticos— habían observado una civilización extraterrestre diferente a los trisolarianos.

Consciente de las lecciones aprendidas gracias a las tres anteriores falsas alarmas, el Gobierno de la Federación no hizo público el descubrimiento, y no más de mil personas del Mundo Búnker tuvieron conocimiento de él. Durante los últimos días en los que la nave espacial pasó más cerca del Sistema Solar, estas personas sufrieron una ansiedad y un terror extremos. En el resto de decenas de unidades de observación espacial que integraban el sistema de alerta temprana, en el centro de alerta temprana —una ciudad espacial en el núcleo de Júpiter—, en el centro de guerra del Mando de la Flota de la Federación, y en la oficina del presidente de la Federación del Sistema Solar, la gente contenía el aliento mientras observaba la trayectoria de la nave espacial como un banco de peces asustados que aguardaban en el fondo del agua a que se marchara el barco pesquero que había sobre ellos. El miedo de estas personas alcanzó niveles surrealistas: se negaban a usar comunicaciones por radio, caminaban sin hacer ruido y solo hablaban entre susurros... En realidad, todos sabían que era absurdo, más que nada porque lo que el sistema de alerta temprana había observado había ocurrido un año y cuatro meses antes. Para entonces, la nave espacial ya se había marchado.

Después de que la astronave extraterrestre se alejara todavía más, no respiraron tranquilas. El sistema de alerta temprana había descubierto algo preocupante. La extraña nave no disparó un fotoide hacia el Sol, pero sí otra cosa. Era un objeto proyectado hacia el Sol a la velocidad de la luz, pero que no generó las emisiones asociadas con los fotoides y era del todo invisible en el plano electromagnético. El sistema de alerta temprana solo consiguió descubrirlo gracias a las ondas gravitatorias. El objeto no dejaba de emitir ondas gravitatorias débiles, cuya fuerza y frecuencia seguían siendo constantes. Las ondas sin duda no llevaban ningún mensaje, y probablemente eran el resultado de alguna característica física del proyectil. Cuando el sistema de alerta temprana descubrió por primera vez las ondas gravitatorias, se pensó que la fuente había sido una nave espacial extraterrestre. Pero pronto se dieron cuenta de que la fuente estaba separada de la nave espacial, y que se aproximaba al Sistema Solar a la velocidad de la luz.

Posteriores análisis de los datos de observación revelaron que el proyectil no estaba dirigido de manera precisa contra el Sol. Teniendo en cuenta su trayectoria actual, pasaría de largo junto al Sol fuera de la órbita marciana. Si el objetivo había sido el Sol, aquel lanzamiento había sido un error de gran magnitud. Eso suponía otra diferencia con un fotoide: los datos obtenidos a partir de los dos anteriores ataques mostraban que después del lanzamiento, el fotoide trazaba una nítida trayectoria recta hacia la estrella objeto del ataque —teniendo en cuenta el movimiento de la estrella—, y no exigía ninguna corrección de su curso. De ello podía desprenderse que un fotoide era, en esencia, una roca volando por inercia a la velocidad de la luz. Rastreando la fuente de una onda gravitatoria era posible observar que el proyectil no corregía su rumbo, lo cual al parecer indicaba que su objetivo no era el Sol. Algo que en parte tranquilizó a todo el mundo.

Cuando el proyectil se situó a unas ciento cincuenta unidades astronómicas del Sol, las ondas gravitatorias que emitía empezaron a reducir su frecuencia rápidamente. El sistema de alerta temprana descubrió que se debía a su aceleración. En varios días, la velocidad del proyectil pasó de la velocidad de la luz a una milésima parte de la velocidad de la luz, y siguió decreciendo. Esa velocidad reducida no bastaba para suponer una amenaza para el Sol, lo cual ofrecía un alivio aún mayor. Además, una nave humana podía mantener esa velocidad, de modo que era posible enviar naves para interceptarlo.

Revelación y *Alaska* partieron del núcleo urbano de Neptuno, volando en formación hacia el misterioso proyectil.

Ambas naves estaban equipadas con sistemas de recepción de ondas gravitatorias y podían formar una red de posicionamiento para determinar la localización de la fuente de transmisión a una distancia corta. Desde la Era de la Retransmisión, se habían construido más naves capaces de transmitir y recibir ondas gravitatorias, pero los conceptos de diseño usados en esas naves eran muy diferentes de las anteriores naves con antenas. Una de las innovaciones principales era la separación de la antena de ondas gravitatorias de la nave propiamente dicha, de tal manera que formaran dos unidades independientes. La antena podía combinarse con naves diferentes y también reemplazarse después de quedar inservible como consecuencia del deterioro. *Revelación* y *Alaska* eran naves de tamaño medio, pero tenían el mismo volumen total de los navíos más voluminosos porque las antenas de ondas gravitatorias ocupaban gran parte de sus estructuras. Ambas naves parecían globos aerostáticos llenos de helio de la Era Común, enormes en apariencia, pero que, en realidad, medían lo mismo que la pequeña carga debajo del globo.

Diez días después de que las dos naves abandonaran el puerto, el general Vasilenko y Bai Ice, enfundados en trajes espaciales ligeros y botas magnéticas, dieron un paseo sobre la antena de ondas gravitatorias de *Revelación*. Les gustaba hacerlo porque había mucho más espacio fuera que dentro de la nave, y la sensación de caminar sobre la antena era como la de caminar en tierra firme. Eran los líderes del primer equipo de exploración: Vasilenko era el comandante y Bai Ice se encargaba de las cuestiones técnicas.

Alexéi Vasilenko había sido uno de los observadores del sistema de alerta temprana durante la Era de la Retransmisión. Widnall y él habían descubierto el rastro de las naves trisolarianas que volaban a la velocidad de la luz, lo que tuvo como resultado la primera falsa alarma. Después del incidente, el subteniente Vasilenko se convirtió en uno de los chivos expiatorios y fue cesado. Pensaba que el castigo era injusto, y esperaba que la historia terminara por limpiar su nombre, así que decidió hibernar. A medida que fue pasando el tiempo, el descubrimiento de los rastros dejados por las naves que alcanzaban la velocidad de la luz adquirió cada vez más importancia, y el daño de la primera falsa alarma cayó poco a poco en el olvido. Vasilenko se despertó en el año 9 de la Era del Búnker, recuperó su anterior rango, y para entonces ya había sido ascendido a vicealmirante de la Fuerza Espacial de la Federación. Sin embargo, estaba a punto de cumplir ochenta años. Cuando miró a Bai Ice caminando junto a él, pensó en lo injusta que era la vida: aquel hombre había nacido ochenta años antes que él y venía de la Era de la Crisis, pero después de la hibernación solo tenía cuarenta años.

El nombre original de Bai Ice era Bai Aisi. Después de despertar de la hibernación eligió un nombre más común en la época moderna que mezclaba la lengua inglesa con la lengua china para parecer más integrado en la sociedad y menos desfasado. Había sido doctorado bajo la supervisión de Ding Yi y entrado en hibernación cerca del fin de la Era de la Crisis hasta tan solo veintidós años antes. Un salto tan grande a través del tiempo solía suponer problemas de adaptación a la nueva era, pero la física teórica era un caso especial. El bloqueo de los sofones otorgó relevancia profesional a los físicos de la Era Común durante la Era de la Disuasión, y la creación del acelerador de partículas circunsolar dio un cambio radical a todo lo que la física teórica fundamental daba por sentado, como si se hubiera roto una baraja de cartas.

Durante la Era Común se creyó que la teoría de las supercuerdas era una teoría avanzada, la física del siglo XXII. La construcción del acelerador de partículas circunsolar permitió la confirmación de la teoría de supercuerdas a través de experimentos. No obstante, el resultado fue desastroso. Tuvieron que rechazarse conceptos que sobrepasaban con creces las predicciones confirmadas. Se refutaron muchos de los resultados transferidos por los trisolarianos. Basándose en el elevado nivel tecnológico que los trisolarianos alcanzarían más tarde, era inconcebible que cometieran semejantes errores en la teoría fundamental, así que la única posibilidad era que hubieran mentido a los humanos incluso en áreas de la teoría básica.

Bai Ice había propuesto modelos teóricos que se encontraban entre las pocas teorías confirmadas por el acelerador de partículas circunsolar. Para cuando despertó, la física había vuelto a la casilla de salida. No tardó en demostrar su talento y obtener grandes honores, hasta que más de diez años después volvía a estar en la cresta de la ola.

—¿Te suena? —Vasilenko hizo un gesto que pretendía abarcar todo lo que les rodeaba.

—Desde luego. Pero ya no queda ni rastro de la seguridad y la arrogancia de la humanidad —contestó Bai Ice.

Vasilenko se sentía exactamente igual. Se giró para mirar el curso de la nave. Neptuno no era más que una pequeña mancha azul y el Sol, un débil punto de luz incapaz siquiera de proyectar sombras contra la superficie de la antena. ¿Dónde quedaban aquellas dos mil naves de guerra de tipo estelar que habían formado una imponente falange hacía tantos años? Ahora solo había dos naves solitarias con una tripulación de apenas un centenar de personas. *Alaska* se encontraba a unos cien mil kilómetros de ellos, pero no la podían ver. La nave no solo actuaba como el otro extremo de la red de posicionamiento, sino que, además, tenía otro equipo de exploración organizado como el grupo de exploración a bordo de *Revelación*. El Mando de la Flota veía al equipo a bordo de *Alaska* como un refuerzo, lo que indicaba que la cúpula del ejército se había preparado a conciencia para el riesgo y el peligro inherentes a esa expedición. En aquella fría e inhóspita frontera del Sistema Solar, la antena a sus pies parecía una isla solitaria en el universo. Vasilenko quiso suspirar, pero se lo pensó mejor. Sacó algo del bolsillo de su traje espacial, lo dejó flotar entre ellos y empezó a girar despacio.

—Mira esto.

El objeto parecía el hueso de algún animal, pero era en realidad el componente de una máquina, cuya superficie lisa reflejaba la gélida luz de las estrellas.

Vasilenko señaló el objeto giratorio.

—Hace unas cien horas detectamos unos residuos metálicos flotantes junto a la trayectoria de la nave. Un avión no tripulado obtuvo unos cuantos objetos, y este es uno de ellos: un trozo del sistema de refrigeración de un reactor de fusión nuclear a bordo de una nave de guerra de tipo estelar de finales de la Era de la Crisis.

—¿Es de la batalla del Día del Fin del Mundo? —preguntó maravillado Bai Ice.

—Sí. También hemos encontrado el reposabrazos metálico de un asiento y un fragmento de un mamparo.

Habían pasado por las inmediaciones del antiguo campo de batalla de hacía dos siglos. Al comienzo del Proyecto Búnker se empezaron a encontrar restos de antiguas naves de guerra, algunos se colocaron en museos y otros se vendieron en el mercado negro. Bai Ice sostuvo la pieza y sintió que un escalofrío le atravesaba el traje espacial hasta llegarle al tuétano de los huesos. Lo soltó y empezó a girar lentamente, como si tuviera vida propia. Bai Ice apartó la mirada y miró a lo lejos. Solo podía ver un abismo sin fondo y vacío. Dos mil naves de guerra y millones de cuerpos muertos habían flotado en esa región del inhóspito espacio durante casi dos siglos. La sangre expiatoria de los muertos se había sublimado del hielo al gas y disipado luego.

—Esta vez el objetivo de nuestra exploración podría ser más peligroso incluso que las gotas —dijo Bai Ice.

—Así es. En aquella época ya estábamos un poco familiarizados con los trisolarianos, pero ahora no sabemos nada del mundo que ha creado y enviado esto... Doctor Bai, ¿tienes alguna idea de a qué nos enfrentamos?

—Solo un objeto masivo puede emitir ondas gravitatorias, así que supongo que debe de ser enorme tanto en masa como en volumen, quizás incluso una nave espacial... En fin, en esta profesión hay que esperar lo inesperado.

Las dos naves de la expedición siguieron su ruta durante otra semana hasta que la distancia entre ellos y la fuente de las ondas gravitatorias era de tan solo un millón de kilómetros. La expedición desaceleró hasta reducir la velocidad a cero, y entonces comenzó a acelerar en dirección al Sol. De ese modo, para cuando el proyectil alcanzara a la expedición, estarían volando en paralelo. La mayor parte de la exploración cercana la realizaría *Revelación*. *Alaska* observaría a una distancia de unos cien mil kilómetros.

La distancia siguió reduciéndose, y el proyectil quedó a tan solo unos diez mil kilómetros de *Revelación*. Las emisiones de ondas gravitatorias eran muy claras y se podían usar para mejorar el posicionamiento. Sin embargo, incluso desde esa distancia el radar no devolvió ningún eco, y no se podía ver nada en el rango de luz visible. Para cuando la distancia se redujo a los mil kilómetros, seguían sin poder ver nada en la ubicación de la fuente de ondas gravitatorias.

Cundió el pánico entre la tripulación de *Revelación*. Antes de partir habían imaginado todo tipo de escenarios, pero la idea de no ser capaces de ver su objetivo cuando estuvieran prácticamente sobre él jamás se les había pasado por la cabeza. Vasilenko envió un mensaje de radio a la base de Neptuno para pedir instrucciones, y cuarenta minutos después recibió la orden de acercarse al objeto hasta situarse a ciento cincuenta kilómetros de distancia.

Finalmente, los sistemas de detección de luz visible advirtieron un pequeño punto blanco en el lugar de la fuente de la onda gravitatoria, visible incluso con un telescopio normal y corriente. *Revelación* envió un dron que voló hacia el objetivo y recortó rápidamente la distancia entre ambos: quinientos kilómetros, cincuenta kilómetros, quinientos metros... Al fin, el dron se paró a cinco metros del objetivo. El nítido vídeo holográfico transmitido permitió a la tripulación de ambas naves ver el objeto extraterrestre que se había disparado hacia el Sol.

Un trozo de papel.

Era imposible describirla mejor. Era un objeto con forma de membrana rectangular, de 8,5 centímetros de largo y 5,2 centímetros de ancho, algo mayor que una tarjeta de crédito. Era tan delgado que su grosor no se podía medir. La superficie era de un blanco puro, justo como el de un trozo de papel.

Entre los miembros del equipo de exploración se encontraba lo más granado de los oficiales y profesionales de la Tierra, y todos destacaban por tener una mente lúcida. Pero el instinto se impuso. Estaban preparados para objetos gigantes e invasivos; algunos habían previsto que se encontrarían con una nave espacial del tamaño de la luna Europa, una posibilidad no del todo remota teniendo en cuenta la potencia de sus emisiones de ondas gravitatorias.

Al ver ese trozo de papel —así era como todos se referían a él—, todos respiraron aliviados. Desde un punto de vista racional, aún podían defenderse. Seguramente era un arma con potencia suficiente para destruir ambas naves, pero era impensable que algo así pudiera poner en peligro a todo el Sistema Solar. Tenía una apariencia delicada e inofensiva, como una pluma blanca que flota en el aire nocturno. Hacía mucho tiempo que nadie escribía cartas en papel, pero todo el mundo estaba familiarizado con esa costumbre por las películas de época del mundo antiguo que habían visto. Desde ese punto de vista, aquel trozo de papel tenía incluso un aire romántico.

Las posteriores investigaciones demostraron que el trozo de papel no reflejaba la radiación electromagnética a ninguna longitud de onda. Su color blanco no era luz reflejada, sino emitida por el propio objeto. Toda radiación electromagnética, incluida la luz visible, simplemente pasaba a través del papel, que por lo tanto era del todo transparente. Las imágenes tomadas de cerca mostraban las estrellas detrás del trozo, aunque a causa de la interferencia de la luz blanca que emitía y el fondo negro del espacio, visto a lo lejos parecía tener un color blanco opaco. El objeto parecía inofensivo, al menos de manera superficial.

¿Tal vez de verdad fuera una carta?

Dado que aquel dron no disponía de las herramientas apropiadas, se envió otro avión no tripulado con un brazo mecánico y una pala precintable para capturar el trozo de papel. Conforme la pala situada al final del brazo mecánico de la sonda se acercó al trozo de papel, todos los tripulantes de la nave contuvieron la respiración.

Era otra escena que les resultaba familiar.

La pala se cerró alrededor del trozo de papel y el brazo tiró hacia atrás.

Pero el papel siguió en su sitio.

La operación se repitió más veces, pero se obtuvo el mismo resultado. Los operarios del dron a bordo de *Revelación* intentaron maniobrar el brazo mecánico para tocar el trozo de papel. El brazo atravesó el papel, y ni uno ni otro parecían haber sufrido daños. El brazo no encontró resistencia, y el papel no cambió de posición. Finalmente, el operario ordenó al dron que se acercara despacio al papel para intentar empujarlo. Cuando el casco del dron entró en contacto con el papel, este desapareció en el interior del dron, y a medida que fue avanzando, el trozo de papel salió por la popa intacto. Mientras el papel estuvo dentro del dron, no se detectaron anomalías en los sistemas internos de este.

Para entonces, los miembros de la expedición comprendieron que el trozo de papel no era un objeto normal y corriente. Era como una ilusión que no interactuaba con nada en el mundo físico. Como un pequeño plano de referencia cósmica que mantenía su posición sin moverse. Ningún contacto era capaz de alterar su posición ni su trayectoria fija.

Bai Ice decidió ir a investigar en persona. Vasilenko insistió en ir con él. Hacer que los dos líderes del primer equipo de exploración fueran juntos era una propuesta controvertida, y tuvieron que esperar cuarenta minutos antes de recibir la autorización de la base en Neptuno. Se les concedió la petición a regañadientes, porque Vasilenko no estaba dispuesto a echarse atrás y tenían refuerzos.

Los dos se dirigieron al trozo de papel a bordo de una cápsula. Mientras *Revelación* y su inmensa antena de ondas gravitatorias se encogía a lo lejos, Bai Ice pensó que dejaba atrás el único apoyo que tenía en el universo, y su corazón se llenó de temor.

—Seguro que tu tutor, el doctor Ding, se sintió igual hace años —dijo Vasilenko. Parecía muy tranquilo.

Bai Ice convino en silencio. Se sentía conectado a nivel espiritual al Ding Yi de hacía dos siglos. Ambos se adentraban en un gran misterio, rumbo a un destino igual de misterioso.

—No te preocupes. Esta vez podemos fiarnos de nuestra intuición. —Vasilenko dio una palmadita en el hombro de Bai, que sin embargo no se sentía demasiado reconfortado.

La cápsula se encontraba ahora junto al trozo de papel. Después de comprobar los trajes espaciales, abrieron la escotilla de la nave para entrar en contacto con el espacio. Ajustaron la posición de su nave hasta que el papel colgó un metro por encima de ellos. El diminuto plano blanco era totalmente liso y podían ver las estrellas a través de él, lo que les confirmó que se trataba efectivamente de un objeto brillante y transparente. La luz blanca que emitía desdibujaba las estrellas que tenía detrás.

Se levantaron en la cápsula hasta que sus ojos estuvieron alineados con el borde del plano. Justo como había mostrado la cámara, el papel no tenía grosor. Visto de perfil desaparecía por completo. Vasilenko extendió una mano hacia el papel, pero Bai Ice lo detuvo.

—¿Qué estás haciendo? —preguntó con seriedad. Sus ojos decían el resto: «Piensa en lo que le pasó a mi profesor.»

—Si de verdad es una carta, quizás el mensaje no se abrirá hasta que un cuerpo inteligente entre en contacto directo con él. —Vasilenko se deshizo de la mano de Bai.

Vasilenko tocó el papel con la mano envuelta en un guante. Pasó la mano a través del papel sin sufrir daño alguno. Tampoco recibió ningún mensaje mental. Volvió a mover la mano a través del papel y se detuvo, dejando que el pequeño plano blanco le dividiera la mano en dos partes, pero aun así no sintió nada. El papel mostraba el contorno del corte transversal de la mano donde esta lo había penetrado: claramente la hoja no se había roto, sino que había dejado pasar la mano sin dañarla. Vasilenko sacó la mano y el papel continuó suspendido sin moverse como antes; o, mejor dicho, seguía moviéndose hacia el Sistema Solar a doscientos kilómetros por segundo.

Bai Ice también intentó tocar el papel, y luego apartó la mano.

—Es como una proyección de otro universo que no tiene nada que ver con el nuestro.

Vasilenko tenía otras consideraciones más prácticas en mente.

—Si nada le afecta, entonces nos será imposible llevarlo a la nave para seguir analizándolo.

Bai Ice rio.

—Eso tiene fácil solución. ¿Se te ha olvidado aquella historia de Francis Bacon? «Si la montaña no va a Mahoma, Mahoma va a la montaña.»

Así pues, *Revelación* navegó despacio hacia el trozo de papel y entró en contacto con él, lo que hizo que entrara en la nave. Se desplazó aún más despacio para ajustar su posición hasta que el trozo de papel quedó suspendido en el centro de la sala de laboratorio. La única forma de mover el trozo de papel era mover la nave. Aquella extraña forma de examinar el objeto de investigación planteó algunos retos al principio, pero por suerte *Revelación* estaba originalmente diseñada para investigar pequeños objetos espaciales en el cinturón de Kuiper y podía maniobrar sin problemas. La antena de ondas gravitatorias estaba equipada con doce propulsores de alta precisión. Después de que el programa de inteligencia artificial de la nave se habituara a los ajustes necesarios, la manipulación se volvió rápida y precisa. Si el mundo no podía afectar sobre el trozo de papel de ninguna manera, la única opción era dejar que el mundo lo envolviera y se moviera en torno a él.

De este modo fueron testigos de algo insólito: el trozo de papel se encontraba en el interior de *Revelación*, pero la nave no tenía una conexión dinámica con él. Simplemente ocupaban el mismo espacio conforme avanzaban hacia el Sistema Solar a la misma velocidad.

En el interior de la nave espacial, la transparencia del trozo de papel se volvió más evidente a causa de la fuerte luz del fondo. Ya no parecía un trozo de papel, sino una película transparente cuya presencia solo podía apreciarse gracias a la luz que emitía, aunque aun así la gente seguía refiriéndose a él como trozo de papel. Cuando la luz ambiental era muy fuerte, a veces era posible perderlo de vista, así que los investigadores bajaron las luces del laboratorio para verlo mejor.

Lo primero que hicieron los investigadores fue intentar determinar la masa del trozo de papel. El único método aplicable era medir la gravedad que generaba, pero el instrumental no mostraba nada ni siquiera al mayor nivel de precisión, lo cual sugería que su masa era extremadamente pequeña, quizás incluso cero. Partiendo de la segunda posibilidad, había quien pensaba que el objeto podía ser un fotón o un neutrino en forma ampliada, pero su forma geométrica sugería que su origen era artificial.

Resultaba imposible lograr avances en el análisis del papel porque las ondas electromagnéticas a todas las longitudes de onda lo atravesaban sin signos de difracción. Por muy fuerte que fueran las ondas magnéticas, no parecían tener ningún efecto sobre él. El objeto parecía no tener estructura interna.

Veinte horas después, el equipo de exploración seguía sin saber apenas nada de aquel trozo de papel. Eso sí, consiguieron observar una cosa: la intensidad de la luz y las ondas gravitatorias emitidas por el trozo de papel estaban disminuyendo, lo que parecía sugerir que probablemente eran una forma de evaporación. Dado que la luz y las ondas gravitatorias eran el único indicio de la existencia del trozo de papel, su desaparición equivaldría a la desaparición del trozo en sí mismo.

La base informaba al equipo de exploración de que *Mañana*, una enorme nave científica, había partido del núcleo urbano de Neptuno para reunirse con la expedición al cabo de siete días. *Mañana* contaba con un instrumental de investigación más avanzado, y podía estudiar el trozo de papel en mayor profundidad.

A medida que se habituaron a la presencia del papel, la tripulación de *Revelación* bajó la guardia y dejó de mantener una distancia prudencial. Sabían que el objeto no interactuaba con el mundo real y no emitía radiaciones dañinas, así que empezaron a tocarlo con toda la naturalidad del mundo y a hacer que les atravesara el cuerpo. Hubo una persona que llegó incluso a dejarlo pasar por sus ojos y su cerebro, y le pidió a un amigo que inmortalizara el momento con una fotografía.

Bai Ice se enfureció al verlo.

—¡Basta! ¡Esto no es ningún juego! —bramó. Después de trabajar a destajo en el laboratorio durante más de veinte horas, abandonó la sala y volvió a su camarote.

Bai Ice apagó la luz de su camarote e intentó dormir. Pero se sentía incómodo en medio de la oscuridad, y se imaginó que el trozo de papel entraría en cualquier momento emitiendo su brillo blanco. Así que encendió la luz y se dejó llevar por la tenue iluminación y los recuerdos.

Habían pasado ciento noventa y dos años desde que se despidió para siempre de su profesor.

Era una tarde en la que Ding Yi y él habían subido a la superficie procedentes de una ciudad subterránea y tomado un coche en dirección al desierto; a Ding Yi le gustaba dar paseos y pensar en ese lugar, y a veces incluso impartir clases. Sus alumnos detestaban la experiencia, pero él tenía una explicación para esta excéntrica costumbre:

—Me gustan los lugares inhóspitos. La vida es una distracción para la física.

Aquel día hacía buen tiempo. No había viento ni tormentas de arena, y el aire tenía un olor fresco de comienzos de primavera. Maestro y alumno se sentaron sobre una duna. El desierto del norte de China estaba bañado de la luz de la puesta de sol. Bai Aisi siempre había pensado que la sucesión de curvas de aquellas dunas era como el cuerpo de una mujer —un símil que quizá tenía su origen en el propio Ding Yi—, pero ahora le parecían un cerebro al descubierto. En la dorada luz del atardecer, se veían en aquel cerebro una gran cantidad de marcas y pliegues. Alzó la vista al cielo. Aquel día, se veía a través del aire polvoriento un pedazo del añorado cielo azul, como una mente a punto de recibir una revelación.

—Aisi, voy a contarte algo que no debes decirle a nadie —dijo Ding Yi—. Aunque no regrese, no se lo digas a nadie. No por nada en especial. Es solo que no quiero ser el hazmerreír de todos.

—Profesor, ¿por qué no espera a volver para decírmelo?

Bai Aisi no intentaba reconfortar a Ding Yi. Hablaba con sinceridad. Le embargaba todavía el entusiasmo de la inminente gran victoria de la humanidad frente a la flota trisolariana, y no pensaba que el viaje de Ding Yi a la gota implicara un gran peligro.

—Primero contéstame una pregunta, por favor. —Ding Yi ignoró la pregunta de su alumno y señaló el desierto iluminado por el sol poniente—. Olvídate por un momento del principio de incertidumbre e imagina que todo es determinable. Si conoces las condiciones iniciales, puedes calcular y derivar las condiciones en cualquier punto temporal posterior. Supongamos que un científico extraterrestre hubiera recibido todos los datos sobre la Tierra hace varios miles de millones de años. ¿Crees que habría sido capaz de pronosticar la existencia de este desierto solo a través de cálculos?

Bai Aisi consideró la pregunta.

—No. Este desierto no es el resultado de la evolución natural de la Tierra, sino de la mano humana. El comportamiento de las civilizaciones no puede ser aprehendido mediante las leyes de la física.

—Muy bien. Entonces ¿tanto nuestros colegas como nosotros queremos intentar explicar la situación del universo actual y pronosticar su futuro basándonos solo en las leyes de la física?

Las palabras de Ding Yi cogieron a Bai Aisi por sorpresa. Nunca antes había expresado esos pensamientos en voz alta.

—Creo que eso no compete a la física —dijo Bai Aisi—. El objetivo de esta ciencia es descubrir las leyes fundamentales de la naturaleza. Aunque la desertificación de la Tierra producida por el hombre no se pueda calcular directamente por la física, sigue unas leyes. Las leyes universales son una constante.

—Je, je, je, je, je. —La risa de Ding Yi no tenía un ápice de alegría. Al recordarla más tarde, Bai Aisi pensó que era la risa más siniestra que había oído en su vida. Había en ella un toque de placer masoquista, un entusiasmo al ver cómo todo se precipitaba al abismo, un intento de usar la alegría para tapar el terror hasta que el propio terror se convirtió en una obsesión—. ¡Tu última frase! Siempre he pensado lo mismo para consolarme. Me he obligado a creerme que en este banquete hay al menos una puta mesa llena de platos que nadie ha tocado... Lo repito para mis adentros una y otra vez. Y lo voy a repetir una vez más antes de morir.

Bai Aisi pensó que la mente de Ding Yi estaba en otro lugar y que hablaba como un sonámbulo. No sabía qué decir.

—Al comienzo de la crisis —continuó Ding Yi—, cuando los sofones causaban interferencias en los aceleradores de partículas, algunas personas se suicidaron. Por aquel entonces yo no veía ningún sentido en los suicidios. ¡A un teórico deberían entusiasmarle los datos experimentales! Pero ahora lo entiendo. Esas personas sabían más que yo. Yang Dong, sin ir más lejos, sabía mucho más que yo y pensaba a más largo plazo. Seguro que sabía cosas que ni siquiera nosotros conocemos ahora. ¿Crees que los sofones crean ilusiones? ¿Te parece que las únicas ilusiones están en las terminales del acelerador de partículas? ¿Piensas que el resto del universo es inmaculado como una virgen, a la espera de que nosotros lo exploremos? Es una pena que se llevara consigo todo lo que sabía.

—Si Yang Dong hubiese hablado más con usted en aquel entonces, quizá no habría decidido irse.

—Quizá debería haberme ido con ella.

Ding Yi cavó un agujero y observó cómo la arena de la orilla volvía a caer dentro como una cascada.

—Si no regreso, todo lo que hay en mi habitación es tuyo. Sé que siempre te han gustado esas cosas de la Era Común que traje conmigo.

—Sí, sobre todo esas pipas de fumar... Aunque no creo que al final me las quede.

—Espero que tengas razón. También tengo dinero...

—¡Profesor, por favor!

—Quiero que lo uses para pagar la hibernación. Cuantos más años, mejor... siempre y cuando a ti te parezca bien, claro está. Tengo dos objetivos en mente: por un lado, quiero que veas por mí el fin... el fin de la física; y por otro... a ver cómo te lo explico... no quiero que malgastes tu vida. Después de que otras personas determinen que la física existe, seguirá habiendo tiempo de sobras para que tú hagas física.

—Eso suena... a algo que hubiera dicho Yang Dong.

—Puede que no sea solo una sarta de tonterías.

Bai Aisi reparó en que el agujero que Ding Yi había cavado en la arena se expandía muy rápido. Se levantaron y se apartaron a medida que el hoyo crecía en profundidad y amplitud. Pronto el fondo desapareció en las tinieblas. Torrentes de arena se precipitaron al interior, y poco después el agujero alcanzó un diámetro de casi cien metros y engulló una duna cercana. Bai Aisi corrió hacia el coche y se sentó en el asiento del conductor, mientras que Ding Yi se sentó en el asiento de atrás. Bai Aisi observó que el coche se movía despacio hacia el agujero, arrastrado por la arena. Arrancó el motor y las ruedas empezaron a girar, pero el coche no dejaba de caer hacia atrás.

Ding Yi volvió a soltar aquella risa siniestra una vez más: «Je, je, je, je, je...»

Bai Aisi forzó el motor al máximo y las ruedas giraron con violencia y lanzaron arena por todas partes. Pero el coche seguía moviéndose hacia el agujero como un plato arrastrado por un mantel.

—¡Las cataratas del Niágara! ¡Je, je, je, je, je...!

Bai Aisi miró atrás y vio algo que le heló la sangre: el agujero ya ocupaba todo su campo de visión. Todo el desierto había quedado engullido, y el mundo era como un agujero gigante cuyo fondo era un abismo. Por el borde caían ríos de arena que formaban una espectacular cascada amarilla. La descripción de Ding Yi no era del todo correcta: las cataratas del Niágara eran minúsculas en comparación con aquella terrorífica cascada de arena, que se extendía del borde cercano del agujero al horizonte, formando un inmenso anillo. Los torrentes de arena retumbaron como si el mundo se derrumbara. El coche siguió deslizándose hacia el hoyo, cada vez más rápido. Bai Aisi pisó el acelerador apoyando todo el peso de su cuerpo sobre él, pero era inútil.

—¡Imbécil! ¿Acaso crees que podemos escapar? —dijo Ding Yi sin dejar de reír con aquella voz siniestra—. ¡La velocidad de escape! ¡Por qué no calculas la velocidad de escape! ¿Es que estás pensando con el culo? ¡Je, je, je, je, je...!

El coche se precipitó por la orilla y cayó al interior de la cascada de arena. La arena que caía a su lado parecía detenerse mientras todo se hundía en el abismo. Bai Aisi gritó presa del pánico, pero no podía oír su propia voz. Todo lo que oía eran las desquiciadas carcajadas de Ding Yi.

—¡Ja, ja, ja, ja, ja...! ¡No hay ninguna mesa intacta en la cena, ni ninguna virgen en el universo! ¡Ji, ji, ji, ji, ji...! ¡Ja, ja, ja, ja, ja...!

Al despertarse de la pesadilla, Bai Ice vio que estaba cubierto de un sudor frío. En el aire a su alrededor flotaban gotas de sudor suspendidas. Flotó durante un rato con el cuerpo rígido y salió disparado de la cabina en dirección al camarote de Vasilenko. La puerta tardó un rato en abrirse, porque Vasilenko también estaba durmiendo.

—¡General! ¡No guardes esa cosa que llaman trozo de papel dentro de la nave! No, quiero decir que no dejes que *Revelación* revolotee alrededor. ¡Debemos irnos de inmediato y marcharnos lo más lejos posible!

—¿Qué has descubierto?

—Nada. Solo he tenido una corazonada.

—No tienes buen aspecto. ¿Será el cansancio? Creo que te preocupas demasiado. Esa cosa... no creo que sea nada. No hay nada dentro. Debe de ser inofensiva.

Bai Ice agarró a Vasilenko por los hombros y le miró a la cara:

—¡No seas arrogante! —exclamó.

—¿Cómo?

—No seas arrogante. La debilidad y la ignorancia no son obstáculos para la supervivencia, pero la arrogancia sí. ¡Recuerda la gota!

La última frase de Bai surtió efecto. Vasilenko se quedó mirándole en silencio durante unos segundos y luego asintió despacio.

—De acuerdo, doctor. Te haré caso. *Revelación* abandonará el trozo de papel y se alejará unos mil kilómetros. Solo dejaremos una cápsula para observarlo... ¿Quizá dos mil kilómetros?

Bai Ice soltó a Vasilenko y se secó la frente.

—Tú decides. Propongo que cuanto más lejos mejor. Redactaré un informe oficial lo antes posible e informaré al Mando de mis teorías —dijo, y se marchó dando tumbos.

Revelación abandonó el trozo de papel, que pasó a través del casco de la nave y volvió a quedar expuesto al espacio. Como el fondo volvía a ser oscuro, volvió a parecerse a un trozo de papel blanco opaco. *Revelación* se apartó hasta que estuvo a unos dos mil kilómetros de distancia, y luego siguió navegando en paralelo, aguardando la llegada de *Mañana*. Una cápsula con dos personas a bordo se quedó a diez metros del trozo de papel para observarlo continuamente.

Las ondas gravitatorias emitidas por el papel siguieron disminuyendo, y su luz se fue apagando poco a poco.

A bordo de *Revelación*, Bai Ice se encerró en el laboratorio. Abrió más de una docena de ventanas de información a su alrededor, todas conectadas al ordenador cuántico de la nave, que llevaba a cabo cálculos masivos. Las ventanas estaban llenas de ecuaciones, curvas y matrices. Rodeado por las ventanas, Bai Ice tenía los nervios a flor de piel, como un animal atrapado.

Cincuenta horas después de que *Revelación* se separase del objeto, las ondas gravitatorias emitidas por el papel desaparecieron por completo. La luz blanca parpadeó dos veces y también se eclipsó. El trozo de papel ya no estaba allí.

—¿Se ha evaporado? —preguntó Vasilenko.

—Lo dudo. Pero ya no podemos verlo. —Bai Ice sacudió la cabeza vencido por el cansancio y cerró las ventanas de información una por una.

Una hora después de la desaparición del trozo de papel, Vasilenko ordenó a la cápsula volver a *Revelación*. Pero los otros dos miembros de la tripulación que estaban de servicio no recibieron la orden. La señal de radio solo llegó a transmitir una conversación apresurada entre ambos:

—¡Mira ahí abajo! ¿Qué está pasando?

—¡Está subiendo!

—¡No lo toques! ¡Sal de ahí!

—¡Mi pierna! ¡Aaah...!

Después de oírse el grito, la terminal de observación a bordo de *Revelación* mostró uno de los miembros de la tripulación saliendo de la cápsula y activando los propulsores de su traje espacial en un intento de huir. Vieron una luz brillante que emanaba de la parte inferior de la cápsula, que se estaba derritiendo. La embarcación parecía una bola de helado arrojada sobre una plancha de cristal ardiente: el fondo se derretía y esparcía en todas direcciones. El «cristal» era invisible, y la existencia del plano solo se hacía patente por el cada vez mayor charco de material derretido procedente de la cápsula. El charco se extendía en una sábana extremadamente fina mientras emitía hipnotizantes luces multicolores, como fuegos artificiales esparcidos sobre una capa de cristal.

El astronauta que había escapado logró recorrer un trecho, pero la gravedad le arrastró hacia el plano resaltado por la cápsula derretida. Sus pies tocaron el plano y se derritieron de inmediato en aquel charco brillante. El resto de su cuerpo también comenzó a extenderse en el plano, y solo le dio tiempo a dar un alarido que se interrumpió de improviso.

—¡Toda la tripulación a los asientos de hipergravedad! ¡Adelante a toda máquina!

Vasilenko dio la orden en cuanto vio cómo el pie del astronauta tocaba el plano invisible. *Revelación* no era una nave estelar, de modo que al acelerar a toda máquina los tripulantes no tenían que pasar al estado abisal. Sin embargo, la hipergravedad bastaba para hacer que todos se hundieran en sus asientos. Como la orden se dio deprisa y corriendo, algunas personas no llegaron a sus asientos a tiempo y se hicieron daño al caer a la cubierta de la nave. Las bocas de *Revelación* emitieron un rayo de plasma de varios kilómetros de longitud que atravesó la oscuridad del espacio. A lo lejos, donde la cápsula seguía derritiéndose, pudieron ver un brillo fosforescente como el de los fuegos fatuos.

A partir de la vista ampliada en el terminal de observación pudieron ver que solo la parte superior de la cápsula seguía en pie, y que pronto también desaparecía en el plano brillante. El cuerpo del astronauta muerto también había quedado difuminado en el plano, y tenía el aspecto de una imagen gigante con forma de hombre. Su cuerpo se había transformado en una lámina plana sin grosor que, si bien ocupaba un área grande, carecía de volumen.

—No nos movemos —dijo el piloto de *Revelación*. Tenía problemas para hablar en la hipergravedad—. La nave no acelera.

—¿De qué coño estás hablando? —Vasilenko quería gritar, pero la hipergravedad convirtió su grito en su susurro.

El piloto tenía que estar equivocado. Todos a bordo se sentían presionados en sus asientos por la hipergravedad, que indicaba que la nave se encontraba en el proceso de una aceleración extrema. Con la vista resultaba imposible para un pasajero saber si la nave se movía en el espacio porque todos los cuerpos celestes que podían actuar como puntos de referencia estaban demasiado apartados, así que no podían ver un paralaje en un marco temporal corto. Sin embargo, el sistema de navegación de la nave no podía ni siquiera detectar pequeñas cantidades de movimiento y aceleración. No podía estar equivocado.

Revelación se encontraba en hipergravedad, pero no estaba acelerando. Alguna fuerza la había clavado en aquel punto del espacio.

—Sí que hay aceleración —dijo Bai Ice con voz débil—. Lo que pasa es que en esta región el espacio fluye en dirección opuesta, y eso contrarresta nuestro movimiento.

—¿Fluyendo? ¿Hacia dónde?

—Hacia allí, obviamente.

Bai Ice no podía levantar la mano porque le pesaba demasiado, pero todos sabían a qué se refería. A bordo de *Revelación* se hizo un silencio sepulcral. Normalmente, la hipergravedad hacía que la gente se sintiera segura, como si les ayudara a escapar del peligro al amparo de un poder protector. Pero ahora parecía tan opresivo y asfixiante como una tumba.

—Abre un canal al Mando —dijo Bai Ice—. No hay tiempo, así que esto será un informe oficial.

—Canal abierto.

—General, tú me dijiste una vez «no creo que sea nada; no hay nada dentro», y tenías razón. Ese trozo de papel no era nada y no contenía nada. Solo es espacio, como el espacio que nos rodea, que no es nada y no contiene nada. Pero hay una diferencia: es bidimensional. No es un bloque, sino un plano. Un plano sin volumen.

—Pero ¿no se había evaporado?

—Se había evaporado el campo protector que lo rodeaba. El campo de fuerza era un envoltorio que separaba el mundo bidimensional del mundo tridimensional. Pero ahora los dos están en contacto directo. ¿Recuerdas lo que vieron *Espacio azul* y *Gravedad*?

Nadie contestó, pero todos lo recordaban: el descenso del espacio tetradimensional a las tres dimensiones, como una cascada de agua que caía por un barranco.

—De la misma forma en que un espacio tetradimensional cae a las tres dimensiones, un espacio tridimensional puede caer a las dos dimensiones, una de sus dimensiones se pliega y retuerce en el plano cuántico. El área de ese trozo de espacio bidimensional (solo tiene área) se expandirá rápidamente, destruyendo más espacio... Ahora nos encontramos en un espacio que está cayendo a las dos dimensiones, y todo el Sistema Solar acabará corriendo la misma suerte. Es decir, que el Sistema Solar se convertirá en una pintura sin grosor.

—¿Podemos escapar de él?

—Escapar de él es como remar en una barca sobre una catarata. A menos que superemos cierta velocidad, caeremos por el barranco. Es como arrojar una piedrecita sobre el suelo: por muy arriba que la lances, al final acabará cayendo de nuevo. Todo el Sistema Solar se encuentra dentro de la zona de colapso, y cualquier persona que intente escapar debe alcanzar la velocidad de escape.

—¿Cuál es la velocidad de escape?

—La he calculado cuatro veces. Estoy bastante seguro de que no me equivoco.

—¿¡Y cuál es!?

Todas las personas a bordo de *Revelación* y *Alaska* contuvieron el aliento mientras escuchaban aquel último cálculo como representantes de la humanidad.

Bai Ice anunció su veredicto con voz impasible:

—La velocidad de la luz.

El sistema de navegación indicó que *Revelación* se movía ahora en dirección opuesta al lugar hacia el que se dirigía. Comenzó a moverse poco a poco hacia el espacio bidimensional, pero fue acelerando gradualmente. El motor de la nave aún funcionaba a toda potencia, lo que al menos reduciría la velocidad de caída de la nave y retrasaría lo inevitable.

En el plano a dos mil kilómetros de distancia, la luz que emitía la cápsula y sus tripulantes en dos dimensiones acababa de apagarse. Comparado con el paso de un objeto tetradimensional a las tres dimensiones, la caída de las tres a las dos liberaba mucha menos energía. La luz estelar mostró con claridad dos estructuras bidimensionales. En la cápsula bidimensional vieron los detalles de las estructuras tridimensionales desplegadas en dos dimensiones —los tripulantes de la embarcación, el reactor de fusión y demás—, así como la figura encorvada del astronauta en la cabina. En la figura del otro astronauta se podían observar con nitidez los huesos y los vasos sanguíneos, así como otras partes del cuerpo. Durante el proceso de caída a las dos dimensiones, cada uno de los puntos del objeto tridimensional aparecían proyectados sobre el plano de acuerdo con principios geométricos precisos, y esas dos figuras resultaron ser las imágenes más completas y precisas de la cápsula tridimensional y las personas que iban a bordo de ella. Todas las estructuras internas estaban ahora desplegadas las unas junto a las otras en dos dimensiones sin ocultar nada. Sin embargo, el proceso de proyección era muy diferente del utilizado en los dibujos de ingeniería, de modo que resultaba difícil imaginar visualmente la estructura tridimensional original de esas formas. La mayor diferencia respecto a los planos de ingeniería radicaba en el hecho de que el despliegue bidimensional se daba a todas las escalas: todas las estructuras y los detalles tridimensionales originales se ponían en paralelo en dos dimensiones, y el resultado replicaba en cierto modo el efecto de ver un mundo tridimensional desde un espacio tetradimensional. Se parecía bastante a los dibujos de los fractales: por mucho que se ampliara una parte de la imagen, esta no sería menos compleja. Sin embargo, los fractales eran conceptos teóricos: las representaciones reales estaban limitadas inevitablemente por la resolución, y después de ampliar varias veces, las imágenes perdían su naturaleza fractal. Por otra parte, la complejidad de los objetos tridimensionales bidimensionalizados era real: la resolución se encontraba en el nivel de las partículas fundamentales. En el terminal de observación de *Revelación* a simple vista solo era posible apreciar una resolución limitada, pero la complejidad y la enorme cantidad de detalles mareaba a los espectadores. Era la imagen más compleja del universo: mirarla durante demasiado tiempo enloquecería a cualquiera.

Obviamente, tanto la cápsula como sus tripulantes ya no tenían grosor.

No quedaba del todo claro en qué medida se había extendido el plano. Solo aquellas dos imágenes indicaban su presencia.

Relevación se deslizó aún más rápido hacia el plano, hacia el abismo cuyo grosor equivalía a cero.

—No estéis tristes. Nadie podrá escapar del Sistema Solar, ni siquiera una bacteria o un virus. Todos pasaremos a formar parte de este magnífico cuadro. —Bai Ice hablaba ahora con estoicismo.

—Dejad de acelerar —dijo Vasilenko—. ¿Qué más dan unos pocos minutos? Al menos respiremos un poco más tranquilos al final.

El motor de *Revelación* se apagó. La columna de plasma en la popa desapareció, y la nave flotó a la deriva en el espacio, impotente. La nave, en realidad, seguía acelerando hacia el trozo bidimensional del espacio, pero como se movía junto con el espacio que la rodeaba, quienes estaban en su interior no sentían la gravedad de la aceleración. Disfrutaron de la ingravidez y respiraron hondo.

—¿Sabes en qué estoy pensando? En las pinturas de Ojo Agudo que salían en los cuentos de Yun Tianming —dijo Bai Ice.

Solo unas cuantas personas a bordo de *Revelación* conocían el mensaje secreto de Yun Tianming. Ahora, de golpe, todos entendían el significado de aquel detalle contenido en las historias. Era una metáfora sencilla sin coordenadas de significado de ningún tipo porque era muy directa. Seguro que Yun Tianming pensó que se estaba arriesgando mucho al incluir una metáfora tan obvia en sus historias, pero lo intentó porque el mensaje era importante.

Probablemente pensó que, conociendo el descubrimiento de *Espacio azul* y *Gravedad*, la humanidad comprendería la metáfora. Por desgracia, había sobrestimado la capacidad de comprensión del ser humano.

La incapacidad de descifrar este dato clave llevó a la humanidad a poner todas sus esperanzas en el Proyecto Búnker.

Es cierto que en los dos ataques de bosque oscuro observados se habían utilizado fotoides, pero los seres humanos pasaron por alto un detalle importante: los dos sistemas planetarios objeto de los ataques tenían estructuras diferentes a las del Sistema Solar. La estrella conocida como 187J3X1 contaba con tres planetas gigantes similares a Júpiter, pero todos orbitaban muy cerca de su sol, con una distancia media del tres por ciento de la distancia que había entre Júpiter y el Sol, más cerca incluso que la órbita de Mercurio. Como prácticamente estaban pegados a su sol, la explosión solar los destruyó por completo, y jamás habrían podido usarse como barreras. Por su parte, el Sistema Trisolar solo tenía un planeta, Trisolaris.

La estructura del sistema planetario alrededor de una estrella era una característica observable a lo lejos. Para una civilización lo bastante avanzada, bastaba con echar un vistazo rápido.

Si al ser humano se le podía ocurrir el plan de usar los planetas gigantes como escudos, ¿acaso no habrían sido capaces también los observadores de esas civilizaciones avanzadas?

«La debilidad y la ignorancia no son obstáculos para la supervivencia, pero la arrogancia sí lo es.»

Revelación ya estaba a menos de mil kilómetros del plano y caía a una velocidad cada vez mayor.

—Gracias a todos por cumplir con vuestro deber. No hemos tenido ocasión de trabajar juntos mucho tiempo, pero lo hemos hecho bien —dijo Vasilenko.

—También me gustaría dar las gracias a todos los miembros de la especie humana —dijo Bai Ice—. Hubo un tiempo en el que vivimos juntos en el Sistema Solar.

Revelación cayó al espacio bidimensional, y se convirtió en una imagen plana en pocos segundos. Una luz parecida a la de los fuegos artificiales volvió a iluminar la oscuridad del espacio. Era una gigantesca imagen en dos dimensiones situada a cien mil kilómetros de distancia que se veía con claridad desde *Alaska*. Se podía distinguir a todas las personas a bordo de *Revelación*: estaban colocadas la una al lado de la otra cogidas de la mano, con cada una de las células de su cuerpo expuestas al espacio bidimensional.

Fueron los primeros en ser pintados en aquel enorme cuadro de aniquilación.

Era del Búnker, año 68
Plutón

—Volvamos a la Tierra —dijo Cheng Xin en voz baja. Esa fue la primera idea que surgió entre el caos y la oscuridad que conformaban el revoltijo de sus pensamientos.

—La Tierra no es un mal lugar para esperar el fin. Tal como dice aquel refrán chino, una hoja que cae busca volver a la raíz. Pero esperamos que *Halo* ponga rumbo a Plutón —dijo Cao Bin.

—¿Plutón?

—Plutón está en su apogeo, bastante lejos del espacio bidimensional. El Gobierno de la Federación está a punto de emitir una alerta de ataque formal al mundo, y muchas naves se dirigirán hacia allí. Aunque el resultado final será el mismo, al menos quedará más tiempo.

—¿Cuánto?

—El Sistema Solar dentro del cinturón de Kuiper pasará a las dos dimensiones en un plazo de entre ocho y diez días.

—No es bastante tiempo como para preocuparse. Volvamos a la Tierra —terció AA.

—El Gobierno de la Federación quiere pediros algo.

—¿Qué podemos hacer ahora?

—Nada importante. Ya no hay nada importante. Pero a alguien se le ocurrió la idea de que, en teoría, podría existir un programa de procesamiento de imágenes que pueda procesar una imagen en dos dimensiones de un objeto tridimensional y recrearlo. Esperamos que, en un futuro lejano, una civilización antigua recree la representación tridimensional de nuestro mundo a partir de su imagen en dos dimensiones. Aunque no será más que una imagen muerta, al menos la civilización humana no caerá en el olvido.

»El Museo de la Civilización Terrícola está en Plutón. Una gran parte de los artefactos más valiosos de la Tierra se almacenan allí. Pero el museo se encuentra enterrado en el subsuelo, y nos preocupa que al caer en el plano bidimensional los artefactos se mezclen con los estratos de corteza y sus estructuras resulten dañadas. Nos gustaría pedirte llevar algunos artefactos de Plutón a bordo de *Halo* y esparcirlos por el espacio para que puedan caer en las dos dimensiones de forma separada. Así sus estructuras quedarán preservadas sin daños en las dos dimensiones. Supongo que en cierto modo podría considerarse una misión de rescate... Reconozco que la idea parece casi ciencia ficción, pero es mejor hacer algo ahora que no hacer nada.

»Además, Luo Ji está en Plutón. Quiere verte.

—¿Luo Ji? ¿Sigue vivo? —exclamó AA atónita.

—Sí, tiene casi doscientos años.

—De acuerdo. Vayamos a Plutón —dijo Cheng Xin. En otro momento ese viaje habría sido una aventura extraordinaria. Pero ahora ya no importaba nada.

Se oyó una agradable voz masculina:

—¿Desean ir a Plutón?

—¿Quién eres? —preguntó AA.

—Soy *Halo*, o la inteligencia artificial a bordo de *Halo*. ¿Desean ir a Plutón?

—Sí. ¿Qué tenemos que hacer?

—Tan solo confirmar la petición. No es necesario hacer nada. Programaré el viaje por usted.

—Sí, queremos ir a Plutón.

—Autorización confirmada. Procesando. *Halo* acelerará a 1 g en tres minutos. Cuidado con la dirección de la gravedad.

—Bien —dijo Cao Bin—. Conviene darse prisa. Una vez emitida la alerta podría reinar el caos total. Con un poco de suerte podremos volver a hablar —dijo, y cortó la conexión antes de que AA y Cheng Xin pudieran despedirse. En esos momentos AA, Cheng Xin y *Halo* no eran sus máximas prioridades.

Al otro lado de la escotilla vieron unos cuantos reflejos azules sobre la cubierta de la ciudad combinada: eran los reflejos de las luces de propulsión de *Halo*. Cheng Xin y AA cayeron a un lado del salón esférico y sintieron que sus cuerpos se volvían más pesados. La aceleración no tardó en alcanzar una gravedad 1 g. Las dos mujeres, todavía débiles tras la hibernación, lograron ponerse de pie y mirar otra vez a través de la escotilla. Vieron Júpiter por completo. Seguía siendo inmenso y se encogía a un ritmo demasiado lento como para poder percibirlo.

El programa de inteligencia artificial de la nave llevó a AA y a Cheng Xin por una visita guiada de la nave para que se familiarizaran con ella. Al igual que su antecesora, esta nueva *Halo* era un pequeño yate estelar con capacidad para cuatro personas. La mayor parte del espacio del interior de la nave estaba ocupada por el sistema de ciclo ecológico. Ese sistema, bastante superfluo por convención, era un volumen de espacio que habría servido para mantener a cuarenta personas, pero que se usaba solo para cuatro. Estaba dividido en cuatro subsistemas idénticos que vinculados entre sí actuaban como refuerzo de los demás. Si cualquiera de los otros sistemas sufría una anomalía, los otros tres podían reanimarlo. Otra característica que distinguía a *Halo* de otras naves era su capacidad para aterrizar directamente en un planeta sólido de tamaño medio. Era poco habitual que se optara por un diseño así en una nave estelar: las naves similares solían utilizar lanzaderas para llevar a equipos de aterrizaje a los planetas. Descender de manera directa en el pozo de gravedad profunda de un planeta requería que la nave tuviera un casco muy fuerte, lo que aumentaba mucho su coste de fabricación. Además, la necesidad de un vuelo atmosférico exigía un perfil simplificado, algo también muy poco habitual entre las naves estelares. Todas estas características de diseño implicaban que si *Halo* era capaz de encontrar otro planeta parecido a la Tierra en el espacio exterior, podría servir de base habitable para la tripulación en la superficie del planeta durante un período de tiempo considerable. Fueron quizá todas esas características por las que se eligió a *Halo* para la misión de rescate de los artefactos a Plutón.

El navío también contaba con muchas características poco habituales. Para empezar, tenía seis pequeños patios, cada uno de ellos de un tamaño de entre veinte y treinta metros cuadrados. Cada uno de ellos se ajustaba de forma automática a la dirección de la gravedad bajo la aceleración, y al volar en punto muerto rotaba de forma independiente dentro de la nave para generar gravedad artificial. Cada patio contaba con una ambientación natural diferente: un césped verde con un riachuelo que atravesaba la hierba; un pequeño bosquecillo con un manantial en el medio; una playa con ondas de agua límpida que formaban olas... Eran lugares pequeños pero exquisitos, como una serie de perlas hechas de las mejores partes de la Tierra. En una pequeña nave estelar, aquel diseño era todo un lujo.

Cheng Xin se sintió angustiada y apesadumbrada por *Halo*. Ese pequeño mundo perfecto estaba a punto de convertirse en un plano sin grosor. Intentó evitar pensar en las otras cosas aún más grandes sobre las que se cernía una destrucción inminente: la aniquilación cubría todos sus pensamientos como un par de alas negras gigantes, y no se atrevía a asumirlo.

Dos horas después de su partida, *Halo* recibió una alerta de ataque de bosque oscuro formal emitida por el Gobierno de la Federación Solar. La presidenta, una mujer guapa que parecía muy joven, hizo el anuncio con una voz inexpresiva de pie junto a la bandera azul de la Federación. Cheng Xin observó que la bandera azul se parecía a la bandera de las Naciones Unidas, aunque la imagen del Sol sustituía la de la Tierra. La importante alocución que marcaba el fin de la historia humana era muy breve:

> Hace cinco horas, el sistema de alerta temprana confirmó que se ha iniciado un ataque de bosque oscuro contra nuestro mundo.
>
> El ataque es de naturaleza dimensional y hará que el espacio alrededor del Sistema Solar pase de las tres a las dos dimensiones, destruyendo por completo toda forma de vida.
>
> Se estima que el proceso dure entre ocho y diez días. En estos momentos el colapso continúa, y su velocidad y extensión crecen rápidamente.
>
> Hemos confirmado que la velocidad de escape para la región en colapso es la velocidad de la luz.
>
> El Gobierno de la Federación y el Parlamento aprobaron hace una hora una nueva resolución que revoca todas las leyes relacionadas con el Escapismo. Sin embargo, el Gobierno recuerda a todos los ciudadanos que la velocidad de escape excede con creces la velocidad máxima de

todos los vehículos espaciales humanos, por lo que la probabilidad de escape con éxito es nula.

El Gobierno de la Federación, el Parlamento, el Tribunal Supremo y la Flota de la Federación cumplirán con sus obligaciones hasta el final.

AA y Cheng Xin no se molestaron en ver más noticias. Tal y como había asegurado Cao Bin, era posible que el Mundo Búnker hubiera alcanzado el paraíso. Tenían ganas de ver cómo era, pero no se atrevían a hacerlo. Cuando algo estaba abocado a la destrucción, cuanto más bello fuera, más doloroso sería verlo. En cualquier caso, era un paraíso que se desmoronaba en medio del terror de la muerte.

Halo dejó de acelerar. Detrás de él Júpiter se convirtió en un pequeño punto amarillo. Pasó los siguientes días del viaje en un sueño ininterrumpido producido por la máquina de sueño inducido. En ese viaje solitario en medio de la noche antes del fin, cualquiera podía derrumbarse con tan solo dar rienda suelta a su imaginación.

La inteligencia artificial de *Halo* despertó a AA y Cheng Xin de su letargo cuando llegaron a Plutón.

A través de la escotilla y en el monitor vieron Plutón en su totalidad. La primera impresión que tuvieron del planeta enano era de oscuridad, como un ojo perpetuamente cerrado. A esa distancia del Sol, la luz era muy débil. Solo lograron ver los colores de la superficie del planeta cuando *Halo* entró en órbita baja: la corteza de Plutón parecía estar hecha de trozos azules y negros; los negros eran rocas (no necesariamente negras, pero la luz era demasiado tenue como para estar seguro), y los azules eran nitrógeno y metano solidificados. Hacía dos siglos, cuando Plutón se acercó a su perigeo y dentro de la órbita de Neptuno, la superficie habría tenido un aspecto muy diferente. La cubierta de hielo se habría derretido parcialmente y producido una atmósfera delgada. A lo lejos habría parecido de un color amarillo profundo.

Halo siguió descendiendo. De estar en la Tierra, aquello habría sido una sobrecogedora entrada en la atmósfera, pero *Halo* siguió volando por el vacío silencioso, desacelerando mediante la potencia de sus propulsores. Sobre el suelo azul y negro se veía una línea de texto blanco que destacaba:

CIVILIZACIÓN TERRÍCOLA

Las palabras estaban escritas en una escritura moderna que mezclaba el alfabeto latino con los caracteres chinos. Debajo había líneas de texto más pequeñas que repetían lo mismo en diferentes grafías. Cheng Xin observó que en ninguna de aquellas palabras se encontraba escrito «museo». La embarcación estaba todavía a unos cien kilómetros sobre la superficie, lo que quería decir que el texto era gigantesco. Cheng Xin no podía determinar con exactitud el tamaño de los caracteres, pero estaba segura de que eran los más grandes jamás escritos en la historia de la humanidad, cada uno de ellos lo bastante grande como para contener una ciudad entera. Para cuando *Halo* se encontraba a tan solo diez mil metros de la superficie, uno de los grandes caracteres ocupó todo su campo de visión. Finalmente, *Halo* aterrizó en el campo de aterrizaje que era el punto más alto del carácter chino *qiu* (球), que formaba parte de la palabra «Tierra».

Guiadas por la inteligencia artificial de la nave, Cheng Xin y AA se pusieron los trajes espaciales y salieron a la superficie de Plutón. A causa del gélido entorno, los sistemas de calefacción de sus trajes espaciales funcionaban a toda potencia. El campo de aterrizaje estaba vacío, era blanco y parecía refulgir a la luz de las estrellas. Las numerosas marcas de quemaduras que había en el suelo indicaban que muchas naves espaciales habían aterrizado y despegado allí, pero en aquel momento *Halo* era la única nave.

Durante la Era del Búnker, Plutón tenía un estatus parecido al de la Antártida en la antigua Tierra. Nadie vivía allí de forma permanente y eran pocos los que lo visitaban.

Suspendida en el cielo había una esfera negra que se movía rápidamente entre las estrellas. Era grande y tenía la superficie cubierta por la oscuridad; se trataba de Caronte, la luna de Plutón. Su masa medía una décima parte de la de Plutón, y los dos astros formaban prácticamente un sistema de dos planetas que rotan alrededor de un centro de masa común.

Halo encendió los focos, que debido a la falta de atmósfera no emitieron haz de luz. Proyectó un círculo de luz en un objeto rectangular lejano. El monolito negro era lo único que sobresalía en el suelo blanco. Transmitía una inquietante sensación de simplicidad, como una abstracción del mundo real.

—Esto me resulta familiar —dijo Cheng Xin.

—No sé qué es, pero me da mala espina —repuso AA.

Cheng Xin y AA se dirigieron al monolito. La gravedad de Plutón era solo una décima parte de la de la Tierra, así que avanzaron dando brincos. Por el camino repararon en una serie de flechas que apuntaban hacia el monolito en el suelo. La inmensidad del monolito no se les quedó grabada en la mente hasta que llegaron al lugar en el que se encontraba. Cuando alzaron la vista, les dio la impresión de que al cielo estrellado le habían sacado un trozo. Miraron alrededor y vieron que había filas de flechas que venían de otras direcciones, y todas apuntaban hacia el monolito, al pie del que se encontraba otra destacada protuberancia: una rueda de metal de un metro de diámetro. Se sorprendieron al ver que la rueda se operaba de forma manual. Sobre ella había un diagrama formado por líneas blancas sobre la superficie negra del monolito. Dos flechas curvas indicaban las direcciones en las que podía girarse la rueda. Junto a una de las flechas había un dibujo de una puerta entreabierta, y sobre la otra, el de una puerta cerrada. Cheng Xin giró la cabeza para observar las flechas del suelo que apuntaban al monolito. Aquellas instrucciones simples, claras y sin palabras causaban en AA una extrañeza a la que ella misma dio voz:

—Estas cosas... me parece que no están pensadas para un ser humano.

Giraron la rueda en el sentido de las agujas del reloj. Estaba muy dura, pero terminó por abrirse una puerta en el monolito. Salió algo de gas, y el vapor de agua del interior se convirtió rápidamente en cristales de hielo que brillaron bajo el foco de luz. Traspusieron el umbral y vieron otra puerta ante ellas, también operada por una rueda. Sobre esa había unas sencillas instrucciones escritas que les informaban de que se encontraban en una cámara de descompresión y que debían cerrar la primera puerta antes de abrir la segunda. Era muy poco habitual, puesto que ya a finales de la Era de la Crisis los edificios presurizados podían abrir sus puertas directamente al vacío sin necesidad de un espacio intermedio.

Cheng Xin y AA giraron por dentro la rueda de la puerta por la que habían entrado cerrándola. El foco de luz se cortó. Estaban a punto de encender las luces de sus trajes espaciales para mantener a raya el terror que les causaba la oscuridad cuando se dieron cuenta de que había una pequeña lámpara en el techo de la pequeña sala de descompresión. Era el primer indicio de electricidad que habían visto en el lugar. Empezaron a girar la rueda para abrir la segunda puerta. Cheng Xin estaba convencida de que aunque no hubiesen cerrado la primera, habrían sido capaces de abrir la segunda. Lo único que impedía que el aire se escapara era seguir las instrucciones. En aquel entorno de baja tecnología no había mecanismos automáticos para prevenir errores.

La ráfaga de aire estuvo a punto de hacerlas caer, y la cálida temperatura les empañó la vista; podían sacarse los cascos.

Vieron un túnel iluminado por una serie de lámparas tenues que se dirigían hacia el interior de la tierra. Las oscuras paredes del túnel engullían la pálida luz que emitían de tal forma que, entre los conos de luz, todo estaba oscuro. El suelo del túnel era una pendiente lisa que, si bien empinada (casi cuarenta y cinco grados), no tenía escalones. Ese diseño probablemente se debía a dos consideraciones: o no hacían falta escaleras en la gravedad baja, o bien el camino no estaba necesariamente pensado para los seres humanos.

—¿No hay ascensor? —preguntó AA. Le daba miedo la empinada cuesta abajo.

—Un ascensor podría averiarse con el paso del tiempo. Esta instalación fue pensada para durar eras geológicas. —La voz venía del fondo del túnel, donde apareció un hombre anciano. A la débil luz, el pelo largo y blanco y la barba canosa le flotaban en la baja gravedad. Parecían emitir su propia luz.

—¿Es usted Luo Ji? —preguntó AA, gritando.

—¿Quién si no? Niñas, mis piernas ya no son lo que eran, así que perdonadme por no ir a recibiros. Bajad vosotras.

Cheng Xin y AA bajaron la pendiente dando saltos. Gracias a la baja gravedad no era demasiado peligroso. A medida que se acercaron vieron que sin duda aquel hombre era Luo Ji. Iba vestido con una larga túnica blanca de estilo chino y se apoyaba en un bastón. Tenía la espalda algo encorvada, pero su voz estaba llena de energía.

Al llegar al final de la pendiente, Cheng Xin hizo una profunda reverencia:

—Hola, venerable anciano.

—¡Ja, ja, no me vengas con esas! —Luo Ji agitó las manos—. Antes éramos... colegas. —Miró a Cheng Xin, y en sus ojos había un aire de grata sorpresa que no parecía corresponderse con su edad—. Qué joven te conservas. Hubo un tiempo en el que solo te veía como la nueva portadora de la espada, pero poco a poco te fuiste convirtiendo en una hermosa joven. Lástima que sea tan viejo, ja, ja...

Cheng Xin y AA vieron que Luo Ji también había cambiado. El majestuoso portador de la espada había desaparecido. No sabían que el despreocupado Luo Ji que ahora tenían delante era el mismo de hacía cuatro siglos, el de antes de convertirse en vallado. Aquel Luo Ji había regresado como si hubiese salido de la hibernación, pero el paso del tiempo lo había moderado y llenado de una mayor trascendencia.

—¿Sabe qué ha ocurrido? —preguntó AA.

—Por supuesto, chiquilla. —Señaló detrás de él con el bastón—. Esos idiotas se metieron en sus naves y salieron corriendo como alma que lleva el diablo. ¡Sabían muy bien que no iban a poder escapar, y aun así lo intentaron! Payasos...

Se refería a los demás trabajadores del Museo de la Civilización Terrícola.

—Tú y yo hemos estado perdiendo el tiempo —dijo Luo Ji a Cheng Xin.

Cheng Xin tardó un rato en entender lo que quería decir, pero el alud de emociones y recuerdos quedó interrumpido por las siguientes palabras de Luo Ji.

—En fin, qué más da. *Carpe diem* siempre ha sido el camino correcto. Claro que ahora ya no queda mucho *diem* para *carpe*, pero no hace falta que nos amarguemos la existencia. Vamos. No necesito que me ayudéis a caminar. Ni siquiera habéis aprendido a andar como es debido aquí.

Dada la avanzada edad de Luo Ji, lo complicado de moverse en esa gravedad tan baja no consistía en ir demasiado despacio, sino en hacerlo demasiado rápido. El bastón no era tanto un apoyo como un elemento que le ralentizaba.

Al cabo de un rato, el espacio se abrió ante ellos. Cheng Xin y AA se dieron cuenta de que se encontraban en un túnel mayor y más ancho que en realidad parecía una caverna. El techo estaba alto, pero el espacio estaba solo iluminado por una hilera de luces tenues. La caverna parecía muy larga, y no se podía ver el otro extremo.

—Estamos en la parte principal del museo —dijo Luo Ji, levantando el bastón.

—¿Dónde están los artefactos?

—En los salones del otro lado. Esos no son tan importantes. ¿Cuánto tiempo pueden durar? ¿Diez mil años? ¿Cien mil? Un millón a lo sumo. Casi todos se habrán convertido en polvo para entonces. Pero estos... —Luo Ji señaló a su alrededor—... querían preservarse durante cientos de millones de años. ¿Qué, todavía pensáis que esto es un museo? Qué va, aquí nadie viene de visita. No es un lugar adecuado para los visitantes. No es más que una tumba: la tumba de la humanidad.

Cheng Xin miró alrededor de la vacía y oscura caverna y pensó en todo lo que había visto. Efectivamente, todo parecía contener rastros de muerte.

—¿A quién se le ocurrió la idea? —AA miró en derredor.

—Lo preguntas porque eres demasiado joven. —Luo Ji se señaló a sí mismo y a Cheng Xin—. En nuestra época, la gente muchas veces planificaba sus tumbas incluso en vida. Encontrar un sepulcro para la humanidad no es tan fácil, pero erigir una lápida es factible. —Se volvió hacia Cheng Xin—. ¿Te acuerdas de la secretaria general Say?

—Por supuesto —asintió Cheng Xin.

Cuando todavía trabajaba en la Agencia cuatro siglos antes, Cheng Xin había coincidido con Say un par de veces en algunas reuniones. La última vez fue en una sesión informativa de la Agencia en la que también estaba Wade. En una gran pantalla, Cheng Xin había ofrecido a Say una presentación sobre el Proyecto Escalera. Say había permanecido todo el tiempo sentada en silencio y escuchando sin hacer preguntas. Más tarde, Say se acercó a Cheng Xin y le susurró al oído: «Necesitamos más personas que piensen como tú.»

—Era toda una visionaria. Todos estos años me he acordado muchas veces de ella. Me cuesta creer que fuera una mujer que vivió hace cuatrocientos años. —Luo Ji se apoyó en el bastón con las dos manos y suspiró—. Fue a ella a quien se le ocurrió primero. Quería hacer algo para que la humanidad dejara una herencia que pudiera preservarse durante mucho tiempo después de que nuestra civilización desapareciese. Pensó en una nave no tripulada llena de objetos culturales e información sobre nosotros, pero se consideró una forma de Escapismo, y el proyecto terminó con su muerte. Tres siglos después, cuando comenzó el Proyecto Búnker, alguien lo sacó del baúl de los recuerdos. Era una época en la que todo el mundo temía que el mundo fuera a irse al cuerno en cualquier momento. El nuevo Gobierno de la Federación decidió levantar una lápida al mismo tiempo que cuando comenzó a construirse el Proyecto Búnker, pero recibió la denominación oficial de Museo de la Civilización Terrícola. Y a mí me nombraron presidente del comité encargado de la tumba.

»Al principio llevamos a cabo un ambicioso proyecto de investigación para estudiar cómo preservar la información a través de eones geológicos. El punto de referencia inicial eran los miles de millones de años. Mil millones, ¡ja! Esos cretinos pensaban que sería pan comido: a fin de cuentas, si habíamos sido capaces de construir el Mundo Búnker, no podía ser demasiado difícil. Pero no tardaron en darse cuenta de que los dispositivos modernos de almacenamiento cuántico, capaces de guardar una biblioteca en un grano de arroz, solo son capaces de preservar la información sin pérdidas durante unos dos mil años. Transcurrido ese período, el deterioro de la información haría imposible su descodificación. De hecho, solo se aplicaba a los dispositivos de almacenamiento de mayor calidad. Dos terceras partes de las variedades más comunes quedaban inservibles a los quinientos años. Esto hizo de repente que el proyecto pasara de ser algo poco convencional que hacíamos cuatro chalados sin nada mejor que hacer a convertirse en una cuestión práctica. Quinientos años era algo real: tú y yo venimos de hace cuatrocientos años, al fin y al cabo... Así que el Gobierno, ni corto ni perezoso, ordenó detener todas las labores en el museo y nos dijo que nos volcáramos en estudiar formas de almacenar datos importantes sobre el mundo moderno para que se pudieran leer en quinientos años. Je, je... Al final se constituyó un instituto especial para abordar el problema y para que nosotros pudiéramos centrarnos en la tumba.

»Los científicos comprobaron que, en lo que a longevidad de datos se refería, los dispositivos de almacenamiento de nuestra época eran mejores. ¡Encontraron algunas memorias USB y varios discos duros de la Era Común con datos todavía recuperables! Los experimentos demostraron que, si aquellos dispositivos eran de alta calidad, la información se mantendría segura durante unos cinco mil años. Los discos ópticos de nuestra época eran especialmente resistentes. Se habían fabricado con metales especiales y podían preservar datos de forma fiable durante cien mil años. Pero ninguno le llegaba a la suela del zapato al material impreso. La tinta especial impresa en papel compuesto se podía preservar doscientos mil años. Pero eso era el límite. Nuestras técnicas de almacenamiento convencionales podían preservar información durante doscientos mil años, ¡pero necesitábamos llegar a los mil millones!

»Informamos al Gobierno de que, vista la tecnología actual, preservar diez *gigabytes* de imágenes y un *gigabyte* de texto (que era el requisito de información básica para el museo) durante mil millones de años era imposible. No nos creían, así que tuvimos que enseñarles las pruebas. Al final dieron su brazo a torcer y redujeron el requisito a cien millones de años.

»Pero seguía siendo un encaje de bolillos. Buscamos información que hubiese sobrevivido mucho tiempo. Los dibujos en las muestras de cerámica prehistórica habían sobrevivido unos diez mil años. Las pinturas rupestres de Europa tenían sobre cuarenta mil años. Si contamos las marcas a modo de información inscritas sobre piedra de cuando nuestros ancestros, los homínidos, fabricaron las primeras herramientas, las primeras muestras aparecieron en el Plioceno, hace 2,5 millones de años. Encontramos información dejada cien millones de años atrás, aunque no eran obra de los humanos, sino huellas de dinosaurios.

»La investigación continuó sin lograr grandes avances. Los demás especialistas obviamente habían extraído conclusiones, pero no querían compartirlas. Les dije que no se preocuparan, que fueran cuales fuesen las conclusiones, sin importar lo extrañas o ridículas que pareciesen, debíamos aceptarlas como si no hubiera otra alternativa. Les juré por los clavos de Cristo que no habría nada más delirante que lo que yo había vivido, y que no me reiría de ellos. Así que me explicaron que, según las teorías y las técnicas más avanzadas de todos los campos, sobre la base de extensas investigaciones y experimentaciones teóricas, y tras analizar y comparar múltiples propuestas, habían encontrado una forma de preservar la información durante cien millones de años. Subrayaron que era el único método viable conocido, y no es otro que... —Luo Ji alzó el bastón sobre su cabeza, y con su pelo y barba blanquecinos danzando en el aire, lo que le daba un aire a Moisés dividiendo las aguas del mar Rojo; proclamó solemne—: grabar palabras en piedra.

AA soltó una risita. Pero a Cheng Xin no le hizo gracia; estaba desconcertada.

—Grabar palabras en piedra —repitió Luo Ji, señalando las paredes de la caverna.

Cheng Xin caminó hacia una de las paredes. En medio de la luz mortecina vio que estaba cubierta por un texto denso inscrito en la piedra, como si fueran imágenes en relieve. La pared no era la roca original, sino que parecía estar llena de algún metal, o quizá la superficie había estado recubierta de una aleación duradera de oro o titanio. Sin embargo, en lo fundamental no era muy diferente de grabar palabras en piedra. El texto inscrito no era pequeño: cada carácter o letra tenía un centímetro cuadrado aproximadamente. Ese era otro rasgo que pretendía ayudar a preservar la información, puesto que un texto más pequeño solía ser más difícil de preservar.

—Por supuesto, este método implicaba que la capacidad de almacenamiento de la información habría quedado enormemente reducida, lo que nos dejaba menos de una diezmilésima parte de la cantidad prevista. Pero no tenían más remedio que aceptarlo —dijo Luo Ji.

—Estas lámparas son muy raras —dijo AA.

Cheng Xin miró la lámpara que había en las paredes de la cueva. Primero se fijó en la forma: un brazo que salía de la pared y sujetaba una antorcha. El diseño le resultaba familiar, pero era evidente que AA no se refería a eso. La lámpara con forma de antorcha parecía fabricada de una manera muy burda. El tamaño y la estructura parecían los de un foco antiguo, pero la luz que emitían era muy débil, casi la misma que una antigua bombilla incandescente de veinte vatios. Después de pasar la gruesa pantalla, la luz no era mucho más fuerte que la de una vela.

—Ahí atrás están las máquinas que suministran electricidad al complejo, como una planta energética —dijo Luo Ji—. Esta lámpara es una maravilla. No tiene filamentos ni gas eléctrico, y no sé qué es lo que hace que brille, pero su luz puede durar cien mil años. Las puertas por donde habéis venido deberían poder seguir usándose en condiciones normales durante quinientos mil años. Después se deformarán, y quien quiera entrar tendrá que tirarlas abajo. Para entonces, las lámparas se habrán apagado más de cuatrocientos mil años antes, y todo habrá quedado sumido en la oscuridad. Pero eso no será más que el inicio de un viaje de cien millones de años.

Cheng Xin se quitó un guante del traje espacial y acarició los caracteres grabados en la fría piedra. Entonces se apoyó en la pared de la cueva y se quedó embobada mirando las lámparas. Entonces recordó dónde había visto ese diseño: el Panteón de París. Una mano sujetaba una antorcha como la de la tumba de Rousseau. Las tenues luces amarillas ante ella no parecían eléctricas, sino pequeñas llamas a punto de apagarse.

—Parece que no eres muy de hablar —dijo Luo Ji, con una voz llena de un afecto que ella había echado en falta desde hacía mucho tiempo.

—Siempre ha sido así —comentó AA.

—Ah, a mí antes me encantaba hablar, pero luego olvidé cómo hacerlo. Y ahora he vuelto a aprender y no puedo parar de cotorrear como un niño pequeño. Espero que no os moleste.

Cheng Xin se esforzó por esbozar una sonrisa.

—Para nada. Es solo que... al ver todo esto, no sé qué decir.

Pues sí. ¿Qué podía decir? La historia de la civilización había sido como una frenética carrera de cinco mil años en la que el progreso aceleró a su vez el progreso, los incontables milagros dieron lugar a más milagros, y la humanidad parecía poseer el poder de los dioses. Sin embargo, era el tiempo el que al final tenía el poder de verdad. Dejar una marca para la posteridad era más difícil que crear un mundo. Al final de la civilización, todo lo que podían hacer era lo mismo que habían hecho en el pasado lejano, cuando la humanidad aún estaba en pañales:

Grabar palabras en la piedra.

Cheng Xin examinó con detenimiento las inscripciones en la pared, que empezaban con un relieve de un hombre y una mujer, quizás un intento de mostrar a futuros descubridores qué aspecto tenían los seres humanos. Pero a diferencia de las imágenes de la placa de metal contenida en las sondas Pioneer de la Era Común, aquellas tallas estaban realizadas con expresiones y posturas rebosantes de vida, con cierto parecido a Adán y Eva.

Cheng Xin caminó a lo largo de la pared. Después del hombre y la mujer había muestras de jeroglíficos y escritura cuneiforme, que seguro se había copiado de artefactos antiguos. Si ni siquiera eran inteligibles para el hombre moderno, ¿cómo conseguirían entenderlos unos futuros descubridores extraterrestres? Más allá, Cheng Xin vio muestras de poesía china, o al menos logró ver que las inscripciones eran poemas con la disposición de los caracteres chinos. Sin embargo, no era capaz de leer ninguno, sino tan solo de reconocer que estaban escritos en estilo sigilar mayor.*

—Es el *Clásico de la Poesía*** —explicó Luo Ji—. Más adelante hay fragmentos de textos filosóficos griegos. Para ver letras y caracteres reconocibles por nosotros, hay que caminar decenas de metros.

Bajo las letras griegas, Cheng Xin vio otro relieve que representaba a antiguos sabios en ropajes sencillos, debatiendo en un ágora rodeados de columnas de piedra.

Cheng Xin tuvo una idea extraña. Se dio la vuelta y miró al lado de las inscripciones de la cueva, pero no encontró lo que andaba buscando.

—¿Estás buscando una piedra Rosetta? —preguntó Luo Ji.

—Sí. ¿No hay algún sistema que pueda ayudar a interpretar todo esto?

* Denominación genérica para los estilos de escritura anteriores a la dinastía Qin (años 221-206 a. C.). (*N. del T.*)

** Una de las cinco obras literarias y filosóficas que componen el canon confuciano. (*N. del T.*)

—Niña, esto son tallas en piedra, no un ordenador. ¿Cómo íbamos a meter algo así en un sitio como este?

AA miró la cueva y se quedó mirando a Luo Ji.

—¿Dice usted que hemos esculpido cosas que ni siquiera nosotros entendemos confiando en que algún día venga un extraterrestre y consiga descifrarlas?

Efectivamente, para los descubridores alienígenas del futuro lejano, los clásicos humanos esculpidos en las paredes seguramente serían como el Linear A, los jeroglíficos cretenses, y otros sistemas de escritura antigua que nadie era capaz de leer. Esperar que alguien lograra hacerlo era quizás hacerse ilusiones. Para cuando los que habían construido ese monumento comprendieron de verdad el poder del tiempo, ya no creían que una civilización que se había desvanecido podía dejar tras de sí ninguna marca que perdurara eones geológicos. Tal como había dicho Luo Ji, aquello no era un museo.

Un museo se construía para los visitantes, mientras que una tumba se construía para los constructores.

Los tres siguieron avanzando; el bastón de Luo Ji daba golpecitos rítmicos.

—A menudo doy paseos por aquí pensando en mis neuras. —Luo Ji se detuvo y señaló el relieve de un antiguo soldado vestido de armadura y blandiendo una lanza—. Este es sobre las conquistas de Alejandro Magno. Si hubiese seguido avanzando hacia el este, se habría encontrado con el imperio Qin al final del período de los Reinos Combatientes.* ¿Qué habría ocurrido entonces? ¿Cómo habría cambiado la historia? —Siguieron caminando un poco más y señalaron otra vez la pared de la cueva. Para entonces, los caracteres de la pared habían pasado del estilo sigilar menor al estilo regular—. Ya hemos llegado a la dinastía Han. A partir de aquí, China logró la unificación de su territorio y su sistema de pensamiento. ¿Es bueno para la civilización en su conjunto tener un territorio y un sistema de pensamiento unificados? La dinastía Han acabó apoyando el confucianismo por encima de todo lo demás, pero si las múltiples escuelas de pensamiento que florecieron en el periodo de las Primaveras y

* Período histórico que comenzó en el siglo V a. C. y terminó con la unificación de China por parte de la dinastía Qin en 221 a. C. (*N. del T.*)

los Otoños entre los siglos VIII y V a. C. hubiesen continuado, ¿qué habría ocurrido? ¿En qué medida sería distinto el presente? —Movió el bastón dibujando un círculo en el aire—. En cada momento histórico es posible encontrar un sinfín de oportunidades perdidas.

—Como la vida —dijo Cheng Xin en voz baja.

—Oh, no, no, no. —Luo Ji sacudió la cabeza con vehemencia—. Al menos no en mi caso. Me parece que no me he perdido nada, ja, ja. —Miró a Cheng Xin—. Niña, ¿crees que has perdido mucho? Entonces no dejes escapar las oportunidades en el futuro.

—Ya no hay futuro —dijo AA con frialdad. Se preguntaba si Luo Ji tenía demencia senil.

Llegaron al final de la cueva. Al volverse para observar la tumba subterránea, Luo Ji suspiró.

—Habíamos diseñado este lugar para que durara cien millones de años, pero ni siquiera llegará a los cien.

—¿Quién sabe? Quizás una civilización plana en dos dimensiones podrá verlo todo —dijo AA.

—¡Ja, ja! ¡Muy interesante, eso que dices! Espero que tengas razón... Mirad, aquí es donde se guardan los artefactos. Tenemos tres salones en total.

Cheng Xin y AA vieron cómo una vez más se abría un gran espacio ante ellas. La sala en la que se encontraban se parecía más a un almacén que a una sala de exposiciones. Todos los artefactos estaban colocados en idénticas cajas metálicas, y cada caja llevaba etiquetas con todo lujo de detalles.

Luo Ji tocó una de las cajas cercanas con el bastón.

—Tal como acabo de decir, no es demasiado importante. La mayoría de estos objetos tienen una vida útil de menos de cincuenta mil años, aunque algunas estatuas pueden llegar a durar hasta un millón. Pero os sugiero que no las mováis: aunque la gravedad permita hacerlo con facilidad, ocupan demasiado espacio... Venga, llevaos lo que queráis.

AA miró a su alrededor entusiasmada.

—Propongo coger pinturas. Podemos olvidarnos de los antiguos clásicos y los manuscritos antiguos... Nadie los entenderá. —Caminó delante de una de las cajas metálicas y pulsó lo que parecía ser un botón en la parte superior, pero la caja no se abrió por sí sola, y no había instrucciones. Cheng Xin se acercó y abrió la tapa de la caja haciendo fuerza. AA sacó un cuadro al óleo.

—Vaya, pues parece que las pinturas también ocupan bastante espacio —dijo AA.

Luo Ji sacó un pequeño cuchillo y un destornillador de los bolsillos de un mono de trabajo que había sobre otra caja.

—El marco ocupa mucho espacio. Lo puedes quitar.

AA cogió el destornillador, pero antes de que pudiera ponerse manos a la obra, Cheng Xin dio un grito:

—¡No!

El cuadro era *La noche estrellada*, de Van Gogh.

Cheng Xin no solo estaba sorprendida porque el cuadro fuera valioso. Lo había visto una vez. Cuatro siglos antes, justo después de empezar a trabajar en la Agencia, había visitado el Museo de Arte Moderno de Nueva York un fin de semana y había contemplado varias de las obras de Van Gogh. La manera que tenía el pintor holandés de representar el espacio le había dejado impresionada. En su subconsciente, el espacio parecía tener estructura. En aquella época, Cheng Xin no era experta en física teórica, pero sabía que según la teoría de cuerdas, el espacio, al igual que los objetos materiales, estaba formado por muchas cuerdas microscópicas en vibración. Van Gogh había pintado esas cuerdas: en sus cuadros, el espacio (las montañas, los campos de trigo, las casas y los árboles) rebosaban de diminutas vibraciones. *La noche estrellada* había dejado una huella indeleble en su mente, y le maravilló volver a verla cuatro siglos después en Plutón.

—Tira el marco. Así podréis llevaros más. —Luo Ji agitó el bastón en señal de desaprobación—. ¿Os creéis que estos trastos todavía valen un potosí? Ahora ni siquiera un potosí tiene valor.

Así pues, intentaron forzar un marco que tenía tal vez cinco siglos, pero guardaron la parte rígida de detrás para evitar dañar la pintura al doblar el lienzo. Hicieron lo propio con otros cuadros al óleo, y pronto el suelo quedó inundado de marcos vacíos. Luo Ji se acercó a un pequeño cuadro y puso la mano sobre él.

—¿Os importa si guardo este para mí?

Cheng Xin y AA apartaron el cuadro a un lado y lo pusieron sobre una caja al lado de la pared. Les sorprendió ver que era *La Gioconda*.

Cheng Xin y AA se mantuvieron ocupadas desmontando marcos. AA murmuró:

—Qué tío más listo. Se ha guardado el más caro para él.

—No creo que ese sea el motivo.

—¿Quizás estuvo enamorado de una chica que se llamaba Mona Lisa?

Luo Ji se sentó junto a *La Gioconda* mientras acariciaba el marco con una mano.

—No sabía que estabas aquí. De haberlo sabido, habría venido a verte a menudo —murmuró.

Cheng Xin vio que no miraba el cuadro. Sus ojos miraban hacia delante, como a las entrañas del tiempo. A Cheng Xin le pareció ver que sus ancianos ojos estaban colmados de lágrimas, pero no lo sabía a ciencia cierta.

En el interior de la gran tumba bajo la superficie de Plutón, iluminada por tenues lámparas que podían mantenerse encendidas durante cien mil años, la sonrisa de la Mona Lisa daba la impresión de aparecer y desaparecer. Se trataba de la misma sonrisa que había confundido a la humanidad durante casi nueve siglos y que ahora parecía aún más enigmática e inquietante, como si significara todo y nada, como la muerte que se acercaba.

Era del Búnker, año 68
El Sistema Solar en dos dimensiones

Cheng Xin y AA subieron la primera tanda de artefactos a la superficie. Aparte de las decenas de pinturas sin marco, también llevaban dos vasijas rituales de bronce del período Zhou occidental y algunos libros antiguos. En la gravedad estándar de 1 g no habrían sido capaces de moverlo todo, pero gracias a la baja gravedad de Plutón no necesitaron demasiado esfuerzo. Al pasar por la cámara de descompresión procuraron cerrar la puerta de dentro antes de abrir la de fuera por miedo a que los artefactos salieran disparados al exterior por culpa del aire. Cuando abrieron la exterior, la pequeña cantidad de aire que había dentro de la cámara de descompresión se convirtió en una nube de cristales de hielo. En un primer momento pensaron que lo que había iluminado los cristales habían sido los focos de *Halo*, pero cuando desapareció la ráfaga se dieron cuenta de que los focos de *Halo* estaban apagados. Una fuente de luz en el espacio iluminó la superficie de Plutón, y *Halo* y el monolito negro proyectaron largas sombras en el suelo blanco. Alzaron la vista y retrocedieron dos pasos estupefactas.

Un par de ojos gigantes las miraba desde el espacio.

En el espacio había dos óvalos brillantes exactamente iguales a unos ojos. Las «retinas» eran de color blanco o amarillo claro, y las «pupilas», oscuras.

—¡Ese es Neptuno, y el otro es Ura... ay, no, es Saturno! —exclamó AA.

Ambos planetas se habían convertido en objetos bidimensionales. La órbita de Urano estaba fuera de la de Saturno, pero como Urano se encontraba en esos momentos al otro lado del

Sol, Saturno había caído primero en el plano bidimensional. Los planetas gigantes deberían haber tenido forma circular, pero aparecían ovalados a causa del ángulo de visión de Plutón. Los planetas bidimensionales tenían el aspecto de anillos concéntricos definidos. Neptuno consistía fundamentalmente en tres anillos: el exterior era de un espléndido azul, como las pestañas y la sombra de los ojos, formado por la atmósfera de hidrógeno y helio; el manto de veinte mil kilómetros, que según los astrónomos se trataba de un océano de amoniaco líquido, formaba el anillo medio de color blanco; y el centro oscuro era el núcleo, formado por rocas y hielo, con una masa igual a toda la Tierra. La estructura de Saturno era similar, salvo por la ausencia del gran anillo azul exterior.

Cada anillo gigante se componía de muchos anillos más pequeños y estaba lleno de estructuras detalladas. Cuanto más examinaban los planetas, aquellos dos ojos gigantes se parecían más a los anillos de un árbol recién talado. Alrededor de cada planeta bidimensional había una docena de pequeños círculos, lunas que también habían quedado alisadas. Alrededor de Saturno había otro gran círculo tenue formado por sus anillos. Todavía eran capaces de encontrar el Sol en el firmamento, un pequeño disco que emitía una mortecina luz amarilla. Como los dos planetas aún estaban en el otro lado del Sol, su tamaño después de pasar a las dos dimensiones era sobrecogedor.

Ninguno de los tenía grosor.

A la luz que emitían aquellos dos planetas bidimensionales, Cheng Xin y AA cargaron con los artefactos por el campo de aterrizaje blanco hacia *Halo*. El cuerpo liso y aerodinámico de la nave era como un espejo anamórfico, y los reflejos de los dos planetas bidimensionales se extendieron en siluetas largas y fluctuantes. El contorno del navío naturalmente recordaba a las gotas trisolarianas, y demostraba fuerza y liviandad. En su camino hacia Plutón, AA le dijo a Cheng Xin que pensaba que era probable que el casco de *Halo* estuviera fabricado en su mayor parte con materiales de interacción fuerte.

Conforme avanzaban, la compuerta debajo de la nave se abrió en silencio. Llevaron los artefactos al interior subiendo por la escalera, se quitaron los cascos y respiraron hondo en su agradable mundo diminuto. Se sintieron del todo aliviadas; sin ser conscientes de ello, ya consideraban que la nave era su casa.

Cheng Xin preguntó a la inteligencia artificial de la nave si había recibido alguna transmisión de Neptuno o Saturno. En cuanto hizo la petición, estuvo a punto de quedar sepultada bajo una avalancha multicolor de ventanas de información. La escena le recordó a la primera falsa alarma hacía ciento dieciocho años. En aquel momento, gran parte de la información había procedido de informes de medios de comunicación, pero ahora las noticias parecían haber desaparecido. La mayoría de las ventanas de información no contenían imágenes distinguibles: unas estaban borrosas, otras se habían movido, y la mayoría mostraba primeros planos sin sentido alguno. Sin embargo, algunas se llenaron de fragmentos de bonitos colores que, a medida que fluían y se transformaban, revelaban estructuras complejas con todo lujo de detalles. Probablemente era una muestra del universo en dos dimensiones.

AA pidió a la inteligencia artificial filtrar las imágenes. El programa les preguntó qué clase de información querían. Cheng Xin solicitó información sobre las ciudades espaciales. El torrente de ventanas se aclaró y quedó reemplazado por una docena de otras ventanas distribuidas en orden. Unas de las ventanas aumentó de tamaño y pasó a primer plano. La inteligencia artificial explicó que aquella imagen se había tomado doce horas antes en Europa VI, situada en el núcleo de Neptuno. La ciudad había formado parte de una ciudad combinada que se había separado después de la alerta de ataque.

La imagen era estable, y el campo de visión muy amplio. Era probable que la cámara se encontrara en un extremo de la ciudad, por lo que podía verse casi toda la urbe.

La electricidad había desaparecido en Europa VI, y solo unos cuantos focos proyectaban unos círculos de luz inestables sobre el extremo de la ciudad. Los tres soles artificiales que seguían el eje de la ciudad se habían convertido en lunas plateadas, y proporcionaban iluminación sin calor. Era una ciudad estándar con forma de elipse, pero los edificios de su interior eran muy distintos a lo que Cheng Xin había visto medio siglo antes. El Mundo Búnker había prosperado, y los edificios ya no eran monótonos y uniformes. Eran mucho más altos, y cada uno tenía un diseño único. Las puntas de algunos de los rascacielos casi tocaban el eje de la ciudad. Los edificios con forma de árbol también habían regresado, y parecían tan grandes como los que se habían construido en la Tierra, aunque las hojas eran más densas. Se podía imaginar la belleza y la majestuosidad de la ciudad iluminada de noche. Pero ahora solo la iluminaba la fría luz de la luna, y los edificios-árbol proyectaban grandes sombras de tal manera que el resto de la ciudad parecía un montón de ruinas a la sombra de un bosque gigante.

La ciudad había dejado de rotar, y todo se encontraba en medio de la ingravidez. Un sinfín de objetos flotaban en el aire: vehículos, productos de todo tipo e incluso edificios.

Se distinguía un cinturón negro de nubes a lo largo del eje de la ciudad que conectaba ambos polos. La inteligencia artificial de la nave trazó un área rectangular en la imagen y la amplió, lo que creó una nueva ventana de información. Cheng Xin y AA se quedaron estupefactas al ver que la nube negra estaba formada por personas que flotaban en medio de la ciudad. Algunas de aquellas personas suspendidas en el aire se habían reunido formando un grupo, y otras se cogían de la mano para formar una línea, pero la mayoría flotaba sola. Todos llevaban cascos y prendas de ropa que les cubrían el cuerpo entero, probablemente trajes espaciales. Incluso la última vez que Cheng Xin estuvo fuera de la hibernación, resultaba difícil distinguir la ropa del día a día de los trajes espaciales. Todos parecían contar con un paquete de sistemas de soporte vital: unos cargaban con él a la espalda, mientras que otros lo sostenían en la mano. Sin embargo, la mayoría tenía los visores abiertos, y la ligera brisa que soplaba por la ciudad indicaba que aún conservaba una atmósfera respirable. Muchos se habían congregado alrededor de los soles, quizás en un intento de captar más luz y un poco de calor, pero la iluminación emitida por los soles de fusión era fría. La luz plateada brillaba entre los resquicios de la nube de personas y salpicaba la ciudad circundante de luces y sombras.

Según la inteligencia artificial de la nave, la mitad de los seis millones de habitantes de Europa VI habían abandonado la ciudad a bordo de vehículos espaciales. En cuanto a los tres millones restantes, algunos no tenían medios para abandonar la ciudad, pero casi todos eran conscientes de que todo intento de escapatoria era inútil. Aunque alguna nave lograra de milagro escapar de las zonas que estaban descendiendo a las dos dimensiones y alcanzar el espacio exterior, la mayoría de las naves carecían de un sistema de ciclo ecológico capaz de mantener la vida durante mucho tiempo. El acceso a las naves estelares que podían sobrevivir de forma indefinida en el espacio abisal era un privilegio reservado a muy pocas personas, que optaron por esperar el final en un lugar que les resultara familiar.

La transmisión no estaba silenciada, pero Cheng Xin no oyó nada. En la nube de personas y la ciudad reinaba un silencio escalofriante. Todos miraban en una misma dirección. Aquella parte de la ciudad no parecía muy diferente a cualquier otra, llena de calles zigzagueantes e interminables hileras de edificios. Todos esperaban. En aquella luz de luna líquida y fría, sus rostros eran pálidos como los de los fantasmas. La imagen recordó a Cheng Xin la sangrienta aurora de Australia ciento veintiséis años atrás. Al igual que entonces, Cheng Xin sintió como si contemplara una colonia de hormigas, justo lo que parecía aquella nube humana.

Alguien gritó entre la multitud. Un punto brillante apareció en un lugar del ecuador de la ciudad, el mismo que todos habían estado contemplando. Era como una pequeña abertura en el techo de una casa oscura por la que penetraba la luz del sol.

Se trataba del primer punto de Europa VI que entraba en contacto con el plano bidimensional.

La luz creció rápidamente y se convirtió en un óvalo brillante. La luz que emitía el óvalo se dividió en muchos rayos por los edificios altos que había a su alrededor e iluminó la nube humana en el eje de la ciudad. La ciudad espacial parecía ahora un barco gigante con un agujero en la quilla que se hundía en un mar horizontal. El plano bidimensional ascendió como el agua, y todo lo que entraba en contacto con la superficie pasaba al instante a las dos dimensiones. Grupos de edificios quedaron diseccionados, y sus imágenes bidimensionales se repartieron sobre el plano. Como el corte transversal de la ciudad no era sino una pequeña porción alisada de toda la ciudad, la mayoría de los edificios en dos dimensiones se habían expandido más allá del óvalo que marcaba el casco de la ciudad. Sobre el creciente plano que estaba en expansión refulgieron hermosos colores y complicadas estructuras que se esparcieron en todas direcciones, como si el plano fuera una lente a través de la que fuera posible ver correr bestias de colores. Como la ciudad aún contenía aire, podían oír el sonido del mundo tridimensional precipitándose en las dos dimensiones: una serie de crujidos secos y punzantes, como si los edificios y la misma ciudad estuvieran hechos de un vidrio tallado con mucho esmero y un rodillo gigante lo aplastara todo.

A medida que el plano fue subiendo, la nube humana empezó a esparcirse en la dirección opuesta, como una cortina levantada por una mano invisible. La escena le recordó a Cheng Xin a una enorme bandada de millones de pájaros que había visto hacía mucho tiempo, y que parecía un único organismo que cambiaba de forma en el cielo crepuscular.

El plano pronto había engullido una tercera parte de la ciudad, y siguió parpadeando frenéticamente a medida que ascendía de manera irrefrenable hacia el eje. Algunas personas ya habían comenzado a caer al plano, ya fuera por averías de los propulsores de sus trajes espaciales o porque habían desistido. Como gotas de tinta multicolor, se extendieron sobre el plano en un instante, cada una como una figura única en dos dimensiones. En una de las imágenes ampliadas mostrada por la inteligencia artificial de la nave vieron a una pareja de enamorados saltando al plano fundidos en un abrazo. Incluso después de que ambas personas fueran aplanadas, era posible ver las dos figuras abrazadas: tenían una postura rara, como dibujadas por un niño que no entendía los principios de la perspectiva. Cerca de allí había una madre que levantó a su bebé por encima de la cabeza mientras caía en el plano, solo para que su hijo sobreviviera una décima de segundo más. Madre e hijo también quedaron representados en aquel cuadro gigante. A medida que el plano fue subiendo, la lluvia de gente que caía en su interior se fue volviendo más densa. Las siluetas humanas bidimensionales se precipitaron al interior, la mayoría de ellas moviéndose fuera de la frontera de la ciudad espacial.

Para cuando el espacio bidimensional se acercó al eje, la mayoría de la población superviviente había aterrizado en el lado más alejado de la ciudad. La mitad de la ciudad había desaparecido, y cuando la gente «levantaba» la vista ya no veía lo que había conocido como ciudad al otro lado, sino tan solo un cielo caótico y bidimensional que aplastaba las partes de Europa VI que aún eran tridimensionales. Ya no era posible escapar desde la puerta principal en el polo norte de la ciudad, de modo que la gente se reunía en el ecuador, donde había tres salidas de emergencia. La multitud que flotaba en medio del espacio sin gravedad se agolpó alrededor de las salidas.

El espacio bidimensional atravesó el eje y devoró los tres soles, pero la luz emitida en dicho proceso iluminó todavía más aquel mundo.

Empezó a sonar un pitido de baja intensidad: el aire de la ciudad se escapaba al espacio. Las tres salidas de emergencia en el ecuador estaban abiertas del todo, cada una de ellas tan grande como un campo de fútbol; en el exterior todavía había espacio tridimensional.

La inteligencia artificial de la nave puso en primer plano otra ventana de información que mostraba imágenes de Europa VI vista desde el espacio. La porción de la ciudad espacial en dos dimensiones se extendía por el plano invisible, haciendo que la parte todavía tridimensional que se estaba hundiendo rápidamente pareciera minúscula en comparación, como el lomo de una ballena saliendo del océano. Tres grandes columnas de humo negro salieron de la ciudad y se desvanecieron en el espacio; el «humo» eran personas que habían sido disparadas por los feroces vientos de la ciudad espacial en descompresión. La solitaria isla tridimensional siguió hundiéndose y se derritió en el mar bidimensional. En menos de diez minutos, toda Europa VI se había convertido en una pintura.

El cuadro de Europa VI era tan grande que resultaba difícil estimar su área exacta. Era una ciudad muerta, aunque quizá fuera más adecuado describirla como un dibujo a escala 1:1 de la ciudad, que reflejaba todos y cada uno de sus detalles hasta el último tornillo, la última fibra, el último ácaro e incluso la última bacteria. La precisión del dibujo llegaba al nivel atómico; cada átomo del espacio tridimensional original se proyectó en su lugar correspondiente en el espacio bidimensional en función de unas rígidas leyes. Los principios básicos por los que se regía el dibujo era que no podía haber partes superpuestas ni ocultas, y que todos y cada uno de los detalles tenían que estar desplegados en el plano. Aquí la complejidad sustituía la grandiosidad.

No era algo fácil de interpretar: se podía ver el plano general de la ciudad y reconocer algunas estructuras grandes como los árboles gigantes, que en las dos dimensiones seguían pareciendo árboles. Pero los edificios tenían un aspecto muy diferente después de ser alisados: era casi imposible adivinar cuál era la estructura tridimensional original a partir del plano bidimensional solo con la imaginación. Sin embargo, no cabía ninguna duda de que un programa informático para la edición de imágenes equipado con el modelo matemático adecuado sí podría.

En la ventana de información también se veían a lo lejos otras dos ciudades espaciales alisadas, como continentes perfectamente planos que flotaban en el espacio oscuro mirándose el uno al otro. Pero la cámara, que tal vez estuviera instalada en un dron, también fue cayendo en el plano hasta que la Europa VI bidimensional ocupó la totalidad de la pantalla.

Cerca de un millón de personas habían huido de Europa VI a través de las salidas de emergencia; ahora, atrapados por el espacio tridimensional que se precipitaba en las dos dimensiones, caían al plano como un nido de hormigas atrapadas en una catarata. Una impresionante lluvia de personas cayó sobre el plano, y se multiplicó el número de personas bidimensionales en la ciudad. Las personas aplanadas ocuparon gran parte del área, si bien estas representaban un espacio minúsculo en comparación con los enormes edificios bidimensionales, y parecían marcas pequeñas y a duras penas humanas en la enorme imagen.

Aparecieron otros objetos en el espacio tridimensional que podía verse en la ventana de información: las cápsulas que antes habían escapado de Europa VI. Sus reactores de fusión operaban a máxima potencia, pero seguían deslizándose inexorablemente en el plano. Por un momento, Cheng Xin pensó que las llamas azules de los motores de fusión habían penetrado en aquel plano insondable, pero era solo el plasma el que se había bidimensionalizado. En aquellas zonas, los edificios en dos dimensiones se habían distorsionado y retorcido a causa de las llamas bidimensionales. Luego las cápsulas pasaron a formar parte del dibujo gigante. Obedeciendo el principio de no superposición, la ciudad de dos dimensiones se expandió para dejar espacio a esos nuevos objetos, y la imagen parecía un montón de olas que se extendían en la superficie de un estanque.

La cámara siguió cayendo al plano. Cheng Xin miró la ciudad en dos dimensiones que se aproximaba, con la esperanza de encontrar señales de movimiento en la ciudad. Pero no, aparte de la distorsión generada por las llamas de plasma, todo lo que había en la ciudad plana estaba quieto. De igual manera, los cuerpos bidimensionales no se movieron ni un ápice, ni tampoco dieron señales de estar vivos.

Era un mundo muerto. Una pintura muerta.

La cámara se acercó todavía más al plano, descendiendo a un cuerpo bidimensional. Las extremidades del cuerpo pronto alcanzaron la imagen, y luego se pudieron ver los complicados patrones de las fibras musculares y los vasos sanguíneos. Quizá fue tan solo una ilusión, pero a Cheng Xin le pareció ver sangre bidimensional fluyendo por esas venas bidimensionales. La imagen se esfumó con un resplandor.

Cheng Xin y AA emprendieron su segundo viaje para rescatar más artefactos. Las dos creían que la misión seguramente sería un brindis al sol. Después de observar las ciudades en dos dimensiones, comprendieron que el proceso preservaba la mayoría de la información del mundo tridimensional. Cualquier pérdida de información se daría a escala atómica. A causa del principio de no superposición empleado en la proyección, la corteza de Plutón alisada no se mezclaría con los artefactos del museo, y la información contenida en ellos quedaría preservada. Pero ya que habían aceptado esa misión, la terminarían. Tal como había dicho Cao Bin, hacer algo era mejor que no hacer nada.

Salieron de *Halo* y vieron los dos planetas alisados todavía suspendidos en el aire, aunque ahora tenían mucha menos luz. Eso hacía que aquel nuevo cinturón largo y brillante que podía verse debajo de ellos se distinguiera con más facilidad. El cinturón de luz iba de un extremo del cielo al otro, como un collar formado por muchos puntos brillantes aislados.

—¿Es eso el cinturón de asteroides? —preguntó Cheng Xin.

—Sí. Marte será el siguiente —dijo AA.

—Ahora mismo Marte está a este lado del Sol.

Las dos enmudecieron. Sin mirar el cinturón de asteroides planchado, caminaron hacia el monolito negro.

La Tierra era la siguiente.

En el salón principal del museo vieron que Luo Ji había preparado un montón de artefactos adicionales para ellas, en su mayoría rollos de pinturas con pincel al estilo chino. AA desplegó uno de ellos: era *A lo largo del río durante la fiesta Qingming*.

Cheng Xin y AA habían perdido la admiración y el deleite iniciales al contemplar aquellas preciosas obras de arte: al lado de la majestuosidad de la destrucción que se estaba desatando fuera, no eran más que unas viejas pinturas. Cuando los exploradores futuros llegaran a la gran pintura que era el Sistema Solar alisado, les costaría imaginar que ese rectángulo de veinticuatro centímetros de ancho y cinco metros de largo había sido algo muy especial.

Cheng Xin y AA dijeron a Luo Ji que subiera a bordo de *Halo*. Luo Ji dijo que le gustaría verlo, y fue en busca de un traje espacial.

La imagen de la Tierra plana les saludó mientras salían del monolito cargando con los artefactos.

La Tierra había sido el primer planeta sólido en pasar a las dos dimensiones. Comparado con Neptuno y Saturno, los «anillos de árbol» de la Tierra en dos dimensiones presentaban todavía más detalles —el color ocre del manto cambiaba poco a poco hacia el profundo rojo del núcleo de níquel—, aunque el área global era mucho más pequeña que la de los gigantes gaseosos.

Al contrario de lo que esperaban, no vieron ni rastro del color azul.

—¿Qué ha pasado con los océanos? —preguntó Luo Ji.

—Deberían estar cerca de la parte exterior... Pero el agua en dos dimensiones es transparente, así que no podemos verla —dijo AA.

Los tres cargaron los artefactos en *Halo* en silencio. Aún no estaban tristes, del mismo modo que una persona no siente de inmediato el dolor de una herida recién abierta por el corte de un cuchillo.

Pero la Tierra aplanada sí mostraba sus encantos. En la orilla más externa apareció poco a poco un anillo blanco. Al principio era apenas visible, pero no tardó en contrastar mucho con el fondo negro del espacio. El anillo blanco era puro y sin taras, aunque parecía tener una constitución irregular, como si estuviera formada por incontables granitos blancos.

—¡Es nuestro océano! —dijo Cheng Xin.

—El agua se ha congelado en el espacio bidimensional —dijo AA—. Allí hace frío.

—Vaya... —Luo Ji quiso mesarse la barba, pero el visor se lo impidió.

Los tres cargaron con las cajas de artefactos a bordo de *Halo*. Luo Ji, que parecía familiarizado con la distribución de la nave, se dirigió hacia la bodega sin que Cheng Xin ni AA tuvieran que darle instrucciones. La inteligencia artificial de la nave también le reconocía y aceptaba sus órdenes. Después de asegurar los artefactos a bordo, los tres regresaron al espacio de la nave acondicionado para la vida. Luo Ji le pidió a la inteligencia artificial una taza de té caliente, que poco después le sirvió un pequeño robot que Cheng Xin y AA nunca habían visto antes. Era evidente que Luo Ji tenía una historia con esa nave que ninguna de las dos conocía. Les picaba la curiosidad, pero antes había otras cuestiones más urgentes.

Cheng Xin le pidió a la inteligencia artificial que mostrara noticias de la Tierra, pero solo había recibido algunas retransmisiones del planeta, y el contenido del vídeo y el audio era esencialmente imposible de interpretar. Miraron a otras ventanas de información abiertas y solo vieron imágenes borrosas tomadas por cámaras automáticas. La inteligencia artificial añadió que podía ofrecer el vídeo tomado por el sistema de observación cercano a la Tierra. Apareció una nueva ventana grande y la Tierra alisada llenó la pantalla.

Los tres pensaron enseguida que la imagen no parecía real e incluso llegaron a considerar la posibilidad de que la inteligencia artificial la hubiera creado para engañarles.

—Pero ¿qué demonios es eso? —exclamó AA.

—Es la Tierra hace siete horas. La cámara se encuentra a una distancia de cincuenta unidades astronómicas, con una magnificación angular de cuatrocientos cincuenta.

Miraron con más detenimiento el vídeo holográfico tomado

por la lente telescópica. El orbe de la Tierra aplanada se veía muy claramente, y los «tres anillos» eran aún más densos que cuando se observaban a simple vista. Era probable que el colapso ya hubiera terminado, y la Tierra en dos dimensiones se estaba oscureciendo. Pero lo que les impactó de verdad fue el congelado océano en dos dimensiones: el anillo blanco alrededor de la Tierra. Eran capaces de distinguir con claridad los granos que formaban el anillo, que no eran ni más ni menos que copos de nieve. Eran copos de un tamaño increíblemente grande y forma hexagonal, pero cada uno tenía unas ramas de cristal únicas, de una exquisitez y belleza indescriptibles. Verlos a cincuenta unidades astronómicas de distancia era extremadamente surrealista, y esos inmensos copos estaban ordenados los unos junto a los otros sobre el plano sin superponerse, lo que aumentaba más si cabe la sensación de irrealidad. Parecían ser representaciones puramente artísticas de los copos de nieve, poderosamente decorativas, y que convertían el mundo bidimensional congelado en una obra de arte callejero.

—¿Cuánto miden los copos de nieve? —preguntó AA.

—La mayoría tiene diámetros de entre cuatro mil y cinco mil kilómetros —respondió la inteligencia artificial, que seguía hablando con calma, incapaz de sentir sorpresa.

—¡Son más grandes que la Luna! —se admiró Cheng Xin.

La inteligencia artificial abrió otras ventanas, y en cada una apareció un copo de nieve ampliado. En las imágenes no había sensación de escala, y los copos parecían diminutos espíritus bajo un microscopio, cada uno a punto de convertirse en una pequeña gota al ser tocados con la palma de la mano.

—Vaya... —Luo Ji se mesó la barba, esta vez con éxito.

—¿De qué están formados? —preguntó AA.

—No lo sé —dijo la inteligencia artificial—. No puedo encontrar información alguna sobre la cristalización de agua a escala astronómica.

En el espacio tridimensional, la formación de copos de nieve seguía las leyes de formación de cristales de hielo, constantes que, en teoría, no limitaban su tamaño. El mayor copo de nieve del que se tenía conocimiento medía treinta y ocho centímetros de diámetro.

Nadie conocía las leyes de la formación de cristales en el espacio en dos dimensiones. Fueran cuales fuesen, permitían la formación de cristales de hielo en dos dimensiones con cinco mil kilómetros de longitud.

—En Neptuno y Saturno también hay agua, y el amoniaco también puede formar cristales. ¿Por qué no se formaron copos de nieve allí? —preguntó Cheng Xin.

La inteligencia artificial contestó que no lo sabía.

Luo Ji entrecerró los ojos y contempló con fruición la versión de la Tierra en dos dimensiones.

—El océano parece muy bonito así, ¿no os parece? Solo la Tierra se merece una corona tan hermosa.

—Me encantaría saber qué aspecto tienen los bosques, las praderas, las antiguas ciudades... —murmuró Cheng Xin.

La pesadumbre terminó por apoderarse de ellos, y AA empezó a sollozar. Cheng Xin apartó la mirada del océano de copos de nieve y no emitió sonido alguno mientras los ojos se le llenaban de lágrimas. Luo Ji sacudió la cabeza, suspiró y continuó sorbiendo su té. Su aflicción se atenuó hasta cierto punto al pensar que el espacio bidimensional también acabaría siendo su hogar.

Lograrían el reposo eterno junto a la Madre Tierra en aquel plano horizontal.

Los tres decidieron hacer un tercer viaje. Salieron de *Halo*, alzaron la vista al cielo y vieron los tres planetas en dos dimensiones. Neptuno, Saturno y la Tierra se habían vuelto todavía más grandes, y el cinturón de asteroides era más ancho. No era una alucinación. Le preguntaron a la inteligencia artificial.

—El sistema de navegación ha detectado una división en el marco de referencia de navegación del Sistema Solar. El marco de referencia número uno continúa como antes. Los marcadores de navegación dentro del sistema (el Sol, Mercurio, Marte, Júpiter, Urano, Plutón y algunos asteroides y objetos del cinturón de Kuiper) todavía cumplen con los criterios de reconocimiento. En cambio, el marco de referencia número dos ha sufrido una drástica transformación. Neptuno, Saturno, la Tierra y algunos asteroides han perdido sus características como marcadores de navegación. El marco de referencia número uno se está moviendo hacia el marco de referencia número dos, lo que ha generado el fenómeno que han podido observar.

En el cielo en la dirección contraria aparecieron muchos puntos de luz en movimiento delante de las estrellas: era la flota de naves que intentaban escapar del Sistema Solar. Algunas de ellas pasaron muy cerca. Las potentes luces de sus motores a máxima potencia proyectaban las sombras fluctuantes de los tres observadores sobre el suelo. Ninguna intentó aterrizar en Plutón.

Pero era imposible escapar de la zona de colapso. La inteligencia artificial de *Halo* estaba intentando decirles lo siguiente: el espacio tridimensional del Sistema Solar era como una gran alfombra que estaba siendo arrastrada por unas manos invisibles hacia un abismo bidimensional. Las naves eran poco más que gusanos retorciéndose en la alfombra: no podrían alargar mucho más el limitado tiempo que les quedaba.

—Id vosotras —dijo Luo Ji—. Tomad algunos objetos más. Quiero esperar aquí. No quiero perdérmelo. —Cheng Xin y AA comprendieron a qué se refería con ese pronombre «lo», pero no tenían ganas de presenciar la escena.

Tras regresar a la cámara subterránea, Cheng Xin y AA, que no estaban de humor para elegir, cogieron la primera colección de artefactos que vieron. Cheng Xin quiso llevarse también una calavera de Neandertal, pero AA la tiró a un lado.

—Tendrás todas las calaveras que quieras en esa pintura —dijo AA.

Cheng Xin tuvo que reconocer que tenía razón. Los primeros neandertales no habían vivido más de unos cien mil años. Siendo optimistas, el Sistema Solar alisado no tendría visitantes hasta unos cuantos cientos de miles de años. En su opinión, los neandertales y los humanos modernos serían considerados ejemplares de la misma especie. Cheng Xin miró a los demás artefactos que tenía alrededor, pero ninguno le entusiasmaba. Para ellos en el presente, y para aquellos observadores inimaginables del futuro lejano, nada era tan importante como aquel mundo que estaba muriendo.

Dieron un último vistazo al salón en penumbra y se marcharon con los artefactos. La Mona Lisa las observó mientras se marchaban con una sonrisa siniestra e inquietante.

Al subir a la superficie vieron que otro planeta en dos dimensiones había aparecido en el cielo: era Mercurio. Tenía un aspecto menor que el de la Tierra en dos dimensiones, pero la luz que generaba su reciente colapso hacía que brillara con fuerza. Por su parte, Venus se encontraba en el otro lado del Sol en aquel momento.

Después de almacenar los artefactos en la bodega, Cheng Xin y AA salieron de *Halo*. Luo Ji, que las esperaba fuera, se apoyó en su bastón diciendo:

—Bueno, creo que con eso bastará. En realidad, no tiene mucho sentido llevar más.

Ellas se mostraron de acuerdo. Permanecieron de pie junto a Luo Ji sobre la superficie de Plutón a la espera de presenciar la escena más impresionante de aquella obra de teatro: el aplanamiento del Sol.

En ese instante, Plutón se encontraba a cuarenta y cinco unidades astronómicas del Sol. Dado que tanto Plutón como el Sol estaban en la misma región del espacio tridimensional, la distancia entre ellos no había variado. Pero cuando el Sol entró en contacto con el plano dejó de moverse, mientras que Plutón siguió siendo arrastrado hacia él, junto con el espacio que lo rodeaba, lo que hizo que la distancia entre ellos se redujera con rapidez.

Cuando el Sol empezó a descender a las dos dimensiones, se pudo observar un repentino incremento de su brillo y tamaño a simple vista. Su envergadura aumentó por la rápida expansión de la porción alisada del Sol en el plano, aunque a lo lejos parecía como si el propio Sol estuviera creciendo. La inteligencia artificial de *Halo* proyectó fuera de la nave una gran ventana de información que mostraba una imagen holográfica desde el telescopio, pero a medida que Plutón se acercó al Sol, fue incluso posible ver a simple vista el gran espectáculo de una estrella colapsándose en las dos dimensiones.

Cuando el Sol comenzó a pasar a las dos dimensiones, un círculo se empezó a expandir sobre el plano, y el diámetro del Sol plano pronto superó el de la parte restante de la estrella en un proceso que tan solo tardó treinta segundos. Partiendo del radio medio de setecientos mil kilómetros, el contorno del Sol bidimensional crecía a un ritmo de veinte mil kilómetros por segundo. El Sol planchado no dejaba de crecer y formaba un mar de fuego en el plano, y el Sol tridimensional se hundió poco a poco en aquel mar de fuego rojo como la sangre.

Cuatro siglos antes, Ye Wenjie había observado una puesta de sol como esa desde lo alto del pico de la base Costa Roja en los últimos momentos de su vida. En aquel instante, su corazón había latido a duras penas como la cuerda de un violín a punto de romperse, y una niebla negra había empezado a nublarle la vista. En el horizonte occidental, el sol que caía sobre el mar de nubes pareció fundirse, y la sangre del sol goteó entre el cielo y las nubes, proyectando una gran franja carmesí. La mujer había descrito aquella estampa como el ocaso de la humanidad.

Y ahora el Sol se estaba fundiendo de verdad, esparciendo su sangre sobre el plano mortal. Se trataba de la última puesta de sol.

A lo lejos, la niebla blanca se alzó desde el suelo del campo de aterrizaje. El nitrógeno y el amoniaco sólidos de Plutón sublimaron, y la fresca y delgada atmósfera comenzó a dispersar la luz del sol. El cielo ya no era solo negro, sino que mostraba matices púrpuras.

Mientras el Sol tridimensional se moría, el Sol bidimensional nacía. Una estrella plana podía seguir irradiando su luz dentro del plano, así que el Sistema Solar bidimensional recibió su primer rayo de sol. Los bordes de los cuatro planetas bidimensionales que miraban al Sol —Neptuno, Saturno, la Tierra y Mercurio— adquirieron una tonalidad dorada, aunque la luz solo cayó sobre un arqueado borde unidimensional. Los copos de nieve gigantes que rodeaban la Tierra se fundieron y convirtieron en un vapor blanco, que se esparció por un viento solar bidimensional al espacio bidimensional. Parte del vapor impregnó la luz solar y parecía como si la Tierra tuviera una melena de cabello ondeando al viento.

Una hora después, el Sol había descendido por completo a las dos dimensiones.

Visto desde Plutón, el Sol parecía un óvalo gigante al lado del cual los planetas bidimensionales eran diminutos fragmentos en comparación. A diferencia de los planetas, el Sol no mostraba unos «anillos de árbol», sino que estaba separado en tres secciones concéntricas alrededor de un núcleo. El centro era muy brillante, y no se podían observar detalles, lo que correspondía probablemente al núcleo del Sol original. El amplio anillo fuera del núcleo seguro se correspondía con la zona de radiación original, un ardiente océano en dos dimensiones de un color rojo brillante en el que un sinfín de estructuras similares a las células se formaban, se dividían, se combinaban y desaparecían rápidamente, de un modo que parecía desordenado y frenético a simple vista, pero que seguía patrones y órdenes concretos y estrictos visto en conjunto. Fuera estaba la zona de convección original del Sol. Al igual que el Sol original, corrientes de material solar transferían calor al espacio. Pero a diferencia de la caótica zona de radiación, en la nueva zona de convección podía verse una estructura cuando los aros de convección similares en forma y tamaño se fueron distribuyendo por orden el uno junto al otro. La capa externa era la atmósfera solar. Las corrientes doradas salían de la orilla exterior y formaban gran cantidad de protuberancias bidimensionales que parecían gráciles bailarines que se contoneaban sin motivo alrededor del Sol. Algunos de esos «bailarines» incluso se escaparon del Sol y se adentraron en el universo bidimensional.

—¿Seguirá vivo el Sol en las dos dimensiones? —preguntó AA, poniendo así voz a la esperanza de los tres. Todos deseaban que el Sol siguiera dando luz y calor al Sistema Solar plano, aunque ya no hubiera vida en él.

Pero su esperanza pronto se desvaneció.

El Sol plano empezó a apagarse. La luz del núcleo menguó rápidamente y no tardaron en aparecer unas delicadas estructuras anulares en su interior. La zona de radiación también se estaba calmando, y la superficie hirviente disminuyó hasta pasar a una viscosa peristalsis. Los círculos en la zona de convección se distorsionaron, se rompieron, y enseguida desaparecieron. Los bailarines dorados alrededor de la orilla del Sol languidecieron como hojas secas y perdieron su vitalidad. Ahora se podía saber que en el universo bidimensional al menos aún había gravedad. Los danzantes bultos solares perdieron el apoyo de la radiación solar y empezaron a ser arrastrados hacia el borde del Sol por la gravedad. Finalmente, los bailarines sucumbieron a la gravedad y cayeron letárgicamente, hasta que la atmósfera del Sol no fue más que un fino y liso anillo que lo envolvía. Conforme el astro se fue apagando, los arcos dorados en los bordes de los planetas hicieron lo propio, y el cabello bidimensional de la Tierra, formado por el océano sublimado, perdió su brillo dorado.

Todo lo que había en el mundo tridimensional moría al pasar a las dos dimensiones. Nada sobrevivía en una pintura sin grosor.

Quizás un universo bidimensional podía tener su propio sol, sus propios planetas y su propia vida, pero tendrían que ser creados y operar bajo unos principios completamente distintos.

Mientras los tres tenían toda la atención puesta en el Sol planchado, Venus y Marte también cayeron en el plano. Sin embargo, a diferencia del Sol el paso de estos dos planetas terrestres a las dos dimensiones fue bastante prosaico. Una vez aplanados, Marte y Venus se parecían mucho a la Tierra en lo que a la estructura de «anillos de árbol» se refería. Había muchas áreas huecas cerca de la orilla de Marte, lugares en la corteza marciana que contenían agua y que sugerían que Marte había poseído mucha más de lo que la gente pensaba. Después de un rato, el agua también se convirtió en un blanco opaco, pero no aparecieron copos de nieve gigantes. Sí que los había alrededor del Venus alisado, pero no eran en absoluto tan numerosos como los que se veían cerca de la Tierra, y los copos venusinos tenían un tono amarillento que indicaba que no eran cristales de agua. Un rato más tarde, los asteroides a aquel lado del Sol también quedaron aplanados, completando la otra mitad del collar del Sistema Solar.

Pequeños copos de nieve tridimensionales caían ahora del morado cielo de Plutón. Eran el nitrógeno y el amoniaco que se habían sublimado con el estallido de energía cuando el Sol quedó planchado, y que ahora se estaban congelando en forma de nieve a medida que la temperatura se desplomaba tras la extinción del Sol. La nieve cayó con más fuerza, y pronto se acumuló formando una gruesa capa sobre el monolito y *Halo*. Aunque no había nubes, la pesada nieve difuminaba el cielo de Plutón, y el Sol y los planetas bidimensionales se volvieron borrosos tras la cortina de nieve. El mundo parecía más pequeño.

—¿A que es como estar de vuelta en casa? —AA alzó las manos y dio vueltas bajo la nieve.

—Justo estaba pensando lo mismo —dijo Cheng Xin, asintiendo con la cabeza. Pensaba que la nieve era algo que solo pasaba en la Tierra, y los copos de nieve gigantes alrededor de la Tierra plana confirmaron esa sensación. La nieve que caía en aquel mundo frío y oscuro en el extremo del Sistema Solar le devolvió de manera inesperada parte del calor de su hogar.

Luo Ji miraba cómo AA y Cheng Xin intentaban coger la nieve.

—¡Eh, ni se os ocurra quitaros los guantes! —les advirtió.

Cheng Xin había sentido el impulso de quitarse los guantes y coger la nieve con las manos desnudas. Quería sentir el ligero frío, y ver cómo la nieve se fundía con el calor de su cuerpo... pero obviamente fue lo bastante sensata como para controlarse. Los copos de nitrógeno y amoniaco tenían una temperatura de doscientos diez grados bajo cero. Si de verdad se quitaba el guante, la mano se volvería tan frágil y dura como el cristal, y la sensación de estar en la Tierra desaparecería enseguida.

—Ya no tenemos hogar al que regresar —dijo Luo Ji, sacudiendo la cabeza y apoyándose en su bastón—. Nuestra casa ahora solo es una pintura.

La nieve de nitrógeno y amoniaco no duró mucho. Los copos de nieve se dispersaron y la niebla púrpura de la atmósfera se disipó. El cielo volvía a ser una vez más perfectamente transparente y oscuro. Vieron que el Sol y los planetas habían crecido aún más, lo que indicaba que Plutón se había acercado aún más al abismo bidimensional.

Cuando terminó la nevada, una luz brillante apareció en el horizonte. La intensidad de la luz creció rápidamente, y superó el resplandor del Sol bidimensional que se estaba apagando. Aunque no podían ver los detalles, sabían que era Júpiter, el mayor planeta del Sistema Solar, que caía en el plano horizontal. Plutón rotó despacio, y parte del Sistema Solar plano había caído por debajo del horizonte, por lo que pensaron que no llegarían a presenciar el colapso de Júpiter, pero parecía que el ritmo de la caída en las dos dimensiones se estaba acelerando.

Pidieron a la inteligencia artificial de *Halo* buscar transmisiones de Júpiter. Se estaban retransmitiendo muy pocos vídeos e imágenes, la mayoría de ellos indescifrables. Casi todos los mensajes que recibían eran solo de audio. Todos los canales de comunicación estaban llenos de ruido, principalmente voces humanas, como si el espacio restante del Sistema Solar se hubiese llenado con un mar frenético de personas. Las voces gritaban, chillaban, lloraban, reían histéricas... y había incluso quien cantaba. El confuso ruido de fondo impedía saber qué era lo que estaban cantando, y tan solo se distinguía que había muchas voces cantando en armonía. La música era solemne, lenta, como un himno. Cheng Xin preguntó a la inteligencia artificial si era posible recibir retransmisiones oficiales del Gobierno de la Federación, a lo que esta replicó que todas las comunicaciones oficiales terminaron cuando la Tierra quedó aplanada. Al final resultó que el Gobierno de la Federación no había sido capaz de respetar la promesa de cumplir con sus obligaciones hasta el fin del Sistema Solar.

El flujo constante de naves que intentaban darse a la fuga en las inmediaciones de Plutón no había cesado.

—Niñas, es hora de irse —dijo Luo Ji.

—Vámonos juntos —dijo Cheng Xin.

—¿Para qué? —Luo Ji sacudió la cabeza y sonrió. Señaló al monolito con el bastón—. Allí estoy más a gusto.

—De acuerdo. Esperaremos hasta que Urano quede alisado para poder pasar más tiempo con usted —dijo AA. Seguir insistiendo no parecía tener sentido. Aunque Luo Ji subiera a *Halo*, solo retrasaría lo inevitable una hora más. No necesitaba ahorrar ese poco tiempo. Si no fuera porque tenían que cumplir con una misión, a Cheng Xin y AA tampoco les importaría.

—¡No, debéis iros ahora! —dijo Luo Ji. Golpeó el suelo con fuerza con su bastón, lo cual le hizo flotar en la baja gravedad—. Nadie sabe a qué velocidad se está produciendo el colapso ahora mismo. ¡Cumplid con vuestra misión! Podemos seguir en contacto, y eso es lo mismo que estar juntos.

Cheng Xin dudó un momento, y entonces asintió.

—Vale, nos iremos. ¡Estamos en contacto!

—Por supuesto. —Luo Ji levantó el bastón en señal de despedida y se volvió camino al monolito. Con la gravedad baja, casi flotaba sobre la nieve en el suelo y tenía que usar el bastón para aminorar la velocidad. Cheng Xin y AA se quedaron mirando hasta que la anciana figura de ese vallado, portador de la espada y último guardián de la tumba de la humanidad, desapareció tras la puerta del monolito.

Cheng Xin y AA regresaron al interior de *Halo*. La nave despegó enseguida, y los propulsores lanzaron nieve por todas partes. Pronto la nave logró la velocidad de escape de Plutón —algo superior al kilómetro por segundo— y llegó a la órbita del planeta. Desde la escotilla y el monitor vieron que franjas de color blanco se sumaban a los trozos azules y negros de la superficie de Plutón. Las palabras gigantes CIVILIZACIÓN TERRÍCOLA, escritas en varios sistemas de escritura y varias lenguas, estaban cubiertas por la nieve y casi no se podían leer. *Halo* atravesó el espacio entre Plutón y Caronte como si volara a través de un cañón, dada la proximidad entre ambos cuerpos celestes.

En ese «cañón» había ahora otras muchas estrellas en movimiento, que no eran otras que las naves en desbandada. Todas se movían mucho más rápido que *Halo*. Una nave adelantó a *Halo* a una distancia de no más de cien kilómetros, y el brillo de sus propulsores iluminó la superficie lisa de Caronte. Podían ver con claridad su casco triangular y la llama azul de casi diez kilómetros de longitud que despedían sus propulsores.

—Esa es *Micenas*, una nave planetaria de tamaño medio sin sistema de ciclo ecológico. Tras salir del Sistema Solar, un tripulante no durará ni cinco años, aun utilizando todos los suministros de la nave para mantenerlo con vida.

Lo que no sabía la inteligencia artificial era que *Micenas* no sería capaz de llegar a salir del Sistema Solar. A diferencia de las otras naves que estaban escapando, esa seguiría existiendo no más de tres horas en el espacio tridimensional.

Halo salió del cañón formado por Plutón y Caronte y abandonó aquellos dos mundos oscuros poniendo rumbo al espacio abierto. Vieron la totalidad del Sol y Júpiter en dos dimensiones, cuyo proceso de alisamiento prácticamente había terminado. Salvo Urano, la gran mayoría del Sistema Solar había caído ya en el plano bidimensional.

—¡Cielos! *¡La noche estrellada!* —exclamó súbitamente AA.

Cheng Xin supo que se refería a la pintura de Van Gogh, y es que, en efecto, el universo se parecía mucho a aquel cuadro. La pintura que recordaba era casi una reproducción exacta del Sistema Solar en dos dimensiones que tenían ante sus ojos. Planetas gigantes llenaban el espacio, y sus áreas parecían mayores incluso que los espacios entre ellos. Pero la inmensidad de los planetas no les dio ninguna sensación de sustancialidad, sino que más bien les parecieron vórtices en el espacio-tiempo. Hasta la parte más pequeña del espacio fluía, se retorcía y temblaba entre la locura y el horror, como llamas ardientes que solo emitían escarcha. El Sol y los planetas y toda la sustancia y la existencia parecían solo alucinaciones provocadas por la turbulencia del espacio-tiempo.

Cheng Xin recordó entonces la extraña sensación que había tenido al contemplar el cuadro de Van Gogh. Todo en la pintura —los árboles que parecían incendiados, y el pueblo y las montañas de noche— mostraba perspectiva y profundidad, pero el cielo estrellado que los cubría no tenía ninguna tridimensionalidad, como una pintura suspendida en el cielo.

Porque la noche estrellada era bidimensional.

¿Cómo podía Van Gogh haber pintado algo así en 1889? ¿Había logrado realmente, tras sufrir una segunda crisis nerviosa, atravesar cinco siglos y ver esa misma escena que estaban presenciando tan solo con su espíritu y su delirante conciencia? O quizás había sido lo contrario: tal vez había visto el futuro, y la visión de este Juicio Final le había ocasionado un desequilibrio que le habría llevado al suicidio.

—Niñas, ¿va todo bien? ¿Qué vais a hacer ahora? —Luo Ji apareció en una ventana de información que acababa de abrirse. Se había quitado el traje espacial, y su pelo y barba blancos flotaban en la baja gravedad como si estuvieran sumergidos en el agua. Detrás de él estaba el túnel diseñado para durar cien millones de años.

—¡Hola! Vamos a lanzar los artefactos al espacio —dijo AA—. Pero nos queremos quedar con *La noche estrellada.*

—Creo que os deberíais quedar con todos. No lancéis ninguno. Lleváoslos y marchad.

Cheng Xin y AA se miraron la una a la otra.

—¿Ir adónde? —preguntó AA.

—Adonde queráis. Podéis ir a cualquier lugar de la Vía Láctea. Con lo que os queda, es posible que podáis llegar a la galaxia de Andrómeda. *Halo* es capaz de alcanzar la velocidad de la luz. Está equipada con el único motor de propulsión por curvatura del mundo.

Cheng Xin y AA enmudecieron del pasmo.

—Formé parte del grupo de científicos que trabajaron en las investigaciones secretas sobre la propulsión por curvatura —dijo Luo Ji—. Tras la muerte de Wade, los que habían trabajado en Ciudad Halo no se dieron por vencidos. Después de su liberación, los que habían sido encarcelados construyeron otra base de investigación secreta, y vuestro Grupo Halo fue revitalizado y se desarrolló lo suficiente como para seguir tirando. ¿Sabes dónde estaba la base? En Mercurio, otro lugar del Sistema Solar en el que poca gente ponía pie. Hace cuatro siglos, otro vallado, Manuel Rey Díaz, hizo un cráter allí utilizando bombas de hidrógeno gigantes. La base se edificó en ese cráter y su construcción llevó unos treinta años. Estaba del todo cubierta por una cúpula. Aseguraron que se trataba de un instituto de investigación para estudiar la actividad solar.

Un intenso rayo de luz atravesó la escotilla. AA y Cheng Xin no hicieron caso, pero la inteligencia artificial de la nave les explicó que Urano también había sufrido un «cambio de estado», lo que significaba que también había caído en las dos dimensiones. Para entonces ya nada se interponía entre ellos y Plutón.

—Treinta y cinco años después de la muerte de Wade, la investigación sobre propulsión por curvatura se retomó en la base de Mercurio. Continuaron desde el punto en el que fueron capaces de mover dos centímetros un fragmento de dos milímetros de tu pelo. La investigación duró medio siglo (aunque se interrumpió varias veces por distintos motivos) y poco a poco pasaron de la investigación teórica al desarrollo tecnológico. Durante las últimas etapas del proceso de desarrollo, tuvieron que llevar a cabo experimentos sobre propulsión por curvatura a gran escala. Era un problema para la base de Mercurio porque sus recursos eran limitados, y un experimento generaría un gran rastro que dejaría al descubierto los auténticos objetivos de la base. En realidad, teniendo en cuenta las vicisitudes de la base durante más de cincuenta años, era inconcebible que el Gobierno de la Federación no tuviera ni idea de lo que se estaba tramando en realidad, pero a causa de la pequeña escala de los experimentos y del hecho de que todas las investigaciones se realizaban bajo la tapadera de otros proyectos, el Gobierno había tolerado las actividades de la base. Eso sí, los experimentos a gran escala requerían la cooperación del Gobierno. Lo intentamos, y la colaboración fue muy buena.

—¿Revocaron las leyes que prohibían las naves capaces de volar a la velocidad de la luz? —preguntó Cheng Xin.

—No, en modo alguno. El Gobierno colaboró con nosotros porque... —Luo Ji golpeó el suelo con el bastón y titubeó—. Dejémoslo estar por ahora. Hace algunos años, completamos tres motores de propulsión por curvatura y llevamos a cabo tres pruebas con aviones no tripulados. El motor número uno alcanzó la velocidad de la luz hasta ciento cincuenta unidades astronómicas del Sol, y volvió después de volar a la velocidad de la luz durante un rato. El experimento duró unos diez minutos para el motor, pero para nosotros pasaron tres años hasta que regresó. La segunda prueba se llevó a cabo con los motores dos y tres al mismo tiempo. En estos momentos los dos se encuentran en la nube de Oort, y deberían volver al Sistema Solar en seis años.

»El motor uno, que ya se había sometido a pruebas, está instalado en *Halo*.

—Pero ¿cómo han sido capaces de enviar a Cheng Xin y a mí solas? —exclamó AA—. ¡Con nosotras deberían haber venido al menos dos hombres...!

Luo Ji sacudió la cabeza.

—No había tiempo. La colaboración entre el Grupo Halo y el Gobierno de la Federación se mantuvo en secreto. Muy pocas personas sabían de la existencia de los motores de propulsión por curvatura, y aún menos sabían dónde estaba instalado el único motor que quedaba en el Sistema Solar. Además, era demasiado peligroso. ¿Quién sabe lo que es capaz de hacer la gente cuando el fin se acerca? Todo el mundo se pelearía por *Halo*, y puede que al final no quedase nada. Así que tuvimos que sacar a *Halo* del Mundo Búnker antes de hacer pública la noticia del ataque de bosque oscuro. Realmente no quedaba tiempo. Cao Bin envió *Halo* a Plutón porque quería que tú me llevaras contigo. Debería haber dejado que *Halo* entrara en la velocidad de la luz en Júpiter.

—¿Por qué no ha venido con nosotras? —exclamó AA.

—He vivido suficiente. Aunque subiera a bordo, no viviría mucho más. Prefiero quedarme aquí vigilando la tumba.

—¡Podemos volver a por usted! —dijo Cheng Xin.

—¡Ni se os ocurra! ¡No hay tiempo!

El espacio tridimensional en el que se encontraban aceleró hacia el plano bidimensional. El Sol bidimensional, que se había extinguido por completo y parecía un enorme mar muerto de color rojo oscuro, ocupaba la mayor parte del campo de visión de *Halo*. Cheng Xin y AA observaron que el plano no era del todo liso, sino ondulado. Una ola alargada lo recorrió. Se parecía a la onda del espacio tridimensional que había permitido a *Espacio azul* y *Gravedad* encontrar puntos de distorsión para entrar en el espacio tetradimensional. Incluso en lugares donde no había objetos bidimensionales en el plano era posible observar la ola. Las olas eran una visualización del espacio bidimensional en las tres dimensiones que solo tenía lugar cuando el espacio en dos dimensiones era lo bastante grande.

A bordo de *Halo*, la distorsión espacio-tiempo producida por la caída acelerada comenzó a hacerse visible a medida que el espacio se extendía en dirección de la caída. Cheng Xin observó que las escotillas circulares ahora parecían óvalos, y la esbelta AA ahora tenía un aspecto achaparrado. Pero no se sentían incómodas, y los sistemas de la nave estaban operando con normalidad.

—¡Vuelve a Plutón! —ordenó Cheng Xin a la inteligencia artificial. Entonces se volvió hacia la ventana donde estaba Luo Ji—. Vamos a volver. Todavía hay tiempo: Urano aún está siendo aplanado.

La inteligencia artificial replicó con rigidez:

—De todos los usuarios autorizados en la banda de comunicación, Luo Ji tiene el mayor nivel de autorización. Solo él puede ordenar el regreso de *Halo* a Plutón.

Luo Ji esbozó una sonrisa delante del túnel.

—Si hubiese querido ir, habría subido con vosotras a la nave. No estoy para esos trotes. No os preocupéis por mí, niñas. Como os acabo de decir, no creo que haya perdido nada. ¡Preparaos para la propulsión por curvatura!

Las últimas palabras de Luo Ji iban dirigidas a la inteligencia artificial de la nave.

—¿Parámetros de trayectoria? —preguntó la inteligencia artificial.

—Mantén el rumbo actual. No sé adónde queréis ir, y tampoco creo que lo sepáis. Si se os ocurre algún destino, pulsadlo en el mapa estelar y ya está. La nave es capaz de llevar a cabo una navegación automática hacia la mayoría de las estrellas situadas a una distancia de cincuenta mil años luz.

—Afirmativo —dijo la inteligencia artificial—. Iniciando propulsión por curvatura en treinta segundos.

—¿Hace falta que nos sumerjamos en el fluido abisal? —preguntó AA, aunque era consciente desde el punto de vista racional que con una propulsión convencional esa aceleración la aplastaría independientemente del fluido en el que estuviera metida.

—No necesitáis ningún tipo de preparación. Este método de propulsión se basa en la manipulación del espacio, así que no hay hipergravedad. Motor de propulsión por curvatura activado. El sistema opera dentro de los parámetros normales. Curvatura espacial local: veintitrés coma ocho. Proporción de curvatura hacia delante: tres coma cuarenta y uno frente a uno. *Halo* entrará en la velocidad de la luz en sesenta y cuatro minutos, dieciocho segundos.

Para Cheng Xin y AA, el anuncio de la inteligencia artificial era como una orden para que se quedaran inmóviles, porque de repente todo se calmó. Comprendieron que el silencio se debía al hecho de que el motor de fusión nuclear se había apagado, pero el zumbido generado por el reactor de fusión y los propulsores desapareció sin quedar reemplazado por ningún otro ruido. Costaba creer que otro motor se hubiera puesto en marcha.

Sin embargo, aparecieron señales de la propulsión por curvatura. La distorsión del espacio desapareció poco a poco: las escotillas volvieron a ser círculos, y AA volvió a tener un aspecto delgado. A través de las ventanas siguieron viendo otras naves que huían y que pasaban junto a *Halo*, aunque ahora lo hacían mucho más despacio.

La inteligencia artificial de *Halo* empezó a reproducir algunos de los mensajes retransmitidos entre las naves que estaban escapando, quizá porque tenían que ver con ella.

—¡Mira esa nave! ¿Cómo ha podido acelerar tan rápido? —exclamó una mujer.

—¡Ja! Seguro que sus tripulantes han quedado hechos puré —opinó un hombre.

—No seáis idiotas —intervino otro—. La propia nave habría

quedado aplastada con una aceleración como esa, y sin embargo está intacta. Eso no es un motor de fusión, sino algo muy diferente.

—¿Propulsión por curvatura? ¿Una nave con velocidad de la luz? ¡Es una nave capaz de volar a la velocidad de la luz!

—Así que los rumores eran ciertos. Estaban construyendo naves en secreto para poder escapar...

—Aaaah...

—¿Hay alguna otra nave más adelante? ¡Detened a esa nave! Chocad contra ella. ¡Nadie puede quedar con vida si todos vamos a morir!

—¡Pueden alcanzar la velocidad de escape! ¡Pueden escapar y sobrevivir! ¡Aaah...! ¡Quiero esa nave! ¡Paradla y matad a todos sus tripulantes!

Se oyó otro aullido, esta vez del interior de su nave. Era AA:

—¿Cómo es posible que haya dos Plutones?

Cheng Xin se volvió hacia la ventana de información que AA estaba viendo, en la que aparecía una imagen de Plutón tomada por el sistema de monitorización de la nave. Aunque Plutón se encontraba a cierta distancia, era evidente que tanto ese planeta como Caronte estaban duplicados, y los astros gemelos se encontraban el uno junto al otro. Cheng Xin se dio cuenta de que algunos de los objetos aplanados del espacio bidimensional también estaban duplicados. El efecto era como elegir una porción de una imagen usando un programa de edición, copiarla y luego mover el duplicado un poco hacia un lado.

—Eso es porque la luz se vuelve más lenta dentro del rastro dejado por *Halo* —dijo Luo Ji. Su imagen se estaba distorsionando, pero su voz aún podía oírse con claridad—. Plutón todavía se está moviendo. Uno de los Plutones que veis es consecuencia de la luz lenta. Cuando el planeta haya salido del rastro de *Halo*, el desplazamiento de la luz a velocidad normal proyecta una segunda imagen. Ese es el motivo por el que veis doble.

—¿La luz ha perdido velocidad? —Cheng Xin intuía que se le estaba revelando un gran secreto.

—Tengo entendido que descubristeis la propulsión por curvatura gracias a un pequeño barquito impulsado por jabón —continuó Luo Ji—. Ahora os pregunto: cuando el barco llegó al otro lado de la bañera, ¿lo recogisteis y lo volvisteis a intentar?

No lo habían hecho. Por miedo a los sofones, Cheng Xin había tirado el barquito de papel. Pero resultaba fácil imaginar qué es lo que habría ocurrido.

—La nave no se habría movido, o al menos lo habría hecho despacio —dijo Cheng Xin—. Tras el primer viaje, la tensión de la superficie del agua de la bañera ya se había reducido.

—Así es. Las naves capaces de alcanzar la velocidad de la luz siguen el mismo principio. La estructura misma del espacio cambia por el rastro de la nave de propulsión por curvatura. Si una segunda nave con propulsión por curvatura se colocara dentro del rastro de la primera, apenas se movería. En el interior de los rastros de las naves capaces de alcanzar la velocidad de la luz, uno debe utilizar un motor de propulsión por curvatura potente. Seguiría siendo posible usar la propulsión por curvatura para lograr la máxima velocidad posible dentro de ese espacio, pero la velocidad máxima sería muy inferior a la velocidad máxima de la primera nave. Es decir, que la velocidad de la luz en el vacío se reduce en el rastro de las naves con velocidad de la luz.

—¿Cuánto?

—En teoría, podría quedar reducida a cero, pero no es posible en la práctica. Aunque si uno ajusta al máximo la proporción de curvatura del motor de *Halo*, es posible reducir la velocidad de la luz en su rastro hasta el objetivo que buscábamos, los dieciséis coma siete kilómetros por segundo.

—Entonces se consigue... —dijo AA mirando a Luo Ji.

«El dominio negro», pensó Cheng Xin.

—El dominio negro —dijo Luo Ji—. Naturalmente, una única nave no basta para producir un dominio negro capaz de contener una estrella entera junto con su sistema planetario. Hemos calculado que harían falta más de mil naves con propulsión por curvatura para lograrlo. Si todas ellas arrancaran cerca del Sol y se desperdigaran en todas direcciones a la velocidad de la luz, los rastros producidos se expandirían y acabarían conectándose los unos con los otros, formando una esfera que abarcaría la totalidad del Sistema Solar. La velocidad de la luz dentro de esa esfera alcanzaría los dieciséis coma siete kilómetros por segundo, un agujero negro a una velocidad de la luz reducida, lo que también se conoce como dominio negro.

—Entonces el dominio negro se puede generar con las naves capaces de alcanzar la velocidad de la luz...

En el cosmos, el rastro de un motor de propulsión por curvatura puede indicar peligro, pero también ser un aviso de seguridad. Un rastro situado lejos de un mundo se considera lo primero, y uno que envuelve dicho mundo, lo segundo. Es como un nudo, que cuando está en la mano es señal de peligro y agresión, pero de seguridad cuando está atado alrededor del cuello de la persona que lo sostiene.

—Correcto. Pero nos dimos cuenta demasiado tarde. Al estudiar la propulsión por curvatura, los que experimentaban se adelantaron a los teóricos. Seguramente ya sabrás que ese era el estilo de Wade. Muchos descubrimientos experimentales no se podían explicar con la teoría, pero sin un marco teórico, algunos fenómenos simplemente eran ignorados. Durante las últimas etapas de la investigación (cuando su mayor logro había sido mover tu pelo), los rastros producidos por la propulsión por curvatura fueron escasos y limitados, y casi nadie les prestó atención a pesar de que había muchos indicios de que ocurría algo raro: así, por ejemplo, después de que el rastro se expandiera, la velocidad de la luz reducida provocó disfunciones en los circuitos cuánticos integrados de los ordenadores cercanos, pero nadie lo investigó. Más tarde, cuando los experimentos adquirieron mayor envergadura, se descubrió finalmente el secreto de los rastros de la velocidad de la luz. Fue este descubrimiento lo que llevó al Gobierno de la Federación a aceptar colaborar con nosotros. De hecho, destinaron todos los recursos a su alcance para desarrollar naves capaces de volar a la velocidad de la luz, aunque ya no quedaba tiempo suficiente. —Luo Ji sacudió la cabeza y suspiró.

Cheng Xin enunció lo que él no se atrevía a decir:

—Entre los hechos ocurridos en Ciudad Halo y la construcción de la base en Mercurio pasaron treinta y cinco años. Se perdieron treinta y cinco preciosos años.

Luo Ji asintió. A Cheng Xin le pareció que el anciano ya no la miraba con amabilidad, sino con unos ojos severos que parecían el fuego del Juicio Final. Su mirada parecía decir «mira la que has armado, niña».

Cheng Xin ahora comprendía que, de los tres planes de supervivencia presentados a la humanidad (el Proyecto Búnker, el Plan Dominio Negro y el de la velocidad de la luz), la elección correcta eran las naves capaces de alcanzar la velocidad de la luz.

Yun Tianming lo había insinuado, pero ella lo había obviado. Si no le hubiese parado los pies a Wade, Ciudad Halo podría haber logrado la independencia. Aunque esa independencia hubiese durado poco tiempo, podrían haber descubierto los efectos de los rastros de las naves a la velocidad de la luz y cambiado la postura del Gobierno. La humanidad habría tenido tiempo de construir mil naves capaces de alcanzar la velocidad de la luz y crear un dominio negro para evitar aquel ataque dimensional.

La humanidad podría haberse dividido en dos: los que ansiaban alcanzar las estrellas, y los que preferían permanecer en el dominio negro y vivir en paz. Todos podrían haber tenido lo que querían.

Al final había cometido otro gran error.

En dos ocasiones se había visto en una posición de autoridad solo inferior a la de Dios, y en ambas había abocado el mundo al abismo en nombre del amor. Pero esta vez ya nadie podría reparar su error por ella.

Empezó a odiar a alguien: Wade. Odiaba que hubiera mantenido su promesa. ¿Por qué lo había hecho? ¿Por orgullo o por ella? Cheng Xin era consciente de que Wade no conocía los efectos de los rastros que dejaban los motores de propulsión por curvatura. Su objetivo en la investigación de naves capaces de alcanzar la velocidad de la luz había quedado de manifiesto con elocuencia por parte de aquel soldado anónimo de Ciudad Halo: era una lucha por la libertad, por una oportunidad de vivir en libertad en el cosmos, por los miles de millones de nuevos mundos que había en todo el universo. Estaba convencida de que, de haber sabido que el vuelo a la velocidad de la luz era el único camino para la supervivencia de la humanidad, Wade no habría cumplido su promesa.

No podía eludir su responsabilidad. Daba igual si ella era o no una figura solo por debajo de Dios: si se encontraba en esa posición, tenía que haber cumplido con su deber.

Cheng Xin acababa de vivir en Plutón uno de los momentos más liberadores de su vida. Sin duda era fácil enfrentarse al fin del mundo: todas las responsabilidades y todas las preocupaciones se desvanecían. La vida era tan sencilla y natural como después de salir del útero materno. Lo único que tenía que hacer era aguardar en paz su fin poético y artístico, a la espera de unirse a la pintura gigante del Sistema Solar.

Pero ahora todo había cambiado drásticamente. La cosmología temprana presentaba una paradoja: si el universo era infinito, entonces cualquier punto en el universo sentiría los efectos acumulativos de la infinita gravedad ejercida por una infinidad de cuerpos celestes. Ahora Cheng Xin notaba una gravedad infinita. La energía procedía de todos los rincones del universo, le desgarraba el alma sin piedad. El horror de sus últimos momentos como portadora de la espada ciento veintisiete años atrás reapareció cuando cuatro mil millones de años de historia la aplastaron y la ahogaron. El cielo estaba lleno de ojos que no dejaban de mirarla: los ojos de los dinosaurios, trilobites, hormigas, pájaros, mariposas, bacterias... Solo el número de personas que habían vivido sobre la Tierra sumaban un total de cien mil millones de pares de ojos.

Cheng Xin vio la mirada de AA y comprendió las palabras que transmitían sus ojos: «Al fin has experimentado algo peor que la muerte.»

Cheng Xin sabía que no tenía otra opción que seguir viviendo. AA y ella eran las dos últimas supervivientes de la civilización humana. Su muerte supondría la muerte de la mitad de lo que quedaba de la humanidad. Vivir era el castigo adecuado por su error.

Pero el camino hacia delante estaba vacío. En su interior el espacio ya no era negro, sino incoloro. ¿De qué servía ir a ningún sitio?

—¿Adónde podríamos ir? —murmuró Cheng Xin.

—Id a buscarlos —dijo Luo Ji. Su imagen era cada vez más borrosa, y ahora solo en blanco y negro.

Sus palabras iluminaron los sombríos pensamientos de Cheng Xin como un relámpago. AA y ella se miraron y comprendieron enseguida a quién se refería con eso de «ellos».

—Todavía siguen vivos —prosiguió Luo Ji—. El Mundo Búnker recibió una transmisión de ondas gravitatorias suya hace cinco años. Era un mensaje corto que no explicaba dónde se encontraban. *Halo* los saludará con ondas gravitatorias de forma periódica. Puede que los encontréis o puede que ellos os encuentren a vosotras.

La imagen en blanco y negro de Luo Ji desapareció también, pero aún podían oír su voz. Les mandó un último mensaje:

—Ah, me ha llegado la hora de entrar en la pintura. Que tengáis buen viaje, niñas.

La retransmisión de Plutón se cortó.

En el monitor vieron cómo Plutón se iluminaba y se expandía en dos dimensiones. La parte de Plutón que contenía el museo fue la primera en entrar en contacto con el plano horizontal.

El efecto Doppler de la velocidad de *Halo* era visible. La luz de las estrellas delante de ellas se volvió azul, mientras que la luz de las estrellas detrás se volvió roja. El cambio de color era evidente en el Sistema Solar bidimensional.

Fuera no podía verse ninguna otra nave espacial a la fuga; *Halo* las había adelantado a todas. Todas las naves que escapaban estaban cayendo en el espacio bidimensional como gotas de agua contra un cristal.

Se recibían muy pocas transmisiones desde el Sistema Solar. A causa del efecto Doppler, los breves estallidos de voz sonaban extraños, como cantos:

«¡Estamos muy cerca! ¿Estáis detrás de nosotros?»; «¡No lo hagas! ¡No!»; «No duele, de verdad. Será muy rápido»; «¿Todavía no me crees, después de todo lo que ha pasado? Vale, pues no te lo creas»; «Sí, cariño, nos volveremos muy delgados»; «¡Ven aquí! Tenemos que estar juntos».

Cheng Xin y AA escucharon. Cada vez había menos voces y estaban separadas por intervalos mayores. Treinta minutos después oyeron la última voz procedente del Sistema Solar:

«¡Aaaaaah...!»

El sonido se cortó. La pintura gigante conocida como Sistema Solar estaba completa.

Halo continuó descendiendo hacia el plano. La velocidad que ya había alcanzado estaba reduciendo su caída, pero la nave todavía no había llegado a la velocidad de escape. Para entonces *Halo* era ya el único objeto tridimensional creado por la mano del hombre dentro del Sistema Solar, y Cheng Xin y AA, las únicas personas que no se encontraban en el interior del cuadro. *Halo* estaba muy cerca del plano, y mirar al Sol bidimensional desde ese ángulo era como ver el mar desde la orilla: la tenue superficie de color granate se perdía en la distancia sin límites. Plutón, que acababa de ser planchado, ahora era enorme y seguía expandiéndose a un ritmo fácil de distinguir a simple vista. Chen Xin observó con detenimiento los exquisitos «anillos de árbol» de Plutón e intentó encontrar rastros del museo, pero no logró observar nada porque era demasiado pequeño. La enorme cascada del espacio tridimensional al precipitarse en el plano bidimensional parecía inexorable. Cheng Xin empezó a tener sus dudas sobre si el motor de propulsión por curvatura de verdad era capaz de impulsar la nave hacia la velocidad de la luz. Confiaba en que todo terminase pronto.

Pero entonces habló la inteligencia artificial de la nave:

—*Halo* entrará en la velocidad de la luz en ciento ochenta segundos. Por favor, elija un destino.

—No sabemos adónde ir —dijo AA.

—Puede seleccionar un destino una vez entrados en la velocidad de la luz. Sin embargo, subjetivamente no pasará demasiado tiempo en la velocidad de la luz y será fácil pasarse de largo. Es mejor seleccionar el destino ahora.

—No sabemos dónde encontrarlos —dijo Cheng Xin. El hecho de que existieran arrojaba algo de luz sobre el futuro, pero ella aún se sentía igual de perdida.

AA tomó a Cheng Xin de la mano.

—¿Le has olvidado? Aparte de ellos, en el universo también está él.

«Sí, él todavía existe.» A Cheng Xin le abrumaba el dolor. Nunca había deseado tanto ver a alguien.

—Tenéis una cita —dijo AA.

—Sí, tenemos una cita —repitió Cheng Xin de forma mecánica. La oleada de sentimientos la dejó paralizada.

—Entonces vayamos a vuestra estrella.

—¡Sí, vayamos a nuestra estrella! —Cheng Xin se volvió hacia la inteligencia artificial de la nave—. ¿Puedes encontrar DX3906? Era el código que se le asignó al comienzo de la Era de la Crisis.

—Sí. Ahora el código de la estrella es S74390E2. Por favor, confirme.

Apareció ante ellas un gran mapa estelar holográfico que mostraba todo lo que se encontraba a quinientos años luz del Sistema Solar. Una de las estrellas emitía un brillo rojo y estaba marcada con una flecha blanca. Cheng Xin la conocía bien.

—Esa es. Vamos.

—Trayectoria fijada y confirmada. *Halo* entrará en la velocidad de la luz en cincuenta segundos.

El mapa holográfico desapareció. De hecho, se esfumó la totalidad del casco, y Cheng Xin y AA se sintieron como si flotaran en el espacio. La inteligencia artificial nunca había empleado ese modo de visualización antes. Ante ellas se extendía el mar estrellado de la Vía Láctea, que ahora tenía un color del todo azul que les recordó al mar de verdad. Detrás de ellos se encontraba el Sistema Solar bidimensional, cubierto de un tinte rojizo.

El universo se estremeció y se transformó. Todas las estrellas que tenían delante se dispararon como si la mitad del universo se hubiese cambiado en un cuenco negro y estuvieran cayendo hacia el fondo. Se apiñaron delante de la nave y se fundieron en una única luz, como un zafiro gigante en el que resultaba imposible distinguir unas estrellas de otras. De vez en cuando, algunas estrellas salían del zafiro y pasaban de largo junto al espacio negro detrás de la nave, cambiando de color durante todo su recorrido: del azul al verde, luego al amarillo, para finalmente pasar al rojo al situarse detrás. Mirando atrás desde la nave, el Sistema Solar en dos dimensiones y las estrellas se fundían en una bola roja como una fogata al final del universo.

Halo voló a la velocidad de la luz rumbo a la estrella que Yun Tianming le había regalado a Cheng Xin.

QUINTA PARTE

Era Galáctica, año 409
Nuestra estrella

Halo apagó el motor de curvatura y continuó avanzando a la velocidad de la luz.

Durante el viaje, AA intentó consolar a Cheng Xin, aunque sabía que era inútil.

—Es absurdo que te sientas culpable por la destrucción del Sistema Solar. ¿Quién crees que eres? ¿Acaso crees que habrías podido levantar la Tierra con las manos? Aunque no le hubieses parado los pies a Wade, el resultado habría sido impredecible.

»¿Podría haber logrado la independencia Ciudad Halo? Ni siquiera Wade podía estar seguro de ello. ¿Se habrían asustado el Gobierno y la Flota de la Federación al ver unas cuantas balas de antimateria? Ciudad Halo podría haber destruido algunas naves de guerra o tal vez incluso una ciudad espacial, pero al final habría sido exterminada por la Flota de la Federación. Y en esa versión de la historia no habría existido una base en Mercurio ni hubiese habido una segunda oportunidad.

»Aunque Ciudad Halo hubiese logrado la independencia, hubiese seguido investigando la propulsión por curvatura, hubiese descubierto los efectos ralentizadores de los rastros y hubiese colaborado finalmente con el Gobierno de la Federación para construir más de mil naves capaces de alcanzar la velocidad de la luz, ¿crees que la gente habría estado de acuerdo con la idea de construir un dominio negro? Recuerda lo seguros que estaban los habitantes del Mundo Búnker de que sobrevivirían a un ataque de bosque oscuro... ¿Por qué habrían aceptado aislarse en el dominio negro?

Las palabras de AA resbalaron entre los pensamientos de

Cheng Xin como gotas de agua sobre un nenúfar, sin dejar rastro alguno. Cheng Xin solo pensaba en encontrar a Yun Tianming y contárselo todo. En su opinión, un viaje de doscientos ochenta y siete años luz llevaría mucho tiempo, pero la inteligencia artificial de la nave le informó de que el viaje solo duraría cincuenta y dos horas en el marco de referencia de la nave. Todo le parecía irreal, como si hubiera muerto y estuviera en otro mundo.

Cheng Xin pasó mucho tiempo mirando al espacio a través de las escotillas. Comprendió que cada vez que una estrella salía del núcleo azul que tenían delante, pasaba junto a la nave y se unía al grupo rojo de detrás, significaba que *Halo* la había dejado atrás. Contó las estrellas y observó su paso del azul al rojo, una visión hipnótica que terminó por hacer que se durmiera.

Cuando despertó, *Halo* ya se encontraba cerca de su destino. Viró ciento ochenta grados y activó el motor de curvatura para desacelerar; de hecho, la nave estaba yendo en sentido opuesto a su propio rastro. A medida que fue desacelerando, los núcleos azul y rojo empezaron a desplegarse como dos montones de fuegos artificiales que estallaban, y pronto se convirtieron en un mar de estrellas distribuidas de forma homogénea alrededor de la nave. La ralentización de la nave también borró poco a poco los movimientos rojos y azules. Cheng Xin y AA vieron que la Vía Láctea que tenían ante sí seguía teniendo el mismo aspecto, solo que ninguna de las estrellas que tenían detrás les resultaba familiar. El Sistema Solar había desaparecido.

—Nos encontramos a doscientos ochenta y seis coma cinco años luz del Sistema Solar —dijo la inteligencia artificial de la nave.

—O sea, ¿que allí ya han pasado doscientos ochenta y seis años? —preguntó AA. Parecía como si acabara de despertarse de un sueño.

—Si usas el marco de referencia de allí, sí.

Cheng Xin suspiró. En su estado actual, ¿existía alguna diferencia entre 286 años y 2,86 millones de años para el Sistema Solar? Pero entonces se dio cuenta de algo.

—¿Cuándo terminó el colapso a las dos dimensiones?

La pregunta también hizo enmudecer a AA. ¿Cuándo había terminado, si es que había acabado alguna vez? ¿Había alguna instrucción en el interior de aquella pequeña hoja bidimensional empaquetada sobre cuándo parar? Cheng Xin y AA no tenían ningún conocimiento teórico sobre cómo caía un espacio tridimensional en las dos dimensiones, pero pensaron instintivamente que la existencia de unas instrucciones en el interior del espacio bidimensional para detener su expansión infinita era una explicación demasiado mágica, el tipo de magia que parecía inverosímil.

¿El colapso nunca se detendría?

Era mejor no pensar demasiado en ello.

La estrella llamada DX3906 tenía aproximadamente el mismo tamaño del Sol. Cuando *Halo* empezó a desacelerar, todavía parecía una estrella normal y corriente, pero cuando el motor de curvatura se apagó, la estrella parecía un disco y contaba con una luz más roja que la del Sol.

Halo puso en marcha el reactor de fusión, y se rompió el silencio a bordo de la nave. El zumbido del motor llenó el navío, y cada una de las superficies de su interior vibraron ligeramente. La inteligencia artificial de la nave analizó los datos obtenidos por el sistema de monitorización y confirmó la información básica acerca de ese sistema estelar: DX3906 tenía dos planetas, ambos sólidos. El más alejado de la estrella medía aproximadamente lo mismo que Marte, pero no contaba con atmósfera y parecía tener un color gris, por lo que Cheng Xin y AA lo bautizaron como Planeta Gris. El otro, más próximo a la estrella, tenía un tamaño parecido al de la Tierra y una superficie similar también a la terrestre: una atmósfera con oxígeno y muchas señales de vida, pero sin evidencias de agricultura o industria. Como era azul, como la Tierra, decidieron llamarlo Planeta Azul.

AA estaba muy satisfecha de que al fin sus investigaciones se hubieran confirmado. Más de cuatrocientos años antes, había descubierto el sistema planetario de la estrella. Antes de su descubrimiento, se pensaba que era una estrella desierta sin ningún planeta. Gracias a esa investigación AA había conseguido conocer a Cheng Xin. Sin esa casualidad, su vida habría sido completamente diferente. El destino era algo curioso: hacía cuatro siglos, cuando había contemplado aquel mundo lejano a través del telescopio por primera vez, jamás habría imaginado que algún día lo visitaría.

—¿Fuiste capaz de ver estos planetas entonces? —preguntó Cheng Xin.

—No, era imposible verlos en el rango de luz visible. Quizás aquellos telescopios del sistema de alerta temprana del Sistema Solar habrían sido capaces, pero lo único que conseguí fue deducir su existencia a través de los datos obtenidos mediante las lentes gravitatorias solares... Sí que elaboré una teoría sobre el aspecto que tendrían, y a primera vista parece que acerté.

Halo había necesitado solo cincuenta y dos horas (según el marco de referencia de la nave) para atravesar los doscientos ochenta y seis años luz entre el Sistema Solar y el sistema planetario alrededor de DX3906, pero hicieron falta ocho días completos para recorrer las sesenta unidades astronómicas entre el borde del sistema planetario y el Planeta Azul a velocidades inferiores a la velocidad de la luz. A medida que *Halo* se acercaba al Planeta Azul, Cheng Xin y AA descubrieron que su similitud con la Tierra era solo superficial. Los tonos azules del planeta no se debían a un océano, sino al color de la vegetación que cubría los continentes. Los océanos del Planeta Azul eran de un amarillo pálido y tan solo ocupaban una quinta parte de la superficie del planeta. El Planeta Azul era un mundo frío: un tercio de su superficie continental estaba tapizada de vegetación azul, mientras que el resto estaba cubierto de nieve. El océano estaba helado en su mayor parte, y solo pequeños trozos cerca del ecuador se encontraban en estado líquido.

Halo entró en órbita alrededor del Planeta Azul y comenzó su descenso. Pero la inteligencia artificial de la nave anunció un nuevo descubrimiento:

—Se ha detectado una señal de radio inteligente procedente de la superficie. Es un puerto de aterrizaje que usa formatos de comunicación del inicio de la Era de la Crisis. ¿Le gustaría que siguiera sus instrucciones?

Cheng Xin y AA se miraron entusiasmadas.

—¡Sí! —dijo Cheng Xin—. Sigue sus instrucciones de aterrizaje.

—La hipergravedad alcanzará los 4 g. Por favor, colóquense en posición de aterrizaje seguro. La secuencia de aterrizaje comenzará en cuanto estén preparadas.

—¿Crees que es él? —preguntó AA.

Cheng Xin agitó la cabeza. A lo largo de su vida los momentos de felicidad no eran más que intervalos entre grandes catástrofes. Ahora tenía miedo de la felicidad.

Cheng Xin y AA se sentaron en los asientos de hipergravedad, que se cerraron en torno a ellas como unas manos gigantes que las sujetaban con fuerza. *Halo* desaceleró e inició su descenso, entrando en la atmósfera del Planeta Azul tras una serie de fuertes sacudidas. Podían ver cómo los continentes azules y blancos aparecían en las imágenes capturadas por el sistema de monitorización de la nave.

Veinte minutos más tarde, *Halo* aterrizó cerca del ecuador del planeta. La inteligencia artificial de la nave sugirió a Cheng Xin y AA esperar diez minutos antes de abandonar sus asientos, para dar a sus organismos margen para ajustarse a la gravedad de aquel nuevo planeta, similar a la de la Tierra. A través de la escotilla y los terminales del sistema de monitorización vieron que la nave había aterrizado en medio de una pradera azul. No demasiado lejos, observaron unas montañas ondulantes cubiertas de nieve: el lugar de aterrizaje estaba junto al pie de la cadena montañosa. El cielo tenía un color amarillento, como el océano visto desde el espacio. Un sol rojizo brillaba en el firmamento. Era mediodía en el Planeta Azul, pero los tonos del cielo y el sol hacían que pareciera un atardecer de la Tierra.

Cheng Xin y AA no observaron con demasiado detenimiento el entorno que las rodeaba. Les llamó la atención otro vehículo pequeño aparcado junto a *Halo*. Era un navío pequeño de entre cuatro y cinco metros de altura con una superficie de color gris oscuro. Tenía perfil aerodinámico, pero los alerones eran minúsculos. No parecía una nave, sino más bien una lanzadera tierra-espacio.

Junto a la lanzadera había un hombre ataviado con una chaqueta blanca y pantalones negros. Las turbulencias del aterrizaje de *Halo* le agitaban el cabello.

—¿Es él? —inquirió AA.

Cheng Xin negó con la cabeza. Supo de inmediato que no se trataba de Yun Tianming.

El hombre atravesó el mar azul de hierba en dirección a *Halo*. Se movía despacio, y su postura y movimientos reflejaban cierto agotamiento. No parecía sorprendido ni emocionado, como si la aparición de *Halo* fuese algo completamente normal. Se detuvo a unas cuantas decenas de metros de la nave y aguardó con paciencia en la hierba.

—Es guapo —dijo AA.

El hombre parecía tener unos cuarenta años. Tenía aspecto asiático, y es cierto que era más atractivo que Yun Tianming, con frente ancha y ojos que transmitían prudencia y amabilidad. Su mirada daba la impresión de estar siempre pensando, como si nada en el universo, ni siquiera *Halo*, pudiera sorprenderle, sino tan solo hacerle reflexionar todavía más. Levantó las manos y las movió sobre la cabeza para indicar un casco. Entonces sacudió la cabeza y movió una mano para comunicarles que allí no necesitaban trajes espaciales.

La inteligencia artificial de la nave convino.

—Composición atmosférica: treinta y cinco por ciento oxígeno, sesenta y tres por ciento nitrógeno, dos por ciento dióxido de carbono, con trazas de gases inertes. Respirable. Sin embargo, la presión atmosférica es de tan solo cero coma cincuenta y tres del estándar terrestre. No realicen actividades físicas extenuantes.

—¿Qué es ese organismo biológico junto a la nave? —preguntó AA.

—Ser humano estándar —replicó la inteligencia artificial.

Cheng Xin y AA desembarcaron. Todavía no se habían habituado a la gravedad y tropezaron un poco al empezar a caminar. En el exterior podían respirar con facilidad, sin percibir la ligereza del aire. Una fría brisa les trajo la refrescante fragancia de la hierba. La amplia visión les mostró el azul y el blanco de las montañas y la tierra, el amarillo claro del cielo y el rojo del sol. Todo parecía una fotografía de falso color de la Tierra. Aparte de aquellos extraños colores, todo parecía familiar. Incluso las briznas de hierba parecían como las de la Tierra, a excepción del tono azulado. El hombre llegó al pie de las escaleras.

—Esperad un momento. Las escaleras están demasiado inclinadas. Os ayudaré —dijo, subió las escaleras con facilidad y ayudó a bajar a Cheng Xin—. Deberíais haber descansado más antes de salir. No hay prisa. —Cheng Xin percibió un marcado acento de la Era de la Disuasión.

Cheng Xin sintió la calidez y la fuerza de su mano, y su robusto cuerpo la resguardó del viento frío. Tuvo la tentación de lanzarse en brazos de aquel hombre, el primero que veía tras viajar durante más de doscientos años luz desde el Sistema Solar.

—¿Venís del Sistema Solar? —preguntó el hombre.

—Sí. —Se apoyó en él y bajó las escaleras. Sintió cómo su confianza en el hombre aumentaba y se apoyó aún más.

—Ya no existe el Sistema Solar —dijo AA, sentada en lo alto de las escaleras.

—Lo sé. ¿Ha escapado alguien más?

Cheng Xin ya estaba en el suelo. Hundió los pies en la suave hierba y se sentó en el último peldaño de la escalera.

—Probablemente no.

—Vaya... —El hombre asintió y volvió a subir para ayudar a AA—. Me llamo Guan Yifan. Os he estado esperando aquí.

—¿Cómo supiste que vendríamos? —preguntó AA, dejando que Guan Yifan le cogiera de la mano.

—Recibimos vuestra retransmisión de ondas gravitatorias.

—¿Eres de *Espacio azul*?

—¡Ja! Si hubieras hecho esa pregunta a los que se acaban de marchar, pensarían que eres más rara que un perro verde. *Espacio azul* y *Gravedad* son historia antigua desde hace más de cuatro siglos. Pero yo sí soy un antiguo. Era un astrónomo civil a bordo de *Gravedad*. He hibernado durante cuatro siglos y desperté hace solo cinco años.

—¿Dónde están ahora *Espacio azul* y *Gravedad*? —A Cheng Xin le costaba mantenerse en pie a pesar de estar agarrándose a la barandilla de las escaleras. Guan Yifan seguía bajando con AA.

—En museos.

—¿Dónde están los museos? —preguntó AA. Colocó el brazo alrededor del hombro de Guan Yifan, de tal manera que el hombre prácticamente la llevaba en brazos hacia abajo.

—En Mundo I y Mundo II.

—¿Cuántos mundos hay?

—Cuatro. Y se están abriendo otros más para su colonización.

—¿Dónde están esos mundos?

Guan Yifan depositó con cuidado a AA en el suelo y rio.

—Un consejo: en el futuro, habléis con quien habléis (sean humanos o no), no les preguntéis por la ubicación de sus mundos. Es una muestra básica de buena educación en el cosmos, como no preguntar la edad de una mujer... En cualquier caso, dejadme que os haga una pregunta: ¿cuántos años tenéis?

—Tenemos la edad que aparentamos —dijo AA, y se sentó sobre la hierba—. Ella tiene setecientos años y yo quinientos.

—La doctora Cheng tiene el mismo aspecto de hace cuatro siglos.

—¿La conoces? —AA miró a Guan Yifan.

—He visto imágenes en las retransmisiones de la Tierra. Hace cuatro siglos.

—¿Cuántas personas hay en este planeta? —preguntó Cheng Xin.

—Solo nosotros tres.

—Eso significa que vuestros mundos son mejores que este —dijo AA.

—¿Te refieres al medio ambiente? En absoluto. En algunos lugares, el aire es apenas respirable, incluso después de un siglo de terraformación. Este es uno de los mejores planetas que hemos visto para la colonización. Doctora Cheng Xin, aunque eres bienvenida no reconocemos tu título.

—Renuncié a él hace mucho tiempo —dijo Cheng Xin—. ¿Por qué no ha venido nadie a este planeta?

—Es demasiado peligroso. A menudo vienen forasteros.

—¿Forasteros? ¿Quieres decir extraterrestres? —inquirió AA.

—Sí. Está cerca del brazo de Orión. Hay dos vías muy transitadas que pasan por aquí.

—¿Entonces qué hacías aquí? ¿Esperarnos?

—No. Vine con una expedición exploratoria. Ellos ya se han ido, pero yo me quedé a esperaros.

Más de diez horas después, cayó la noche en el Planeta Azul. No había luna, pero allí las estrellas eran mucho más brillantes que en la Tierra. La Vía Láctea tenía el aspecto de un mar de fuego plateado que proyectaba sus sombras en el suelo. Aquel lugar no se encontraba mucho más cerca de la galaxia que el Sistema Solar, pero el espacio que separaba la Vía Láctea del Sol estaba lleno de polvo interestelar, por lo que la galaxia era mucho más tenue desde el Sistema Solar.

Bajo la resplandeciente luz de las estrellas vieron que se movía la hierba que les rodeaba. Al principio Cheng Xin y AA pensaron que era una ilusión provocada por el viento, pero entonces se dieron cuenta de que la hierba bajo sus pies también se revolvía y emitía un sonido crujiente. Guan Yifan les dijo que la hierba azul se movía de verdad. Sus raíces también eran patas, y la hierba migraba de latitud con el cambio de las estaciones, sobre todo de noche. Al oírlo, AA tiró los puñados de hierba con los que estaba jugando. Guan Yifan les explicó que las hojas de hierba eran en realidad plantas basadas en la fotosíntesis, y que poseían tan solo un sentido básico del tacto; las demás plantas de ese mundo también eran capaces de moverse. Señaló las montañas y vio los bosques moverse bajo la luz de las estrellas. Los árboles se desplazaban mucho más deprisa que la hierba, y parecían ejércitos marchando de noche.

Guan Yifan señaló un punto en el cielo donde las estrellas eran algo menos densas.

—Hace algunos días vimos el Sol en esa dirección, con mucha más nitidez de lo que podría verse desde la Tierra. Naturalmente, lo que vimos era el Sol de hace doscientos ochenta y siete años. El Sol se apagó el día en que la expedición me dejó aquí.

—El Sol ya no emite luz, pero su área es enorme. Quizá todavía pueda verse con telescopios —dijo AA.

—No, no podrás ver nada. —Guan Yifan sacudió la cabeza y señaló de nuevo aquel trozo de cielo—. Aunque vuelvas ahora, no podrás ver nada. Esa parte del espacio está vacía. El Sol bidimensional y los planetas que viste eran, en realidad, el resultado de la liberación de energía cuando el material tridimensional pasó a las dos dimensiones. Lo que viste no era material en dos dimensiones, sino tan solo el reflejo de la radiación electromagnética en el punto de contacto entre los espacios bidimensional y tridimensional. Después de la liberación de la energía, nada sería visible. El Espacio Solar bidimensional no tiene contacto con el espacio tridimensional.

—¿Cómo es posible? —preguntó Cheng Xin—. El mundo tridimensional puede verse desde el espacio tetradimensional.

—Cierto. Yo mismo tuve la oportunidad de ver el espacio tridimensional desde un plano tetradimensional, pero no es posible ver el mundo bidimensional desde las tres dimensiones, porque el espacio tridimensional tiene grosor, lo que significa que hay una dimensión que interrumpe y esparce la luz desde el espacio tetradimensional, haciéndolo visible desde las cuatro dimensiones. Pero el espacio bidimensional no tiene grosor, de modo que la luz del espacio tridimensional la atraviesa sin problema. El mundo en dos dimensiones es completamente transparente y no puede verse.

—¿No hay ninguna manera? —preguntó AA.

—No. En teoría no hay nada que lo permita.

Cheng Xin y AA se quedaron en silencio durante un rato. El Sistema Solar había desaparecido por completo. La única esperanza que habían abrigado para su mundo se había esfumado. Aunque Guan Yifan sí les consoló un poco.

—Solo hay una forma de detectar la presencia de un Sistema Solar en dos dimensiones desde un espacio tridimensional: la gravedad. La gravedad del Sistema Solar todavía tiene efecto, así que debería ser detectable en ese espacio vacío como fuente invisible de gravedad.

Cheng Xin y AA se miraron pensativas.

—Suena a la materia oscura, ¿no? —Guan Yifan rio. Entonces cambió de tema—. ¿Por qué no hablamos de tu cita?

—¿Conoces a Yun Tianming? —preguntó AA.

—No.

—¿Y la flota trisolariana? —preguntó Cheng Xin.

—No sabemos mucho. La primera y la segunda flota trisolariana nunca se encontraron. Hace más de sesenta años se produjo una batalla espacial a gran escala cerca de Tauro. Fue brutal, y los restos formaron una nueva nube de polvo interestelar. Sabemos que uno de los bandos era la segunda flota trisolariana, pero no sabemos contra quién lucharon. Tampoco sabemos cómo terminó el combate.

—¿Qué pasó con la primera flota trisolariana? —preguntó Cheng Xin. Sus ojos parpadearon en la luz de las estrellas.

—No hemos recibido información alguna sobre ella... En cualquier caso, no deberíais quedaros mucho tiempo por aquí. Este lugar no es seguro. ¿Por qué no venís conmigo a nuestro mundo? La terraformación allí ha terminado, y la vida está mejorando.

—¡Estoy de acuerdo! —dijo AA. Entonces cogió a Cheng Xin por el brazo—. Vayamos con él. Aunque esperes aquí el resto de tu vida, seguro que no oirás nada. La vida no tiene por qué ser una espera eterna.

Cheng Xin asintió en silencio. Sabía que estaba persiguiendo un sueño.

Decidieron esperar un día más en el Planeta Azul antes de emprender el viaje.

Guan Yifan tenía una pequeña nave espacial esperando en la órbita sincrónica. Era minúscula y solo tenía un número, pero no un nombre. Guan Yifan la llamaba *Hunter* y explicó que era en honor al recuerdo de un amigo que había vivido a bordo de *Gravedad* hacía más de cuatrocientos años. *Hunter* no estaba equipada con un sistema de ciclo ecológico, y para los viajes largos los tripulantes tenían que hibernar. Aunque *Hunter* solo medía un pequeño porcentaje del volumen de *Halo*, también era capaz de alcanzar la velocidad de la luz al estar equipada con un motor de propulsión por curvatura. Decidieron hacer que Guan Yifan también subiera a *Halo* y controlara *Hunter* de manera remota, como si se tratara de un dron. Cheng Xin y AA no preguntaron cuál sería la trayectoria, y Guan Yifan incluso se negó a contestar preguntas sobre la duración prevista del viaje. Era muy cauteloso en todo lo que tenía que ver con la información sobre la ubicación de los mundos humanos.

Los tres pasaron el día dando pequeños paseos por los alrededores del lugar donde se encontraba *Halo*. Era un día de muchas primeras veces para Cheng Xin, AA y todos los humanos del Sistema Solar que habían desaparecido con su mundo: el primer viaje a un sistema planetario extrasolar; los primeros pasos en la superficie de un exoplaneta; el primer viaje a un mundo con vida fuera del Sistema Solar.

En comparación con la Tierra, la ecología del Planeta Azul era relativamente simple. Aparte de la vegetación azul móvil, no había demasiada vida en su superficie, salvo unas pocas especies de peces en el océano. No había animales complejos en tierra, tan solo insectos sencillos. Aquel mundo parecía una Tierra simplificada. Las plantas terrestres eran capaces de sobrevivir, por lo que los humanos podían vivir allí aun sin tecnología avanzada.

Guan Yifan estaba admirado por el diseño de *Halo*. Dijo que para los humanos galácticos, la gente que había hecho de la Vía Láctea su hogar, había una cualidad de los humanos del Sistema Solar que ellos no habían heredado y que no podían aprender: el placer de vivir. Él pasaba mucho tiempo en los bellos patios y se deleitaba con las magníficas proyecciones holográficas de imágenes de la Tierra antigua. Seguía pareciendo tan pensativo como siempre, pero tenía lágrimas en los ojos.

Durante ese tiempo, AA no paraba de lanzar miradas cariñosas a Guan Yifan. La relación entre ambos cambió poco a poco a medida que transcurrían los días. AA se inventaba cualquier excusa para estar cerca de él, y escuchaba con atención cuando hablaba, asintiendo de vez en cuando y sonriendo. Nunca se había comportado así con ningún otro hombre. Durante los siglos que Cheng Xin la había conocido, AA había tenido miles de amantes y había estado con dos o más al mismo tiempo, pero Cheng Xin sabía que AA nunca había estado enamorada de verdad. Sin embargo, parecía evidente que tenía un flechazo con ese cosmólogo de la Era de la Disuasión. Cheng Xin se alegraba por ella: AA se merecía una nueva vida feliz en ese nuevo mundo.

En lo que se refería a ella misma, Cheng Xin sabía que estaba muerta de espíritu. La única esperanza que le quedaba era encontrar a Tianming, y ahora esa esperanza parecía un sueño imposible. Lo cierto es que siempre había sabido que una cita convenida para cuatro siglos después a una distancia de doscientos ochenta y seis años luz era un sueño inalcanzable. Seguiría manteniendo su cuerpo vivo, pero era solo cuestión de cumplir con su deber de prevenir la muerte de la mitad de la población para sobrevivir a la destrucción de la civilización terrícola.

Volvió a caer la noche. Decidieron dormir a bordo de *Halo* y salir por la mañana.

A medianoche, el comunicador de pulsera de Guan Yifan lo despertó. Era una llamada de *Hunter*, que se encontraba en órbita sincrónica. *Hunter* le transmitió la información obtenida por los tres pequeños satélites de monitorización que había dejado la expedición, dos de los cuales orbitaban alrededor del Planeta Azul y el último alrededor del Planeta Gris. La alerta provenía del satélite alrededor del Planeta Gris.

Treinta y cinco minutos antes, cinco naves espaciales no identificadas habían aterrizado en el Planeta Gris. Veinte minutos después, la nave espacial había despegado y desaparecido sin entrar en órbita planetaria. El satélite sufrió fuertes interferencias, y las imágenes que transmitía estaban desenfocadas.

La expedición de Guan Yifan tenía la misión de buscar y estudiar los rastros dejados en ese sistema planetario por otras civilizaciones. Tras recibir la alerta del satélite, decidió llevar la lanzadera a *Hunter* de inmediato para investigar. Cheng Xin insistió en ir con él. En un primer momento él rehusó, pero terminó por acceder después de que AA lo convenciera.

—Déjala ir contigo. Quiere saber si tiene algo que ver con Yun Tianming.

Antes de salir, Guan Yifan le recordó a AA que no se comunicara con *Hunter* a menos que fuera una emergencia. Nadie sabía si había algún equipo de monitorización extraterrestre oculto en ese sistema, y una comunicación podía exponerles al peligro.

En aquel desolado mundo habitado por solo tres personas, incluso una breve separación era motivo de desasosiego. AA abrazó a Cheng Xin y a Guan Yifan y les deseó un buen viaje. Antes de montar en la lanzadera, Cheng Xin se dio la vuelta y vio a AA diciéndoles adiós con la mano, iluminada por la fluctuante luz estelar. La hierba azul se agitó a su alrededor, y el viento frío levantó su pelo corto e hizo olas en la hierba.

La lanzadera despegó. Desde el sistema de monitorización Cheng Xin vio la hierba azul iluminada por la llama del propulsor y esparciéndose en todas direcciones. A medida que ganaron altura, el trozo brillante del suelo se oscureció rápidamente hasta que pronto volvió a estar bañado por la luz de las estrellas.

Una hora más tarde, la lanzadera se acopló a *Hunter* en la órbita sincrónica. *Hunter* era un tetraedro, como una pequeña pirámide. El interior era muy estrecho y no tenía decoración alguna. La mayor parte del espacio estaba ocupado por la cámara de hibernación, que tenía una capacidad máxima para cuatro personas.

Al igual que *Halo*, *Hunter* estaba equipada con un motor de propulsión por curvatura y uno de fusión. Al viajar entre planetas del mismo sistema, solo se empleaba el motor de fusión porque usar el de curvatura habría hecho que la nave pasara de largo sin tiempo para desacelerar. *Hunter* abandonó la órbita y se dirigió hacia el Planeta Gris, que parecía un pequeño punto de luz. Por consideración a Cheng Xin, al principio Guan Yifan limitó la aceleración a 1,5 g, pero Cheng Xin le dijo que no se preocupara por ella y que hiciera el viaje más corto. Incrementó la aceleración, la llama azul que emitían los propulsores duplicó su longitud, y la hipergravedad aumentó a 3 g. Llegados a ese punto, lo único que podían hacer era sentarse, abrazados por los asientos de aceleración. Apenas podían moverse, así que Guan Yifan pasó al modo de visualización holográfica-envolvente y el casco de la nave desapareció. Suspendidos en el espacio, vieron cómo el Planeta Azul se esfumaba. Cheng Xin imaginó que la gravedad de 3 g venía del Planeta Azul, de tal manera que el espacio lo separaba en una mitad superior y una mitad inferior, y ellos volaban hacia arriba en dirección a la galaxia.

En una gravedad de 3 g se podía hablar sin muchos problemas, así que empezaron a conversar. Cheng Xin preguntó a Guan Yifan por qué había hibernado tanto tiempo. Le contó que no había tenido responsabilidades durante el largo viaje en busca de mundos habitables. Después de que las dos naves descubrieran el habitable Mundo I, la mayor parte de su vida había consistido en preparar el mundo para su colonización y construir lo básico. El primer asentamiento parecía una pequeña aldea de la época agraria, cuyas duras condiciones impedían cualquier tipo de investigación científica. El Gobierno del nuevo mundo aprobó una resolución para dejar que todos los científicos entraran o permanecieran en hibernación, para así ser despertados solo cuando las condiciones permitiesen la investigación fundamental. Él era el único científico básico a bordo de *Gravedad*, aunque *Espacio azul* tenía otros siete, y fue el último en despertar. Habían pasado dos siglos desde el día en que las dos naves llegaron a Mundo I.

Cheng Xin estaba fascinada por el relato de Guan Yifan sobre los nuevos mundos de la humanidad. Pero observó que no había dicho nada sobre Mundo III, pese a haber hablado de los Mundos I, II y IV.

—Nunca he estado allí. Y los demás tampoco. Bueno, lo cierto es que cualquiera que vaya a ese lugar no puede volver. Está sellado en una tumba de luz.

—¿Tumba de luz?

—Es un agujero negro de velocidad de la luz reducida generado por los rastros de las naves que han alcanzado la velocidad de la luz. En el Mundo III ocurrió algo que les llevó a pensar que sus coordenadas habían quedado expuestas. No tuvieron más remedio que convertir su mundo en ese agujero negro.

—Nosotros lo llamamos «dominio negro».

—Vaya, buen nombre. De hecho, los habitantes del Mundo III lo llamaron cortina de luz en un primer momento, pero la gente de fuera se refería a él como tumba de luz.

—¿Cómo una mortaja?*

—Eso es. Diferentes personas ven cosas distintas. Los habitantes del Mundo III decían que era un feliz paraíso... aunque no sé si todos siguen pensando así. Después de que la tumba de luz se completara, era imposible que ningún mensaje de aquel mundo llegara al exterior. Pero creo que la gente que vive allí es feliz. Para algunas personas la seguridad es una condición imprescindible para la felicidad.

Cheng Xin preguntó a Guan Yifan cuándo fabricó el nuevo mundo naves capaces de alcanzar la velocidad de la luz por primera vez, y este le contó que hacía un siglo. Teniendo eso en cuenta, su interpretación del mensaje secreto de Tianming habría permitido a los humanos del Sistema Solar alcanzar esa etapa dos siglos antes que los humanos galácticos. Incluso teniendo en cuenta el tiempo necesario para abrir los mundos para su colonización, Tianming había acelerado el progreso en al menos un siglo.

—Ese Tianming es un héroe —dijo Guan Yifan tras escuchar la historia de Cheng Xin.

Pero la civilización del Sistema Solar no había sido capaz de aprovechar la oportunidad. Se habían perdido treinta y cinco va-

* Juego de palabras entre 幕 (*mù*) cortina, telón, y 墓 (*mù*), tumba. (*N. del T.*)

liosos años, seguramente por culpa de ella. Ya no sentía dolor en su corazón al pensarlo; todo lo que sentía era la parálisis de un corazón muerto.

—Los vuelos a la velocidad de la luz —continuó Guan— fueron un hito enorme para la humanidad. Era como otra Ilustración, otro Renacimiento. Transformaron las bases del pensamiento humano y cambiaron la civilización y la cultura.

—Ya veo. En cuanto entré en la velocidad de la luz sentí que algo cambiaba en mí. Me di cuenta de que podía atravesar el espacio-tiempo y alcanzar el límite del cosmos y el fin del universo en mi vida. Cosas que siempre habían parecido filosóficas de repente se volvieron concretas y prácticas.

—Sí. Cosas como el destino y la meta del universo solían ser solo preocupaciones etéreas de los filósofos, pero ahora son asuntos que conciernen incluso a personas normales y corrientes.

—¿Alguien del nuevo mundo ha pensado en ir al final del universo?

—Por supuesto. Ya han salido cinco naves definitivas.

—¿Naves definitivas?

—Hay quien también las llama «naves del Día del Juicio Final». Son navíos capaces de alcanzar la velocidad de la luz y que vuelan sin rumbo. Encienden sus motores de curvatura al máximo y aceleran como locos, alejándose hacia el infinito a la velocidad de la luz. Su objetivo es atravesar el tiempo gracias a la relatividad hasta alcanzar el fin del universo. Según sus cálculos, diez años dentro de su marco de referencia equivaldrían a cincuenta mil millones en el nuestro. De hecho, no necesitas siquiera un plan para ello. Si después de la aceleración a la velocidad de la luz de una nave surgiera alguna avería que impidiese su desaceleración, también alcanzarías el fin del universo a lo largo de tu vida.

—Siento lástima por los humanos del Sistema Solar —dijo Cheng Xin—. Incluso al final, la mayoría vivió confinada en una diminuta porción del espacio-tiempo, como esos ancianos que nunca abandonaron sus pueblos de origen durante la Era Común. Para ellos, el universo siguió siendo un misterio hasta el final.

Guan Yifan irguió la cabeza para mirar a Cheng Xin. En una

gravedad de 3 g esa acción exigía un enorme esfuerzo, pero se mantuvo así un rato.

—No hay por qué tenerles lástima. De verdad, no te compadezcas. Casi es mejor desconocer la verdad sobre el universo.

—¿Por qué?

Guan Yifan levantó una mano y señaló las estrellas de la galaxia. Luego dejó que la fuerza de 3 g le empujara el brazo de vuelta al pecho.

—Oscuridad. Solo oscuridad.

—¿Te refieres al estado de bosque oscuro?

Guan Yifan sacudió la cabeza, un gesto hercúleo en aquella hipergravedad.

—Para nosotros el estado de bosque oscuro es sumamente importante, pero no es más que un mero detalle del cosmos. Si comparamos el universo con un gran campo de batalla, los ataques de bosque oscuro no serían más que francotiradores que disparan contra personas descuidadas como mensajeros o la carne de cañón, individuos que no significan nada en el gran plan de batalla. No sabes cómo es una guerra interestelar de verdad.

—¿Tú sí?

—Hemos logrado entrever algunas cosas. Pero casi todo lo que sabemos son meras hipótesis... ¿De verdad lo quieres saber? Cuanto más sepas sobre el tema, más peso tendrás en tu corazón.

—Mi corazón ya está completamente oscuro. Quiero saber.

De este modo, más de seis siglos después de que Luo Ji cayera en el lago a través del hielo, se corrió otro velo negro que ocultaba la verdad sobre el universo ante la vista de uno de los únicos supervivientes de la civilización humana.

—¿Cuál crees que es el arma más poderosa para una civilización que tiene una potencia tecnológica casi ilimitada? —preguntó Guan—. No lo tomes como una cuestión técnica. Piensa filosóficamente.

Cheng Xin meditó un rato y entonces sacudió la cabeza.

—No lo sé.

—Lo que has vivido debería darte una pista.

¿Qué era lo que había vivido? Había visto cómo un despiadado atacante podía reducir las dimensiones del espacio y destruir un sistema solar. ¿Qué son las dimensiones?

—Las leyes universales de la física —dijo Cheng Xin.

—Así es. Las leyes universales de la física son el arma más terrorífica, y también la defensa más eficaz. Ya sea por la Vía Láctea o la galaxia de Andrómeda, en la escala del grupo galáctico local o el cúmulo de Virgo, esas civilizaciones que poseían una tecnología propia de los dioses no dudarían en usar las leyes universales de la física como armas. Existen muchas leyes que se pueden manipular para emplearse como armas, pero lo normal es que el foco se coloque sobre las dimensiones espaciales y la velocidad de la luz. Normalmente, reducir las dimensiones espaciales es una técnica de ataque, mientras que reducir la velocidad de la luz es una técnica defensiva. O sea, que el ataque dimensional sobre el Sistema Solar fue un método de ataque avanzado. Un ataque dimensional es una muestra de respeto, algo difícil de conseguir en este universo. En cierto modo podría considerarse un honor para la civilización terrícola.

—Me he acordado de una pregunta que quería hacerte. ¿Cuándo se detendrá el descenso a las dos dimensiones del espacio alrededor del Sistema Solar?

—Nunca.

Cheng Xin se estremeció.

—¿Tienes miedo? ¿Crees que en esta galaxia, en este universo, es solo el Sistema Solar el que se hunde en las dos dimensiones? Ja, ja...

La risa amarga de Guan Yifan le heló el corazón a Cheng Xin.

—Eso que dices no tiene sentido —repuso ella—. Al menos, no tiene sentido usar ese método como arma. Es el tipo de ataque que a la larga acabaría tanto con la vida del objetivo como con la del agresor. El bando que iniciase el ataque acabaría viendo a su propio espacio precipitarse también en el abismo bidimensional.

Se hizo un silencio absoluto. Tras una larga pausa, Cheng Xin dijo:

—¿Doctor Guan?

—Eres... demasiado bondadosa —dijo Guan Yifan en voz baja.

—No entiendo...

—El atacante tiene una forma de evitar la muerte. Piénsalo.

Cheng Xin le dio vueltas a la pregunta hasta que al fin dijo:

—Ahora no caigo.

—Ya sé que no. Porque eres demasiado buena. Es así de sencillo. El atacante primero debe convertirse en una forma de vida capaz de sobrevivir en un universo con una dimensión menos. Por ejemplo, una especie tetradimensional puede transformarse en un organismo bidimensional. Después de entrar en una dimensión menor, pueden iniciar un ataque dimensional contra el enemigo sin necesidad de atenerse a las consecuencias.

Cheng Xin volvió a permanecer en silencio.

—¿No recuerdas algo? —preguntó Guan Yifan.

Cheng Xin pensó en cuando *Espacio azul* y *Gravedad* se toparon con el fragmento tetradimensional cuatrocientos años atrás. Guan Yifan había sido un miembro de la pequeña expedición que había conversado con el anillo:

> —¿Fuisteis vosotros quienes construyeron este espacio tetradimensional?
>
> —Habéis dicho que venís del mar. ¿Habéis construido el mar? ¿Quieres decir que para ti o para los que te crearon este espacio tetradimensional es como el mar para nosotros?
>
> —Es un charco. El mar se ha secado.
>
> —¿Por qué hay tantas naves, o tumbas, reunidas en un espacio tan pequeño?
>
> —Cuando el mar se seca, los peces se ven obligados a reunirse en un charco. El charco también se está secando, y todos los peces van a desaparecer.
>
> —¿Están aquí todos los peces?
>
> —Los peces que han secado el mar no están aquí.
>
> —Lo siento. Lo que dices es muy difícil de entender.
>
> —Los peces que secaron el mar salieron del agua antes de que el mar se secara. Pasaron de un bosque oscuro a otro bosque oscuro.

—¿Vale la pena pagar semejante precio para alzarse con la victoria en una guerra? —preguntó Cheng Xin. Era incapaz de imaginar cómo era posible vivir en un mundo con una dimensión menos. En el espacio bidimensional, el mundo visible consistía en unos pocos segmentos lineales de diferentes longitudes. ¿Era posible que alguien que había nacido en un espacio tridimensional estuviera dispuesto a vivir en un delgado folio de papel sin grosor? Vivir en las tres dimensiones debía de ser igual de opresivo e inimaginable para los nacidos en un mundo en cuatro dimensiones.

—Es mejor que la muerte —sentenció Yifan.

Mientras Cheng Xin seguía reponiéndose de su asombro, Guan Yifan prosiguió:

—La velocidad de la luz también suele usarse a menudo como arma. No hablo de la construcción de tumbas de luz (o, como vosotros las llamáis, de dominios negros). Eso son mecanismos de defensa empleados por pobres insectos como nosotros. Los dioses no se rebajan a ese nivel. En la guerra es posible hacer agujeros negros de velocidad de la luz reducida para encerrar al enemigo. Pero la técnica más utilizada es la construcción de equivalentes a los fosos y las murallas de las ciudades. Algunos cinturones construidos mediante velocidad de la luz reducida son lo bastante grandes como para atravesar el brazo de una galaxia de cabo a rabo. En los lugares donde hay más densidad de estrellas, muchos agujeros negros de velocidad reducida se pueden conectar formando cadenas de decenas de millones de años luz de longitud. Es como una Gran Muralla en el universo. Incluso las flotas más potentes no pueden escapar de ella una vez atrapadas. Atravesar esas barreras es muy difícil.

—¿Cuál es el resultado final de toda esta manipulación del espacio-tiempo?

—Los ataques dimensionales acaban haciendo que cada vez más regiones del universo se vuelvan bidimensionales, hasta que un día todo el universo tenga dos dimensiones. De modo similar, la construcción de fortificaciones acabará haciendo que todas las zonas con velocidad de la luz reducida se conecten hasta que alcancen una media que se convierta en el nuevo valor de la velocidad de la luz del cosmos.

»Cuando eso ocurra, cualquier científico de una civilización en pañales (como la nuestra) podría pensar que la velocidad de la luz a través del vacío es de apenas una docena de kilómetros por segundo, una constante universal inflexible, del mismo modo que ahora pensamos lo mismo de una velocidad de trescientos mil kilómetros por segundo.

»También es verdad que esto que te acabo de plantear son

solo dos ejemplos. Otras leyes universales de la física han sido usadas también como armas, aunque no las conocemos todas. Es muy posible que en algunas partes del universo incluso... Olvídalo, ni siquiera yo lo creo.

—¿Qué ibas a decir?

—La base de las matemáticas.

Cheng Xin intentó imaginárselo, pero era sencillamente imposible.

—Eso es... una locura —dijo, para luego añadir—: ¿Se convertirá el universo en un montón de escombros de guerra? O quizá sería más adecuado preguntar: ¿se convertirán las leyes de la física en escombros de guerra?

—Puede que ya lo sean... Los físicos y los cosmólogos del nuevo mundo están centrados en intentar recuperar el aspecto original del universo antes de las guerras de hace más de diez mil millones de años. Ya han construido un modelo teórico bastante claro en el que se describe el universo previo a la guerra. Fue una hermosa época en la que el universo era un Jardín del Edén. Naturalmente, su belleza solo podía describirse a nivel matemático. No podemos representarla: nuestros cerebros no tienen suficientes dimensiones.

Cheng Xin volvió a la conversación con el anillo:

—¿Fuisteis vosotros quienes construyeron este espacio tetradimensional?

—Habéis dicho que venís del mar. ¿Habéis construido el mar?

—¿Estás diciendo que el universo de la Era Edénica era tetradimensional, y que la velocidad de la luz era mucho más rápida?

—No, para nada. El universo de la Era Edénica era decadimensional. La velocidad de la luz entonces no solo era mucho más alta, sino que se acercaba al infinito. En aquel entonces la luz era capaz de actuar en la distancia, y podía ir de una punta a otra del cosmos en una unidad Planck... Si hubieses estado en el espacio tetradimensional, habrías tenido un ligero atisbo de lo hermoso que debía de haber sido el Edén en las diez dimensiones.

—Estás diciendo que...

—No estoy diciendo nada. —Parecía como si Guan Yifan se hubiese despertado de un sueño—. Solo tenemos pequeñas pistas: lo demás son solo suposiciones. Deberías tomártelo como una elucubración, como una misteriosa leyenda que hemos creado.

Pero Cheng Xin siguió con el tema de conversación donde se había detenido:

—... que durante las guerras posteriores a la Era Edénica se fueron reduciendo las dimensiones una detrás de otra, y que la velocidad de la luz se fue reduciendo una y otra vez.

—Tal como acabo de decir, no estoy diciendo nada, sino tan solo haciendo suposiciones. —La voz de Guan Yifan se volvió cada vez más baja—. Pero nadie sabe si la verdad es todavía más oscura de lo que presuponemos... Solo estamos seguros de una cosa: el universo está muriendo.

La nave dejó de acelerar y volvió la ingravidez. Ante la mirada de Cheng Xin, el espacio y las estrellas parecían cada vez más una alucinación, una pesadilla. Solo la hipergravedad de 3 g le daba una leve sensación de realidad. Había recibido de buen grado el poderoso abrazo de aquel hombre, un abrazo que le había dado cierta protección ante el terror y la frialdad de los oscuros mitos del universo. Pero ahora la hipergravedad se había esfumado, y solo quedaba la pesadilla. La Vía Láctea parecía un trozo de hielo que escondía restos de sangre, y la cercana DX3906 era un horno crematorio que ardía en un abismo.

—¿Puedes apagar el visor holográfico? —pidió Cheng Xin.

Guan Yifan lo apagó, y Cheng Xin regresó de la vastedad del espacio al diminuto interior de la cabina. Allí recuperó un poco de la seguridad que anhelaba.

—No debería haberte contado todo eso —dijo Guan Yifan. Estaba muy triste.

—Lo habría descubierto tarde o temprano —dijo Cheng Xin.

—Te lo repito: solo son hipótesis. No hay pruebas científicas reales. No pienses mucho en ello. Céntrate en lo que tienes ante tus ojos; céntrate en la vida que tienes que vivir. —Guan Yifan puso la mano sobre la de Cheng Xin—. Aunque lo que te he contado sea verdad, esos acontecimientos se miden en una escala de cientos de millones de años. Ven conmigo a nuestro mundo, que es también el tuyo. Vive tu vida y deja de saltar sobre la superficie del tiempo. Siempre y cuando vivas tu vida dentro de cien mil años y mil años luz, nada de esto debería quitarte el sueño. Eso debería ser suficiente para todos.

—Sí, es suficiente, gracias. —Cheng Xin sostuvo la mano de Guan.

Pasaron el resto del viaje durmiendo gracias a la máquina de sueño inducido. El trayecto duró cuatro días, y para cuando despertaron en la hipergravedad de la desaceleración el Planeta Gris ocupaba la mayor parte de su campo visual.

El Planeta Gris era pequeño. Tenía un cierto parecido a la Luna, como una roca yerma, aunque la mayor parte de su superficie, en lugar de cráteres, estaba ocupada por llanuras desoladas. *Hunter* entró en la órbita alrededor del Planeta Gris. A causa de la falta de atmósfera, la órbita era muy baja. La nave se aproximó a las coordenadas que ofreció el satélite de monitorización, donde las cinco naves no identificadas habían aterrizado y despegado. Yifan tenía previsto aterrizar en la lanzadera e investigar las trazas dejadas por la nave, pero ni Cheng Xin ni él habían previsto que los misteriosos visitantes dejarían tras de sí unas señales tan evidentes que eran distinguibles desde el espacio.

—Pero ¿eso qué es? —exclamó Cheng Xin.

—Líneas de muerte. —Guan Yifan las reconoció enseguida—. No te acerques demasiado —dijo a la inteligencia artificial.

Se refería a cinco líneas negras. Uno de los extremos de cada línea estaba conectado a la superficie del planeta, y el otro se extendía en dirección al espacio, como cinco pelos negros que crecían de la superficie del Planeta Gris. Según el sistema de monitorización, cada línea medía unos cien mil metros, más alto que la órbita de *Hunter*.

—¿Qué son?

—Rastros dejados por la propulsión por curvatura. Esas líneas son resultado de la manipulación extrema de la curvatura. La velocidad de la luz en el interior de los rastros es igual a cero.

En la siguiente órbita, Guan Yifan y Cheng Xin entraron en la lanzadera y bajaron a la superficie. A causa de la baja órbita y la ausencia de atmósfera, el descenso fue rápido y sin contratiempos. La lanzadera aterrizó a unos tres kilómetros de las líneas de muerte.

Avanzaron dando saltos por la superficie en una gravedad de 0,2 g. Una fina capa de polvo cubría la superficie del Planeta Gris, junto con grava de diferentes tamaños. Como la atmósfera no esparcía la luz del sol, había una marcada diferencia entre las zonas en penumbra y las iluminadas. Cuando estaban a unos cien metros de las líneas de muerte, Guan Yifan hizo un gesto a Cheng Xin para que se detuviera. Cada línea de muerte tenía unos veinte o treinta metros de diámetro, y desde ese lugar parecían columnas de muerte.

—Probablemente sea lo más oscuro del universo —dijo Cheng Xin. Las líneas de muerte no mostraban detalles a excepción de una negrura notable que establecía los límites de la región con una velocidad de la luz cero, sin una superficie real. Al alzar la vista, las líneas eran claramente idénticas sobre el fondo negro del espacio.

—También son las cosas más muertas del universo —dijo Guan—. La velocidad de la luz cero es un cero absoluto, un cien por cien de muerte. Dentro de él, toda partícula fundamental está muerta, hasta el último quark. No hay vibración. Incluso sin una fuente de gravedad en su interior, cada línea de muerte es un agujero negro. Un agujero negro de gravedad cero. Cualquier cosa que caiga en su interior no puede volver a salir.

Guan Yifan cogió una piedra que lanzó a una de las líneas de muerte. La roca desapareció en la oscuridad absoluta.

—¿Vuestras naves pueden producir líneas de muerte? —preguntó Cheng Xin.

—En absoluto.

—¿Conque ya las habías visto antes?

—Sí, pero solo muy de vez en cuando.

Cheng Xin levantó la vista hacia las enormes columnas negras que subían al espacio, y que sostenían el cielo estrellado como convirtiendo el universo en el Palacio de la Muerte. «¿Es este el final de todo?», pensó.

Cheng Xin podía ver el fin de las columnas en el cielo. Señaló en esa dirección.

—¿Así que al final las naves entraron en la velocidad de la luz?

—Sí. Estas solo miden unos cien kilómetros. Hemos visto

columnas más cortas, al parecer de naves que alcanzaron la velocidad de la luz casi de forma instantánea.

—¿Son las naves más avanzadas capaces de alcanzar la velocidad de la luz?

—Quizá. Pero es una técnica que no se suele ver. Las líneas de muerte suelen ser obra de los nulificadores.

—¿Nulificadores?

—También se los conoce como reseteadores. Tal vez sean un grupo de entes inteligentes, o una civilización, o un grupo de civilizaciones. No sabemos exactamente qué son, pero hemos confirmado su existencia. Su objetivo es resetear el universo y devolverlo al Jardín del Edén.

—¿Cómo?

—Moviendo la manecilla de las horas del reloj a después de las doce. Piensa en el ejemplo de las dimensiones espaciales. Es prácticamente imposible arrastrar un universo en dimensiones bajas de vuelta a las dimensiones más altas, así que tal vez sea mejor realizar esfuerzos en el sentido contrario. Si es posible hacer que el universo descienda a dimensiones inferiores y luego más allá, el reloj podría resetearse y hacer que todo vuelva al comienzo. El universo podría volver a tener diez dimensiones macroscópicas.

—¡Cero dimensiones! ¿Habéis visto algo así?

—No, solo hemos visto la transformación a las dos dimensiones. Tampoco hemos visto el paso a una sola dimensión. Pero es posible que en algún lugar haya nulificadores que lo estén intentando. Nadie sabe si tendrán éxito. Es más fácil reducir la velocidad de la luz a cero, así que hemos visto más pruebas de esos intentos de reducir la velocidad de la luz más allá del cero y recuperar su infinidad.

—¿Eso es posible a nivel teórico?

—No lo sabemos. Quizá los nulificadores tienen teorías que lo sostienen, pero no lo creo. La velocidad de la luz es un muro infranqueable. Es la muerte absoluta para toda la existencia, el cese de todo movimiento. En semejantes condiciones, lo subjetivo no puede bajo ningún concepto influir sobre lo objetivo, así que ¿cómo podría moverse hacia delante la manecilla de las horas? Creo que lo que hacen los nulificadores se parece a una religión, a un tipo de arte de *performance*.

Cheng Xin se quedó mirando las líneas de muerte con una mezcla de terror y fascinación.

—Si son estelas de una nave, ¿por qué no se extienden?

Guan Yifan cogió a Cheng Xin por el hombro.

—A eso iba. Tenemos que marcharnos de aquí. No solo del Planeta Gris, sino de todo el sistema. Este lugar es muy peligroso. Las líneas de muerte no son como los rastros normales. Si no se agitan se quedarán así, con un diámetro equivalente a la superficie efectiva del motor por curvatura. Pero si se agitan, se extenderán muy rápido. Una línea de muerte de este tamaño puede expandirse hasta cubrir una región del tamaño del sistema estelar. Los científicos llaman a este fenómeno una ruptura por línea de muerte.

—¿Una ruptura puede reducir a cero la velocidad de la luz en toda la región?

—No, no. Después de la ruptura se convierte en un rastro normal. La velocidad de la luz en su interior aumenta conforme la estela se disipa a una región más amplia, pero nunca será más que una docena de metros por segundo. Después de que se expandan estas líneas de muerte, todo el sistema podría convertirse en un agujero negro de velocidad de la luz reducida, o un dominio negro... Vámonos.

Cheng Xin y Guan Yifan se giraron hacia la lanzadera y empezaron a correr y saltar.

—¿Qué tipo de agitación hace que se extiendan? —preguntó Cheng Xin. Se dio la vuelta para mirar de nuevo las líneas de muerte. Detrás de ellos, las cinco líneas proyectaban largas sombras que se extendían hacia el horizonte a lo largo de la llanura.

—Todavía no estamos seguros. Algunas teorías sostienen que la aparición de otros rastros de curvatura cercanos podrían ocasionar turbulencias. Hemos confirmado que los rastros de curvatura dentro de una distancia corta pueden influirse entre ellos.

—Es decir, que si *Halo* acelera...

—Ese es el motivo por el que tenemos que alejarnos todavía más usando solo el motor de fusión antes de encender el motor por curvatura. Tenemos que desplazarnos... según vuestras unidades de medida... al menos cuarenta unidades astronómicas.

Después de que la lanzadera despegara, Cheng Xin siguió mirando a las líneas de muerte que se alejaban en la distancia.

—Los nulificadores me dan un poco de esperanza —dijo ella.

—El universo es muy variado —dijo Guan—, y tiene todo tipo de «personas» y mundos. Hay idealistas como los nulificadores, pacifistas, filántropos e incluso civilizaciones dedicadas solo al arte y la belleza. Pero no son la mayoría, y no pueden cambiar el rumbo del universo.

—Es como el mundo de los humanos.

—Al menos el propio cosmos terminará por finalizar la tarea de los nulificadores.

—¿Quieres decir el fin del universo?

—Así es.

—Pero partiendo de lo que yo sé, el universo seguirá expandiéndose para toda la eternidad, y será cada vez más disperso y frío.

—Esa es la vieja cosmología que tú conoces, pero la hemos refutado. La cantidad de materia oscura había sido subestimada. El universo dejará de expandirse y entonces se colapsará bajo la gravedad, formando finalmente una singularidad y dando lugar a otro Big Bang. Todo volverá a cero, a casa. Así que, como ves, la naturaleza será el último vencedor.

—¿Tendrá diez dimensiones el nuevo universo?

—¿Quién sabe? Hay un sinfín de posibilidades. Es un universo nuevo, una vida nueva.

El viaje de regreso al Planeta Azul transcurrió sin incidentes, como el viaje de ida al Planeta Gris. Cheng Xin y Guan Yifan pasaron la mayor parte del tiempo durmiendo. Cuando despertaron, *Hunter* estaba orbitando alrededor del Planeta Azul. Al mirar a aquel mundo azul y blanco, Cheng Xin estuvo a punto de pensar que había vuelto a casa.

AA les saludó, y Guan Yifan contestó.

—Aquí *Hunter*. ¿Qué ocurre?

AA parecía nerviosa.

—¡Os he llamado muchas veces, pero la inteligencia artificial de la nave se negaba a despertarte!

—Ya te dije que teníamos que mantener el silencio de radio. ¿Qué ha pasado?

—¡Yun Tianming está aquí!

Las palabras de AA sacudieron a Cheng Xin como si de un trueno se tratara. Los últimos restos de sueño la abandonaron, e incluso Guan Yifan se quedó boquiabierto.

—¿Cómo? —dijo Cheng Xin en voz baja.

—¡Yun Tianming! ¡Su nave aterrizó hace más de tres horas!

—Oh... —contestó Cheng Xin mecánicamente.

—¡Todavía es joven, tan joven como tú!

—¿De verdad? —Cheng Xin sentía que su propia voz venía de muy lejos.

—Te ha traído un regalo.

—Ya me ha hecho un regalo. Ahora mismo estamos dentro de su regalo.

—Eso no es nada. Este regalo es alucinante, mucho mayor... Está fuera. Espera, voy a buscarlo.

—No —interrumpió Guan—. Ahora bajamos. Enviar tantas transmisiones de radio es peligroso. Corto la comunicación.

Guan Yifan y Cheng Xin se miraron y empezaron a reír.

—¿Estamos soñando? —preguntó Cheng Xin.

Aunque solo fuera un sueño, Cheng Xin quería soñar un poco más. Encendió el visor holográfico, y el cielo estrellado ya no parecía tan oscuro y frío. De hecho, parecía estar lleno de una belleza clara como el cielo tras la lluvia. Aunque la luz de las estrellas parecía emanar el aroma de los brotes que nacen en primavera. Era la misma sensación que volver a nacer.

—Metámonos en la lanzadera y aterricemos —propuso Guan Yifan.

Hunter inició la secuencia de separación de la lanzadera. Dentro de la estrecha cabina, Guan Yifan usó una ventana de interfaz para realizar la última comprobación previa a la reentrada atmosférica.

—¿Cómo ha llegado tan rápido? —murmuró Cheng Xin, como si todavía no se hubiera despertado de un sueño.

Guan Yifan estaba muy sereno.

—Esto confirma nuestras hipótesis. La primera flota trisolariana fundó una colonia cercana, a cien años luz de aquí. Seguro que recibieron la señal de ondas gravitatorias de *Halo*.

La lanzadera se separó de *Hunter*. Vieron la pequeña pirámide de la nave alejarse del sistema de monitorización.

—¿Qué clase de regalo puede ser mayor que un sol y su sistema planetario? —preguntó Guan con una sonrisa.

Una emocionada Cheng Xin sacudió la cabeza.

El reactor de fusión de la lanzadera se activó, y el anillo de refrigeración externo empezó a emitir un brillo rojo. Los propulsores se estaban precalentando, y la ventana de la interfaz de control mostraba que la desaceleración comenzaría en treinta segundos. La lanzadera estaba a punto de descender rápidamente conforme iba entrando en la atmósfera del Planeta Azul.

Cheng Xin oyó un ruido abrupto, como si algo hubiese recortado la lanzadera de proa a popa. Luego se produjeron una serie de sacudidas, y entonces vivió un momento inquietante; inquietante porque no tenía claro si había sido solo un momento. Parecía un instante infinitamente corto, pero al mismo tiempo infinitamente largo. Tuvo la extraña sensación de estar atravesando el tiempo y de estar a la vez fuera de él.

Guan Yifan le explicó más tarde que había experimentado lo que se conocía como «vacío temporal». La longitud de ese momento no podía calcularse con unidades de tiempo porque durante ese intervalo el tiempo no existía.

A la vez sintió cómo colapsaba, como si fuera a convertirse en una singularidad, mientras su masa, la de Guan Yifan y la de la lanzadera se aproximaban al infinito.

Entonces todo se sumió en la oscuridad. Al principio Cheng Xin pensó que a sus ojos les pasaba algo. No era posible que el interior de la lanzadera estuviera tan oscuro, hasta el punto de que no podía ver cómo movía los dedos ante su cara. Llamó a Guan Yifan, pero solo hubo silencio en el auricular.

Guan Yifan buscó en la oscuridad hasta que tocó la cabeza de Cheng Xin. Ella sintió cómo su cara tocaba la del hombre. No se resistió; se sentía muy cómoda. Entonces comprendió que Guan Yifan tan solo intentaba hablar con ella. El sistema de comunicación del interior de los trajes espaciales se había apagado, y la única forma de hablar era presionando los visores de los cascos para que sus voces se retransmitieran.

—No te asustes. ¡Hazme caso y no te muevas!

Cheng Xin oyó la voz de Guan Yifan desde el visor. Las vibraciones le indicaron que gritaba, pero el ruido era débil como un susurro. Sintió cómo la mano del hombre se movía en la oscuridad hasta que el interior de la cabina se iluminó. La luz venía de algo que sostenía en la mano, una banda del tamaño de un cigarrillo. Cheng Xin supo que se trataba de algún tipo de fuente de luz química; *Halo* también estaba equipada con suministros de emergencia similares. Al doblarlas emitía una luz fría.

—No te muevas. Los trajes espaciales ya no suministran oxígeno. Respira más despacio. Voy a represurizar la cabina. ¡No llevará mucho tiempo! —Guan entregó la barra de luz a Cheng Xin, abrió una unidad de almacenamiento junto a su asiento y sacó una botella metálica que parecía un pequeño extintor. Dobló la boca de la botella y salió de ella a borbotones un gas blanco.

La respiración de Cheng Xin se aceleró. Todo lo que le quedaba era el aire en el interior de su casco, y cuanto más se esforzaba por inspirar, más asfixiada se sentía. Su mano tocó instintivamente el visor del casco, pero Guan la detuvo a tiempo. Volvió a abrazarla, esta vez para tranquilizarla. Ella imaginó que Guan intentaba ayudarla a que no se ahogara. En la fría luz vio los ojos del hombre, que parecían decirle que ya casi estaban en la superficie. Cheng Xin sintió cómo subía la presión del aire de la cabina, y justo cuando estaba a punto de desmayarse por falta de oxígeno, Guan Yifan abrió de un golpe ambos visores. Los dos inhalaron una gran bocanada de aire.

Cuando recuperaron el aliento, Cheng Xin examinó la botella de metal. Observó el manómetro junto al cuello de la botella, un antiguo dial analógico con una aguja que daba vueltas y que ahora apuntaba a la zona verde.

—El oxígeno de esta no durará mucho —advirtió Guan—, y la cabina va a enfriarse muy rápido. Necesitamos cambiar los trajes espaciales. —Salió de su asiento y sacó dos cajas de metal del fondo de la cabina. Abrió una y mostró a Cheng Xin el traje espacial que había en su interior.

Los trajes espaciales modernos, tanto en el Sistema Solar como allí, eran muy ligeros. Si uno mantenía el traje despresurizado, quitaba el pequeño paquete de soporte vital y se sacaba el casco, un traje espacial moderno era casi indistinguible de la ropa normal y corriente. Sin embargo, los que había en el interior de las cajas eran pesados y aparatosos, y se parecían a trajes espaciales de la Era Común.

Ahora podían ver su respiración. Cheng Xin se sacó el traje espacial original y sintió el penetrante frío en el interior de la cabina. Le costó ponerse el pesado traje espacial, y Guan Yifan tuvo que ayudarla. Se sentía como una niña que dependía de ese hombre, una sensación que no había experimentado en mucho tiempo. Antes de que Cheng Xin se pusiera el casco, Guan Yifan le comentó los detalles del traje, como el dial de oxígeno, el botón de presurización, el control para ajustar la temperatura, los interruptores para las comunicaciones o la iluminación, entre otros. El traje espacial no tenía sistemas automáticos, y todo requería una operación manual.

—El traje no cuenta con ningún procesador. Ahora mismo no funciona ninguno de los ordenadores, ya sean electrónicos o cuánticos.

—¿Por qué?

—La velocidad de la luz es inferior a los veinte kilómetros por segundo.

Guan Yifan ayudó a Cheng Xin a ponerse el casco. El cuerpo de la mujer estaba prácticamente helado. Guan le encendió el oxígeno y la calefacción del traje, y ella sintió que se descongelaba. En ese momento, el hombre empezó a ponerse su traje. Se movía con presteza, pero necesitó tiempo para lograr que los dos trajes establecieran comunicación. Ninguno fue capaz de hablar hasta que sus cuerpos fríos se recuperaron.

Los trajes eran tan pesados y molestos que Cheng Xin podía imaginarse lo difícil que sería moverse en una gravedad de 1 g. Aquel traje era más parecido a una casa que a un traje, era el único lugar en el que podía encontrar refugio. La banda fosforescente de la cabina estaba perdiendo fuerza, así que Guan Yifan encendió la lámpara de su traje. En aquel espacio tan reducido, Cheng Xin pensó que eran como antiguos mineros atrapados bajo tierra.

—¿Qué ha ocurrido? —preguntó Cheng Xin.

Guan Yifan flotó de su sitio y trató de encender la pantalla sobre una de las escotillas, ya que los controles automáticos tampoco funcionaban. Flotó al otro lado de la cabina y repitió la operación con otra escotilla.

Cheng Xin miró al universo transformado que había en el exterior.

Vio dos cúmulos de estrellas a ambos extremos del espacio: el que tenían delante emitía una luz azul, y el que había a sus espaldas despedía un brillo rojo. Cheng Xin había visto algo similar antes, cuando *Halo* volaba a la velocidad de la luz, pero los dos cúmulos de estrellas que había observado no eran estables. Sus formas cambiaban con brusquedad como dos bolas de fuego en medio del fuerte viento. En lugar de estrellas que iban del cúmulo azul al rojo de vez en cuando, dos cinturones de luz conectaban los dos extremos del universo, y solo uno de ellos era visible a ambos lados de la embarcación.

El cinturón más ancho ocupaba la mitad del espacio a un lado. Sus dos extremos no estaban conectados a los cúmulos azul y rojo, sino que terminaban en dos puntas redondas. Cheng Xin apreció que ese «cinturón» en realidad era un óvalo totalmente plano, o quizás un círculo que había sido estirado. A lo largo del amplio cinturón se veían revolotear trozos de distintos tamaños y colores: azules, blancos y amarillo claro. Cheng Xin comprendió instintivamente que lo que veía era el Planeta Azul.

El cinturón de luz al otro lado de la nave era más delgado pero más brillante, y su superficie no presentaba ningún detalle. A diferencia del Planeta Azul, la longitud de ese cinturón giró rápidamente entre una línea brillante que conectaba los cúmulos rojo y azul, y un círculo brillante. El estado circular periódico del cinturón le dijo a Cheng Xin que estaba viendo la estrella DX3906.

—Estamos orbitando alrededor del Planeta Azul a la velocidad de la luz —dijo Guan Yifan—. Solo que la velocidad de la luz ahora es muy lenta.

La lanzadera se había movido mucho más deprisa, pero como la velocidad de la luz era un límite de velocidad absoluto, la velocidad había quedado reducida a ella.

—¿Se han extendido las líneas de muerte?

—Sí. Se extienden para cubrir la totalidad del sistema solar. Estamos atrapados aquí.

—¿Ha sido por la turbulencia generada por la nave de Tianming?

—Puede ser. Es probable que no supiera que las líneas de muerte estaban aquí.

Cheng Xin no quería preguntar cuál era el siguiente paso, porque sabía que no se podía hacer nada. Ningún ordenador puede operar cuando la velocidad de la luz es inferior a los veinte kilómetros por segundo. La inteligencia artificial de la lanzadera y los sistemas de control estaban apagados. En semejantes condiciones ni siquiera era posible encender una luz en el interior de la nave espacial: no era más que una lata de metal sin potencia ni electricidad. *Hunter* estaba igual, también muerta. Antes de bajar a la velocidad de la luz reducida, la lanzadera no había comenzado a desacelerar, de modo que la pequeña nave espacial seguramente estaba cerca, aunque bien podía encontrarse al otro lado del planeta. Sin los sistemas de control, ni la lanzadera ni *Hunter* podían abrir sus puertas.

Cheng Xin pensó en Yun Tianming y AA. Los dos estaban en tierra y seguro que a salvo. Pero ahora no había forma de que se comunicaran. No tuvo siquiera la oportunidad de saludarle.

Algo ligero golpeó el visor de su casco: era la botella de metal. Cheng Xin miró al antiguo manómetro sobre ella, y se tocó el traje. La esperanza que se le había extinguido volvió a encenderse como una luciérnaga.

—¿Estabais preparados para este tipo de situaciones? —preguntó.

—Sí. —La voz de Guan Yifan sonaba distorsionada en el auricular de Cheng Xin a causa de las antiguas señales analógicas—. No para la propagación de las líneas de muerte, por supuesto, pero sí para cuando nos metiéramos de manera accidental en los rastros de las naves que navegan a la velocidad de la luz. Ambas situaciones son similares: la velocidad de la luz reducida lo detiene absolutamente todo... Venga, tenemos que iniciar los neurones.

—¿El qué?

—Ordenadores neuronales. Computadoras que son capaces de funcionar en la velocidad de la luz reducida. La lanzadera y *Hunter* tienen dos sistemas de control, y uno de ellos cuenta con ordenadores neuronales.

A Cheng Xin le asombraba el simple hecho de que esas máquinas existiesen.

—La clave no es la velocidad de la luz, sino el diseño del sistema. La transmisión de las señales químicas del cerebro es aún más lenta, solo dos o tres metros por segundo (no mucho más rápido que nosotros al caminar). Los ordenadores neuronales pueden seguir funcionando porque imitan el proceso altamente paralelo de los cerebros de los animales más desarrollados. Todos los procesadores están diseñados específicamente para funcionar bajo la velocidad de la luz reducida.

Guan Yifan abrió un mamparo de metal decorado con muchos puntos conectados entre sí como la compleja maraña tentacular de un pulpo. En el interior había un pequeño panel de control con un visor plano, así como varios interruptores e indicadores de luz. Toda la sala estaba construida a partir de componentes considerados obsoletos al final de la Era de la Crisis. Pulsó un interruptor rojo y la ventana se iluminó y mostró un texto que se desplazaba. Cheng Xin intuyó que se trataba de la secuencia de arranque de un sistema operativo.

—El modo neural paralelo aún no se ha activado, así que tenemos que cargar el sistema operativo en serie. Seguramente alucinarás cuando sepas lo lenta que es la transmisión de datos en serie bajo la velocidad de la luz reducida: mira, varios cientos de *bytes* por segundo. Ni siquiera un *kilobyte*.

—Entonces la secuencia de inicialización llevará mucho tiempo.

—Así es. A medida que el modo paralelo vaya construyéndose, la carga se acelerará. No obstante, completar la secuencia llevará tiempo. —Guan Yifan señaló el indicador de progreso, una línea de texto al pie de la pantalla.

Tiempo restante para la carga del módulo de arranque: 68 horas, 43 minutos [cifras cambiantes] segundos. Tiempo total de carga del sistema: 297 horas, 52 minutos [cifras cambiantes] segundos.

—¡Doce días! —exclamó Cheng Xin—. ¿Y *Hunter*?

—Sus sistemas detectarán la condición de velocidad de la luz reducida y arrancarán de forma automática el ordenador neuronal. Pero necesitará la misma cantidad de tiempo.

Doce días. No lograrían acceder a los recursos de supervivencia a bordo de la lanzadera y a *Hunter* hasta dentro de doce días. Tendrían que depender de sus trajes espaciales primitivos hasta que llegara ese momento. Si los trajes tuvieran baterías nucleares, la electricidad debería durar lo suficiente, pero no contaban con suficiente oxígeno.

—Tenemos que hibernar —dijo Guan Yifan.

—¿La lanzadera cuenta con equipo de hibernación? —Nada más hacer la pregunta, Cheng Xin se dio cuenta del error. Aunque la lanzadera tuviera semejante instrumental, estaría controlado por el ordenador, que en ese momento estaba fuera de servicio.

Guan Yifan abrió una unidad de almacenamiento de la que antes había sacado la botella de oxígeno y extrajo una caja pequeña. La abrió y enseñó unas cuantas cápsulas a Cheng Xin.

—Esto son pastillas de hibernación de corta duración. A diferencia de la hibernación convencional, con esto no se necesita un sistema de soporte vital externo. Cuando entres en estado de hibernación, tu respiración se ralentizará hasta el punto de que consumirás muy poco oxígeno. Una cápsula bastará para quince días.

Cheng Xin abrió el visor y se tragó una de las píldoras. Vio cómo Guan hacía lo propio, y entonces miró por las escotillas.

Sobre el Planeta Azul se movían muy rápido manchas de colores —el ancho cinturón que conectaba los extremos azul y rojo del universo a la velocidad de la luz a un lado de la nave— que se convirtieron en borrones.

—¿Eres capaz de ver cómo los patrones se repiten periódicamente en el cinturón? —Guan Yifan no miraba al exterior. Entrecerraba los ojos mientras se abrochaba el cinturón del asiento de hipergravedad.

—Se mueven demasiado rápido.

—Intenta seguir el movimiento con la vista.

Cheng Xin siguió su consejo e intentó seguir los patrones que surcaban el cinturón con la mirada. Por un momento, vio los fragmentos azul, blanco y amarillo, pero se desdibujaron casi de inmediato.

—No puedo —dijo.

—No pasa nada. Se mueven demasiado rápido. El patrón podría estar repitiéndose varios cientos de veces por segundo —suspiró Guan. Cheng Xin observó su tristeza a pesar del esfuerzo que hacía para ocultarla. Y sabía por qué.

Comprendió que cada vez que el patrón se repetía en el cinturón ancho significaba que la lanzadera había completado otra órbita alrededor del Planeta Azul a la velocidad de la luz. Incluso a una velocidad de la luz reducida todavía regían las endiabladas leyes de la teoría de la relatividad espacial. En el marco de referencia del planeta, el tiempo transcurría decenas de millones de veces más rápido que en la nave, como sangre que supuraba de un corazón.

Un instante en un lugar equivalía a eones en otro.

Cheng Xin se apartó de la escotilla y se abrochó el cinturón. La luz parpadeaba al otro lado. En el exterior, el sol de ese mundo era una línea brillante que conectaba los dos extremos del universo, y una bola de luz. Bailaba la enloquecida danza de la muerte.

—Cheng Xin —Guan Yifan la llamó con suavidad—. Es posible que cuando nos despertemos la pantalla informe de que se ha producido un error.

Cheng Xin se volvió y le sonrió a través del visor.

—No tengo miedo.

—Ya sé que no tienes miedo. Solo quiero decirte algo en caso de que no... Conozco tu experiencia como portadora de la espada. Quiero que sepas que no hiciste nada malo. La humanidad te eligió, lo que significa que optaron por tratar la vida y todo lo demás con amor, aunque para ello tuvieran que pagar un elevado precio. Tú cumpliste con el deseo del mundo, defendiste sus valores y ejecutaste su elección. No hiciste nada malo.

—Gracias —dijo Cheng Xin.

—No sé qué te pasó después, pero no hiciste nada malo. El amor no es malo. Una persona no puede destruir un mundo por sí sola. La destrucción de un mundo es el resultado de los esfuerzos de todos, incluidos los vivos y los que ya han muerto.

—Gracias —dijo Cheng Xin con los ojos calientes y húmedos.

—A mí tampoco me da miedo lo que pueda pasar. Cuando estaba a bordo de *Gravedad*, todas esas estrellas en el vacío me asustaban y me cansaban, y quería dejar de pensar en el universo. Pero era como una droga, y no podía parar. Bueno, pues ahora sí que puedo parar.

—Eso está bien. ¿Sabes qué? Lo único que me asusta es que tú tengas miedo.

—Yo igual.

Se cogieron de la mano, y poco a poco perdieron la conciencia y dejaron de respirar mientras el sol continuaba su frenética danza.

Aproximadamente diecisiete mil millones de años tras el inicio del tiempo
Nuestra estrella

Cheng Xin recuperó la conciencia poco a poco, tras un largo despertar. Después de recuperar la memoria y la visión, supo enseguida que el ordenador neuronal había arrancado con éxito. Una tenue luz iluminaba el interior de la cabina, y oyó el reconfortante zumbido de las máquinas. El aire estaba caliente. La lanzadera había resucitado.

Pero Cheng Xin no tardó en darse cuenta de que las luces en el interior de la cabina provenían de lugares distintos a los de antes. Tal vez eran dispositivos diseñados específicamente para usarse con la velocidad de la luz reducida. No había ventanas de información en el aire. Cabía la posibilidad de que la velocidad de la luz reducida desactivara los monitores holográficos. La interfaz del ordenador neuronal estaba limitada a aquella pantalla plana, que ahora parecía un monitor de un mapa de bits a color de la Era Común.

Guan Yifan flotaba delante del monitor y pulsaba con los dedos de la mano desnuda. Se volvió y sonrió a Cheng Xin; hizo un gesto con la mano para indicar que se podía beber, y entonces le pasó una botella de agua.

—Han pasado dieciséis días —dijo.

La botella estaba caliente. Cheng Xin vio que ella tampoco llevaba guantes. Se dio cuenta de que, a pesar de que aún llevaba un traje espacial primitivo, le habían quitado el casco. La temperatura y la presión dentro de la cabina eran agradables.

Como ya se había recuperado lo suficiente como para mover las manos, Cheng Xin se desabrochó el cinturón y flotó al lado de Guan Yifan para mirar la pantalla con él; sus trajes espaciales se presionaron el uno contra el otro. En la pantalla se veían varias ventanas y todas mostraban números que se movían con rapidez: diagnósticos de los diferentes sistemas de la lanzadera. Guan Yifan le dijo a Cheng Xin que había establecido contacto con *Hunter*, cuyo ordenador neuronal también había arrancado con éxito.

Cheng Xin alzó la vista y vio que las dos escotillas seguían abiertas. Flotó hacia ellas, y Guan redujo las luces de la cabina para que Cheng Xin viera a través de ellas sin el reflejo del interior. Eran capaces de anticipar las necesidades del otro como si fueran una misma persona.

Al principio, el universo no parecía haber cambiado demasiado respecto a lo que habían visto antes: la nave seguía orbitando alrededor del Planeta Azul a la velocidad de la luz reducida; los dos cúmulos de estrellas, el azul y el rojo, seguían cambiando de forma errática a ambos lados del universo; el sol seguía con su loca danza, pasando de ser una línea a ser un círculo; y los fragmentos de colores seguían azotando la superficie del Planeta Azul. Cuando Cheng Xin intentó seguir con la mirada la fluctuante superficie del Planeta Azul, advirtió al fin algo diferente: los trozos azules y blancos habían sido sustituidos por fragmentos morados.

Guan Yifan señaló la pantalla.

—El autodiagnóstico del sistema de propulsión está completo. Se podría decir que todo funciona bien. Podemos abandonar la velocidad de la luz en cualquier momento.

—¿Funciona todavía el motor de fusión? —preguntó Cheng Xin. Antes de hibernar había sopesado esa pregunta. No se la había planteado porque sabía que era probable que recibiera una respuesta desalentadora, y no quería dar más motivos de preocupación a Guan Yifan.

—Por supuesto que no. Con una velocidad de la luz tan reducida, la fusión nuclear genera muy poca potencia. Tenemos que usar el motor de antimateria de apoyo.

—¿Antimateria? ¿No afectará la velocidad de la luz reducida al campo de contención?

—No te preocupes por eso. El motor de antimateria se diseñó específicamente para las condiciones de velocidad de la luz reducida. Cuando iniciamos largas expediciones como esta, equipamos todas nuestras naves con sistemas de propulsión de velocidad de la luz reducida... Nuestro mundo dedica muchos esfuerzos al desarrollo de esas tecnologías. El objetivo no es resolver el problema de entrar por accidente en los rastros dejados por la propulsión por curvatura, sino prever la posibilidad de tener que escondernos en una tumba de luz, o un dominio negro.

Media hora después, la lanzadera y *Hunter* activaron sus motores de antimateria y comenzaron a desacelerar. La hipergravedad hundió a Cheng Xin y Guan Yifan en sus asientos, y las escotillas se cerraron. La lanzadera recibió violentas sacudidas que fueron desapareciendo. El proceso de desaceleración duró menos de veinte minutos. Entonces los motores se apagaron, y la gravedad volvió a desaparecer.

—Hemos abandonado la velocidad de la luz —informó Guan Yifan. Pulsó un botón y se abrieron las dos escotillas.

A través de las escotillas, Cheng Xin vio que los cúmulos de estrellas azules y rojas habían desaparecido y que el sol tenía un aspecto normal. Pero el aspecto del Planeta Azul en la escotilla del otro lado le sorprendió: el Planeta Azul ahora era un Planeta Morado. Aparte del océano, que aún tenía cierta tonalidad amarilla, el resto del planeta estaba cubierto de un color púrpura, e incluso la nieve había desaparecido. Sin embargo, lo que más le impactó fue la aparición del espacio.

—¿Qué son esas líneas? —exclamó Cheng Xin.

—Creo que son... estrellas —Guan Yifan estaba tan asombrado como ella.

Todas las estrellas del espacio se habían convertido en delgadas líneas de luz. De hecho, Cheng Xin estaba acostumbrada a esa imagen: había visto muchas fotografías del cielo estrellado de larga exposición tomadas desde la Tierra. A causa de la rotación, las estrellas de las imágenes eran como arcos concéntricos de aproximadamente la misma longitud. Pero allí, las estrellas que tenía ante sí eran segmentos de diferentes longitudes alineados en múltiples direcciones. De hecho, las líneas más largas ocupaban casi un tercio del cielo. Las líneas se atravesaban entre ellas desde diferentes ángulos y hacían que el espacio pareciera mucho más confuso y caótico que antes.

—Creo que son estrellas —repitió Guan—. La luz de una estrella debe pasar por dos interfaces antes de llegar hasta donde nos encontramos: primero debe atravesar la interfaz entre la velocidad de la luz normal y la velocidad de la luz reducida, y luego atravesar el horizonte de evento del agujero negro. Por eso ahora las estrellas tienen esa apariencia tan extraña.

—¿Estamos dentro del dominio negro?

—Así es. Estamos dentro de la tumba de luz.

El sistema solar de DX3906 ahora era un agujero negro a velocidad de la luz reducida completamente aislado del resto del universo. El cielo estrellado formado por la pléyade de hilos plateados entrelazados era un sueño que podía verse, pero que nunca sería alcanzado.

—Vayamos a la superficie —dijo Guan después de un largo silencio.

La lanzadera desaceleró todavía más y bajó su órbita. Tras una serie de fuertes sacudidas, entró en la atmósfera del planeta y bajó a la superficie de ese mundo en el que ambos estaban condenados a pasar el resto de sus vidas.

Los continentes púrpuras ocupaban la mayor parte de la imagen del sistema de monitorización. Lograron confirmar que aquel tono púrpura se debía al color de la vegetación. El cambio en la radiación del sol probablemente había hecho que las plantas sobre el Planeta Azul pasaran de azul a púrpura a medida que evolucionaban para adaptarse a la nueva luz.

De hecho, la existencia misma del sol desconcertaba a Cheng Xin y Guan Yifan. Teniendo en cuenta que la energía era igual a la masa multiplicada por la velocidad de la luz al cuadrado, la fusión nuclear de la velocidad de la luz reducida solo podía producir pequeñas cantidades de energía. Quizás el interior del sol mantenía una velocidad de la luz normal.

Las coordenadas de aterrizaje de la lanzadera estaban en el mismo punto de donde esta había despegado, y el mismo en el que se encontraba *Halo*. Conforme se acercaban a la superficie, vieron un denso bosque púrpura en la zona de aterrizaje. Justo cuando la lanzadera estaba a punto de despegar en busca de un lugar más abierto, los árboles corrieron para apartarse de las llamas de los propulsores de la lanzadera, que empezó a posarse en el espacio abierto que habían dejado los árboles después de huir.

La pantalla mostraba que el aire exterior era respirable. En comparación con la última vez que habían estado allí, la concentración de oxígeno de la atmósfera era sustancialmente mayor. Además, la atmósfera era más densa, y la presión atmosférica era 1,5 veces más alta que la del último aterrizaje.

Cheng Xin y Guan Yifan salieron de la lanzadera y volvieron a pisar la superficie del Planeta Azul. Una brisa de aire cálido y húmedo les acarició la cara, y el suelo estaba cubierto por una blanda capa de hojas en estado de putrefacción. La tierra que los rodeaba estaba llena de agujeros dejados por las raíces de los árboles que se habían apartado y que ahora se apiñaban en el claro mientras sus hojas se mecían en la brisa como una multitud de gigantes que susurran congregados en torno a ellos. El claro estaba cubierto del todo por la sombra de los árboles. Esa densa vegetación hacía del Planeta Azul un mundo completamente diferente al que habían visto antes.

A Cheng Xin no le gustaba el morado. Siempre le había parecido un color deprimente que evocaba la enfermedad y le recordaba a los labios de los enfermos que no recibían suficiente oxígeno de sus débiles corazones. Pero ahora veía ese color por todas partes, y tendría que pasar el resto de sus días en ese mundo púrpura.

No había señales de *Halo* ni de la nave de Yun Tianming, ni rastro humano alguno.

Guan Yifan y Cheng Xin observaron el paisaje que los rodeaba y se dieron cuenta de que los rasgos geográficos eran muy diferentes a los de la última vez. Recordaron con claridad que cerca de allí había habido montañas ondulantes, pero ahora se veía un bosque que crecía sobre una llanura. Volvieron a la lanzadera para comprobar que las coordenadas eran las correctas. Luego miraron con aún más atención a su alrededor, pero siguieron sin encontrar rastros de una visita humana anterior. El lugar parecía un territorio virgen. Era como si su última visita hubiese sido a otro planeta en otro espacio-tiempo que no tenía nada que ver con aquel lugar.

Guan Yifan volvió a la lanzadera y estableció enlace con *Hunter*, que todavía estaba en una órbita cercana al suelo. El ordenador neuronal de *Hunter* era muy potente, y su inteligencia artificial era capaz de mantener comunicaciones en lenguaje natural directo. En ese contexto de velocidad de la luz reducida, la conversación entre la superficie y el espacio sufría un retraso de unos diez segundos. Tras salir de la velocidad de la luz con la lanzadera, *Hunter* había estado peinando la superficie del planeta en la órbita baja. Para entonces ya había completado una observación de la mayoría de la superficie del Planeta Azul y no había encontrado rastro de seres humanos o señales de otras formas de vida inteligente.

Acto seguido, Cheng Xin y Guan Yifan tuvieron que realizar una tarea que les aterraba, pero que era del todo necesaria: determinar cuánto tiempo había transcurrido en ese marco de referencia. Había una técnica especial para la datación radiométrica en condiciones de velocidad de la luz reducida: algunos elementos que no se deterioraban en la velocidad de la luz normal decaían a diferentes ritmos en la velocidad de la luz reducida y podían usarse para distinguir con precisión el paso del tiempo. Dada su misión específica, la lanzadera estaba equipada con un dispositivo para medir el deterioro atómico, pero dicho instrumento necesitaba un ordenador para procesar los datos. Guan Yifan estuvo un buen rato intentando conectar el instrumento con el ordenador neuronal a bordo de la lanzadera. Indicaron al instrumento que analizara las diez muestras de roca tomadas de diferentes partes del planeta una tras otra para poder comparar los resultados. El análisis tardó media hora.

Mientras esperaban los resultados, Cheng Xin y Guan Yifan abandonaron la lanzadera y esperaron en el claro. La luz del sol iluminaba el lugar a través de los huecos en el follaje. Muchas pequeñas y extrañas criaturas revoloteaban entre los árboles: algunos eran insectos con hélices, como si de helicópteros se tratara; otros eran pequeños globos transparentes que flotaban en el aire y emitían un brillo irisado a medida que atravesaban los rayos de sol; pero ninguno tenía alas.

—Es posible que hayan pasado decenas de miles de años —murmuró Cheng Xin.

—O todavía más —dijo Guan Yifan, mirando a la profundidad del bosque—. En nuestro estado actual, decenas de miles de años no son muy diferentes de cientos de miles de años.

Entonces dejaron de hablar, y se sentaron en las escaleras por fuera de la lanzadera, apoyándose el uno en el otro y reconfortados por los latidos de sus corazones.

Media hora después, volvieron a subir a la lanzadera para

afrontar la realidad. La pantalla del panel de control mostraba los resultados de las pruebas sobre las diez muestras. Se habían examinado muchos elementos y los gráficos eran muy complejos. Todas las muestras ofrecían resultados similares. En la parte inferior, aparecía con claridad la media de los resultados:

> Media de resultados de datación de deterioro atómico (margen de error: 0,4%):
>
> Períodos de tiempo estelar transcurridos: 6.177.906;
>
> Años terrestres transcurridos: 18.903.729.

Cheng Xin contó tres veces los dígitos del último número, se dio la vuelta, y salió de la lanzadera en silencio. Bajó las escaleras y regresó a aquel mundo púrpura. La rodeaban árboles morados altos, un rayo de luz proyectaba un pequeño círculo de luminosidad junto a sus pies, el viento húmedo le agitaba el pelo, globos vivientes volaban sobre su cabeza, y tenía a sus espaldas casi diecinueve millones de años.

Guan Yifan se acercó a ella. Se miraron y sus almas se abrazaron.

—Cheng Xin, los hemos perdido.

Más de dieciocho millones de años después de que el sistema DX3906 se convirtiera en un agujero negro de velocidad de la luz reducida, diecisiete mil millones de años después del nacimiento del universo, un hombre y una mujer se abrazaron con fuerza.

Cheng Xin lloró desconsolada sobre el hombro de Guan Yifan. Solo recordaba haber llorado tanto antes en una ocasión, cuando extirparon el cerebro de Tianming de su cuerpo. Algo que había ocurrido... hacía 18.903.729 años y seis siglos, y esos seis siglos no eran más que un completo error en esas escalas geológicas. Esa vez no lloraba solo por Tianming. Lloraba por un sentimiento de claudicación, porque al fin había comprendido que no era más que una partícula de polvo en un vendaval, una pequeña hoja que flotaba en un río enorme. Se rindió por completo y dejó que el viento pasara a través de ella y que la luz del sol le atravesara el alma.

Permanecieron sentados en las hojas blandas abrazados, dejando que el tiempo fluyera. La moteada luz del sol se transformó a su alrededor mientras el planeta no dejaba de rotar. A veces Cheng Xin se preguntaba si habían pasado otros diez millones de años. Una pequeña parte racional de su mente le susurraba que existía esa posibilidad: había mundos en los que era posible atravesar mil años a voluntad. Pensemos por ejemplo en las líneas de muerte: con expandirse apenas un poco, la velocidad de la luz en su interior pasaría de cero a un número extremadamente pequeño, como el ritmo al que los continentes flotan sobre el océano, un centímetro cada diez mil años. En un mundo así, bastaba con apartarse unos cuantos pasos del ser amado para acabar separados por diez millones de años.

Les habían perdido.

Tras un período de tiempo indeterminado, Guan Yifan le preguntó en voz baja:

—¿Qué debemos hacer?

—Quiero seguir buscando. Tiene que haber alguna señal.

—No habrá nada. Dieciocho millones de años son capaces de borrarlo todo: el tiempo es la fuerza más cruel que existe.

—Grabar palabras en piedra.

Guan miró a Cheng Xin confundido.

—AA sabe grabar palabras en la piedra —murmuró Cheng Xin.

—No entiendo...

Cheng Xin no le dio explicaciones, sino que le cogió por los hombros.

—¿Podrías hacer que *Hunter* escaneara esta zona para ver si hay algo bajo la superficie?

—¿Qué es lo que buscas?

—Palabras. Quiero ver si hay algún mensaje.

Guan Yifan sacudió la cabeza.

—Te comprendo, pero...

—Para perdurar a lo largo de los eones, las palabras tienen que ser grandes.

Él asintió, pero obviamente solo para contentarla. Volvieron a la lanzadera. Aunque era un paseo de unos pocos pasos, se apoyaron el uno en el otro como si temieran que el tiempo fuera a separarlos en caso de alejarse físicamente. Guan Yifan contactó con *Hunter* y le dio instrucciones para hacer un análisis profundo de la zona en un círculo centrado en esa coordenada con un radio de tres kilómetros. La profundidad del escáner quedó fijada entre los cinco y los diez metros, centrados en la escritura humana u otras inscripciones significativas.

Hunter pasó por encima quince minutos después e informó de los resultados después de que pasaran otros diez minutos: nada.

Guan Yifan ordenó a la nave realizar otro análisis en un rango de entre diez y veinte metros. El proceso tardó otra hora, dedicada en su mayor parte a esperar a que la nave pasara por encima. Tampoco encontró nada. A esa profundidad no había más suelo, sino solo lechos rocosos.

Guan Yifan ajustó los parámetros del análisis a una profundidad de entre veinte y treinta metros.

—Último intento —dijo a Cheng Xin—. Los sensores no pueden ir más allá.

Esperaron a que la nave volviera a orbitar de nuevo alrededor del Planeta Azul. El sol se estaba poniendo, el cielo estaba repleto de hermosas nubes y el bosque púrpura estaba bañado por un brillo dorado.

En aquella ocasión, la pantalla de la lanzadera mostraba las imágenes retransmitidas por la nave. Una vez las imágenes se realzaron gracias al programa de edición, vieron unos fragmentos de palabras blancas incrustados en la negra roca: «s», «viv», «una», «vida», «os», «pequeño», «dentro», «ir», «al». El color blanco indicaba que las palabras estaban esculpidas en el lecho de roca; cada letra tenía una longitud aproximada de un metro, y estaban dispuestas en cuatro líneas. El texto medía entre veintitrés y veintiocho metros bajo ellos, grabado en una pendiente de cuarenta grados:

VIVIMOS UNA VIDA FELIZ JUNTOS
OS DAMOS UN PEQUEÑO
SOBREVIVIR AL COLAPSO DENTRO
IR AL NUEVO

La inteligencia artificial de *Hunter* aplicó el sistema experto en geología para interpretar los resultados. Descubrieron que los caracteres gigantes se habían esculpido inicialmente en la superficie de una gran formación de sedimentos rocosos en la ladera de la montaña. La superficie original era de unos ciento treinta metros cuadrados. Con el paso de los eones, la montaña sobre la que había estado asentada la roca se había hundido, de tal manera que la roca esculpida acabó debajo de ellos. Se habían grabado en ella más de cuatro líneas de texto, pero la porción inferior de la roca se había quebrado en las transformaciones geológicas y todo el texto que había allí se había perdido. El texto que había sobrevivido también estaba incompleto, habían desaparecido caracteres al final de las últimas tres líneas.

Cheng Xin y Guan Yifan volvieron a abrazarse. Lloraron de alegría al recibir noticias de AA y Yun Tianming, y compartieron el júbilo que habían sentido más de ciento ochenta mil siglos antes. Sus corazones desesperados se tranquilizaron.

—¿Cómo sería su vida en este lugar? —se preguntó Cheng Xin con los ojos iluminados por las lágrimas.

—Todo es posible —repuso Yifan.

—¿Tuvieron hijos?

—Todo es posible. Podrían incluso haber fundado una civilización.

Cheng Xin sabía que sin duda era una posibilidad. Pero incluso en el supuesto de que esa civilización hubiese durado diez millones de años, los más de ocho millones de años que habrían venido después habrían borrado todo rastro de ella.

El tiempo era efectivamente la fuerza más cruel que existe.

Algo extraño interrumpió sus pensamientos: apareció un rectángulo trazado por débiles líneas de luz que tenía aproximadamente la altura de un hombre y volaba sobre el claro como las líneas discontinuas de selección marcadas al arrastrar el cursor de un ratón. Se movía por el aire, pero no fue muy lejos antes de volver a su posición original. Podía ser que hubiese estado allí todo el tiempo, pero el contorno era tan tenue y delgado que era invisible durante el día. Ya fuera un campo de fuerza o una sustancia real, no había duda de que era obra de vida inteligente. Las brillantes líneas que dibujaban el rectángulo parecían tener algún misterioso vínculo con las estrellas del firmamento.

—¿Crees que esto es el... regalo que nos dejaron? —preguntó Cheng Xin.

—Cuesta creer. ¿Cómo ha podido sobrevivir más de dieciocho millones de años?

Pero se equivocaba. El objeto había sobrevivido dieciocho millones de años. Y, en caso de necesidad, podía durar hasta el fin del universo, porque se trataba de un objeto ajeno al tiempo.

La puerta recordaba que al principio la habían puesto junto a la roca esculpida con el texto y había tenido un marco de metal real. Pero el metal se había erosionado después de tan solo quinientos mil años, aunque el objeto siempre se había mantenido nuevo. No temía al tiempo porque su propio tiempo aún no había comenzado. Había estado treinta metros bajo tierra junto a la piedra esculpida, pero había detectado la presencia de seres humanos y subido a la superficie. En el transcurso de dicho proceso no interactuó con la corteza y se movió como un fantasma. Ahora acababa de confirmar que esas dos personas eran las que había estado esperando.

—Creo que parece una puerta —dijo Cheng Xin.

Guan Yifan cogió una pequeña rama y la lanzó al rectángulo. La rama lo atravesó y cayó al otro lado. Vieron un grupo de pequeñas criaturas luminosas con forma de globo. Varias de ellas atravesaron el rectángulo y una incluso cruzó la silueta brillante.

Guan Yifan alargó el brazo y tocó el marco. Su dedo atravesó la luz sin sentir nada. Sin pensar, extendió la mano al interior del espacio trazado por el rectángulo. Cheng Xin dio un grito. Guan Yifan sacó la mano y todo parecía intacto.

—Tu mano... No lo ha atravesado. —Cheng Xin señaló al otro lado del rectángulo.

Yifan hizo otro intento. Su mano y su antebrazo desaparecieron a medida que entraban en el plano del rectángulo y no lo atravesaban. Desde el otro lado, Cheng Xin vio el corte transversal de su antebrazo, como la superficie de una ventana. Vieron con claridad todos sus huesos, sus músculos y sus vasos sanguíneos. Sacó la mano y volvió a intentarlo con una rama. Atravesó el marco sin problemas. Justo después, dos insectos con hélices pasaron también a través del rectángulo.

—Es una puerta de verdad: una puerta inteligente que reconoce lo que pasa a través de ella —dijo Guan Yifan.

—Te ha dejado pasar.

—Seguro que a ti también.

Cheng Xin intentó cruzar con suma cautela aquella «puerta»,

y su brazo también desapareció. Guan Yifan observó el corte transversal desde el otro lado y tuvo un momento de *déjà vu*.

—Espérame aquí —dijo Guan Yifan—. Iré a investigar.

—Debemos ir juntos —dijo con firmeza Cheng Xin.

—No, espera aquí.

Cheng Xin le cogió por los hombros y le obligó a mirarla de frente. Ella le miró a los ojos.

—¿De verdad quieres que acabemos separados por dieciocho millones de años?

Guan Yifan la miró a los ojos durante un buen rato, hasta que al fin asintió.

—Tal vez deberíamos llevarnos algo con nosotros.

Diez minutos más tarde, traspusieron el umbral de la puerta cogidos de la mano.

Ajenos al tiempo
Nuestro universo

Oscuridad primordial.

Cheng Xin y Guan Yifan volvían a estar inmersos en un vacío temporal. Era una sensación similar a la que habían tenido al entrar en la velocidad de la luz reducida a bordo de la lanzadera. Ahí el tiempo no fluía, o tal vez resultaba más apropiado decir que el tiempo no existía. Habían perdido toda noción del tiempo y volvieron a sentir la sensación de estar atravesando el tiempo pero a la vez existir fuera de él.

La oscuridad desapareció; el tiempo dio comienzo.

En el lenguaje humano no existe una expresión adecuada para expresar el momento del inicio del tiempo. Decir que el tiempo dio comienzo después de cruzar aquella puerta no sería del todo correcto porque implicaba hacer referencia al tiempo. Allí no había tiempo, y por lo tanto no podía hablarse de «antes» ni de «después». El tiempo «posterior» a su entrada podría haber sido inferior a una milmillonésima parte de un segundo o superior a mil millones de años.

El sol se fue iluminando muy poco a poco: al principio era tan solo un disco, y entonces la luz empezó a revelar el mundo. Era como una canción que empezaba con unas notas apenas perceptibles que a continuación se convertían en una potente melodía. Alrededor del sol apareció un círculo azul que se expandió y se convirtió en un cielo azul. Bajo ese cielo apareció poco a poco una escena bucólica. Había un campo de tierra negra sin cultivar, y junto a él una exquisita casa blanca. También había unos pocos árboles que transmitían un aire de exotismo con sus hojas anchas y sus formas extrañas. A medida que la luz del sol cobraba fuerza, la apacible estampa parecía cada vez más un abrazo de bienvenida.

—¡Allí hay gente! —señaló a lo lejos Guan Yifan.

Vieron la espalda de dos figuras en el horizonte: un hombre y una mujer. El hombre acababa de bajar el brazo que había levantado hacía nada.

—Somos nosotros —dijo Cheng Xin.

Delante de esas dos figuras vieron una casa blanca y lejana y árboles, copias exactas de los que tenían a su lado. No distinguieron lo que había al pie de esas siluetas debido a la distancia, pero sí que se trataba de otro campo negro. Al final del mundo había un duplicado, o tal vez una proyección.

Los duplicados y las proyecciones existían a su alrededor. Miraron a un lado y vieron la misma imagen repetida. Los dos también existían en esos mundos, pero lo único que veían eran las espaldas de esas figuras, que giraban la cabeza cuando Cheng Xin y Guan Yifan se volvían para mirarlos. Miraron detrás y vieron lo mismo, solo que ahora observaban el mundo desde la otra dirección.

La entrada al mundo había desaparecido sin dejar rastro.

Siguieron un camino de piedras, y a su alrededor las réplicas de sí mismos en las copias de su mundo caminaron con ellos. El camino estaba interrumpido por un arroyo sobre el que no había un puente, pero que era tan pequeño que podían pasar por encima. No fue hasta entonces cuando se dieron cuenta de que la gravedad era de un estándar de 1 g. Pasaron la arboleda y llegaron a la casa blanca. La puerta estaba cerrada y las ventanas, tapadas con cortinas azules. Todo parecía nuevo e impoluto; de hecho, todo era nuevo, como si el tiempo acabara de empezar a fluir.

Delante de la casa había un montón de herramientas de labranza simples y primitivas: palas, rastrillos, cestas, baldes de agua y demás. Aunque algunas tenían formas un poco raras, era fácil distinguir su función a partir de su aspecto. No obstante, lo que más les llamó la atención fue una fila de columnas de metal levantadas junto a los utensilios de labranza. Medían más o menos lo mismo que una persona, y sus superficies lisas brillaban bajo la luz del sol. Cada columna tenía cuatro añadidos de metal que parecían extremidades dobladas, por lo que dedujeron que seguro que se trataba de robots en posición de reposo.

Decidieron familiarizarse con el entorno antes de entrar en la casa, por lo que siguieron caminando hacia delante. Después de recorrer algo menos de un kilómetro, alcanzaron el extremo del pequeño mundo y se quedaron de pie ante el mundo duplicado que había ante ellos. Al principio pensaron que no era más que una imagen reflejada de su propio mundo, aunque no estaba dentro de un espejo. Sin embargo, después de recorrer medio camino llegaron a la conclusión de que no podía ser un reflejo: todo parecía muy real. Dieron un paso al frente y entraron en el mundo duplicado sin encontrarse con ningún obstáculo. Tras mirar alrededor, Cheng Xin tuvo una sensación de pánico.

Todo parecía igual que cuando entraron en el mundo por primera vez. Seguían en la misma escena bucólica, con duplicados de la imagen delante de ellos y a ambos lados, y en esas réplicas también había copias de ellos. Se dieron la vuelta para mirar atrás y vieron copias de sí mismos en el extremo lejano del mundo que acababan de abandonar mirando detrás de ellas.

Guan Yifan dio un profundo suspiro.

—No creo que necesitemos caminar mucho más. Nunca llegaremos al final. —Señaló arriba y luego abajo—. Me juego lo que quieras a que, sin estas barreras, también veríamos la misma escena arriba y abajo.

—¿Sabes qué es esto?

—¿Te suena la obra de Charles Misner?

—¿Quién era?

—Un físico de la Era Común, el primero al que se le ocurrió este concepto. El mundo en el que nos encontramos es en realidad muy simple: se trata de un cubo estándar de alrededor de un kilómetro a cada lado. Te lo puedes imaginar como una habitación con cuatro paredes, un techo y un suelo. Pero dicho suelo está construido de tal manera que el techo es también el suelo, y cada pared es igual que la pared opuesta. En realidad, solo tiene dos paredes. Si atraviesas una de las puertas, reapareces de inmediato en la pared opuesta, lo mismo que ocurre en el suelo y el techo. Así pues, se trata de un mundo completamente cerrado en el que el final es también el principio. Las imágenes que vemos a nuestro alrededor son resultado de la luz que regresa al punto de partida después de atravesar el mundo. Seguimos en el mismo mundo donde empezamos, porque es el único mundo que existe. Todas las copias que vemos a nuestro alrededor son solo una imagen de este mundo.

—Así que esto...

—¡Sí! —Guan Yifan hizo un gesto que parecía abarcarlo todo con el brazo—. Yun Tianming te regaló una estrella, y ahora te ha dado un universo. Cheng Xin, esto es un universo completo. Puede que sea pequeño, pero es un universo enterito.

Cheng Xin miró alrededor sin saber qué decir. Guan Yifan se sentó en silencio al borde del campo, cogió un puñado de tierra negra y dejó que resbalara entre sus dedos. Parecía un poco abatido.

—¡Qué tío! Ha sido capaz de regalarle una estrella y un universo a la mujer que ama... Pero yo no puedo darte nada.

Cheng Xin se sentó junto a él apoyándose en su hombro.

—Eres el único hombre del universo —dijo riendo—; no creo que tengas que darme nada.

La sensación de estar solos en el universo se rompió cuando oyeron el ruido de una puerta abriéndose. Una silueta vestida de blanco salió de la casa y caminó hacia ellos. El mundo era tan pequeño que se podía ver a cualquier persona a cualquier distancia. Vieron que se trataba de una mujer vestida con *kimono*. El vestido, decorado con pequeñas flores rojas, era como un florido arbusto andante que traía la sensación de la primavera al universo.

—¡Tomoko! —exclamó Cheng Xin.

—La conozco —dijo Guan Yifan—. Es el robot controlado por los sofones.

Fueron al encuentro de la mujer bajo uno de los árboles. Cheng Xin vio que de verdad se trataba de Tomoko: aquella belleza incomparable no había cambiado.

Tomoko hizo una profunda reverencia a Cheng Xin y Guan Yifan. Al erguirse, dedicó una sonrisa a la mujer.

—Te dije que el universo es grande, pero que la vida lo es todavía más. Al final el destino sí ha querido que nos volviéramos a encontrar.

—Jamás lo hubiera imaginado —dijo Cheng Xin—. ¡No sabes lo que me alegro de verte, de verdad! —Tomoko la retrotraía al pasado, a más de dieciocho millones de años atrás. Aunque no era una cifra del todo precisa, puesto que se encontraban en otro tiempo completamente distinto.

Tomoko volvió a hacer una reverencia.

—Bienvenidos al Universo 647. Yo soy su administradora.

—¿Administradora del universo? —Guan Yifan miró a Tomoko con los ojos como platos—. ¡Menudo puestazo! Para un cosmólogo como yo, eso suena como...

—¡No, por favor! —Tomoko rio haciendo un gesto con la mano, como quitándose el cumplido de encima—. Vosotros sois los verdaderos dueños del Universo 647 y tenéis total autoridad sobre todo lo que hay en él. Yo solo estoy aquí para serviros.

Tomoko les indicó con un gesto que la siguieran. La acompañaron a una elegante sala en el interior de la casa que estaba decorada en un estilo oriental con unas pinturas de pincel y unos relajantes rollos de caligrafía colgados de las paredes. Cheng Xin buscó los artefactos que *Halo* había sacado de Plutón, pero no encontró ninguno. Después de sentarse en una antigua mesa de madera, Tomoko les sirvió el té, aunque sin pasar por la complicada ceremonia. Las hojas, que parecían té de Longjing, se habían quedado rectas en el fondo de las tazas, como un pequeño bosque verde que emitía una fresca fragancia.

Para Cheng Xin y Guan Yifan, todo parecía un sueño.

—Este universo es un obsequio —explicó Tomoko—. El señor Yun Tianming os lo ha regalado a vosotros dos.

—Querrás decir a Cheng Xin —dijo Guan.

—No. Tú también eres uno de los destinatarios. Tu autorización se añadió más tarde al sistema de reconocimiento, ya que de lo contrario no habrías sido capaz de entrar. El señor Yun quería que vosotros os refugiarais en este pequeño universo para evitar el fin del gran universo, o el gran colapso, y poder entrar en el nuevo universo y ver su Era Edénica después del próximo Big Bang. Ahora mismo existimos en una línea temporal independiente. El tiempo transcurre rápidamente en el gran universo, y vosotros, sin duda, seréis capaces de ver su final durante el tiempo que os quede de vida. Para ser más exactos, calculo que el gran universo colapsará en una singularidad dentro de diez años aquí.

—Si se produce un nuevo Big Bang, ¿cómo lo sabremos? —preguntó Guan Yifan.

—Lo sabremos. Podemos ver las condiciones del gran universo a través de la supermembrana.

Las palabras de Tomoko le recordaron a Cheng Xin lo que Yun Tianming y AA habían esculpido en la roca. Pero a Guan Yifan le vino a la mente otra cosa. Se dio cuenta de que Tomoko hablaba de la Era Edénica del nuevo universo, un término inventado por los humanos galácticos. Había dos posibilidades: la primera, que los trisolarianos también hubieran escogido ese término por casualidad; la segunda y mucho más terrorífica, que los trisolarianos hubiesen descubierto a los humanos galácticos. Teniendo en cuenta lo rápido que había llegado Yun Tianming al Planeta Azul, era evidente que la primera flota trisolariana estaba muy cerca de los mundos humanos. Y ahora la civilización trisolariana se había desarrollado hasta el punto de ser capaz de construir pequeños universos: se trataba de una gran amenaza para la humanidad.

Entonces él soltó una carcajada.

—¿De qué te ríes? —preguntó Cheng Xin.

—De mí mismo.

Se sentía ridículo. Habían pasado más de dieciocho millones de años desde que había partido del Mundo II para ir al Planeta Azul, y eso fue antes de entrar en aquel pequeño universo con su propio tiempo. Para entonces, ya habrían pasado cientos de millones de años en el gran universo. Lo que le preocupaba era la historia antigua de verdad.

—¿Has visto a Yun Tianming? —inquirió Cheng Xin.

Tomoko negó un poco con la cabeza.

—No, nunca.

—¿Y AA?

—La última vez que la vi fue en la Tierra.

—¿Y cómo es que acabaste aquí?

—El Universo 647 es un producto hecho a medida, y llevo aquí desde que se terminó. Pensad que, en esencia, vengo a ser un grupo de datos, así que es posible hacer muchas copias de mí.

—¿Sabías que Tianming llevó este universo al Planeta Azul?

—No sé qué es el Planeta Azul. Si es un planeta, el señor Yun no podría haber llevado el Universo 647 allí, porque se trata de un universo independiente que no existe dentro del gran universo. Solo podría haber llevado la entrada al universo.

—¿Por qué no están aquí Tianming y AA? —preguntó Guan.

Eso también era lo que más le interesaba a Cheng Xin, pero no había hecho la pregunta antes por miedo a recibir malas noticias.

Tomoko volvió a sacudir la cabeza.

—No lo sé. El sistema de reconocimiento siempre tuvo la autorización del señor Yun.

—¿Alguien más tiene la autorización del sistema?

—No. Solo vosotros tres.

Al cabo de un rato, Cheng Xin le dijo a Guan Yifan:

—A AA siempre le interesó más el mundo real. No creo que le hubiese atraído la idea de un nuevo universo decenas de miles de millones de años más tarde.

—A mí sí me atrae —comentó él—. Tengo muchas ganas de ver cómo es un nuevo universo antes de ser distorsionado y alterado por la vida y la civilización. Seguro que es el *summum* de la armonía y la belleza.

—Yo también quiero ir al nuevo universo —dijo Cheng Xin—. La singularidad y el Big Bang borrarán todos los recuerdos del universo. Quiero llevar allí parte de la memoria de la humanidad.

Tomoko asintió con solemnidad.

—Se trata de una gran empresa. Otros están haciendo cosas parecidas, pero tú eres la primera humana del Sistema Solar en hacerlo.

—Siempre has tenido objetivos más elevados que yo en la vida —susurró Guan Yifan a Cheng Xin, que no sabía si le hablaba en broma o en serio.

Tomoko se levantó.

—Bueno, pues así comienza vuestra nueva vida en el Universo 647. Vayamos a dar una vuelta.

Nada más salir, Cheng Xin y Guan Yifan vieron el paisaje de unos campos en primavera en los que trabajaban los robots con forma de columna. Algunos usaban rastrillos para nivelar y alisar la tierra, que ya estaba tan suelta que no tenía que ser arada; otros plantaban semillas en las partes del terreno que habían sido alisadas. Las técnicas de labranza utilizadas eran primitivas: no había gradas de arrastre, así que los robots tenían que usar pequeños rastrillos para nivelar el campo cada vez; no había sembradoras, así que cada robot llevaba una bolsa de semillas que enterraban una por una. Toda la escena evocaba un aire de antigua simplicidad. Ahí los robots parecían en cierto modo más naturales que los agricultores reales.

—Solo contamos con suficiente comida almacenada para dos años —explicó Tomoko—. Después tendréis que depender de la comida que plantéis vosotros mismos. Estas semillas son descendientes de las que Cheng Xin envió junto con el señor Yun. Han sido mejoradas genéticamente, por supuesto.

Guan Yifan se quedó boquiabierto al ver los campos de tierra negra.

—Me parece que aquí sería más adecuado usar tanques de cultivo sin tierra.

—Cualquiera que venga de la Tierra siente cierta nostalgia por la tierra —dijo Cheng Xin—. Recuerda lo que el padre de Escarlata O'Hara le dijo en *Lo que el viento se llevó*: «La tierra es lo único del mundo por lo que merece la pena trabajar, luchar y morir, porque es lo único que perdura.»

—Los humanos del Sistema Solar —repuso Yifan— vertieron hasta la última gota de su sangre para quedarse con su tierra. Bueno, salvo dos gotas: AA y tú. Pero ¿de qué sirvió? No perduraron ni ellos ni su tierra. Han pasado cientos de millones de años en el gran universo, ¿y crees que alguien los recuerda? Esa obsesión con el hogar y la tierra, esa adolescencia perpetua en la que ya no se es un niño pero se tiene miedo a salir de casa: es la razón fundamental por la que tu especie quedó exterminada. Perdona si te he ofendido, pero es la verdad.

Cheng Xin sonrió al turbado Guan Yifan.

—No me has ofendido. Tienes toda la razón. Lo sabíamos, pero no podíamos evitarlo. Seguro que vosotros tampoco. No olvides que tanto tú como el resto de la tripulación de *Gravedad* erais prisioneros antes de convertiros en humanos galácticos.

—También es cierto. —Guan Yifan perdió parte de su ardor—. Nunca me consideré un hombre cualificado para el espacio.

No había muchos hombres «cualificados» según los estándares del espacio, y no estaba del todo claro que a Cheng Xin le gustara ninguno de ellos. Pensó en un hombre que seguramente reuniría todas las cualificaciones. Seguía oyendo el eco de su voz: «¡Vamos a avanzar! ¡Avanzar! ¡Avanzar a toda costa!»

—Lo hecho, hecho está —dijo Tomoko con una voz dulce—; aquí todo empieza de nuevo.

Pasó un año en el Universo 647.

Habían tenido dos cosechas de trigo, y Cheng Xin y Guan Yifan habían visto en dos ocasiones cómo los verdes planteles se habían ido convirtiendo poco a poco en un mar de espigas doradas. Los campos de verduras junto al trigo siempre se habían mantenido verdes.

En aquel mundo diminuto tenían cubiertas todas las necesidades vitales. Ninguno de los objetos tenían marcas de manufactura o logos de empresas, puesto que los habían fabricado los trisolarianos, pero tenían justo el mismo aspecto que los productos humanos.

Cheng Xin y Guan Yifan a veces iban a los campos a trabajar codo con codo con los robots. En ocasiones paseaban por el universo; siempre y cuando procuraran no dejar huellas, podían caminar indefinidamente y experimentar la sensación de atravesar innumerables mundos.

No obstante, pasaban la mayor parte del tiempo frente al ordenador. Podían activar un terminal en cualquier punto de aquel pequeño universo, aunque no sabían dónde se encontraba la unidad central de procesamiento. La computadora tenía una enorme base de datos de textos, imágenes y vídeos de la Tierra, la mayoría anteriores a la Era de la Retransmisión. Era obvio que los trisolarianos habían recabado la información mientras estudiaban la humanidad, y el material abarcaba todos los ámbitos de las ciencias y las humanidades. Pero en el banco de datos había todavía más información escrita en el idioma trisolariano. Esa ingente cantidad de datos era lo que más les interesaba.

Como no fueron capaces de encontrar ningún programa que tradujera el idioma trisolariano a los idiomas humanos, tuvieron que estudiar la escritura trisolariana con Tomoko de profesora. Pronto descubrieron que era una tarea muy complicada, porque la escritura trisolariana era puramente ideográfica: a diferencia de los sistemas de escritura humanos, en su mayoría fonéticos, la escritura trisolariana no guardaba relación con el habla, sino que expresaba las ideas de forma directa. En el pasado remoto, los humanos también habían usado sistemas ideográficos, como por ejemplo los jeroglíficos, pero la mayoría se habían perdido. Los humanos leían y descodificaban el discurso visible. Sin embargo, comprobaron que lo más difícil era comenzar, ya que el proceso de aprendizaje se volvía cada vez más fácil. Tras esforzarse durante dos meses, se dieron cuenta de que progresaban rápido. Frente a las escrituras fonéticas, la mayor ventaja de un sistema ideográfico era la velocidad a la que uno podía leer: Cheng Xin y Guan Yifan podían leer al menos diez veces más rápido en trisolariano que con los sistemas de escritura humana.

Comenzaron a leer el material trisolariano de la base de datos, al principio titubeando, pero luego con más soltura. Tenían dos objetivos iniciales: en primer lugar, querían saber cómo habían registrado los trisolarianos el período histórico entre su civilización y la civilización humana; y en segundo lugar, querían saber cómo habían construido ese universo en miniatura. Eran conscientes de que probablemente no alcanzarían un conocimiento experto sobre la segunda cuestión, pero al menos querían comprenderlo a un nivel de ciencia popular. Tomoko calculó que para lograr estos dos objetivos tendrían que dedicar un año a aprender a leer mejor en trisolariano, y luego otro más a leer en profundidad.

Los principios fundamentales que subyacían al pequeño universo artificial les parecían inconcebibles; incluso los misterios más básicos les desconcertaron durante mucho tiempo. Por ejemplo, ¿cómo podía funcionar un ciclo ecológico completo en un espacio cerrado de solo un kilómetro cúbico? ¿Qué era el sol? ¿Cuál era su fuente de energía? Y lo más sorprendente: ¿adónde iba el calor del miniuniverso en aquel sistema completamente cerrado?

Sin embargo, lo que más les interesaba era una pregunta en concreto: ¿era posible comunicarse con el gran universo? Tomoko les dijo que era imposible que el miniuniverso transmitiera mensaje alguno al gran universo, pero sí recibir retransmisiones en sentido inverso. Explicó que todos los universos eran burbujas sobre una supermembrana: esa era la imagen conceptual fundamental de la física y la cosmología trisolariana, y no podía explicarles más. El gran universo tenía energía suficiente como para transmitir información a través de la supermembrana. Sin embargo, era difícil y exigía un gran gasto energético: el gran universo tendría que convertir en energía pura una cantidad de materia equivalente a la Vía Láctea. De hecho, los sistemas de monitorización del Universo 647 solían recibir mensajes de otros grandes universos situados en la supermembrana. Algunos eran fenómenos naturales y otros eran mensajes de entidades inteligentes que no podían ser decodificados, pero nunca habían recibido un mensaje del gran universo de donde ellos habían venido.

El tiempo fluyó días tras día como el agua limpia y tranquila de aquel pequeño arroyo.

Cheng Xin comenzó a escribir sus memorias para poder consignar la historia que conocía. Tituló el libro *Un pasado ajeno al tiempo*.

A veces también intentaba imaginarse la vida en el nuevo universo. Tomoko les había contado que, según las teorías cosmológicas, el nuevo universo seguramente poseería más de cuatro dimensiones, quizás incluso más de diez. Con el nacimiento de un nuevo cosmos, el Universo 647 podía construir de forma automática una entrada de acceso y examinar las condiciones en su interior. Si el nuevo universo tenía más de cuatro dimensiones, la salida del miniuniverso podía desplazarse hasta lograr encontrar una ubicación habitable adecuada en el gran universo. De manera simultánea, su universo podía establecer comunicaciones con los refugiados de otros miniuniversos trisolarianos, o incluso con los humanos galácticos. En el nuevo universo, todos los emigrantes procedentes del antiguo universo serían en esencia una especie y deberían ser capaces de trabajar juntos para construir un nuevo mundo. Tomoko subrayó que había una característica que aumentaba mucho la probabilidad de supervivencia en un universo altamente dimensional: de las muchas dimensiones macro, era probable que más de una dimensión perteneciera al tiempo.

—¿Tiempo multidimensional? —Al principio Cheng Xin no fue capaz de comprender el concepto.

—Aunque el tiempo solo fuera bidimensional, sería un plano en vez de una línea —explicó Guan Yifan—. Habría un número infinito de direcciones, y podríamos tomar al mismo tiempo infinitas elecciones.

—Y al menos una de esas elecciones sería correcta —añadió Tomoko.

Una noche después de la segunda cosecha, Cheng Xin se despertó y descubrió que Guan había salido. Se levantó, salió y vio que el sol había dado paso a una brillante luna, y que aquel pequeño mundo estaba impregnado por la luz lunar. Vio a Guan Yifan sentado junto al arroyo con un aspecto melancólico a la luz de la luna.

En aquel mundo en el que solo había dos personas, cada uno se había vuelto especialmente sensible al estado de ánimo del otro, y Cheng Xin sabía que algo preocupaba a Guan Yifan. Durante la mayor parte del tiempo había rebosado optimismo, y hasta llegó a compartir con ella el sueño de que sus hijos algún día pudieran refundar la especie humana en caso de que consiguieran llevar una vida en paz en el nuevo gran universo. Pero entonces cambió de repente, y empezó a pasar el tiempo solo pensando en sus cosas o haciendo cálculos en un terminal de ordenador.

Cheng Xin se sentó junto a Guan Yifan, y él la atrajo hacia sí. El mundo bañado por la luz de la luna estaba muy tranquilo, y lo único que oían era el discurrir del arroyo. La luna iluminó el campo de trigo maduro; tendrían que comenzar la cosecha al día siguiente.

—Pérdida de masa —dijo él.

Cheng Xin permaneció en silencio. Se quedó mirando el baile de la luz de la luna sobre el riachuelo, consciente de que Guan iba a explicarse.

—He estado leyendo sobre cosmología trisolariana, y he dado con una prueba de la elegancia de las matemáticas detrás del gran universo del que todos venimos. El diseño de la masa total del universo era preciso y perfecto. Los trisolarianos demostraron que la masa total del cosmos era suficiente como para permitir el gran colapso. Si la masa total se reduce, aunque sea mínimamente, el universo pasaría de estar cerrado a abierto y se expandiría de forma indefinida.

—Pero se ha perdido masa —dijo Cheng Xin. Enseguida entendió a dónde quería llegar.

—Sí. Los trisolarianos ya han construido varios centenares de miniuniversos. ¿Cuántos más habrán sido construidos por otras civilizaciones para escapar del gran colapso o para cualquier otro fin? Cada uno de estos universos quitó parte de la materia al gran universo.

—Tenemos que preguntárselo a Tomoko.

—Ya lo he hecho. Me dijo que, cuando se completó el Universo 647, los trisolarianos no habían observado ningún efecto de la pérdida de masa sobre el gran universo. Ese universo estaba cerrado y sin duda acabaría por colapsar.

—¿Y después de la construcción del Universo 647?

—No tenía ni idea, por supuesto. También comentó que existe un grupo de seres inteligentes en el universo parecidos a los nulificadores, pero que se hacen llamar retornadores. Están en contra de la construcción de miniuniversos y piden que se devuelva la masa de los miniuniversos al gran universo... Aunque ella apenas sabía nada de ellos. En fin, dejemos de hablar de esto. No somos Dios.

—Pero hace tiempo que no tenemos más remedio que pensar en cosas que antes solo eran del negociado de Dios, ¿no te parece?

Se quedaron sentados junto al arroyo hasta que la luna volvió a convertirse en sol.

Tres días después de la cosecha, cuando todo el trigo había sido trillado, aventado y almacenado, Cheng Xin y Guan Yifan permanecieron de pie junto al campo mirando a los robots que araban la tierra para preparar la siguiente siembra. El granero estaba lleno, así que no había espacio para más trigo. En otra situación habrían debatido sobre qué plantar para la siguiente temporada, pero ahora tenían otros problemas y no estaban demasiado interesados en el tema. Durante todo el proceso de cosecha y trilla se habían quedado en la casa hablando acerca de futuros posibles. Se dieron cuenta de que hasta las decisiones que tomaban en sus vidas individuales afectaban al destino del universo entero, o incluso al de varios universos. Se sentían realmente como Dios. El peso de la responsabilidad les impedía respirar, así que salieron de la casa.

Vieron a Tomoko caminando hacia ellos por la linde del campo. Casi nunca les molestaba, y solo aparecía cuando la necesitaban. Esa vez caminaba de otra manera: andaba con prisa y sin mostrar la gracia y el porte que la caracterizaban. Su expresión nerviosa también era algo que nunca habían visto antes.

—¡Acabamos de recibir una retransmisión de la supermembrana del gran universo! —Tomoko abrió y amplió una ventana. Para facilitar la visualización, también redujo la intensidad del sol.

Por la pantalla se deslizó una avalancha de símbolos extraños e indescifrables que formaban el mapa de bits de la retransmisión de la supermembrana. Cheng Xin y Guan Yifan observaron que cada línea de símbolos era diferente: fluían como la superficie de un río agitado.

—La retransmisión dura cinco minutos y todavía no ha terminado —Tomoko señaló la pantalla—. De hecho, el mensaje de la retransmisión es breve y sencillo, pero ha durado tanto porque está escrito en muchas lenguas. ¡Hemos detectado cien mil!

—¿Está dirigido a todos los miniuniversos? —preguntó Cheng Xin.

—Sin duda —respondió Tomoko—. ¿Quién si no lo iba a recibir? Si han gastado tanta energía, tiene que ser porque se trata de un mensaje muy importante.

—¿Has visto lenguas trisolarianas o terrícolas?

—No.

Cheng Xin y Guan Yifan comprendieron que ese mensaje era un registro de las especies supervivientes en el gran universo.

Para entonces ya habían transcurrido en el gran universo decenas de miles de millones de años. Fuera cual fuese el contenido de la retransmisión, si la lengua de una civilización estaba incluida en el mensaje, quería decir que esa civilización aún existía o había existido y durado tanto que había dejado una marca indeleble en el cosmos.

El río de símbolos no dejó de cruzar la pantalla: doscientas mil lenguas, trescientas mil, cuatrocientas mil... un millón. El número no paraba de aumentar.

No había lenguas trisolarianas ni terrícolas.

—No importa —dijo Cheng Xin—. Sabemos que una vez

existimos y vivimos. —Guan Yifan y ella se apoyaron el uno contra el otro.

—¡Trisolariano! —exclamó Tomoko, señalando la pantalla.

Para entonces había ya 1,3 millones de lenguas retransmitidas, y apareció una línea escrita en trisolariano. Cheng Xin y Guan Yifan no la captaron, pero Tomoko sí.

—¡Terrícola! —exclamó Tomoko varios segundos después.

Después de 1,57 millones de lenguas, la retransmisión terminó.

La ventana mostraba ahora el mensaje escrito en trisolariano y terrícola. Cheng Xin y Guan Yifan ni siquiera fueron capaces de leer el mensaje porque las lágrimas les nublaban los ojos.

El día del Juicio Final del universo, dos humanos y un robot que pertenecían a las civilizaciones terrícola y trisolariana se abrazaron embargados por la emoción.

Sabían que las lenguas y las escrituras evolucionaban muy rápido. Si las dos civilizaciones habían sobrevivido durante mucho tiempo o si todavía seguían existiendo, seguramente sus lenguas serían muy diferentes de lo que aparecía en la pantalla. Pero el mensaje tenía que estar escrito en sistemas de escritura antiguos para que quienes estuvieran ocultos en los miniuniversos lo comprendieran. En comparación con el número total de civilizaciones que habían existido en el gran universo, 1,57 millones era una cantidad irrisoria.

En la noche eterna del brazo de Orión de la Vía Láctea, dos civilizaciones habían pasado como dos estrellas fugaces, y el universo había recordado su luz.

Después de serenarse, Cheng Xin y Guan Yifan leyeron el mensaje, cuyo sencillo contenido era el mismo en ambas lenguas:

> Aviso de los retornadores: La masa total de nuestro universo ha disminuido por debajo del umbral crítico. El universo pasará de cerrado a abierto y morirá lentamente en expansión perpetua. Todas las vidas y todos los recuerdos también morirán. Se ruega devolver la masa tomada y enviar solo recuerdos al nuevo universo.

Cheng Xin y Guan Yifan intercambiaron miradas. En los ojos del otro vieron el sombrío futuro que le esperaba al gran universo. En perpetua expansión, todas las galaxias se alejarían las unas de las otras hasta ser invisibles entre sí. Para entonces, lo único que una persona sería capaz de ver en cualquier punto del universo sería oscuridad en todas direcciones. Las estrellas se apagarían una por una, y todos los cuerpos celestes se convertirían en nubes de polvo. El frío y la oscuridad reinarían sobre todo, y el universo se convertiría en una enorme tumba vacía. Todas las civilizaciones y todos los recuerdos quedarían sepultados en esa tumba infinita para toda la eternidad. La muerte sería eterna.

La única forma de evitar ese futuro era devolver la materia contenida en todos los miniuniversos construidos por todas las civilizaciones. Pero semejante decisión haría que ningún universo sobreviviera, y que todos los refugiados de los miniuniversos tuvieran que volver al gran universo. De ahí el sentido del nombre del movimiento de los retornadores.

Ambos dijeron todo lo que tenían que decirse con la mirada y tomaron sus decisiones sin pronunciar palabra. Pero Cheng Xin acabó por pronunciarlo:

—Quiero volver. Pero si prefieres quedarte aquí, me quedaré contigo.

Guan Yifan sacudió la cabeza despacio:

—Estudio un gran universo cuyo diámetro mide dieciséis mil millones de años luz. No quiero pasar el resto de mi vida en este universo que solo mide un kilómetro a cada lado. Vámonos.

—No os lo aconsejo —dijo Tomoko—. No podemos determinar con precisión la velocidad a la que pasa el tiempo en el gran universo, pero estoy convencida de que al menos han pasado diez mil millones de años desde que llegasteis aquí. El Planeta Azul desapareció hace mucho tiempo, y la estrella que el señor Yun te regaló también se ha extinguido. No sabemos nada de las condiciones en el gran universo, y es posible que ya ni siquiera sea tridimensional.

—Pensaba que podías mover la salida del miniuniverso a la velocidad de la luz —indicó Guan—. ¿No puedes moverla para encontrar una ubicación habitable?

—Si insistís, lo intentaré. Pero sigo pensando que permanecer aquí es la mejor opción. Si os quedáis, hay dos futuros posibles: si los retornadores logran con éxito su misión, el gran universo se colapsará en una singularidad y tendrá lugar un nuevo

Big Bang para que podamos ir al nuevo universo. Pero si los retornadores fracasan y el gran universo muere, podéis pasar aquí el resto de vuestras vidas. No es un mal plan.

—Si en cada miniuniverso todos pensaran así —apuntó Cheng Xin—, el gran universo moriría sin remedio.

Tomoko miró a Cheng Xin en silencio. Teniendo en cuenta la velocidad a la que pensaba el androide, el tiempo que pasó pensando seguramente le pareció durar siglos. Resultaba difícil imaginar que el *software* y los algoritmos pudieran producir una expresión tan compleja, como si el programa de inteligencia artificial de Tomoko hubiera encontrado todos los recuerdos acumulados en los casi veinte millones de años desde que conoció a Cheng Xin. Todos los recuerdos parecían agolparse en su mirada, formando una abigarrada mezcla de sentimientos entre los que se encontraban la tristeza, la admiración, la sorpresa, el reproche o el arrepentimiento.

—Todavía vives para cumplir con tu responsabilidad —dijo al fin Tomoko.

Fragmento de *Un pasado ajeno al tiempo* Las escaleras de la responsabilidad

Me he pasado toda la vida subiendo unas escaleras hechas de responsabilidad.

De pequeña, mi único deber era esforzarme en los estudios y obedecer a mis padres.

Después, durante el bachillerato y la universidad, la responsabilidad de estudiar con ahínco seguía estando ahí, pero también había una obligación adicional de ser una mujer de provecho en vez de un lastre para la sociedad.

Cuando empecé a trabajar en mi doctorado, mis responsabilidades se volvieron más específicas. Necesitaba contribuir al desarrollo de los cohetes de propulsión química, con el fin de construir cohetes más potentes y fiables para que pudieran enviarse a la órbita terrestre más materiales y algunas personas.

Más tarde, me incorporé a la Agencia de Inteligencia Estratégica y mi responsabilidad pasó a ser el envío al espacio de una sonda que saliera al encuentro de la flota trisolariana situada a un año luz, una distancia diez mil millones de veces mayor que la distancia con la que había trabajado cuando era ingeniera de cohetes.

Y entonces recibí una estrella. Durante la nueva era, esa estrella me supuso unas responsabilidades que jamás habría podido imaginar. Me convertí en portadora de la espada, título cuyo deber consistía en mantener la disuasión de bosque oscuro. Ahora que pienso en ello, quizá fue una exageración decir que tuve el destino de la humanidad en mis manos; aunque sí que tuve el control de la trayectoria de desarrollo de dos civilizaciones.

Luego mis responsabilidades se volvieron más complejas: quise dar a los humanos alas para volar a la velocidad de la luz, pero al mismo tiempo tuve que desbaratar ese objetivo para evitar una guerra.

No sé hasta qué punto tuvieron que ver conmigo esas catástrofes y la destrucción final del Sistema Solar. Son cuestiones a las que nunca se les podrá dar una respuesta definitiva. Pero estoy convencida de que tuvieron algo que ver conmigo, con mis responsabilidades.

Y ahora he subido a la cúspide de la responsabilidad: soy responsable del destino del universo. Naturalmente, dicha responsabilidad no nos pertenece solo a Guan Yifan y a mí, sino que compartimos parte de la responsabilidad, algo que nunca creí posible.

Me gustaría decirles a los que creen en Dios que no soy la Elegida, pero también a todos los ateos que no soy una de esas personas que moldean la historia. No soy más que alguien normal y corriente. Por desgracia, no he podido seguir el camino de una persona normal y corriente. En realidad, mi camino es el viaje de la civilización.

Y ahora sabemos que ese es el viaje que cada civilización debe emprender: despertarse en una diminuta cuna, salir de ella gateando, alzar el vuelo, volar cada vez más y más lejos hasta llegar a fundirse con el destino final de la humanidad.

El destino final de todos los seres inteligentes ha sido siempre alcanzar la grandeza de sus pensamientos.

Ajenos al tiempo
Nuestro universo

Tomoko logró mover la salida del miniuniverso al interior del gran universo usando el sistema de control del Universo 647. La puerta se movió con presteza a través del gran universo en busca de un mundo habitable. La cantidad de información que la puerta era capaz de transmitir al miniuniverso era muy limitada, y no podían verse imágenes ni vídeos. Lo único que podía enviarse era un somero análisis del entorno, una cifra entre el diez negativo y el diez que indicaba la habitabilidad del entorno. Los humanos solo podían sobrevivir si dicho número se situaba por encima del cero.

La puerta saltó decenas de miles de veces en el gran universo, y tres meses después habían descubierto un planeta habitable con una puntuación de tres en tan solo una ocasión. Tomoko no tuvo más remedio que reconocer que aquel era probablemente el mejor resultado que podrían conseguir.

—Una puntuación de tres indica un mundo peligroso e inhóspito —les advirtió Tomoko.

—No tenemos miedo —dijo una resuelta Cheng Xin. Guan Yifan asintió—. Vayamos allí.

Apareció la puerta en el Universo 647. Al igual que la puerta que Cheng Xin y Guan Yifan habían visto en el Planeta Azul, aquella también era un rectángulo trazado con unas líneas brillantes. Pero era una mucho más grande, quizá para facilitar el transporte de material a través de ella. En un primer momento, la puerta no estaba conectada al gran universo, y cualquier cosa podía atravesarla sin abandonar el miniuniverso. Tomoko ajustó los parámetros para que cualquier cosa que se moviera a través de ella desapareciera y reapareciera en el gran universo.

Entonces llegó el momento de devolver la materia del miniuniverso al gran universo.

Tomoko les había explicado que el miniuniverso no tenía materia propia, y que toda su masa procedía de material sacado del gran universo. De los varios centenares de miniuniversos construidos por los trisolarianos, el Universo 647 era uno de los más pequeños. En total se necesitaban unas quinientas mil toneladas métricas de materia del gran universo, lo que equivalía aproximadamente a la capacidad de carga de un tanque de petróleo grande, que era prácticamente nada a escala cósmica.

Comenzaron con el suelo. Tras la última cosecha, el campo había quedado en barbecho. Dos de los robots usaron una carretilla para cargar con la tierra húmeda, que hicieron desaparecer al descargarla a través de la puerta. Todo transcurrió muy deprisa: tres días después, toda la tierra del miniuniverso había desaparecido a través de la puerta, y hasta los árboles alrededor de la casa se habían devuelto.

Una vez devuelta toda la tierra, pudieron ver el suelo metálico del miniuniverso, que estaba montado con unas planchas de metal lisas, cuya superficie reflejaba el sol como un espejo. Los robots sacaron las chapas una por una y las enviaron a través de la puerta.

Debajo del suelo había una pequeña astronave. Aunque medía menos de veinte metros de longitud, contenía la tecnología más avanzada de los trisolarianos. Diseñada para tripulantes humanos, la nave podía dar cabida a tres personas, y estaba equipada con un motor de fusión nuclear y un motor de curvatura. Tenía un sistema de ciclo ecológico en miniatura adaptado a las necesidades humanas, así como equipo para hibernar. Al igual que *Halo*, era capaz de aterrizar y despegar de superficies planetarias. Tenía un aspecto aerodinámico, quizá para facilitar su tránsito por la puerta del miniuniverso. Estaba pensada para que los habitantes del Universo 647 entraran en el nuevo gran universo tras el siguiente Big Bang. Se podía utilizar como lugar para vivir durante una cantidad de tiempo considerable, hasta que lograran encontrar una ubicación adecuada en el nuevo universo. Pero ahora la utilizarían para volver al antiguo gran universo.

A medida que se retiraban las demás planchas metálicas del suelo, aparecieron más máquinas. Fueron los primeros objetos que Cheng Xin y Guan Yifan habían visto en el miniuniverso con evidentes signos de origen trisolariano. El diseño de esas máquinas evidenciaba una estética muy diferente de los ideales humanos, lo que confirmó las sospechas de Cheng Xin. Ni Guan Yifan ni ella podían estar seguros de que lo que estaban viendo eran máquinas, puesto que los objetos se parecían más a extrañas esculturas o formaciones geológicas naturales. Los robots empezaron a desensamblar la maquinaria y a enviar las piezas a través de la puerta.

Cheng Xin y Tomoko se encerraron en una sala a la que no dejaron entrar a Guan Yifan. Dijeron que estaban trabajando en un «proyecto de chicas» y que luego le darían una sorpresa.

Después de que se apagara una máquina bajo el suelo, la gravedad desapareció del miniuniverso. La casa blanca empezó a flotar en el aire.

Los robots flotantes desmontaron el cielo, una fina membrana con la capacidad de mostrar un cielo azul y unas nubes blancas. Finalmente, los restos del suelo bajo la maquinaria también se desmontaron y se enviaron por la puerta.

El agua del miniuniverso se había evaporado y había niebla por doquier. El sol brillaba detrás del velo de nubes y apareció un espectacular arcoíris que recorría el universo de un extremo al otro. Toda el agua líquida que quedaba en el miniuniverso formaba esferas de diferentes tamaños que flotaban alrededor del arcoíris y reflejaban y refractaban la luz del sol.

Desmantelar la maquinaria también implicaba apagar el sistema de ciclo ecológico. Cheng Xin y Guan Yifan tuvieron que ponerse trajes espaciales.

Tomoko volvió a ajustar los parámetros de la puerta para dejar que pasara el gas. El miniuniverso recibió la sacudida de un leve estruendo causado por el escape de aire a través de la puerta. La blanca nube de bruma bajo el arcoíris formaba un gran remolino alrededor de la puerta, como la imagen de un tifón visto desde el espacio. Y entonces, la neblina que giraba se convirtió en un tornado y dejó escapar un intenso aullido. El vórtice engulló las bolas de agua flotantes, que quedaron destruidas y desaparecieron al cruzar la puerta. El ciclón también se tragó un sinfín de pequeños objetos suspendidos en el aire. El sol, la casa, la nave y otros grandes objetos también se deslizaron hacia la puerta, pero los robots equipados con propulsores los devolvieron a su sitio rápidamente.

A medida que el aire se volvía más ligero, el arcoíris desapareció y la niebla se disipó. El aire se volvió más transparente, y el espacio del miniuniverso apareció poco a poco. Al igual que el espacio del gran universo, también era oscuro y profundo, pero no tenía estrellas. Solo tres objetos flotaban en el éter: el sol, la casa y la nave, así como una docena de robots ingrávidos. Cheng Xin pensó que ese sencillo mundo se parecía a los ingenuos garabatos que había dibujado de niña.

Cheng Xin y Guan Yifan activaron los propulsores de sus respectivos trajes espaciales y volaron hacia las profundidades del espacio. Tras recorrer un kilómetro, llegaron al final del universo y de repente volvieron a encontrarse en el punto desde el que habían partido. Vieron las imágenes proyectadas de todos los objetos flotantes repetidas *ad infinitum* en todas direcciones. Como dos espejos puestos uno frente al otro, las imágenes se extendían en filas interminables.

La casa fue desmontada. La última habitación en desaparecer por la puerta fue el salón decorado en estilo oriental en el que Tomoko les había dado la bienvenida. Los robots sacaron por la puerta todos los rollos, la mesa de té y los distintos componentes de la casa.

El sol finalmente se apagó. Se trataba de una esfera de metal, y uno de sus hemisferios (el que había emitido la luz) era transparente. Tres robots lo empujaron por la puerta. Solo quedaron lámparas que iluminaban el miniuniverso, y el vacío que era el espacio pronto se enfrió. Lo que quedó del agua y el aire no tardó en convertirse en fragmentos de hielo que se esparcieron bajo la luz de la lámpara.

Tomoko ordenó a los robots que se pusieran en fila y pasaran por la puerta, uno detrás de otro.

Al final, solo la esbelta nave quedó en el miniuniverso, junto con las tres figuras que flotaban a su alrededor.

Tomoko sostenía una caja de metal que se quedaría en el miniuniverso a modo de mensaje en una botella para el nuevo universo que nacería tras el siguiente Big Bang. La caja contenía un ordenador en miniatura, cuya memoria cuántica albergaba toda la información del ordenador del miniuniverso, prácticamente toda la memoria de las civilizaciones trisolariana y terrícola. Después del nacimiento del nuevo universo, la caja de metal recibiría una señal de la puerta y la atravesaría usando sus propios propulsores en miniatura para entrar en el nuevo universo. Flotaría por el espacio de alta dimensionalidad del nuevo universo hasta el día en que fuera recogida y leída. Al mismo tiempo, retransmitiría de manera continua su mensaje usando neutrinos; suponiendo, claro está, que el nuevo universo tuviese neutrinos.

Cheng Xin y Guan Yifan creían que en los demás miniuniversos, al menos en los que habían hecho caso al mensaje de los retornadores, se estaba haciendo lo mismo. Si el nuevo universo nacía de verdad, contendría muchas botellas con mensajes flotando en su interior. Cabía la posibilidad de que una cantidad considerable de botellas contuviesen mecanismos de almacenamiento con los recuerdos y los pensamientos de cada individuo de esa civilización, así como sus detalles biológicos. Puede que esos registros bastaran para que una nueva civilización en el nuevo universo resucitara esa vieja civilización.

—¿Podemos dejar cinco kilos más? —preguntó Cheng Xin, que se encontraba al otro lado de la nave vestida con su traje espacial. Tenía en la mano una esfera brillante y transparente de medio metro de diámetro en cuyo interior flotaban varias burbujas de agua. Dentro de algunas de esas esferas había pececitos y algas, así como dos continentes en miniatura cubiertos de hierba verde. La luz procedía de la parte superior de la esfera transparente, donde había instalado un pequeño objeto que emitía luz y desempeñaba el papel de sol en aquel mundo en miniatura. Se trataba de una esfera ecológica completamente cerrada que era fruto de más de diez días de trabajo por parte de Cheng Xin y Tomoko. Siempre y cuando el pequeño sol del interior de la esfera siguiera emitiendo su luz, ese sistema ecológico en miniatura se mantendría. Mientras estuviera allí, el Universo 647 no sería un mundo oscuro e inerte.

—Por supuesto —dijo Guan Yifan—. El gran universo no colapsará porque le falten cinco kilos.

Por la mente le pasó otro pensamiento que no pronunció en voz alta: el gran universo podía colapsar por la falta de la masa de un único átomo, y es que la precisión de la naturaleza a veces supera la imaginación. Por ejemplo, la vida requiere la exacta colaboración de varias constantes universales dentro de una milmillonésima parte de un cierto rango. Pero Cheng Xin podía dejar su esfera ecológica. Seguro que al menos uno de los innumerables miniuniversos creados por aquella infinidad de civilizaciones no respondería a la llamada de los retornadores. En última instancia, el gran universo perdería al menos varios centenares de millones de toneladas de materia, o quizás incluso un millón de trillones de toneladas.

Con un poco de suerte, el gran universo podría pasar por alto dicha pérdida.

Cheng Xin y Guan Yifan subieron a la nave seguidos de Tomoko. Ya no lucía su espléndido *kimono*, sino que volvía a ser una vez más aquella esbelta y ágil guerrera vestida de camuflaje. Llevaba todo tipo de armas y equipo de supervivencia atados al cuerpo, la más prominente de las cuales era la *katana* que cargaba a la espalda.

—No os preocupéis —dijo a sus dos amigos humanos—. Mientras yo viva no os pasará nada malo.

El motor de fusión se activó y los propulsores emitieron una tenue luz azul. La nave atravesó despacio la puerta del universo.

El mensaje en la botella y la esfera ecológica fueron lo único que quedó en el miniuniverso. La botella desapareció en la oscuridad, y en aquel universo de un kilómetro cúbico solo el pequeño sol del interior de la esfera ecológica emitía alguna luz. En aquel minúsculo mundo vivo, unas cuantas burbujas de agua clara flotaban plácidamente en la ingravidez. Un pececito saltó de una esfera de agua a otra y nadó sin esfuerzo entre las algas verdes. De la punta de una brizna de hierba en uno de los continentes en miniatura se desprendió una gota de rocío, que flotó haciendo espirales y refractó un claro rayo de luz en dirección al espacio.